mundo compartilhe

CB060784

RENATA VENTURA

O DONO DO TEMPO

PARTE II

<ns
São Paulo, 2019

O Dono do Tempo (parte II)
Copyright © 2019 by Renata Ventura
Copyright © 2019 by Novo Século Editora Ltda.

COORDENAÇÃO EDITORIAL: Vitor Donofrio
PREPARAÇÃO DE TEXTO: Elisabete Franczak Branco
REVISÃO: Daniela Georgeto
DIAGRAMAÇÃO: Vitor Donofrio
CAPA: Allyson Russell/Jacob Paes
ILUSTRAÇÕES: Jânio Garcia

Texto de acordo com as normas do Novo Acordo Ortográfico
da Língua Portuguesa (1990), em vigor desde 1º de janeiro de 2009.

Dados Internacionais de Catalogação na Publicação (CIP)

Ventura, Renata
O Dono do Tempo: parte II
Renata Ventura
Barueri, SP: Novo Século Editora, 2019.
(A Arma Escarlate; 3)

1. Ficção brasileira I. Título

19-2213   CDD-869.3

Índice para catálogo sistemático:
1. Ficção: Literatura brasileira 869.3

Alameda Araguaia, 2190 – Bloco A – 11º andar – Conjunto 1111
CEP 06455-000 – Alphaville Industrial, Barueri – SP – Brasil
Tel.: (11) 3699-7107 | Fax: (11) 3699-7323
www.gruponovoseculo.com.br | atendimento@gruponovoseculo.com.br

CAPÍTULO 53

FERIDAS

Os primeiros raios da manhã começavam a se fortalecer, e Hugo já remava, com força, em direção ao Solimões. Logo percebera que navegar contra a correnteza não seria tarefa fácil, ainda mais numa frágil canoa como aquela. Ele não estava acostumado com aquele tipo de atividade. Suas pernas eram fortes, os braços, nem tanto, e aquilo ficara especialmente evidente no ponto de junção entre os dois rios; as duas forças da natureza repelindo-o com a imensa potência de suas águas.

Remar contra o Rio Negro havia sido até menos complicado, mas, assim que cruzara para as águas três vezes mais rápidas do barrento Solimões, a coisa mudara de figura. Angariando energia, Hugo tentara ir adiante mergulhando obstinadamente os remos no rio e empurrando-os com força, tentando impulsionar a canoa para a frente, mas era quase como empurrar uma parede e esperar que ela se mexesse!

Rindo do absurdo daquela correnteza, já quase entrando em desespero, Hugo trancou os dentes e, segurando com vontade os remos, virou a canoa de costas, tentando puxá-los em vez de empurrá-los; como os atletas de remo faziam. Exercendo uma força maior ainda, quase deitando-se para trás a cada remada, finalmente foi vencendo aos poucos aquela incrível pressão, mas quase no grito.

Avançaria, nem que fossem alguns centímetros por vez, torcendo para chegar logo a uma distância em que pudesse ligar o bendito motor sem chamar atenção. Tinha ficado fraco com tanta mordomia mágica, isso sim. A correnteza nem devia ser das mais fortes, e ele ali, batalhando para vencê-la. Que vergonha.

Remando com empenho, tentava ignorar a vontade de mergulhar a mão nas águas beges para conferir se o Solimões era mesmo mais frio que o outro. Não arriscaria perder os centímetros que já havia avançado só para satisfazer à sua curiosidade; as mãos já doendo no ponto onde a madeira do remo roçava contra a pele.

Distanciando-se de ré, podia ver o enorme Terminal Hidroviário Bruxo se afastando, mas não havia ninguém, naquela primeira hora da manhã, para vê-lo fugir. Menos mal. Poetinha escolhera a hora certa. Mesmo assim, Hugo tentaria se afastar o mais depressa possível do campo de visão deles.

Ok. Já estava começando a se acostumar com a força que teria de fazer naqueles minutos; a canoa cortando as águas com um pouco mais de ímpeto à medida que avançava. Seus músculos não estavam gostando tanto do esforço, nem suas mãos adorando as feridas, mas tudo bem. Seria por pouco tempo.

Só quando já estava bem distante, Hugo deu-se ao luxo de voltar a olhar para a Boiuna, ela e o Terminal agora pequenininhos lá longe; as luzes pálidas sendo, aos poucos, substituídas pelo rosado nascer do sol à sua frente, até que as duas construções bruxas desapareceram no horizonte e ele sentiu um calafrio, como se, só agora, estivesse realmente sozinho naquela vastidão.

Decidindo que já estava na hora de ligar o motor, cerrou os olhos para angariar a resolução necessária. Só então virou o barco de volta para a frente, sentindo o calor do sol bater-lhe nas costas enquanto se equilibrava na canoa. Com cuidado, mudou para o assento de trás e deu corda no abençoado motor.

No primeiro puxão, nada aconteceu. Normal. No segundo, o motor deu os primeiros roncos mais curtos até que, no terceiro, começou a roncar com vigor, impulsionando a canoa para a frente, e Hugo sorriu aliviado, agora sim se dando ao luxo de relaxar; a mão esquerda no manche, ajudando a direcionar a canoa, enquanto a outra descansava na amurada, depois do esforço extremo. E o pequeno barco foi cortando a imensidão, agora sim fazendo todo o barulho que podia.

O banzeiro do Solimões era realmente forte. Quanto mais rápido o motor ia, mais a canoa quicava para um lado e para o outro em meio às ondulações, mas nada que Hugo não pudesse aguentar, segurando-se à canoa para não quicar para fora.

Em pouco tempo, acostumara-se ao movimento. Com certeza era melhor do que remar, ainda mais diante daquele céu azul-claro imenso que se descortinava diante dele, e Hugo finalmente sorriu, vendo uma revoada de periquitos amarelos cruzar o rio bem à sua frente, saudando o novo dia. Eram centenas; todos indo esconder-se na vegetação alagada a distância, com seus piados lindamente enlouquecedores…

A jornada pelo rio talvez não fosse ser tão ruim assim, afinal.

Logo, no entanto, o calor ameno da manhã começou a dar lugar a um sol sufocante, de brilho intenso, duplicado pelo vasto reflexo nas águas, e Hugo passou a suar sob o sol forte do meio-dia; os raios, agressivos, torrando seus miolos.

Muito bonito ao redor, mas insuportavelmente quente, e ele se xingou por não ter pensado em levar um boné. A proximidade com a linha do Equador era, de fato, impiedosa.

Avançando pelo rio, ainda era possível ver ao longe famílias e grupos de ribeirinhos nas margens, pescando para a sobrevivência, fazendo seus comércios... barcos saindo e chegando de docas improvisadas, pequenos vilarejos passando...

Hugo suspeitava que logo aqueles últimos sinais de civilização também começariam a minguar, até desaparecerem por completo, deixando-o na mais absoluta solidão. Somente ele, o rio e a floresta.

Tinha arrepios só de pensar, mas continuou mesmo assim, navegando sob o sol escaldante por várias horas ainda; a mente lentamente embotando com aquele calor vaporoso e com o ruído incessante do motor à medida que os últimos casebres abandonados e os poucos sinais de vida iam se despedindo dele, até que, de repente, o motor tossiu feito um tuberculoso e parou.

"Ah, não. Não, não, não!" Hugo protestou, virando-se depressa para verificar o que havia acontecido; a canoa à deriva, enquanto ele analisava desesperado o velho motor. "Não faz isso comigo, por favor..."

Não sabia o que fazer. Não era exatamente um especialista em mecânica.

Tenso, chutou o motor uma, duas, três vezes, tentando fazê-lo voltar a funcionar, e... nada. "Filho da mãe!" Ele o chutou uma quarta vez, agora com raiva. Até que se lembrou, espantado, de que era bruxo, e tinha na mochila uma ferramenta muito mais apropriada para consertá-lo do que a sola da bota.

"*Seu troglodita imbecil!*" xingou-se, com medo de ter quebrado de vez o motor, e foi depressa até a mochila, quase tropeçando no macaquinho, em busca da varinha do professor, enquanto Quixote se aproximava curioso, querendo saber por que o bicho-de-ferro parara de roncar. "Sai, peste!" Hugo o afugentou, apontando a Atlantis para o motor, sem saber exatamente que feitiço usar.

Aflito, tentou pensar em alguma magia de conserto, mas nunca aprendera nada do tipo, a não ser...

"*Îebyr Eegun!*" Hugo pronunciou, apontando a varinha contra o motor, mas nada aconteceu. Claro. Ingenuidade sua achar que se consertaria com um feitiço para remendar ossos. Ok. Tentou então um em Esperanto, "*Funkciu!*"

O motor deu uma roncada, mas parou. "Óbvio. Tinha que ser comigo."

Respirando fundo, repetiu-o com mais vontade, "FUNKCIU!", e o motor voltou a funcionar! Por alguns lindos segundos! Até estourar, destacando-se da canoa e afundando nas águas barrentas do Solimões, "Não! Não! Não! PERAÍ!" Já era. O motor havia abraçado, sem dó nem piedade, o fundo do rio.

"AARRRGHHHHHH!" Hugo xingou, irritadíssimo, contendo-se ao ver um ribeirinho passar em seu barco maior, observando-o mal-encarado lá do alto.

Assim que o azêmola se distanciou um pouco, voltando a olhar para a frente, Hugo tirou depressa a varinha das costas, onde a havia escondido, e apontou-a, com urgência, contra as águas, "*Pinda'yba!... PINDA'YBA!*", mas tudo que conseguiu foi que um peixe voasse para dentro da canoa. "MOTOR FILHO DA MÃE!" gritou, sentando-se com raiva e revidando: "NINGUÉM PRECISA DE VOCÊ MESMO!", antes de parar, atônito, para assimilar o que acabara de acontecer.

Paralisado, ficou um tempo vendo o peixe quicar pelo chão da canoa, até que avançou contra ele também, puto da vida, lançando-o com raiva de volta para o rio. "TAMBÉM NÃO PRECISO DE VOCÊ!"

Pegando os malditos remos com uma vontade quase irresistível de jogá-los igualmente contra a água, voltou a remar de má vontade, mas com mais força do que jamais fizera, a raiva lhe servindo de combustível à medida que ele golpeava o rio com as pás como se pudesse machucá-lo. Que porcaria de motor era aquele, pô?!

Grande porcaria de varinha também!

Lutando contra a correnteza, suas mãos logo voltaram a doer, só que agora ele estava pouco se lixando. Elas que se danassem também. Alheio a seu ódio, Quixote brincava de correr pela canoa, pulando de um lado para o outro enquanto Hugo acompanhava-o com os olhos, como um predador prestes a lançar sua vítima para fora de uma canoa. "Tu para quieto ou eu te jogo na água."

O sagui parou, olhando tenso para ele, e então... saltou para o cabo de um dos remos, começando a brincar de se equilibrar nele.

É, o macaco não tinha entendido.

Continuando a remar, agora com um maldito peso vivo no remo direito, Hugo foi avançando o quanto podia; sua raiva se transformando, aos poucos, em exaustão e dor. O problema não era o peso do sagui. O problema era o rio, a pressão das águas, o calor absurdo do sol em sua cabeça, a fragilidade da pele das mãos...

Elas haviam começado a sangrar com poucos minutos de atrito. Principalmente porque remar envolvia também desviar de perigosos troncos flutuantes pelo caminho – troncos que apareciam do nada, trazidos pela correnteza, e que podiam facilmente romper o casco da canoa se Hugo não ficasse atento.

Percebendo aquilo, decidira que seria mais seguro remar olhando para a frente, mesmo que demandasse mais esforço e o cansaço castigasse. Todos os seus músculos queimavam com a força que fazia, mas ele tinha de continuar. Atlas dependia dele. Limpando o suor na manga da camisa, continuou a remar sob o sol inclemente; o tempo inteiro procurando a bifurcação à direita, como Poetinha instruíra.

Com um motor, já teria chegado até ela, mas sem... a coisa mudava de figura.

Parando para descansar os braços, não aguentando mais, Hugo limpou, exausto e ofegante, o suor da testa, com o coração batendo forte, vendo o Solimões arrastar a canoa para trás de novo. Era desesperador, qualquer minuto de descanso significava passos para trás. Mas ele estava cansado demais para discutir com a correnteza daquela vez. Pelo menos por alguns minutos.

Já devia ser umas cinco da tarde, apesar do calor, e Hugo viu uma lancha escolar passando com a última criança, confirmando sua estimativa.

Que inveja daquele motor... daquela criança pensando na vida. Ela logo estaria em casa, em algum lugar seco, e ele ali.

Não. Ele não podia ter inveja daquela gente sacrificada. Sabia que não. Naquele momento, no entanto, estava difícil não ter.

Sentindo o cérebro cozinhar dentro do crânio, Hugo levou as mãos em concha ao rio, jogando água no rosto e nos cabelos. Perguntava-se se não seria melhor ir caminhando mesmo, protegido pelas sombras das árvores, mas, só de se lembrar das cobras e dos insetos que o atacariam se decidisse abandonar a canoa, desistiu da ideia.

Abrindo e fechando com dificuldade as mãos ensanguentadas e trêmulas, Hugo cerrou os dentes contra a dor, segurando os remos novamente. Podia curar as feridas? Podia. Mas deixar que calos se formassem seria melhor. Impediriam que cortes se abrissem o tempo todo. Capí lhe ensinara aquilo.

Depois de poucas horas remando, Hugo já estava sentindo todos os músculos arderem, endurecidos e doloridos. Uma maravilha de academia forçada.

Sentindo o sol finalmente enfraquecer, levando, com ele, o calor úmido e insuportável, Hugo comemorou em silêncio. Sua alegria, no entanto, durou até o momento em que viu as nuvens de tempestade erguendo-se sobre a selva. "Tá de sacanagem..." Ele estremeceu, sozinho ali, diante da imensidão escura que se aproximava.

Até Quixote ficou em alerta, no remo, olhando apavorado para aquela coluna negra no céu. Sabia que chovia bastante na Amazônia, mas precisava ser algo daquela magnitude?! Angariando forças não sabia de onde, Hugo pegou os remos novamente, procurando ignorar as feridas nas mãos, para tentar fugir da tempestade.

Doce ilusão. Em menos de um minuto, as nuvens já haviam rolado por cima dos dois como uma avalanche, e Hugo encharcado lá no meio, remando adiante em pleno aguaceiro, sem conseguir enxergar três palmos à sua frente. Em poucos minutos, até Quixote, que se enfiara debaixo do assento, já estava tão molhado quanto seu guarda-chuva de madeira. "*Agradável contrariedade...* Sei", Hugo resmungou sarcástico, tentando enxugar a água que lhe caía copiosa sobre os olhos e manter firme as mãos que deslizavam pelos remos, obrigando-o a fazer o dobro de força para segurá-los, judiando ainda mais da pele dilacerada.

A dor era atroz, e Hugo parou de remar, recolhendo os remos e analisando as palmas, ensopadas de chuva e sangue. Algumas peles projetavam-se, e ele começou a rasgá-las com cuidado, para que não machucassem mais, até que olhou para a frente e percebeu um tronco enorme flutuando em sua direção, através da chuva. "Mas que droga!" Ele agarrou depressa os remos, mergulhando-os na água e tentando desesperadamente virar a canoa para sair do caminho, mas seria impossível! O tronco estava vindo rápido demais!

Percebendo aquilo, Hugo aplicou todas as forças para remar o máximo que podia, sentindo a canoa quase virar com o banzeiro, até que conseguiu evitar o impacto maior do tronco, que bateu apenas contra a traseira da canoa, ao passar, virando-a forçosamente para a frente de novo, com o peso do impacto.

Preocupado, Hugo largou os remos dentro da embarcação e se apressou para averiguar o estrago. Só então deixou-se sentar, aliviado. O dano não havia sido grande, graças a Deus. Apenas um arranhão no casco traseiro, sem rompimentos. Detestaria ver seu feitiço de conserto não funcionar também com o barco.

Respirando fundo para tentar aliviar a tensão, Hugo recuperou os remos, e quando voltava a remar contra o aguaceiro, do nada, a chuva acabou.

Clima louco.

Em poucos minutos, as nuvens já haviam se dissipado, e lá estava o céu, completamente limpo de novo, como se nunca houvera chovido. O calor de volta.

Parecia coisa de maluco, mas era só a Amazônia mesmo. Querendo enlouquecê-lo. Logo estaria desejando o retorno das nuvens escuras.

Ainda precisou remar mais uma hora no calor da tarde até ser presenteado com o pôr do sol amazônico; o imenso céu, laranja e avermelhado, perfeitamente refletido nas águas do rio. E Hugo ficou encantado.

Lindo, lindo…

Antes que anoitecesse de vez, começou a procurar um local propício onde pudesse desembarcar e dormir. Seus músculos agradeceriam. Estavam ardendo demais, quentes, retesados, rígidos e extremamente doloridos depois de um dia de trabalho pesado. Finalmente ficaria algumas horas em terra firme, longe daquela correnteza toda. Não podia nem acreditar.

Encontrando o local perfeito, Hugo remou até uma pequena praia nas margens do rio. Era de areia branquinha, sem qualquer rastro de outras canoas ou marcas de patas. Melhor assim. Não queria ser nem descoberto, nem comido.

Mergulhando com água até as canelas, usou suas últimas energias para puxar a canoa até a areia. Deixou então que Quixote subisse em seu ombro enquanto tirava o mapa da mochila, para verificar o local onde haviam parado.

Só de pensar que ainda teria semanas de canoa pela frente, dava desespero.

Marcando o ponto provável no mapa, Hugo guardou-o de volta antes que molhasse. Não confiava inteiramente no feitiço de impermeabilização que lançara sobre o pergaminho, e aquela floresta era úmida demais.

Hugo secou o suor da testa. Sentia como se tivesse tomado um banho e vestido as roupas por cima. Tecnicamente, era o que ele tinha feito mesmo.

Espiando para ver se não vinha ninguém, tirou a Atlantis da mochila.

Era tão estranho poder usar a varinha de um professor... Ainda mais uma linda como aquela! Mas não arriscaria usar a sua ali. Não para fazer algo tão bobo quanto trazer a canoa mais para dentro. Caminhando até a beirada da floresta, no ponto exato onde queria que a canoa ficasse, já sentindo uma nuvem de mosquitos atacá-lo, virou-se e apontou a varinha mecânica contra a canoa na margem, dizendo *"Pinda-yba!"*

O casco da canoa rangeu, e a pequena embarcação se aproximou um pouco, mas nada de extraordinário. "Ah, qualé." Respirando fundo, tentou de novo. *"Pinda-yba!"*

A canoa rangeu novamente, desta vez dando um grande estalo, sem se mover, e Hugo arregalou os olhos, correndo até ela para ver o que havia acontecido.

Uma rachadura começara a se formar no casco. "Aaaah, não!" Ele pôs as mãos na canoa, como se aquilo fosse consertá-la. Por sorte, ela não quebrara a ponto de se romper. "Droga de varinha."

Sabia que a culpa não era dela, claro. Se estivesse nas mãos do Atlas antigo, o feitiço teria funcionado com perfeição, mas Hugo não era o seu dono, e a varinha devia ainda estar magoada pelo abandono do gaúcho. *"Não há fúria maior do que a de uma varinha desprezada"*, Ubiara vivia lhe dizendo.

"Não fui eu que te joguei contra o relógio, tá?"

Talvez ainda demorasse um pouco até que ela resolvesse funcionar direito.

Prendendo a Atlantis no cinto, conformado, pensou em sacar a própria varinha para aquela tarefa, mas os ruídos vindos da floresta o fizeram pensar melhor. O que lhe custava fazer o esforço extra e puxar a canoa com as próprias mãos? Melhor do que correr o risco de perder sua varinha para o Curupira no primeiro dia. A descrição que Atlas fizera do diabinho ainda lhe dava arrepios: *um demônio de cabelos vermelhos e pés invertidos, que enganava, matava e enlouquecia seus inimigos. Um ser de muito poder e pouca paciência.*

É. Melhor não mexer com ele. Se a varinha escarlate, que tinha um *único* fio do cabelo do Curupira, já tinha o poder que tinha, Hugo podia imaginar o que o Curupira era capaz de fazer.

Decidindo ser menos preguiçoso, Hugo respirou fundo e foi puxar a canoa, no muque mesmo, cerrando os dentes e gemendo com o esforço. Escondê-la era necessário. Se a deixasse ali, arriscava chamar atenção de outros que passassem pelo rio.

Pior, arriscava ter a canoa roubada naquela mesma noite.

Arrastando-a pela areia até a floresta, parou apenas quando já sob a proteção total das árvores. Estava ficando escuro, e Hugo pegou a Atlantis mais uma vez. "Alguma hora você vai ter que me obedecer. *Ybyty!*"

Com um sopro de magia, a varinha jogou folhas secas por cima da canoa para camuflá-la. "Uhu... Grande realização mágica", comemorou sarcástico.

Meio dia na floresta e já estava falando sozinho. Hugo riu do absurdo. Pelo menos o aroma da mata era delicioso. Reunindo gravetos e folhas em um montinho no chão, concentrou-se novamente, tentando acender a fogueirinha com um *Tatá*.

Nada aconteceu.

Tentou de novo. Nada.

Respirando fundo, sentou-se numa raiz para averiguar o que havia de errado na varinha. *Vamos lá, você que é o especialista aqui, Hugo.*

Quem dera...

Analisando a Atlantis, começou a desmontá-la com cuidado, mas com pressa. Logo estaria escuro demais para ver qualquer coisa ali. Focando primeiro na capa de cobre, girou-a para desencaixá-la do bronze, e então tirou toda a parte metálica, deixando apenas os dois pedaços de madeira quebrada.

Era tão triste ver uma varinha partida ao meio daquele jeito... Devia ter sido horrível vê-la ser quebrada por Ustra, na frente da Tordesilhas inteira.

Bem se via que não era uma varinha feita por Ubiara. Estaria funcionando se fosse. As varinhas de Ubiara eram inteligentes. A do professor era ótima também, claro, mas não entendia que a vida de seu dono dependia de que Hugo permanecesse vivo! Devia estar ajudando, e não se recusando a funcionar com ele!

Ser quebrada ao meio, no entanto, deixava um trauma. Talvez por isso fosse tão sensível a abandonos.

Dava para ver a alma da varinha ali dentro, segurando as duas metades.

Alma de centauro... Deus do Céu. Devia ter sido doído demais a traição do cupincha de quatro cascos dele... *Saturno*, né? Traidor cretino.

Reorganizando os cinco pelos de cauda de centauro com mais perfeição, Hugo recolocou tudo no lugar, reencaixando a capa metálica com cuidado.

Ok. Levantando-se confiante, tentou acender a fogueira de novo.

Nada.

Impaciente, tentou mais uma vez. Nada.

"Ah, colabora, vai!" ele reclamou, e a varinha, só de birra, obedeceu, soltando uma labareda gigante contra a fogueirinha, que acabou pondo fogo em toda a imensa árvore atrás dela. Apavorado, Hugo tentou apagar as chamas com um jato d'água, que também saiu exagerado, atirando-o com força para trás, contra a terra, e apagando o maldito incêndio, mas também a fogueira. *Filha da mãe!*

Irritado, Hugo se levantou em meio à fumaça do fogo extinguido, xingando a varinha e jogando-a longe. Então, xingando a si próprio, foi buscá-la de volta, praguejando *"Ah, eu tenho medo de rio... aaaahh, eu não posso redemoinhar pela floresta, é proibido... aaaah, saci FRESCO! Tava é com medo do Curupira!"*

Muito engraçadinho Peteca mandá-lo até lá e depois dizer que não podia acompanhá-lo... E a noite chegando.

Pensando em usar a varinha escarlate só daquela vez, Hugo logo olhou ao redor de novo, com medo dos novos ruídos. "Quer parar de fazer barulhinhos suspeitos, pô?!" gritou para a floresta, e acabou indo procurar duas pedras de tamanho razoável com as quais pudesse tentar produzir faísca.

Se os homens, nos filmes, conseguiam, ele também conseguiria fazer fogo manualmente. Não era um bruxo ignorante da vida azêmola, como a maioria.

Saindo da floresta, Hugo deu os primeiros passos na areia branca da praia, agora já meio cinza, e foi tateando pela semiescuridão da noite que chegava até encontrar pedras ásperas o suficiente para fazer a mágica do fogo azêmola.

Encontrou duas perfeitas, logo ao lado de um segundo rastro de canoa, que não deveria estar ali, e se ergueu, tenso, sacando a varinha do professor.

Tinha absoluta certeza de não ter visto marca alguma naquelas areias antes.

Com o coração batendo forte, Hugo seguiu o rastro, entrando novamente na floresta; a varinha desta vez apontada contra a absoluta escuridão. Avançou, então, apreensivo, por entre as sombras das árvores, até que deu uma topada com o pé em alguma coisa dura e tapou a boca, segurando um berro de dor, enquanto xingava-se mentalmente.

Foi então que percebeu; tinha chutado justamente a canoa que estivera procurando. Forçando a vista, viu-a revirada no mato; sua superfície inteira forrada de terra e folhas, numa camuflagem perfeita. Perfeita demais para um azêmola.

Ainda com o dedão do pé dolorido, Hugo ouviu um ruído discreto atrás de si e se virou depressa, vendo o dono da canoa de costas, agachado no chão, arrumando distraidamente uma mochila no escuro.

Era alguém grande, bem maior do que ele, e Hugo, tenso, apontou a varinha contra o invasor, fazendo voz de traficante durão, "Você aí! Mãos pra cima!"

O homem ergueu os braços gorduchos, parecendo assustado, mas Hugo não se enganaria com aquela aparente fragilidade. Fazendo a voz soar ainda mais ameaçadora, ordenou, "Se vira, vai! Quero ver seu rosto, seu filho da mãe!"

"Calma! Não me mata, por favor!" a voz trêmula soou, parecendo de alguém um pouco mais jovem do que Hugo imaginara, e o espião se virou, inseguro, as mãos ainda para cima.

Foi então que Hugo se espantou, abaixando a varinha, estupefato, diante da pessoa que ele menos imaginava encontrar.

"O que tu tá fazendo aqui... *Anjo*?!"

CAPÍTULO 54

O ESTAGIÁRIO

"RESPONDE! O que tu tá fazendo aqui?!"

Assustado, Gordo permaneceu com as mãos erguidas; mesmo sendo meio metro mais alto que Hugo, duas vezes mais gordo e três anos mais velho.

Estava vestido no mesmo estilo europeu de sempre, roupas de lorde, sapatos top de linha impossivelmente engraxados e sobrancelhas impecáveis, que ele, inclusive, baixou uma das mãos para arrumar, antes de voltar a erguê-la depressa.

O que ele pretendia fazer na floresta vestido daquele jeito?! Achava que aquilo era brincadeira?! Que estava numa festinha na fragata?!

Ainda tentando entender por que Hugo lhe perguntara algo tão óbvio, Gutemberg hesitou, "Ehhh... tô fazendo o mesmo que você?... acho?"

"Como tu chegou aqui?"

"D-de canoa?"

"Eu SEI que foi de canoa! Tô perguntando como tu sabia o caminho!"

O anjo desviou o olhar para o chão, meio constrangido, "Eu tava te seguindo...", e Hugo riu sarcástico. "Essa é boa. Eu não preciso de ninguém me seguindo não, tá?!"

"Mas você precisa de ajuda! Pra encontrar a tal planta!" Gutemberg tentou dar um passo amigável na direção dele, mas Hugo firmou o braço com a varinha, e o anjo recuou, trêmulo, abaixando temerosamente o olhar, *"Eu sou bom em encontrar as coisas!... P-posso abaixar as mãos?"*

Hugo desceu a varinha, percebendo que não fazia sentido.

Gordo baixou as mãos, aliviado. "Mano do Céu..."

"Como tu soube da planta?"

"Eu sou estagiário do Rudji, esqueceu?"

"Ah sim. Bom, já que tá tudo esclarecido, tu pode ir dando meia-volta pra Boiuna agora mesmo, que tu me seguindo só vai chamar atenção pra mim."

"Mas eu prometo ficar quieto! Você nem tinha me notado até agora, mano!"

Hugo fechou a cara, com o orgulho ferido. "Pouco importa que eu não tinha te notado! Pega a tua canoa e volta remando pra Boiuna agora!"

"Mas eu posso ajudar!"

"Tu só vai morrer, garoto! Ou, no mínimo, me atrapalhar! Olha os sapatos ridículos que tu tá usando! Volta pro teu quartinho e tuas roupinhas de grife, vai! E vê se te enxerga! Eu não preciso de um filhinho de mamãe engomadinho e GORDO me atrasando!"

Gutemberg olhou chocado para ele, absolutamente machucado com aquelas palavras, mas Hugo não se desculpou. Sabia que estava sendo cruel, mas era sua *vida* em jogo ali. Não podia deixar que um gorducho o seguisse. O anjo só iria atrasá-lo! E ainda acabaria morrendo, para completar a desgraça.

Não conseguia nem ouvir umas verdades, ia sobreviver na floresta como?!

Hugo estava sendo escroto para ver se o anjo se tocava. "Foi o Rudji que te mandou aqui pra me espionar, né?! Aquele filho da mãe."

"O Rudji?! Não!" ele rebateu, genuinamente ofendido. "Eu vim por conta própria!"

"Então volta por conta própria! Eu não preciso do seu peso me atrasando."

Não duraria nem um dia vestido daquele jeito! Era um FAVOR que ele estava lhe fazendo expulsando-o dali. "Tá pensando que vai pra alguma festinha?!" Hugo zombou, e Gutemberg olhou para as próprias roupas, meio sem graça. "Volta pra sua bolha, vai, ANJO! E deixa alguém mais fisicamente preparado fazer o serviço." Hugo tirou a camuflagem da canoa, revelando a antiga Villas-Bôas; trinta anos mais velha que a Possuelo. "E não fica me olhando com essa cara de cachorro magoado, não. Devia me agradecer. Essa canoa ia durar ainda menos que você", Hugo terminou, com um pouco mais de carinho. O anjo não merecia sua agressividade. "Aproveita que a Boiuna ainda tá parada lá."

Hugo não queria a morte dele nas costas. Se sentiria culpado pelo resto da vida se Gordo morresse ali porque ele não tivera coragem de ser desagradável.

Claramente entendendo as razões do pixie, o anjo obedeceu. Decepcionado e triste, mas obedeceu. Pegando a mochila do chão, passou calado por ele, puxando a canoa de volta ao rio com um feitiço de sua varinha cor de caramelo. "Se você não precisa da minha ajuda, tudo bem. Eu volto", disse em voz baixa. Magoado.

Gutemberg era mais velho que ele, mas era também o mais delicado dos Anjos. O mais pacífico. O que estava fazendo naquele lugar hostil?! Aquilo era tarefa para quem tinha resistência, e não para alguém como ele. Muita ingenuidade se embrenhar na Amazônia sem nem ao menos um par de botas nos pés...

Assim que Gordo saiu, Hugo retornou para a sua própria canoa, por dentro da mata mesmo. Permitiria que Gutemberg fosse embora sem plateia, para não humilhá-lo ainda mais. Pelo menos o anjo havia tido a coragem que Índio não tivera.

Anotaria aquilo em sua listinha mental de qualidades.

Retornando à sua patética fogueirinha apagada, Hugo sentou-se diante dela com as duas pedras nas mãos, começando a bater uma contra a outra por sobre os gravetos e folhas, em busca de uma mísera faísca, antes que a escuridão descesse por completo. Tentou por um tempo com aquelas, depois com pedras mais lisas, depois friccionando um maldito graveto contra a madeira... até que, finalmente, após QUARENTA minutos tentando, no escuro e no frio, conseguiu.

Quarenta *minutos*. Varinhas filhas da mãe... De que adiantava ter duas, se uma explodia as coisas e a outra ele não podia usar?!

Com as palmas das mãos em carne viva, Hugo soprou de leve a fraca brasa, até que ela virasse chama. Então, um pouco mais calmo, quase orgulhoso de si, ajeitou-se no chão, diante da fogueirinha acesa, olhando para as mãos trêmulas com uma careta de dor. Estavam esfoladas em várias partes e imundas.

Aquilo infeccionaria se não fizesse nada.

Levantou-se e caminhou novamente até a praia escura.

Mergulhando as mãos no rio, cerrou os dentes, sentindo a ardência dos cortes, mas deixou que as águas frias fizessem seu trabalho. De repente, um crocodilo quebrou a superfície de boca aberta, querendo jantar suas mãos, e Hugo as tirou depressa do caminho, jogando-se para trás assustado e sacando a varinha escarlate, que brilhou num vermelho tão intenso que não precisou fazer feitiço algum.

O crocodilo resmungou com a luz, indo embora, e Hugo trancou os dentes de dor, segurando apavorado a mão, cuja pele o predador rasgara. Arrastando-se para trás, tremendo inteiro, afastou-se da margem sem se levantar; protegendo a mão ensanguentada contra o peito, olhando atônito para o rio.

Tinha se esquecido daquela possibilidade...

Que maravilha. Quase perdera as mãos logo na primeira noite!

Vendo que não parava de sangrar, Hugo aproveitou que a varinha já estava à vista mesmo, brilhando vermelha no escuro, e curou rapidamente a ferida, escondendo-a depressa no bolso da calça de novo e olhando com medo ao redor.

Nenhum sinal do Curupira.

Menos mal.

Tentando acalmar o coração, ainda ficou um tempo ali, de olhos atentos à água, tonto demais para se levantar por enquanto; os planos de tomar banho no rio e pescar temporariamente cancelados.

Talvez pela manhã, quando pudesse ver o que havia na água.

Com a cabeça aérea e as pernas ainda bambas do susto, Hugo forçou-se a se levantar, voltando para perto da fogueira. Desabou sentado em frente a ela, passando os pulsos trêmulos pela testa, nervoso.

Vasculhando a mochila, à procura das barras de cereais, selecionou duas sem acordar Quixote, que já dormia ali dentro na maior tranquilidade.

"Amanhã tu rema, folgado."

Sentando-se com as costas no tronco mais próximo, não sem antes verificar mil vezes a presença de escorpiões, Hugo tentou relaxar, ouvindo as cigarras distantes enquanto mastigava; mas ficou o tempo inteiro se estapeando para matar os insetos que chegavam perto. Nem meia hora na mata e o tal *inferno verde* já estava atacando: mosquitos, aranhas e formigas infernizando quem se atrevia a passar a noite ali. Isso quando Hugo não se levantava no susto, achando que qualquer movimentação das folhas era uma cobra. Nesses casos, ficava vários minutos em pé, apreensivo, olhando estaticamente para as plantas, até certificar-se de que havia sido um engano.

Com a pele inteira já coçando insanamente, Hugo guardou as embalagens vazias dentro da mochila e tentou dormir sentado mesmo; a cabeça recostada no tronco. Mas quem disse que conseguiu? A imagem de cobras e crocodilos o fazia abrir os olhos em pânico a cada meio segundo, e ele então olhava na direção do rio, ou dos pés, ou da árvore.

Animais tinham medo de fogo, né? Enquanto a fogueira permanecesse acesa, ele estaria seguro. Certo? Certo. Com aquela certeza no pensamento, tentou fechar os olhos de novo, mas um rugido distante de onça o fez abri-los depressa, e Hugo, agora sim em pânico, levantou-se; já absolutamente arrependido de ter enxotado Gutemberg. Pelo menos teria tido alguém ali com quem revezar a vigia noturna... *A onça tá longe daqui, seu imbecil. Por que ter medo?*

... *Porque é uma maldita onça, caramba!*

Tentando não chorar de nervosismo, Hugo andou de um lado para o outro, sem saber o que fazer. Precisava dormir. Seus olhos pesavam, implorando que ele os fechasse, mas como?! Não sabia nem onde se deitar! Era como tentar dormir num quarto cheio de aranhas!

Bárbara bem que tentara alertá-lo, dizendo que ele desistiria na primeira noite, mas ele não quisera ouvir. Burro! Burro!

Desesperado com a possibilidade de não conseguir dormir nenhuma das noites, Hugo buscou refúgio na canoa, virando-a de lado e enfiando-se lá dentro, por entre a camuflagem de galhos e folhas que o esconderia dos bichos.

Recostando-se, protegido, encolheu-se inteiro lá dentro, tentando dormir, mas a claustrofobia logo começou a atacar. Espaço fechado demais.

Sentindo o coração acelerar com a falta de ar, Hugo tentou respirar fundo. Precisava se acostumar àquele aperto ou não haveria alternativa a não ser ficar acordado em pé, lá fora, em estado de alerta, pelo restante da noite.

Tentando não pensar onde estava, sacou a varinha escarlate com certa dificuldade, naquele espaço mínimo, e o fio de cabelo do Curupira começou a brilhar vermelho, como sempre fazia na escuridão.

Varinha escandalosa.

Podendo, agora, ver o interior da canoa, Hugo tentou se convencer de que o espaço era aconchegante, e não apertado.

Quando começara com aquela palhaçada de claustrofobia?!

Provavelmente na semana em que ficara preso naquele fosso escuro, no Dona Marta. Ainda tinha pesadelos com a água da chuva se infiltrando e alagando tudo..., o lixo boiando na escuridão, a voz de Caiçara soando lá em cima, dizendo que sua avó tinha morrido.

Lugares fechados davam nervoso.

Tentando não pensar naquilo, Hugo limpou os dentes com o feitiço "*Purigu*", em Esperanto. Deu certo. Ótimo. Pelo menos, escondido ali, podia usar a varinha.

Guardando-a, encolhido, voltou a ficar no escuro absoluto. Tentou então conter o pânico, fechando os olhos e focando nos ruídos noturnos lá fora: o canto das cigarras, o coaxar dos sapos, o zumbido dos mosquitos, o vento. Talvez, assim, enganasse o cérebro, sugerindo-lhe que ainda estava lá fora; e não apertado ali dentro.

Foi quando ouviu a cobra.

Suando frio, sentiu-a se arrastar por sua perna e tentou segurar a respiração, seu coração fazendo mais barulho do que gostaria, enquanto tirava lentamente a varinha do bolso para iluminar a invasora com seu brilho natural. Lá estava ela, de anéis vermelhos e pretos, arrastando-se para seu abdômen. Uma coral... Venenosa.

Tentando não tremer a mão que segurava a varinha, foi lentamente tirando a serpente de cima de si, empurrando-a para o fundo da canoa, sem feitiços. Não conseguia fazer magia com a mão direita, e a esquerda estava perto demais do bicho.

Conseguindo, finalmente, deixá-la rastejando pela madeira, Hugo foi saindo devagarzinho da canoa com a respiração presa, arrastando-se para fora, até que conseguiu sair por completo sem ser mordido e começou a chorar, tremendo inteiro. A mão cobrindo a boca.

Lembrando-se da varinha, escondeu-a de volta no bolso, enquanto Quixote, bem desperto agora, olhava apavorado para a cobra. "Vai lá, vai!" Hugo provocou. "Mata a cobra, que eu quero ver!"

O sagui respondeu com guinchinhos revoltados, como quem dizia, "Tá maluco?! Vou não!", e Hugo murmurou, "Covarde", sacando a varinha do professor e se reaproximando da canoa com a Atlantis bem estendida à sua frente. Não arriscaria um feitiço. Não com aquela desgovernada. Em vez disso, usou-a como graveto de novo, erguendo a cobra com cuidado e lançando-a longe, apavorado.

Não conseguiria dormir ali. Nem ali, nem em lugar algum daquela floresta, e a lembrança de que ainda teria MESES disso pela frente o desesperou. Como sobreviveria sem dormir?!

Emocionalmente exausto, Hugo olhou para todos os lados, assombrado com a possibilidade muito real de que passaria todas as noites parado em pé, sem descanso.

Imediatamente quis voltar. Mas não podia. Não depois de ter pagado de machão para Gutemberg.

Chorando desesperado, abraçou-se em pânico, olhando o chão à sua volta, à procura de escorpiões, cobras, insetos venenosos que pudessem estar escondidos na folhagem rasteira; já imaginando o corpo inteiro coberto por baratas e besouros, como acontecera na alucinação da overdose, na Sala das Lágrimas... *Mas que droga, Idá! Tendo um ataque de pânico depois de tudo que tu viveu?!* Hugo tentou colocar a cabeça no lugar, procurando se acalmar. Era muito trauma para uma pessoa só, credo. *Se segura, garoto!*

Respirando fundo, tentou focar em algo que não fosse da floresta.

A mochila. *Isso. Foca na mochila. Se acalma.*

Ok.

Assim que conseguiu começar a raciocinar com clareza, puxou a canoa de volta para o rio. Melhor remar a noite inteira e dormir de dia.

Em poucos minutos, já estava navegando novamente, remando contra a correnteza, na absoluta escuridão amazônica. Seus olhos pesavam de sono, mas não podia dormir ali. Se o fizesse, a canoa, à deriva, se chocaria com violência contra algum tronco flutuante pelo caminho e, então, adeus Idá.

Com a pouca luz que conseguira da Atlantis, Hugo remava exausto, tentando fixar os olhos na escuridão aquática à sua frente, à procura de perigos flutuantes. A varinha só iluminava as águas mais próximas, de modo que qualquer obstáculo um pouco além delas só seria visto muito em cima da hora, e aquilo era preocupante.

Mas definitivamente melhor do que cobras subindo por sua perna.

No meio do rio noturno, o silêncio era quebrado apenas pelas pás dos remos atingindo a água; bem mais relaxante do que remar ao sol ou tentar fechar os olhos numa floresta escura cheia de bichos zunindo e sibilando em seu ouvido.

A única desvantagem era a escuridão absoluta, mas estava conseguindo ver o contorno escuro das árvores contra o céu nublado, e aquilo lhe dava alguma noção de onde ficavam as margens.

Sentindo os olhos pesarem de novo, Hugo sacudiu a cabeça para acordar, morrendo de inveja do sagui, estirado feito um gato preguiçoso no meio do barco. Grande ajuda ele era. Macunaíma estaria, pelo menos, divertindo-o.

Que saudade ele tinha daquele gato...

Hugo olhou para o céu mais uma vez. Apenas nuvens cinzentas e o ocasional relâmpago. Ele remaria na chuva de novo.

Indo até a mochila, tirou dela uma jaqueta de tecido duro, colocou-a sobre a cabeça e voltou a remar, sentindo o temporal cair assim que o fez.

A jaqueta ajudou; a chuva demorando um pouco mais para encharcar sua alma, enquanto Quixote se apressava, contrariado, para debaixo do assento, com os pelos já todos grudados ao corpinho branco ensopado.

Acabariam pegando uma pneumonia ali. O macaco e ele. O dilúvio parecia ainda maior com o barulho ensurdecedor da tempestade batendo na água ao redor; as gotas respingando nele por baixo também, além das que caíam de cima. "Que maravilha... Tu gostava mesmo de morar aqui, Quixote?!"

O sagui respondeu com um sorrisinho de macaco, abraçando-se contra a chuva e tremendo ali embaixo. Foi então que um segundo relâmpago iluminou a floresta escura, e Hugo pôde avistar, surpreso, a bifurcação de rio que precisava tomar.

Fazendo rapidamente um esforço sobre-humano, girou o barco na direção dela, contra a correnteza do Solimões e das águas que desciam, raivosas, do novo rio. A confluência entre os dois era pesada, e Hugo começou a remar com muito mais força, quase chorando por causa do esforço; as mãos se ferindo contra os remos molhados e escorregadios enquanto tentava enganar o cérebro para não entrar em desespero, ensopado pelas águas que o atacavam de todos os lados. "É isso aí, Idá, mais três séries com esse peso! Isso! Vai ficar com os músculos tinindo, garoto!" Hugo riu, desesperado, as lágrimas caindo, até que finalmente conseguiu ultrapassar a barreira d'água e desembocar num terceiro rio mais calmo. Só então pôde relaxar.

A tempestade foi embora logo em seguida, levando com ela as nuvens, e deixando constelações no lugar. Ensopado, Hugo recostou-se na amurada, admirando-as por alguns segundos, até achar melhor trocar as roupas molhadas, antes que ficasse resfriado. Deixando as antigas secarem no assento de trás, tomou os remos novamente, apesar do cansaço total.

Pelo menos o novo rio era mais estreito; as águas tão mais calmas que permitiam o reflexo perfeito da lua em sua superfície e, contra todas as expectativas, depois de tão turbulento início de noite, uma madrugada tranquila se seguiu... Era o universo lhe dizendo que tinha de continuar.

A alvorada chegou poucas horas mais tarde, e sua fina neblina cobriu a mata como um véu por quase uma hora antes que o sol nascesse; a aglomeração de vapores chegando a impedir a visão a dez palmos de distância no curso do rio, mas Hugo nem se importara, de tão relaxado. Talvez fosse a exaustão profunda mexendo com seu cérebro.

Quando já não restava mais nenhum traço da neblina, e o agradável sol da manhã começara a refletir sua luz no rio de forma um tanto dolorosa para quem ainda não havia dormido, Hugo aportou na praia mais próxima, arrastando a canoa pela areia. Com as mãos ensanguentadas de novo, mas pouco ligando para elas, deitou-se na canoa e apagou, na tranquilidade abençoada das seis da manhã.

Acordou com o calor insuportável do sol de meio-dia na cabeça e cheio de mosquitos na pele. Espantando todos, tentou se levantar, mas cerrou os dentes. *Tudo doía. Absolutamente tudo. Braços, coluna, pulsos, nuca... Parece um velho, Idá!*

Espreguiçando-se por absoluta necessidade, Hugo comeu alguns biscoitos salgados e arrastou a canoa de volta ao rio; os músculos retesados dos braços doendo à medida que remava; a pele inteira ardendo do sol que tomara dormindo e das infinitas picadas de mosquito na praia. Da próxima vez, usaria o repelente, mesmo longe das árvores. Precisaria ser econômico, no entanto, se quisesse fazer o frasco durar mais que uma semana.

Pelo menos aquele novo rio era mais calmo. Sua vasta lâmina d'água fazendo parecer que existiam dois céus à sua frente, um abaixo, um acima; ambos de um azul profundo, salpicados de pequenas nuvens brancas. Lindo.

Vislumbrando aquela paisagem magnífica, Hugo parou para se hidratar, ocultando a varinha escarlate enquanto sussurrava "*Ymbu*" e bebia o jato de água que saía dela. Por mais lindo que o rio fosse, não sabia se podia confiar na qualidade de suas águas para bebê-las. Ao menos não tão próximo à civilização poluidora.

O calor amazônico ainda lhe torrava a cabeça, e Hugo tirou a camisa, amarrando-a, molhada, no crânio, para suportar o sol. Não pararia para descansar à sombra das árvores até que sentisse a fome bater. Mesmo porque, na margem esquerda, ainda era possível ver raros sinais de civilização: alguns casebres... uma antiga igrejinha... um pescador caboclo pendurando gigantescos pirarucus para secar...

Mais um tempo remando exaustivamente e também aqueles míseros sinais de humanidade deixaram de aparecer. O último tendo sido uma canoa a motor, recém-deixada em uma das praias, com pegadas de gente em direção à mata.

Hugo nunca passara por um teste maior de honestidade.

Vendo-a de longe, pensara no quanto o roubo daquele motor prejudicaria uma pessoa que não tinha nada a ver com o assunto, e apenas continuara a remar; primeiro angustiado com a decisão, depois gradualmente orgulhoso de si mesmo, até que a percepção da grandeza do que fizera começou a emocioná-lo, trazendo nova empolgação a suas remadas.

Ele tinha se tornado uma pessoa decente afinal.

Mais uma curva e o rio começou a ficar estreito, a selva se fechando aos poucos ao redor deles à medida que avançavam por suas calmas águas, e Hugo parou de remar, percebendo o quão distante estava agora do mundo que conhecia.

Nunca estivera tão sozinho. Apenas ele, Quixote e o ruído das folhas ao vento. Nenhuma voz, nenhuma buzina, nenhuma porta batendo, nada.

Devia ser umas cinco da tarde, a julgar pelo céu, e Hugo decidiu parar para almoçar, embicando a canoa na prainha mais próxima. Havia uma em cada curva do rio, sempre oposta a um barranco alto do outro lado. Ainda dentro da canoa, virou-se para a proa, que tocava o rio, e puxou um peixe das águas com um *Pinda'yba*.

Aê! Muito bem. Parabéns pra você.

Pelo visto, ele e a varinha do professor estavam começando a se entender.

Tudo bem que o peixe praticamente voara por cima dele, indo cair na areia a metros de distância, mas já era um bom começo.

Descendo e puxando o resto da canoa para terra firme, apontou a varinha contra o peixe, que se debatia feito louco na areia, mas ficou com medo de explodi-lo sem querer, então foi com o facão mesmo. Pronto. Morte rápida. Já havia comido as últimas frutas ao longo da tarde, antes que estragassem, mas o peixe cairia bem.

Se ele conseguisse acender a fogueira.

Após cinco minutos tentando com a varinha de novo, e explodindo tudo, resistiu bravamente à tentação de jogá-la no rio e ver a Atlantis afundar como o continente perdido.

Teria sido justiça poética.

Em vez disso, foi ferrar as mãos batendo uma pedra contra a outra, e o peixe ali, estragando na praia. Pelo menos a temperatura do pôr do sol era amena.

Vinte minutos depois, lá estava o maldito peixe, flutuando sobre o fogo.

"Pra feitiços inúteis tu serve, né?"

Peixe pronto, Hugo tirou-o dali com o mesmo feitiço inútil e tentou descamá-lo, queimando as mãos. Claro. Imbecil. Ficara tão preocupado com a fogueira que se esquecera de fazer aquilo antes. Pegando o peixe, foi arrancando as escamas com os dentes mesmo, e então a carne. Faltava sal, mas era melhor do que comer biscoitos para sempre. Poderia ter feito crescer um pé de tomates com uma das sementes, mas ainda não confiava inteiramente na varinha. Vai que ela criava um tomateiro gigante, chamando a atenção de um quinto de mundo? Melhor não arriscar por enquanto.

Hugo ainda ficou alguns minutos sentado na areia branca, depois de comer, admirando as nuvens, que agora brilhavam em tons espetaculares de laranja no amplo céu amazônico. Pena que estava cansado demais para admirá-las do jeito que devia. Era tudo muito desgastante... E olha que se tratava de Hugo!

Ele tinha plena consciência de que não era qualquer um que teria chegado até ali. Mesmo com apenas dois dias de viagem transcorridos. Parecia um ano.

Dois meses, Idá... Aguenta firme. Fazendo um esforço enorme para se levantar, lavou as mãos da gordura do peixe e embarcou de novo. Remaria a noite inteira e dormiria pela manhã, como no dia anterior. Melhor enfrentar a escuridão do rio do que a da selva. Só de pensar que, em algumas semanas, não teria mais qualquer escolha quanto àquilo, já dava pânico. Enfim. Tomou os remos novamente, voltando a empurrá-los contra a água, e a noite passou fria, apesar do esforço físico.

Quando a terceira manhã finalmente chegou com seu poderoso nevoeiro matinal, um aguaceiro caiu dos céus em cima deles, bem quando pensava em desembarcar para dormir. Que maravilha. Voltando a remar, porque não adiantava tentar dormir na chuva, continuou a vencer o rio, agora em meio aos raios e a um vento tão forte que arrastava até pedaços de árvores pelo ar.

Ia ficar maluco ali, se aquilo fosse acontecer todos os dias.

De repente, Hugo sentiu algo grande raspar contra o casco da canoa e olhou, tenso, para as águas, sem conseguir ver nada direito naquela visibilidade zero, a não ser uma superfície brilhosa que surgiu do nada na água e submergiu novamente. Foi o suficiente para que ele ficasse apreensivo até que a chuva passasse, olhando para as águas, com medo do retorno do bicho.

O temporal terminou, e Hugo ainda olhando. Encharcado até os ossos, e tremendo de frio, puxou os remos de volta para dentro, tirando a varinha escarlate e se secando depressa, antes de voltar a escondê-la.

Pelo menos aquele conforto ele teria, em vez de um belo resfriado.

Seco, mergulhou as pás na água mais uma vez, retomando as remadas antes que o bicho voltasse, mas um cardume de peixes voadores atravessou a canoa, pulando por cima dela, e Hugo parou para se proteger, dando risada enquanto alguns o atingiam! Nunca vira peixes voadores antes. Só na TV! Foi quando um boto cor-de-rosa saltou atrás do cardume, também por cima da canoa, dez centímetros na frente dele, e Idá riu alto, surpreso com o espetáculo. "Seu filho da mãe!"

Então *aquele* havia sido o danadinho que raspara contra a canoa! Logo outros apareceram, todos saltando para abocanhar os peixes e caindo de volta na água como se brincassem de caçar. Botos *reais*, e não aquele gringo maldito que engravidara Janaína. Até que, saciados, os golfinhos rosados foram embora, e Hugo remou até a margem para dormir, desta vez com um sorriso enorme no rosto.

Saltando na lama branca da areia pós-chuva, puxou a canoa para a praia e desabou de cansaço dentro dela, cobrindo o rosto com a jaqueta, contra o sol que viria. E assim a primeira semana foi passando, entre tempestades e espetáculos da natureza, mosquitos, muito sol, pouco sono, esforço demasiado e a mesma comida de sempre, enquanto tentava angariar forças para remar mais um dia.

Pelo menos sempre era recompensado com uma perseguição de botos, ou uma revoada de araras vermelhas passando logo acima de sua cabeça... ou uma mãe-preguiça nadando vagarosamente pelo rio, com o filhote nas costas e aquele rostinho pequeno e pacífico... seus longos braços impulsionando os dois para a frente... Se quisesse, Hugo poderia tê-los tirado da água para dentro da canoa sem qualquer resistência, mas, se Capí lhe ensinara alguma coisa, havia sido que nenhum ser vivo era propriedade de ninguém, e Hugo, então, seguia adiante. Aqueles momentos constituíam um breve alívio contra os esforços do dia, até que as chuvas caíam de novo, e Hugo voltava a se sentir miserável.

Só na tarde do quinto dia avistou a temida placa da FUNAI, quase destruída pela vegetação, avisando que estavam entrando em área proibida.

Pronto. Lá ia ele quebrar a lei mais uma vez.

Apenas ele, porque Quixote estava voltando para casa, e não invadindo. Olhava para tudo com os olhinhos arregalados, reconhecendo o rio, os barrancos, as árvores, que agora subiam altas, tão mais próximas a eles...

Dormir na praia, ali naquele ponto, teria sido impraticável sem um repelente. Os mosquitos conseguiam ser piores na areia do que na mata. Verdadeiros enxames, atacando tudo que Hugo deixava descoberto: centímetros de mão, um canto do pescoço, bochechas, pálpebras... de modo que ele sempre acordava em estado deplorável, voltando a remar moído de tanta mordida. Por isso, com o passar dos dias, decidira que a melhor tática era acordar às 10 e parar para almoçar ao meio-dia, a fim de pelo menos proteger a pele dos raios escorchantes do sol a pino, já que não podia protegê-la dos mosquitos, levando seu peixe assado para comer na floresta, sob a cobertura fresca das árvores. Aproveitava o momento para tentar buscar coisas nutritivas lá dentro. Tinha de poupar ao máximo o que levava na mochila, ou faltaria quando ele mais precisasse.

No entanto, por mais que sua intenção fosse boa, nunca conseguia encontrar nada que não parecesse venenoso. Quixote comia as frutinhas silvestres com deleite, mas Hugo não confiava nele o suficiente e acabava voltando aos biscoitos.

A verdade é que já não aguentava mais comer peixe e, lá pelo sétimo dia, seu corpo não suportava mais bater pedrinha também, sentindo todos os efeitos da exaustão da jornada. Ele inteiro doía, após noites e dias de esforço intenso; a nuca completamente retesada das manhãs maldormidas, e nem a visão de uma revoada de papagaios estava surtindo efeito para reerguer seu ânimo. O pior era sofrer tudo aquilo sem nenhuma garantia de que encontraria a bendita cura. Quantos meses daquilo, sem garantias? Isso sem contar que teria de voltar o caminho inteiro depois, se acabasse usando o muiraquitã para outra coisa. O retorno seria menos exaustivo a favor da correnteza, mas ficava aflito só de pensar.

Quanto mais se afastava da humanidade, mais a navegação se tornava difícil, sem a presença de outros barcos para tirarem os troncos flutuantes do caminho. Isso quando as árvores caídas não estavam completamente submersas, sendo levadas com apenas alguns abençoados galhos acima das águas, tornando-as visíveis. As curvas intermináveis dos rios estreitos cansavam muito, mas desviar dos obstáculos flutuantes era pior, porque o mantinham em permanente tensão; os músculos dos braços protestando de dor a cada sequência apressada de remadas para esquivar de um deles.

Naquela manhã, sentado próximo à fogueira, esperando o peixe assar, Hugo se recostou exausto na canoa; as mãos em carne viva de novo. "Fazer um foguinho, não, né? Muito trabalho pra você. Tu só gosta de explodir as coisas", reclamou com a varinha, mas então riu. Era bem a cara do Atlas mesmo: explodir coisas em vez de acendê-las.

Abriu o mapa. Ainda tinha vinte dias pela frente até que precisasse abandonar a Possuelo e se embrenhar pelo mato sem fim, distanciando-se da comida fácil do rio.

Só de pensar, dava nervoso. Não via problema em matar peixes; mas queria ver quando tivesse que assassinar um mamífero peludinho.

Aí, sim, a coisa ficaria séria.

Depois de ter esperado o peixe esfriar, cortou-o com as mãos, comendo aos punhados enquanto observava filhotinhos de macaco brincando com Quixote a vinte metros de altura. Eram engraçados, e Hugo riu um pouco, apesar do esgotamento absoluto, coçando os olhos com as costas da mão, exausto. Sua vista ardia do cansaço... mas ele ainda tinha a tarde inteira de remo pela frente.

Ouvindo um trovão a distância, resmungou, desesperadamente extenuado, levantando-se e chamando Quixote de volta para a canoa. A estação chuvosa já deveria estar terminando, pô!

Pelo menos agora, o trovão havia avisado.

"Não, você não", disse ao filhotinho marrom que descera junto e já tinha uma patinha na canoa. Com a ordem veemente do humano, no entanto, ele correu assustado de volta para a árvore, atrás da mãe.

Ótimo. Um sagui já era macaco demais. Não precisava de outro enchendo o saco. Ainda mais com a chuva que estava por vir.

Pulando na canoa, Hugo montou os remos observando a cortina branca do temporal que avançava pelo rio em sua direção, e abaixou a nuca contra o aguaceiro, começando a remar sob litros d'água, as nuvens jogando toda sua fúria contra a canoa, como se quisessem puni-lo por estar ali; milhões de gotas pesadas atingindo a água com um barulho ensurdecedor, fazendo o rio pipocar à sua volta enquanto árvores dobravam com violência, algumas se quebrando, assustadoras, criando ondas a poucos metros de distância, que o forçavam a se desviar, com força, dos troncos.

Vendo duas jiboias gigantes escapulirem pela água, serpenteando contrárias a ele, Hugo se revoltou, "Que foi?! Vai mandar o dilúvio inteiro agora, é?! Cadê o par de elefantes?! Eu tô tentando fazer uma coisa boa, caramba! Quer parar de dificultar tanto?!" E mais uma árvore apodrecida caiu, a perigosos 40 centímetros da canoa, espirrando água para todos os lados.

Não era a primeira árvore apodrecida a cair. No dia anterior, escapara por pouco da queda de outra, dentro da floresta mesmo! Ouvira o tronco estalar e se agachara depressa, com as mãos na cabeça, como se aquilo pudesse protegê-lo de alguma coisa. Por sorte, a árvore desviara dele na queda, tombando a poucos centímetros de distância.

A partir de então, decidira entrar no rio sempre que uma tempestade começasse. Pelo menos assim não correria o risco de ser esmagado contra a terra.

Virando o barco para a direta, Hugo tomou com dificuldade uma conexão para o caminho oposto, como o mapa indicara, descendo um novo rio, desta vez a favor da correnteza. Que maravilha. Pela primeira vez pôde relaxar os braços, deixando que o rio o levasse, sentindo a chuva contra o rosto. Teria mais ou menos uns quinze minutos daquele descanso, até precisar fazer uma nova conexão e voltar a ficar contra a maldita correnteza de novo.

Mas a canoa deu um tranco, arrancando Hugo de seus pensamentos, e ele tentou ver o que a atingira por baixo. Percebendo que o rio era assustadoramente raso naquele ponto, e dali para a frente cada vez mais estreito, retomou os remos depressa, tentando controlar a canoa para não danificar o casco nos pedregulhos do fundo enquanto as águas começavam a arrastar a canoa com mais ímpeto, quase jogando-a contra os barrancos elevados da floresta. "Mas que porcaria..." Hugo tentou manejar as pás dos remos para que não raspassem contra os pedregulhos submersos, mas era cada vez mais difícil controlar o barco sem uma remada forte e, quanto mais a canoa era impelida, mais pedras iam surgindo no caminho, obrigando-o a se desviar com rapidez antes que rompessem sua pobre embarcação.

Olhando rápido para a frente, Hugo estremeceu ao perceber pedras ainda maiores adiante, naquele rio que só se afunilava. *Meu Deus... é uma maldita corredeira...* À mercê das águas, sua única opção foi tentar desviar o máximo possível das pedras, raspando nelas o tempo inteiro por absoluta impossibilidade de esquivar-se completamente. Piscando forte sob a chuva, continuou a remar rio abaixo, tentando desesperadamente manter-se longe delas. "Se segura, Quixote!" gritou, vendo o macaquinho agarrar-se ao banco da frente, contra o forte banzeiro que açoitava as laterais da canoa, jogando água para dentro, e eles foram descendo corredeira abaixo, batendo com tanta força em alguns pedregulhos que a canoa só não estava virando por um milagre! Desesperado, Hugo olhou para um dos barrancos maiores e viu, surpreso, um indígena, assistindo-o altivo em frente às altas árvores.

Com pose de guerreiro e usando um grande cocar azul, o homem apontou imponente o dedo contra ele, como a lançar-lhe um desafio, e Hugo se arrepiou inteiro, percebendo que era *Goihan*... o deus dos rios... Seu cajado fixo ao chão.

Voltando a olhar depressa para as corredeiras, constatou com preocupação que estavam para ficar ainda mais perigosas. *"Ah, qualé!"* Hugo reclamou, entrando em desespero ao sentir a corredeira ganhar velocidade, e conseguiu desviar de quatro pedras antes que a quinta batesse com força na lateral esquerda, jogando-o para fora.

Hugo caiu nas águas, conseguindo manter-se preso à canoa por apenas um dos braços, que usou para, com muita dificuldade, voltar exausto para dentro. A trombada causara um rombo na lateral, que agora jorrava com água, jogando a embarcação para a esquerda, e Hugo aproveitou aquilo para desviar com mais facilidade de uma segunda série de rochas, remando forte no espaço livre que surgira, para escapar do último trecho da corredeira, e então fazendo um esforço ainda maior para tentar embicar aquela canoa cheia d'água na primeira prainha que apareceu à direita.

Pulando até os tornozelos no rio, agarrou a canoa antes que ela afundasse, puxando-a com força pela praia, e deixando-se cair, exausto, na areia molhada, ouvindo-a esvaziar-se pelo rombo no casco. *Injusto Goihan...* Levando a mão ao peito, agradeceu a Xangô, agarrando com força a guia pendurada no pescoço enquanto respirava ofegante, tentando se acalmar.

Por que Goihan fizera aquilo?! Poetinha dissera que ele iria ajudar, e não que atrapalharia! Que palhaçada era aquela?! Um teste?! Podia ter perdido a canoa! Podia ter MORRIDO! Era só ter dado a má sorte de cair da canoa para o outro lado. Teria batido com a cabeça na rocha, e aí, tchauzinho, Hugo Escarlate.

Exausto, tentou se levantar; a areia branca grudada nas roupas, nas mãos, em tudo. O temporal, claro, já havia passado, de modo que, agora, ele permaneceria sujo de areia grudenta até que entrasse no rio outra vez – coisa que não faria tão cedo.

Levantando-se com esforço, perdeu um pouco o equilíbrio ao afundar a bota direita num trecho mais fofo de areia. Estranhando, agachou-se e cavou naquele ponto até que descobriu, para sua alegria, dezenas de ovos escondidos.

Hugo deu risada, não acreditando na própria sorte. Instantaneamente com água na boca, começou a coletar os ovos um a um, feliz que finalmente comeria algo diferente depois de uma semana alimentando-se apenas de peixe e biscoitos, e já ia levar os primeiros para mais perto da canoa, quando ouviu um grito apavorado a distância, vindo das corredeiras. Um grito intermitente e engasgado, de alguém que parecia estar se afogando lá atrás, e Hugo congelou, reconhecendo a voz.

Não acreditava que Gordo tinha feito a burrice de continuar a jornada.

CAPÍTULO 55

O PRESENTE DE GOIHAN

"SOCORRR!..." Hugo ouviu a voz do anjo submergir outra vez, e saiu correndo na direção dela, "*Mas que droga!*", deixando os ovos na areia e embrenhando-se no mato atrás do grito.

Correndo pela floresta em paralelo ao rio, seu ouvido acompanhando os berros cada vez mais próximos, continuou a subir o barranco, sabendo exatamente por onde Gutemberg ia passar, e venceu os últimos metros de árvores até chegar ao ponto certo, de onde pôde avistar Gordo lá embaixo, sendo levado pela correnteza.

O anjo tentava manter a cabeça fora d'água mesmo com o forte repuxo, enquanto era arrastado por entre os pedregulhos; a canoa Villas-Boas destruída lá atrás, com o impacto nas pedras.

O mesmo aconteceria com a cabeça do anjo se ele a batesse em alguma delas na velocidade em que estava, e Hugo deslizou pelo barranco com o coração saltando forte, segurando-se nas raízes do caminho até chegar ao nível d'água em tempo recorde! Então correu por cima das pedras escorregadias até a abertura por onde o anjo passaria e o agarrou pelo colarinho, puxando-o para fora d'água com bastante dificuldade.

Os dois caíram exaustos na terra íngreme do barranco; o anjo tentando respirar, ensopado; os cabelos castanhos e semicacheados pingando na terra, e Hugo se levantou puto da vida. "Você é burro ou o quê, hein?! Eu disse pra voltar pra Boiuna, pô!"

Ainda tentando se recuperar, as mãos apoiadas no solo enquanto respirava, Gutemberg, mesmo assim, respondeu com energia, "Eu não sou o covarde que você pensa não, tá, meo?! Eu nunca ia voltar!", e Hugo recuou, surpreso, vendo Gordo levantar-se para superá-lo. "Quem você pensa que é pra mandar em mim?! O Atlas é meu professor também, *lembra?!*", e a voz do anjo de repente quebrou, embargada. Seus olhos se enchendo d'água. "Você não é o único que quer ele vivo, *ok?!*"

Chocado com as lágrimas do grandalhão, Hugo, inseguro, ainda tentou manter o tom de repreenda: "Por que seus amiguinhos não vieram também, então, hein?!", e Gutemberg baixou o olhar, incomodado.

"Eles não gostam do professor tanto quanto eu. Não a ponto de arriscarem a vida."

Entristecido, Gordo passou a mão pelos cabelos encharcados, voltando-se, resoluto, para Hugo, "Eu vim *apesar* deles. Porque o Atlas é *importante* pra mim. Porque, sem ele, eu não seria quem eu sou hoje."

Hugo já estava arrependido do tom que usara com o anjo.

Deixaria que ele continuasse, sem interrompê-lo desta vez.

E Gutemberg sentou-se no barranco, olhando distraído para o rio. "Eu era cheio de autoestima, sabe? Antes da Korkovado. Era alegre, curioso, transbordante de vida. Até o primeiro dia de aula. Até começarem a fazer piada do meu peso."

Hugo baixou o olhar, envergonhado, sabendo que suas próprias palavras não haviam sido muito elogiosas, dias antes.

"… Pior é que eu tinha entrado na escola super empolgado; crente que eu ia arrasar! Que eu ia fazer um monte de amizade logo no primeiro dia, porque eu *sabia* quem eu era! Eu *sabia* que eu era legal! Só que, no primeiro 'sai da frente, *gordo*' que eu levei, ainda na torre de entrada, meu entusiasmo se transformou em apreensão. E então começaram as piadas em sala de aula. E as indiretas pelos corredores, e os olhares tortos dos outros alunos… e eu fui percebendo que não, ninguém ali me queria como amigo. Ou por desprezo, ou porque tinham medo de se aproximarem de mim e virarem alvos também. Talvez Capí tivesse se aproximado, se não fosse tão tímido e retraído na época. Acho que seu amigo já tinha se machucado tantas vezes ao tentar se enturmar quando ainda não era aluno que, agora que tinha a idade, tinha medo. Medo de tentar de novo e ser rejeitado. De ouvir, de mim também, que ele não pertencia entre os estudantes."

Gordo baixou o olhar, incomodado, pensando em sua própria experiência de rejeição. "Os primeiros meses foram horríveis, você pode imaginar. Abelardo, Viny, Camelot, Thábata, praticamente *todos*, na verdade, riam pelas minhas costas, caçoavam de mim, jogavam indiretas, olhavam torto, insultavam… E, enquanto eu andava pelos corredores ouvindo de grande parte dos alunos o quanto eu era ridículo e nunca seria um bom bruxo, Atlas foi o *único* professor que prestou atenção. O único que se importou. Que não fingiu que aquilo não estava acontecendo; que foi até aquele gordinho, isolado num canto da sala, e não deixou que ele acreditasse nos insultos. Não deixou que ele se desvalorizasse. Começou a me chamar para ajudá-lo na montagem dos mecanismos dele, a pedir minha opinião sobre o que ele devia ou não dar em sala de aula, a me ensinar, em segredo, feitiços que ele ainda não tinha ensinado para os outros… e eu fui vendo que ele me respeitava!

… Mas o principal é que, em nossos encontros, ele não parava de fazer piada dele mesmo. Da magreza dele, de como ele era um pau de virar tripa fingindo que sabia ensinar, de como nem que tivesse três dele juntos daria para ele se jogar no mar e chegar ao centro da Terra…" Gutemberg riu com ternura. "Depois eu entendi que aquela era uma tática dele, pra que eu começasse a achar graça de mim mesmo; pra que eu, lá fora, passasse a responder aos insultos com comentários engraçados sobre mim. E a tática foi, aos poucos, funcionando: eu fui começando a me divertir. E enquanto eu aprendia a responder com bom humor aos comentários maldosos que faziam, Atlas foi me mostrando que eu tinha valor; que eu não precisava ser magro pra fazer magias incríveis; que eu podia ser respeitado por *quem* eu era! Por minha *personalidade*!

Era só eu deixar que os outros a vissem! Se eu costumava ser alegre antes da Korkovado, então não era abaixando a cabeça e me sentindo inferior que eu ia conseguir que eles me conhecessem de verdade. Era sendo alegre na frente deles. Era rindo dos comentários que faziam. Levando na boa. Fazendo graça de mim mesmo! Transformando os insultos deles numa *brincadeira* pra mim! Porque *aquela, sim*, era minha personalidade verdadeira! E foi assim que eu comecei a me divertir, e os outros começaram a me admirar. Por meu modo elegante de encarar as coisas; por eu ter decidido deixar de ser afetado; pela simpatia que eu começava a demonstrar. E meu peso foi perdendo totalmente a relevância pra eles. Principalmente pro Abel, pra Thábata e pro Camelot; os três que mais me desprezavam no início. De repente, de agentes iniciais dos insultos, eles foram passando a ser meus principais defensores contra os outros. Contra o Viny, principalmente. Viny sempre fez piada. Dizia que, daquele jeito, eu ia morrer virgem."

Eita…

"Tipo, pra ele, eram piadas de boa. Ele não fazia por mal. Os outros faziam; ele não. Ele era só um sem noção mesmo, que dizia a única coisa que ainda me incomodava. Melhorou quando conheceu o Capí, mas as piadas dele só pararam mesmo quando os Anjos se formaram oficialmente, como grupo, em volta de mim, e ele percebeu que estava incomodando. Daí, as últimas pessoas também foram parando, e o Atlas viu que eu não precisava mais de ajuda. Que eu já tinha encontrado amigos que me protegeriam, caso eu precisasse.

Teria sido mais correto ele, como professor, ter falado não comigo, mas com os outros alunos, ensinando-os a respeitar os colegas? Talvez. Acho até que sim. Mas ele preferiu me socorrer antes. Mostrar pra mim que eu tinha valor, que eu podia ser admirado por quem eu era. E funcionou. Funcionou tão bem, que minha própria autoconfiança começou a ensinar os outros a respeitarem os diferentes. Se não tivesse funcionado, acho que ele teria, sim, sentado com as turmas e falado seriamente sobre o assunto. Tenho certeza de que teria. Mas acho que, pelo menos pra mim, foi importante ele ter feito nessa ordem. Até pra que eu soubesse lidar com situações parecidas no futuro, fora da escola. Enfim. Depois de tudo isso, agora vem você, desse tamanhinho aí, me dizer que eu deveria dar meia-volta e desistir de salvar *esse* cara. E por quê? Porque eu sou gordo. É isso mesmo?"

Hugo ficou em silêncio por meio segundo, pasmo, antes de tentar disfarçar, "… Nada a ver, garoto! O problema é que você é delicadinho demais! Tu mesmo disse que precisou dos Anjos pra te protegerem do Viny! Não sabe nem se proteger sozinho!"

"Eu sobrevivi a semana inteira sem a sua ajuda, não sobrevivi?! E com uma canoa sem motor desde o INÍCIO."

Hugo fechou a cara, sua vaidade atingida. Então resmungou, "*Pelo menos, eu ainda TENHO uma canoa*", e começou a subir, irritado, o barranco.

A verdade é que estava mais do que aliviado por ter companhia, mesmo que nunca fosse admitir aquilo para o anjo. "Tá, você pode me acompanhar", bufou. "Fazer o que, né? Não é como se tu pudesse recolher os caquinhos da tua canoa."

Internamente, estava chorando de alegria. Não ficaria mais sozinho naquela imensidão verde. Maior burrice que fizera na vida, ter mandado o anjo embora. Por mais que ele fosse grande, lento, cheio de frescura, inseguro e frágil, pelo menos era alguém com quem ele poderia conversar.

Tomando o caminho de volta para a praia, Hugo ia sendo seguido pelo anjo; volta e meia olhando discreto para trás, irritado com o fato de Gordo ainda estar tão bem-vestido e impecável. Nem parecia que tinha passado uma semana na floresta! E Hugo ali, todo esculhambado e cheio de areia grudada na roupa. Era sorte de principiante; Hugo tinha certeza. O anjo provavelmente passara metade dos dias lavando as próprias roupas, com medo de que elas sujassem suas sobrancelhas perfeitas.

No fundo, Gutemberg nem era tão *imenso* assim. Era grande. Devia ter quase o triplo do peso de Viny e a mesma altura. Grande e delicado demais.

Olhando para trás de novo, irritado, Hugo viu o anjo tirar de dentro do sobretudo um lápis e uma canetinha, além de um caderno de anotações semimolhado, que ele sacudiu para desencharcar o couro. Quem ele pensava que era, um escritor?

Chegando à praia, Hugo foi imediatamente atrás dos ovos que deixara na areia. "AAAH, NÃO! TÁ DE SACANAGEM, PÔ!"

Gutemberg chegou correndo. "Que foi?!"

"Tinha ovos aqui, caramba!" protestou faminto, e o anjo sorriu com malandragem, analisando o buraco vazio, "É, parece que te passaram a perna desta vez", e apontou para as pegadinhas de pássaro na areia.

"Mas que filhos da mãe!!… Foi *sua* culpa!"

Gordo deu risada, "Vai me prender?", e caminhou até a canoa, "*O Misterioso Roubo dos Ovos de Tracajá*."

"Não enche!" Hugo foi atrás, de mau humor.

Ainda rindo, o anjo tirou os remos da canoa sem pedir permissão e os levou para a floresta junto com a mochila que Hugo deixara na areia, decidindo que dormiriam ali aquela noite.

Quem o anjo pensava que era para decidir qualquer coisa?!

Fingindo que tivera a mesma ideia, Hugo o acompanhou por entre as árvores enquanto Gutemberg escolhia um lugar apropriado, o tempo inteiro se segurando para não fazer uma pergunta específica ao anjo, com medo de parecer ignorante, até que a curiosidade foi maior, "O que é tracajá?"

Gordo deu risada. "*Tartaruga*, bundão."

Hugo cerrou os dentes. "Eu sabia que eram de tartaruga, tá?!", e murmurou, "*Só não sabia que tinha esse nome aí.*"

Gutemberg riu, de leve, da vaidade do garoto, e os dois continuaram a andar. "É uma tartaruga de água doce."

"Eu já entendi!"

"Pequena, com manchas alaranjadas na cabeça."

"Tu vai continuar, é?!"

Os dois se encararam em silêncio, até que Gutemberg não se aguentou, "Eu posso te dizer o nome científico dela também."

"ARGHHHHHH."

Gordo deu risada, adorando aquilo, e continuou caminhando, até encontrar o espaço ideal para montarem suas coisas. A noite estava se aproximando. Teriam de dormir ali mesmo.

Hugo olhou ao redor. Tentando não entrar em pânico, foi fazer a fogueira enquanto Gutemberg punha as mochilas no centro do espaço. Não podia admitir para o anjo que tinha pavor de dormir na floresta. Seria o fim de sua reputação.

Já sentindo tontura antecipada, começou a chutar as folhas do caminho, limpando o terreno com os pés para montar sua fogueirinha de folhas caídas e gravetos. Então sentou-se impaciente, com as pedras e gravetos de que precisaria já a postos, e começou o longo processo de acendê-la, exibindo, com orgulho, todo o seu conhecimento de floresta.

"Por que não usa a varinha?"

Hugo sentiu sua irritação subir pelo peito, respondendo com um olhar quase assassino. "Não é da sua conta."

Em vez de admirá-lo por saber acender uma fogueira manualmente, ficava perguntando por que não usava a varinha. *Bruxo ignorante.*

"Eu vi que você tentou com a Atlantis outro dia. A sua não tá funcionando?"

Hugo bufou furioso, voltando a bater uma pedrinha na outra em busca da faísca.

"Se você vai fazer assim, melhor secar essas folhas antes de tentar acender."

"Eu sei!" Hugo mentiu, esperando alguns segundos antes de, discretamente, começar a fazer o que ele sugerira, secando-as, uma por uma, na parte interna da calça.

Aquilo era humilhante demais.

"Eu posso ajudar, se você quiser..."

"Não quero", ele murmurou irritado, batendo as pedras com mais força.

"Eu juro que eu posso!"

Hugo cerrou os dentes, resistindo à vontade de dar um empurrão naquele garoto.

Vendo que o pixie não ia mesmo querer sua ajuda, Gutemberg deu de ombros, conformado, "Eu vou ali preparar o acampamento então." E Hugo ironizou-o em pensamento, ouvindo os passos do anjo à medida que Gordo se distanciava.

'Preparar o acampamento.' *HA!* O que ele achava que era?! Um escoteiro?!

Como se limpar o solo e usar uma mochila como travesseiro improvisado fosse 'acampamento'. Mania de grandeza imbecil.

Sentindo os olhos do anjo ainda nele, Hugo parou, impaciente, e Gutemberg tentou de novo, querendo ser útil, "Você trouxe uma faca? Se você batesse a lâmina na pedra, em vez de pedra em pedra, ia ser mais fácil..."

Hugo sentiu a cólera esquentar seu rosto, "EU PREFIRO ASSIM, TÁ?!", e o anjo ergueu os braços, desistindo.

Alguns instantes depois, lá estava Hugo, discretamente puxando a faca oculta do tornozelo. Sussurrando o feitiço "*Silêncio*" para a varinha escondida no bolso, começou a bater com a parte afiada da lâmina em uma das pedras, sem que Gutemberg pudesse ouvi-lo. Em vinte segundos, a faísca havia dado o ar de sua graça e o foguinho começara a crepitar diante dele. *Filho da mãe*. Vinte segundos!

Com o orgulho ferido, Hugo disfarçou, "Viu? Não precisei da faca", batendo a terra das mãos enquanto olhava com raiva para a fogueira.

Ainda teve que ouvir o risinho discreto do anjo como resposta.

Droga, ele sabia.

Hugo fechou a cara. Pelo menos, o fogo afastaria os predadores; coisa que o 'acampamento' improvisado do anjo não faria. Satisfeito com sua contribuição, Hugo se levantou, sentindo os músculos das pernas retesados e doloridos, e virou-se.

Foi então que seu mundo despencou. Lá estava o anjo, terminando de arrumar um tapetinho e uma cadeira dobrável, um metro à frente da rede de dormir que pendurara entre duas árvores.

Pasmo, Hugo viu Gutemberg tirar um lençol azul da mochila e lançá-lo sobre o local; o tecido mágico tomando forma no ar e se transformando numa tenda.

Uma tenda! Uma cabana perfeitinha! Entre as duas árvores! Como uma casinha protegendo a rede! E Hugo ficou olhando estupefato. Estupefato e revoltado, por não ter pensado naquilo; por nem ao menos saber que DAVA para fazer aquilo, e porque Gordo dissera que sobrevivera sem uma canoa com motor, mas tinha uma maldita tenda na mochila!

Inseguro, Hugo foi verificar a barraca, fingindo naturalidade.

"Até que você montou a sua rápido", disfarçou, observando Gutemberg finalizar os detalhes. Só havia uma rede de dormir ali dentro. Claro. O anjo devia achar que Hugo também levara uma. Com que cara Hugo diria que não?

Sentindo-se absolutamente humilhado, resolveu não dizer. Mentiria, dizendo que estava pensando em montar a dele mais tarde, quando Gordo já estivesse dormindo.

Enquanto isso, o anjo fazia feitiços ao redor de sua criação.

Percebendo que Hugo o observava meio perdido, explicou, "*Nacoten*. Significa *afugentar insetos*, na língua guahibo."

Ah.

Terminando, o anjo reclinou-se confortavelmente na cadeira externa, acoplando a varinha acesa ao topo da orelha, para servir como luminária, e tirando o caderninho do bolso.

Que garoto irritante.

Contrariado, Hugo sentou-se na terra mesmo, puxando a própria mochila e tirando dela seu lanche da noite. Pelo menos barras de cereais ele tinha. Não deixaria seu orgulho ser completamente espancado por aquele anjo idiota.

Alheio a seus pensamentos, Gutemberg juntou-se a ele no chão, talvez para aproveitar o calor da fogueira, talvez para demonstrar que queria ser seu amigo, e os dois comeram seus respectivos lanches calados, acompanhando o zumbido constante dos insetos e o estalar da fogueira num silêncio desconfortável; o anjo na luz oscilante do fogo, enquanto Hugo remoía seu orgulho. Não precisava de tenda. Tinha sobrevivido muito bem sem aquela frescura.

Mastigando quieto, Hugo ouviu um longo trovão e olhou, temeroso, para cima.

"Acho melhor a gente dormir na sua tenda hoje."

Levantando-se, tentou ignorar a ponta de sorriso que surgiu no rosto do anjo e entrou na cabana, morto de ódio por estar tendo seu orgulho massacrado por aquele Gordo idiota.

Sentando-se impaciente no chão de lona mesmo, enquanto o anjo se aconchegava na rede acima, Hugo arrumou a mochila num cantinho da pequena tenda com profunda irritação. Tentaria ficar o mais distante possível, mas o espaço no chão era tão mínimo que, se a rede caísse com o peso do anjo, adeus, Hugo.

Pelo menos estaria protegido de animais rastejantes e escorpiões.

Gutemberg se ajeitou na rede, a protuberância de seu corpo quase tocando o visitante abaixo, e Hugo ali, encolhido no solo, usando a mochila como travesseiro. A cabeça do anjo apareceu para fora, "A ideia é se manter longe do chão, Lambisgoia."

Hugo olhou irritado para ele. "Eu não vou dormir aí com você!" E se ajeitou de novo no chão duro e cheio de calombos, as mãos ainda doloridas pela fricção com as pedras.

"Eu trouxe um isqueiro top, se você quiser usar da próxima vez."

"... Seu filho da mãe."

O anjo deu risada, divertindo-se. "Ué, você tem duas varinhas, resolve não usar, e agora a culpa é minha?!" Ele riu, remexendo-se na rede para tirar o isqueiro do bolso e jogando-o no chão perto do pixie. "Se você não quer me explicar a razão, tudo bem, eu respeito. Só não precisa xingar minha mãe por uma frustração tua."

Hugo amarrou o rosto, sabendo que o anjo tinha razão, e ficou quieto em seu canto, emburrado, tentando dormir.

Alguns segundos de silêncio depois e...

"... *Ainda dá tempo de você deitar aqui.*"

"Nem que me paguem!"

Rindo de novo, o anjo apagou a luz da varinha, e Hugo fechou os olhos mais uma vez, teimoso; a mão pressionada contra o ouvido bom para não ser obrigado a ouvir mais asneiras. Imagina! Ele, Hugo Escarlate, deitando-se com outro homem!

Dormiria muito bem ali no chão, obrigado.

...

Duas horas mais tarde, e ele ainda estava girando no chão, ouvindo a chuva lá fora. A lona dura machucando-lhe as costas.

Até conseguiu dormir, mas girou a noite inteira, teimando em não subir para dormir na rede, apesar de a umidade crescente da terra abaixo da lona dificultar que pegasse no sono de novo sempre que acordava.

Amanheceu meio gripado, meio úmido e parecendo que passara por um moedor, mas com o orgulho intacto. Quem aquele anjo pensava que era?

Levantando-se com dificuldade, tentou se espreguiçar sentado mesmo, coçando a nuca, enquanto procurava Quixote com os olhos, até que o encontrou dormindo esparramado na barriga do anjo.

Traidor.

Hugo virou-se, mordido de ciúmes, para pegar a mochila, e espirrou.

"*Eu disse que a rede era melhor.*"

"Tu cala a tua boca."

Gutemberg deu uma leve risada. "Amanhã eu faço uma cópia da rede pra você e a gente vê como pendurar as duas aqui dentro."

Hugo assentiu, de costas para ele, sentindo a cabeça doer. Que vergonha não ter pensado em levar uma tenda. *Se achava tão esperto, né, Idá?!* Mas também! Nunca acampara na vida. No máximo, pegara emprestado uma barraca de praia, uma vez! Não sabia nada de florestas.

Saindo humilhado, Hugo sentou-se do lado de fora da tenda, na cadeira que Gutemberg montara, sentindo o ar frio da manhã e permanecendo profundamente pensativo, enquanto revirava o isqueiro na mão.

Era branco, de madrepérola, com um elegante "A" preto inscrito nele, envolto numa auréola dos Anjos em alto-relevo, feita de ouro. Garoto rico.

Hugo espirrou de novo, achando melhor comer logo seu café da manhã. Precisava se alimentar. Puxando a mochila para si, pegou as últimas frutas semiestragadas e biscoitos que tinha, olhando longamente para as sementes antes de deixá-las quietas por enquanto. Queria muito fazê-las brotar e ter algo mais nutritivo para comer, mas não arriscaria um vexame com a Atlantis.

Escolheu a maçã mesmo. Já estava mole e enrugada, e Hugo a mordeu quase sem vontade, de tão enfraquecido pelo resfriado. O cansaço bastante intenso.

"Ah, agora tu quer minha companhia, né?... Safado." Hugo deu um pedacinho da maçã para Quixote, cortando a fruta com a faca, longe da parte que ele próprio mordera, como Atlas havia instruído. Não queria matar o bicho com saliva humana.

Terminada a maçã, tirou a varinha do professor da mochila, considerando desmontá-la de novo, para tentar reascender a fogueirinha da noite anterior. Não podia ficar naquela friagem de início de manhã.

Gutemberg saiu da tenda bocejando e o saguizinho foi correndo brincar com ele, escalando no anjo. Hugo ficou corroído de inveja.

Quixote nunca fizera festinha para ele. Muito pelo contrário.

Os dois se mereciam mesmo.

"Ainda com problemas?" Gordo perguntou, vendo-o com a Atlantis, e Hugo olhou ranzinza para o anjo, "Ela é meio rebelde."

Esfregando uma mão na outra, também com frio, Gutemberg foi ajeitar com os pés o restinho de fogueira apagada, adicionando algumas folhas secas aos gravetos antes de sentar-se ao lado do pixie para o café da manhã, com uma banana ainda boa nas mãos. "Me empresta?" O anjo pediu a Atlantis, já que havia deixado sua própria varinha na tenda, e acendeu a fogueirinha na maior tranquilidade; um sorriso absolutamente irritante nos lábios diante do olhar atônito do pixie enquanto trazia, com outro feitiço igualmente perfeito, a fogueira para mais perto deles, fazendo a banana flutuar sobre as chamas. "Nada melhor do que uma banana tostada pela manhã."

Olhando para Hugo de rabo de olho, Gutemberg riu de leve, fitando-o com carinho. "Relaxa, Hugo. O professor costumava me emprestar a Atlantis quando a gente tinha nossas conversas, lá no começo. Eu achava o máximo poder mexer na varinha de um professor. Ainda mais nesta: a mais incrível da escola." Ele sorriu de leve, lembrando-se do professor com um olhar triste, e Hugo desarmou seu ódio. Eles não eram rivais. Estavam ali em nome da mesma pessoa...

Hugo baixou os olhos arrependido. Precisava parar com aquela competição imbecil. O garoto só queria ajudar.

"Enfim, a Atlantis já tá acostumada comigo", Gutemberg lhe devolveu a varinha. "Não se sinta inferior por eu conseguir mexer nela e você não."

Hugo assentiu, sentindo-se culpado. Sem olhar para o anjo, perguntou, "Foi você, não foi? Que me salvou lá atrás, desviando a árvore que ia cair em mim?"

Encabulado, o anjo confirmou. Só um feitiço teria feito aquilo...

"Você podia ter jogado isso na minha cara, ontem. Por que não fez?"

Gutemberg deu de ombros, com delicadeza, "Eu não quis que você se sentisse humilhado", e Hugo se surpreendeu. O garoto era anjo ou não era?!

... Se bem que Índio fazia parte dos Pixies e não tinha nada de pixie.

Meio incomodado, murmurou, "*Valeu.*"

O garoto já tinha salvado sua vida antes de Hugo salvá-lo nas corredeiras.

"Tamo junto", Gutemberg aceitou. "Você teria feito o mesmo por mim."

"Mas eu teria jogado na tua cara." Hugo sorriu, e Gordo deu risada, "Você é uma figura, Lambisgoia. Toma.", e jogou-lhe alguma coisa, que Hugo pegou no susto, arregalando os olhos ao ver o que era, "Sabonete?!" *Que garoto genial!* Um CD do Michael Jackson não o teria empolgado tanto naquele momento.

"Um banho de verdade e você vai se sentir melhor."

Ô se ia! Nunca imaginara que um simples sabonete o faria tão feliz um dia. Teoricamente estava limpo, ainda mais depois do caldo de rio que levara no dia anterior, mas sabonete era outra coisa! Trazia um ar de civilização! E Hugo saiu correndo para o rio, ao som do riso amistoso do anjo.

A água estava fria, e ele se despiu escondido do Gordo, entrando em um cantinho do rio protegido por um tronco caído. Nenhum crocodilo por ali, privacidade total. O sabonete não fazia espuma. Era daqueles naturais, que não poluía, e o conforto foi imediato. Não necessariamente pela fragrância, mas pela maciez! Fazia uma semana que só tocava em coisas ásperas e sujas. Que maravilhosa invenção, o sabonete...

Finalmente refrescado e limpo, Hugo secou-se com uma camiseta que levara para esse fim e se vestiu depressa em um novo conjunto de roupas, enfiando os pés secos nas meias e, então, nas botas. Depois, voltou para o acampamento, onde o anjo já começava a recolher e arrumar tudo: tenda, rede, tapete, cadeira, embalagens, restos, rastros, tudo. *"Da Natureza, não tire nada além de fotos; não deixe nada, a não ser pegadas!"* citou, numa empolgação aventureira, e Hugo foi ajudá-lo a recolher o que faltava.

"Colocou meias limpas?"

Hugo estranhou a pergunta, e Gordo foi desmanchar a fogueira, "É bom manter as meias sempre limpas, mesmo que o resto das roupas não esteja."

Tá, né... Parecia um bom conselho, sei lá. Dá próxima vez faria isso.

Terminando de deixar o local igualzinho a como o haviam encontrado, os dois caminharam de volta para a praia; Gutemberg com invejável energia para quem tinha quase se afogado na tarde anterior: consertando a canoa do pixie com um feitiço, empurrando-a de volta às águas e ajeitando as sobrancelhas antes de embarcar.

Hugo entrou logo em seguida, tomando os remos, apesar do cansaço, e começando a redirecionar o barco para o meio do rio. Voltaria a remar de costas, já que agora precisaria de muito mais força por estar levando o triplo do peso a bordo. Dando impulsos maiores com o corpo, seus músculos logo voltaram a doer inteiros enquanto Gutemberg se recostava na parte de trás da canoa, recebendo o sol da manhã, até que... "Peraí!" Hugo olhou irritado para o preguiçoso, jogando os remos em sua direção. "*Você* que tá tornando o barco mais pesado! *Você* rema!"

Ignorando as pás que ele jogara, Gutemberg se esticou para trás, indiferente, quase se espreguiçando para fora da popa do barco, e Hugo já ia começar a explodir de raiva, indignado com o deboche, quando o anjo mergulhou displicentemente a varinha na água, e a canoa deu um tranco para a frente, derrubando o pixie de seu assento; o barco começando a deslizar pelo rio, na mais absoluta tranquilidade.

Hugo olhou surpreso, e absolutamente enfurecido, à sua volta, vendo a canoa avançar pelas águas com o dobro da velocidade. "... Seu filho da mãe!"

Gutemberg deu risada, a varinha ainda dentro d'água, continuando a remar por ele. "Eu não tenho culpa se você não tá usando a sua."

"Você me viu remando esses dias todos, e nem pra me avisar que dava pra fazer isso?!"... A varinha escarlate podia ter feito aquele serviço! Escondida debaixo d'água daquele jeito, dava! E Gordo abriu um sorriso malandro, "Eu achei que você tava gostando de se exercitar."

"*Seu f...*" Hugo começou a se levantar, furioso, mas Gutemberg acelerou o barco, e Hugo se desequilibrou. "... Anjo desgraçado!"

Gordo estava se divertindo, o filho da mãe. "Eu não fui pro grupo AR à toa, Lambisgóia. Talvez, se você parasse de ver sua varinha como uma arma e começasse a vê-la como uma ferramenta, as coisas melhorariam pra você", e Hugo deu um tapa no rio, lançando água contra o anjo, que começou a rir, tirando discretamente a varinha do rio para espirrar um jato vingativo no pixie. Igualmente molhado, Hugo voltou a encharcar o anjo com ambas as mãos, levando jatos intermitentes de água na cara enquanto começava a rir também, tentando se defender com o ombro esquerdo erguido na frente do rosto, até que cansou da guerrinha, e os dois pararam, absolutamente ensopados, rindo do absurdo. "Sério agora, Hugo", Gutemberg olhou com carinho para seu companheiro de viagem, "Eu quis te fortalecer. Você ainda vai me agradecer por esses músculos treinados."

Antes que o pixie pudesse decidir o que responder àquela afirmação estapafúrdia, os dois ouviram gritos de alerta vindos da margem, e se agacharam, tensos, ocultando-se detrás da amurada da canoa.

O que quer que aquelas pessoas fossem, já os tinham visto...

Espiando por cima da amurada, nervosos, os dois viram uma praia chegando. Ali, um grupo de indígenas nus observava-os com desconfiança, apontando os arcos para a canoa invasora.

Não... não estavam todos nus. Alguns usavam shorts de nylon amarrados com cipós na cintura. Menos mal. Já haviam tido contato com o homem branco antes...

Um pouco aliviado, Hugo ainda assim permaneceu escondido, observando os homens da tribo, que mantinham as flechas apontadas para a canoa. Crianças com a barriga protuberante também olhavam, e suas mães vieram correndo assustadas para protegê-las, gritando numa língua que ele não entendia.

Algumas seguravam facões enferrujados. Se aquelas lâminas haviam sido presenteadas por brancos, ou roubadas deles, Hugo não sabia. Se bem que... não. Via inocência nos olhos daquela gente. Inocência e medo. Não iriam atacá-los.

Hugo tinha certeza agora.

Só não diria aquilo ao anjo.

Fingindo, só de sacanagem, que ainda estava com medo deles, sugeriu em voz baixa, "*É melhor tu se levantar e mostrar pra eles que a gente é legal, Gordo*", e o anjo olhou-o apavorado, "*Por que eu?!*"

"Você tem mais cara de bonzinho! Anda, vai! Levanta e acena!" Hugo instigou-o, já sorrindo por dentro ao ver o pânico do anjo enquanto o pobre começava a obedecer, trêmulo, diante da lógica do que Hugo dissera, murmurando "Mano do Céu..." à medida que se sentava bem devagarzinho de volta no assento e sorria inseguro para os indígenas, dando tchauzinho pra eles o mais simpaticamente possível. Hugo se segurou muito para não rir, até que os nativos deram tchau, confusos também, e a canoa passou, saindo da linha de visão da tribo.

Só então Gutemberg ousou respirar de novo, jogando-se para trás na canoa, tentando se recuperar. "*Seu canalha...*" murmurou, ouvindo Hugo rir em voz alta agora, deliciando-se com aquilo tudo. "Eu podia ter MORRIDO!"

"Eu sabia que eles não iam fazer nada."

"*COMO você sabia?!*"

"Tu pode entender tudo sobre barracas, mas eu entendo de medo, e eles estavam apavorados. Anda, vai." Ele jogou a varinha do anjo de volta para ele, que quase a deixou cair de novo, estabanado. "Não é você o gênio da navegação?"

Olhando antipático para Hugo, Gutemberg obedeceu, mergulhando a varinha na água e fazendo a canoa avançar. Anjos 3 x Pixies 1.

Muitíssimo satisfeito com aquele primeiro ponto, Hugo deitou-se, folgado, na tábua que servia de assento; as mãos cruzadas sob a nuca, "Nada de cara feia agora, vai, anjo." E Gutemberg acelerou de novo, derrubando o pixie no chão.

4 x 1.

O anjo riu pelo nariz, vendo Hugo se erguer.

"Eu já ia levantar mesmo!"

"Sei."

Emburrado e com raiva, Hugo sentou-se de novo, resolvendo parar de trocar farpas com o engomadinho por algumas horas. Ter o orgulho massacrado o tempo todo era cansativo.

Pelo menos Gordo estava fazendo todo o trabalho de guiar a canoa sem reclamar, e Hugo aproveitou para ficar olhando pra fora, sério, pensando na vida; as copas das árvores passando rápido por eles. Era estranho navegar naquela velocidade ouvindo apenas o ruído do rio batendo contra o bote. Silencioso demais, sem um motor roncando.

Talvez por isso os indígenas houvessem se surpreendido com a aproximação. "... Será que eles viram a tua varinha?"

Gutemberg negou. "Se viram, não entenderam."

Os dois tinham dado muita sorte. Da próxima vez podia não ser tão simples.

"A gente precisa ter mais cuidado."

Gordo concordou, também sério, olhando o horizonte à frente. Estavam indo bem rápido agora; a velocidade forçando-os a se segurarem no assento conforme a canoa quicava na água.

Quanto tempo havia perdido brincando de remar?

"Relaxa, Hugo. Teria sido arriscado ir nessa velocidade lá atrás, às vistas de tantos azêmolas. Eles teriam notado a falta de um motor."

É, fazia sentido. Teriam sido obrigados a ir lentamente, de qualquer maneira. Menos mal.

Aquilo não apagava o fato de Gutemberg ter usado magia o tempo inteiro atrás dele, vendo Hugo se matar de remar. Devia estar rindo até agora, o engomadinho.

Hugo fez uma careta de dor. As costas doíam, quicando contra o assento; principalmente pela fraqueza do resfriado. Mas ir rápido era importante. Era importante para Atlas.

Gutemberg não parecia estar sofrendo com os solavancos, mas seguia calado também, olhando pensativo para as árvores nas margens distantes. "A gente passa sem nem suspeitar da quantidade de olhos que nos espiam…" E suspirou. "Você pelo menos sabe pra onde a gente tá indo, Lambisgóia?"

Hugo confirmou. Ao menos esperava que sim. "Quando a gente parar pra comer, eu te mostro o mapa."

Gutemberg assentiu, concordando, e eles navegaram em silêncio até o fim daquela manhã, parando apenas após o meio-dia, para almoçar e se proteger do sol.

Hugo espirrou de novo. Com o corpo entregue a uma enorme moleza, arrastou a mochila para fora da canoa e deixou que Gordo fosse preparar tudo, sentando-se para comer o pouco que havia sobrado. Depois teria que vencer a vaidade e pedir ao anjo que usasse a varinha dele para fazer crescer as sementes que tinha.

Olhou ao redor. Gutemberg havia sumido para dentro da floresta, por algum motivo, deixando o pixie sozinho e no mistério por vários minutos, até voltar, dizendo, "Nenhuma onça nas proximidades."

Ah, que bom saber, com antecedência, que ele tinha ido verificar a presença de ONÇAS nas redondezas! Teria sido lindo descobrir, somente com um berro dele, que o anjo havia sido mastigado até a morte.

Gordo riu de leve, sabendo o que Hugo estava pensando. Então fez a fogueira com um movimento único de varinha, que reuniu simultaneamente gravetos, folhas secas e fogo, e Idá, impaciente com tanta eficiência, ficou aborrecido no canto dele, comendo os biscoitos.

Logo teria de compartilhar seus biscoitos com o anjo. Já estava vendo. Gutemberg devia comer demais. Em pouco tempo, esgotaria o estoque de lanche que havia trazido e acabaria pedindo um pouco do dele.

Bom, pelo menos agora tinham uma varinha que conseguia fazer fogueiras sem explodir metade do bioma amazônico.

"Ah, tá de sacanagem!" Hugo se levantou, pasmo, vendo o anjo tirar um minicaldeirão da mochila. "Você trouxe um caldeirão?!"

Olhando para o pixie como se fosse a coisa mais natural, Gutemberg respondeu "Uhum", retirando, em seguida, dois sacos pela metade, um de arroz e um de feijão.

Filho da mãe.

Hugo sentiu a boca salivar. Tentando disfarçar pelo menos sua segunda surpresa, contra-atacou, "Por que não usou o caldeirão ontem à noite?!"

"Eu não costumo jantar. Atrapalha o sono", respondeu simplesmente, levantando-se e espanando a terra das calças. "Vou pegar um peixe e já volto."

Hugo ficou olhando para o nada, por um bom tempo, à medida que o anjo se afastava, pensando por que diabos não tivera a ideia de trazer um também, até que Gordo retornou com o pequeno caldeirão cheio d'água e um peixe morto, e começou a preparar o almoço.

Recolhido num canto, Hugo assistia ao anjo cozinhar sem dar o braço a torcer, torturado com aquele cheirinho de comida caseira enquanto mordiscava seu mísero almoço de barra de cereais. Talvez tentasse abrir a lata de milho mais tarde e comesse cru mesmo.

Em poucos minutos, Gutemberg já estava comendo seu arroz com feijão quentinhos, direto da caldeira, e Hugo ali, salivando ao longe, tentando fingir que não estava olhando, nem sentindo o cheirinho de feijão, nem se importando com aquilo tudo, até que ouviu, "Você não vem comer, não?", e arregalou os olhos, correndo até a fogueira e mandando às favas o pouco do orgulho que lhe restara.

Assistindo-o comer com gosto da colher que roubara dele, Gutemberg abriu um sorriso triunfante, pegando outra para si na mochila e sentando-se do lado oposto do caldeirão com um olhar simpático. "Pode me chamar de Guto."

CAPÍTULO 56

GUTO

"Chamar de Gordo não pode, então?" Hugo voltou ao assunto após o almoço, quando já estavam na canoa. "Achei que Gordo fosse seu apelido."

Gutemberg riu, seus ombros dizendo *tanto faz*. "Desde que eu possa continuar te chamando de Lambisgóia, tá tudo certo."

Hugo abriu um sorriso malandro, comendo mais um pouco do milho enlatado que o anjo esquentara para os dois. Pelo menos alguma coisa útil Hugo trouxera.

E assim foram levando os dias seguintes, Hugo comendo infinitamente melhor do que na primeira semana. Precisavam economizar, claro, mas um legumezinho com arroz e feijão de vez em quando não faria mal. Quixote se encarregava das frutas frescas, que volta e meia trazia para que experimentassem.

O macaquinho estava muito mais cooperativo agora, com Gutemberg ali.

Favoritismo era fogo, viu? Mas Hugo entendia. Merecia a antipatia do macaquinho por tudo que fizera Atlas sofrer.

Enfim, o fato é que, se dependesse dos três juntos, não precisariam matar nenhum mamífero enquanto estivessem ali, e aquilo era uma ótima notícia. Peixe era o máximo que Hugo conseguia assassinar sem se sentir culpado.

Alheio aos pensamentos do pixie, Gutemberg direcionava a canoa contemplando o terceiro pôr do sol deles juntos, enquanto Hugo relaxava deitado no assento do meio, vendo os topos das árvores passarem por sua linha de visão. Sabia que, em poucos minutos, o anjo decidiria aportar, e os dois desceriam para verificar a presença de predadores nas cercanias antes de montarem acampamento para a noite.

Gordo tinha um ótimo senso de direção. Mesmo assim, sempre que penetravam na mata, ia usando feitiços para romper galhos mais baixos enquanto andavam, a fim de deixar claro o caminho de volta. Muito engenhoso.

"Eu sempre quis ver uma das zonas mágicas", Gutemberg dizia empolgado, avançando intrepidamente pela zona azêmola com a tranquilidade de quem fazia um passeio no parque. "Será que a gente chega numa logo?!"

Hugo não dizia nada, apenas o seguia incomodado. Onde o anjo arranjava tanta energia e entusiasmo após quinze horas ininterruptas torrando no sol?!

"A Amazônia tem várias dimensões, sabia? Dava pra botar várias coisas escondidas aqui. Até outros institutos de magia, se quisessem. Sei lá." *Como ele falava, meu Deus...* "Reparou que as árvores daqui são maiores do que as anteriores?"

Hugo olhou para cima. De fato, pareciam um pouco mais altas.

"É que aqui já é área ambiental protegida pelos azêmolas. Lá atrás, as árvores gigantes foram todas derrubadas. *Tacira!*" Guto cortou mais um galho na altura do joelho. "*Tacira* significa arma cortante; você pode usar esse feitiço pra cortar *gente* também. Só não usa em nenhum Anjo, tá? Eu iria me sentir culpado."

Hugo o interrompeu, irritado. "Onde tu aprendeu tudo isso, hein?! Isso de marcar os galhos pelo caminho, por exemplo."

"Já ouviu falar em João e Maria?" Gordo brincou, e Hugo não achou graça.

Vendo que não agradara, Gutemberg largou o sorriso, dando de ombros, meio encabulado. "Aprendi no meu grupo de escotismo. Nada de mais."

Hugo pausou onde estava. "Peraí, tu é ESCOTEIRO?!"

"Uhum." Guto cortou mais um galho, distraído, enquanto Hugo o fitava incrédulo. "Por que tu não me disse que tu era escoteiro quando eu te mandei voltar pra Boiuna, pô?!"

"Você não parecia disposto a ouvir."

"Eu teria ouvido, sim!"

"Teria não." O anjo continuou andando; um sorriso de satisfação no rosto. "Você dispensou um escoteiro."

"Ah, vai tomar banho, vai."

Guto riu, olhando-o com carinho, "Na verdade, eu virei *pioneiro* agora. É que são várias categorias, separadas por idade e nível de conhecimento. De 5 a 10 anos de idade, a pessoa é *lobinho*, de 10 a 15 vira *escoteiro*, de 15 a 18 é *senior*, e de 18 a 21 se torna *pioneiro*. Eu sou pioneiro." Gutemberg abriu um sorrisão orgulhoso. "Com 22, vou poder virar chefe."

Ah, que maravilha. Então ele não tinha mandado um escoteiro embora. Ele tinha mandado um *ultraescoteiro* embora.

Gutemberg parou de caminhar, olhando o chão ao redor. "É. Aqui tem onça, mas não tá com fome."

"Como você sabe, hein?" Hugo se irritou, e Guto deu risada, "Tá vendo aquele buraquinho ali, bem do lado da pegada de onça? Tem um tatuzinho dentro. Uma predadora *faminta* não teria deixado esse tatu escapar. Já jantou."

Hugo não tinha visto nem a pegada.

Oferecendo-lhe umas frutinhas que catara pelo caminho, Gutemberg começou a fazer o caminho de volta, "Pode comer sem medo, não são venenosas."

Relutante, Hugo decidiu confiar no anjo. O sabor era tolerável. Um pouco amargas, só. "Aquele caderninho que tu escreve, é coisa de escoteiro também?"

Gutemberg meneou a cabeça, tirando-o do bolso sem parar de caminhar. "É meu diário de viagens."

"Tem desenhos aí também?"

"Uhum." Gutemberg mostrou-lhe a última página que havia completado. Era uma ilustração super detalhada do peixe que haviam comido no almoço, feita a lápis. Quase real de tão perfeita. Desenhara inclusive a água brilhando nas escamas! Hugo ergueu as sobrancelhas impressionado, e Guto guardou o caderninho, sem qualquer soberba. Acanhado, inclusive. Ele sabia que era bom, mas não queria se gabar, talvez para não humilhá-lo, e Hugo olhou-o com respeito, seguindo atrás dele. "Tem alguma coisa que tu não faça bem?"

Guto sorriu encabulado. "Tem muita coisa que eu não faço bem."

"Não parece."

"Valeu", Gordo disse depois de alguns segundos, e Hugo continuou olhando-o com o respeito que ele merecia. "Tu devia impermeabilizar esse caderno aí com algum feitiço, antes que ele estrague com a umidade daqui."

"É, já fiz isso. Mas valeu pela dica."

"Posso ver mais?"

Guto entregou-lhe o caderno, e Hugo começou a folheá-lo enquanto andavam. Era repleto de dicas de acampamento, listas, esboços dos caminhos percorridos, regras de conduta escoteira, além de dezenas de ilustrações *perfeitas*. Todas se mexiam: árvores ao vento, corredeiras, botos brincando de saltar, fogueiras acesas, Quixote fazendo macacadas na página 60... Todas. Menos aquele peixe. O peixe estava morto.

O título do caderno, arranhado bem pequenininho na capa de couro, dizia: Diário do Escoteiro Bruxo.

"Nosso grupo escoteiro se chama Anhangá. É um grupo de São Paulo."

"*Anhangá?*"

"O espírito protetor da caça. Vem do termo tupi *añánga*, 'espírito'."

"Ah sim." Hugo se lembrava dele. O veado branco dos olhos de fogo, da ilusão do Poetinha.

"Anhangá protege os animais. Persegue aqueles que caçam filhotes e fêmeas em amamentação, desvia balas. Às vezes, aparece como um veado branco, outras vezes como um peixe, ou um touro, ou um tatu. O nome do grupo é um lembrete de que temos de ser inteligentes e rápidos como o veado, escorregadios como o peixe, fortes como o touro e humildes para sabermos quando é melhor se esconder num buraco." Gutemberg fitou-o esperto. "Não sei se o Anhangá existe de verdade, mas topar com ele por aqui seria um sonho realizado."

"Você não parece ser rápido como um veado", Hugo provocou, e Guto deu risada, "Por quê? Por causa do meu peso?! Quanto você acha que um veado pesa?!"

Hugo teve de sorrir. De fato. Deviam pesar uns 300 quilos.

"O Camelot até tentou entrar para o grupo uma vez, mas logo descobriu que era fresco demais pra ser escoteiro." Guto deu uma piscadela para o pixie, que adorou ficar sabendo daquele lindo detalhe.

Não esqueceria de usá-lo contra o topetudo quando voltasse.

Chegando finalmente à pequena clareira em que haviam deixado as coisas, os dois começaram a montar acampamento; Hugo agachando-se em frente ao regato para tomar um gole d'água. Já estava bebendo, com as mãos em concha, quando Gutemberg adicionou, "Não subestime minha velocidade, Pixie. Você nunca me viu correndo de uma barata."

Hugo riu pelo nariz, quase engasgando com a água, e Guto riu dele.

"Pô, Gordo! Tá querendo me matar afogado, é?!"

Deliciando-se, Gutemberg foi arrumar a barraca, e Hugo ainda ficou um tempo ali, acompanhando-o com os olhos, sinceramente admirado. Como alguém que havia tido problemas tão sérios de autoestima tinha conseguido se transformar naquele monstro da autoconfiança? O garoto era extraordinário!

Como Atlas fizera aquilo?!

Não…, não tinha sido o Atlas. Ele só dera um empurrãozinho. O próprio *Gutemberg* é que resolvera o problema quando tomara a decisão de gostar de si mesmo. E sua autoconfiança era ainda mais fenomenal porque não tinha nenhum *pingo* de soberba. Ele era confiante porque sabia o que tinha dentro de si, não por se achar superior aos outros, como os Anjos se achavam.

Naquela noite, Hugo deitou-se no chão da barraca com um pouco mais de humildade. Sentindo-se quase honrado por estar ao lado do anjo naquela jornada. Tinha certeza, agora, de que Guto não o achava inferior por não ter pensado em levar uma barraca. Talvez até o admirasse por ter ido para lá sem qualquer conhecimento de floresta.

Quanto a fazerem uma réplica da rede, como haviam planejado, não dera certo. Haviam até tentado, dias antes, mas ela se rompera com o peso de Hugo tantas vezes que, cansado de se estabacar, ele elegera o piso em definitivo. Cópias, de fato, não eram confiáveis.

Já estava até se acostumando a dormir no chão. Gutemberg claramente se incomodava por vê-lo deitado ali, mas quem ele achava que Hugo era? Um engomadinho, como os amigos dele? Idá passara a infância *inteira* vivendo num maldito contêiner em que as paredes *queimavam*! Podia encarar um chão. Só não conseguia fazê-lo sem se esculhambar inteiro. Na manhã seguinte, lá estava ele na canoa, de banho tomado, mas todo amassado, diante de um Gutemberg perfeitinho em sua roupa de veludo vermelho e gravatinha preta.

"Que tipo de escoteiro se veste assim?"

Conduzindo o barco pelas águas, Guto olhou feio para ele, "Eu gosto, tá?!", e Hugo riu, erguendo os braços em rendição, "Tá bom, tá bom! Não está mais aqui quem falou...", enquanto Gordo abria um sorriso malandro.

Era um dia ensolarado, e o pixie só fizera o comentário para quebrar o marasmo do calor mesmo. "Ih! Ó lá! Uma foca!" Hugo se aproximou da borda, vendo a pequena foca nadar com a cabecinha para fora, toda fofa e marronzinha.

"É uma ariranha, burrão!" Guto zombou, e foi a vez de Hugo olhar feio para o anjo, que completou, "*Pteronura brasiliensis*", com um sorriso esperto.

Idá cruzou os braços. "Pois parece uma foca."

Gutemberg riu. Adorava sua teimosia. "Focas vivem no Polo Norte, espertalhão. E têm o dobro do tamanho. Ariranhas são menorzinhas; além de terem braços e pernas, em vez de nadadeiras, e mãos com membranas entre os dedos. Focas não têm orelhas nem aquele rabinho comprido ali. Bem diferentes. Lontras são mais parecidas, mas não têm aquela mancha branca que as ariranhas têm na parte inferior do pescoço. Tá vendo ali?"

Estava vendo, sim. Derrotado, Idá engoliu o orgulho. "Como tu sabe tudo isso?"

"Meu axé é uma ariranha."

Hugo olhou-o surpreso. "Tu também consegue fazer um axé?!"

"Sempre consegui", Gutemberg respondeu, lembrando do dele com ternura. "Foi minha primeira magia. Antes de ter varinha."

"Quê?!"

"Ué, você não fez nenhuma magia antes de descobrir que era bruxo?"

"Fiz, mas foi o resgate de uma pipa idiota, e não a convocação de um AXÉ!"

Capí nem *com* varinha conseguia! E era o Capí!

"Pois eu estava sentado no jardim lá de casa, com 3 anos de idade, rindo feito doido por razão nenhuma, e meu axé apareceu pra brincar comigo."

Hugo estava bobo.

Olhando para a ariranha nas águas, lembrou-se entristecido de seu gato safado. "Eu tinha conseguido fazer o meu, mas, depois da notícia do Atlas, ficou difícil."

"Pois é", Guto desanimou também. "O teu é um gato, né? Muito daora. Eu vi os olhos verdes dele. Tava todo mundo comentando. Ele tem nome?"

"O Índio chamou de Macunaíma."

Gutemberg riu. Era uma risada gostosa, daquelas meio roucas. "Macunaíma. Legal. Gostei."

"E o nome do seu?"

Envergonhado, o anjo murmurou baixinho, "*Foca.*", e Hugo segurou a risada. Aquilo era bom demais. "Como é? Acho que não ouvi direito."

Já quase rindo também, Guto repetiu, "FOCA, tá?! O nome do meu é Foca!", e Hugo não se segurou mais, caindo para trás de tanto gargalhar.

Gordo jogou água nele, "Não ri, tá! Eu tinha 3 anos!"

Não adiantava. Hugo não ia parar tão cedo.

"Depois achei que seria sacanagem mudar", o anjo completou, rindo da própria idiotice. Então ficou olhando para a pequena ariranha, que se aproximou da canoa para brincar com eles, mergulhando e girando na água, toda brincalhona, enquanto vocalizava estridente; sua pelagem marrom brilhando molhada ao sol.

"Afiadinhos os dentes dela, hein?"

"Experimenta botar a mão", Guto brincou, olhando-a com carinho, mas também com certa tristeza. "Essa aí não vai sobreviver por muito tempo."

Hugo estranhou, olhando de novo para o bichinho, que agora boiava feliz, de barriga para cima, comendo um peixe; as duas mãozinhas segurando-o próximo à boca para que seus dentes arrancassem os pedaços.

Parecia bem viva, para ele. "Como você sabe?"

"Ela tá zoada, mano. Tá vendo o leve tremor nas mãos e a gengiva meio mole quando mastiga? Contaminação por mercúrio. Tá cheio dessa porcaria nos rios daqui, por causa da extração ilegal de ouro nas margens."

"Putz…"

"O mercúrio contamina os peixes; as ariranhas comem os peixes. Equilíbrio ambiental mandou lembranças. Aliás, é melhor a gente também parar de comer o peixe daqui por um tempo. Os azêmolas até tentam coibir a extração do ouro, mas é impossível fiscalizar uma floresta desse tamanho." Guto olhou à sua volta. "Ainda mais sem investimento." E os dois ficaram sérios; Hugo observando a doentinha terminar de comer e Guto com a mente distante. "A gente chega poluindo, envenenando, matando tudo. Muito *civilizados* nós somos."

Hugo concordou, olhando também para aquela imensidão, até que Gutemberg sorriu com carinho, vendo a ariranha se aproximar de novo, e começou a brincar com a menina sem deixar que ela o mordesse. Quando ela se cansou, foi embora, nadando mais rápido que um tiro, e Guto sorriu. "Ainda bem que você conseguiu ver a ariranha comendo."

"É uma graça mesmo."

"Essa aí deve estar perdida. Elas geralmente andam em bandos." Gutemberg se inclinou para fora da canoa, forçando a vista à procura de outras, e Hugo tentou fazer o mesmo. Foi quando o anjo abriu um sorriso malandro ao seu lado, dando um tranco na amurada e fazendo o pixie se desequilibrar para fora e cair na água.

"Filho da mãe!" Hugo gritou, sentindo o rio gelado penetrando nas roupas enquanto Guto morria de rir lá em cima. Tentando voltar com pressa para a canoa, precisou da ajuda do anjo para subir, esparramando-se no chão de madeira.

"Água fria do caramba!" reclamou rangendo os dentes, e voltou a se sentar, abraçando-se encharcado contra o vento.

Ainda rindo, Guto comentou, "O Solimões é mais frio mesmo. A água do Rio Negro é quentinha."

"Pena que a gente não tá no Rio Negro."

"O Rio Negro tem piranhas."

"… Como eu disse, ainda bem que a gente não tá no Rio Negro."

Guto riu, "Lesado", enquanto Hugo tremia.

"Ah, vai. O mar do Rio de Janeiro é mil vezes mais gelado."

"Eu nunca gostei do mar do Rio de Janeiro."

"Mas é muito fresco mesmo, hein!" Guto zombou, mergulhando a varinha na água para que a canoa voltasse a avançar.

"O Solimões não tem piranha não, né?"

"Só na época das cheias, mas é bem raro."

"Que bom."

"… Isso não impede os Crocodilos."

Hugo fitou-o, tenso, "Nem me lembre", passando a mão pelos cabelos para tirar o excesso de água, e os dois voltaram a ficar em silêncio.

"… Engraçado seu axé ser magrinho assim."

"Vai te catar."

Hugo riu; Guto lançando-lhe um olhar zombeteiro. E aquele lindo dia de sol foi seguido por mais dois de tempestade; Gutemberg sempre ajeitando as sobrancelhas, mesmo ensopado, aguentando, com o pixie, todo o perrengue das chuvas diárias e dos acampamentos enlameados… os dois usando a varinha do anjo como guarda-chuva quando dava, sem que ela fizesse muita diferença.

Na tarde do sétimo dia juntos, quando finalmente havia conseguido se secar, Hugo viu mais um conjunto de nuvens negras se formar lentamente adiante e murchou, de saco cheio já. Estava no comando da canoa agora, fazendo-a avançar em direção a mais um pesadelo, enquanto Gutemberg dormia entre o assento da frente e o do meio. Devia estar exausto, apesar de não demonstrar.

A oeste e ao sul já chovia torrencialmente, mas o sol de fim de tarde ainda mandava seus raios pelos lados, criando um contraste extraordinário de luz e sombras, e Hugo forçou a vista, vendo algo se aproximar pelo rio, a favor da correnteza. Era uma canoa vazia. O dono devia tê-la perdido. Ou, então, caíra e se afogara, jogado pela tempestade que logo chegaria ali também.

Hugo sentiu um calafrio.

Achando melhor parar antes que o aguaceiro descesse, passou os próximos minutos procurando uma praia em que pudessem aportar, até que avistou uma, e já ia direcionar a canoa para ela quando viu uma mulher indígena brincando na água, próximo à areia. Provavelmente a dona da canoa perdida.

Que bom. Não havia sido um acidente então. Apenas uma mulher louca que resolvera pular para nadar enquanto sua embarcação ia embora. Louca e linda, na verdade; os longos cabelos negros boiando em volta dos ombros molhados; a pele daquela cor dourada maravilhosa dos nativos.

Admirando-a quase boquiaberto, Hugo achou melhor chamá-la antes que ela ficasse presa na tempestade. "Ei!", ele parou o feitiço de propulsão. "Sai da água, moça, vai chover! Por que você pulou da canoa, sua doida?!"

A moça lançou-lhe um sorriso provocador maravilhoso, e Hugo deixou a varinha cair no piso, embasbacado, recuperando-a logo em seguida. O que aquela doida estava querendo agora, chamando-o para um mergulho? Ainda mais naquela situação meteorológica! Era uma louca mesmo...

E ele mais louco ainda.

Com o coração palpitando, Hugo tirou rapidamente as botas e apoiou-se na amurada para mergulhar, mas Guto o puxou de volta com força, os dois caindo para trás, balançando a canoa. "EI!" Hugo tentou se desvencilhar do anjo sem sucesso, e a moça, que já se aproximara da canoa, fechou a cara furiosa, mostrando-lhes os dentes pontiagudos e indo embora, com uma pancada da cauda negra no rio antes de submergir por completo. Hugo se espantou.

"Era uma *sereia*?!" perguntou estupefato, aproximando-se da borda para tentar vê-la de novo, mas ela já havia sumido. Atrás dele, Gutemberg se levantava do piso com um grunhido.

"Era a Iara, Hugo... Era a Iara."

CAPÍTULO 57

A TRAVESSIA

"A Iara?!" Hugo sentiu um calafrio, voltando a olhar para o rio por onde a temida sereia de água doce sumira. "Mas a gente nem tá numa zona mágica!"

"Os rios são zona intermediária, em qualquer lugar da floresta."

"Sério?!"... *Por isso os azêmolas conheciam a lenda dela...*

"Se você tivesse pulado, nem eu teria conseguido te resgatar. 'Foge de seus braços, que a Iara é a morte'... diz o ditado."

Hugo estremeceu, olhando ainda espantado para o rio. Tinha que parar de se deixar atrair por miragens como aquelas... No ano anterior, escapara por pouco da Alamoa, que se mostrara nua para ele, caminhando na praia de Salvador...

"Ame mulheres *reais*, Hugo. Essas perfeitas demais costumam ser armadilha."

Hugo continuou a olhar sério para o rio, e Gutemberg sacou a varinha, tomando seu lugar na navegação, enquanto o pixie se recuperava do baque.

Minutos mais tarde, chamou-o sério, "*Hugo*", tirando o pixie de seu torpor e apontando para a margem esquerda do rio, onde o cadáver do verdadeiro ocupante da canoa vazia boiava contra o barranco. Hugo viu com horror que os lábios tinham sido devorados.

"O beijo da Iara", Guto disse, e Hugo estremeceu, sentindo uma repentina fraqueza no corpo. O próximo podia ter sido ele...

Sem tirar os olhos da água, murmurou "*Valeu...*", ainda atônito, e Gutemberg fitou-o malandro, "Conte sempre com um gordinho pra te proteger das mulheres."

Hugo riu, nervoso, e Guto bagunçou seus cabelos como um pixie, voltando a sentar-se com a varinha para fora do barco. "A próxima praia parece boa pra você?"

Idá concordou distraído, e eles aportaram nela a fim de passarem a noite. Desnecessário dizer que espécie de sonhos Hugo teve. Acordou na manhã seguinte com a sensação de escamas negras ainda raspando em seu corpo. Credo...

"Depois me empresta esse mapa aí, para eu copiar no caderno?"

Hugo concordou, mastigando o ovo cozido de tracajá que Gordo lhe dera, enquanto abria e analisava atento o mapa no solo. Infelizmente, estavam no ponto que mais daria preguiça de atravessar. "Tá vendo aqui? A gente tá neste rio, mas precisa pegar este outro." Ele apontou para um rio paralelo, que corria muitos quilômetros à direita e não tinha qualquer junção com o rio que estavam seguindo.

"Uns cinco dias entre um e outro, por terra."

"Por terra?!" Gutemberg virou o mapa para si, encafifado. "Peraí, então a gente vai ter que…"

"Caminhar pela selva, levando a canoa com a gente. A não ser que você tenha aprendido a construir canoas a partir de troncos gigantes. Aí, a gente abandona essa aqui e constrói outra quando chegar lá."

Gutemberg olhou-o sem paciência. Não, Guto não sabia construir canoas.

"Tem certeza de que não tem nenhuma junção entre os rios lá na frente?!"

Com os olhos cansados, o anjo procurou pelos traços no mapa, abrindo um pouco mais a aba direita e apontando para o finzinho. "Aqui ó! Eu sabia! A gente pode navegar até este outro riozinho aqui e entrar no que a gente precisa, não pode?!"

Hugo negou. Já havia descartado aquela opção. "Pra chegar até ali navegando levaria, no mínimo, oito dias. Depois, a gente ainda teria que voltar tudo de novo pelo outro rio: mais dez dias de viagem. Perda inaceitável de tempo."

"Mas…"

"Qual é a menor distância entre dois pontos, Gordo? Essa é fácil."

Gutemberg baixou a cabeça, entendendo, inconformado. "Uma linha reta."

"Pois é." Enrolando o mapa, Hugo guardou-o no cinto. "O Atlas não tem tanto tempo assim pra gente desperdiçar 18 dias brincando de navegar."

Arrasado por se lembrar daquilo, Guto acabou concordando. Trocariam 18 por 5. A escolha pelo atalho era inquestionável.

O anjo olhou para a embarcação, cansado só de pensar que teriam de empurrá-la por terra, mas sabia que Hugo tinha razão. Sacando a própria varinha, foi limpar um caminho pela selva, por onde a canoa poderia passar flutuando.

Isso se conseguissem fazê-la flutuar. "Peraí…" Hugo teve uma ideia melhor. "E se a gente diminuísse a canoa?! Colocasse ela no bolso, sei lá."

Gutemberg riu, pasmo, "Pô, Hugo, até que você não é de todo burro, hein…", e voltou em direção à canoa enquanto Hugo fazia careta da piadinha. Apontando a varinha cor de mel para a embarcação, o anjo pronunciou "*Ygara-mirĩ!*"

Nada aconteceu.

"Ah, tá de sacanagem..." Hugo reclamou, receoso de que nada funcionasse, e sacou sua própria. Olhando tenso ao redor, voltou sua atenção para a maldita canoa, tentando em Esperanto, "*Malgrandiĝu!*"

Nada. "*Flugu!*" Nada. A Possuelo não saiu do chão. Guto olhou tenso para ela. "Isso quer dizer que a gente vai ter que empurrar? Tipo, empurrar mesmo?!"

Sentindo suas esperanças serem trituradas no liquidificador, Hugo olhou em desespero para o anjo, "Tem certeza de que *Ygara-mirĩ* tá certo?"

Guto confirmou, "Canoa Mirim! Canoa pequena. Tenho sim!"

"Mas você já consertou a canoa e o feitiço deu certo, caramba!"

Tentando entender a razão daquilo, o anjo meneou a cabeça, "Os barcos da Boiuna devem ter alguma proteção contra magias que possam prejudicá-las. Faz sentido, né? Imagina um bruxo navegando numa dessas, daí vem outro e transforma a canoa do cara numa miniatura. Ele cai na água e morre devorado pela Iara." Guto riu.

Hugo não. Por isso o *Pinda'yba* não tinha funcionado na primeira noite. Não havia sido apenas incompetência da varinha do professor...

"Bom, parece que a travessia agora vai levar sete dias em vez de cinco."

Hugo concordou, guardando a varinha e se preparando para empurrar a canoa por intermináveis quilômetros de terra, arbustos e árvores; as mãos já ressentindo os ferimentos que viriam.

Gutemberg ainda foi limpar um trecho do caminho, para que a canoa deslizasse pelo solo com mais facilidade, só então postando-se ao seu lado, sério também. Resoluto, pôs as mãos na borda da popa e respirou fundo, "Sete dias."

"Sete dias", Hugo assentiu, e os dois começaram a empurrá-la com toda a força que tinham.

Cinco minutos depois e o anjo já estava suado, olhando para ele. "Não podiam ser dois dias?"

Hugo riu, igualmente ofegante, antes de empurrarem de novo; Quixote só ali, curtindo a carona, como se fosse o dono do barco. "Vem ajudar, vem, espertinho!"

Quixote ignorou-o solenemente e, em pouco tempo, seus dois humanos escravos já tinham bolhas nas mãos. Gutemberg ia curando as dele, só para serem abertas novamente minutos depois; já Hugo continuava preferindo que as suas formassem calos.

Pelo menos estavam sendo protegidos pelas árvores contra os raios fulminantes do sol. Mesmo assim, ainda era um calor sufocante ali embaixo, à medida que empurravam a canoa pelo intenso verde; infinitas colinas e declives castigando-lhes as pernas enquanto tentavam manter o passo, empurrando aquela joça pesada para cima e para baixo, para cima e para baixo, sem parar.

Hugo não havia previsto as ondulações. Vista pela TV, a floresta parecia tão nivelada! Mas não... Era um pesadelo infinito de subidas e descidas.

"Como você conseguiu passar pelos caiporas na Boiuna?" Hugo grunhiu, tentando manter-se distraído da exaustão e da dor enquanto empurrava.

Suando até pelos cabelos em sua roupa de veludo, Gutemberg respondeu, igualmente ofegante, "*O Ciro me ajudou a sair.*"

"Ciro?"

"*Filho do Antunes. Você não conheceu?... Garoto muito inteligente.*"

Hugo olhou-o surpreso. Nunca teria pensado em pedir ajuda para o filho do Antunes. Ainda mais com a mãe do garoto sendo tão contrária à sua saída.

Fazendo uma careta de dor por causa das mãos feridas, limpou-as na calça e voltou a empurrar. Não eram inclinações gigantescas, mas cansavam muito. O mesmo acontecia com os pequenos riachos em que seus pés escorregavam, e as áreas alagadiças, feito mangue. E logo eles estavam ensopados até a cintura de tanto tropeçarem e caírem, cortando-se nas pedras alagadas dos igarapés, raspando os joelhos na terra negra do chão, tropeçando em raízes que não podiam ver... Os riachos eram rasos demais para navegar, mas profundos o suficiente para que os dois tivessem que mergulhar até os joelhos em água gelada, cortando-se em pedras ocultas.

A terceira vez que tropeçou numa delas, Hugo viu o sangue explodir pela água e teve que parar, com a dor lancinante. Havia sido um corte profundo. Olhando à sua volta, sem alternativa, tirou a varinha escarlate da jaqueta, curando o corte e guardando-a de volta depressa, antes que o Curupira a visse. Gutemberg, agora à frente da canoa, puxando-a, parou também. "Tudo bem aí, Biscoito?"

"Vai te catar, Bolacha!" Hugo rebateu, voltando a posicionar as mãos na traseira da canoa. "Vai!" deu o sinal, e os dois voltaram a fazer força, arrastando-a mais dez centímetros. "Vai!" Mais dez. "Vai!" Que beleza de bruxos eles eram. Subindo e descendo, subindo e descendo... empurrando uma maldita canoa.

Mefisto teria rido da cara deles.

"*Linha reta mandou lembranças... Eeee!*" Gutemberg comemorou, brincando com a própria desgraça, mas Hugo fitou-o mal-humorado, e o anjo achou melhor ficar sério também, os dois voltando a empurrar.

"Só assim eu faço musculação."

Hugo não aguentou o comentário e parou de empurrar para rir, esgotado demais para fazer as duas coisas ao mesmo tempo.

Só o anjo mesmo para fazê-lo dar risada daquela situação...

O garoto era inabalável!

Logo, no entanto, Hugo se forçou a largar o riso. Não deviam estar se divertindo. Não com Atlas morrendo lá no Rio. Aquilo o incomodava demais... Parecia quase uma traição de sua parte... E os dois se sentaram na terra, apoiando as costas na canoa para descansar, ofegantes. Hugo entristecido de novo.

Gutemberg olhou-o com carinho, entendendo seu incômodo. "O professor não vai se curar mais rápido se a gente ficar sério, Lambisgóia."

Inconformado, Hugo negou, tentando segurar as lágrimas que vinham com a exaustão, e Guto levantou-se, limpando as calças da terra e trocando de lugar com o pixie, posicionando-se atrás da canoa, para empurrá-la. "Tenta relaxar um pouco, cabeção. Você já tá fazendo tudo que pode. Agora faça um bem a si mesmo e se *divirta* no caminho!" O anjo tentou empurrá-la sozinho, fazendo careta. Não conseguiu. Hugo ainda tinha as costas apoiadas nela.

O pixie fitou-o exausto. "Me divertir?"

"Eu não estou com um dicionário aqui comigo agora, mas tenho quase certeza de que você sabe o que significa."

"Ha-Ha. Muito engraçado."

"Eu sei que sou."

Hugo jogou terra no anjo, que riu, desistindo de empurrar a canoa sozinho e voltando a sentar-se ao seu lado. "Falando sério agora, Lambisgóia. Você tá fazendo a coisa certa? Ótimo. Então, se divirta enquanto faz! Não adianta ficar carrancudo como você fica, ou deprimido pelos cantos como o Capí. Isso só suga a energia de vocês! Energia que vocês poderiam estar usando pra se sentirem bem! Pra se alegrarem e alegrar os outros! Seu amigo não sabe o PODER que ele teria se fizesse tudo que já faz e ainda se divertisse fazendo. Ele seria extraordinário! Mas não, só se afunda. Eu sei que é difícil pra ele, que já sofreu tanto, mas ele precisa tentar!"

"Diz isso pros seus anjos queridos. Eles ajudariam se não atrapalhassem."

Gutemberg olhou para o solo, incomodado. "Eu sei. Eu tento. Juro que tento... Mas se o Ítalo fizesse o que eu tô dizendo, ele não se afetaria com as provocações. Já dizia minha avó: *Leve a vida a sério, mas sem ficar sério como a vida. Ficar se sentindo mal não vai ajudar ninguém, muito menos você.*" Guto sorriu, dando uma piscadela para ele e voltando a se levantar.

Hugo fez o mesmo, sentindo a mochila pesar mais do que nunca nas costas. Era o peso dos *dias* se manifestando.

Não adiantava deixá-las na canoa, porque elas só tornavam ainda mais pesada a embarcação, então os dois as levavam nas costas mesmo. Já haviam tentado todos os feitiços possíveis para anular o peso delas, mas começavam a achar que a própria Amazônia é que estava fazendo aquelas joças pesarem cada vez mais. Como se estivesse tentando fazê-los desistir. Mas eles não desistiriam; e, a cada dia que passava, as mochilas machucavam mais seus ombros. Era absolutamente exaustivo; o caminho, os riachos, o calor, o peso... Hugo nunca pensara que, um dia, fosse fazer aquilo tudo por alguém.

"Bebe água, Biscoito."

"Mas eu não tô com sede..."

"Bebe água."

Hugo obedeceu. Era importante se hidratar, mesmo na umidade extrema.

Seus pés estavam inchando dentro da bota. Ele podia senti-los enquanto ouvia o ruído das cigarras e dos mosquitos cobrir o ambiente.

Como Gutemberg podia aguentar aqueles sapatos sociais?

"Argh!" Hugo foi picado por mais um.

De que adiantava o repelente, se não protegia contra os piores?

Mais duas horas atravessando um lamaçal antes de anoitecer e Hugo já havia se arrependido de ter sugerido cortar caminho. Todo dia era assim; mal aguentava de felicidade sempre que chegava a noite e ele podia dormir protegido na barraca. Pelo menos era um chão limpo; sem terra, sem água, sem lama, sem insetos.

Quem diria que passaria a se contentar com tão pouco.

Aproximando-se do caldeirãozinho lá fora, varado de fome, Hugo já estava se servindo da recém-preparada sopa de ervilhas quando uma árvore inteira explodiu em chamas na sua frente, e ele se afastou no susto. "Não fui eu!"

Gutemberg deu risada, "Verdade, cabeção?!", e sorriu com ternura. "É uma Andurá. São árvores mágicas que se inflamam subitamente. Normal."

"Normal?! E se inflamam pra quê?!" perguntou, indignado, mas Guto deu de ombros, "É uma árvore da zoeira, sei lá. Pelo menos o fogo dela vai ajudar a nos proteger da onça que está por aqui."

Ah, que ótimo. O anjo vira pegadas de onça, e nem pra lhe contar!

Terminada a refeição, Guto, bem mais tranquilo do que ele, aproveitou a luz extra da árvore em chamas para escrever mais uma entrada em seu diário de viagens, enquanto Hugo, exausto, não conseguia fazer nada além de afagar o próprio braço, cheio de picadas enormes de mosquito, daquelas que formavam caroços sangrentos na pele. Acariciava os braços como a um bebê, tentando resistir à tentação quase enlouquecedora de coçar. Perderia metade da pele se o fizesse.

O anjo também havia sido picado, mas parecia distraído com coisas mais importantes, como desenhar à perfeição o bicho-preguiça que haviam visto.

Antes que terminasse a ilustração, no entanto, o fogo da árvore se extinguiu, e Gutemberg fechou o caderno. "Acho que tá na hora de dormir."

Afinal, acordariam cedo no dia seguinte para empurrar.

Às vezes, o anjo até tentava criar colchões de ar denso abaixo da canoa, para que pudessem empurrá-la flutuante por entre as árvores, mas aquilo raramente funcionava e, quando dava certo, era com tão pouca precisão que ela acabava esbarrando nos troncos resistentes das árvores, lascando a madeira sempre que tentavam direcioná-la. Com medo de quebrarem a canoa para sempre, acabavam voltando a empurrá-la do modo azêmola mesmo, com o bom e velho atrito atrapalhando tudo; Gutemberg volta e meia usando o feitiço *ka'apir*, 'cortador de mato', para abrir caminho pelo denso matagal.

Ka'apir. Origem nheengatu da palavra *caipira*.

Em poucos minutos, já estavam os dois suando novamente, com os braços ardendo pelo esforço; Hugo dizendo entre dentes, à medida que a puxava pela frente, "*Agora eu sei como os bois do Garibaldi se sentiram...*"

"Oi?!"

"Deixa pra lá." Hugo puxou a canoa de novo, imaginando o revolucionário italiano a cavalo pelo Sul do Brasil, levando aqueles imensos navios por terra, com uma música épica por trás, e riu do absurdo. Os bois, pelo menos, haviam tido o auxílio de rodas abaixo das fragatas. Eles, ali, não. Não tinham nem as ferramentas, nem o conhecimento de algum feitiço que arredondasse fatias de madeira. Sem contar que, naquele solo instável, rodas feitas por eles quebrariam a cada meio segundo.

"Eeee! Banho!!!" Guto comemorou com ironia, assim que uma nova tempestade começou a cair. Em segundos, ali estavam eles, miseráveis, tendo de empurrar uma canoa cheia d'água por um caminho de lama. "Eu não fui contratado pra isso."

Guto deu risada do pixie. "Aê, Lambisgóia! Tá aprendendo!" Hugo riu, completamente encharcado pelo banho torrencial que lhe caía sobre a cabeça.

Entre uma chuva e outra, tentavam secar as roupas no próprio corpo com um feitiço, só para serem encharcadas novamente em poucos segundos, com suor, lama e mais chuva. As decidas, nessas horas, tornavam-se mais perigosas, e um escorregão fez Gutemberg apoiar a mão num espinho grande, perfurando sua palma, que ele só conseguiu curar depois de ficar um tempo tremendo de choque.

Aquela foi a única vez que Hugo viu o anjo fraquejar.

Em todas as outras, era ele o forte da dupla. Hugo volta e meia era torturado por febres, que vinham e iam embora à medida que seu corpo tentava combatê-las, mas como lutar contra elas direito sem descansar ou sair da chuva, arrastando-se por lama, terra e água?

Gutemberg parecia surpreendentemente mais resistente de saúde, sempre empurrando a canoa com mais vigor. Devia ser toda a comida saudável que o anjo comera a mais na infância, e ele não. Bem provável.

Hugo já não estava aguentando mais, empurrando aquele negócio por terra, chuvas, declives, dias tórridos, noites frias... segurando o choro toda vez que o esforço era grande demais para quem estava com febre, sua exaustão emocional também já no limite, até que não aguentou e começou a chorar *de raiva* enquanto empurrava. Raiva dos Pixies. Absoluto ódio; por eles não estarem ali ajudando-o. Por terem deixado que um ANJO viesse no lugar. E Gutemberg, vendo o choro do companheiro e percebendo que era sério, tentou animá-lo, "Você consegue, Hugo! Vai!", à medida que empurravam colina acima, debaixo de uma chuva torrencial.

Mas Idá não estava conseguindo fazê-lo com tanta força agora, vermelho de ódio, *chorando* de ódio, e Gutemberg, num esforço hercúleo enquanto empurravam, começou a recitar um texto que conhecia, gritando através do barulho ensurdecedor da chuva, "*Não se entregue ao desespero!*", empurraram, "*Não dê vazão ao ódio!*", empurraram, "*Mantenha a serenidade, ou você não conseguirá nem fazer o bem, nem transcender!*", empurraram, "*Tenha compaixão pelo outro, porque o outro também é você! Busque harmonia com o todo!*", empurraram, "*Se você se perturba, isso gera ruído, e ruído não ajuda a pensar!*", empurraram, "*Confie, aceite, solte e agradeça!*", empurraram, "*Quem está sempre em conflito não está nunca em paz!*"

Com o último empurrão, conseguiram vencer o monte, e os dois caíram ofegantes por terra; Hugo com o rosto descansando no solo molhado, o olhar no amigo, agradecido, apesar da mágoa que ainda sentia dos Pixies, e Guto sentou-se ao seu lado na lama, descansando a nuca na canoa, "Esse é meu mantra. Um guru me ensinou."

Os dois ficaram em silêncio, sentindo a chuva limpar a terra preta grudada no corpo, até que Guto deu uma breve risada, pensando em alguma coisa.

Vendo que Hugo continuava com um pesado rancor nos olhos, no entanto, o anjo fitou-o sério. Sabia exatamente o motivo do ódio. "Não fica com raiva deles, Lambisgóia... Eles não têm culpa se a gente é maluco." Guto piscou para Hugo, que teve que rir, ouvindo o anjo adicionar: "Doidos de pedra! Tá pensando o quê?! Não é pra qualquer um, acompanhar a gente!" Gutemberg sorriu, empurrando o ombro do companheiro, brincalhão.

"Os Anjos também acharam que era loucura sua?"

"Eu nunca bati muito bem da cabeça, né?"

Hugo deu risada. "Acho que nenhum de nós."

Cansados, os dois resolveram parar por ali mesmo. Já era a sétima noite de travessia e nada de chegarem ao tal rio paralelo. Hugo começava a temer que talvez o mapa estivesse errado. Talvez não houvesse rio algum do outro lado... Se bem que eles não tinham previsto tantos contratempos, nem tanto esforço. Talvez o alcançassem na manhã seguinte. Tomara. Pelo menos teriam economizado dez dias. Dez dias a mais, que poderiam salvar o professor.

Tomando a sopa de legumes que Guto preparara com três das sementes guardadas, Hugo perguntou, "E a Thábata, hein? É Thábata o nome dela, né? Thábata Gabriela? Tem andado meio sumida dos Anjos."

"A namorada dela não gosta muito da gente", Guto respondeu, preparando os últimos detalhes da tenda para que pudessem desabar dentro dela e dormir para sempre. Tirando a varinha do bolso, usou-a para limpar a área em volta, banindo todo bicho daninho e folhagem seca.

Teoricamente, alunos não podiam usar magia no mundo azêmola sem serem detectados, a não ser na presença de um professor (como Capí, no caso dos Pixies), mas ali... ali era outro departamento. *Quem dera* a varinha do anjo ou a Atlantis pudessem ser detectadas ali. Pelo menos as autoridades saberiam onde eles estavam, caso precisassem de ajuda para sair.

Tocando a pequena protuberância que o muiraquitã fazia sob a camisa, Hugo torceu silenciosamente para que o amuleto funcionasse quando a hora chegasse. Começava a achar cada vez mais impossível conseguirem voltar sem a ajuda daquele sapinho de jade do Poetinha. '*Nos leve pra casa*' era o pedido que Hugo planejava fazer. O pedido que estava guardando para a hora certa.

Se tivessem que voltar tudo de novo pela floresta, era muito provável que não chegariam a tempo de salvar o professor, mesmo que encontrassem a cura.

Hugo esticou a coluna, tentando se alongar apesar da dor, e olhou com desgosto para a imundice em suas mãos e roupas. Quanto ele daria por um riacho ali perto agora. O feitiço de água não era o suficiente para limpar toda aquela lama seca.

Pelo menos Gutemberg estava igualmente sujo daquela vez.

Quer dizer, por enquanto. Logo Gordo tiraria sabe-se-lá-o-que da mochila e aquele produto mágico o limparia por inteiro. Hugo tinha certeza.

Ver o anjo em ação, montando o acampamento com tanta facilidade, fazia Idá se sentir um lixo. Um arremedo de bruxo. Uma fraude. Sempre se achara tão esperto, tão estudioso, tão habilidoso com magia, e agora constatava que não tinha nada da praticidade que os nascidos em famílias bruxas detinham. Nunca teria pensado em levar um pano para transformá-lo em tenda, por exemplo. Seu cérebro não havia sido programado, desde a infância, para a magia, como o do anjo.

Assistindo-o nas atividades mais simples, começava a perceber que não era o suficiente estudar muito para se tornar um bruxo de verdade. Era preciso *internalizar* aquilo que bruxos nascidos entre bruxos aprendiam desde criança e que simplesmente viam como óbvio! Talvez nunca conseguisse aquele nível de naturalidade. Estava se sentindo como os novos ricos, que, embora tentassem imitar os milionários de nascença, nunca conseguiam agir com a mesma naturalidade em relação ao dinheiro. Aquela nova percepção era um pouco desesperadora. Bastante humilhante, inclusive. Como se houvesse uma barreira entre ele e os bruxos *puros*. Uma barreira impossível de transpor, mesmo com todo o seu estudo…

"Você usa um feitiço, né? Pra limpar as roupas?"

"Uhum."

Claro. Tão óbvio. E ele pensando em água e sabão. Imbecil.

A naturalidade com que o anjo havia confirmado era de matar, e Hugo aceitou a resposta, mordendo os lábios, derrotado.

Guto entendeu, "Meo, não se incomoda tanto assim com isso, não!", e sentou-se ao lado de Hugo, preocupado. "Eu tenho *dezoito* anos de experiência em ser bruxo! Você praticamente acabou de saber que é um! É super normal!"

Idá negou, sentindo-se péssimo. Nada do que o anjo falasse adiantaria.

"Hugo, presta atenção. Você acabou de descobrir a magia, mano. E, mesmo assim, *você* é o melhor aluno da Korkovado, e não eu. Todos os professores concordam. Até o Rudji! E tu só precisou do que, *dois* anos pra isso?!" Ele sorriu. "Eu nunca vi ninguém aprender tão rápido!"

Nada convencido, Hugo levantou-se e foi se sentar em outro canto, de costas. Queria se esconder do anjo, se esconder do *mundo* com sua inferioridade, e Gutemberg ficou ainda um tempo observando-o. "Lambisgóia, olha pra mim."

Hugo o ignorou.

"Não quer olhar, tudo bem. Mas me ouve. Não existe vergonha nenhuma em ter começado de baixo. Mesmo que alguns pensem o contrário; alguns amigos meus, inclusive. Se você agir com humildade quanto ao que ainda não sabe, buscando aprender, sem se sentir mal com isso, não é humilhação nenhuma. O desconhecimento só se torna motivo de chacota quando quem desconhece age com arrogância e com orgulho por não conhecer. Aí, sim, fica parecendo bem ridículo. Mas quando a pessoa age com *humildade*, querendo aprender, se torna motivo de *admiração* para os que já sabem, e não de zombaria. Você é um dos caras que eu mais admiro naquela escola, Hugo. Você, a Gislene e o Rafinha."

Hugo olhou para ele, acreditando na sinceridade das palavras do anjo, mas não achando que merecia aquele apreço todo.

"Você só precisava desgastar um pouco aquela sua vaidade", Guto concluiu. "Neste momento, por exemplo, tá perfeito."

"Bobão."

O anjo riu, malandro. "A Amazônia sempre faz bem pra gente."

"Antes de nos matar."

Gutemberg olhou-o com carinho, e foram dormir sem conversar mais; Hugo pensando em tudo que havia sido dito. Em tudo que queria ser e não era. No dia seguinte, empurraram a canoa em silêncio o dia todo; a exaustão mental lentamente tomando conta do anjo também.

Não era fácil empurrar uma canoa por oito dias de mata fechada.

Algo, no entanto, não parecia certo. Hugo estava sentindo um cansaço muito maior que o de costume. Um peso na cabeça que quase o impedia de pensar.

A febre recomeçara, aquilo era óbvio, mas recomeçara com uma força inesperada; todos os músculos fraquejando, enquanto ele empurrava, naquele fim de tarde, até que, de repente, pela primeira vez, Hugo sentiu que ia desmaiar.

Segurou-se à borda da canoa, zonzo e preocupado. Uma quentura insuportável no rosto.

Tinha algo muito errado ali.

CAPÍTULO 58

VENENO

Pararam para acampar, e Hugo sentou-se em um toco de tronco, de cabeça baixa, sentindo dores no corpo, enquanto Gutemberg preparava a tenda.

Levou a mão ao pescoço, enfraquecido. Estava ardendo em febre. Sentindo enjoo, inclinou-se para tentar vomitar, mas nada saiu, e Guto foi vê-lo, preocupado. Analisou suas pupilas uma a uma, sentindo a temperatura do pixie, com crescente preocupação. "Talvez tenha sido um mosquito."

"Talvez?" Hugo murmurou irônico. Ele tinha *certeza*! Ou então um daqueles sapinhos bem venenozinhos que atacavam sem que a vítima percebesse. E Guto o guiou para dentro da tenda, ajudando-o a se deitar na rede.

Era bom descansar em um local macio depois de tanto tempo, mas seu corpo inteiro doía, e Hugo começou a temer que não passaria daquela noite.

Não conseguindo comer coisa alguma, caiu num sono inquieto, cheio de alucinações, e acordou assustado horas depois; o enjoo voltando com força. Tentou se virar na rede, mas a fragilidade dos ossos e a pressão na cabeça não deixaram. O corpo inteiro queimava, e ele se encolheu, tremendo de frio, sentindo-se pior do que jamais se sentira na vida; o ar saindo muito quente de sua boca com a expiração… Um simples esticar de pescoço doía. Mesmo assim ele o esticou, à procura do anjo, e o viu ali, com o canto do olho esquerdo.

Gutemberg não tinha ido dormir. Estava sentado no chão da barraca, de vigília. Preocupado. "*Gordo…*" Hugo sussurrou, e o anjo foi até ele.

"Que foi, sauna humana?"

"*Eu vou morrer.*"

"Nunca teve febre na vida, bundão? Vai nada! Tu reclama demais, credo!"

Hugo tentou rir, mas estava se sentindo mal demais para conseguir. Já havia tido febre antes, claro, mas nunca tão forte… e nunca a centenas de quilômetros de um hospital, como naquele momento. Nunca tão longe de casa…

O desespero veio avassalador, e ele sentiu vontade de chorar.

Percebendo que era mesmo sério o receio de morte do amigo, Gutemberg olhou-o com carinho, passando lentamente um pano molhado por sua testa enquanto os olhos do pixie se enchiam de revolta e medo. Não tinha ido até ali para morrer com um veneno idiota! *Por que, hein?! Não haviam brincado o bastante com ele, não?!*

"Relaxa, Lambisgóia. Vai dar tudo certo", Gutemberg garantiu em voz baixa, para não machucar o ouvido do pixie, fragilizado pela febre, "Já dizia o japonês Murata Shukō, fundador da Cerimônia do Chá: *Se não houver nuvens em volta, o luar não é belo.*" Ele sorriu. "Os mestres ancestrais do Dharma entendiam que se deve apreciar tudo o que acontece, incondicionalmente. Inclusive os problemas, as dificuldades, as doenças e os fracassos, considerando tudo como parte da beleza da vida. Sem reclamar."

Olhando-o, Hugo retrucou com fraqueza "Tu não acredita nisso, ou já teria aceitado a doença do professor."

"Aceitar, sim, desistir, nunca." Ele sorriu brincalhão. "De todo modo, é uma maneira gostosa de ver a vida: aproveitar cada momento, bom ou ruim, para aprender coisas positivas, apreciando tudo que acontece como sendo mais uma lição."

"Sem reclamar."

"Sem reclamar", ele confirmou com simpática esperteza. "E se divertindo, sempre que possível. É o que eu tento fazer. Acredite, Hugo San, sua vida vai mudar se você passar um mês inteiro sem reclamar. Você vai ver."

Aquela era a parte mais difícil. Não reclamar. Nem Hugo estava se suportando mais, de tão chato. Mas como ver algo positivo numa febre daquelas?!

"O próprio Buda dizia: *Dominar-se é uma vitória maior do que vencer milhares em uma batalha.* É difícil mesmo. Seu amigo Capí sabe disso melhor do que ninguém, mas eu desenvolvi alguns truques. Por exemplo: quando você realmente precisar reclamar, reclame brincando, fazendo piada da situação. Assim você retira parte do peso do problema."

"Tu é escoteiro, aprendiz de budista... o que mais?"

"No momento, enfermeiro", Guto brincou. "Eu gosto de estudar coisas que pessoas obtusas consideram *inúteis*, mas que ajudam a expandir minha visão do mundo e, quem sabe, salvar alguns *Pixies* perdidos por aí."

Hugo riu, vendo Gutemberg menear a cabeça, "Eu não pretendo me tornar budista de verdade, mas não custa aprender um pouco de tudo que é legal."

Idá abriu um fraco sorriso, "Tipo o quê?"

"Tipo as duzentas maneiras de se preparar *sushi* na floresta", Guto brincou, e Hugo quis rir de novo, mas tossiu, sentindo uma ânsia de vômito insuportável.

"Calma, amigão. Vai dar tudo certo. Se fosse uma picada letal, tu já tinha morrido."

O anjo não estava nada confiante quanto àquilo. Hugo via. "Como eram mesmo as frases do seu mantra?"

Guto olhou-o com bondade, claramente segurando as lágrimas, com medo de perdê-lo. "*Não se entregue ao desespero, não dê vazão ao ódio. Mantenha a serenidade ou você não conseguirá nem fazer o bem, nem transcender. Tenha compaixão pelo outro, porque o outro também é você. Busque harmonia com o todo. Se você se perturba, isso gera ruído, e ruído não ajuda a pensar. Confie, aceite, solte e agradeça. Quem está sempre em conflito não está nunca em paz.*"

Hugo confirmou que ouvira, tentando fixar aquelas palavras na memória. Estava precisando delas agora. Não se entregar ao desespero, manter a serenidade, confiar, aceitar e soltar. Deixar a vida fazer o que precisava fazer.

Fechando os olhos, tentou, mais uma vez, dormir; o rosto em chamas, os olhos doendo, e Gutemberg tratou dele a madrugada inteira; encharcando novos panos molhados, trazendo-lhe água fresca e fervida, buscando poções que trouxera na mochila, para que Hugo bebesse entre um pesadelo febril e outro.

Aparentemente, havia também matado algum bicho pequeno, porque Hugo sentiu um vago cheiro de carne queimando ao som do crepitar da fogueira lá fora, e então o gosto suculento de alguma carne muito macia sendo posta em sua boca.

Com dificuldade, Hugo abriu os olhos na escuridão da barraca, e Gutemberg sorriu gentil. "Carne de jabuti. Encontrei um filhote ferido a alguns metros daqui. Já ia morrer mesmo. É pouca carne, mas quem sabe amanhã a gente não ache a mãe?" ele ambicionou, colocando mais um pouco de carne na boca de seu paciente, com os próprios dedos; ensanguentados, mas limpos de sujeira.

Tentando mastigar sem botar nada para fora, Hugo viu Quixote dormindo enroladinho entre seu corpo e o pano da rede, aproveitando o calor da febre. Devia ser três da madrugada e o anjo ali, acordado, tratando dele sob a luz da varinha.

Hugo agradeceu-lhe com um olhar, e Gutemberg respondeu com um sorriso cansado, pondo mais uma compressa na testa do pixie e indo sentar-se do lado de fora, com as costas para a abertura da tenda.

Sem nada para fazer, Hugo ficou observando Gordo sob a luz difusa do luar, vendo o anjo coçar os olhos, esgotado, resistindo bravamente ao sono.

Guto estava temeroso. Tentava fingir tranquilidade, mas, assim que saía da barraca, seu medo ficava evidente. O anjo não sabia se ele ia sobreviver.

Cansado demais para pensar naquilo, no entanto, Hugo deixou de se importar, fechando os olhos de novo e caindo, desta vez, num sono profundo. Com o estômago menos vazio, dormiu pesado o restante da noite.

Acordou na manhã seguinte sentindo-se bem melhor.

Levantando-se devagar, apesar da fraqueza nos ossos, saiu da barraca ainda a passos lentos. Gutemberg estava de costas, remexendo um resto de caldo no caldeirão, em meio à bruma cinzenta e fria, e o pixie ficou observando-o com apreço, agradecendo mentalmente, "*Obrigado, Goihan, guardião das águas, por ter colocado em meu caminho as corredeiras que me trouxeram esse anjo.*"

Gutemberg tinha salvado sua vida aquela noite, Hugo sabia.

Percebendo que seu paciente já estava de pé, o anjo se adiantou depressa, querendo saber se estava melhor. Hugo sorriu, confirmando, para alívio do Gordo.

"Toma, fiz um caldo com o resto do jabuti. Você precisa."

Um pouco envergonhado pelo trabalho que estava dando, Hugo agradeceu, e Gutemberg olhou-o com simpatia, "O lema do pioneiro é SERVIR. Não faço mais do que a minha obrigação."

Ele fazia muito mais do que sua obrigação.

Depois de comerem, e Hugo insistir que já estava forte o suficiente, voltaram a empurrar a canoa; Gutemberg fazendo todo o esforço, na verdade, deixando para o pixie a tarefa mais simples, de limpar o caminho por dentro de uma selva quase impenetrável de arbustos e cipós, cortando-os com feitiços certeiros da Atlantis.

Finalmente aquela teimosa estava começando a cooperar.

A partir dali, Hugo passaria a tratar o anjo com mais respeito. Não que alguma troca de farpas entre eles houvesse sido levada a sério, mas, ainda assim, eram brincadeiras que não mais aconteceriam, a não ser que Guto quisesse.

Isso se eles dois sobrevivessem.

Avançando por corredores cada vez mais estreitos de árvores, era quase impossível evitar a impressão inquietante de que olhos os observavam; misteriosos pios soando, cada vez mais repentinos, por entre as árvores. Ouvindo mais um, Guto brincou, "Uhu! Vamos virar comida de índio!", e deu mais um empurrão na canoa. "Apetitoso eu devo ser."

Hugo riu, cortando mais arbustos. "O que é esse tal de Dharma?"

"No budismo, é a verdade nos ensinamentos do Buda." Guto empurrou mais uma vez, gemendo com o esforço. "Uma monja me disse que significa qualquer comportamento ou entendimento que sirva pra nos refrear e nos proteger, evitando que a gente passe pelo sofrimento e suas causas. É uma mudança do modo como se vê a vida e seus desafios."

"Está parecendo bastante útil", Hugo confessou. Já teria se desesperado se não fosse pelo jeitão Gutemberg de ver a vida.

Respirando fundo, decidiu ajudá-lo com a canoa. Não deixaria Guto continuar empurrando sozinho. Não depois de o anjo ter passado a noite inteira em claro.

Em pouco tempo, já estavam os dois exaustos de novo, batendo papo sobre qualquer coisa enquanto empurravam, para distrair a mente do fato inquietante de que o rio não chegava. "O que são aquelas varinhas gêmeas do Oz, hein?!"

"De borracha, mano! Muito daora." Guto concordou. "O Atlas diz que foram feitas com o látex de uma das seringueiras mais antigas do Acre, e que por isso são extremamente resistentes e praticamente impossíveis de quebrar, além de não deslizarem da mão – o que é ideal para um lutador como o Oz."

"Ele deve ser bom mesmo então."

"Ele?! É imbatível! O Atlas nunca viu ninguém duelar como o Oz duela."

Devia ser impressionante, de fato. Não era qualquer um que duelava com duas varinhas. "A Korkovado só sabe desperdiçar professores."

"Né?!" Guto concordou; os dois dando mais um empurrão. "Em vez de deixarem o Atlas ensinar filosofia, política, línguas, enfim, tudo que ele sempre quis ensinar, não. Prendem ele na aula de Defesa, transferindo o Oz pra *História*!" O olhar do anjo se entristeceu. "Se bem que isso tornou o Atlas um professor muito mais intenso. É como uma frase que eu li no livro 'Citações do Próximo Milênio', na biblioteca da Korkovado: *O talento é sempre mais bonito quando desperdiçado*."

"Citações do Próximo *Milênio*?!"

"O artista Vitor Brauer vai dizê-la em 2014, acho", Gutemberg respondeu na maior naturalidade. "No momento, ele deve ter uns 10 anos de idade. De qualquer forma...", mais um empurrão, "Atlas acha que o Oz ficou satisfeito quando viu que o jovem gaúcho que ia substituí-lo sabia bastante de Defesa também."

"*Acha?*"

"O velho Malaquian guarda os sentimentos bem trancados num cofre, com uma chave que só o filho dele tem. Talvez por isso seja tão bom de duelo. É preciso bastante frieza pra ser imbatível. Capí, por exemplo, era quase tão bom quanto o Oz. Era até mais rápido que ele, com todas as piruetas que fazia, mas tinha uma falha imperdoável."

Hugo ergueu a sobrancelha, "Qual?"

"A compaixão. O Oz não tem nenhuma quando duela. Já o Ítalo... O Ítalo hesita em machucar. Poderia cortar o rival em mil pedaços, se quisesse. Tem conhecimento pra isso. Mas nunca o faria. Derrotava os adversários pensando mais rápido que eles; o que é perfeito; mas ter compaixão é um risco a mais que ele corre. Tem horas que você precisa finalizar o adversário, ou ele te finaliza."

Hugo tinha que concordar, com dor no coração. Não era à toa que Capí havia sido capturado pelos chapeleiros. Habilidoso como era, o pixie teria conseguido escapar, mesmo contra vinte, se tivesse sido agressivo. Agora... não escaparia nem de um, quebrado do jeito que estava.

"Não me entenda mal, eu super admiro o Capí por isso", Guto acrescentou, empurrando mais uma vez. "Eu *seguiria* ele por isso. Só que ele vai ter que aprender a tomar decisões mais duras se for assumir a liderança da resistência."

"A liderança??... Ninguém acredita mais nele!"

"Todo mundo acredita nele, Hugo. Não no que ele disse sobre a tortura, nisso nem eu acredito, mas acreditam *nele*, como pessoa. Na retidão e na força que ele tem. Por isso eu acho, sim, que compaixão seja essencial, mesmo numa guerra. Ela angaria aliados e nos mantém do lado certo do argumento. Mas também é importante saber não tê-la no momento certo, e isso eu acho que ele não sabe fazer."

"Ele acabou com o rosto do Abelardo."

Guto parou para refletir. "Aquilo também foi compaixão. Ele podia ter usado a varinha. Teria destruído o Abel com *um* feitiço. Não o fez."

"Tu tá é muito sabido em assuntos de guerra. Andou lendo Sun Tzu?!"

Gutemberg riu, admirado de que ele conhecesse o autor. "Hugo Escarlate, sempre me surpreendendo."

Idá lançou-lhe um olhar malandro, antes de dar mais um empurrão na canoa. "Só deixando claro que eu não li *A Arte da Guerra*. Só vi a capa, uma vez. Várias vezes, na verdade. Esse livro se multiplica feito mosquito da dengue!"

"Fato." Guto riu. "O interessante é que alguns conselhos do Sun Tzu o Capí seguiria à perfeição. O livro até elogia a compaixão, de certa forma, quando diz coisas como: '*A suprema arte da guerra é derrotar o inimigo sem lutar*'. '*Dominar um batalhão é melhor do que destruí-lo*'. '*Quando cercar o inimigo, deixe uma saída para ele, caso contrário, ele lutará até a morte*'... Claro que esses são conselhos estratégicos, mas o Capí os faria por compaixão."

"Você memoriza tudo que lê, é?!"

Guto se fez de esperto, mas, antes que pudesse responder, os dois foram interrompidos por piados um pouco mais altos, de ambos os lados da trilha.

"Eita, a passarada tá no cio, é?" Hugo brincou, mas Gutemberg parou, tenso, pedindo silêncio. "Não são pássaros."

Hugo estremeceu. Estavam sendo observados.

Resistindo à tentação de olhar para um dos lados, segurou a respiração, torcendo para que os observadores não estivessem com vontade de matar ninguém naquele dia.

Tenso, começou a descer a mão até a varinha escarlate, mas o anjo fez um sinal discreto para que parasse. "*Se você sacar qualquer coisa, vai receber uma flechada no pescoço.*"

Hugo obedeceu, *muitíssimo* tenso agora. "*O que a gente faz, então?!*"

"*Canta.*"

"Oi?!"

Hugo levou um *Shhhh!* de Gutemberg, que fez sinal para que continuassem a empurrar. "*A gente só tá de passagem... Eles precisam entender isso. Cantando, a gente demonstra que não é inimigo. Só inimigos se aproximam em silêncio.*"

Ok. Fazia sentido.

Com o coração na boca, Hugo começou alto, "Então é Nataaaaal... A festa cristãaaaa...", enquanto empurravam a canoa adiante, e o anjo deu risada, juntando-se à cantoria, "*... do velho e do novo... do amor como um todo...*"

Que ótimo. Se morressem agora, morreriam cantando Simone...

"*... Então bom Nataaaal...! E um ano novo tambéeeem...! Que seja feliz queeeem souber o que é o beeeem... Hiiiroooshiimaaaa, Naaagaaasaaakiii...*"

Hugo deu risada, tenso toda a vida, e os dois continuaram a atravessar ilesos o corredor de indígenas ocultos, imaginando o que deveria estar passando pela cabeça daqueles nativos vendo dois loucos empurrarem uma canoa pela selva.

Não eram violentos, afinal. Graças a Deus. E os dois passaram sem ser incomodados, até que, terminada a música, sorriram um para o outro, e três flechas cortaram o ar, cravando com força no casco da canoa, PUM PUM PUM, a poucos centímetros da mão de Hugo.

Espantados, os dois se entreolharam, largando a canoa para trás e disparando pela trilha; os braços protegendo as cabeças enquanto os pés faziam todo o serviço, correndo e tropeçando pela mata, até que pararam ofegantes. Tenso, Guto virou para trás, e Hugo fez o mesmo, o coração esmurrando o peito conforme recuavam, agora de costas, os olhos fixos no caminho que haviam feito, esperando que os indígenas aparecessem...

Mas eles pareciam não ter seguido.

Tentando não se acalmar antes da hora, os dois continuaram a andar para trás, estranhando a cor mais amarronzada do novo ambiente. As árvores dali também eram mais esparsas, e ambos sacaram as varinhas, percebendo que estavam num lugar novo, recuando mais alguns passos antes de esbarrarem com as costas numa barreira que não esperavam. Uma barreira gigante, peluda e nada inofensiva.

Haviam entrado em território mágico.

CAPÍTULO 59

A FACE DA MORTE

Eles olharam para trás, no susto, mas o bicho estava dormindo. Graças a Deus.

Era um animal fabuloso... do tamanho de um caminhão duplo, pelo menos, e Hugo se afastou, impressionado. Parecia um imenso bicho-preguiça, ressonando feito um bebê gigante entre as poucas árvores que não derrubara ao deitar. Só que não era um bicho-preguiça. Era um mapinguari... Um mapinguari adulto...

Hugo se arrepiou inteiro.

Então, era daquele tamanho que ficavam. Os pés de burro, imensos, descansando sobre a terra, a boca semiaberta na barriga, maior do que os dois humanos juntos, o único olho movimentando-se dentro da pálpebra num sonho agitado...

E pensar que ele segurara um pequenininho nas mãos.

Aproximando-se com cuidado, Hugo passou a observar os detalhes daquele ser formidável: os pelos amarronzados e duros, a respiração, o odor insuportável da pelagem... No fim das contas, aquele monstro enorme ainda lembrava os filhotinhos. Tudo bem que o adulto tinha dentes maiores que seu antebraço, mas ainda assim era apenas uma preguiça gigante caolha. Nada ameaçador. Faziam bem em protegê-los dos azêmolas. Sua pele inviolável teria valido uma fortuna em casacos. E a carne então? Havia carne, ali, para alimentar meio exército. Um animal dócil como aquele... Teria sido impiedosamente caçado.

Dava vontade de tocá-lo.

"Melhor não. Vai que ele acorda?" falou a voz da sensatez angelical, e Hugo tirou a mão de perto, achando mais proveitoso cobrir o nariz. O bicho fedia demais, meu Deus. Da boca aberta exalava um cheiro ainda mais pavoroso. Mesmo assim, Gutemberg olhava-o com igual interesse, "Lembra da aula do Ítalo?"

Hugo confirmou, vendo, com simpatia, o rastro de destruição que o mapinguari deixara. Coitado, não conseguia nem se deslocar sem derrubar algumas dezenas de árvores. Aliás, as copas das árvores dali eram imensas! Os troncos eram muito mais esparsos entre si, mas as árvores muito mais altas, da altura de vários andares!

De fato, tudo ali parecia um pouco diferente: os tons alaranjados, as cores mais nítidas, as folhas secas que cobriam o chão... Era como se eles houvessem entrado no outono de algum outro país. A própria *aura* do ambiente era diferente. Tudo parecia mais... protegido. E Hugo teve certeza, olhando para aquelas árvores milenares, que eles estavam, realmente, num lugar intocado por mãos humanas. Bruxos tinham medo de ir até ali; azêmolas passavam por elas sem percebê-las... e assim a floresta sobrevivia magnífica. Protegida pela magia.

Talvez por isso Poetinha percebera com tanta facilidade que sua gruta estava numa zona de transição. As árvores que cercavam a gruta não eram nem tão altas quanto as dali, nem tão baixas quanto as normais.

Muito estranho olhar para cima... O sol era filtrado pelas folhas amarronzadas lá no alto com a luminosidade de um fim de tarde, apesar de ter apenas acabado de passar do meio-dia.

"Vem, a gente tem que recuperar a canoa."

Hugo olhou-o tenso. "E se os flecheiros ainda estiverem lá?"

"As pegadas que a gente deixou vão ficar difíceis de seguir se uma chuva chegar. Melhor voltarmos logo."

Verdade.

Afastando-se do bicho, os dois fizeram o caminho de retorno, Hugo olhando para trás, observando cada detalhe daquele lugar incrível, até que Gutemberg o parou, apontando a tênue linha que os separava do mundo azêmola.

Ela era perceptível apenas pela enorme diferença entre o mundo de lá e o de cá; como se a zona azêmola estivesse dentro de um imenso aquário que guardava um amontoado de árvores verdes, e eles estivessem do lado de fora, em outro país. Impressionante. Ali, aparentemente, não havia zona de transição. Era direto a barreira entre os dois mundos, que somente bruxos podiam atravessar. E lá estava a canoa, do outro lado, sendo investigada por indígenas nus, pintados inteiramente de branco.

Conversavam em sua própria língua conforme olhavam curiosos para a embarcação: atentos, principalmente, ao mecanismo que, no passado, havia prendido o motor à popa. Talvez já houvessem, algum dia, avistado homens brancos de longe, talvez até já conhecessem o ruído das armas de fogo, mas nunca haviam visto nada parecido com aquele estranho mecanismo de ferro.

Inspecionando o caminho que os dois fugitivos haviam tomado, um dos caçadores chegou a centímetros dos forasteiros, seus olhos quase tocando os olhos deles, mas não os viu, mudando magicamente de ideia sobre perseguir os rastros e voltando para o lado dos companheiros.

Então era assim que a barreira funcionava. Inspirava, nos azêmolas, um certo desinteresse, que os fazia desistir de seguir adiante! Formidável...

Gutemberg observava-os, igualmente fascinado. "Não é bizarro?"

"O quê?"

"Estamos diante de seres humanos que não fazem ideia de que moram em um *país*, e que esse país se chama Brasil... Que não têm sequer noção de que países *existem*! Nem oceanos, nem outras culturas, nem continentes, nem sal, ou açúcar..."

Hugo ergueu a sobrancelha, surpreendido. Nunca pensara naquilo.

"Imagina, viver a vida achando que o mundo inteiro é uma grande floresta, onde pessoas andam nuas. Daí, eles olham pra cima... e veem, lá no alto, um pássaro branco gigante passar fazendo barulho. Um pássaro que suas flechas não alcançam. Não fazem ideia de que, dentro desse pássaro, há gente, e que, em outra parte do mundo, o homem já aprendeu a voar."

Hugo sentiu um arrepio, deixando de olhar o céu para observar o anjo, admirado com a percepção que ele tinha das coisas.

"Eu super entendo a agressividade deles", Guto disse. "A gente vem pra cá e só traz o quê? A bala, o tiro, a motosserra, a poluição, a seca, a pneumonia, a morte. Se eu fosse um deles, eu também ia querer assustar todos os brancos com flechas."

"Inclusive os brancos negros", Hugo acrescentou, zombeteiro, e Gutemberg deu risada, concordando, "Inclusive os brancos negros. Vem, vamos voltar pro mapinguari e ver se o bendito rio tá perto. A gente volta aqui depois. Eles não vão roubar a canoa. O suporte de motor é assustador demais pra eles."

Hugo riu, concordando, e os dois começaram a voltar pelo caminho que já haviam feito, agora muito mais calmos. Passando pelo mapinguari, Hugo resolveu abordar um tema que o estava incomodando havia algum tempo. "Aquilo que você disse sobre o Capí. Sobre você não acreditar que ele tenha sido torturado."

"O Abel confessou que foi uma briga entre eles."

"Ah, faça-me o favor. Tu acredita mesmo na lorota do Abel?!"

"Ué! Você acredita no seu amigo, eu acredito no meu!"

Guto voltou a marcar o caminho nos troncos, um pouco irritado; os dois andando já exaustos, cheios de picadas de mosquito, e nada do rio aparecer. Aquilo estava tirando um pouco a paciência deles, até porque, agora, na zona mágica, não eram insetos comuns. Eram bichos esquisitos, azuis e amarelos, que grudavam na pele, antes de levarem um tapa e irem embora.

"Desculpe a minha agressividade, Lambisgóia", Guto se acalmou. "É a picada do mosquito amarelo. Ele deixa a gente meio assim."

Hugo fitou-o surpreso. Não sabia daquelas propriedades tão peculiares.

"De qualquer forma, eu não tô criticando o Capí. Até entendo ele mentir pra tentar derrubar o Alto Comissário…"

"Ele não tá mentindo!"

"Hugo. Dos Anjos, eu sou o único que defende seu amigo, mas você já deve ter percebido que ele não é o cara mais sincero da face da Terra, né? O Ítalo mente. Você sabe disso. Por bons motivos, mas mente. E mente bem."

Hugo olhou para Gutemberg, considerando o que o anjo dissera.

Que Capí era o mais manipulador dos Pixies, disso ele sabia, mas a ponto de acusar alguém falsamente de tortura?! Nunca. "Você não viu o estado em que ele estava, na neve."

"Não, não vi. Mas o Abel não ia assumir uma culpa tão grave se não fosse verdade. Ele não é burro."

Hugo quis rebater, mas não viu como, então ficou quieto. Até não aguentar e dizer, "Se você tivesse visto os ferimentos, saberia que não foi o Abel. Por mais covarde que seu amigo seja, ele não é capaz de uma atrocidade daquelas."

Olhando para o pixie, Guto hesitou um pouco, na dúvida mesmo, mas resolveu continuar acreditando no amigo, "O Abel *jurou* que foi ele, então foi ele! Os dois brigaram, ele venceu, exagerou um pouco na dose e pronto!"

"Exagerou *um pouco*?! O Capí tá *destruído*! Gordo, vai acreditar mesmo na palavra do Abel?! Ele não tem honra nenhuma pra você acreditar nele!"

"Tem, sim!"

"A gente tá falando do garoto que fez o Capí engolir areia, tá lembrado?!"

Guto baixou a cabeça, incomodado. "Eu disse pra ele não fazer."

"É, mas ele fez. E fez só pra ferrar com o Capí, como tá fazendo agora, inventando essa mentira. E qual foi a reação do Capí naquele dia da areia, hein? Você lembra? Ele não fez nada, né? Não é da índole dele brigar com ninguém. Muito menos uma briga desse porte que o Abel tá dizendo que aconteceu."

O anjo ficou em silêncio um tempo, cérebro e coração brigando entre si. "Tá, mas e lá na biblioteca, quando ele pulou no Abel?! Onde tava o Capí pacífico ali?"

Hugo hesitou. "O Abelardo tava provocando."

"Isso eu sei! E ele pode muito bem ter provocado da outra vez também, causando a tal briga que o Abel mencionou na carta!"

Hugo abriu a boca para contra-argumentar, mas a lógica do anjo fazia sentido também, como argumentar contra ela? Hugo tinha *visto* o estado de Capí; Gutemberg não. Pronto. Estavam em patamares diferentes e incompatíveis de argumentação.

Ele ainda poderia ter continuado a discutir falando dos pesadelos de Capí, que Caimana vinha vendo, e que comprovavam a tortura, mas aquilo era segredo deles. Não seria certo revelá-lo a um anjo. E tanto fazia, no fim das contas, o resultado daquela discussão. Capí estava no Rio de Janeiro e eles, ali. Talvez morressem na próxima hora e, então, que debate inútil teriam tido.

Hugo já ia dizer algo naquele sentido quando Gutemberg o interrompeu, "Shhh!", ouvindo alguma coisa.

"*Que foi?!*" Hugo sussurrou, olhando tenso ao redor. Mas Guto começava a sorrir ao seu lado, e o pixie, agora ansioso, apurou os ouvidos também... logo ouvindo o fraco, mas abençoado, som de água corrente.

Sorrindo de ponta a ponta, os dois correram em direção ao som num entusiasmo que não cabia dentro deles. Ultrapassando as últimas árvores que o escondiam, gritaram em comemoração, felizes demais para não gritarem. Era o rio do mapa! Fazendo a curva para a esquerda, bem como o mapa dissera! "*Meu Deus, eu nem acredito.*"

"E a gente achando que tava perdido, hein?" Hugo riu, indo ensopar os cabelos e a nuca naquela água maravilhosamente gelada depois de um dia de caminhada no calor; Guto apenas ficando onde estava e deixando-se cair para trás, sobre a terra, de braços abertos e sorriso no rosto.

"Tu sabe que a gente ainda vai ter que voltar e pegar a canoa, né?"

O anjo riu, exausto. "Seu estraga-prazeres."

"É o meu dever." Hugo piscou para o anjo, analisando o novo ambiente.

Não havia praia ali; apenas a floresta chegando bem perto das margens. Do lado oposto, a zona mágica continuava, porém completamente diferente: densa e obscura, de um verde quase sombrio. As árvores, escuras, tinham cipós e trepadeiras pendendo de suas imensas e tenebrosas copas, como se chorassem, deixando passar quase nenhuma luz. Um território de sombras...

Ainda bem que seguiriam pelo rio, e não por ele.

"Dizem que as águas da zona mágica têm propriedades interessantes."

"Tipo o quê?" Hugo olhou para o anjo, que continuava esparramado no chão.

"Tipo neutralizar venenos, coisas assim. Não sei se é verdade."

"Tomara que seja. Venenos não gostam muito de mim", Hugo brincou, deitando-se ao lado dele também, para relaxar. Só então reparou que a árvore acima era frutífera; sua copa cheia de pequenos frutos azuis, e olhou-os faminto.

Pensando a mesma coisa, Quixote saiu do bolso do anjo, subindo para verificá-los com cuidado. Cheirou a casca, mordiscou um pouquinho e, satisfeito, engoliu-os avidamente. Só então seus dois humanos se animaram, levantando-se.

Se não eram venenosos para o sagui, não eram venenosos para eles.

Pelo modo como a polpa azul escorria das mãozinhas do macaco, eram bem suculentos também, e Hugo sentiu a boca salivar. Ansioso, foi o primeiro a subir, usando os galhos mais baixos como escada.

"Pega umas pra mim, Lambisgóia?"

"Ah, deixa de ser preguiçoso e vem, vai!"

Guto riu, aceitando o desafio e subindo logo atrás, numa desenvoltura invejável. Em poucos segundos, já havia chegado bem próximo ao ponto onde Hugo estava, logo abaixo da maior concentração de frutos. A árvore tinha poucos metros e se contorcia inteira sobre o rio, de modo que o galho forte, onde o pixie se inclinara, ficava acima das águas. Talvez por isso Guto resolvera permanecer no tronco principal, onde os frutinhos eram menores, mas igualmente rechonchudos, como uvas azuis, e, à medida que as mordiam, o sulco deliciosamente doce delas escorria por seus dedos, que eram então devidamente lambidos em busca de cada restinho de doce.

"Eu já tinha ouvido falar delas lá no grupo escoteiro. São inofensivas."

"Se não fossem, teria sido um pouco tarde pra tu me falar."

O anjo deu risada, jogando mais uma uva na boca enquanto sorria malandro, e Hugo olhou-o com carinho. Tinha uma risada gostosa. Nunca a ouvira na Korkovado. Talvez porque o anjo ficasse meio acabrunhado perto dos Pixies, sem saber como se comportar no meio daquele fogo cruzado.

Podia vir a gostar daquele almofadinha, afinal. Aquele filhinho de mamãe que agora se deliciava com as uvas azuis; o braço esquerdo apoiado em um dos galhos enquanto o outro ajudava-o a chupar as frutinhas, tranquilo como se estivesse relaxando na praia. Só que a três metros do chão.

De almofadinha ele não tinha nada.

Espreguiçando-se, Hugo recostou-se em um tronco maior enquanto comia, observando o vasto rio sob seus pés.

Percebendo uma movimentação diferente nas águas, endireitou-se, interessado, focando a curva do rio por um tempo. Até que avistou, para sua surpresa, uma canoa se aproximando, com uma velhinha indígena a bordo.

"Ih, ó lá!" ele apontou, achando legal ver outra bruxa ali, mas Gutemberg arregalou os olhos, esticando a mão depressa e impedindo que ele a chamasse.

Com a boca tapada pelo anjo, Hugo olhou-o questionador, afinal era só uma velhinha! E Gordo sussurrou com urgência, "*Tá maluco?! É a Ceiuci!*"

Hugo não entendeu, e Guto fitou-o surpreso, "*Tu não aprendeu sobre ela não?! Putz... esqueci que tu tá no Segundo Ano ainda.*"

"*Terfeiro!*" Hugo corrigiu furioso, e Guto sussurrou a explicação, aterrorizado, os olhos fixos na canoa que se aproximava, "*A Ceiuci é uma velha gulosa, que devora tudo o que vê pela frente. Uma fada indígena, perseguida por uma eterna fome... Você não quer chamar atenção dela. Acredite."*

Hugo concordou, assustado, e Guto finalmente destapou sua boca.

"Mas ela come GENTE?"

Guto confirmou, fazendo o pixie sentir um calafrio de gelar a espinha, olhando horrorizado para a velha.

Ela, de fato, não parecia normal... Agora que sua canoa chegava mais perto, dava para ver: a velha jogava a tarrafa de pesca no rio, pegava os peixes e comia, AGGHHH. Jogava a tarrafa, pegava os peixes e comia. AGGHHH. Jogava de novo, pegava os peixes e comia! AAAAAGHHHHHH! Devorava! Todos de uma vez, com uma fome bestial e insaciável! E, à medida que se aproximava, os bichos iam fugindo desesperados de seu caminho. Não só os peixes como os animais nas margens e os pássaros também, e Hugo se arrepiou inteiro, agora sim com medo, vendo-a agarrar vários ao mesmo tempo e arrancar pedaços com suas dentadas, enquanto eles dois, pobres humanos, escondiam-se por detrás de um tronco ridículo.

Absolutamente calados, tentavam não mover um músculo, vendo-a passar bem debaixo deles, devorando tudo que era vivo. Graças a Deus não haviam empurrado a canoa até ali. A presença de uma embarcação na praia teria sido a sentença de morte dos dois...

Hugo estava pensando naquilo quando uma das frutinhas que eles quase haviam colhido se desprendeu do galho, caindo, com um "PLUFT!", na água.

Pronto. Estavam ferrados.

CAPÍTULO 60

VORAZ

Hugo arregalou os olhos apavorado vendo a velha voltar os ouvidos, lentamente, na direção da árvore.

Tentando não trair sua posição, olhou tenso para Gutemberg, que, pálido, tirava silenciosamente a varinha do bolso, poucos centímetros abaixo dele.

A velha ainda não os vira. Pelo menos, Hugo torcia que não.

Ao contrário do sortudo do anjo, bem oculto atrás do longo tronco principal, Hugo estava precariamente escondido entre as folhas e galhos menores, e não podia sequer se mexer, quanto mais pegar a varinha, sem que ela notasse. Por isso, com o coração batendo forte, olhou desesperado para a varinha do anjo, dizendo apenas com o olhar 'Usa logo!'

Os olhos tensos de Gutemberg responderam 'Não dá! Não funciona com ela!', e Hugo sentiu um arrepio gigantesco ao ouvir a velha chamar, *"Desce, meu neto!... Desce aqui que eu te ajudo!"*

Hugo olhou, besta, para Gutemberg. Era a voz de sua avó! A voz da Abaya!... Mas ele não cairia no truque da velha, apesar de já estar quase chorando de ouvir a voz quebradinha que tanto amara, e Hugo fechou os olhos, segurando-se para não responder.

"Vamos! Não seja tímido, Idá!"

Ele fechou os ouvidos com força, começando a chorar.

Não estava aguentando ouvir aquela voz.

Sabendo que já tinha sido visto, respondeu "NÃO!", com raiva, tentando ao menos ocultar a presença de Gutemberg. Estava apavorado. Ia ser comido e não havia nada que pudesse fazer a respeito, a não ser proteger o anjo. *"SAI DAQUI!"* ele gritou, com a voz embargada de choro, e a velha se enfureceu, chamando-o de novo, com a entonação mais bizarramente boazinha do mundo, "Desce, meu neto, senão vou te mandar os marimbondo!"

Hugo olhou assustado para o anjo, que retornou o olhar, e os dois começaram a ouvir o zumbido de dezenas de insetos enormes se aproximando, até que a árvore inteira foi engolida por eles. Os dois se seguraram com força ao que podiam, escondendo o rosto enquanto centenas de marimbondos os ferroavam; Hugo berrando de dor, tentando se segurar na árvore enquanto Gutemberg tinha que aguentar as ferroadas com os dentes cerrados, sem poder gritar, agarrado ao tronco com um único braço, já que o direito protegia o macaquinho do professor próximo ao peito; a mão tapando a própria boca à medida que ele lacrimejava de dor. A velha só podia ouvir os berros de Hugo, que se abanava desesperadamente para tirar os marimbondos de si. Tentando não cair dali, a pele inteira coberta de bolhas e ferrões, ardendo como fogo, Hugo finalmente conseguiu sacar a varinha escarlate, espantando os marimbondos com uma explosão de fumaça.

Ouvindo-os irem embora, tocou a testa no tronco da árvore, chorando de pavor, trêmulo e ferido, enquanto rezava para que a velha desistisse. Logo abaixo, Gutemberg tinha os olhos cerrados de dor; Quixote a salvo em seus braços.

Deixara de se proteger das ferroadas para salvar o macaquinho...

"*Desce, meu neto!*" a velha chamou-o de novo, e ele voltou a responder, "*Não!*", todo ardido.

"*Desce, senão eu mando as tocandira!*"

Hugo se arrepiou inteiro. "*Por favor, Deus... me dê forças...*" ele chorou, exausto, e os formigões que Tadeu mencionara subiram pelo tronco aos milhares, engolindo a árvore e eles dois; o anjo e o pixie tentando raspar os calçados contra elas à medida que as desgraçadas escalavam por dentro de suas roupas, mordendo e cravando os ferrões onde os marimbondos não haviam conseguido penetrar; a dor insuportável. Desesperado, Guto tentou apontar a varinha contra elas, mas sua mão, já coberta pelas formigas mordedoras, não conseguiu segurá-la por muito tempo, e Hugo arregalou os olhos, vendo a varinha do anjo escorregar de seus dedos.

Pronto. A louca ia ver Gutemberg ali.

Aquilo não podia acontecer.

Antes que a varinha do anjo se chocasse contra a água, Hugo foi mais rápido e se soltou dos galhos, deixando-se cair no rio.

Pelo menos Guto se salvaria. Mesmo que ele não.

Com o impacto na água gelada, as formigas se desprenderam de seu corpo e Hugo sentiu a pele inteira arder numa agonia horrenda pelas feridas molhadas. Desorientado de dor, tentou emergir para respirar, mas a rede da velha o envolveu, puxando-o com força.

Ainda debaixo d'água, tentou se desvencilhar enquanto era puxado, sem dó, para a superfície, mas, quanto mais se debatia, segurando a respiração, mais a rede apertava-se contra seu corpo, até que foi içado para a canoa e jogado no barco da velha; as costas atingindo a madeira em cheio, roubando-lhe o ar dos pulmões.

Hugo tentou respirar. Vencido pela exaustão, parou de resistir. Não tinha como. As cordas apertavam demais, e ele viu, atordoado, a velha Ceiuci aproximar os olhos famintos dele. Zonzo de medo, desviou o rosto, na horrorosa expectativa da primeira mordida.

"*Carne de humano precisa cozinhar.*"

Hugo abriu os olhos, surpreso, vendo a velha se afastar e tomar os remos.

Não acreditava que teria mais alguns minutos de vida.

Trêmulo, contorceu-se no chão da canoa, o coração batendo forte demais contra as cordas enquanto tentava alcançar a faca no tornozelo, mas a rede não permitia. Pior era saber que a varinha escarlate estava na mão certa, a mão esquerda, só que apertada contra o abdômen, de modo que qualquer feitiço o atingiria, e Hugo começou a respirar com dificuldade; um pânico crescente dominando-o enquanto as cordas roçavam contra suas feridas. "ARRRRGH!" ele gritou, fazendo uma força descomunal para alcançar o tornozelo, mas era de fato impossível, e ele desistiu, chorando, desesperado.

Ia mesmo morrer ali...

De que adiantava estar de mochila nas costas, com a Atlantis dentro, se não podia alcançar nenhuma das duas? Ao seu lado, a velha conversava consigo mesma, até que a canoa atingiu a areia da margem obscura e as mãos da gulosa o agarraram com vontade, puxando-o para fora sem qualquer cerimônia.

Ele cerrou os dentes com o impacto na terra; o corpo inteiro doendo à medida que ela o arrastava, para dentro do mato, pelo chão de terra e gravetos, como um animal indefeso; uma corda atravessada em sua boca para que não gritasse. Sua pele ardia horrores, raspando contra as imperfeições do solo, pedras e galhos secos dilacerando-lhe as feridas, até que ela parou de arrastá-lo e foi depressa buscar lenha na floresta, faminta e insaciável, deixando-o largado ali, atordoado e sangrando, virado de bruços.

Mais uma vez, Hugo tentou alcançar a faca em sua bota; o veneno das ferroadas causando dor intensa em todos os músculos à medida que puxava o tecido da calça para cima, conseguindo tocar, de leve, o cabo da faca. Gemeu com o esforço para ir um pouco mais além, mas era impossível. Em pânico, tentou olhar ao redor, procurando ao menos ver onde estava. Parecia uma clareira pequena, na mata obscura. Em seu ponto mais distante, um casebre cinza tinha as paredes sujas de sangue, e ele estremeceu. Já ia começar a chorar de novo quando sentiu um corpo molhado cair sobre si e entrou em pânico, gotas frias pingando em sua pele enquanto mãos vorazes mexiam nele.

Hugo cerrou os olhos, apavorado, sabendo que o próximo passo era a fogueira.

As mãos da velha o desviraram com força na terra, e o coração do pixie deu um salto, mas, para sua surpresa, não era ela.

Agora, sim, Hugo chorou. De alegria, de incredulidade, de *tudo*; absolutamente trêmulo em seu alívio, enquanto Guto tentava desamarrá-lo; as marcas das picadas brilhando na pele encharcada do anjo também. Sem varinha, era quase impossível desfazer aquele emaranhado de cordas, e os olhos apressados do anjo encontraram o cabo da faca. Ele a puxou do tornozelo do pixie, cortando a rede até livrá-lo de tudo aquilo, e os dois se levantaram; Quixote enfiando-se depressa no bolso do pixie, talvez por achar que Gutemberg o havia ensopado no rio de propósito.

Apreensivo, Guto devolveu a faca para Hugo, que a guardou no cinto, e os dois se apressaram para fora da clareira antes que a velha voltasse, andando com rapidez por entre as árvores. "Aqui." O pixie entregou-lhe a varinha do professor, preparando sua própria. "A Atlantis não gosta muito de mim."

"Ainda bem que eu não sou você, né?" Guto brincou, tenso, piscando para o companheiro. Precisavam abrir o máximo de distância da clareira antes que a velha descobrisse que sua comida fugira.

Não demorou muito, no entanto, até que ouvissem o primeiro berro raivoso de Ceiuci, e os dois dispararam pela mata apavorados; Hugo fazendo um esforço imenso para correr, com os músculos dolorosamente comprimidos pelo veneno dos marimbondos. As águas mágicas do rio realmente haviam salvado suas vidas, ou já teriam morrido de choque com tantas picadas. Em vez disso, estavam ali, acelerando o máximo que podiam. As pernas pesando demais, mas funcionando.

Guto realmente era mais rápido. Hugo quase podia ver o Anhangá branco galopando junto a ele, e aquilo o estimulou a aumentar o próprio pique, apesar da dor *absurda* que estava sentindo.

Correndo o máximo que conseguiam, Gutemberg ia abrindo caminho com a nova varinha, enquanto ouviam a velha se aproximar com sua fome desesperada, e Hugo olhou para trás, arregalando os olhos. Já podia vê-la a distância! A velha corria pela trilha aberta numa velocidade enlouquecida, botando para dentro e devorando tudo que via pela frente! Animais, troncos, árvores inteiras, tudo! AAAAGHHHHH, AAAAAGHHHHH! Como um trator!

Eles não iam conseguir...

Apavorado, ele apertou o passo, tentando jogar na velha todos os feitiços que conhecia, mas ela devorava seus ataques com a mesma facilidade com que devorava todo o resto (!), e Hugo olhou incrédulo para aquilo... *"Ela come feitiços?!"*

Pensando rápido, apontou a varinha contra as árvores atrás de si, ao invés de contra ela, gritando *"Ybyrá-puêra!"*, para que apodrecessem e caíssem pelo caminho, mas as árvores caídas não bloquearam a corrida desenfreada da velha, que, passando a correr com mãos e pernas, como uma besta faminta, saltou por cima de todos os troncos, continuando atrás deles com a bocarra aberta, mostrando os dentes afiados; os olhos numa fúria bestial! E Idá tremeu na base, sem saber mais o que fazer.

"Troca comigo!" Guto gritou, e Hugo passou à sua frente, assumindo a tarefa de limpar o caminho enquanto o anjo criava, com a Atlantis, pequenas cestas, que ia jogando para trás. Trançava-as e jogava-as, trançava-as e jogava-as, e as cestas, ao atingirem o chão, iam se transformando em animais de todos os tipos, que Ceiuci ia comendo e comendo, e comendo, enquanto corria, atrasando-se pela quantidade de comida que botava para dentro, sem nunca, no entanto, parar.

Animais reais iam fugindo desesperados do caminho também – macacos, pássaros, todos –, como a correrem de uma onda assustadora que arrastava tudo consigo. AAAGHHHHH, AAAGHHHHHHH, AAAGHHHHH…

"*Raruama!*" Gordo gritou, apontando a varinha contra as árvores atrás de si, que imediatamente se inclinaram para bloquear o caminho da velha, e Hugo olhou-o sem diminuir o ritmo, "Raruama?"

"Obstáculo!" Guto gritou a tradução, mas todos os bloqueios estavam sendo vencidos por aquela velha assustadora, que metia árvores *inteiras* pela garganta sem parar de correr, e os dois arregalaram os olhos, tentando acelerar ainda mais; Gutemberg berrando para angariar a força de que necessitava. Mesmo assim, ela os estava alcançando, e Hugo, como último recurso, apontou a varinha contra a terra atrás deles, chutando uma palavra que aprendera na Boiuna, "*Ybyboka!*", e o solo se rachou de repente, abrindo-se em um precipício gigantesco atrás deles e engolindo a velha, que, de tão afobada, caiu.

Eles pararam, olhando para trás, ofegantes e absolutamente exaustos, mas aliviados, quase sorrindo de alívio, até que olharam para baixo e a viram escalando as paredes como um lagarto faminto. Berraram desesperados, voltando a correr, e ela saltou para fora, continuando a persegui-los, agora muito mais próxima deles.

Aflitos, os dois pularam o riacho seguinte, e Hugo, lembrando-se de que a água era tão importante quanto o fogo, lançou contra o rio o mesmo feitiço que Gutemberg jogara nas árvores! "*Raruama!*"

As águas subiram inteiras num jato, bloqueando a visão da velha, e Hugo aproveitou para puxar Guto para o lado, empurrando-o para dentro de uma árvore oca e entrando também no momento em que a velha atravessava a cortina d'água.

A partir de então, nenhum dos dois ousou respirar, permanecendo espremidos dentro da árvore enquanto ouviam Ceiuci parar para procurá-los; tão desesperada, em sua insaciável fome, que talvez não percebesse as pegadas. O buraco onde haviam se escondido estava providencialmente virado para o lado oposto ao rio, de modo que a velha teria que circular as árvores para vê-los.

Se o fizesse, estariam mortos.

Era possível ouvir a respiração medonha da indígena, procurando-os, faminta. Pelo ruído que fazia com a boca, conseguiam imaginá-la olhando para os lados, sem se mexer do lugar, até que berrou, furiosa por tê-los perdido, e voltou a correr pelo caminho que imaginava que os dois haviam tomado.

Ouvindo-a desaparecer pela mata, eles respiraram, chorando aliviados.

Nem acreditavam que estavam vivos.

Mesmo seguros onde estavam, demoraram ainda um tempo para relaxar completamente.

Só então abençoaram a bendita árvore, decidindo permanecer apertados ali dentro por mais alguns minutos, esperando que a velha tomasse bastante distância. Não queriam arriscar. Até porque continuavam sem fôlego. Gutemberg principalmente; o rosto vermelho e suado debaixo daquelas roupas europeias. Ele riu, ainda um pouco aterrorizado. "Obrigado por ter me forçado a subir na árvore das frutinhas."

"Eu vou cobrar depois."

Guto riu, "Filho da mãe", mas voltou a buscar por ar, enquanto ouviam o abençoado silêncio da mata. Ainda teriam ficado um pouco mais dentro daquele oco se não fosse pela própria árvore, que começou a se fechar em volta deles, forçando-os a saírem depressa, antes que ela os engolisse. Quase tropeçando para fora, espantados, eles se viraram para ela, vendo o tronco onde haviam se abrigado se contorcer até o fim. Árvore esperta. Havia se aberto só para que entrassem. Devia estar acostumada com vítimas da Ceiuci passando por ali...

Vendo outras árvores carnívoras ao redor, os dois acharam melhor sair logo dali, tomando um caminho lateral. A canoa já era. Nunca mais a recuperariam. Nem eram loucos de voltar lá. A prioridade, agora, era fugir para bem longe daquela velha bizarra, e eles começaram a caminhar cautelosos, apontando as varinhas para os lados.

Aquela parte da floresta era, de fato, bem mais sombria. As folhas enegrecidas, a terra escura, mas, ao contrário do que Hugo imaginara, quase todos os troncos ali pareciam cobertos por musgos de um verde vivo fluorescente, dando um brilho todo especial para aquela semiescuridão. Se cada zona mágica ia ser diferente, aquela ali era espetacular, e Hugo passou admirando cada centímetro dela.

Ao longe, o ruído de árvores distantes tombando uma atrás da outra chamou a atenção dos dois, e eles prestaram atenção, confusos, até perceberem que o som se aproximava cada vez mais rápido deles. Sentindo um calafrio, ouviram o primeiro AAAGHHHHHH!!!!!!!!!!!, e voltaram a correr aterrorizados. Só que já estavam exaustos demais. Não iam conseguir...; Hugo somente agora se lembrando da advertência bem clara de Rudji. *Fuja de quem tem fome.* Meu Deus... Aquela velha tinha abocanhado a perna da Kanpai... Hugo começou a chorar de pavor, correndo quase tão rápido quanto o anjo agora, até que a mochila ficou agarrada em um galho de árvore e ele foi puxado para trás.

Preso a ela, Idá checou a retaguarda em pânico, vendo a velha se aproximar, na velocidade de sua fome, e saltar, garras e dentes a postos, para cima dele. Hugo cerrou os olhos, esperando a dentada, mas ouviu Guto gritar "*Ybytu-Guaçu!*", tendo voltado para resgatá-lo, e uma baforada forte de vento jogou a velha para longe, fazendo-a rolar vários metros na terra antes de se recuperar, retomando a corrida como se nada tivesse acontecido!

Vendo que ela logo ia chegar de novo, Guto pensou rápido, rasgando, com um feitiço, as tiras que prendiam Hugo à mochila, e arrancando-o dali, mas aquilo fez com que ele perdesse um tempo precioso e, quando os dois já iam voltar a correr, a velha escolheu a vítima maior.

CAPÍTULO 61

A COR DO SANGUE

"GORDO!" Hugo berrou apavorado, vendo Gutemberg e a velha rolarem por um barranco lateral e sumirem na mata profunda. Aflito, correu até a descida, procurando qualquer sinal do anjo lá embaixo, mas não viu nem ouviu mais nada naquele verde todo; nenhum grito. Nenhum ruído.

"Não faz isso comigo, cara... Por favor, aparece..." murmurou, temendo o pior. Sentindo o desespero bater forte, sem largar da varinha, a mão trêmula de nervoso, começou a descer com cuidado o barranco de terra, segurando-se nas raízes para não escorregar, enquanto rezava para que Guto não tivesse morrido...

Guto não podia ter morrido...

Arrastando-se pela terra inclinada e pelos arbustos até chegar lá embaixo, alcançou o plano inferior, todo sujo, e se embrenhou mata adentro; a varinha à sua frente, brilhando vermelha na semiescuridão, à procura dos dois.

Os sinais da briga eram evidentes e nada animadores: galhos quebrados, rombos no matagal, folhas respingadas de *sangue*... Tentando segurar as lágrimas, Hugo continuou a avançar lentamente; os olhos procurando desesperados pelo amigo. *Me diz que tu não morreu, cara... Não tentando me salv...* Um grito do anjo soou à distância, de terrível agonia, seguido do mais preocupante silêncio, e Hugo, de olhos arregalados, apressou-se na direção do berro. A vontade que tinha era de gritar o nome do amigo, mas aquilo atrairia a velha. Então, apenas correu; a arma escarlate trêmula à sua frente; o medo tomando conta. Medo de que tivesse acabado de ouvir a morte do anjo. Medo de que Ceiuci agora saltasse em cima dele também.

Sua esperança maior era que Gutemberg, depois do berro, a tivesse matado. Melhor resultado possível: ele vivo, ela morta. Mas, assim que entrou em um espaço sem árvores, suas esperanças foram derrubadas, e Hugo desabou de joelhos, emocionalmente sem ar; o choro vindo forte.

Mais forte do que jamais viera.

Olhou, aturdido, para todo aquele sangue. Destroçado de pena.

Bem no centro, a mochila destroçada do anjo boiava numa poça vermelha, junto a rasgos de roupa ensanguentada e um dos sapatos que ele estivera usando, com um pé ainda dentro. Todo o restante dele, a velha tinha comido; uma mancha de sangue se espalhando por entre as árvores, e Hugo ficou olhando estarrecido para tudo aquilo... a mente perturbada. Não podia ser verdade... "*Eu devia ter sido mais firme...*" percebeu, chorando pesado. Era sua culpa! Devia ter insistido em mandar o anjo de volta!

Sentindo a cabeça latejar, o rosto inteiro quente de choro, Hugo lembrou-se de que a velha ainda devia estar por perto, e se reergueu, tenso, mal conseguindo estender a varinha à sua frente.

Estava passando mal; destruído por dentro, esgotado em todos os sentidos. Olhando para os lados, a dor ainda nos olhos, decidiu sair. Não podia permanecer ali, por mais que quisesse. Por mais que sua vontade fosse ficar sentado naquele lugar para sempre. Precisava se recompor. Atlas não aguentaria a morte de dois alunos...

Consternado, foi até o que restara da mochila. A velha a rasgara em quatro. Engolira tudo dentro, menos alguns míseros pedaços do pano azul da barraca, que Hugo apertou, chorando de novo, numa tristeza atroz. Era sua culpa... Guto nunca nem teria *ido* pra Amazônia se não fosse ele e sua ideia suicida de procurar a cura...

Abraçando-se destruído, Hugo olhou ao redor, apavorado e sozinho. A velha poderia estar em qualquer lugar. Poderia estar assistindo-o naquele exato momento.

... A desgraçada engolira até o caldeirão e a varinha do Atl...

Hugo estremeceu. Ceiuci estava ali. Podia ouvir sua respiração faminta, atrás de si.

Sentindo um calafrio, Hugo olhou lentamente para trás.

Primeiro viu os cabelos ressequidos, depois o rosto chupado da velha, gotejando de sangue fresco. Antes que pudesse vê-la por inteiro, no entanto, Ceiuci saltou sobre ele, como uma onça maníaca. Os dois caíram no solo, ele pondo as mãos no pescoço pútrido da velha, impedindo-a de mordê-lo, apavorado, enquanto ela rugia feroz; o bafo quente e horrível tocando seu rosto, até que, apavorado, ele conseguiu empurrá-la para longe e rodar depressa, na terra, voltando a correr, como jamais correra na vida. Não sabia nem em que direção estava indo, mas pouco importava, e ele continuou avançando por entre as árvores como se uma velha canibal enlouquecida o estivesse perseguindo. Ela, porém, era mais rápida, e Hugo, percebendo que a velha começava a alcançá-lo, voltou a chorar, aterrorizado, sentindo que não aguentaria correr por muito mais tempo. Estava exausto... suas pernas querendo tombar no chão para nunca mais levantarem... Não adiantava. Não ia conseguir...

Quando já estava quase caindo de joelhos, de exaustão absoluta, tentando ao máximo continuar um pouco mais, Hugo sentiu a parte superior de seu braço esquerdo começar a queimar, e uma descarga de adrenalina disparou de repente por todo o seu corpo. Ele olhou admirado para a pintura da jovem Mayara em seu braço, e ela brilhava azul através do pano de sua camisa. Percebendo, entusiasmado, que a magia dela havia sido acionada, ele forçou-se a correr mais, agradecendo aos benditos tupinambás e guaranis pela energia extra. Com as pernas ganhando força, nem acreditou quando viu uma zona azêmola se aproximar ao longe. Era separada da zona mágica por uma barreira invisível, parecendo um aquário de plantas, e Hugo correu com uma potência que nunca tivera, gritando de esforço e de dor. Mesmo assim, a velha ganhava terreno, como uma besta faminta, babando e correndo nas quatro patas, e já havia saltado com garras e dentes em direção ao humano quando Hugo mergulhou através da barreira, rolando na zona azêmola e voltando-se a tempo de ver a velha desaparecer em meio ao salto, como se nunca houvesse existido.

Completamente trêmulo, percebendo, com muita incredulidade, que o perigo havia passado, Hugo se arrastou para uma posição sentada e abraçou as próprias pernas, chorando de pavor, de alívio, de tudo; amedrontado com o lugar sombrio que acabara de deixar. *Mano do Céu...*

Hugo cerrou os olhos, lembrando, com muita dor, de Guto.

A luz azul em seu braço desaparecera, assim como a pintura guarani, já tendo cumprido seu propósito, e, terminada a injeção de adrenalina, a dor insuportável das mordidas de tocandira voltou com força, juntamente com o desconforto muscular intenso dos marimbondos, fazendo seu corpo inteiro arder.

Enquanto isso, Ceiuci voltara a aparecer por detrás da barreira e, agora, andava de um lado para o outro da divisória invisível, como um predador aguardando a hora propícia de atacar; os olhos fixos nele. Hugo sentiu um calafrio. Ela perdera uma mão no conflito, e sangue pingava de seu braço decepado, enquanto andava olhando para ele. Hugo se levantou com dificuldade, achando melhor não ficar por perto. Estava passando mal. O enjoo forte. Devia ser efeito dos marimbondos. Nenhum rio mágico teria sido o suficiente para curar tanto veneno.

Furiosa ao vê-lo se afastar, a velha passou a atacar a barreira, e Hugo, atônito, percebeu que, cada vez que ela se jogava contra ela, a divisória invisível se movia um pouco mais para a frente. Centímetros apenas, mas o bastante para dar arrepio, e Hugo começou a recuar de verdade, enfraquecido e tenso, os olhos fixos na velha, enquanto a escuridão da noite chegava; suas pernas latejando.

Passando muito mal agora, ele tomou coragem e virou-se de costas para ela, a fim de andar mais depressa. A barreira estava se aproximando cada vez mais dele, e Hugo precisava sair dali; o veneno das ferroadas impedindo-o de ir mais rápido, enquanto a zona mágica ia engolindo aos poucos a parte azêmola com sua escuridão.

Percebendo a varinha escarlate começar a brilhar mais intensa, ele a escondeu no bolso e continuou a mancar para longe, esbarrando nas árvores por pura fraqueza de desviar; o corpo inteiro ardendo. A dor era insuportável, e Hugo olhou para as mãos inchadas. A pele sangrava; as bolhas em todos os pontos doendo demais enquanto tentava prosseguir, mas as pernas já começavam a se recusar a trabalhar direito.

Quase tropeçando em um montinho de fumo e pontas de flecha, ele tentou seguir em frente, sem energia. Não via mais a barreira; ele tinha se distanciado o suficiente dela, mas precisava continuar se não quisesse ser alcançado pela zona mágica móvel, e não estava mais conseguindo.

Não suportando o mal-estar, tocou o muiraquitã escondido debaixo da camisa, pensando se não seria a hora de usar seu pedido. Mas resistiu bravamente. Não podia desperdiçá-lo. O amuleto era seu passaporte para fora dali. Precisaria dele para sair daquela floresta. Então continuou a se afastar, agora na escuridão da noite, até que, totalmente esgotado, apoiou as costas contra uma das árvores, o corpo se recusando a mover-se mais um passo.

Assim que o fez, alguém o agarrou pelo peito contra o tronco, tapando-lhe a boca. Alguém que ele não conseguia ver direito, no escuro, a não ser pelos cabelos revoltosos, que brilhavam vermelhos na escuridão, e Hugo sentiu um calafrio, sabendo de imediato quem era.

Olhando feroz para o garoto humano, o Curupira aos poucos foi se fazendo ver; como um camaleão em forma de gente; a pele gradualmente aparecendo, revelando-se de uma textura esverdeada linda, repleta de sulcos e asperezas, como o tronco de uma árvore coberta de musgo fluorescente, e Hugo assistiu, abismado, ao Gênio das florestas aparecer diante dele, iluminando tudo que estava próximo com um verde vivo.

O Curupira mantinha o rosto tão perto do dele que era possível sentir o forte aroma de mata virgem emanando de sua pele. Era um cheiro maravilhoso de terra molhada surgindo daquele... adolescente selvagem, de cabelos vermelhos e olhos esmeralda; um jovem tão intenso em sua presença, que Hugo quase se esqueceu de temer por sua varinha, olhando, atônito, para aquele ser de imenso poder.

Até os dentes dele, levemente pontiagudos, brilhavam verdes no escuro.

Era mais baixo que Hugo. Só estava na mesma altura porque se agarrara à árvore para prender o humano contra ela; as grossas unhas da mão esquerda cravadas no tronco atrás do humano, os pés invertidos apoiados na madeira, em ambos os lados do pixie.

Destapando a boca do humano, a entidade das matas levou o dedo indicador aos lábios, como a pedir silêncio, e Hugo entendeu a mensagem, vendo o Curupira voltar a se camuflar na escuridão, apagando o brilho intenso dos cabelos para poder subir por sobre o pixie como uma sombra, galgando metros de tronco em poucos segundos. Seus joelhos, virados para trás como os de um gafanhoto, pareciam ideais para saltar de um galho para o outro, e os pés invertidos o mantinham em perfeito equilíbrio enquanto o adolescente se movia de árvore em árvore, na direção da velha Ceiuci. Ia enganá-la; perdê-la pela floresta. E assim que o Gênio saiu de sua linha de visão, Hugo deixou-se cair sentado no chão, estranhamente mais calmo.

Curioso. A proximidade com o Curupira deveria tê-lo deixado apavorado, com medo de perder a varinha, mas não. Nada no mundo o assustaria mais do que aquela velha agora. Até porque a varinha estava bem escondida no bolso. Talvez o Curupira nem a tivesse visto.

Talvez.

Melhor não arriscar.

Tentando se reerguer antes que o Gênio voltasse, Hugo caiu de volta no chão, exausto demais, e então apenas pensou ter tentado outra vez; a mente esgotada pregando-lhe peças antes de ceder, de vez, ao cansaço. Sonhou com Gutemberg sendo estraçalhado pela velha, aos berros, coitado; Hugo, chorando de pena, implorando que ela o soltasse, até que acordou, no susto, com o Curupira o olhando; interessado por suas lágrimas.

Hugo se ajeitou depressa, agora sim com medo, esperando qual seria a próxima ação do Gênio; eles dois iluminados pelo verde intenso da pele daquele jovem, que olhava curioso para o visitante; os olhos brilhando, quase místicos, naquela fluorescência em meio à escuridão, absolutamente poderoso em sua serena presença.

Temeroso pela varinha, Hugo tentou se levantar de novo, mas sentiu o corpo inteiro arder e foi obrigado a desistir, recostando a nuca contra o tronco mais uma vez. Até seu rosto ardia; as bolhas e feridas endurecendo a pele no corpo inteiro.

"Menino da cidade tá nervoso", o jovem selvagem constatou, levando aos lábios verdes um fumo aceso, e Hugo lembrou-se do montinho de oferendas em que quase tropeçara. As oferendas de pontas de flecha também estavam com o Curupira agora, penduradas em seu cinto de raízes e folhas. Junto a elas, cacarecos como penas de ave, abanadores e até uma garrafa semibebida de pinga. Todos deixados para o protetor das matas, ao longo dos séculos, por caçadores com medo dele.

Bebendo um pouco da pinga também, o Curupira virou-se para coletar as raízes e plantas de que precisaria para curar o humano; sua própria pele e cabelos fornecendo a iluminação de que precisava, em meio à escuridão, e Hugo aproveitou para checar se a varinha permanecia escondida no bolso da calça. Sim. Ali estava ela. Confirmado o essencial, fechou discretamente o botão do bolso para ocultar a luz vermelha, voltando a observar aquele ser magnífico. Único dono do poder daquela varinha, o Curupira demonstrava uma inocência e um amor tão profundo pelas ervas enquanto as coletava que era difícil acreditá-lo perigoso. Que criatura deslumbrante..., Suas pernas de gafanhoto proporcionavam o equilíbrio perfeito para os pés invertidos, que, em contato com a terra, adquiriam as cores dela; suas mãos gradualmente tomando emprestada a textura das plantas também, desaparecendo em meio ao que tocava...

Camaleão fascinante...

Lembrando-se de Quixote, Hugo avistou o macaquinho aos pés do Curupira, brincando de catar ervinhas junto a ele. Imitava, em tudo, o Gênio das matas, e Hugo olhou-o com carinho. Que sorte o sagui ter escolhido o seu bolso, e não o do anjo, no momento final. Hugo não teria aguentado a morte dos dois.

Tentando segurar a angústia na garganta, viu o Curupira retornar com as ervas, começando calmamente a tratar os ferimentos do humano com sopros delicados sobre sua pele e com líquidos pastosos, que ele espremia das raízes coletadas e passava nas feridas com cuidado, aliviando a ardência.

"Por que você tá me ajudando?" Hugo perguntou, enquanto o Gênio continuava seu minucioso trabalho, concentrado demais para ouvi-lo. Até o sopro dele tinha poder: proporcionava alívio imediato ao local, para a posterior aplicação dos remédios.

"*Floresta tem todas as cores... todas as curas...*" o Curupira disse de repente, com sua voz aveludada de menino crescido, começando a tratar a área sensível entre o pescoço e a bochecha esquerda; área brutalmente ferroada. "*Homem branco destrói antes de pesquisar os remédios da mata. Só pensa o dinheiro, a cidade, a máquina.*"

Era estranho ouvi-lo. Uma estranheza quase *física*... E Hugo logo começou a entender por quê: as palavras que soavam de sua boca eram totalmente desconectadas do movimento de seus lábios! Aquele adolescente místico estava falando a própria língua! Fazendo com que o cérebro do humano a registrasse em português!

Ao constatar aquilo, Hugo percebeu ali, naquele momento, que estava, de fato, diante de um dos seres mais poderosos do planeta. Um ser que, além de camuflar o próprio corpo, tinha o poder mental de fazer-se entender por quem ele quisesse!

... Então aquele era o inimigo declarado do Peteca...

... O curupira com quem Peteca guerreava havia tantos séculos...

Difícil acreditar que todos os outros de sua raça houvessem morrido nas mãos dos sacis e só aquele sobrevivera. O mais poderoso deles. O dono do fio de cabelo que fazia sua varinha funcionar.

Hugo sentiu um calafrio, apreensivo com a ideia de perdê-la. Tudo bem que o Curupira não parecia ser perverso como Peteca, mas crianças inocentes e ingênuas também não gostavam de ser roubadas.

"Ih, mais nervoso agora", o jovem selvagem brincou, analisando a terra abaixo de si com a mão. Encontrando o que queria, perfurou-a com os dedos em pinça, tirando dela uma pequena semente amarronzada, e Hugo voltou a pensar no berro de agonia do anjo, sentindo uma vontade enorme de chorar de novo.

"Triste porque perdeu amigo?"

Idá confirmou, agoniado, sem querer falar a respeito. "Você ainda não respondeu por que tu tá me ajudando."

"Tacape não gosta da Ceiuci."

Tacape... Esse era o nome dele então.

"... Ceiuci nunca para de ter fome. É como o homem branco. Sai destruindo tudo que Tacape protege."

Tacape estava compenetrado; o olhar fixo na sementinha que flutuava sobre sua mão aberta, cozinhando no fogo que emanava dela. Em poucos segundos, a semente começou a germinar; o pequeno broto se transformando numa linda plantinha roxa flutuante, que o Curupira, então, esmigalhou em uma vasilha com água e deu para Hugo beber. "Menino dos olhos cor-de-mata ainda não destruiu nada. Nem matou muito bicho. Por isso, Tacape ajuda."

Hugo bebeu, cerrando os olhos contra o gosto amargo. "Como você sabe que eu não matei muito bicho? Tava me vigiando?!" Aquilo seria preocupante.

Mas o Curupira negou; os profundos olhos verdes fixos nos dele. "Menino não tem cheiro de morte. Menino não matou nada aqui além de peixe."

"Teria sido um problema se eu tivesse matado?"

Tacape parou de mascar o fumo, olhando-o fixo. "Não pra comer. Comer é da natureza; quando só come o suficiente. Mas matar por matar..., comer animal até cair empanturrado, Tacape não aceita. Nem matar fêmea prenhe."

Hugo olhou para o chicote pendurado no cinto de folhas do Curupira, coberto do sangue seco de quem desobedecia às suas leis, e estremeceu, achando melhor ganhar a confiança do Gênio tutelar da floresta. "Faz bem em não aceitar", concordou com firmeza. Lembrava-se bem do que Atlas lhe dissera sobre os curupiras: que eram demônios do mato, capazes de matar, torturar, enlouquecer aqueles que cruzavam seu caminho. *Um ser de muito poder e pouca paciência.*

Resumindo, Hugo não o queria como inimigo. Não podia, de modo algum, acordar aquele lado assassino dele.

"Só tem um de vocês agora, né?" perguntou com delicadeza e respeito. "Por isso Tacape não está conseguindo proteger a floresta contra os azêmolas?"

O Curupira confirmou, cansado. "Planeta tá brabo... Muito trovão. Atacam floresta por todo lado. Tacape é um só. Não dá conta." Ele baixou a cabeça frustrado, passando distraidamente os dedos sobre as plantinhas no chão, dando-lhes mais vida enquanto lamentava. "... Era muito curupira, mas morreu tudo."

"Os sacis mataram, né?"

Tacape confirmou. "Sacis não ligam pra nada, não constroem nada. São tornados, e tornados só sabem destruir."

É... Fazia sentido.

"Antes, ainda dava pra proteger floresta, mesmo sozinho. Agora não dá mais. Não sem mostrar que curupira existe, e Tacape não pode mostrar. É contra lei. Senão, humano descobre e destrói guardião de vez. Mata último curupira."

Hugo olhou-o com pena. Tacape estava claramente esgotado... sentindo-se perdido diante de tanta destruição. Cada árvore cortada ali devia doer nele.

"Tacape é poderoso, mas não consegue se dividir em mil Tacapes", o Gênio sentou-se na terra, derrotado; a luz dos cabelos diminuindo, deixando o ambiente ao seu redor um pouco mais escuro. "Tacape fica doente. Poluição ataca nós. Nós fica mal dos pulmão, dos ólho, com poluição."

Hugo fitou-o surpreso. Não imaginava.

"Eles querem acabar a nossa floresta. Eu defende o coração da Terra. Menino sabe onde coração da Terra fica? Tacape sabe. Fica debaixo da árvore. Não pode destruir em cima do coração. Botar estrada, derrubar. Não pode. Mas os branco entra como formiga aqui dentro."

Entristecido e sobrecarregado, o Curupira levantou-se e furou com o dedo a lateral do tronco em que Hugo estava recostado, deixando que a água interna da árvore caísse em suas mãos em concha, para dar de beber ao menino da cidade. "Água é comida. Dá saúde, pra sentir melhor. Sem água, não faz vida. Água vem das montanhas. Vem das árvores. Mas até montanha homem destrói."

"Montanha faz alguma diferença?"

"Montanha é importante pra não balançar o mundo. Sem montanha, terra treme, como no canto do mundo."

Terremotos. Hugo olhou-o com carinho, achando graça. *Tão ingênuo para certas coisas, tão sábio para outras.* No fundo, o Curupira sabia do que estava falando, claro. A essência da verdade estava ali. Seu conhecimento científico podia não ser dos melhores, mas o que o homem branco, com toda sua ciência, havia feito com aquela floresta? Talvez fosse melhor mesmo ter a inocência do Gênio das matas do que ter todo o conhecimento científico do mundo e, mesmo assim, destruí--lo; por preguiça, por comodismo, por ganância. Pelo menos o Curupira estava tentando fazer alguma coisa. Um ser milenar... sendo, aos poucos, derrotado.

Quixote se aproximou tristonho, sentindo a frustração do Curupira, e Tacape fez um carinho na cabecinha branca do macaquinho, seu dedo logo ficando branco da cor do bichinho, enquanto o sagui se rendia ao afago. O Curupira sorriu para Hugo. "Amigo de sagui é amigo de Tacape."

Notando algo interessante na camisa entreaberta do humano, no entanto, Tacape levou a mão à guia de Xangô que Hugo levava no pescoço. Era um cordão raro, talvez único, com contas de rubi e quartzo. Presente de sua Abaya.

Passando o dedo, reverente, pelas pedrinhas vermelhas e brancas, o Curupira fitou o humano com renovado respeito. "Menino é de fogo. Como Tacape."

"Minha avó que me deu."

"Avó de menino é inteligente. Boa avó. Te deixou proteção."

Grande proteção, Hugo pensou, lembrando-se das tocandiras ferroando seu corpo, e mordeu os lábios, reprimindo o choro ao lembrar de Gutemberg de novo.

"Tacape precisa ir. Tem floresta precisando dele."

Hugo concordou, sem saber se sentia alívio, pela varinha, ou medo de ficar sozinho de novo. Lembrando-se, no entanto, de um detalhe, disse entusiasmado, "Ah! Será que você não poderia me ajudar a encontrar uma cavern..."

Tacape soprou em seu rosto sem avisar, e Hugo apagou.

Quando voltou a si, já estava amanhecendo. O aroma agradável do Curupira, de chuva e mata fresca, não mais ali.

De repente se lembrando da varinha, Hugo checou, tenso, se ela permanecia em seu bolso. Permanecia. Respirou aliviado. Em poucos minutos, Tacape demonstrara muito mais poderes do que o saci havia exibido o ano anterior *inteiro*, e Hugo não queria correr o risco de vê-los serem voltados contra si.

Agora entendia a obsessão de Peteca pela varinha escarlate. Eram *aqueles* os poderes que Peteca estivera querendo ao fazer o acordo com Benvindo.

Pior que Hugo não tinha mais a Atlantis para usar. E não teria coragem de utilizar a escarlate... Principalmente agora, sabendo que o Curupira conseguia observar pessoas sem que elas o vissem. Camuflado.

"E agora, amigão?" perguntou ao sagui, que parou de comer uma frutinha roxa para fitá-lo. "O que a gente faz sem varinha, sem mochila, sem bússola, sem barraca, sem porcaria nenhuma?"

Sua mochila ficara presa à árvore lá atrás, com todas as sementes, as roupas, *tudo*, e ele não era louco de voltar ao território da Ceiuci para buscá-la. Angustiado, tentou serenar sua tensão, e Quixote aproximou-se, solidário, trazendo-lhe o pedacinho de pano azul ensanguentado da barraca do anjo. Como se aquilo pudesse consolá-lo.

Hugo aceitou o presente, sentindo uma vontade enorme de chorar de tristeza.

Quanto tempo haviam perdido por não terem se tornado amigos antes? E tudo por quê? Por uma rivalidade idiota. Teriam sido anos mais agradáveis...

Com a garganta apertada, Hugo enterrou o pedacinho de pano ali mesmo.

O único enterro que o anjo ia ter.

Para ele, não haveria o tal luar em meio às nuvens.

CAPÍTULO 62

INFERNO VERDE

Hugo sentiu o choro apertar a garganta novamente. *Não era pra ninguém ter morrido, caramba...* Aquela droga de expedição era para trazer vida! E não morte!

Olhando novamente para o montinho de terra, respirou fundo e se levantou, voltando a caminhar, desta vez sem nada para guiar seu caminho. Sabia apenas que precisava continuar seguindo para o sul. Sul, sudoeste, na direção do Acre.

Voltando os olhos para o alto, tentou ver de qual lado o sol estava nascendo, mas não dava para enxergar o céu através das espessas copas, e Hugo entrou ligeiramente em pânico, olhando ao redor. Era muito fácil se perder na floresta...

Se ao menos tivesse um metalzinho leve, que pudesse magnetizar! Um zíper, por exemplo! Para fazer uma bússola improvisada! Mas o par de calças que estava usando era bruxo, e bruxos usavam botões, não zíperes.

Tentando se acalmar, decidiu seguir pela esquerda; para longe da barreira da Ceiuci. Precisava encontrar um lugar onde o sol aparecesse. Pior era saber que qualquer errinho na hora de calcular a direção poderia significar quilômetros de caminho errado até a próxima vez que conseguisse ver o sol.

Procurando marchar, resoluto, na direção que escolhera, Hugo andou por intermináveis minutos, vencendo arbustos cada vez mais apertados entre si e cortando-se num emaranhado cada vez mais sufocante de mata, desesperado por um espaço aberto. Tudo parecia tão igual! Os mesmos tipos de plantas, o mesmo tom de verde sempre! Até que, depois de meia hora naquele pesadelo, finalmente conseguiu olhar para cima e ver uma abertura mínima de céu.

Parecia um sol da manhã ainda, e ele olhou ao redor, tentando fazer os cálculos, apesar da exaustão mental. Enxugou o suor com a mão.

Ok. Parecia estar indo no caminho certo.

Um pouco mais calmo, penetrou por ainda mais arbustos, e assim foi aquele dia inteiro e os dias subsequentes: trajetos exaustivos, por espaços absolutamente abafados, sempre encoberto por espessas árvores e sendo esmagado por galhos cortantes, até que encontrava uma clareira onde podia finalmente respirar e se redirecionar, seguindo, então, por mais caminhos sufocantes pós-correção. Não havia estradinhas de terra. Todo o trajeto era feito naquele esforço absurdo, sem uma varinha sequer que pudesse abrir o caminho ou atenuar os cortes que os braços recebiam. O facão ajudava, mas também machucava-lhe a mão, e ele acabava se arrastando por entre as folhas mesmo assim; torcendo para que não esbarrasse em nenhuma cobra ou escorpião pelo caminho, sempre na companhia dos malditos insetos. Só parava para descansar à noite, e apenas se encontrasse uma clareira. Então, o isqueiro de madrepérola do anjo ajudava a salvar sua vida, acendendo, com facilidade, a humilde fogueirinha.

Abençoada tecnologia.

Toda vez que ele pegava naquele isqueiro elegante, no entanto, a vontade de chorar era enorme, e ele cerrava os olhos, agradecido pelo presente.

O problema vinha quando, mesmo com a fogueira, ele não tinha nada para comer. Sem rio nem peixes por perto, estava limitado às pequenas frutas que encontrava pelo caminho, e nem sempre Quixote tinha fome para lhe mostrar quais não eram venenosas. Quando tinha, Hugo esperava, com água na boca, assistindo ao macaquinho, para só então atacar os frutos também. E assim foi sobrevivendo a dias exaustivos e noites desconfortáveis, as frutas se tornando cada vez mais escassas, a fome batendo cada vez mais cedo, até que, no sexto dia, primeiro sem que encontrassem fruta alguma, Hugo olhou para cima, para uma família de micos, pela primeira vez observando-os faminto.

Fechando os olhos, sem conseguir pensar numa alternativa, olhou ao redor, com receio do Curupira. Então sacou a varinha e, sentindo uma culpa gigante, gritou "*Zarabatana!*", derrubando um dos macaquinhos lá do alto com um dardo de fumaça, que atingiu o animal em cheio, fazendo-o rolar da árvore e cair.

O dardo tinha veneno suficiente para paralisar bichinhos pequenos, e ali estava o animalzinho aos seus pés, vivo e paralisadinho, olhando assustado para ele, sem entender o que estava acontecendo.

Hugo desviou o rosto, sentindo-se o maior dos covardes por saber que ia matar, com faca, um serzinho tão indefeso, mas não tinha outro jeito! O Ava-Îuká não funcionava com animais; até porque significava 'Matar-Homem'.

Guardando a varinha, ele se ajoelhou, pegou o macaquinho do chão e sacou a faca. Assim que o fez, o miquinho arregalou os olhos, dando gritinhos assustados; seu peito peludinho arfando aflito, tão indefeso ali, sem conseguir se mover, e Hugo pressionou a lâmina no pescocinho do bicho, bastante incomodado porque Quixote estava vendo. Olhava para seu companheiro humano com toda a inocência do mundo, sem entender o que ele estava fazendo com aquele macaquinho nas mãos; não imaginando, por um instante, que estivesse planejando matá-lo.

Tão injusto ser caçado com magia...

Hugo olhou novamente para o pequeno mico paralisado, o estômago doendo de fome. "Pra comer pode, Idá..." tentou se convencer, apertando a lâmina com mais convicção contra o pescocinho.

Mas não conseguiu.

Deixando o bichinho ir embora, cambaleante ainda pelo efeito do veneno, Hugo se sentou no chão chorando. *"Mas que droga, Idá!"* rosnou, arrasado. *"... Eu não sabia que tu tinha coração mole, não, pô! Qualé! Agora vai morrer de fome aí. Bem feito. Depois de tudo que tu fez, vai morrer de fome!"*

Levantando-se, inconformado, respirou fundo e tentou continuar seu caminho, mas não adiantava. Estava enfraquecido demais com a falta de comida e acabou sentando-se de novo, agredido pelo ar quente e abafado do meio-dia.

Em poucos segundos, adormeceu. A coluna contra um tronco de árvore.

Sonhou que morria ali, fraco demais para buscar ajuda.

Tudo por causa do rostinho assustado de um macaco.

Quando acordou de novo, o fez com a lentidão de um doente. Provavelmente dormira uma meia hora apenas, a julgar pelo nível de abafamento ali; o sol, chegando através das folhas, banhando tudo numa luz suavemente esverdeada.

Lambendo os lábios secos, Hugo olhou à sua volta, ainda meio tonto, encontrando Quixote ali, roendo uma espiga de milho...

Eu tô sonhando ainda?

Pondo a mão no solo e sentindo sua textura, percebeu que não. Não estava dormindo. "Não é possível..." Tentou ficar de pé, lentamente ansioso, pela fraqueza. "Onde tu encontrou isso, Quixote?... ME MOSTRA, pelo amor de Deus!!"

O macaquinho, assustado, primeiro parou de mastigar, achando que tinha feito algo errado. Depois, quando finalmente entendeu, largou a espiga e saiu correndo por entre as árvores. Hugo foi atrás, recuperando aos poucos a energia.

Era seu corpo reagindo, sabendo que talvez logo ganhasse o combustível de que necessitava. E eles correram por alguns segundos, Hugo se cortando no matagal, até que, de repente, a mata se abriu numa clareira ligeiramente coberta por árvores esparsas. O sol entrava por entre elas, iluminando a linda plantação variada que Quixote descobrira; e Hugo, exultante, começou a catar tudo que podia, arrancando uma espiga de milho, crua mesmo, e comendo-a esfomeado, enquanto enchia os bolsos de legumes também, começando a empilhá-los no outro braço.

Era a horta dos flecheiros, ele tinha certeza. O terreno, todo irregular entre as árvores, era coberto de cinzas; o solo, entrecortado por uma intrincada rede de troncos escurecidos, derrubados e queimados propositalmente, formava nichos, por onde a plantação crescia verdinha e bagunçada: bananeiras e mamoeiros mais altos; abóboras e pés de aipim, inhame e batata-doce mais próximos ao chão.

Arrancando do solo o que podia, Hugo esnobou as abóboras e levantou-se carregado de batatas e inhames, terminando de engolir o milho da primeira espiga e pegando mais uma. Nem sabia se podia comer aquele troço duro sem cozinhar, mas estava pouco se lixando. Engolia-os sem mastigar mesmo.

Pena que as bananas ainda não haviam crescido.

Vendo que Quixote estava comendo as folhas também, Hugo começou a engolir o que podia delas, sem derrubar o que já estava levando, agradecendo aos deuses pelo presente, sem parar de mastigar, desesperado de fome.

De repente, ouviu vozes distantes e se abaixou, abraçado aos legumes e tubérculos que havia colhido, como um animal protegendo sua comida. Oculto pelo alto milharal, continuou a mastigar, segurando a respiração; o coração acelerado. Eram vozes de menininhas, misturadas às de algumas mães, e ele olhou discretamente por entre as longas plantas, vendo um pequeno grupo de indígenas entrar na plantação para a colheita do dia. Brincavam entre si enquanto colhiam, falando uma língua completamente diferente das que Hugo ouvira na Boiuna.

Eram, de fato, de uma tribo isolada. Não se pintavam de branco, como os flecheiros que haviam atacado Guto e ele, mas as meninas tinham os cabelos raspados de um dos lados e longos do outro, diferente de tudo que Hugo já vira. O único homem do grupo vigiava o ambiente, arco e flecha em mãos, enquanto as mulheres colhiam, e Hugo achou melhor sair antes que alguma chegasse perto e o flagrasse ali.

Tenso, afastou-se lentamente, sem largar nada do que roubara, tomando cuidado para não fazer mais barulho do que as meninas.

Benditas risadas infantis.

Conseguindo chegar até o limite entre plantação e floresta, correu os últimos metros de lavoura e se escondeu detrás da primeira árvore, sentando-se aliviado e dando mais uma mordida no milho, antes de levantar-se e continuar a se afastar. Aquele era o nível de sua fome.

Depois do que passara com Ceiuci, ia ser difícil um flecheiro assustá-lo.

Quixote chegou, com mais medo do que ele, e Hugo pôde voltar a caminhar, aproveitando para checar de novo a direção do sol. Só meia hora mais tarde, os dois se sentaram para comer direito, empanturrando-se de legumes e verduras; Hugo tomando o devido cuidado para não devorar tudo no primeiro dia.

Usando, então, largas folhas que encontrara no local, improvisou uma bolsa para levar o que restara, sentindo certo incômodo no estômago.

"Bem feito, seu gordo", disse a si mesmo, continuando a caminhada.

Aquela comida, no entanto, durou apenas mais um dia. No segundo, já estava com fome de novo. Recusando-se a repetir a experiência do macaquinho, acertou, em vez disso, um pássaro voando bem mais alto, e o bicho despencou lá de cima, morrendo ao atingir o chão. Perfeito. Cutucando-o, Hugo respirou aliviado, recomendando sua alma e depenando o bichinho, que ele, então, assou numa pequena fogueira.

Ok. A partir de agora, só comeria pássaros.

O problema era acertá-los, tão lá no alto. Os danados eram rápidos, e às vezes Hugo era obrigado a ficar com fome mesmo.

Pior é que já estava começando a ficar perturbado com tanto verde. Para todo lado que olhava, era sempre o mesmo tom; na frente, atrás, no alto... Até o solo era coberto por folhas verdes; as árvores todas iguais, sem um único riacho para quebrar aquela monotonia visual por horas e horas, e aquilo era tão enlouquecedor que Hugo começou a desconfiar de que entrara numa nova zona mágica sem perceber. Não era possível tudo ser tão desesperadoramente parecido.

Mesmo assim, continuou, sem saber mais se estava indo no caminho certo ou se desviara um pouco. Não enxergava o sol havia dias. Até tentara subir numa das árvores para fazê-lo, mas não conseguira romper as espessas folhas da copa, quase despencando lá de cima ao dar de cara com uma linda serpentinha verde enroscada nos galhos.

Então, ouviu uma trovoada e estranhou. Fazia dias que não chovia, com a chegada da tal estação seca, e, vendo o ambiente inteiro começar a escurecer, Hugo voltou a usar o facão para vencer a barreira verde. Já estava ensopado de chuva quando finalmente cortou o último arbusto, chegando a mais uma clareira.

Daquela vez, no entanto, deu um passo adiante, incrédulo. Não era apenas uma clareira. Era uma pequena aldeia abandonada(!), esquecida havia muito tempo, a julgar pelo estado empoeirado da palha que cobria as malocas, e Hugo se apressou até a principal delas, saindo do aguaceiro, sem acreditar na própria sorte.

Nunca imaginaria, em seus mais delirantes sonhos, que conseguiria um local coberto para dormir naquela noite.

No escuro da imensa maloca, ficou ouvindo o som da chuva bater forte contra o teto de palha enquanto espantava os mosquitos do rosto. Tirando, então, a varinha do bolso, secou a si mesmo e a Quixote com um feitiço; a varinha brilhando vermelha no escuro daquele fim de tarde, iluminando o ambiente.

A maloca era circular e bem espaçosa; quase do tamanho de um campinho de futebol. Seu teto em formato de cone protegia o chão de terra batida do enorme centro da maloca, que era circundado por divisões de madeira formando cubículos laterais, como se pequenas famílias indígenas costumassem morar neles.

Hugo visitou alguns dos cômodos, vendo resquícios de esteiras no chão e antigas caldeiras de barro, onde cada família devia cozinhar seu almoço...

Somente quando visitou o último cômodo, no entanto, percebeu que não estava sozinho. Havia um indígena doente ali, deitado em um tapete de palha, e Hugo se aproximou mistificado, sabendo que não era real. Nada naquele cômodo era.

Iluminado pela luz alaranjada e bruxuleante de uma fogueira que não existia, o doente parecia estar em seus últimos dias. Tinha o corpo inchado e já não se movia, vítima de alguma doença muito séria, e Hugo se aproximou daquela sombra de séculos atrás. O velho não demonstrava notá-lo, mesmo ele estando tão perto, e, quando Hugo tentou tocá-lo, o doente se esvaiu em névoa, confirmando sua natureza de ilusão.

O doente era uma *memória* daquele lugar...

Talvez de quando aquela zona ainda não era mágica.

Impressionado com sua própria calma diante daquilo, Hugo ficou um tempo olhando para aquela cama de palha vazia, muito mais envelhecida agora do que segundos atrás, carcomida e empoeirada até, como o restante da maloca, e se abraçou, sentindo um calafrio; a palavra 'beribéri' surgindo em sua mente.

De imediato, soube que o velho morrera daquilo. Daquela doença.

Estranhamente calmo, Hugo voltou para a área principal, decidido a dormir ali mesmo. Até porque, lá fora, já anoitecera, e ele não sairia naquela chuva. Deitou-se em um dos outros cômodos, dormindo seco e protegido, como há muito tempo não dormia. Longe da tempestade, longe do vento fresco.

Mesmo assim, no meio da madrugada, a febre voltou forte.

Quantas vezes ele teria febre naquela porcaria de floresta?! Estava tão fraco assim, que meia hora de chuva o derrubava?!

Com a pele queimando, Hugo passou o restante daquela noite encolhido no chão, tremendo de frio. Nunca se percebera tão sozinho antes, abraçado a si mesmo, na escuridão, e sentiu a garganta apertar de ódio, pensando nos Pixies. No fato de ter sido abandonado por eles, que agora deviam estar confortáveis lá no Rio de Janeiro, sem fazerem ideia do que ele estava passando naquele momento.

Eles que não viessem, depois, chamá-lo de egoísta e bandidinho de novo. Hugo não admitiria.

Sentindo ânsia de vômito, segurou-se. Não queria desperdiçar o último pássaro que comera; se é que ainda restava algo em seu estômago, após quase um dia.

Tentando relaxar, preferiu fixar a atenção no ruído gostoso da chuva e, em poucos minutos, apagou. Sonhou com um homem bizarro, feito de raízes e madeiras, arrastando-o pelos pés através da floresta com a ajuda de cipós que lhe saíam das mãos. Com medo, Hugo pegava a varinha e atirava contra os cipós que lhe prendiam as pernas, e os cipós se rompiam, mas logo eram substituídos por cobras, que nasciam também dos pulsos do homem... E, preso a elas, Hugo foi sendo arrastado até um toco de árvore. Vendo sapatos e botas pelo chão, cada par perto de uma árvore, começou a sentir seu próprio corpo endurecer, percebendo, horrorizado, que aquelas árvores, um dia, haviam sido pessoas! No tronco de três delas, reconheceu os rostos de Guto, Atlas e do velhinho doente com beribéri, e entrou em pânico, notando que estava virando árvore também. Desesperado, tentou pegar a varinha, mas ela já havia virado galho, e então se conformou, entendendo que o homem-cipó só estava tentando reflorestar o que havia sido destruído.

Acordou no susto, percebendo-se seguro na maloca. Graças a Deus.

Permanecendo deitado, no entanto, ficou olhando para o dia que começava lá fora, com preguiça de sair. A chuva havia passado, assim como a febre, mas ele ainda estava enfraquecido, sem vontade de se levantar; o calor lá de fora nada convidativo. O fato é que não queria sair. Não agora, que encontrara um local confortável.

Então, permaneceu ali, no chão, não querendo se mexer nunca mais. Até se lembrar do rosto de Atlas, preso à árvore do sonho, e recordar que precisava ajudá-lo. Obrigou-se então a se levantar. Se cedesse à tentação da preguiça, morreria na maloca, como o velho indígena. Precisava seguir adiante, apesar de tudo dentro de si o estar puxando para baixo. Talvez fosse a magia daquela maloca: roubar a vontade de continuar... Mas não conseguiria. Hugo tinha um objetivo maior.

Uma *vida* dependia dele. A vida de alguém... MUITO especial.

Angariando todas as suas forças, saiu para o sol forte da manhã; sentindo-se miserável, mas saiu, olhando surpreso ao redor. Bizarro perceber que toda a aldeia bonitinha que vira ao entrar também havia feito parte da ilusão. Todas as malocas agora estavam cobertas de mato; só três ainda de pé, sepultadas pela vegetação.

Com o corpo absolutamente fraco, seguiu seu caminho, tirando da pele os insetos que haviam subido nela durante a noite. Poucas horas depois, suas lágrimas cansadas já estavam se misturando às gotas de mais um interminável temporal.

Aquelas chuvas eram parte da magia daquela zona, Hugo tinha certeza. E, em poucos minutos, lá estava ele, chafurdando na lama de novo, os pés cheios de bolhas, escorregando em folhas molhadas, raspando os joelhos nas raízes sempre que caía, e levantando-se novamente...

Dias se passaram assim, a ponto de ele não sentir mais os pés. Sempre que se estatelava na lama, desistindo de se levantar, exausto, segurava-se firme ao muiraquitã, pensando em fugir daquilo direto para sua casa no Rio de Janeiro. Então, xingando sua consciência, largava o sapinho de pedra e tentava de novo. *Pelo Atlas...*

Pelo Atlas...
 Às vezes, quando caía no solo e ali ficava, era Quixote que, todo molhadinho, ia tirá-lo de seu torpor, com gritinhos e unhadas no rosto do humano. Hugo estava acordado. De olhos abertos até. Apenas deitado para sempre lá. Até um sopro de energia, ou uma nova resolução, o fazer se levantar e continuar andando.
 Tinha se tornado um zumbi, perdido ali. Quantos dias haviam se passado? Quantas semanas?... Já tinha uma semana, não tinha? Desde a morte do anjo?
 Não conseguia mais entender os números em sua cabeça. Como manter a noção do tempo num lugar como aquele? Não fazia mais ideia do calendário. Esperava que estivesse ainda dentro do prazo. Achava que sim.
 Não devia ter se passado nem um mês e meio ainda...
 Pelo menos aquelas eram suas esperanças. Mas teria que achar logo a maldita gruta se quisesse fazer o caminho de volta a tempo de salvar o professor. O muiraquitã poderia não funcionar na hora que Hugo encontrasse a cura. Ou acabar sendo usado antes, para algo mais urgente. Naquele caso, teriam que retornar pela floresta mesmo, e já estaria em cima da hora para dar aquela meia-volta.
 Hugo recostou-se numa árvore, exausto; braços e pernas doendo, mãos machucadas, com raiva do Curupira por não poder usar a varinha. De que adiantava ser bruxo se não podia fazer magia?! Enxugando, revoltado, a chuva da testa com a mão ferida, voltou a caminhar. Estava faminto por outras cores. Faminto por respirar outros ares, que não aquele úmido e pesado, que parecia não ter fim!
 Abrindo caminho pelo mato, tentou parar de se importar com a dor e com a tempestade, procurando adivinhar a posição do sol naquela maldita zona chuvosa bizarra. Andava olhando para cima quando, de repente, caiu, sem querer, através de uma barreira de arbustos, de cara no chão seco de uma nova zona.
 A chuva não existia mais.
 Hugo ergueu a cabeça surpreso, não acreditando que aquele pesadelo finalmente acabara. Pensou até em rir, mas não tinha mais energia para aquilo.
 Foi quando, naquela miniclareira que surgira, viu um cadáver vestido de bruxo, jogado de bruços na terra, e sua vontade de rir sumiu.

CAPÍTULO 63

O FIM DO CAMINHO

Era o corpo de um jovem negro.

"Ei!" Hugo o chamou, torcendo para que estivesse enganado, mas, assim que se levantou para socorrê-lo, desvirando-o no chão, viu que se tratava mesmo de um cadáver. Um cadáver bizarramente preservado.

O jovem tinha morrido extremamente magro, as curvas do rosto emaciadas de fome, e Hugo ficou olhando espantado para aquele rosto, do qual só sobrara a pele e os olhos, esbugalhados em terror no momento da morte.

Por algum motivo, o corpo não havia sido comido por nenhum bicho; como se não houvesse restado nada ali para ser devorado, e Hugo engoliu em seco, vislumbrando um possível futuro seu, não muito distante.

O jovem parecia bem mais alto do que ele. Decerto, ninguém o chamara de 'Formiga' na infância. Até porque Hugo já desconfiava de quem ele era filho, e ninguém fazia piada do filho de um professor impunemente.

Vendo o cordão da Boiuna no pescoço do jovem, Idá segurou na mão o pingente de timão, lendo, com dificuldade, o nome que o adolescente gravara em volta da roda de leme, confirmando o que já desconfiava.

Diego Mont'Alverne.

"*Achei seu filho, professor*", Hugo murmurou entristecido, tirando com cuidado o cordão do pescoço do garoto, para levá-lo de volta ao pai.

Ele iria querer ter aquela recordação do filho. Hugo podia imaginar a dor que o professor devia sentir toda vez que olhava para a floresta.

Sabendo que sentiria remorso depois, por revistar um morto, procurou nos bolsos do garoto por qualquer coisa que pudesse usar na jornada, mas nem a varinha ele tinha mais; perdera tudo tentando voltar para casa. Hugo sentiu o pânico retornar com força. E se ele morresse ali na floresta como o garoto?! E se perdesse o muiraquitã e nunca mais encontrasse o caminho de volta?!

Procurando não pensar mais naquilo, tirou sua varinha do bolso e abriu uma cova no solo. Pelo menos um enterro digno o jovem teria; mesmo *anos* depois de sua morte.

Guardando a varinha depressa, para que não fosse vista, Hugo segurou as pernas do garoto com um dos braços, e já ia erguer a cabeça de Diego com o outro quando sentiu seus dedos penetrarem por uma cavidade inesperada na parte de trás do crânio do jovem e o largou de súbito, arrepiado. *Que diabos era aquilo...?*

Tomando coragem para olhar melhor, virou a cabeça do garoto, que só agora Hugo percebia estar leve demais, e viu, com espanto, o buraco.

Era do tamanho de um punho fechado... E sem nenhum cérebro dentro.

Hugo estremeceu.

Receoso, achou melhor sair dali depressa, sem enterrá-lo mesmo, metendo o cordão do garoto no bolso, tenso, e continuando seu caminho silenciosamente, antes que o que quer que o houvesse atacado reaparecesse.

Andou poucos segundos pela mata, no entanto. Logo topou com um segundo cadáver, desta vez de um branco, e então um terceiro, de indígena, e começou a entrar realmente em pânico. Era um verdadeiro cemitério ali... cinco, dez, *dezenas* de corpos. Todos com os mesmos buracos na cabeça. A julgar pelas roupas, uns tinham morrido havia séculos, outros havia poucos meses apenas, e Hugo congelou, vendo um ainda vivo, a distância. De bruços, ele tremia em espasmos na terra, os olhos arregalados, sem ter como reagir, enquanto um bicho humanoide medonho, agachado sobre ele, chupava seu cérebro.

Hugo estremeceu, paralisado de medo, vendo aquele bicho coberto de pelos escuros sugar a massa encefálica de sua nova vítima com seu focinho alongado de tamanduá. Era uma tromba dura, no lugar da boca, que o bicho introduzia no crânio humano para chupar os miolos da vítima; sua língua, fina e comprida, saindo de vez em quando do buraco aberto para lamber o sangue que jorrava do pescoço do pobre, enquanto o humano estrebuchava em espasmos. Era possível ver a língua do bicho se remexendo por dentro da pele do pescoço, lambendo o sangue das carótidas, que o bicho rasgara com suas enormes garras de tamanduá, e Hugo, sentindo a espinha arrepiar inteira, segurou a respiração, com medo de se mexer e ser ouvido. Os olhos arregalados, percebendo que, não, Diego não morrera de fome.

Dando um passo silencioso para trás, Hugo começou a recuar com medo, enquanto via o bicho apertar a vítima em um abraço mortal, ajeitando a tromba para sorver até o último mililitro de cérebro, varando-lhe o crânio, verdadeiramente sedento atrás de qualquer resto de massa que pudesse sugar.

Hugo já estava conseguindo se distanciar, mesmo que lentamente, o coração esmurrando o peito com força, quando algo chamou a atenção do bicho. O monstro ergueu o rosto de súbito, a língua comprida saindo da ferida, rápida como uma cobra, respingando sangue para todos os lados enquanto o enorme nariz remexia no ar, procurando de onde vinha o cheiro de *medo* que sentia, e Hugo congelou, vendo os olhos do monstro fixarem sua nova vítima.

Assim que o viu, o bicho soltou um urro horripilante, saltando em sua direção, e Hugo saiu correndo, ainda de marcha ré, caindo ao tropeçar em um galho e virando-se no chão a tempo de sacar a varinha e atacar o monstro, que foi jogado com violência contra uma das árvores, urrando furioso ao ver sua vítima começar a escapar.

Hugo já corria de novo, e o bicho ainda se reerguendo com dificuldade, seus pés em formato de fundo de garrafa dificultando a operação, até que o monstro conseguiu, e logo estava em seu encalço outra vez. Dava gritos horríveis enquanto corria, sedento por cérebro; seus gritos ecoando em todas as direções, numa urgência aterrorizante, desnorteando Hugo, que seguia desesperado pela mata sem saber para onde ir. Olhando para trás, viu o bicho cada vez mais perto; os olhos furiosos enquanto urrava, maníaco, e Hugo arregalou os olhos, começando a entrecortar seu caminho por entre as árvores, buscando despistar aquela medonha máquina de matar. Corria para um lado e para o outro, dando a volta e voltando por trás, para tentar confundir o bicho, até que conseguiu, ouvindo seu urro reverberar violento, mas cada vez mais distante.

Nem acreditava que havia despistado aquele ser medonho.

Mesmo assim, só após vários minutos de silêncio absoluto, quando já tinha certeza de havê-lo perdido de verdade, Hugo parou, olhando ao redor, ofegante.

Foi quando o bicho o agarrou com força por trás, as garras perfurando seu abdômen, e Hugo gritou de dor, apavorado, sentindo o peso do corpo peludo forçá-lo de bruços contra o chão. Hugo berrou, tentando se livrar, mas o bicho o agarrara pela nuca também, um dos joelhos pressionando-o contra a terra enquanto seu focinho já tocava o crânio no lugar certo, tentando penetrá-lo; a outra mão mantendo as garras dentro de seu estômago. Chorando de agonia, Hugo fez força contra o chão, e seus braços, fortalecidos pelo remo, conseguiram erguer o peso do bicho o suficiente para rolar para fora. Vendo-se livre, arrastou-se depressa por debaixo dos arbustos mais próximos antes que o bicho pulasse em cima dele de novo, e já ia rolar na terra para escapar de mais um ataque de suas garras, quando sentiu o chão sumir debaixo de si e despencou.

Caiu por quase quinze metros de fina queda d'água, num despenhadeiro enorme, e bateu com tudo no lago frio lá embaixo, atingindo a lateral de um tronco que boiava na superfície, antes de alcançar a água, e o impacto de ambos o deixou atordoado, só conseguindo se recuperar minimamente para nadar até a margem.

Lá chegando, arrastou-se pela terra molhada, deixando-se permanecer ali, ofegante.

Voltando os olhos para cima, percebeu, assustado, a altura da qual caíra, vendo, para seu alívio, que o monstrengo permanecera lá no alto, urrando frustrado. Só então voltou a atenção para a dor excruciante em seu abdômen dilacerado.

... Aquilo não era nada bom.

Pondo as mãos trêmulas no ferimento empapado de sangue, tentou não desmaiar de nervoso enquanto se arrastava, de lado, para mais longe da água. Apontou então a varinha trêmula contra a ferida aberta, murmurando, "*Posanonga!*", mas apenas o pedaço de carne que se abrira ao atingir o tronco se fechou. A perfuração feita pelo bicho permanecia ali, aberta.

Suas garras deviam ter algum tipo de anticicatrizante. Que beleza...

Aflito, Hugo rasgou uma das mangas da camisa, improvisando um torniquete para conter o fluxo de sangue. Então, levantando-se não sabia com que força, começou a mancar para longe do lago, sentindo como se uma lança perfurasse seu estômago a cada passada, sua tensão crescendo a cada momento, com medo de que aquele monstro horroroso resolvesse mergulhar atrás dele. Procurando depressa por Quixote, pensando que o tinha perdido, tirou do bolso uma bolinha assustada de pelos molhados e riu de alívio. "Que bom que tu tá vivo, amiguinho. Atlas não pode perder você também. Vem." Mas o próprio Hugo estava tonto demais, as mãos, ensanguentadas, ainda trêmulas, e ele achou melhor se sentar novamente. Pelo menos até que a tontura passasse.

Quixote pôs a mãozinha sobre a dele, com peninha do humano, e Hugo sorriu, afetuoso e enfraquecido. "Eu já vou melhorar... Só me dá um tempinho..."

Hugo levou as mãos à nuca, de cabeça baixa, tentando fazer a tontura passar e o coração desacelerar para um ritmo normal, mas o fato é que estava sentindo um pânico avassalador. Queria voltar para casa. Absolutamente assustado, aninhou-se ali mesmo, deitado na terra, esperando o anoitecer; as pernas abraçadas contra o peito, atacado pelo mais repentino medo de que não sobreviveria àquela noite; chorando copiosamente, na verdade, apavorado com a possibilidade de que fosse morrer ali sozinho, da pior forma possível... as imagens de Guto e Diego lembrando-lhe do quão frágil ele era.

Traficantes, policiais, chapeleiros, nada... NADA se comparava ao pavor de saber que acabaria seus dias ali, no meio do nada, abandonado.

Ele só queria ouvir a voz de alguém. Um ser humano que fosse...

Desesperadamente sozinho, abraçou-se com mais força ainda. "Desculpa, mãe... Desculpa por todas as vezes que eu fui ingrato..."

Estava perdendo as energias... Esgotado demais para pensar.

"*Aquieta coração, menino do Rio.*"

Hugo abriu os olhos.

"Poetinha?!"

CAPÍTULO 64

VISITA NOTURNA

Aliviado com a presença espiritual do menino, Hugo cerrou os olhos de novo, e uma lágrima lhe escapou ao sentir a mão semitransparente do indiozinho acariciar sua cabeça, como um leve formigamento na têmpora esquerda.

Ainda deitado de lado na terra molhada, Hugo murmurou agoniado, "Rudá... Graças a Deus. Eu precisava ver alguém...", e sentiu o choro apertar a garganta, mas se segurou, não querendo preocupar o menino. Ele estava longe demais para ajudá-lo. Provavelmente no santuário da Boiuna. Isso se não fosse só mais uma alucinação de sua cabeça.

"Eu sou de verdade, amigo", a alma do menino ajoelhou-se ao seu lado, acariciando-lhe o rosto, e Hugo começou a chorar, num misto de alívio e desespero.

"Melhor mesmo parar por hoje. Menino não pode caminhar com ferida aberta assim. Precisa esperar algumas horas deitado antes de continuar."

"E se o homem-tamanduá apar..."

Tadeu impediu-o de continuar, sorrindo bondoso. "Capelobo fora de alcance. Descansa coração, pra sangue não fugir feito cachoeira."

Capelobo... Então era esse o nome daquele ser bisonho...

Fitando o indiozinho, sem conseguir disfarçar mais a angústia e as lágrimas de medo, perguntou, "Eu tô indo no caminho certo, Tadeu?"

Poetinha fitou-o com ternura. "Tá, sim, amigo. Tá, sim."

"... Por que você só apareceu agora?"

Não era cobrança. Era desespero mesmo, e Poetinha respondeu com pena nos olhos, "Tava difícil te encontrar, irmão. Só consegui quando você pegou leme da Boiuna."

O colar... Entendendo, Hugo engoliu a saliva que já não tinha mais, tentando se acalmar; a lateral da cabeça permanecendo sobre a terra, exausta. O corpo quase perdendo a energia. "Me conta qualquer coisa, por favor. Eu só preciso ouvir a sua voz..."

Estava sentindo uma ansiedade bizarra, naquele meio do nada, e Poetinha sorriu com bondade, entendendo. Sentou-se, então, ao seu lado. "No meu povo Huni Kuin, existe crença de que nem todo pensamento vem do cérebro. O saber associado ao trabalho físico, como cozinhar, caçar, fazer potes, tá localizado nas mãos. O saber relativo à natureza: posição do sol, movimento dos ventos, hábitos dos animais… é guardado na pele. A gente sente, na *pele*, esse conhecimento."

Hugo ouvia atento, sentindo cheiro de incenso no ar.

"O saber social vem da orelha: como conversar, como aprender ouvindo. O saber da verdadeira natureza das pessoas e das coisas está no olho. O saber das emoções, no fígado; a parte religiosa, no coração." Poetinha sorriu. "Cérebro, pros Huni Kuin, é morada apenas da leitura, da escrita, da instrução escolar."

Hugo sorriu também, sentindo um carinho imenso pelo menino e, enquanto ouvia, uma sonolência irresistível foi tomando conta dele, junto a uma calma absurda. Poucos momentos antes que Hugo cedesse ao sono, Poetinha avisou, "Devo demorar a aparecer de novo. Estão me chamando pra serviço. Fique forte."

Com ternura, pousou então a mão espiritual sobre os olhos do carioca, que se fecharam, sabendo que, quando acordassem, Poetinha já teria ido embora.

Naquela noite, Hugo sonhou bonito. Atlas abraçando-o, com afeto e gratidão, enquanto um homem de luz aplicava boas energias em sua cabeça; a imagem do homem transformando-se na de Poetinha, abençoando sua jornada.

Acordou um pouco melhor, apesar do susto da última imagem: Capelobo invadindo a oca, sedento e enlouquecido, para sugar seu cérebro. Lindo fim de sonho.

Levantando-se com cuidado, ainda vivo, a mão pressionando o torniquete na barriga, recolheu o sagui adormecido e o colocou com cuidado dentro do bolso da jaqueta, voltando a mancar.

O estômago ainda doía demais naquele dia que começava.

Pousando a mão na nuca, confirmou o que já sentia pelo corpo inteiro: estava febril de novo. Natural. Ninguém saía impune de um ferimento daqueles. Tinha perdido muito sangue. Mesmo assim, continuou a caminhar, com a certeza de que Poetinha salvara sua vida naquela noite. Teria morrido se não fosse a presença tranquilizadora do menino, que fizera seu coração quase parar de pulsar de tão calmo, bombeando, assim, menos sangue através do ferimento. O menino forçara o corpo do carioca a entrar num estado meditativo para que ele não morresse durante a noite. Viera para acalmá-lo. Para salvar sua vida. E Hugo lhe seria eternamente grato.

Percebendo que a ferida continuava precisando de sua calma, fechou os olhos e respirou lentamente, só então voltando a caminhar. Tinha noção de que, à medida que andasse, o sangramento voltaria a piorar, mas não podia perder mais tempo. Cerrando os dentes contra a dor, apertou ainda mais o torniquete e prosseguiu.

Estava finalmente conseguindo entrar num estado de calma controlada, seu abdômen doendo menos, quando ouviu um piado forte e agudíssimo soar atrás de si, como o de uma águia feroz, revoltada com sua cura, e Hugo olhou para trás.

Estranho. Não havia nada ali além de árvores.

Mesmo assim, Hugo achou melhor apressar o passo, sentindo um leve pânico.

Voltando a andar no sentido oposto ao do pio, logo estava correndo, inicialmente sem saber do quê; o coração batendo forte, o pânico fazendo imagens da velha Matinta começarem a aparecer em sua mente, olhando-o com aquele nariz adunco e olhos de ave de rapina. A velha bruxa da Boiuna o havia encontrado, ele tinha certeza... Encontrara-o da mesma forma que Poetinha... através do cordão de Diego! E Hugo correu mais depressa.

Um segundo pio soou, ainda mais agudo, imagens da velha aparecendo com mais frequência em sua cabeça, a boca aberta ameaçadora, como um bico de urubu, perseguindo-o mentalmente! Até que ele olhou para a frente, e lá estava ela em seu caminho, com as asas negras abertas, transformada numa mulher-pássaro, e Hugo levou um susto, esquivando-se para a esquerda, como ela queria, e despencando barranco abaixo.

Rolou por vários metros, entre arbustos, pedras e raízes, até parar, absurdamente ferido, longe dela. Atordoado, o rombo no abdômen aberto de novo, Hugo mesmo assim já estava se levantando para continuar a correr quando sete flechas foram apontadas contra sua cabeça ao mesmo tempo, e ele congelou, com as mãos para o alto, cercado por indígenas.

Mulheres indígenas.

CAPÍTULO 65

AMAZÔNIA

Antes que Hugo pudesse entender o que estava acontecendo, rendido sob a mira de vários arcos retesados, desmaiou. Pela perda de sangue.

Quando voltou a si, estava dentro de uma maloca escura, deitado numa esteira de palha posta sobre uma mesa improvisada. A única iluminação vinha do sol lá fora, que penetrava timidamente pela entrada distante e por entre as frestas na parede de palha, através das quais ele podia ver outras malocas na aldeia lá fora.

Tendo um ataque de tosse, Hugo tentou se levantar, mas foi impedido pela dor no abdômen e por duas mãos gentis, que o empurraram de volta pelos ombros. De fato, estava fraco demais para se levantar. A boca extremamente seca; o enjoo muito forte. Ouvindo a voz da razão, deitou a cabeça novamente, voltando o pescoço dolorido na direção da jovem que o tratava.

Era linda... Esguia, os braços atléticos, de quem vivia de arco e flecha nas mãos, os cabelos, lisos e pretos, caindo sobre o peito, a pele acobreada... Perfeita. Apesar de parecer pelo menos um ano mais velha que ele, seus olhos amendoados e levemente puxados fitavam-no com uma curiosidade de criança, quase com assombro até, como se nunca houvessem visto alguém como ele. Então, retomava sua tarefa, continuando a passar a pasta de ervas no abdômen ferido do forasteiro.

Mesmo com a vista embaçada pela febre, ele conseguia ver detalhes da jovem: a pele macia, as curvas encantadoras...; e a moça, encabulada com seu olhar, pôs um pano molhado em sua testa. Decidindo, de repente, mudar de atitude, ela passou então a olhá-lo com a mesma ousadia que ele, talvez até mais ousada, e foi a vez de ele ficar constrangido, achando melhor olhar para outro lado; o coração acelerado.

Acabara de notar o quão completamente nua ela estava.

Procurando distrair a mente, Hugo voltou a atenção para a maloca, tentando forçar-se a esquecer a presença de uma jovem nua ao seu lado. Afinal, a moça estava tratando dele. Não seria cavalheiresco de sua parte sentir algo inadequado. Se é que já não estava sentindo. Não. Não podia olhar de novo.

Tentando controlar os batimentos cardíacos, procurou notar cada detalhe do ambiente: o chão de terra batida, a mesa de madeira no canto mais escuro, com objetos espalhados nela, as redes de dormir penduradas nas estacas que sustentavam o teto de palha, o cesto de flechas afiadas no chão...

O enjoo voltou com força, e uma segunda indígena chegou, parecendo irritada com o fato de ele ter acordado. Virando o rosto dele para si, sem nenhuma delicadeza, forçou-o a beber o conteúdo inteiro de uma cuia que tinha nas mãos.

Ele até tentou recusar, enfraquecido, mas a adulta segurou sua cabeça com firmeza, forçando-o a manter a boca aberta, até que o líquido, viscoso e amargo, houvesse sido engolido inteiro. Só então ela o largou, olhando-o fixo até que ele apagasse; a substância fazendo efeito.

A partir dali, sua saúde só deteriorou. Cada vez que acordava, sentia-se pior; a visão mais turva, a garganta mais seca, o corpo inteiro queimando por dentro, num enjoo que nunca parecia passar... até que o forçavam a beber aquilo de novo e ele apagava outra vez. Quando deixavam que ficasse acordado por alguns segundos, não conseguia sequer levantar o pescoço, enquanto vultos femininos tratavam de seu abdômen, no escuro. Seus pesadelos eram habitados por demônios da floresta: a velha comilona arrancando-lhe os braços, Matinta Pereira de asas negras abertas em seu caminho; e ele acordava no susto, suando frio; a indiazinha ao seu lado, olhando-o com curiosidade e dizendo "Moço vestido", antes que ele apagasse de novo.

Uma mulher mais velha dirigia os trabalhos de cura. Como todas ali, tinha a parte superior do rosto pintada de vermelho na altura dos olhos, de orelha a orelha. A única sem aquilo no rosto era a jovem, para quem a velha transmitia instruções enquanto passava uma folha empapada com pasta no ferimento do visitante.

Tendo a adolescente como tradutora, a velha dizia, na língua delas, que aquele rasgo na barriga era para tê-lo matado horas antes de elas o encontrarem. Poetinha, de fato, salvara sua vida... Hugo percebeu, em seu torpor, enquanto continuavam o tratamento. Eram raros os seus momentos de lucidez. Em um deles, vendo-se sozinho com a jovem, perguntara seu nome, e ela respondera só após muito hesitar. "Nuré."

"*Nuré...*" ele murmurara, voltando a apagar.

As outras não gostavam dele. Curavam-no, mas não gostavam dele. Nuré, sim. Nuré tinha curiosidade pelo proibido. Pelo forasteiro. Hugo percebia, mesmo com a mente afogada em veneno, indo e voltando do mundo dos sonhos.

O importante era que seu ferimento estava fechando. Deduzia pela falta de dor e pela frequência menor com que as outras vinham tratá-lo. Até que, um dia, seu corpo, com muito esforço, conseguiu vencer a barreira de veneno, e ele acordou se sentindo um pouco melhor após dias de tortura febril. Nuré arregalou os olhos, ouvindo Hugo pedir água; os lábios mal se movendo. A jovem entendeu, voltando, depressa, com um pote de água fresca, que ela aproximou de seus lábios com cuidado, e ele bebeu como se fosse uma dádiva dos Céus; a água escorrendo de sua bochecha enquanto ele engolia tudo que conseguia antes que outras o viessem. Nuré assistia, linda. O rostinho da inocência.

"*Ovrigado*" ele tentou dizer, com um resto de água ainda na boca.

Percebendo que estava realmente bem melhor, como se a água fosse um poderoso antídoto, resolveu testar se já conseguia se levantar. Algo, no entanto, o impediu, e ele viu que seus tornozelos estavam presos à mesa. "Ei!" protestou, de repente tenso.

Tentando erguer o tronco para soltar os tornozelos, percebeu que seus pulsos também estava amarrados e, bastante nervoso agora, tentou arrancar os cipós que o prendiam à maca, sem sucesso; os pulsos se ferindo a cada tranco que dava. Só então se lembrou da varinha e entrou em pânico. Não a sentia no bolso.

Nem ela, nem a guia de Xangô, nem o muiraquitã... NADA!

Tenso, olhou para a esquerda, percebendo que todas as suas coisas haviam sido colocadas na mesa ao fundo, assustadoramente fora de seu alcance, e aquilo o fez tentar arrancar as amarras com ainda mais urgência, chamando atenção da indiazinha, que gritou assustada, "*Saén! Curán!*"

Imediatamente, várias guerreiras entraram na oca, de arco e flecha apontados para ele, e Hugo congelou assustado; as flechas a poucos centímetros de seu rosto.

Os olhares delas eram de puro ódio; sem nada da ingenuidade e do fascínio que Nuré tinha, e ele percebeu que qualquer movimento seria a morte. "Mas eu não fiz nada contra voc...", e uma delas o calou com um tapa violento, "Shhhh!"

Hugo olhou-a chocado, enquanto ela gritava uma frase em seu rosto, e ele se virou para Nuré, desesperado por uma tradução, que a indiazinha providenciou imitando a firmeza da outra, "*Aqui homem não fala!*"

Aflito, ele tentou argumentar, "Mas-", e a mais furiosa delas pressionou uma faca contra seu pescoço. Ele se calou, tenso. Coitado dos homens daquela tribo.

Vendo-a arrancar um colar do próprio pescoço, com a mão livre, Hugo acompanhou o cordão com os olhos até que ela o aproximasse de seu rosto, e então se apavorou de vez ao ver a língua decepada pendurada nele. "*Deus do Céu...*", murmurou; tapando a própria boca, apavorado, ao perceber que falara de novo.

Furiosa, a mulher gritou com ele, e Hugo olhou desesperado para Nuré, que traduziu, "A tuxáua Mãe mandou que você deita até ficar com saúde pra dá filha. Então, você deita e para de falar!"

Hugo olhou-a sem entender, mas concordou rapidamente, e as quatro foram embora, deixando-o sozinho, no escuro da oca, atônito e assustado, tentando compreender o que estava acontecendo ali. Que loucura era aquela, meu Deus?!

Lembrando-se da língua decepada, tapou a boca com vontade de vomitar.

Como assim *com saúde pra dar filha?!*... Seria 'fazer filha'?! Tipo, em uma delas?!... Mas por que ele?! Por que não algum homem da própria tribo?!

Em pânico, ele olhou para fora, pelas frestas de palha, vendo meninas e jovens mulheres treinarem com arco e flecha no pátio central. Algumas não tinham nem um metro e meio de altura ainda, bem jovenzinhas, e já usavam arcos de mais de dois metros de comprimento, que tinham que inclinar lateralmente para usarem, de tão grandes. Assombrosa a força daquelas meninas, segurando-os com uma única mão e envergando-os até o ponto de tiro, as flechas alcançando distâncias incríveis, com precisão assustadora. De onde ele estava, dava para ouvir as instruções das mais velhas e o baque seco das flechas atingindo os alvos de madeira...

Estranho. Parecia só haver mulheres praticando ali.

Não eram os homens que, supostamente, treinavam arco e flecha nas trib...?

Hugo sentiu um calafrio, percebendo.

Elas tinham matado os homens.

CAPÍTULO 66

AS MULHERES QUE NÃO AMAVAM OS HOMENS

Elas o queriam vivo; quanto àquilo não havia dúvidas. Vivo, mas não inteiramente consciente, continuando a forçar nele aquele líquido viscoso para que apagasse. Cada vez que vinham, Hugo tentava impedi-las, desesperado, mas elas eram mais fortes, e ele acabava tendo aquele treco entornado garganta abaixo de novo.

Nos raros momentos em que despertava e conseguia focalizar a vista o suficiente para olhar pelas frestas na palha, acompanhava as menininhas mais novas lá fora, aprendendo a preparar mandioca, a fazer mingau de pupunha... a reconhecer quais eram os pontos mais letais para se matar alguém..., e Hugo só ouvia o ruído das facas e flechas acertando troncos, frutas e outros alvos, antes de perder a consciência novamente. Acordava no dia seguinte, ou dois dias depois – não sabia –, e o nervosismo tomava conta dele de novo ao se lembrar de onde estava.

Todas as manhãs, bem cedo, as caçadoras da aldeia partiam em busca de caça. Levavam consigo as adolescentes, deixando as crianças com as guerreiras, para que aprendessem a atirar. Hugo podia ouvir as menininhas se divertindo ao atingirem seus alvos, e mesmo aquelas risadinhas inocentes soavam assustadoras agora.

Vinham de futuras assassinas psicopatas.

As caçadoras voltavam, horas depois, carregando carcaças de pássaros, tatus, antas e cotias, que as outras, então, cozinhavam. Volta e meia, Hugo acordava com o cheirinho de churrasco – que ele não tinha condições de comer, com a garganta inchada como estava. Às vezes, ainda semi-inconsciente, sentia o gosto de mingau de pupunha sendo inserido em sua boca, mas mal conseguia mastigar.

Elas o estavam alimentando para mantê-lo vivo, só isso, e ele não conseguia tirar da cabeça a sensação de estar no conto João e Maria: a bruxa alimentando-o para que ficasse bem forte e... Melhor nem pensar.

Quando acabava passando mal com a comida, elas o culpavam, dizendo que ele estava contaminado pela alimentação da cidade e pela corrupção da alma dos brancos. O veneno que estavam lhe dando, e que ainda queimava por todo o seu corpo, não tinha culpa nenhuma naquilo, imagina!... Mas ele aprendera a ficar calado.

Às vezes, em momentos de delírio, tinha a sensação de ouvir homens berrando de dor lá fora, e seu pânico aumentava, sentindo mais daquele veneno ser forçado nele de novo, até que apagasse outra vez.

Em uma daquelas manhãs, finalmente acordou um pouco melhor. Apesar do mal-estar, aproveitou para tentar forçar as amarras para fora dos pulsos, mas era impossível. Olhando para o lado, até onde podia, viu suas coisas jogadas na mesa distante e sussurrou, "*Ei...*", chamando Nuré, que as examinava ao lado de uma idosa. "*Ei, Nuré!*", chamou de novo, vendo-a pegar, com curiosidade, a varinha escarlate. "*Posso ver essa vareta aí?*"

Sem tirar os olhos da madeirinha, a jovem respondeu, "Nuré não é burra, pequeno homem", e Hugo xingou internamente, lamentando.

Viu, então, que a anciã analisava a guia de Xangô, admirando as pedrinhas de rubi e quartzo, e pediu-lhe com extrema delicadeza e sinceridade, "Por favor, minha senhora. Me devolve pelo menos esse colar? Eu juro que não tem poder nenhum. É só uma lembrança da minha avó, por favor..."

Deixem ao menos que eu fique com a guia da minha avó..., implorou mentalmente, quase chorando por dentro. Queria apenas tocar alguma coisa sua! Era pedir muito?! Mas a anciã respondeu na língua delas, e Hugo olhou para Nuré, que disse, "Grande Mãe falou que pequeno homem mentiroso. Que colar tem muito poder." Hugo ergueu a sobrancelha, surpreso, sentindo o desespero voltar. Nunca se sentira tão desprotegido... Tão distante de tudo que era seu.

Abaya, me ajuda, por favor...

Fazia quantos dias que ele estava ali? Semanas, talvez?! Atlas lá, correndo contra o tempo, e ele preso com aquelas psicopatas.

Vendo que as duas haviam saído, Hugo aproveitou para tentar se desamarrar com mais força; o abdômen já suficientemente cicatrizado. Mas, quanto mais tentava arrancar aquela porcaria, mais o cipó cortava-lhe os pulsos.

"Onde homem pensa que vai?"

Hugo levou um susto, tenso. Não tinha visto Caninana ali, oculta nas sombras, atrás dele, e a mulher mal-encarada que primeiro lhe dera o veneno se aproximou, começando a checar friamente seus olhos para verificar se ele estava melhor.

"O que vocês fizeram com os homens da tribo?"

"Homem não necessário", ela respondeu com frieza, e ele sentiu um calafrio. "Só necessário pra fazer o que pequeno homem pode fazer muito bem", e ela olhou abaixo da cintura dele. Hugo se encolheu constrangido. Aquilo era bizarro demais. "E se eu não quiser fazer filha?"

"Não vai poder nunca mais." Caninana aproximou a faca de onde não devia. "Calma, calma!"

"Nervoso?" ela sorriu cruel. "É só fazer o que icamiaba quer."
Icamiaba...
"E aí vocês me soltam?!"
A mulher olhou-o satisfeita, "Aí nós icamiaba pensa o que faz." E saiu, deixando-o trêmulo na maca. Elas eram loucas!
... Ele precisava sair daquele lugar.
Seu pensamento foi interrompido por um sarcástico riso de bêbado, e Hugo olhou surpreso para a porta, vendo um homem bem mais velho ser trazido por três icamiabas jovens. Tinha as roupas sujas de um mateiro, a cabeça bastante ferida, e chegou praticamente arrastado por elas, amarrado pelos pulsos.
"Égua." O velho deu risada de novo, olhando para ele, "Pegaram um novinho agora, foi?! E aí, garoto! Tá tudo firme?!" Ele foi jogado com violência no chão de terra, e amarrado a uma das vigas de sustentação, braços para a frente, presos ao redor da tora. "Ei, belezinha", ele ainda tentou beijar uma delas, e teve a cabeça empurrada contra o mastro, como punição; as três indo embora e o deixando ali, atontado, mas rindo, como o cretino que evidentemente era.
Não devia ser à toa que estava ferido daquele jeito.
"*'Aí nós icamiaba pensa o que faz'... HA!*" o bêbado riu, repetindo a fala. "Foge enquanto é tempo, novinho! Tu não vai conseguir resistir ao charme delas por muitos dias, e aí..." Ele tentou fazer um sinal de degolação, mas as amarras que prendiam seus braços não concordaram. "Isso se tu tiver sorte de conseguir uma morte rápida. Senão, elas vão te cortar em pedacinhos até tu morrer."
Hugo arregalou os olhos, sentindo uma tontura repentina, e o homem deu risada. "Acho que eu vou ser um dos sortudos. Elas gostam de mim, sabe?" O velho deu uma piscadela malandra para ele.
Não era o que parecia, considerando a quantidade de sangue seco em seu rosto. De rabo de olho, o bêbado viu sua preocupação. "Ah, esse sanguinho?! Ih, relaxa! É que elas costumam ser meio violentas na hora lá, sabe?" Ele riu safado. "A gente se acostuma a levar essas pisas depois de alguns dias."
Hugo não estava achando graça. "Você fez o que elas queriam, então?!"
"Ô se fiz! Fiz bastante até! HA!... Mas agora que o novinho chegou, cheio dos poderes, elas não vão mais querer este velho madeireiro aqui." Ele deu de ombros. "Daí eu pedi minha garrafa, que elas tinham tirado de mim, sabe? É como o gringo loiro, que tava aqui antes, disse: 'Eu já sou *un homen* morto *mexmo*... Por que *naum deixarr* eu dar *un últximo* gole?" Ele riu. "Assim como o gringo, eu também '*naum* resisti ao *charm* delas, e *entaum* eu disse *whatever*, agora vamos com todas, né?'"
O bêbado riu de novo, parecendo um pouco melancólico agora que se lembrara da conversa, e voltou a imitá-lo: "'*Mesmo elas góstaum de mim, vaum me*

matar'... Coitado. Lancaster era o nome dele. Morreu com um corte bem pequenininho de uma daquelas pontas de flecha ali, sufocando lentamente com *curare*."

Hugo engoliu em seco, imaginando o americano estrebuchando no chão, a garganta se fechando com o veneno, morrendo sob o olhar insensível delas.

Enquanto isso, o madeireiro olhava-o com a curiosidade de quem via um bruxo pela primeira vez. Pensando naquilo, deu um riso seco. "Nasce uma amazona dessas com magia, e o Brasil inteiro vai descobrir o que é a fúria feminina."

"*Amazona*? As amazonas não eram da mitologia grega?"

"Tu é leso, é? Tu tá na Floresta *Amazônica*, no meio do estado do *Amazonas*, e tu nunca tinha se perguntado isso antes?! Égua." Ele deu risada. "Claro que as amazonas são da mitologia grega. Uma tribo de mulheres, né? Então. Descobridores espanhóis, ao chegarem aqui através da América espanhola, por volta de 1500-e-sei-lá-quando, levaram foi uma boa lição das antepassadas dessas moças aí fora quando tentaram conhecer a florestinha delas pela primeira vez. Dizem que o confronto foi na foz do Rio Jamundá: eles com as armas de fogo da época; elas só com aquelas flechinhas lindas mergulhadas em veneno e ZAM! Rápidas e certeiras. Os pobres não tiveram chance! RA! E se achavam tão machões... Acabou que só um frei sobreviveu pra contar a história, ou algo assim. Frei Gaspar. Deus deve ter ajudado." O bêbado riu, mas Hugo estava desconfiado.

"Você fala bem demais pra ser madeireiro."

O velho deu risada, "Não é proibido madeireiro gostar de ler, não, viu?", e recitou, apaixonado: "*Então, valentes e nuas... teve a honra de vê-las e combatê-las. Com seus arcos e flechas nas mãos, fazendo tanta guerra quanto dez índios...*"

O bêbado deu de ombros, "Enfim, te aconselho a não se deitar com elas, por mais que tu sinta vontade – e tu vai sentir, eu te garanto. Não importa o que elas façam, NÃO CEDA, porque, depois que conseguirem o que desejam, tu vai virar um ótimo brinquedinho de tiro ao alvo pras crianças. Isso se as adultas não quiserem brincar contigo antes. Aí vão cortar pedacinhos interessantes seus lentamente..."

Hugo respirou fundo, tentando se acalmar.

"Enfim, assim que tu se curar totalmente, vão vir por você. Dê um jeito de fugir desse manicômio antes disso. Não pensa que tu vai conseguir resistir ao charme delas, porque tu não vai." Ele riu de desespero. "Quem mandou eu ser mulherengo? Agora já era. Estão só esperando a confirmação da minha eficácia. Pior que, quando confirmarem, eu provavelmente nem vou ficar sabendo. Vão só me matar e pronto."

Naquela mesma madrugada, Hugo acordou ouvindo jovens mulheres rindo junto ao bêbado, no escuro; eram risadas sussurradas, de quem fazia joguinhos amorosos, e Hugo tentou olhar para trás, no breu, vendo a silhueta de duas jovens desamarrando o madeireiro do mastro e deitando-o no chão, enquanto ele as beijava.

Hugo ainda tentou vê-los no solo, mas não conseguiu, restando a ele apenas ficar ouvindo os três brincarem de namorar por meio minuto, até que a silhueta de uma machadinha subiu ao ar nas mãos da jovem que estava no topo, descendo num movimento seco e voltando cheia de sangue enquanto o homem dava um gemido e começava a choramingar assustado. A machadinha ainda desceu mais uma vez, fazendo um ruído molhado de intestino rompido, seguido pelo silêncio do madeireiro, e Hugo mordeu o lábio em pânico... Meu Deus, elas eram sanguinárias...

Tremendo inteiro, tentou se livrar das amarras de novo, chorando de medo. Os pulsos já sangravam depois de tantas tentativas, mas ele estava disposto a rasgá-los ainda mais, quando uma delas começou a se levantar lentamente diante dele, com sangue no rosto e um sorriso cruel em sua direção, que dizia *Você é o próximo*.

Ele congelou, e as duas saíram rindo, deixando o madeireiro lá, morto no chão; seu sangue avançando lentamente para a linha de visão de Idá.

Desesperado, Hugo arriscou blefar na direção delas, "Tem muito bruxo me procurando! Eles logo vão me encontrar aqui!"

"Melhor ainda, pequeno homem! Mais bruxo!" responderam, já do lado de fora, e ele se xingou, a respiração trêmula, pensando que o próximo intestino rompido poderia ser o dele.

Não dormiu mais naquela noite. Suava, apesar do ar fresco, sem conseguir se livrar daquele pânico absoluto; o coração tendo um treco a cada silhueta de mulher que entrava para buscar alguma coisa no interior da maloca. Agora entendia por que aquela área era proibida... e por que os caiporas preferiam ficar na Boiuna, impedindo que estudantes inofensivos saíssem, do que na floresta, ajudando o Curupira. Sabiam que seria infinitamente mais perigoso, para a floresta e para o mundo, se um bruxo caísse nas mãos delas. Perigosíssimo! Hugo não podia imaginar pesadelo maior do que elas começando a ter filhas bruxas! Icamiabas com poderes...

Ele se arrepiou inteiro. Ia ser um genocídio se conseguissem! E tudo por sua culpa. Culpa de sua teimosia, que ignorara a proibição.

Não. Desobedecera porque precisava salvar o professor. A culpa tinha sido da velha Matinta, que desviara seu caminho de propósito, para que ele caísse ali.

Filha da mãe... Agora ele estava à mercê daquelas malucas.

No dia seguinte, Hugo acordou no susto, com um prato de carne sendo jogado em seu peito. Ainda tentando se recuperar do nervoso, olhou à sua volta.

A mulher que lhe dera o prato agora arrastava o corpo do bêbado para fora como se fosse parte da rotina, e Hugo tentou se acalmar, começando a mastigar a carne com as mãos sujas mesmo, faminto, para aliviar a tensão; os pulsos amarrados não lhe permitindo comer direito. Era uma carne saborosa, de algum animal desconhecido, e Hugo mastigou com vontade. Pelas frestas, via as mulheres cozinhando lá fora; o cheirinho de churrasco melhorando ainda mais o sabor do que ele estava comendo, até que viu metade de um corpinho de macaco morto rodando no espeto da fogueira e seu coração deu um salto. Quixote.

Em pânico, Hugo se contorceu na maca, procurando o macaquinho. Correu os olhos pela maloca inteira sem sucesso, voltando-os para fora, desesperado, começando a chorar de aflição até que encontrou o safado brincando de perseguir as crianças e respirou trêmulo, as lágrimas caindo, num alívio gigantesco.

Uma jovem riu dele, dentro da maloca. Aparentando ter 18 anos, comia de cócoras no chão, fitando-o com um sorriso cruel nos lábios. "Outro macaco."

Vendo-a rasgar mais um pedaço da carne de macaco com os dentes, Hugo engoliu em seco, não conseguindo mais comer a dele.

Com o estômago embrulhado, afastou o prato para a barriga, segurando a ânsia de vômito, e a jovem riu, se levantando para tirá-lo dele. Sabiam exatamente o que estavam fazendo. Tinham feito de propósito, para desestabilizá-lo mesmo.

Tentando esquecer o que acabara de comer, ele voltou a olhar para fora.

As jovens agora treinavam com zarabatanas imensas, que atingiam alvos a distâncias absurdas, numa precisão assustadora; ainda mais para ele, indefeso ali, preso à maca. As zarabatanas delas eram tubos propositalmente pesadíssimos de madeira, que requeriam toda a força de seus músculos para serem erguidos até a boca, e que elas, então, sopravam com uma força impressionante dos pulmões, soltando dardos venenosos a dezenas de metros de distância, numa velocidade letal. E Hugo percebeu que, nem com todo o seu vigor de adolescente, teria força para lutar contra nenhuma delas, caso precisasse. Mesmo que estivesse saudável.

Uma corneta anunciou o retorno de mais caçadoras, e ele olhou para fora, tenso. Traziam prisioneiros daquela vez: homens indígenas de tribos próximas, amarrados pelo pescoço. Alguns tinham a cabeça empapada de sangue, outros mancavam com as pernas feridas, e, assim que chegaram, começaram a ser selecionados com frieza; os mais fortes para a reprodução; os de aparência mais fraca direto para o pátio de treinamento.

Dentre os últimos, quatro foram, de imediato, forçados a ficarem de pé no centro da aldeia, sem entenderem o que estava acontecendo. Assustados, ficaram esperando ali, até que quatro icamiabas da idade de Hugo pegaram os arcos, encaixando as flechas neles na mais absoluta calma, e os homens olharam apavorados para as meninas, finalmente entendendo.

Com os arcos retesados, a muitos metros de distância, apontando cada uma para um, elas esperaram que a treinadora desse a ordem.

"*Aintá ta resarái! Aintá ta akanhemu! Aintá ruwí usemu!*" a adulta gritou, e três das flechas foram soltas, matando seus respectivos homens, que tombaram ao chão. O quarto alvo permaneceu de pé, apavorado em meio aos corpos, enquanto a quarta arqueira, com um sorriso no rosto, esperava que ele corresse.

Foi o que o indígena fez, disparando em desespero na direção oposta, como um porco fugindo do abate. Outras mulheres pegaram seus arcos também e, depois de alguns segundos, cinco flechas foram soltas ao mesmo tempo, acertando-o em todos os lugares possíveis. Ele cambaleou, quase caiu, mas continuou a correr, até que a última seta, certeira, atravessou-lhe o pescoço. A flecha da jovem. E ele tombou no chão, morto. A flecha atravessada na garganta.

"*Sasisawa rupí!*" as seis gritaram juntas, com ódio nos olhos.

Em choque ao ouvirem aquelas palavras, os homens que haviam sido selecionados para abate posterior começaram a berrar de medo, parando apenas ao levarem tapas violentos de suas captoras, que os empurraram para outro canto, onde esperariam sua vez.

Dentro da maloca, a jovem da carne de macaco ainda o olhava com um sorriso cruel, agora afiando uma flecha, e Hugo sentiu um calafrio, virando-se para Nuré, que estava quietinha no canto dela, quase tímida, "O que significa *Sasisawa rupí?*"

Nuré fitou-o. "Com violência."

Ah, que ótimo, ele pensou, em pânico. Se aquilo era o que elas gritavam toda vez que matavam um homem, ele estava *muito* ferrado.

Naquele momento, quatro guerreiras entraram na maloca, aproximando-se resolutas dele, e Hugo sentiu o coração bater forte enquanto elas o desamarravam, puxando-o da maca para levá-lo a algum lugar. Meu Deus, ele seria o próximo.

Desesperado, Hugo conseguiu se desgarrar delas e saiu correndo pela porta, disparando em direção à mata. Vencida a barreira da aldeia, entrou na floresta feito louco, olhando para trás enquanto corria, estranhando que elas estivessem apenas assistindo-o lá de trás, sem fazerem coisa alguma, e ele voltou a olhar para a frente, agora com esperanças de escapar.

Foi quando algo pontudo acertou sua nuca, e ele caiu, tonto, no chão.

Levando a mão atrás do pescoço, sentiu o dardo ali, enfiado em sua carne, e, com a visão turva, viu uma única mulher lá longe, no meio da aldeia, elegante em sua pose, com uma zarabatana enorme na mão. Tentou se levantar, sem sucesso. Seu corpo não respondia.

"Agradece que não foi seta mortal", uma das adultas chegou, dando-lhe uma sova na cabeça e começando a arrastá-lo de volta para a maloca.

Enquanto era puxado para dentro, a cabeça girando, Hugo ainda tentou se levantar com as mãos ao passar pela mesa onde estavam suas coisas, mas levou uma bordoada na cabeça, e caiu, quase desacordado, no chão.

Quando voltou a si, segundos depois, zonzo e em pânico, percebeu que estava tendo as mãos amarradas com força atrás das costas.

Apagou de novo.

Acordou, em definitivo, somente horas mais tarde.

Movendo a boca seca, numa sede desgraçada, abriu os olhos com lentidão, zonzo demais para entender o que havia acontecido; as lembranças voltando apenas lentamente, até que se recordou da fuga e tentou se levantar depressa, mas algo machucou sua garganta, impedindo-o de ficar sequer de joelhos. Levou a mão ao pescoço, chocado, sentindo a gargantilha de ferro que agora o prendia ao chão por uma corrente. Não apenas isso, também o haviam trancado numa gaiola minúscula no chão, e, sentindo a humilhação daquilo tudo, Hugo alcançou o ápice da revolta. "EU NÃO SOU UM ESCRAVO, PÔ!" gritou, chacoalhando as grades enquanto começava a chorar desesperado, as mãos trêmulas. *Eu não sou um escravo...*

Engolindo a vergonha, ainda deu um chute nas grades antes de desistir, abraçando o próprio corpo, sentindo-se um lixo humano; a vontade de gritar por ajuda enorme em seu peito, mas quem iria ouvi-lo?!

... Não, ele não podia se entregar daquele jeito. Não conseguiriam transformá-lo num semianimal, humilhado e dócil. Olhando revoltado ao redor, o ódio apertando-lhe a garganta, tentou apelar, apavorado. *Me ajuda, Poetinha... Por favor, me ajuda...* Mas Tadeu não o ouviria. Tinha avisado que estaria ocupado.

Tentando não se desesperar ainda mais, pensou então em sua varinha, abandonada ali na mesa, a metros de distância.

E se tentasse atraí-la para si?

Esticando a mão para fora da jaula, como fizera na loja de Laerte, em seu primeiro dia de bruxo, tentou se concentrar o máximo que pôde, chamando-a mentalmente, mas nenhuma força mental fez a varinha escarlate voar para sua mão como ocorrera naquele dia, e ele deu um tapa nas grades, com medo.

Será que ela tinha mudado de dono, pela proximidade com o Curupira?!

Não, não... Ela só estava magoada. Só isso. E Hugo esticou o braço de novo. "Por favor, amiga. Não me deixa na mão, vai! Me perdoa por ter usado outra varinha esses dias... Por favor, vem pra mim!"

Nada. A ressentida não se movera um milímetro, e Hugo desistiu, agora bastante preocupado; sem saber o que mais fazer, sozinho, com aquelas loucas.

Volta e meia, uma delas entrava para buscar alguma coisa e ia embora olhando-o com antipatia. Outras, mais jovens, de 15, 16 anos, ficavam olhando-o da porta de um jeito um tanto utilitarista, e Hugo se encolhia diante do olhar delas, desviando o rosto, constrangido, querendo estar invisível naquele momento;

pela primeira vez entendendo o que mulheres sentiam ao serem olhadas daquele jeito por homens, na cidade.

Enquanto isso, lá fora, as moças de 14, 15 anos que haviam matado suas primeiras vítimas pela manhã, agora recebiam a distinção da faixa de tinta vermelha na altura dos olhos. Faixa que Nuré ainda não tinha, apesar de ser um pouco mais velha que elas, e Hugo percebeu, pasmo, que aquela era uma cerimônia de entrada na vida adulta. As meninas, entregando suas flechas ensanguentadas à treinadora, recebiam a fruta vermelha de urucum, que as mais velhas, então, esmagavam nas mãos e passavam no rosto das novas mulheres, simbolizando o sangue do primeiro homem que haviam matado.

"Tá *pinima*. Tá pintada. Icamiaba mulher agora." Nuré explicou, um tanto envergonhada de si mesma. Claramente ainda não tinha matado nenhum. Devia ser bastante julgada por aquilo.

Um rebu lá fora os fez voltar a olhar pelas frestas da parede. As mais jovens estavam correndo para as outras malocas, anunciando empolgadas, "*Araury uyuíri uikú kuíri sendawa kití!*", enquanto uma nova expedição chegava na aldeia, com icamiabas que Hugo nunca vira antes, e ele olhou para Nuré, que traduziu, com veneração, "Araury está voltando agora para sua comunidade."

Igualmente entusiasmada, ela correu para fora, e Hugo olhou pelas frestas, tenso. Não sabia quem era Araury, mas aquilo não parecia ser um bom sinal.

O grupo chegara a pé; quinze mulheres no total, todas parecendo guerreiras incríveis, e mais cinco corpos masculinos foram jogados ao chão, como sacos de batata; todos mortos por flechas atravessadas nos olhos, na garganta… em pontos assim, bem agradáveis. Assustado, Hugo tentou enxergar direito a chefe. Sabia que era a chefe da tribo pelo porte esguio e as ordens certeiras que dava, fazendo a aldeia inteira se movimentar em providências.

Devia ter uns 40 anos de idade, apesar de estar totalmente em forma. Mulheres fracas não tinham vez ali. Depois de cumprirem as ordens, várias jovens se aproximaram empolgadas dela, contando-lhe alguma coisa, e Hugo teve absoluta certeza de que estavam falando dele. Do bruxo que haviam capturado.

Um minuto depois, duas adultas entraram na maloca junto a uma Nuré bem entusiasmada, e ele foi arrancado da jaula, sendo levado para fora sem qualquer delicadeza. "O que tá acontecendo?" ele perguntou assustado enquanto as duas levavam-no doloridamente pelos braços através do pátio, em direção à grande maloca, e Nuré respondeu com os olhos brilhando, "Chefe quer ver você."

CAPÍTULO 67

ARAURY

Fazia tempo que Hugo não sentia o sol quente da tarde no rosto, e ele olhou para cima, tentando receber um pouco daquela energia, enquanto era levado pelo pátio até a maloca da chefe.

A maloca era enorme, mesmo a distância. Com paredes fortificadas de casca de árvore ao longo de toda a sua majestosa circunferência, tornando o ambiente lá dentro muito mais escuro, certamente.

Com os braços doendo pelos apertões, Hugo tentou não prestar atenção nos olhares de curiosidade das que paravam o treino para vê-lo passar, como se ele fosse um bicho exótico. A gargantilha de ferro no pescoço já era humilhação o suficiente. Melhor focar sua atenção na estrutura da aldeia, antes que aqueles olhares degradantes tomassem conta de sua alma.

Sete malocas circundavam o enorme pátio; a da chefe ao fundo, oferecendo ampla visão de tudo, e Hugo percebeu que dez estátuas de pedra pareciam fazer a guarda da aldeia: todas mulheres. As estátuas eram tão assustadoramente perfeitas que ele não ficaria surpreso se começassem a falar. Uma delas, no centro do pátio, tinha o braço eternamente apontado para a mata, enquanto, atrás de si, icamiabas de verdade treinavam combate e pontaria, muitas carregando seus bebês nas costas, em grandes cestos pendurados à testa por largas faixas, mesmo durante o treino.

Do outro lado, meninas de 9 e 10 anos brincavam de domar uma onça selvagem que Araury trouxera. Provocavam o bicho e rolavam pela terra agarradas nele, tentando forçá-lo a aceitar a montaria enquanto o animal rosnava violento.

Hugo estava abismado.

"Cunhantãs que montam onça provam coragem", Nuré explicou e, assim que o fez, uma segunda onça tentou atacar Hugo pela esquerda, atingindo furiosa as grades da jaula que a prendia. Idá deu vários passos para trás, no susto. Era uma onça enorme! E albina, ainda por cima! Sua pelagem inteiramente branca (!), a não ser pelas pintas negras! E ela rosnou de novo, enlouquecida de ódio contra ele, atacando as grades mais uma vez; suas formidáveis garras tentando atingi-lo.

Hugo deu mais um passo para o lado, assustado, e Nuré sorriu esperta. "Essa foi treinada pra matar homem, dilacerando garganta."

Ah, que ótimo... Ele levou a mão ao próprio pescoço, temeroso, e Nuré deu risada; as outras duas empurrando-o para a frente enquanto ele mantinha os olhos fixos lá atrás, na onça. Só então notou que a fera albina não tinha uma das patas dianteiras. Devia tê-la perdido durante o adestramento violento das icamiabas, coitada. Por isso aquela fúria enlouquecida toda. Uma máquina obcecada por matar...

Desistindo dele, a onça deitou-se, voltando a mastigar o fêmur humano que estivera roendo antes, e Hugo sentiu um calafrio.

"É ali que Nuré dorme", Nuré apontou para a maloca mais próxima. "A Oca das Cunhantãs." Ela baixou os olhos envergonhada. "Só se mudam de lá as que já conseguiram *dominar* homem."

Hugo podia imaginar como.

Então... aquela era a casa das virgens. E Nuré era uma delas.

"Matar ajuda a subir um pouco na maloca", ela completou, retraída.

A julgar pelo olhar de desdém das outras para ela, Nuré era a mais velha a viver ali. A atrasada. Rechaçada por ser a única, da idade dela, que ainda não matara ninguém, nem dormira com ninguém. Boazinha demais.

Devia ser por isso que o olhava com tanta empolgação, chegando na frente das outras e abrindo a porta de casca de árvore para que entrassem com o prisioneiro.

Ela tinha certeza de que, agora, seria sua vez.

Tenso com a iminência de confrontar a chefe, Hugo precisou ajustar os olhos à escuridão cavernosa do lugar, à medida que era levado em direção à rede mais distante. Aparentemente, Araury não morava sozinha naquela maloca gigantesca. Havia subdivisões rústicas ao redor, com tapetes de palha e minicaldeiras dentro de cada uma, além de brinquedos de madeira espalhados pelo solo, indicando que várias mães dormiam ali. Algumas estavam até presentes, sentadas em redes ou bancos próximos às paredes, com suas meninas, confirmando sua teoria.

Aquela maloca era, de fato, impenetrável. Uma verdadeira fortificação, imune a qualquer ataque de flecha vindo de fora. Hugo apostava que as outras construções da aldeia eram de palha de propósito, para que os prisioneiros pudessem assistir, pelas frestas nas paredes, ao show de horrores que acontecia do lado de fora.

De repente, Hugo foi jogado aos pés da chefe, que estava recostada de lado na rede principal, em toda sua magnificência. Ao lado, uma jaula o esperava, caso Araury o aprovasse, e Hugo olhou tenso para a icamiaba, sabendo que, se não agradasse, seria morto ali mesmo, naquele instante.

Araury tinha um dos braços apoiados para trás da rede enquanto o outro segurava, no colo, uma bebê de poucos meses, que ela amamentava numa postura ereta, de elegância ímpar; os olhos, no entanto, fixos nele.

As três icamiabas se curvaram diante dela, dizendo, "Araury", e deram um passo atrás, para que a líder examinasse o prisioneiro sem interferências.

Levantando-se, a chefe entregou a menininha a uma delas, e Hugo baixou os olhos, tenso, com medo de desagradá-la, sentindo-a examiná-lo de cima, com olhos cruéis. Em seu íntimo, queria enfrentar Araury de cabeça erguida. Fingir-se confiante e forte. Mas seu medo era maior. Talvez a humildade, naquele momento, fosse de fato a atitude mais prudente.

Os poucos segundos em que olhara para ela haviam sido suficientes para que ele respeitasse sua forte presença. Araury tinha grossos cabelos negros, que caíam ondulados sobre os ombros, não lisos como os das demais, e, a não ser pela cápsula cheia de flechas, presa à lateral da coxa por tiras de couro, estava inteiramente nua; sua pose de uma absoluta elegância e autoridade.

Ao contrário das outras, ela tinha a metade superior *inteira* do rosto pintada de vermelho, não apenas a faixa nos olhos, e Hugo podia imaginar o que aquilo significava: provavelmente já matara muito mais homens do que todas ali juntas.

Tenso, ele continuou olhando para o chão, sentindo o olhar de Araury o examinar do alto de seus olhos impiedosos. Não tinha agradado, já estava vendo. Seria morto ali mesmo. Ou mutilado. Ou deixado para morrer de fome na jaula.

A chefe mandou que o erguessem, e seu coração bateu forte.

Começando a examinar o rosto de seu cativo com uma frieza enervante, Araury passou a mão áspera lentamente por sua pele escura, tocando seus cabelos, mais duros do que os dela, puxando suas bochechas para baixo com os polegares, como se estranhasse os olhos verdes... Então, abriu um leve sorriso cruel, forçando a boca dele aberta para examinar os dentes, e Hugo sentiu o ódio apertar na garganta. Ele não era nenhum cavalo para que ficassem olhando sua dentição.

Percebendo a fúria em seu olhar, Araury largou seu rosto e lhe deu um tapa. "EI!" Hugo reagiu revoltado, mas ela apontou-lhe o dedo ameaçadora, e o pequeno homem se calou, fervendo de raiva.

Com seu cativo propriamente educado, Araury voltou a examiná-lo, apalpando os músculos dos braços e do peitoral, parecendo satisfeita com o novo escravo. Levantando a camisa para vê-lo melhor, prosseguiu para outras partes de sua vestimenta, e Hugo desviou o rosto, dolorosamente ciente de que mais mulheres estavam assistindo àquilo, num sadismo coletivo doentio.

"Bom. Forte. Vai fazer boa filha", Araury disse, em português mesmo, deixando que ele se arrumasse sozinho; o que Idá fez com as mãos enfraquecidas, absolutamente abatido pelo abuso. Ela olhou para as outras, "Bruxo?"

Como resposta, Nuré entregou para a chefe a varinha escarlate, que Hugo se espantou em ver tão de perto; o coração acelerando novamente.

Araury examinou-a, seguindo então para a análise dos outros objetos que haviam sido encontrados nele, deixando-os todos numa mesa improvisada atrás de si: a guia de Xangô, o muiraquitã, o cordão da Boiuna, o isqueiro de Gutemberg.

Este último, ela pegou na mão e testou, acendendo-o.

Já conhecia isqueiros.

Vendo que ele ainda a fitava num ódio mortal, Araury sorriu com crueldade, jogando comida aos pés dele, num prato de palha. "Paca. Não macaco."

Hugo olhou para aquele bife com o estômago roncando. Já era quase noite e não comera nada desde aquele pedacinho de carne pela manhã, mas ela queria que ele comesse aquela comida ali no chão, diante dela, como um *bicho*, e ele se recusou; seu orgulho e seu ódio por aquela mulher falando mais alto que a fome.

"Ou come, ou não tem comida amanhã."

Cerrando os olhos, não acreditando que ia mesmo fazer aquilo, Hugo se ajoelhou diante dela; sua garganta apertando no mais absoluto ódio que já sentira. Então, pegou o bife com a mão e começou a comê-lo, tentando fingir que não estava naquele lugar; tentando focar no sabor da carne, que ele mal conseguia engolir com a garganta constrita pela gargantilha de ferro e pela raiva.

Enquanto mastigava, ouviu Araury dizer satisfeita, "*Aruri aé kwá kití*. Eu trago ele pra cá." Sua declaração era final, e Hugo soube que, pelo menos naquele dia, não morreria. A decisão havia sido tomada.

Não deixando que ele terminasse o bife, Saén e Curán o pegaram pelos braços e o arrastaram até a nova jaula, largando-o lá, agora na maloca da chefe, sem qualquer visão do lado de fora. E enquanto todas saíam para comemorar a nova aquisição, Hugo, finalmente sozinho, no escuro, começou a chorar. Chorou como nunca chorara na vida, sentindo-se usado, humilhado, diminuído; sua revolta dando lugar a um profundo desespero. Sem dúvida, o mesmo que seus antepassados haviam experimentado, além da vergonha, séculos antes, ao serem desumanizados e vendidos para outras pessoas. Nunca parara para pensar em todos os sentimentos horríveis que aqueles africanos e africanas deviam ter sentido, sendo enjaulados e examinados como animais de carga.

Você não sabe o que é não ter controle sobre a própria vida..., Mefisto dissera a Viny.

Agora Hugo sabia.

Sabia, e era desesperador.

CAPÍTULO 68

UMA MENINA SORRIU

Emocionalmente esgotado, Hugo acabou dormindo, encolhido naquela jaula mínima, onde só cabia sentado. Acordou no susto, na manhã seguinte, tendo sonhado com Ceiuci atacando as grades, e viu que uma menininha de 3 anos o olhava curiosa, como se ele fosse um filhotinho de onça, e não um ser humano.

Aquele olhar dela fez todas as sensações horríveis do dia anterior voltarem com força, e Hugo tentou acalmar a própria angústia. Não. Ele não ia deixar que o olhassem como bicho. Não podia. Ou ele próprio acabaria acreditando.

Ajeitando-se na jaula, olhou para a menina, apontando para o próprio peito. "*Se rera Hugo. Mayé taá ne rera?*"

A menina, divertindo-se, imitou o gesto dele, "*Washmä.*"

"*Washmä...*" ele sorriu, mas os dois foram interrompidos por uma adulta, que chegou dando bronca na criança, e a menina saiu correndo da maloca, rindo arteira. Hugo continuou sorrindo, vendo-a correr fofamente para fora, até que a adulta bateu na grade da jaula com violência, "Homem não fala com cunhantã! Polui mente de cunhantã!"

Ele ergueu a sobrancelha, enquanto a adulta ia embora também.

Com os olhos mais ajustados ao escuro, era possível ver melhor a verdadeira dimensão daquela enorme maloca; a luz do sol entrando apenas pela porta.

"Ei, Pequeno Homem!" Nuré chamou-o discretamente lá de fora, pela mínima fresta entre as cascas da parede. Parecia entusiasmada com alguma grande notícia. "Homem escuro mais forte! Elas feliz. Dá filho com força!"

Hugo ouviu aquilo surpreso. Era a primeira vez que sua cor era vista como uma vantagem por pessoas de outra raça.

O fato é que, a partir de então, passaram a lhe dar comida duas vezes ao dia. Afinal, havia sido aprovado como apto para fazer filha. Deveria ser bem alimentado a partir de agora. E ele aceitava sem pestanejar. Precisaria estar forte, se quisesse fugir. O problema era quando vinham com algo um pouco mais picante, como fogaças de mandioca com molho de pimenta, e ficavam para ver sua reação. Ele arregalava os olhos, quase não aguentando a ardência, e elas riam, vendo-o ser obrigado a comer tudo. As mais jovens riam encantadas, no que eram repreendidas pelas adultas, que olhavam severas para ele, como o predador perigoso e desprezível que era.

As que riam ainda não tinham sido inteiramente contaminadas pelo ódio das adultas. Mas logo seriam, a julgar pelo modo como reagiam à repreensão, olhando-o, imediatamente, com a frieza das outras.

Só com Nuré Hugo se sentia mais à vontade para conversar. Talvez até conseguisse convencê-la a ajudá-lo, quem sabe. Para as outras, ele era apenas uma peça importante da guerra contra todos os homens do mundo: aquele que lhes daria filhas bruxas. Filhas poderosas, que trariam a vitória à tribo.

Mesmo sendo tratado com um pouco menos de brutalidade, o perigo de desagradar e ser mutilado estava sempre à espreita, em cada olhar frio, em cada palavra que pudesse falar errado, e seus pesadelos não o deixavam se esquecer daquilo: elas chegando, no meio da noite, para cortá-lo em pedaços..., Araury se forçando nele e degolando-o..., ele percebendo que haviam cortado seus pés...

Até que, certa noite, sonhou com o Poetinha.

Ele caminhava pela floresta.

Parando de andar, o menino apontava para um lago enfeitado pelo reflexo das estrelas. *Onde rainha das estrelas vai banhar-se...* E Hugo acordou, estranhamente mais calmo. Como se houvesse mesmo encontrado com o menino de madrugada.

Havia se esquecido completamente daquele lago. Será que estava perto? Era lá que, segundo Poetinha, ele descobriria para onde deveria seguir, né?!

Todas as manhãs, e pelo meio da tarde, Hugo era levado para fora e deixado num canto privado, que servia de banheiro. Três icamiabas ficavam sempre por perto, para que ele não escapasse. Então, levavam-no de volta, e Hugo tinha de esperar pacientemente a próxima vez que se lembrassem dele. Era humilhante? Era. Mas podia ser pior. Elas podiam decidir ficar olhando.

Agora que ele estava fechado na maloca da chefe a maior parte do tempo, era só naqueles breves instantes de liberdade que Hugo podia ver a vida da aldeia: as mulheres treinando, os homens, apalermados, diminuindo em número a cada dia, a pequena Washmã sempre brincando com seu macaco de estimação, tão doce e tão simpática... Difícil imaginar que logo se tornaria uma psicopata.

Outra icamiaba que passara a ser objeto de sua atenção durante aquelas breves caminhadas era uma grávida, que, pelo tamanho inacreditável da barriga, ia ter gêmeos. Trabalhava tanto quanto as outras, treinava duro como as outras. O fato de carregar um minielefante na barriga não parecia fazer a mínima diferença.

"Por que ela tá sempre preocupada?" Hugo perguntou para Nuré, vendo a grávida raspando mandioca no chão da maloca a alguns metros de distância, e Nuré olhou para ver de quem ele estava falando.

"Porque só cunhantã importa. Ela quer cunhantã. Como tem que ser." Filha mulher. Fazia sentido. "Vão ser dois, não vão?"

Nuré confirmou, "Curandeira diz que sim", e saiu para levar o prato vazio dele. Hugo ainda ficou um tempo observando a feitura da mandioca, até que, terminando o trabalho, as mulheres se levantaram para ir embora, e ele criou coragem para perguntar, "Por que vocês odeiam tanto os homens?"

Elas olharam-no com agressividade, duas delas puxando facas, e Hugo ergueu as mãos alarmado, "Eu só tô perguntando!"

"Elas não falam português", Araury explicou, vinda da escuridão, e Hugo virou-se, surpreso com a qualidade do português da chefe. Não havia notado antes. Não com as palavras soltas que ela dissera até então. Araury não tinha sotaque algum!

Tentando entender, intrigado, como alguém nascida no meio do mato podia pronunciar, com tanta naturalidade, a língua de outro povo, rebateu, "Nuré fala."

"Nuré aprendeu com a mãe faz muito tempo, antes de ela morrer. Ninguém aqui aprende. Exatamente pra não cair na lábia do homem branco."

"Você aprendeu."

"Eu não nasci icamiaba. Nasci entre eles. Entre os povos sujos. Sujos de *homem*", ela esclareceu, com nojo. "Cresci numa aldeia com missionário que falava português. Aldeia suja, como as outras, onde homem podia caçar e mulher, não. Onde homem comia na parte principal da maloca e mulher, na área de cozinhar. Onde homem podia participar da reunião da aldeia, tomar decisão, e mulher, quando queria participar, era chamada de curiosa e futriqueira, e mandada de volta pra maloca, pra cuidar da janta. Onde homem ficava o dia se espreguiçando na rede depois da caça enquanto mulher trabalhava manhã e tarde: na roça, no preparo da comida, na coleta da lenha, e homem ainda dizia ser mais forte que mulher só porque caçava. Onde mulher não podia aprender arco e flecha, porque era contra a lei de *Jurupary*..."

Aquela última palavra ela dissera lentamente, pronunciando cada sílaba com desprezo. "Desde os tempos de Jurupary, os homens tentam dominar as mulheres. Porque têm medo de nós. Medo do poder de sedução que temos sobre eles."

"Jurupary?"

"Jurupary é deus que só os homens podem adorar: um reformador, coroado pela lua e nascido de uma mulher virgem que comeu a fruta do *pihycan*. Os tenuianas, assim que souberam do nascimento, proclamaram o menino como chefe e chamaram de *Jurupary*: 'Gerado pelas frutas'. Ele cresceu cheio de poder e deu o comando da Terra aos homens, proibindo as mulheres de participarem das coisas importantes. Dizia que nenhuma podia ser curiosa. Só homem podia. Muito conveniente, né?"

Hugo concordou. Era revoltante mesmo.

"*Jurupary*", ela disse, de novo, como quem falava um xingamento, "criou leis secretas para os homens e disse que mulher que as descobrisse tinha que ser morta. Então, declarou que sua Constituição duraria enquanto o Sol iluminasse a Terra, e que as mulheres estavam proibidas de participar das festas dos homens, principalmente quando estivessem presentes os instrumentos de Jurupary."

"Que instrumentos?"

Araury olhou-o irritada, e Hugo percebeu o erro: ela obviamente não sabia quais eram. "Aquela que violasse a proibição era condenada à morte."

"Condenada à morte por *ver* um *instrumento*?!"

Ela confirmou, com ódio no semblante frio. "Ainda é assim nas tribos que seguem Jurupary. Ver os homens dançando dança de Jurupary também significa morte pra mulher. Assim como ver a máscara de Jurupary, que eles usam na dança. Mesmo que mulher tenha visto por acidente. Basta que se *suspeite* que ela tenha visto pra ser condenada à morte, por envenenamento. E os próprios pais e maridos as matam quando acontece."

Credo.

"A gente não aceitou ser excluída dos assuntos importantes. Se revoltou."

"E fizeram muito bem!" Hugo concordou, realmente envolvido. Se ele houvesse sido rebaixado daquele jeito, também teria se revoltado!

Mas ela fitou-o desconfiada, não acreditando na sinceridade de sua indignação. "Por isso, há mais de mil anos, as mulheres icamiabas se levantaram contra os homens dominadores da tribo delas, matando todos."

Bem... Com aquela parte ele, de fato, não concordava.

Ela olhou-o, altiva. "Decidimos que não queríamos mais ser trocadas como presentes entre os homens, para casamento. Nós éramos pessoas, e não ferramentas pra serem transferidas entre pai e futuro marido. Quem eles pensavam que eram?!"

Hugo estava começando a entender todo aquele ódio; toda aquela objetificação dos homens, que elas faziam. Era *revide*. A barbárie *deles* é que havia criado aqueles monstros em forma de mulher e, agora, elas faziam *pior*. Porque tinham raiva. Porque tinham nojo.

Em muitos povos, as mulheres aceitavam, com tranquilidade, suas tradições culturais. Aí não havia problema. Mas outras não tinham a obrigação de fazer o mesmo. E as mulheres vinham sofrendo aquelas censuras imbecis havia *milênios* na história da humanidade! Hugo podia entender a raiva delas.

"Mas, se você me permite dizer", ele tentou amenizar, olhando-a com muito mais respeito agora, "o que você está descrevendo é o passado, Araury... A maioria das sociedades já não é mais assim. Mesmo entre os indígenas! Costumes mudam! Eu até já ouvi falar de uma cacique mulher, no sul do Brasil! E na Boiuna, homens e mulheres são iguais! Eu mesmo vi um jovem cozinhando!"

"A Boiuna nunca teve diretora mulher. Nem nunca vai ter."

Hugo fitou-a sem saber o que dizer, e ela completou, "Não são nada diferentes."

Nuré, que já havia voltado e agora ouvia, deu sua contribuição, "Nas outras tribos, mulher não pode arco e flecha. Nuré gosta arco e flecha."

"Viu?" Araury continuou, "Para alguns povos, as questões sugeridas pelas mulheres não são sequer consideradas *dignas* de serem *discutidas* pelos homens nas reuniões. Você acha isso justo?"

Hugo desviou o rosto, incomodado.

"Então você vê, foram ELES que criaram a divisão. ELES que começaram a briga. Aqui na aldeia, se icamiaba quer caçar, caça. Se não quer, cozinha. Se não cozinha, faz pintura, trança cesto, fabrica arco e flecha. Todas ficam satisfeitas. Mas todas aprendem a fazer de tudo – ao contrário das outras tribos, em que, quando morre o marido, mulher não sabe caçar, porque não deixaram que aprendesse, e tem que depender dos outros homens da tribo."

"Aquelas estátuas lá fora representam as primeiras icamiabas?"

"Não *representam*. SÃO as primeiras icamiabas. As dez *tenuianas*. As primeiras que desafiaram Jurupary. Foram punidas por ele, transformadas em pedra, pela ousadia de terem tentado ouvir uma reunião secreta de Jurupary com os homens: seus esposos, irmãos e filhos. Uma reunião conspiratória, pra tirar os poderes das mulheres nas tribos." Ela cuspiu para o lado, desprezando aquele deus. "Ele transformou até a própria *mãe* em pedra. Esse é o tamanho da traição dos homens. São todos baixos. Desrespeitosos." Araury fitou-o, com gelo no olhar. "Desde então, nós decidimos ser frias como aquelas estátuas. Para nos defendermos contra todas as artimanhas de vocês."

Na busca por se defender, haviam adquirido todas as características que mais desprezavam neles: a arrogância, a violência, a injustiça dos homens.

"Nem todos nós somos maus assim", Hugo tentou com cuidado, pensando em Capí e no Poetinha, mas também em Guto, em Atlas... Se bem que Atlas havia sido um pouco canalha com Symone. E a chefe deu risada, sarcástica. "Uma vez, quando eu tinha a altura dela", Araury apontou para uma menina de 13, montando flechas no chão, "a líder daqui, predecessora de minha predecessora, foi fraca e deixou que um jovem curioso nos estudasse. Um jovem bruxo, mais escuro e maior que você."

... Antunes.

Hugo viu Nuré baixar a cabeça envergonhada enquanto ouvia a chefe continuar. "Ele veio desarmado, dizendo que só queria aprender sobre as diversas culturas do país e, muito charmoso, prometeu que dormiria com uma de nós e deixaria magia aqui, como pagamento pela ajuda que receberia. Nossa líder acreditou. Deu voto de confiança, achando que aquele jovem depois levaria a prova da nossa superioridade a todos os cantos do planeta. Ingênua. O pilantra ficou semanas aqui, estudando nossas crenças, a criação que dávamos às nossas filhas, *tudo*, e, no fim, roubou uma de nós e fugiu."

Helena Puranga. Ela era dali. Claro. A única icamiaba que havia nascido bruxa naturalmente, sem ter precisado de um pai bruxo. Será que elas sabiam?

"Portanto, filhote de homem, você pode se fazer de bonzinho o quanto quiser. Nós não vamos cair mais nessa. A líder que acreditou nele, nós decapitamos. Aquela mancha escura enfiada numa lança alta, lá fora, é a cabeça dela, apodrecida."

Hugo engoliu em seco.

"Lembrança pra nossa Nuré, que ela nunca siga os passos da avó."

Ele olhou surpreso para a jovem, que ouvia com o olhar baixo, envergonhada. "Eu não decepcionar Araury", garantiu, erguendo confiante a cabeça.

A chefe assentiu, "Eu sei", e virou-se para ele, "Matamos a mãe de Nuré também, alguns anos atrás, pra cortar o laço ruim."

Hugo olhou horrorizado para a jovem, com pena dela.

Será que sabiam os poderes que Helena tinha? Hugo se lembrava bem da surra que levara da professora de elementos... Única icamiaba que havia conseguido fugir daquela insanidade. "E se não foi rapto? E se os dois se apaixonaram?"

A chefe deu risada. "Icamiabas não se apaixonam! Icamiabas sabem que homens são traiçoeiros!... Eu vou te contar história que mostra como os homens são. Você deve ter visto a Iara por aí."

Hugo confirmou, lembrando-se perplexo da sereia indígena.

"Iara nem sempre foi sereia. Ela era de uma tribo perto daqui. A melhor guerreira da tribo, apesar de os costumes dificultarem. Com inveja, os próprios irmãos dela tentaram matá-la, e ela, ao se defender, acabou matando os agressores. Foi acusada de assassinato pelos homens da tribo, por mais que tentasse argumentar que tinha apenas se defendido, e jogada às piranhas como punição, para morrer mutilada."

Hugo engoliu em seco, sentindo um calafrio.

"Felizmente, sua voz era tão linda que as piranhas não lhe fizeram mal, e o rio colocou sua essência nela, para salvá-la. Daquele dia em diante, ela busca vingança contra todos os homens."

Uma icamiaba por excelência.

"Séculos atrás, as icamiabas deixavam homem ir livre depois de dormir com elas. Davam até muiraquitã de presente. Os homens iam embora, mas, em vez de respeitarem, se gabavam para outros homens de terem 'conquistado' uma icamiaba, humilhando as icamiabas. Então, agora icamiaba mata homem, pra ele não se gabar. Só a avó de Nuré continuou ingênua depois daquilo. Nasceu com esse defeito."

Nuré devia sofrer horrores ali, coitada. Hugo olhou para ela, vendo suas chances de sair dali diminuírem ainda mais. Nuré nunca o ajudaria a fugir. Era a que mais precisava se provar ali dentro.

Vendo-o olhar para a jovem, a chefe disse "Nuré vai ser sua primeira", e Hugo ficou tenso, vendo a jovem se surpreender empolgada. Era, claramente, a primeira vez que recebia a confiança da chefe para *brincar* com um homem. Mas ele não poderia ceder. Nem com ela, nem com nenhuma ali, por mais que sentisse pena e atração pela garota. Precisava enrolá-las até achar uma maneira de fugir. Araury era esperta. Tinha visto que ele se sentia atraído pela jovem. Ia empurrar Nuré para ele primeiro. Era uma armadilha. Uma armadilha em que ele não podia cair, de jeito nenhum. Por mais que quisesse. No momento em que se deitasse com uma delas, viraria um alvo possível.

Precisava fugir antes que cedesse à tentação, e a tentação era extremamente forte. Ainda mais para quem ficara o ano anterior *inteiro* desejando aquilo. Aquilo que, agora, ele não podia querer.

"Pode ir, Nuré."

A jovem obedeceu, fazendo uma reverência e saindo; não sem antes dar uma última olhada tímida para seu pretendente, e, assim que os dois ficaram a sós, Araury se aproximou dele, preso na jaula.

"Por séculos, nós fomos oprimidas pelo culto a Jurupary. E o missionário branco sempre concordando com a opressão, dando força, dizendo que a mulher era o pecado..." ela murmurou, aproximando-se cada vez mais; Hugo sentindo o coração bater mais forte só de inalar o perfume natural da chefe, e se arrepiou inteiro, quase tremendo. Ela aproximou o rosto dos lábios dele, com imenso poder de sedução, "*Se eles já nos acusam de pecadoras de qualquer jeito mesmo... Por que não?*" sussurrou, segurando-o pelo colarinho por entre as grades... *Ela queria uma filha com poderes também...* Ao perceber aquilo, Hugo sentiu um calor subir por seu corpo, quase entregue à sedução, quase fechando os olhos para aceitá-la, até que se afastou da grade, ofegante. Assustado até, por se perceber tão fraco.

Irritada com a recusa, percebendo que ele desviara o olhar para o muiraquitã por meio segundo, Araury foi buscar o cordão, furiosa, trazendo-o diante dele; o sapinho de jade balançando a poucos centímetros de seu alcance.

"É isso que você quer??"

Tenso, Hugo olhou para o amuleto nas mãos dela. Única passagem direta que tinha para fora daquele pesadelo.

"Feito por bruxo, né?" Ela elevou o muiraquitã para perto dos olhos. "Bruxo habilidoso, pelo visto." Araury olhou para Hugo, vendo nos olhos dele o desejo que o pequeno homem tinha pela pedra, e concluiu: "Deve ter poder. Nada de muiraquitã pra você."

Hugo sentiu seu coração afundar, vendo a única oportunidade que tinha de sair daquela floresta ser pendurada no pescoço da chefe das icamiabas.

Como o tiraria dela agora?

CAPÍTULO 69

ONDE MORREM AS CRIANÇAS

Por causa do tamanho da jaula, Hugo dormia encolhido, acordando sempre com fortes dores na coluna e uma vergonha enorme de seus pesadelos, sempre envolvendo mulheres e terminando com a chefe enfiando uma faca em seu estômago, para lembrá-lo de por que não podia ceder à tentação.

Eram tantos, que foi estranho ter um sonho bom: Atlas e sua mãe dando risada no sofá da sala, conversando e contando causos para ele enquanto Hugo se espreguiçava na poltrona oposta, rindo de seu novo pai e jogando mais uma azeitona na boca, vendo Macunaíma brincar de rolar no tapete com Quixote.

Aquele foi o pior sonho de todos. Principalmente porque, por alguns segundos, *acreditara* nele. Acreditara que tudo havia terminado bem. Até acordar, de madrugada, e perceber que ainda estava preso ali, no escuro. Chorou copiosamente naquela noite, cobrindo a boca para não acordar nenhuma delas.

Perceber-se tão longe daquele sonho era desesperador. Mesmo que, por milagre, conseguisse sair dali e encontrar a cura, talvez já não houvesse mais tempo para o Atlas. Não fazia ideia de quantos dias restavam. Aquele relógio anual maldito clicando em sua mente, marcando mais um dia perdido... e mais um dia... e mais um dia..., num tique-taque incessante, cruel, avassalador.

Na manhã seguinte, Hugo acordou no susto, com um golpe de flecha contra as grades. Era a icamiaba do 'banheiro' acordando-o, e ele se aprontou para ser retirado dali, ansioso por esticar a coluna.

Como sempre fazia enquanto era levado pela aldeia, procurou com os olhos por Washmä e pela icamiaba grávida de gêmeos. A primeira brincava de pular num canto. Já a segunda estava mancando para o mato, em evidente trabalho de parto. "Ela vai sozinha?!" ele perguntou preocupado, mas foi completamente ignorado pela icamiaba que o levava. As outras também continuavam suas tarefas, como se nada estivesse acontecendo, e ele ficou abismado. Provavelmente era costume delas não interferir. Mais um teste de bravura para a mãe, que tinha que se virar sozinha e voltar com um bebê no colo. Ou dois, no caso.

Oculto pela cerca de palha que servia de banheiro, Hugo tentou fazer o que tinha que fazer enquanto observava, de longe, o local da mata por onde a grávida havia entrado, esperando ansioso que ela saísse com os bebês. Levou um pouco mais de tempo do que o normal no 'banheiro', distraído demais para fazer qualquer coisa direito, e a icamiaba o forçou a sair – o que não o impediu de continuar olhando para a floresta. Quando já estava quase de volta à maloca principal, viu a moça retornar com uma bebê no colo, entregando-a à velha matriarca e voltando às suas tarefas do dia como se nada tivesse acontecido.

"Peraí, não eram dois?" Hugo perguntou perplexo enquanto era forçado a entrar.

"Outro era filho homem. Icamiaba abandona na mata, pra bicho comer."

Ele olhou horrorizado para a porta, "EI!", e foi segurado por mais duas. "Mas ele é só um bebê!"

Uma mulher, que amolava uma faca em outro canto, respondeu fria, "Bebê cresce e vira homem."

"Mas vocês não podem fazer isso!" ele protestou, e os olhos da mulher se arregalaram de ódio. "A gente *não pode*?!"

Tenso, Hugo percebeu o sacrilégio. "Não, péra, não foi o que eu quis dizer…"

"Ele falando demais", ela declarou, e mais duas que estavam na maloca foram para cima dele; a da faca já aproximando-a de sua boca enquanto Hugo, desesperado, tentava se desvencilhar das seis, "Por favor! Não! Eu juro que não falo mais! Eu juro!", mas elas já o haviam prendido contra o chão, duas delas forçando-o a abrir a boca, e Hugo, chorando amedrontado, sentiu na língua o gosto da ferrugem da lâmina, uma umidade morna vazando pela frente das calças enquanto gemia por misericórdia, elas cortando dolorosamente o primeiro milímetro de língua até que Araury entrou na maloca e, com uma ordem, fez com que afastassem a faca alguns milímetros apenas.

Respirando apavorado, a boca ainda aberta à força, Hugo olhou de rabo de olho para a chefe, que sorria com malícia, vendo o estrago que o pequeno homem fizera nas calças, e ele sentiu seu ódio por aquela situação toda voltar com força.

"*I kiá pá upitá*", Araury provocou, e as outras riram, olhando para sua humilhante situação.

Indignado, Hugo tentou encolher as pernas para esconder o que havia feito, mas elas não deixaram, e ele chorou angustiado, sem conseguir fechar a boca; o medo todo ainda ali.

"Você implora e suplica, mas a maioria delas não entende suas palavras e, quanto mais você fala, mais elas acham que você está rogando praga contra nós, menino bruxo", ela disse com calma, sem se importar com a dor que o menino prisioneiro estava sentindo na mandíbula ou com a agonia de suas mãos dormentes.

Vendo a súplica no olhar do garoto, Araury finalmente deu uma nova ordem, e as cinco o largaram, deixando-os sozinhos na maloca.

Solto no chão de terra, humilhado, Hugo levou a mão à mandíbula, tentando se erguer de lado, apesar da tontura; o gosto de ferro enferrujado ainda pungente na boca. Graças aos deuses da vacina, havia tomado a antitetânica na pré-adolescência. Não que aquilo fosse modificar sua situação, mas pelo menos uma infecção ele não teria.

Olhando para baixo, Hugo cerrou os olhos desconfortável, sentindo uma vergonha profunda diante dela, e murmurou, ainda de joelhos na terra, destroçado, "Por que vocês estão fazendo isso comigo? Eu não fiz nada contra vocês…"

"Você é homem."

"Eu não sou como os outros, eu juro! Eu sempre admirei as mulheres! Eu sempre respeitei! Sempre!" ele garantiu, a garganta apertando de angústia, mas, mesmo enquanto tentava convencê-la, imagens dele gritando com Janaína não paravam de aparecer em sua mente… ele xingando a baiana em seu momento mais frágil, ele tentando forçá-la a se deitar com ele… E não conseguindo se livrar daquelas lembranças, calou-se, torturado pela culpa. "Eu sempre achei as mulheres muito superiores aos homens em quase tudo."

"*Quase* tudo?!"

Hugo se apressou em explicar, de imediato mais nervoso. "Em alguns aspectos, nós somos iguais! Superiores, nunca!" E surpreendeu-se com o quanto realmente acreditava no que estava dizendo, o pensamento teimosamente em Janaína de novo. Tão superior a ele. Tão mais forte.

"Pensando em quê?"

"Numa menina que eu…" Hugo hesitou, seu orgulho impedindo-o de usar o verbo presente, "… que eu gostava." Engoliu a mágoa.

"Hum… Os homens brancos são todos assim. Bajuladores. Falsos. Depois que conseguem o que querem da mulher, abandonam. Fogem da responsabilidade."

Hugo pensou no próprio pai, sem conseguir negar o que ela estava dizendo, apesar de saber que era um exagero. Que a maioria não era canalha assim.

"Os homens indígenas são ruins também, mas diferentes", ela concluiu. "Casam com a mulher e depois mandam ela servir comida, arrumar a casa, fazer mais filho, mas o homem branco é pior. O homem branco abandona."

Ainda era muito estranho ser chamado de homem branco. Mesmo assim, Hugo desviou o olhar, pensando nas palavras duras que dissera a Janaína.

"Vocês brigaram."

Ele confirmou, com uma pontada de raiva. "Ela me traiu."

"São os homens que traem as mulheres."

Hugo ergueu a sobrancelha, perplexo diante da certeza que ela tinha, mas preferiu ficar quieto. Não queria pôr a língua em risco de novo. Tentou, então, ser o mais doce possível, ajoelhado diante dela, "Eu só vim buscar uma cura, Araury. Por favor, me deixa ir…"

"HA. Claro. Veio buscar uma cura, que gracinha."

"É verdade! Eu juro que é verdade!"

Percebendo que Nuré entrara e que, agora, olhava tímida para o estado das calças dele, Hugo encolheu as pernas, tentando se esconder. Aquilo era degradante demais. Tentando prosseguir com sua súplica sem focar nela, respirou internamente e continuou, "Mas eu não vou conseguir achar a cura sem a ajuda de vocês. Vocês que conhecem tudo aqui! Eu sou só um ignorante da cidade!… Se vocês me ajudarem a achar a cura, eu juro que deixo um filho aqui!"

Araury arregalou os olhos, com ódio, "Um filho?!"

"Uma filha!" ele corrigiu assustado. "Eu quis dizer filha." E cerrou os olhos, trêmulo, querendo ele mesmo arrancar a própria língua fora agora. *Idiota! É sua vida na linha, caramba! Quer parar de se distrair com a Nuré?!* E se voltou, abalado, para a chefe, que se divertia com seu medo: "Vai se sujar de novo?"

Hugo segurou o ódio na garganta.

"Está vendo, Nuré?" Araury olhou-o com o mais doloroso desdém. "Nunca se deixe enganar pelas doces palavras dos homens."

Inseguro, Hugo olhou para a jovem, que baixara a cabeça diante da afirmativa da chefe, mas, numa timidez linda, erguera os olhos novamente, apenas o suficiente para vê-lo mais uma vez, antes de baixá-los de novo.

Ela gostava dele… Gostava de verdade! – Hugo percebeu surpreso. Será que dava para convencê-la?!

… Não… Não com o passado da família dela.

Não aguentando mais o constrangimento de estar sujo de medo diante delas, Hugo desistiu de seu orgulho e pediu, diminuído, "Eu posso me lavar?… Se… não for muito… incômodo…?"

Araury sorriu. Estivera esperando por aquilo. "Nuré, ajude o menino a se lavar."

Hugo olhou-a desesperado, "O quê? Não, peraí! Eu não preciso de ajuda!"

"É isso ou fica sujo. Achou que ia ficar sozinho no riacho, pra fugir?"

Hugo se surpreendeu enquanto Nuré amarrava as mãos dele para trás. "Eu não ia fugir; eu juro que não ia!"

"Leve o pequeno homem daqui."

A jovem obedeceu, tímida e curiosa, levando Hugo ao curso d'água mais próximo da aldeia.

Era um lindo riacho de águas serenas, cercado por árvores, de modo que só estavam eles dois ali, longe das vozes delas, longe dos gritos.

Hugo pisou na água primeiro, entrando até o joelho; a tensão a mil, com medo de ceder, enquanto ela entrava também, olhando-o com a curiosidade de uma criança. Queria conhecer aquele ser misterioso chamado homem, de que suas companheiras tanto falavam. Estava fascinada por ele..., suas olhadas desconcertantes o deixando absolutamente constrangido; pela forçação de barra, pela situação humilhante de ter que ser lavado por ela, pelo fato de suas mãos estarem amarradas para trás, sem que ele pudesse sequer mexer nas calças...

Encontrando um jeito de resolver aquilo, Hugo tentou agachar-se até o fundo, para que as águas o lavassem sozinhas, mas Nuré o impediu, obrigando-o a ficar de pé. "Moço vestido com vergonha?"

Hugo olhou para cima, a garganta fechando em agonia. Alheia ao constrangimento dele, Nuré tinha os olhos fixos no menino da cidade, um sorriso simpático no rosto. "Cor da filha vai ficar bonita. Icamiaba de pele escura e olhos puxados cor de mata."

Ele voltou a olhá-la. Parecia tão inocente... tão ingênua... E Nuré ficou olhando para ele por um bom tempo, analisando-o; Hugo absolutamente constrangido, até que ela começou a baixar as calças dele, e ele tentou desviar o olhar, mas era uma situação tão revoltante, tão desconfortável e humilhante, e ao mesmo tempo tão arrebatadoramente sedutora, que ele não sabia o que sentir, envolto num turbilhão insuportável de emoções, as mãos dela limpando suas pernas e todo o resto...

Ele não queria sentir o que estava sentindo.

"*Yawé tẽ aputari*. É assim mesmo que eu quero", ela traduziu, olhando para baixo com um sorriso puro, e Hugo, tenso, fechou os olhos, o coração a mil, tentando desesperadamente pensar em qualquer um dos piores momentos de sua vida... Ele sendo espancado pelos traficantes, pendurado na árvore; ele preso no fosso do Dona Marta; ele recebendo a notícia da morte da Abaya... Pronto, finalmente encontrara uma lembrança horrível o suficiente para distraí-lo daquilo, os pensamentos agora fixos na avó. E segurou o choro, tentando não demonstrar o conflito de emoções que estava sentindo, sendo forçado a estar ali. Até que Nuré terminou de limpá-lo, e Hugo, envergonhado, esperou que a jovem o vestisse novamente; as calças agora encharcadas de rio. Aquilo que estavam fazendo era tortura... era assédio, abuso... e Hugo sentiu sua revolta apertar na garganta, apavorado com a possibilidade de não conseguir resistir aos encantos dela por muito mais tempo.

Ele abriu os olhos, mas não conseguiu olhá-la, humilhado. Estava pagando por todos os absurdos que dissera à Janaína. Tinha certeza.

Absolutamente constrangido, foi escoltado de volta à maloca por Nuré, sob os olhares e risinhos das que o viam voltar. Trancafiado na jaula novamente, permaneceu calado em seu canto pelo restante daquele dia; sem vontade nenhuma para nada. Morto por dentro. Destruído. Humilhado.

O que restara de criança dentro dele havia acabado de morrer, e ele sabia.

Ao ser deixado sozinho novamente no escuro daquela maloca, Hugo não se entregou mais ao choro do desespero. Estava com raiva demais para se desesperar, e suas lágrimas, daquela vez, foram de ÓDIO.

Não ódio *delas*. Ódio dos *Pixies*. Por terem-no deixado sozinho naquilo.

Eles, que haviam sempre insistido em dizer que, quando ele precisasse, era só pedir ajuda.

Só pedir ajuda... Sei. Ele tinha IMPLORADO por ajuda.

Agora estava ali, SOZINHO, preso naquele inferno, sendo humilhado por elas. Claro... O que pensava que eles fossem fazer?

Bem feito pra você, Idá, que resolveu confiar nos outros.

Apertando as barras da jaula com toda a força de seu ódio, Hugo deixou a revolta vir à tona. Tinha direito de estar puto. Capí tinha motivos, mas e os outros dois? Se Viny e Índio estavam pensando que Hugo voltaria ainda amiguinho deles, estavam muitíssimo enganados.

Enquanto remoía seu ódio, do lado de fora outro homem era retirado do grupo de condenados para morrer. Mas Hugo estava com tanta raiva que nem ligou para o som das flechas. Só saiu de seu torpor rancoroso quando Nuré entrou, trazendo o jantar. "*Xukúi pirá indé rembáu arã*".

Aqui está o peixe para você comer.

Aquilo Hugo entendera, e ele se ajeitou na jaula, para pegá-lo com as mãos.

Tentando não pensar mais nos Pixies, mastigou-o com atenção, enquanto olhava para Nuré com simpatia, apesar de tudo. "Por que vocês não gostaram daquele? Ele era até bonito! Não era?!"

Vendo que uma icamiaba adulta entrava, Nuré respondeu exemplarmente, "Jurupary também era bonito como o sol. E traiu todas as mulheres da Terra."

Hugo sorriu de leve da hesitação dela. Nuré ainda não tinha sido convencida pelas outras. Existia ainda a chance de mostrar que ele era merecedor de sua confiança. Que era diferente dos outros homens. Sua única chance de fugir dali.

"Você não acha sua chefe muito radical, não?"

A jovem procurou evitar os olhos dele, um pouco mais tímida depois do que havia acontecido entre os dois, "Mulher, nas outras tribo, acha certo trabalhar pra marido. Diz que trabalho é pra família. Que homem, mais forte, caçar, e mulher, mais fraca, cozinhar, limpar, cuidar filho. Aqui não. Icamiaba é aquela que diz não. Ela não é mais fraca que homem. Ela é o que treina pra ser: se treina pra ser caçadora, ser boa caçadora. Mulher ser fraca é mentira do homem, pra esposa trabalhar pra ele. Mulher, nas outras tribos, é enganada. Pensa que só cozinhar, plantar, cuidar de criança. Isso errado. Isso icamiaba contra. Aqui, mulher *escolhe* o que fazer. Homem, nas outras tribo, também devia poder escolher cuidar criança, cozinhar. Mas homem não é justo nem pros outros homem. Homem quer parte divertida pros homens. Parte de caçar e fazer corrida de tora depois, enquanto mulher cozinhar. Tá errado."

Ela era tão menos radical que Araury... Tanto que pensava até no bem-estar dos outros homens! Em como o costume também impedia que eles escolhessem não caçar! Devia haver homens que nasciam sem aptidão para a caça, né? Homens que talvez quisessem cozinhar, mas não podiam, por ser 'tarefa de mulher'.

Vai ver não existia *vontade própria* entre os indígenas. Eles faziam o que era necessário para a sobrevivência da tribo.

Olhando para Hugo enquanto ele pensava, a jovem deixou sua curiosidade tomar conta, "Como é lugar onde pequeno homem veio?"

Hugo se surpreendeu, endireitando-se no chão. "O Rio de Janeiro?!"

Ela confirmou, os olhos iluminados de interesse, e ele disse, "Bom... É bonito", e pensou um pouco mais, tentando formular a descrição de um jeito que ela entendesse, "Lá, a maioria das casas, as ocas, onde as pessoas vivem, são feitas uma em cima das outras, ficando da altura de várias árvores."

Nuré se espantou, e ele sorriu, achando fofo. "Também tem outras ocas bem menores que esta daqui, e que ficam todas juntinhas, uma do lado da outra, em cima dos morros. Eu morava numa delas. As casas altas, do tamanho das árvores, são para os chefes, os tuxáuas, que gostam de morar lá no alto, nas coberturas. As ocas pequenas, geralmente são pra quem não tem muito. O ar de onde eu venho é sujo, mas a gente se acostuma. É mais limpo que o ar de São Paulo, pelo menos."

"*Sã* Paulo", ela tentou, e ele sorriu. Estava conseguindo se conectar com ela.

"Mulher de lá forte, como icamiaba?"

"Toda mulher é forte", ele respondeu sincero. Todas que ele conhecera eram. Sua mãe, sua avó, Gi, Caimana, Areta... até Dalila! E, claro, Janaína.

Tentou não pensar nela. Ainda o revoltava. Era confuso, na verdade. Continuava sentindo raiva da baiana, pela traição. Uma vontade de esganar, às vezes. Mas, misturado àquilo, tinha as saudades e um desejo enorme de lhe pedir perdão.

Ela era forte, a desgraçada. Tinha que ter resistido à sedução do gringo, pô! Com toda aquela força de vontade dela, podia ter resistido! Como ele estava resistindo a Nuré agora! Mas não. O gringo tinha sido bonito demais para ela.

Respirando fundo para não deixar a raiva transparecer, Hugo tentou se concentrar em sua descrição do Rio. "Lá, tem mulher de todas as cores. As negras, com sua beleza guerreira e pele escura, da cor das cascas das árvores, como minha mãe... As brancas, umas com cabelos da cor do sol e olhos como o céu sem nuvem, outras com cabelos pretos como a noite e pele da cor do leite... Tem até umas com os olhos mais puxados ainda que os seus, que quase não dá pra perceber a cor da bola dentro. Chamam de japonesas."

A jovem olhou-o espantada, "Como elas vê?", e Hugo respondeu com um sorriso esperto, "Me tira daqui que eu te mostro uma."

Os olhos de Nuré saltaram, vislumbrando a possibilidade por um instante, e Hugo se surpreendeu. Ele tinha mesmo uma chance!

Temerosa com o que havia demonstrado, Nuré mudou de assunto, aproveitando que, dentro da maloca, havia escurecido, "O espírito dos ventos fechou o tempo".

Hugo também olhou para o teto de sapê, sentindo um sopro mais forte vir da entrada. Realmente, uma grande tempestade se aproximava, trazendo, talvez, a oportunidade perfeita para fugir.

Sentindo o entusiasmo crescer no peito, Hugo sugeriu, "E se a gente...", mas foi interrompido pelo som estridente de uma corneta de alarme, soprada por uma das icamiabas lá fora com uma urgência assustadora, como se daquilo dependesse a vida de todas ali, e Hugo ouviu o pânico se espalhar pelas crianças da aldeia; as mulheres gritando ordens, preparando as armas, enquanto as criancinhas eram trazidas às pressas para dentro da maloca principal. "*Aintá uri!*" uma das adultas gritou da porta, e Nuré arregalou os olhos, olhando alarmada para Hugo, "Eles vêm!"

"Eles quem?!" ele perguntou assustado, mas não precisou de maiores explicações. Olhando para o teto de sapê, ouviu, através dele, o ruído violento de grandes asas batendo contra o ar lá fora. Vários pares de asas.

Estavam sendo atacadas.

CAPÍTULO 70

ATAQUE AÉREO

"O que tá acontecendo? Quem são eles?!" Hugo perguntou aflito, vendo mais e mais crianças entrarem na maloca, enquanto as adultas e jovens ficavam do lado de fora, com os arcos apontados para o alto; algumas correndo para resgatar outras menores, defendendo-se de ataques que pareciam vir de cima.

"Os filhos de Jurupary!" Nuré respondeu tensa sem tirar os olhos do teto, da mesma forma que as crianças, ouvindo os ruídos e gritos de guerra vindos lá de fora.

Eram homens... Homens montados em feras voadoras, a julgar pelo som do bater das asas. Seriam dragões, talvez? Pássaros gigantes?! Hugo não sabia; não dava para ver dali de dentro. E cinco adultas entraram decididas na maloca, vindas da batalha lá fora. Tinham o rosto ensanguentado e os arcos na mão. Marchando até o centro, três delas abriram uma passagem subterrânea sob o chão de terra, e Hugo se surpreendeu com o buraco, vendo as crianças serem rapidamente direcionadas para dentro dele. Uma das adultas veio então arrancá-lo da jaula, empurrando-o pela passagem também. Não esqueceriam o bruxo delas. Ainda mais numa guerra.

Usando tochas, enquanto a batalha corria solta lá em cima, as cinco também desceram pelo buraco, e começaram a guiar as crianças e jovens de até 15 anos por uma longa passagem subterrânea, cheia de subdivisões, escolhendo um trajeto que só elas sabiam, até que Hugo foi vendado, para que não visse o restante do caminho, e teve as mãos amarradas na frente.

A partir de então, ele começou a tropeçar, caindo a cada passo mal dado, raspando os joelhos na terra batida e sendo arrancado para cima com violência, até que pareceram chegar a um lugar menos abafado, e todas pararam. Uma delas finalmente tirando-lhe a venda.

Hugo abriu os olhos, mas teve de protegê-los de novo, ofuscados por tanto brilho. Foi então abrindo-os aos poucos, e viu, perplexo, um volume inimaginável de ouro. Era uma verdadeira cidade subterrânea abaixo de seus pés! Enorme e abandonada, feita inteiramente do metal dourado! E Hugo se arrepiou inteiro, sem conseguir desgrudar os olhos do que estava vendo. Eram prédios de ouro, casas, templos em formato de pirâmide, ruas, calçadas, uma cidade INTEIRA, feita de ouro e vegetação, como uma intrincada rede subterrânea de caminhos que algum dia havia sido usada, talvez por dezenas de povos indígenas, milhares de anos antes de os portugueses chegarem!

A julgar pelos imensos brasões de ouro moldados em cada um dos enormes paredões de pedra da caverna, por ali haviam passado Incas, Astecas, Maias, indígenas amazônicos, indígenas de todas as origens, e Hugo sentiu um arrepio. Aquele ouro podia ter resolvido o problema de metade dos miseráveis do Brasil... *O que tu tá pensando, Idá? Se tivesse saído dali pelas mãos do governo, ou de qualquer outro, nunca teria chegado aos miseráveis do Brasil. Muito pelo contrário!*

... Melhor que ficasse escondido ali mesmo. Causaria menos conflitos.

Finalmente conseguindo tirar os olhos da cidade lá embaixo, afundada naquele precipício imenso e profundo, Hugo olhou para o chão à sua volta, vendo várias sacas jogadas pelo túnel, abarrotadas de pepitas de ouro, como se alguém houvesse tentado roubá-las dali sem sucesso; provavelmente os três esqueletos sentados ao lado, com flechas atravessadas nas roupas. Uma na cavidade ocular de um deles.

Homens, com certeza.

Na antiga bolsa bege, atravessada no peito do mais alto, um nome bordado dava uma ideia de quem eram.

P.H. Fawcett...
* 1925 *

Provavelmente um dos muitos aventureiros a procurarem pela famosa Eldorado, a cidade de ouro. Um dos poucos a terem conseguido encontrá-la.

Pelo visto, elas vinham protegendo aquele lugar havia bastante tempo já.

Atraído pela cidade lá embaixo, Hugo inclinou-se um pouco para fora do túnel, tentando ver se era possível escapar por ali. A descida íngreme para a cidade lá embaixo podia ser feita por uma escada de mão presa à rocha, mas o que ele faria ao chegar? Se esconderia delas?! E aí? Morreria preso ali, como Fawcett. Plano genial.

Hugo foi puxado para trás, sendo obrigado a sentar-se junto às outras jovens, e todas ficaram esperando que a batalha terminasse lá em cima. A pequena Washmä olhando para o teto com medo. Oposto a ele, um vaso negro de cerâmica, cheio de teias de aranha, parecia ter sido derrubado havia muitas décadas; uma mancha preta sujando o chão onde seu conteúdo vazara ao perder a tampa.

"O que tinha ali dentro?"

"Escuridão", Nuré respondeu na maior naturalidade, sentando-se ao seu lado e abraçando as pernas, e Hugo achou melhor não perguntar mais nada.

Para espantar o nervosismo, no entanto, ela mesma começou a conversar, "Icamiabas vêm pra cá todo ano, pra se lembrar estupidez dos homens. Eles acham que riqueza e tamanho mais importante."

"Resumindo: mesquinhos e maníacos por poder."

Nuré sorriu empolgada, "Tem mais homem morto lá embaixo", e Hugo olhou temeroso para ela, ouvindo-a falar com ânimo. "São os maridos das primeiras icamiabas. Elas prepararam vingança perfeita. Atraíram eles pra cá, a cidade que antepassados deles, cheios de vaidade, tinham construído. Morreram sem ar quando elas fecharam o túnel."

Que lindo. Hugo já nem ficava mais perturbado. "Então, aqueles eram os icamiabos?" brincou, e Nuré riu, tímida. "*Icamiaba* significa 'mulher que diz não', 'mulher sem marido'. Nós deu esse nome pra nós. Depois de matar marido."

"Faz sentido."

"Homem ganancioso. Mulher prefere natureza, ar livre, equilíbrio."

"Não dá pra existir equilíbrio num mundo sem os homens."

"Homem é inimigo do equilíbrio! É ganancioso, egoísta, destrói natureza, acabam tudo. Gostam do ouro, sangue do sol."

Interessante como, depois de tanto tempo afastadas dos homens indígenas, elas já estavam mesclando neles as características do homem branco: a ganância por ouro não era coisa do indígena. Pelo menos não dos que Hugo conhecera. Talvez dos incas, na antiguidade. O disco solar inca estava ali, bem grande, ornamentando uma das paredes da imensa caverna.

Olhando casualmente para a cidade, Hugo ficou observando aquela imensidão por um tempo. Assombrado. Não com a grandiosidade daquilo tudo, mas consigo mesmo. Com o quanto aquele ouro não o estava afetando.

Sua gana por dinheiro tinha acabado, e só agora ele estava percebendo. Só agora via o quanto havia mudado desde que quase destruíra a vida de Eimi por ganância.

"Eu não quero ouro. Eu só quero a cura…" ele confessou para a jovem, numa mistura de desespero e orgulho de si mesmo… Orgulho desse novo Hugo que estava começando a conhecer. Pena que tarde demais…

Tudo indicava que morreria nas mãos delas.

Enxugando as lágrimas, antes que as icamiabas as percebessem, ficou quieto o restante daquela hora, enquanto elas também esperavam, num silêncio tenso, o resultado da batalha lá em cima; algumas com raiva dos invasores, querendo de todo jeito subir para ajudar na luta, mas sendo impedidas pelas mais velhas. Até que a hora passou e duas guerreiras chegaram, dizendo que podiam subir.

Nuré e Hugo se levantaram com todas, caminhando pelos túneis tortuosos – ele de olhos vendados de novo –, até subirem pelo buraco da maloca principal e saírem para o pátio. A venda de Hugo foi retirada mais uma vez.

Metade da aldeia havia sido queimada, a outra metade, destruída, e Hugo, de mãos amarradas para a frente, andou atônito por entre as cinzas, observando enquanto as trinta guerreiras adultas sobreviventes faziam o reconhecimento das mortas.

Quase vinte haviam tombado, entre idosas, adultas e jovens; a maioria de forma um tanto grotesca. Três menininhas, mortas no chão, não haviam tido a mesma sorte de Washmä e das outras crianças. Tinham morrido com golpes violentos na cabeça antes que conseguissem ser levadas para o subterrâneo.

Quem atacava primeiro as crianças, meu Deus?

Horrorizado, Hugo notou, em meio à devastação, os machados semicirculares usados por eles; suas lâminas e cabos sujos de sangue, perto das cabeças estouradas e gargantas degoladas de suas vítimas mulheres. E as icamiabas vivas encaravam tudo com ódio mortal nos olhos.

Vendo a consternação geral, ele de repente percebeu a oportunidade que o destino estava lhe dando: não haveria melhor momento para recuperar sua varinha.

Recuando a passos lentos, seu coração batendo forte enquanto mantinha os olhos fixos nas icamiabas, Hugo se virou rapidamente para entrar na maloca principal, e trombou com Araury, que o encarava, ereta e nada amistosa.

"Ia buscar isto?" a chefe perguntou, com a varinha na mão, e ele gaguejou, recuando de medo. Foi quando sentiu as pernas serem puxadas para trás e tombou no chão, encolhendo-se de imediato na terra ao ver a primeira bordoada chegando. "AGH!" ele gemeu desesperado, levando golpe atrás de golpe de várias delas, na lateral do estômago, nas costas, nos braços, tremendo ao ver outras pegarem deliberadamente os machados que os homens haviam deixado, para usarem a parte de trás nele… "Mas eu não fiz nada!" e levou uma paulada de machado no rosto, sentindo o sangue escorrer da boca, enquanto Nuré assistia preocupada.

"Você é homem! É tão culpado quanto!" Araury retrucou com ódio, deixando que continuassem a surra, e Hugo, sem poder se defender, protestou revoltado, "Vocês não têm esse direito! Vocês não podem! AAAGH." Mais uma costela foi quebrada. Enfurecida com as últimas palavras do menino homem, Araury se aproximou espumando de raiva; as outras abrindo espaço para a chefe, que virou Hugo de barriga para cima na terra, enquanto ele tentava recuperar a respiração, absolutamente machucado. Montando em seu corpo ferido, ela tirou a faca da cinta, e Hugo arregalou os olhos de medo, percebendo o que ela ia fazer "Não, por favor..."

As outras puxaram suas mãos amarradas para o lado, impedindo-o de se defender, e Araury, com os olhos tomados de ódio, foi cortando-o aos poucos, enquanto falava, "*Uma mulher...*", e passou a lâmina com força pela lateral de seu pescoço "ARGH!" "*... Para ser boa...*" Mais um corte. "ARGH!" "*... não deve querer saber os segredos dos homens.*" O próximo corte foi na altura da clavícula, "Por favo... ARGH!" "*... nem deve desejar e experimentar o que lhe é apetitoso...*" Mais um corte, agora no braço, e Hugo gritou apavorado, o coração doendo de bater tão forte. "*... podendo comer apenas aquilo que Jurupary comandar.*" Ela abriu sua camisa, rasgando, com força, a carne na lateral de seu peito. "ARGHH!" "*Mulher, para ser boa, não pode assistir à festa dos homens...*" Mirou um pouco mais embaixo. "Por favor, não faz isso... AARGH!" "*Aquela que assistir, deve ser morta diante das companheiras... pelo próprio pai...*" Preparou mais um corte, agora no abdômen, e Hugo tentou encolher as pernas para não sentir tanta dor, chorando sem conseguir. "ARGH!" "*... pelo irmão...*" "ARGH!" "*... pelo namorado...*" "AGH!... por favor!" Ela estava descendo a faca, meu Deus... "*... por qualquer um que tenha visto a mulher assistindo.*" "AGH!" "*Quer mais?*" Hugo negou rapidamente, chorando trêmulo ao sentir a faca pressioná-lo na altura do cinto, "Por favor, vocês têm toda a razão de estarem revoltadas... Vocês têm toda a razão..."

Mas daí a matarem homens e meninos... daí a fazerem o que estavam fazendo... "Por favor... Para, por favor... *ARGH!*" ele berrou, gemendo desesperado, enquanto as outras seguravam seus braços. Sentindo a faca pressionar contra sua virilha, berrou, "Eu concordo com vocês! Por favor... eu concordo!", mas Araury não estava nem aí. Quanto mais ele implorava, mais ela parecia sentir prazer em fazer aquilo, e já ia puxar a lâmina com mais força ainda quando outra icamiaba a chamou ao longe. Haviam encontrado um invasor vivo nos escombros. E a chefe saiu de cima dele, para seu alívio absoluto, ordenando que as outras o levassem para dentro.

Ensanguentado e dolorido, Hugo foi arrastado em direção à maloca como um animal abatido. Eram duas levando-o pela camisa, e ele, emocionalmente exausto, deixou-se levar, desligando-se dos estímulos de fora; a cabeça latejando, pesada, pendendo para baixo, no torpor de quem acabara de ser espancado.

Olhando para o lado, apenas com as pupilas, viu ao longe o invasor ferido começar a resistir, berrando de ódio e tentando acertá-las com o machado enquanto elas o agarravam. Diante da resistência do homem, as que levavam

Hugo o jogaram com brutalidade no chão do pátio e correram para ajudar as outras a controlar a fúria do invasor capturado. Idá permaneceu ali, com o rosto caído no solo, vendo tudo acontecer numa lentidão surreal, o cérebro ainda tentando se acostumar com o que tinha acontecido. Não sentia mais alívio. Só o torpor mesmo, e os ferimentos ardendo.

Deitado com a cabeça de lado, imundo de sangue, Hugo viu o homem ser finalmente dominado por uma das jovens, que o prendeu contra o chão, passando o facão, com força, em suas costas. O indígena gritou em agonia, e todas comemoraram, como se ela houvesse cumprido um ritual, saindo de cima dele para que pudessem puxá-lo ao centro. Só então Hugo conseguiu vê-lo direito.

Era um indígena forte, ainda bastante combativo contra os braços delas, apesar das costas nuas ensanguentadas, e as guerreiras amarraram um de seus pés a uma corda, içando-o, de ponta-cabeça, a uma árvore. Feroz, ele tentava machucá-las; seu ódio rivalizando com o delas, o rosto pintado com uma faixa vertical negra, em oposição ao vermelho horizontal das icamiabas, e, à medida que cada uma ia lentamente pegando do chão um dos machados abandonados por eles, Hugo segurou a respiração, sabendo o que elas iam fazer. Quase aliviado, de certa forma, por agora terem outra pessoa a quem punir.

O homem, mesmo de cabeça para baixo, continuava a soltar palavras de ódio contra elas em sua própria língua, raivoso, e elas começaram o linchamento pela boca, quebrando seus dentes frontais com um golpe só. Então veio mais um golpe, e mais outro; o ódio delas tão forte que cada porrada fazia a cabeça do homem balançar para trás, e Hugo desviou os olhos, não aguentando ver mais; cada golpe ouvido a partir daí doendo nele mesmo.

Temeroso, ele voltou a olhar para a cena.

O homem já estava praticamente morto, mas elas continuavam. Iam bater até que não restasse nem o *formato* dele!

Foi quando Hugo percebeu que havia sido deixado sozinho.

Nem uma viva alma vigiando-o.

Confirmando que continuavam distraídas, cada uma querendo arrancar um pedaço dele a tacadas, Hugo, a duras penas, levantou-se do chão; as mãos trêmulas, com medo absoluto do que estava fazendo... Apavorado de ser *pego* em fuga de novo. E começou a mancar para fora dali. Primeiro lentamente, depois com um pouco mais de pressa, ouvindo-as espancar o cadáver lá atrás. Só quando viu que dava, começou a correr, mancando, em direção às árvores; seu coração saindo pelos olhos em formato de lágrimas a cada passada. Elas iam ouvir. Meu Deus, elas iam ouvir.

Mancando demais, ele chorou silenciosamente, apavorado; os pulsos amarrados atrapalhando seus movimentos enquanto corria, vencendo a barreira das árvores e penetrando na floresta sem parar de mancar; as pernas doloridas e seu absoluto nervosismo impedindo-o de ir mais rápido, até que o grito urgente de alerta de uma delas fez Hugo apertar o passo ainda mais, apavorado, a dor excruciante no corpo impedindo-o de correr direito, fazendo-o tropeçar e arranhar-se nos malditos arbustos o tempo todo. Podia ouvi-las chegando, descalças, através da mata, cercando-o pelos lados como predadoras, até que duas delas o derrubaram no chão.

Chorando desesperado, ele tentou se desvencilhar, agarrando-se a qualquer raiz à sua frente, berrando enquanto tentava se livrar delas, mas logo as outras estavam em cima dele também, e Hugo se encolheu, abraçando as próprias pernas aterrorizado, pedindo mentalmente que acordasse daquele pesadelo, pelo amor de Deus… Que acordasse e não estivesse mais na Amazônia. Mas aquilo não era um sonho, e ele sentiu mãos fortes desconectarem seus braços das pernas, prendendo-o de lado contra a terra, enquanto outras esticavam a perna direita dele, segurando-a com firmeza, e Hugo cerrou os olhos aflito, já sabendo o que iam fazer. "Não, por favor… eu juro que não tento mais fugir… eu juro que… AAAAAAARRGH!" ele sentiu o joelho quebrar com a bordoada que levou, ouvindo a chefe murmurar em seu ouvido, ignorando seu choro de dor: "Pra não fugir mais".

Apavorado e zonzo, ele foi arrastado de volta para a aldeia e jogado na jaula de novo, o joelho quebrado já começando a inchar.

Se antes as suas chances de escapar eram escassas, agora tinham acabado de morrer por completo.

CAPÍTULO 71

PEQUENO HOMEM

Hugo acordou no susto. Imediatamente, sentiu a dor lancinante na perna direita, inchada a ponto de não conseguir dobrá-la. Aquele não era o único inchaço em seu corpo, claro. Os lábios e a gengiva estavam tão ruins quanto, além da dificuldade de respirar, por causa das costelas quebradas.

Tentando não dar atenção àqueles detalhes que só aumentavam seu pânico, olhou dolorosamente para o lado, e se assustou ao ver uma velha encarando-o ameaçadora por entre as grades. "Se foge de novo, nós invoca *Canaimé*." disse, com os olhos arregalados de ódio, e Hugo se arrepiou inteiro pelo modo arrastado com que ela dissera aquele nome. "*Canaimé é espírito que faz indígena perder caminho! Morrer de febre e de fome na floresta! Se foge de novo, nós envia Canaimé pra você! Tudo que você caçar, não vai morrer. Todo lugar que você olhar, vai ser o mesmo.* E depois, *Canaimé* vai mandar cobra, fogo, onça contra você, porque *Canaimé* é o que incendeia os campos, que derruba as árvores, que joga o fogo na terra em tempestade!" ela terminou, com os olhos ainda arregalados, e Hugo se encolheu de medo, vendo-a ir embora.

Como ela podia achar que ele fugiria de novo?! Não conseguia nem se levantar, quanto mais apoiar o peso do corpo no joelho quebrado! Doía só de pensar!

O fato é que a noite já havia chegado e, lá fora, as adultas estavam em discussão acalorada ao redor da fogueira, planejando um contra-ataque. Jovens e crianças assistindo atentas.

Os filhos de Jurupary não ficariam impunes àquela invasão.

E Hugo ali, sozinho na maloca, tendo sido ameaçado por uma idosa.

Apoiando a cabeça contra a grade, cansado de lutar contra o destino, já estava começando a pensar se não seria má ideia deitar-se logo com todas ali e morrer sem tanto sofrimento quando uma menininha que ele conhecia entrou na maloca para brincar, desinteressada da discussão lá fora, e ele sentiu o coração dar um salto.

Aproximou-se, com cuidado, da grade frontal.

Era doido mesmo.

"*Ei, Washmä*", sussurrou para a menina, que deu uma risadinha para o pequeno homem e correu até ele, querendo brincar. Que maravilha era a inocência das crianças. "*Washmä, você consegue pegar aquela madeirinha ali?*" Ele apontou para a mesa, "*É mais ou menos assim, ó!*", e fez o formato da varinha com os dedos, torcendo para que ela entendesse. A menina riu, dando pulinhos empolgados. *Isso, Washmä... É uma brincadeira...*, pensou, apontando de novo para a varinha com um sorriso no rosto, e a menina saiu correndo até a mesa, dando risada.

Isso, menina linda!... ele olhou tenso para a entrada da maloca, enquanto Washmä buscava o que quer que ela havia entendido que era para buscar.

Quando ele voltou a olhá-la, Washmä já estava escalando a mesa. Eita, criança peralta... Para quem subia em onça e árvore, uma mesa não era algo tão difícil. Com as perninhas abraçadas à madeira e as mãozinhas agarradas ao tampo, Washmä subiu no topo da mesa com cuidado, e Hugo sentiu o coração acelerar ainda mais.

Apontando para a madeirinha vermelha, ela olhou para ele, que sorriu abertamente, "*Isso! Isso mesmo!*", mas ela respondeu que não com a cabeça, dando uma risadinha. Esperta, a danada.

Tentando esconder o desespero e a pressa, Hugo olhou de novo para a entrada da maloca, e então fez uma carinha triste para a menina.

Ela se surpreendeu, resolvendo pegar a madeirinha. *Grande menininha!*, Hugo comemorou mentalmente, sem demonstrar, com medo de que ela desistisse, vendo-a descer da mesa e correr empolgada até a jaula com a varinha estendida. Hugo pôs as mãos através das grades para receber a madeirinha e a pegou com lágrimas nos olhos, "*Isso, isso, menina linda...*" murmurou, com lágrimas de alívio, as mãos trêmulas tocando aquela maravilha depois de tanto tempo. Era tão linda, meu Deus...

Por favor, funciona, sua linda, pediu mentalmente, olhando para a entrada da maloca por meio segundo, e sussurrando, "*Îebyr Eegun*", com a varinha apontada para o joelho, que estalou dolorosamente, voltando ao lugar.

Hugo segurou o grito de dor, e então, suando bastante, respirou fundo, passando para o conserto das costelas e finalizando com os inchaços do joelho e do rosto. Impossível não pensar em Capí, que não podia fazer nada daquilo.

Vendo que a menina já perdera o interesse por ele e agora brincava de fazer cócegas no traidorzinho do Quixote em outro canto, Hugo se moveu depressa dentro da jaula, aproximando-se da porta sem fazer ruído. Destrancando-a rapidamente (santa varinha), abriu-a com cuidado, para não chamar a atenção da menina, e saiu, apressando-se até a mesa. Tirando a maldita gargantilha de ferro do pescoço, começou a coletar suas coisas com rapidez, pendurando com as mãos trêmulas a guia de Xangô e o cordão do filho do Mont'Alverne no pescoço, e recolhendo todos os apetrechos que, felizmente, haviam estado em seu bolso no dia em que perdera a mochila, como o isqueiro e a poção do convencimen... "O que pequeno homem tá fazendo?!"

Hugo fechou os olhos, reconhecendo a voz de Nuré.

Respirando fundo, virou-se lentamente, de mãos levantadas; a varinha na mão esquerda, sem estar apontada para a jovem, que tinha os olhos arregalados de surpresa na entrada da maloca, a flecha no arco, apontada contra ele.

"Nuré, por favor... me ouve", ele pediu, as mãos trêmulas, enquanto tentava manter a calma. Não teria tempo de apontar a varinha antes que Nuré soltasse a flecha. Não era tão rápido assim. "Se você gosta de mim, por favor, me ouve."

Olhando-o surpresa e claramente confusa, os olhos negros indo de um lado para o outro, a jovem acabou baixando lentamente o arco, e ele respirou aliviado, voltando a coletar suas coisas. Atônita, ela se aproximou com urgência, "Pequeno homem não pode fugir! É dever fazer filha! Pequen..." Hugo girou, pegando-a de surpresa por trás e lhe tapando a boca. "Shhhhh..." sussurrou gentilmente.

Percebendo que ela não ia gritar, tirou a mão de sua boca, os lábios em seu ouvido, sussurrando num abraço, "*O lago da Rainha das Estrelas... Você sabe onde fica?*"

Sim, ela sabia. Pelo jeito como tentara olhar para ele, Nuré sabia. E Hugo sentiu um arrepio.

Vendo que o pequeno homem ia mesmo tentar fugir, ela sussurrou para trás, "*Mas você não pode!*", desesperada, e Hugo largou-a com carinho, deixando que Nuré se virasse para ele e silenciando-a com um delicado dedo em seus lábios, "*Shhhhh...*", o rosto bem próximo ao dela, como um amante. Podia sentir a respiração de Nuré, quente em sua pele, e começou a beijá-la, primeiro no pescoço, depois no queixo, fazendo todo um caminho de breves e suaves beijos em direção ao rosto da jovem enquanto ela se derretia, ele próprio tentando não sentir nada, mas era impossível, com aquela pele aveludada que as indígenas tinham... desprovida de pelos e coberta por uma fina lanugem, que dava uma maciez extraordinária ao toque, e ele fechou os olhos, chegando aos lábios da moça. "Eu gosto muito de você, Nuré", falou enquanto se beijavam, "Você me enfeitiçou completamente..." A segunda parte era mentira, mas ela não tinha como saber. Nuré só sabia que as reações corporais dele confirmavam a atração que ele, de fato, sentia, e aquilo era tudo que Nuré conhecia: atração física. Ela não sabia de amor. Nunca lhe havia sido ensinada aquela parte. E Hugo, percebendo que ela estava confusa, mas quase entregue, voltou a resgatar suas coisas. O muiraquitã, infelizmente, ficaria com Araury. Ele não era louco de ir buscar.

Teria que encontrar outro meio de sair da floresta.

Guardando a varinha atrás da calça, pegou os frascos que roubara das estantes da professora Milla e os colocou, um a um, nos bolsos, até chegar à poção que realmente importava. Quando Nuré já estava começando a protestar de novo, Hugo se virou, "Você vem comigo?"

Nuré foi pega de surpresa. Olhando-o espantada, não percebeu que Hugo esmagava, atrás de si, um pequeno frasco de tinta vermelha na própria mão, cortando-se com o vidro, mas conseguindo o que queria: uma mão ensopada de cumacaá. "Se Nuré me ajudar a encontrar o lago, eu faço filha em Nuré lá mesmo."

A jovem olhou-o confusa; seu cérebro funcionando a mil enquanto ele fingia estar empolgado, "Imagina, Nuré! Voltar pra cá com filha bruxa na barriga!"

Nuré estava quase aceitando. Nunca mais seria rechaçada pelas outras por ser fraca... por ser neta de traidora... Mas sua razão falou mais alto, "Araury disse pra não confiar em hom-", e Hugo a beijou, agarrando-a até que o cumacaá em sua mão fizesse efeito... Até que ela o beijasse de volta. E, fechando os olhos, ela o fez, aceitando-o. Ele cerrou os olhos também, aliviado, enquanto a beijava; o coração batendo tenso, pensando naquela porta aberta. A qualquer momento, qualquer uma das outras poderia entrar, e então seria o seu fim.

Hugo se afastou. "A gente tem que ir AGORA."

Estava se sentindo o pior dos canalhas por enganá-la daquele jeito, ainda mais com ajuda de magia, mas aquela era a única solução.

"É sangue", Hugo explicou, vendo Nuré estranhar a tinta vermelha em sua mão, e ela também aceitou aquele absurdo como verdade. Não tinha nada a ver com sangue. Qualquer icamiaba teria visto a diferença, mas o cipó do convencimento era mesmo forte. Impressionante. "Então, você me ajuda?"

Bem entusiasmada agora, a moça confirmou, e Hugo, sentindo-se um verdadeiro crápula, virou-se para pegar o último objeto, que Nuré o impediu de recolher. "Deixa o fogo."

Fitando-a, Hugo voltou os olhos para o isqueiro de Gutemberg. Ele a entendia, claro. Fogo significava menos trabalho para a tribo.

Relutante, obedeceu, deixando o isqueiro para elas em respeito a Nuré, surpreso com o quão doloroso estava sendo abandonar sua última lembrança de Gutemberg.

Ele não ia deixar o anjo ter morrido em vão. Não ia.

Ainda estava se despedindo do isqueiro quando Nuré o pegou pela mão, levando-o por uma saída oculta, nos fundos da maloca. Os dois saíram para a noite lá fora, Hugo sussurrando por Washmä, que veio, alegre, com Quixote no ombro. Tirando o macaquinho dela e pondo-a para dormir com um feitiço que espantou Nuré, carregou a menininha no colo por entre as ocas do fundo da aldeia, até que chegaram próximos à linha da floresta, onde Hugo deixou cuidadosamente a pequena Washmä na terra; as mãozinhas juntas como travesseiro.

Nuré ainda olhava espantada para ele, e Hugo sinalizou que não dissesse nada, pegando a jovem pela mão e saindo com ela por entre as árvores. Estava nervoso? Claro que estava. Aterrorizado. Mas agora tinha a varinha.

Já estavam andando depressa havia quase meio minuto, marchando rápido pela mata, quando o grito de alerta soou novamente lá atrás.

Daquela vez, no entanto, ele estava preparado.

Ouvindo as primeiras icamiabas correrem em direção à mata, virou-se com a varinha à sua frente, "Arco!", e as lâminas vermelhas cresceram, abrindo-se num arco translúcido diante dos olhos arregalados de Nuré. Antes que ela pudesse dizer qualquer coisa, ele esticou a corda invisível, "*U-uba!*", e a flecha letal apareceu entre seus dedos em pinça, espantando a pobre ainda mais.

Nada a prepararia, no entanto, para o que vinha a seguir.

Com um sorriso malicioso nos lábios, adorando aquilo, Hugo pronunciou, "*U'uba-TATÁ!*", e viu sua seta explodir em chamas. Apavorada, Nuré olhou para aquela flecha incendiária sem saber o que fazer, e antes que ela pensasse em impedi-lo de lançá-la contra a aldeia, Hugo inclinou o arco para o alto, puxando com vontade o cabo invisível, até que algo de repente o impediu de soltá-lo:

A imagem do fogo se espalhando pela floresta. Matando crianças e as mulheres que tentassem apagá-lo.

E não conseguiu. Xingando-se muito, baixou o arco, para alívio da jovem icamiaba; seu coração batendo nervoso, tentando pensar, enquanto as ouvia se aproximarem. Em poucos segundos chegariam, e ele tinha que fazer alguma coisa.

Fechando o arco, Hugo segurou a varinha do jeito normal, decidido.

Fugiria fazendo a coisa certa, e não como um assassino.

Extremamente tenso, ficou olhando para a mata, na direção da aldeia, e assim que viu as primeiras icamiabas aparecerem à distância, por entre as árvores, chicoteou o ar com a varinha, levantando toda a terra do chão à frente dele numa explosão de pó, que ele, então, lançou contra as árvores à sua frente, como uma avalanche de terra, atingindo as icamiabas, que desviaram os rostos com as mãos em frente aos olhos, sem conseguirem enxergar.

Percebendo que funcionara, Hugo sorriu, aproveitando a confusão para pegar Nuré pela mão e correrem, juntos, na direção oposta.

Nuré olhava para trás, preocupada, enquanto corria, querendo voltar para ajudá-las, mas ele manteve a mão firme na dela, "Não tem perigo, Nuré! É só terra no olho! Dá pra lavar no riacho!", e ela se acalmou, continuando a segui-lo, apesar de um pouco confusa ainda.

Hugo olhou-a com afeição. "Melhor assim, Nuré. Assim, elas não te viram me ajudando, né."

Nuré concordou, meio na dúvida; o efeito do *cumacaá* provavelmente passando, e os dois continuaram a correr, ela agora o guiando pelo caminho que conhecia. Hugo o tempo inteiro olhando para trás.

As icamiabas demorariam para tirar aquela terra dos olhos. Ou assim ele esperava. E cada metro que vencia era como se a força invisível que o estivera arrastando de volta para elas fosse perdendo o poder de sucção, até que, depois de horas de corrida e caminhada rápida, percebeu, retroativamente, que não as ouvia desde o feitiço.

Estava livre?! Seria possível que estivesse livre?!

Parando ofegante, olhou para trás, sem conseguir acreditar. Com medo de que fosse mentira. Mas não era, né?! Por mais que elas fossem hábeis caçadoras, a terra nos olhos tornava impossível a tarefa de seguir alguém.

Quase chorando aliviado, Hugo tentou eliminar aquele último resquício de ansiedade, voltando a caminhar, dessa vez com um pouco mais de calma. Ele e Nuré de mãos dadas, ela apaixonadinha agora, falando a respeito do tal Lago da Rainha das Estrelas, enquanto andava dengosa ao lado dele; toda sua rígida educação de icamiaba derretendo e caindo pelo solo, como uma armadura que o Cipó do Convencimento havia ajudado a desamarrar do corpo dela.

"Nuré não pode chegar perto do lago", ela dizia com certa amargura; a cabeça recostada no ombro dele à medida que caminhavam sob a luz fraca da lua, filtrada pelas copas das árvores. Devia ser umas três da madrugada já.

"Por que não pode?"

"É proibido. Jurupary levantou barreira contra mulher."

Hugo ergueu a sobrancelha, pela primeira vez desconfiado de que aquele Jurupary podia ter sido um bruxo. Um bruxo indígena bastante poderoso, se conseguia usar seus poderes sem uma varinha.

"Quando Pequeno Homem chegar na grande rocha da lua, caminha duas vezes e vira para lado do coração."

"Ok." Caminhar dois passos e virar para a esquerda.

"Daí, anda mais e, quando lua estiver tamanho de mão fechada, se Pequeno Homem com sorte, vê rainha das estrelas se banhando. E pede direção da cura pra ela."

Os dois estavam quase passeando agora, Hugo bem mais calmo, até que de repente ela parou. "Aqui Nuré não pode passar."

Surpreso, ele olhou para a mata adiante, só então percebendo a fina barreira, quase invisível, que os separava daquela parte mais obscura da floresta.

De fato, ela não podia ultrapassar, mas não por ser mulher... Por ser *azêmola*! As icamiabas não conseguiam entrar porque só bruxos e bruxas podiam! Não tinha nada a ver com gênero! Nem com Jurupary. Era apenas mais uma zona mágica!

Uma zona mágica em que icamiaba nenhuma jamais entraria...

Elas não poderiam segui-lo ali...

Percebendo aquilo, Hugo sentiu um arrepio de entusiasmo, dando o primeiro passo em direção à barreira.

"Pequeno Homem!"

Ele parou onde estava, sem olhar para Nuré, sabendo que aquele era um chamado para que ele fizesse o que prometera.

"Agora a gente faz filha?"

Ele hesitou. "Quando eu voltar, Nuré."

"Pequeno Homem não vai voltar. Faz agora!" ela insistiu, fitando-o na maior inocência do mundo, e Hugo cerrou os olhos, sentindo todo o peso da canalhice que ia fazer.

Então, respirando fundo, virou-se para a jovem, apontando, tenso, a varinha contra ela. "Desculpa, Nuré. Mas eu não posso."

A jovem olhou-o com a mais dolorosa incompreensão no semblante.

Penalizado, ele, mesmo assim, começou a andar para trás, em direção à barreira, enquanto a jovem assistia sem entender a traição.

Não aguentando aquele olhar, ele explicou angustiado, "Desculpa, mas vocês não podem ter esse poder. Eu até gostaria de ficar com você, mas..."

"Pequeno homem fez promessa!" ela rebateu, os olhos rasos d'água, num desespero silencioso, e Hugo deu o último passo para trás, sumindo diante dela.

Nuré olhou desesperada para a frente, seus olhinhos procurando-o sem encontrá-lo, enquanto ele a assistia do outro lado da barreira, sentindo uma agonia gigante no peito. Estava fazendo a coisa certa, claro, não podia dormir com ela, mas era a mais horrenda traição!

Traição contra a única que havia sido decente com ele! E, assistindo-a, Hugo viu o olhar inocente e desesperado de Nuré ir lentamente se transformando em ódio.

Ela havia sido enganada, como Araury sempre previra... Aquele homem havia acabado de arruinar sua *vida*, e Nuré atacou a barreira, berrando furiosa, enquanto ele se afastava... Mais uma psicopata se formando ali, diante dele.

Hugo baixou o olhar, começando a seguir o trajeto que a jovem indicara, tentando, com todas as forças, não ouvir os berros de fúria atrás de si; cada um deles doendo fundo em sua consciência.

A atitude mais decente teria sido levá-la junto, como Antunes fizera com Helena, mas a barreira não teria deixado. Ao contrário de Helena, Nuré não era bruxa. Para ficar com ela, Hugo teria tido que dar a volta ao redor da zona mágica com Nuré, desistindo de descobrir o caminho da cura, e aquilo ele não podia fazer.

A escolha entre Atlas e Nuré era mais do que clara, e Hugo apertou o passo, levando ainda alguns minutos até ficar distante a ponto de não ouvir mais a ira da jovem. Só então, ao parar e olhar para o silêncio atrás dele, a ficha caiu de verdade.

Ele estava livre...

Livre delas... Livre do pesadelo... Pra sempre... Sem qualquer possibilidade de nenhuma das icamiabas o encontrarem mais!

Chorando aliviado, Idá passou as mãos trêmulas pela cabeça, deixando todo o medo daquelas semanas ir embora em forma de lágrimas, numa mistura muito estranha de exaustão, alegria e desespero. Ele tinha escapado, sim, e estava imensamente feliz por aquilo, mas de que adiantava continuar?! Nem o muiraquitã ele tinha mais! Como voltar a tempo de salvar o professor?! Se bobear, o prazo já tinha até passado! Como ele ia saber?!

Sem fazer ideia de em que dia estavam, Hugo decidiu que não pensaria mais naquilo. Prosseguiria com o plano. Até para não enlouquecer.

Em marcha rápida, continuou a andar por vários minutos, sem conseguir, no entanto, livrar-se daquele desespero; envolvo em sentimentos cada vez mais confusos e angustiados... Uma força estranha se apoderara de seu emocional, como um peso sombrio em sua alma, e ele caiu de joelhos, desnorteado, ouvindo o som distante de tambores dentro da própria cabeça.

Olhando, perdido, para os lados, percebeu que não sabia mais onde estava, nem para que lado havia ido... Por que, caramba?! Estava seguindo todas as instruções!

Foi quando se lembrou: *Canaimé*... A voz da velha pajé icamiaba misturando-se ao som dos tambores em sua mente, repetindo um mantra odioso em seu ouvido, o fazendo entrar em pânico, sem qualquer controle sobre seus sentimentos.

Canaimé... espírito que faz índio perder caminho...

A maldição da velha estava fazendo efeito. Ela ameaçara invocar Canaimé caso ele fugisse... e, agora, ele não fazia ideia de onde estava!

Hugo fechou os olhos, apavorado; o coração batendo forte, suando de calor e de medo...

Perdendo o fôlego de tanta ansiedade, segurou firme no peito a guia de Xangô, desejando muito que o muiraquitã também estivesse ali.

"*Respira, Hugo. Respira...*" ele ouviu a voz do Poetinha. Uma voz mais alta e mais presente do que a da velha em sua mente, e Hugo abriu imediatamente os olhos, encontrando o espírito do menino ali, agachado diante dele.

Idá respirou aliviado, voltando a chorar de angústia e de exaustão.

Nunca chorara tanto quanto naqueles últimos meses. O que estava acontecendo com ele?!

"*Chorar é normal, menino do Rio. Quem diz 'homem não chora' nunca passou pelo que você tá passando.*"

Hugo assentiu, tentando concordar, e o menino sentou-se à sua frente, de pernas cruzadas, olhando-o com uma calma inacreditável.

Quixote fazia o mesmo, só que com peninha, confuso, tentando entender por que o humano estava de joelhos na terra, trêmulo e ofegante.

O canto da maldição de *Canaimé* havia parado.

"Perdão, irmãozinho. Por ter me ausentado na pior parte. Pajé tá realizando serviço importante fora da Boiuna. Tá acontecendo muito problema no país, e eu fico no lugar. Mas tô feliz que menino tá vivo."

"Quase vivo", Hugo suspirou, tentando não voltar ao desespero, e enxugou as lágrimas para se controlar. Tadeu sorriu com benevolência, "Menino acabou de passar pela zona proibida. Agora é mais fácil, se não acontecer imprevisto."

Hugo fechou os olhos, aliviado, torcendo que sim. Que ficasse mesmo mais fácil. Senão, ele não aguentaria.

Irônico a zona proibida ser uma zona azêmola. Muito irônico.

"Eu afastei *Canaimé* de você. Pelo menos por enquanto."

Hugo agradeceu, desmoronando na frente do indiozinho de novo. De alívio e desespero. Nunca sentira duas emoções tão opostas ao mesmo tempo... "Eu nem sei se o Atlas continua vivo, Rudá! Eu nem sei!"

Poetinha olhava-o penalizado, querendo muito poder ajudá-lo.

"Pajé tava no Rio, tentando curar professor. Mas, duas semanas atrás, teve que começar grande viagem pelo Brasil, pra pedir paz, e aí eu não sei..." Tadeu confessou, com pena nos olhos. "Pajé queria muito ficar ao lado de professor doente. Eles são muito amigos, né? Mas coisas violentas estão acontecendo, e Pajé teve que ir resolver. Não volta pra Boiuna tão cedo."

Duas semanas... Então, duas semanas antes, Atlas estava vivo...

Mas muita coisa podia ter acontecido em duas semanas. Hugo perdera totalmente sua *dignidade* em duas semanas. Atlas podia estar *MORTO* agora, e ele ali, tentando encontrar a cura para um morto!

Seu desespero começou a tomar conta de novo.

Percebendo sua aflição, Tadeu teve uma ideia, sorrindo empolgado. "Menino quer ver como professor está? Eu posso tentar te mandar pra lá."

"Oi?!" Hugo olhou chocado para o menino, que explicou: "Meu espírito não pode invadir escola do Rio pra ver se alma do professor ainda dentro do corpo. Mesma proibição que impede giro pra lá impede que espírito de pessoa de fora da Korkovado penetre na escola. Mas você é aluno. Você pode."

Hugo olhava-o confuso. "Peraí, tu tá sugerindo que eu…"

"Faça viagem astral", Tadeu confirmou. "Desdobramento."

"Mas eu não sei separar meu espírito do corpo! Isso é loucura!"

Poetinha sorriu malandro, "Com ajuda não é loucura."

CAPÍTULO 72

DESDOBRAMENTOS

"Fecha os olhos."

Relutante, Hugo obedeceu. "Peraí, mas não tem que ser aprendiz de pajé?"

"Não, não. Qualquer um pode, se souber como, e treinar bastante."

"Eu não treinei bastante."

Tadeu sorriu bondoso, achando graça. O menino era pura luz, sentado diante dele, de pernas cruzadas, e Hugo, relutante, endireitou-se na mesma posição que ele, fechando os olhos. Sentia-se mais calmo só de saber que o pequeno indígena estava ali, falando-lhe com sua voz serena de menino. "Para os Krahô, tudo que é vivo tem espírito. Cada ser possui parte material, o corpo, e parte não material, o *karô*: o espírito, que pode se separar do corpo. O seu já fez isso várias vezes."

"Durante o sono, né? Você me disse."

Poetinha confirmou. "Quando ser humano sonha com lugar distante, muitas vezes seu *karô* foi visitar lugar. Sonho é lembrança da visita que espírito fez. Diferença é que, desta vez, você vai fazer acordado. Controlando aonde vai." Vendo que Hugo ainda estava tenso, Poetinha acrescentou, "Não tenha medo. Eu vou estar aqui com você. O tempo todo."

"O Rio de Janeiro não é distante demais, não?"

"Distância não existe. Não para a mente. Não para a consciência." Poetinha sorriu. "A própria física quântica já provou isso. Relaxa. Fecha os olhos."

Hugo se concentrou. "Você tem certeza de que eu não vou morrer, né?"

Poetinha riu, "Não existe esse risco", e Hugo tentou ficar calmo, concentrando-se na voz do menino: "Quando chegar lá, evite pensamentos ruins. Vibração pesada pode quebrar conexão, puxando você de volta pra cá com muita violência. Não é agradável. Sabe aquela sensação que a gente tem quando tá dormindo e acorda sentindo como se estivesse caindo da cama?"

Hugo confirmou.

"Então. Esse é seu espírito voltando muito de repente de um passeio astral."

Bizarro.

"Eles vão poder me ver lá como eu tô te vendo aqui?"

Tadeu mordeu os lábios, raciocinando. "Acho que dá. Se eu me concentrar o bastante, consigo te materializar lá."

Hugo concordou, sentindo os primeiros raios da manhã no rosto, enquanto Quixote olhava confuso para os dois, não entendendo quem era real e quem não era. "Você vai tomar conta da gente, né, Quixote?! Enquanto eu estiver concentrado?"

O saguizinho se endireitou, vigilante. "É isso aí, nanico."

Poetinha achou graça. "Eu vou estar aqui, protegendo vocês. Não se preocupe. Vamos?" Hugo sentiu a tensão retornar, fechando os olhos.

"Respira fundo... Isso..." a voz serena do menino penetrou sua mente. "Agora, visualize seu espírito se levantando do corpo... Assim... Seu espírito, agora, vai dar um impulso forte no chão. Perfeito. Voe para além das copas das árvores. Trinta, quarenta metros acima. Isso. Você já está sobrevoando massa verde da Amazônia, iluminada pelo nascer do sol. Agora, olha na direção do Rio de Janeiro. Sudeste. Ótimo. Tá vendo? Comece a voar na direção do seu estado. Enquanto você voa, pode ver, lá embaixo, as fazendas de Mato Grosso... os campos de Goiás... Brasília chegando... Vê os Ministérios passando lá embaixo? Isso. Agora, as fazendas de Minas Gerais..."

Hugo estava se sentindo tão leve! Quase podia sentir o vento soprando em seu rosto enquanto se imaginava sobrevoando a fazenda do tio Chico e seus rebanhos de Bois Vaquim!

Impressionante como estava sereno...

"Agora, sobrevoando os prédios de Belo Horizonte, você chega no Rio de Janeiro. Consegue ver os prédios, os montes, as favelas..."

Hugo deixou de ouvir a voz de Poetinha. Apenas sobrevoava, mentalmente, a imensa Zona Norte da cidade, cheia de casas e prédios, ruas e barracos, aos poucos se aproximando da montanha do Corcovado, que ia ficando cada vez maior e mais imponente... até que ele atravessou o paredão de pedra da montanha, entrando na escola pelo vão central, na altura do andar 71, do Conselho Escolar. Olhando para baixo, viu a imensa árvore interna, os fortes galhos sustentando os andares e as paredes até lá embaixo, o pentagrama de mármore no piso, e Hugo foi descendo ao lado da escadaria espiralada da árvore, até pousar lentamente no pátio central, ainda invisível, em meio aos alunos. Os estudantes iam e vinham *através* dele. Achando aquilo tudo muito louco, Hugo fechou os olhos espirituais e viu o Poetinha, sentado no santuário da Boiuna, soprar fumaça com força em seu rosto.

Assim que Tadeu o fez, uma das alunas trombou contra Hugo, que abriu os olhos no susto, agora bem sólido, desculpando-se por ter aparecido no caminho dela.

Assustada, a jovem voltou a caminhar depressa para onde estava indo, enquanto os outros alunos fitavam-no surpresos.

Hugo olhou, ainda um pouco atordoado, ao redor. Era bizarro se ver de volta. Inacreditável o quão materializado estava, a ponto de ser atropelado. Podia sentir a forte energia de Poetinha mantendo-o ali. Aquele garoto era muito poderoso...

"Idá?!?" Hugo ouviu Gislene exclamar e se virou para vê-la se aproximar espantada. "Tu não tava na Amazônia, seu maluco?!"

Percebendo a enormidade daquele retorno, Gi abriu um enorme sorriso, e já ia abraçá-lo quando viu o quão ferido e sujo ele ainda estava e parou, confusa; Capí abrindo caminho por entre os curiosos e abraçando-o com força. "Você tá vivo... Graças a Deus..."

"*Ainda* estou", ele corrigiu, e Capí se desvencilhou, preocupado, olhando-o melhor e percebendo. "*Você ainda não voltou...*"

"Como assim, ele não voltou?!"

"Ele tá aqui só em espírito... Desdobrado. Mas como?!"

Hugo desviou o olhar, "Um amigo de lá tá me ajudando", e sentiu seu rancor ressurgir com força, pensando nos outros Pixies. Capí não tinha nada a ver com aquela raiva, no entanto, e Hugo tentou serenar o coração, enquanto Gi o olhava abismada, "Mas vocês *se abraçaram*! Você tocou ele!"

"Toquei. Ele tá materializado. Não sei como."

"Eu preciso estar aqui pra essa explicação?" Hugo cortou, insolente. Não havia conseguido se acalmar. Estar ali, onde ninguém o ajudara, era irritante demais, e Capí, compreendendo-o, baixou os olhos, "Perdão. Você veio ver o professor, né?"

Hugo confirmou, já aliviado em saber que Atlas estava vivo, e o pixie pediu que ele o acompanhasse, mancando até a escadaria e começando a subi-la com dificuldade; Gi ficando para trás, claramente preocupada com o amigo na Amazônia, enquanto Idá subia atrás do pixie, ansiedade a mil.

"A gente abriu um quarto extra pro Atlas, próximo à enfermaria", Capí ia explicando. "Pra ele não ter que ficar subindo e descendo isso aqui o tempo todo. Tem dias que ele até consegue andar por aí, conversa com os alunos, mas tá ficando difícil." O pixie olhou-o entristecido. "A mobilidade dele tá toda comprometida. Perda de coordenação motora, cansaço, desequilíbrio, câimbras, enjoos... Acaba que ele se movimenta muito pouco. Quando não tá na cama, está sentando, mas não aguenta sentar por muito tempo. Às vezes, não consegue nem ficar de pé..." Capí respirou fundo. Parecia exausto. "Os surtos começaram a deixar sequelas. Acho que ele não enxerga mais do olho direito, mas ele não admite; então, não tem como a gente ter certeza. A visão periférica dele já era. Isso a gente sabe."

"Você devia estar aqui comigo", Hugo lamentou, sabendo que era o que o pixie também queria, e Capí baixou a cabeça. "Eu sei."

No fundo, sentia mesmo que devia estar ajudando. "Mas que condições eu teria, Hugo? Eu não consigo nem andar direito."

Idá baixou os olhos. Sabia que Capí estava certo. Havia desabafado seu desejo pela presença do pixie por puro cansaço apenas. Se nem Gutemberg, com a agilidade que tinha, havia conseguido escapar da Ceiuci, imagine ele! Teria sido o primeiro a morrer...

Capí voltou a mancar, apertando o topo da bengala para disfarçar a dor.

Na verdade, agora que Hugo prestara atenção, o pixie parecia até mais abatido do que meses atrás! Mais cabisbaixo, com profundas manchas roxas no pescoço e na mão... Como podia? Seriam reações do corpo dele à pressão que estava sofrendo? Não devia ser fácil... Estava até um pouco grisalho próximo às orelhas!

Nem 18 anos ainda e cabelos brancos...

Algo tinha dado muito errado desde sua última conversa com ele.

O estado de deterioração do Atlas devia estar contribuindo para aquilo. Capí parecia arrasado... "Ele não podia ter feito o que fez... É angustiante ver um amigo definhar tão rápido. Isso era pra estar acontecendo ao longo de DÉCADAS, com relativa *tranquilidade*, e não assim... Não assim..." Ele enxugou uma lágrima, transtornado. O único pixie que queria ter ido...

Hugo segurou na garganta sua raiva dos outros dois, enquanto Capí, ignorando a enfermaria, aproximava-se com cuidado de uma porta entreaberta, e Idá se espantou ao ver o estado do professor, através da fresta.

Atlas tinha perdido uns 20 quilos, pelo menos. Reclinado na cama, suas mãos retesadas estavam apoiadas no próprio colo, incapazes de abrir, enquanto Kanpai o alimentava com sopa, e Hugo cerrou os olhos desesperado.

"*Contração involuntária dos músculos*", Capí explicou, vendo Atlas recusar a próxima colher, angustiado de raiva, e Kanpai largou o prato na cabeceira, desistindo de tudo e saindo irritada do quarto, resmungando, "Nem com magia dá pra curar alguém que não quer mais ser curado..."

Hugo se revoltou. "Claro que quer! Você é que não tá fazendo o suficiente!"

"Quer mesmo?!" ela duvidou, indo fazer suas coisas no balcão de remédios improvisado do lado de fora. "Ele pode estar angustiado, pode até *pensar* que quer, mas o inconsciente dele não quer. Se quisesse, estaria se exercitando. Estaria pelo menos *tentando* reagir. E não entregue desse jeito."

A julgar pela revolta no olhar perdido do professor, a contração das mãos tinha virado sequela. Não voltaria a abri-las como antes.

Enquanto Atlas ouvia a discussão sem olhar para eles, angustiado demais para reconhecer a voz do aluno, Hugo observava-o do lado de fora. Haviam montado um quarto com tudo que ele mais gostava: mecanismos, mapas, lembranças de outras partes do mundo... Até os livros de Júlio Verne, para ver se conseguiam animá-lo, mas não parecia ter adiantado muito.

"Enfim, que bom que vocês chegaram. Eu preciso dar um pulo na enfermaria."

Kanpai foi embora pelo corredor, e Capí explicou, "O Atlas me confessou que não gostaria de morrer sem ninguém do lado dele. Por isso tem sempre alguém aqui."

"*Ele não vai morrer!*" Hugo sussurrou irritado, e o pixie meneou a cabeça, sem tanta esperança. "O que achou do quarto? Trouxemos tudo pra cá. Menos os relógios."

Ainda bem. Ele não podia ficar olhando para aqueles ponteiros dia e noite.

"E a minha mãe? Como ela tá?"

"A gente tem mandado notícias. Sobre o Atlas e sobre você."

Hugo agradeceu com os olhos, por estarem inventando notícias do filho para ela, e Capí entrou, "Vem, professor. Vamos terminar isso aqui", sentando-se na beirada da cama com a sopa.

Desgostoso, Atlas aceitou mais uma colher, enquanto Hugo entrava sem que o professor o visse, olhando à sua volta para não ter de assisti-lo comer com a ajuda dos outros. Era doloroso demais.

Esperando que Atlas engolisse, Capí olhou para os livros de Júlio Verne, e o professor fitou-os com simpatia. "*A Ilha Misteriosa... Cinco Semanas em um Balão...* Teu avô me mandava cartas das jornadas que fazia, baseadas neles, e eu viajava através delas, sonhando que um dia eu teria tempo, e dinheiro, pra fazer o mesmo. Agora... Agora eu sei que nunca vão acontecer."

Capí deixou uma lágrima cair, "Não diz isso, professor..."

"Guri..." Ele olhou-o com carinho, cansado. "Eu já não consigo nem levantar desta cama direito sem me desequilibrar..., quanto mais dar a volta ao mundo."

"O senhor vai conseguir, professor! O Hugo tá perto da cura!"

Os olhos do gaúcho brilharam de orgulho. "Guri corajoso..." ele murmurou, enquanto Hugo tapava a própria boca com as costas da mão, angustiado, tentando não chorar.

O professor não o havia visto ali ainda... Melhor que continuasse não vendo. Realmente, sua visão periférica não existia mais...

Algo desviou a atenção do gaúcho, que olhou para a porta, atrás de Capí, com imensa ternura, e os dois jovens viraram os olhos para a entrada, vendo Symone ali.

A futuróloga tinha o rosto inchado. Claramente chorara horrores antes de resolver aparecer; os olhos profundamente azuis tendo sido secados, às pressas, sob os cabelos negros, antes de entrar.

Era a primeira vez que a argentina tomava coragem de aparecer ali com Atlas acordado. Aquilo estava claro. Fingindo estar serena e linda, ela entrou; Capí se afastando com respeito para que Sy se aproximasse do ex-marido.

Hugo não gostava de vê-la se reaproximando do professor, mas cumprimentou-a com o olhar mesmo assim, mantendo-se nas sombras enquanto Atlas a observava, profundamente tocado. "Perdoa esse leonino que só te fez mal..."

Chorando de novo, a argentina concordou, parecendo uma criancinha frágil; toda sua empáfia de futuróloga respeitada desmanchando. Claro que ela o perdoava.

"Eu fui muito cruel contigo, Sy... Esse tempo todo."

"Ah, *deixa pra lá*, está bueno", ela dispensou, como se não tivesse sido nada, enxugando os olhos e tentando parecer forte. "Ya fue."

"Não, não passou, Sy. Culpar uma mãe pela morte do próprio guri é monstruoso. Ainda mais quando ela não teve culpa *nenhuma*..."

A última palavra saiu dele embargada de choro, e Sy se surpreendeu por Atlas estar assumindo a culpa, pela primeira vez.

Pegando com ternura as mãos retesadas do ex-marido, enquanto ele segurava as lágrimas, em profunda dor pelo filho morto, Symone abraçou-o com força, sabendo o quanto doía admitir aquilo. Atlas chorou em seus braços, completamente entregue, enquanto Capí e Hugo assistiam, com pena. Não era assim que aquela história de amor tinha que ter acabado... Até Hugo concordava com aquilo.

Sy desfez o abraço só depois de um longo tempo. "Atlas..." ela começou, insegura, como se estivesse querendo perguntar-lhe aquilo havia meses, "aquel viaje al sur..., durante la *audiência* de Ítalo. Fue debido a su *doença*?"

Hugo entendia o remorso antecipado dela. Havia brigado com o professor pelo mesmo motivo: a covardia de ele ter abandonado Capí naquele momento. Só que a discussão que Hugo tivera com o professor não havia destruído metade do pátio central.

Atlas confirmou, olhando amargo para as mãos. "Eu fui pedir socorro pro meu irmão. Tinha a grande ilusão de que ele talvez fosse me ajudar."

Atlas riu das próprias palavras, em tom de deboche, e os olhos de Symone refletiram o profundo desprezo que tinha pelo homem. "Aquél no ayuda a *ninguén*."

"Muito menos a mim", Atlas concordou rancoroso. "Praticamente bateu com a porta na minha cara."

"Pelotudo de mierda... *Vai*, come, Atlas. Necessita alimentar-se." Sy tentou que ele tomasse mais uma colherada de sopa, mas Atlas desviou o rosto, humilhado e irritado com a situação. Olhando impaciente para ela, tentou pegar a colher por conta própria, as mãos encontrando dificuldade em fechar-se em volta do talher.

"Bah, quem diria, hein!" uma voz conhecida provocou da porta, e todos se viraram já com ódio, para ver Ustra sorrindo malicioso na entrada. "Desaprendeu de comer, foi, xiru? Mas que barbaridade."

"Cretino."

"É assim que me recebes, Atlas, mi paisano?! Bah! Estás mais abichornado que urubu em tronqueira, tchê! Um poquito de humildade te cairia bem."

Hugo viu o ódio brotar no olhar de Symone. Não só no dela, como no de Capí também; todo o medo que o pixie sentia do General desaparecendo, agora que precisava proteger seu professor. Quanto a Hugo, Ustra não parecia estar vendo-o. Nem Ustra nem ninguém agora; como se Poetinha houvesse diminuído sua visibilidade no instante em que o canalha aparecera na porta. O pajézinho estava atento na Boiuna.

Grato por aquilo, Hugo viu Ustra continuar, "Vais sacar da varinha contra mim mais uma vez, Atlas, querido? Ah, esqueci que tu não consegues mais nem *segurar* uma."

Sem paciência, Capí bateu a base de sua bengala de marfim no chão, e ela diminuiu, transformando-se em sua varinha branca de alma de Pégaso, que ele, então, apontou contra o general, com o olhar agressivo, "Mas eu consigo", uma energia azul entrelaçando-a, como fios de luz, pronta para atacar. Hugo sorriu esperto. Nunca vira a Aqua-Áurea em ação, apesar de tê-la esculpido. Linda demais...

Igualmente surpreso, Ustra levou alguns instantes para reagir, e o fez com uma risada insegura. "Ôigale, varinha reluzente de nova! Muito bem!" debochou. "Teu guarda-costas, Atlas? Meio arrombadinho, não?"

Capí fitou-o com raiva, e Atlas olhou fixo para o rival. "Ele ainda pode te derrubar."

"Ah, é?!" Ustra fingiu-se de impressionado. "Me derruba, então", desafiou com um sorriso, já sabendo que Capí não o faria. O pixie não era burro.

Pelo menos Hugo achava que não.

Ustra riu, vendo que o jovem, de fato, não atacaria, apesar do ódio no olhar.

"Tu apostas fichas demais neste guri, Atlas querido. Eu quebro esse cusquinho com um só talagaço!"

Naquele momento, Zoroasta entrou tranquilamente, trazendo uma bandejinha rosa com biscoitos enquanto comentava, "Já dizia nossa amiga Margarete:

ser poderoso é como ser uma dama. Se você precisa *dizer* que é, você não é", e continuou a caminhar até o fundo, como se não tivesse acabado de dar uma rasteira num general.

Vermelho de ódio, Ustra fingiu ignorar a alfinetada, mantendo os olhos fixos no pixie que torturara, "E pensar que eu fiz tudo que *quis* com o *protegido* de vocês."

A provocação tocou fundo na ferida do professor, e Capí murmurou, fervendo de raiva, "Sai daqui."

Olhando para o garoto com um sorriso canalha, Ustra se dirigiu à professora, "Que tal, Symone? Mais uma cria morta a caminho?", e a futuróloga arregalou os olhos furiosa, "SALGA DE AQUI!", expulsando Ustra a murros, com os olhos cheios d'água. O general riu enquanto recuava, saindo porta afora.

Antes de ir embora por completo, no entanto, deu uma última olhada para dentro e para ela, "Tu que não foste capaz de segurar na barriga o primeiro piá e eu que sou o culpado?! Eu não tive nada a ver com a incompetência de vocês", e Symone fechou a porta na cara dele, para o absoluto prazer do general.

"HIJO DE PUTA!" a futuróloga berrou transtornada contra a porta.

Ustra abria a boca e só saía ácido! Era impressionante!

Atlas ainda olhava para a porta com extrema tristeza e rancor quando Sy o abraçou com força, afagando os cabelos do ex-marido, que começou a chorar, trêmulo, desmoronando de raiva, de revolta e de absoluto desespero; sua angústia aumentando ainda mais ao tentar retribuir o afago e não conseguir, por causa das mãos.

Alheia ao drama, Zoroasta passou toda alegre por eles; já de saída. "Oi, Huguinho! Você por aqui?!" E foi embora para a Terra do Nunca.

Idá ergueu a sobrancelha, sem saber como reagir. Queria sorrir com afeto para a diretora, mas ver o professor desmoronando daquele jeito era angustiante...

Não aguentando mais assistir àquilo sem chorar, Hugo saiu angustiado, com absoluta raiva de todos ali. Do que adiantava ficarem abraçando-o se não faziam nada?! Só a CURA podia livrar o professor daquela maldição. Só a cura! E o que eles estavam fazendo para ajudá-lo a encontrá-la? PORCARIA NENHUMA!

Descendo as escadas com raiva, os olhos transbordando de profundo ódio, Hugo já estava chegando ao pátio central, felizmente vazio agora, quando foi abordado por Viny e Índio. O loiro estava radiante de alegria. "Adendo! A Gi contou que tu tava aqui!"

Hugo olhou-os com raiva, empurrando os dois com os ombros, para que saíssem do caminho.

"EI!"

O que eles pensavam? Que iam ser tratados como velhos amigos?!

Hugo continuou a andar em direção a lugar nenhum, cheio de rancor agora, enquanto se afastava, sentindo uma sensação terrível de abandono... *Se acalma, menino do Rio... Eu preciso da sua calma pra te manter aí...*

Ele entendia o Poetinha, mas era impossível manter a calma enquanto ouvia os dois ingratos vindo atrás dele, preocupados, tentando desesperadamente conversar; como se fossem inocentes e estivessem querendo que Hugo acreditasse naquilo.

"CALEM A BOCA, QUE VOCÊS ME DEIXARAM IR *SOZINHO*!" ele berrou, e voltou a andar, com a raiva lhe apertando a garganta, enxugando os olhos irritado. Nem sabia por que estava andando. Tudo que precisaria fazer para sair dali era abrir os olhos e estaria na Amazônia, mas sua revolta não deixava. Queria gritá-la contra eles, e Caimana o puxou para o canto, "Hugo, volta aqui, fala com a gente."

Ele a olhou surpreso. Não sabia que Cai já havia voltado.

Viny e Índio os alcançaram, e Hugo vociferou, agora com raiva dos três, "Vocês deviam estar aqui comigo! VOCÊ, Cai, que já voltou... Se o teu treinamento já tinha terminado, você podia ter ido atrás de mim! Podia ter me encontrado lá, com a tua telepatia! O Capí tem a Gi pra tomar conta dele, tem os professores, tem todo mundo!"

"Você não tá entendendo, Hugo. Meu treinamento não acabou. Eu só voltei *por causa* do Capí. Porque ele precisava de *todos* nós *aqui*! Tive que implorar pra que meu mestre me deixasse voltar, porque o Capí tava precisando de mim. Eu não podia deixá-lo e ir lá com você."

"Isso é ridículo! Ele não precisa de babá!"

"O Capí tá no meio de uma *guerra* aqui, Hugo! AINDA BEM que eu voltei a tempo! Só dois pixies e a Gi não teriam conseguido tirar ele do buraco!"

Hugo não estava entendendo. Capí estava com cabelos brancos, verdade, mas não parecia tão mal. "Eu sei que as lembranças da tortura continuam, mas as audiências já acabaram, já tava na hora de ele começar a superar isso tudo, né?! Ele parecia já estar no início de uma recuperação quando eu saí!"

Caimana olhou-o compreensiva, como se entendesse que Hugo não tinha obrigação de saber. "O mundo não parou quando você foi pra Amazônia, Hugo. As coisas não deixaram de acontecer aqui. Além das lembranças que vivem voltando, e das dores que ele sente, e de ainda não conseguir dormir mais que três horas por noite, atormentado por pesadelos, tem mais."

Ele olhou-os preocupado. "O que aconteceu?"

"A imunidade mágica do Capí chegou na imprensa nacional."

Hugo lamentou, fechando os olhos. Na época, haviam conseguido abafar o caso entre apenas aqueles que estudavam na Korkovado e seus pais... O que tinha acontecido agora?

"A gente achou que, com o Rudji minimizando a informação entre os jornalistas locais na época, a notícia tinha esfriado de vez, mas... claro que a Comissão ia dar um jeito de a imunidade do Capí vazar pro resto do país. Aí começou: as capas de jornais, a condenação pública, as colunas explosivas, os questionamentos, as acusações de egoísmo, os xingamentos... Até aqui dentro, alunos influenciados pelas opiniões lá de fora estavam começando a apontar o dedo! Você pode imaginar o massacre. Eu senti o pânico dele lá do Sul. Então, no meio desse furacão todo, veio o primeiro pedido educado de alguns bruxos alquimistas: eles queriam fazer uns testes inofensivos nele; tentar desenvolver uma poção de imunidade que virasse remédio para todos. É claro que o Capí, sendo quem é, acabou aceitando e foi com eles, apesar do cansaço. Imagina... poder ajudar todo mundo. Mas logo ele percebeu que queriam fazer muito mais do que apenas alguns testes rápidos, e nem tudo com a permissão dele."

Hugo ergueu as sobrancelhas preocupado.

"A gente só conseguiu rever o véio três dias depois", Viny completou, "e isso com a intervenção da Zô e das amigas dela."

"Estavam acabando com ele lá dentro, Hugo. Quando a gente recuperou o Capí, ele tava com o braço todo roxo, cheio de picada de agulha, parecendo que tinha dormido menos do que já dormia. O Viny ficou puto! Vô Tibúrcio mais ainda. Capí contou que, no começo, eles haviam sido educados, pedindo permissão pra cada procedimento. Depois, pararam de perguntar, chegando ao ponto de ignorar o Capí quando ele implorou que não fizessem mais. Amarraram ele na cama! Você tem ideia do que é isso pra quem foi torturado?!"

"Filhos da mãe!" Hugo praguejou.

"Pois é. A gente teve que *sequestrar* o Capí de lá, e os caras ainda ameaçaram entrar com uma ordem judicial pra obrigá-lo a voltar, você acredita?!"

Hugo confirmou, com a seriedade que o momento pedia, "Foi o que a Kanpai tentou evitar a vida toda dele. Que o Capí virasse cobaia."

"É. Mas nenhum segredo dura pra sempre. Agora, estão todos os principais jornais, inclusive a Gazeta Nacional, chamando o Capí de mentiroso, de egoísta, de falso. Se Bofronte planejava acabar com a reputação dele, conseguiu."

"Tudo vocês põem a culpa no Mefisto."

"Hugo, eu sei que ele salvou a sua vida, mas isso não faz dele um santo. Ele torturou o Capí, não se esqueça disso."

Incomodado com aquele fato, Hugo concordou. "Será que não teria dado pra encontrar uma cura pro Atlas através do Capí?"

"Uai, por que cê acha que ele aceitou ser examinado?" Índio perguntou. "Era uma das esperanças do Capí. Não podia ir pra Amazônia com você, então fez a única coisa que podia: ofereceu o próprio corpo."

"Mas então ele não devia ter desistido tão fácil!"

"Tão fácil?!" Viny se chocou. "Estavam acabando com ele lá dentro, Adendo! Ele não aguentava mais!"

"Mas foram só três dias! E se ele tentasse de novo?!"

"De jeito nenhum! O véio só volta lá por cima do meu cadáver."

"Com o cadáver do Atlas vocês não se importam, né?!"

"GRHHHH!" Viny segurou o impulso de apertar o pescoço dele.

"Calma, Viny", Caimana pousou a mão no namorado. "O Hugo tá nervoso. É compreensível. Hugo... você não viu o estado em que o Capí estava quando a gente tirou ele de lá. Era como se ele tivesse voltado pra tortura! Ele já estava sensível antes de ir. Você sabe disso. Qualquer ruído mais alto, qualquer luz se apagando de repente, e o coração dele já batia mais forte. Agora, imagina seringas. Imagina prenderem os pulsos dele."

Idá baixou a cabeça, concordando.

"Pode deixar, Adendo. A gente vai fingir pro Capí que essa nossa conversa nunca aconteceu", Viny alfinetou rancoroso, e a raiva quis explodir dentro de Hugo, vendo aquele julgamento nos olhos dos dois pixies. Dele e de Índio. Era como se o vilão ali fosse o Hugo! Depois de tanto tempo na floresta atrás de uma cura, eles ainda o viam como o aluno problemático! Aquilo não era justo!

Percebendo a injustiça que estavam cometendo, Viny suspirou, "Desculpa, Adendo. É que a gente tá consternado, só isso... Pelo menos tiveram a decência de retirar o processo de calúnia contra o véio."

"Sério?!" Hugo olhou surpreso para Caimana, que confirmou, enquanto Viny comemorava, "Uma clara admissão de culpa do Bofronte!"

"Não, Viny", Hugo corrigiu, "Um favor devolvido. Só isso."

O loiro fitou-o sem entender, e ele teve o prazer de explicar: "Enquanto vocês não faziam nada além de esconder do Capí que ele ia ser processado, eu fui lá em Salvador implorar pra uma amiga minha, que conhece o Alto Comissário, pra que ela conversasse com ele sobre retirar a acusação. Enfim. O Mefisto simplesmente teve a nobreza de devolver o favor que eu fiz pra ele quando menti sobre a morte do chapeleiro. E agora? Vocês ainda acham que tudo de ruim que acontece no mundo é culpa dele?"

Viny olhou-o antipático, mas tentou se acalmar, provavelmente percebendo que Hugo talvez tivesse razão daquela vez. "Tá. Desculpa eu ter te olhado daquele jeito. Desculpa mesmo. É que a gente tá nervoso, Adendo... Essas últimas semanas foram muito pesadas. Tu não faz ideia do que tá acontecendo aqui, além de tudo isso que a gente já falou."

Impaciente, Hugo cruzou os braços, pronto para ouvir mais uma desculpa.

"Desde que tu saiu, o país virou de cabeça pra baixo. Eu não sei como, mas alguns seguidores do Bofronte... – a gente tem certeza de que foram eles, Adendo, não adianta reclamar – ... conseguiram meter na cabeça dos cariocas que as punições severas que os chapeleiros aplicaram *aqui no Rio*, ano passado, foram culpa dos professores e jornalistas do Nordeste, que estavam 'fazendo algazarra' lá em Salvador e no Maranhão, forçando a Comissão a endurecer. Como resultado, o preconceito contra os nordestinos, aqui, está alcançando níveis inacreditáveis de intolerância..."

"Se fosse só isso", Índio tomou a palavra, "nós nem desconfiaríamos de manipulação, mas tá acontecendo no Brasil todo; uma região contra a outra: os nordestinos acusando os bruxos do Sul de quererem criar uma República Bruxa separada do Brasil, como fizeram no passado..., o povo do Sul acusando todos do Sudeste e do Nordeste de serem arruaceiros e estarem tentando derrubar o governo..."

"Quem dera fosse verdade", Viny interrompeu, enquanto o mineiro continuava, "Em Brasília, não tá diferente. Eu fui lá semana passada e ouvi um boato absurdo de que os cariocas estariam conspirando pra que a capital do Brasil voltasse a ser o Rio de Janeiro, porque, aparentemente, cês se acham 'superiores'. E, em Salvador, andam dizendo que os amazonenses querem se separar do Brasil pra que a gente se ferre sozinho, o que é uma completa sandice."

Hugo meneou a cabeça, "Nem tanto. Por que eles lutariam pelo resto do Brasil se o Brasil nunca lutou por eles?"

Viny ergueu a sobrancelha, surpreso com o ativismo do Hugo. "De qualquer forma, não deve ser a verdade de todos os bruxos do Norte. Eu espero que não. Enfim. O fato é que o vírus do preconceito e do separatismo está se alastrando pelo país com uma facilidade assustadora... É impressionante! Uma sugestãozinha, um boato venenoso colocado nos ouvidos certos, e tudo vira do avesso!"

"Pra piorar", Caimana acrescentou, "o governo ainda deu um empurrãozinho, voltando a liberar o Intercâmbio entre as regiões, mas mudando pra OPCIONAL, e não mais obrigatório, só pra apimentar ainda mais os ânimos."

"Ué, não são vocês que defendem a liberdade de escolha?"

"Deixaram opcional de propósito, Hugo! Com os boatos, os alunos não estão mais querendo conhecer as outras escolas! Os do Sul não querem se misturar com os 'rebeldes' do resto do país, os do Norte se encontram em plena revolta contra o desdém das outras regiões, os do Nordeste estão com medo justificado de irem pra lugares onde estão sendo acusados de tudo que já aconteceu de ruim no país... Ninguém sai, e todos ficam com a vaidade ferida, por não terem sido visitados pelos outros, aumentando ainda mais a rivalidade e a discórdia!"

Fazia sentido.

Índio deu um riso seco, cheio de ódio, "O Alto Comissário parece quietim no canto dele, mas, por debaixo dos panos, tão conseguindo colocar uma região contra a outra! Mefisto é muito esperto... Ele *lê* as pessoas como ninguém. Analisa o que cada um já tem de *podre* dentro de si e usa isso contra a pessoa, na surdina, com uma perspicácia inigualável! A intolerância *já existia* dentro de nós, prontinha pra aflorar. Ele só *viu* isso! Então, usou as palavras certas, no momento exato, pra ativar nossos preconceitos, e empurrou gentilmente o dominó que ia derrubar todos os outros."

Hugo ouvia calado, lembrando-se da presença de Paranhos e Adusa na Boiuna.

... Será?! Um mero comentário deles havia sido o suficiente para disparar uma discussão enorme e reavivar o ódio que curumins e cunhantãs sentiam do restante do país...

"As pessoas têm seus preconceitos, mas escondem, por vergonha, por medo de serem julgadas. Até que percebem que seus amigos estão dizendo a mesma coisa e, aí, se sentem confiantes pra falarem suas ignorâncias em voz alta, e a palavra de um vai contaminando a dos outros, até que os preconceitos ganham um tamanho absurdo."

Andando de um lado para o outro, revoltado, Viny deu um riso seco, de desespero. "A gente se achava *tão* tolerante... achava que o Brasil era *tão* integrado... as regiões *tão* amigas... Bastou uma sugestãozinha, e todos os preconceitos latentes vieram à tona! Pior é que o ódio só vai continuar aumentando, porque é isso que os boatos fazem! E, se a gente não fizer alguma coisa logo, a situação vai sair do controle, se é que já não saiu. Vai ser o caos total."

"Achei que você gostasse do caos."

"Eu gosto do caos *construtivo*, Adendo. Não desse aí, que só destrói e divide."

"Como vocês têm tanta certeza de que os boatos vieram do Mefisto?!"

"De quem mais seria? Ele não gostou de ter visto a gente se unir ao pessoal de Salvador, ano passado. Viu que os rebeldes ficaram mais confiantes com a nossa ajuda. Percebeu a capacidade de liderança do Capí. Então, o que ele fez? Começou a isolar as regiões e desacreditou o Capí, enfraquecendo as chances dele de se tornar qualquer tipo de líder no futuro..."

"Dividir pra conquistar, adendo. Conhece a estratégia?"

Hugo olhou feio para o sarcasmo de Índio, mas confirmou, e Viny prosseguiu, "Claro que Bofronte não fica anunciando aos sete ventos que quer dominar o Brasil. Ele age sem que ninguém perceba. Uma palavra bem colocada aqui, uma sugestão sussurrada ali..., usando nossos direitos contra nós, virando nossas próprias *leis* contra nós! Ninguém poderia acusá-los de incitarem o ódio regional. Ninguém *viu* os sacanas espalhando os boatos e, mesmo que tivessem visto, fazer comentários não é crime. Processar um jovem por calúnia também não, e é isso que me enfurece mais! A gente não pode fazer NADA contra ele! Nem a Guarda de Midas pode! É preciso algum indício de crime pra que eles possam investigar alguém! Sem contar que o Congresso está todo nas mãos dele. O Judiciário deve estar também."

Viny parecia mentalmente exausto, movendo os olhos à procura de uma solução, sem encontrá-la. "E eu pensando que tinha sido burrice dele liberar o intercâmbio. Que ingenuidade a minha, achar que isso faria as regiões se unirem de novo. Os poucos alunos de boa vontade que resolveram participar estão sendo hostilizados pelos anfitriões. Só serviu pra piorar tudo..., e pra provar que o Alto Comissário é anos-luz mais esperto que nós. Agora, a gente tá tentando consertar o estrago."

Caimana olhou para Hugo, "Entendeu por que a gente não pode estar aí?"

"Ah, entendi... Entendi muito bem! Entendi que o Atlas tá *morrendo*, e vocês brincando de únicos salvadores da pátria!"

"Eles estão *destruindo* o nosso país, Hugo!"

"E vocês são só quatro jovens! O Atlas precisava de vocês! EU precisava de vocês!"

"Adendo... se não fosse a gente, *quem* ia inspirar os outros?!"

Hugo desistiu, sentindo o pescoço apertar de raiva de novo.

Não que eles pudessem encontrá-lo na Amazônia agora, mas ao menos podiam ADMITIR que tinham errado! Que deviam ter ido com ele!

Caimana aproximou-se, quase com pena dele por estarem discordando tanto do que ele queria ouvir. "Eu sei que nós somos só um punhado de jovens..., mas a gente ainda tem *alguma* influência, Hugo. Uma mínima chance de impedir que os brasileiros se destruam! Se a gente não estivesse aqui..."

Com um rancor profundo engasgado na garganta, Hugo segurou as lágrimas. "Os brasileiros não estavam pedindo a ajuda de vocês."

"Mas o Capí estava!" Viny rebateu. "Toda vez que ele sumia, toda vez que ele escolhia se isolar ao invés de estar entre nós, toda vez que ele ficava calado, ele estava pedindo ajuda! BERRANDO por ajuda! E a gente não podia deixar ele aqui sozinho, Adendo. Ainda não pode. Desculpa." Viny fixou os olhos no chão, não conseguindo mais encará-lo. "Minhas sinceras desculpas, Hugo."

Idá olhou-o surpreso. Era a segunda vez que Viny o chamava pelo nome.

Um mínimo sinal de respeito, pelo menos. Mas não o suficiente para mudar o que ele estava sentindo, e Hugo saiu de lá ainda com ódio, sabendo que sua revolta mexeria com os Pixies, mas não adiantaria nada. Eles não mudariam de ideia. Não admitiriam que erraram.

Viny ainda gritou para ele, sem sair do lugar, "Não pense que a gente não tá torcendo por você, Hugo! Tu é a única chance que o Atlas tem!"

"Sei. Agora vocês acham isso, né?! Antes, era loucura!"

"AINDA é loucura!" Índio respondeu atrás dele, mas Hugo já havia saído para a praia, querendo ficar sozinho com o mar.

Melhor do que mal acompanhado.

Parando à beira d'água, ficou sentindo a brisa no rosto enquanto Areta Akilah parava ao seu lado; ambos olhando o horizonte. "Não fique zangado com eles, Napô... Vocês estão tendo que fazer escolhas que nenhum jovem deveria precisar fazer."

Diante daquele mísero sinal de compreensão da professora, Hugo não aguentou mais, desabando em lágrimas, "Eles não fazem *ideia* do que eu estou passando lá!", e Areta se surpreendeu que ele estivesse se abrindo daquele jeito. Ainda mais com ela...

Percebendo o quão fraco ele devia estar parecendo diante da capeta, Hugo se desvencilhou irritado da mão da professora. "Vai lá consolar os dois, vai! Já que eles são tão coitadinhos!", e chutou com raiva a ondinha que chegava.

Ela continuou olhando para o aluno, entendendo-o. "Se serve de algum consolo, o Ítalo e a Gi estão procurando uma cura na floresta daqui. A Kanpai e o Rudji também não desistiram ainda. Você não tá sozinho."

Engolindo o ódio, Hugo assentiu, apesar de não concordar. Estava sozinho, sim. Absolutamente sozinho. Abandonado por todos ali.

Segurando a mágoa na garganta, deixou a professora para trás, voltando a marchar paralelo ao mar enquanto remoía aquilo tudo, ainda furioso. Precisaria se acalmar se quisesse voltar para a Amazônia sem sobressaltos. A raiva, no entanto, não estava querendo deixá-lo, e ele foi chutando ondinhas pelo caminho; cada chute realimentando seu ódio... "Idá! Idá, deixa eu falar com você."

"Não enche, Gi."

"Tu não precisava ter falado aquilo pro Ítalo. Tu *sabe* que ele se sente culpado por não estar com você!"

Hugo parou de marchar, arrependido. "Eu sei. Eu vacilei."

"Tudo bem, eu resolvo aqui."

"Sério que tu não vai encher meu saco?!"

Gi riu. Olhava-o com um novo respeito, e Hugo fitou a amiga, agradavelmente surpreso. Pelo menos uma ali reconhecia o que ele estava fazendo...

Os dois se olharam com apreço.

"Por que você não me chamou pra ir junto, Idá?"

"Porque você teria ido."

A gravidade nos olhos dele fez Gi enxugar uma lágrima no próprio rosto, orgulhosa da amizade que tinham. "Que Deus te proteja, seu maluco. E Xangô."

Hugo riu de leve. "Valeu, G... ARRGH!"

"Idá?!" Gislene se assustou, tentando segurá-lo, mas o corpo do amigo atravessou seus braços; uma dor repentina fazendo Hugo cair de joelhos na areia, pressionando a parte de trás da cabeça, como se seu crânio houvesse sido acertado por um taco.

Olhando para a praia à sua volta, tenso e atordoado, Hugo murmurou, "Tadeu?!", enquanto Gi assistia preocupada, mas a conexão mental com Poetinha havia se desfeito.

Alguma coisa tinha acontecido na Boiuna...

Nervoso, Hugo dispensou a ajuda da amiga, "Agora não, Gi!", e se concentrou em voltar; as mãos trêmulas enquanto pedia, com todas as forças, que retornasse ao próprio corpo.

Em menos de meio segundo, foi puxado violentamente de volta, acordando do desdobramento com a sensação brusca de queda, e abriu os olhos, já na floresta.

Levantando-se depressa, olhou ao redor, à procura da projeção do menino, mas Poetinha não estava mais ali. Era como se alguém na Boiuna houvesse não só desligado o telefone como cortado o fio.

Que não fosse nada sério, meu Deus...

Ele não se perdoaria se alguma coisa tivesse acontecido ao menino enquanto ele perdia tempo discutindo feito um idiota!

Atordoado, Hugo ainda olhou ao redor, para ter certeza de que não havia mesmo ninguém ali com um taco nas mãos, que pudesse ter batido em sua cabeça, mas nem a dor ele estava sentindo mais!

A dor havia sido do pajézinho... Meu Deus.

Sabendo que não acharia mais o Poetinha ali, Hugo olhou para o chão, e pulou de susto ao ver uma cobra venenosa morta aos seus pés. Estraçalhada.

Sentiu um calafrio, percebendo que podia ter sido mordido enquanto sua alma estava no Rio de Janeiro! Por sorte, algum outro animal chegara antes, abocanhando a criatura. Sinais da briga estavam espalhados por todo o chão sangrento, e Hugo deu um passo para trás, surpreso com a batalha que não presenciara.

Mas uma batalha contra o quê?!

Hugo ainda se fazia essa pergunta quando se lembrou de Quixote, e, tenso, olhou ao redor, à procura do macaquinho.

Não precisou procurar muito.

CAPÍTULO 73

INOCÊNCIA

Quixote estava jogado no chão, a poucos metros dele. O corpinho tingido de vermelho, o pulmãozinho encontrando dificuldade em respirar à medida que o veneno da cobra fazia efeito, e Hugo se ajoelhou aflito diante de seu companheirinho de viagem, vendo o sagui arfar, assustado, na terra.

"*Não faz isso comigo, Quixote...*" Hugo implorou, com imensa tristeza, os olhos marejados de pena, mas o macaquinho, fitando o humano como a um amigo, fechou os dele, parando de respirar, e Hugo socou a terra, chorando desesperado.

Era sua culpa! Perdera tempo acusando os Pixies e deixara *sozinho* o único que escolhera ir para a Amazônia com ele!

Dolorosamente arrependido, Idá acolheu o corpinho peludo em suas mãos, murmurando trêmulo, "*Alguém me ajuda, por favor... Poetinha, me ajuda, por favor...*", mas não obteve resposta, e sua aflição cresceu. Que Tadeu estivesse bem, meu Deus, ou Hugo não se perdoaria... Não aguentaria ser responsável por duas mortes na mesma manhã.

Colocando o corpinho de volta na terra com imensa ternura, começou a tentar reavivá-lo, angustiado; as lágrimas pingando no animalzinho enquanto ele pressionava, com delicadeza, o pequenino tórax, com medo de quebrá-lo.

"*Icamiaba filha da mãe...*" murmurava com ódio contra a velha que proferira a maldição. *Canaimé* havia enviado a cobra, como a velha ameaçara... O desgraçado esperara que Poetinha sumisse para atacar, e, na falta do pequeno pajé, Quixote protegera seu humano! "Alguém me ajuda, por favor!" Hugo gritou, sem saber o que mais fazer, já que a massagem cardíaca não estava funcionando.

Olhando angustiado para os lados, tirou a varinha do bolso, tentando, como última medida desesperada, se lembrar de como Capí fizera para ressuscitar Playboy depois do afogamento, no ano anterior.

Inspirando fundo, nervoso por antecipação, imitou o pixie, pressionando a base da varinha no peito do macaquinho e fechando os olhos. Não sabia o feitiço, mas talvez sua vontade de vê-lo vivo fosse o suficiente. Apertando os olhos com ainda mais força, começou a sentir a varinha esquentar em sua mão esquerda, brilhando vermelha, e abriu os olhos ligeiramente, para ver se o tal fio de luz branca que saíra da varinha do pixie estava escorrendo da sua. Não estava. "FUNCIONA, PÔ!" ele gritou, apertando-a com ainda mais veemência, mas nada aconteceu, e Hugo jogou a varinha na terra, revoltado; sua própria energia drenada, como se parte dela houvesse sido transferida durante a operação, só que à toa.

O único companheiro que lhe restara estava morto.

Diante da dura realidade, Hugo deixou-se sentar no chão, arrasado. A varinha na terra ao seu lado, enquanto ele olhava para Quixote com profunda pena.

Alguém, no entanto, o assistia, silencioso.

Alguém que Hugo, alarmado, reconheceu sem nem precisar ver quem era.

Seu forte aroma de mata virgem era inconfundível.

Tenso, Hugo foi virando a cabeça para o lado, até encontrar o protetor das matas ali, olhando-o num misto de seriedade e rancor.

Ele tinha visto a varinha.

Cerrando os olhos, Hugo tentou se acalmar, enquanto o Curupira observava-o ofendido, como alguém que, em toda a sua dignidade, acabara de descobrir ter sido desrespeitado.

A varinha escarlate estava no chão, para todos verem, e Hugo, exausto e desesperado, voltou a chorar, agora num profundo esgotamento emocional. Ele ia perder a varinha... Já perdera Guto, Quixote... Por que, hein?! O que ele tinha feito de tão errado pra merecer tudo aquilo?! Estava tentando salvar uma pessoa, caramba!

Observando-o sério, sabendo por que o humano sofria, Tacape disse, com rancor na voz. "Menino da cidade foi curumy bom. Tentou salvar xerimbabo."

"Ele não era meu xerimbabo" Hugo murmurou, enxugando as bochechas, exausto. O que ia dizer para o Atlas?! Que tinha deixado que matassem seu macaquinho?! O professor não merecia aquilo...

Olhando mais uma vez para a varinha, com mágoa do garoto, mas resolvendo dar um tempo a mais para ele, pela ternura com que tratara o bichinho, o Curupira se agachou na terra com as mãos apoiadas no solo e, baixando os lábios a centímetros do macaquinho, fechou os olhos, em prece.

"Ele salvou minha vida, Tacape... ele matou a cobra que ia me atacar."

Fazendo seus cabelos brilharem num vermelho intenso, o Curupira murmurou, *"Xerimbabo valente"*, olhando para Hugo com impressionantes olhos de fogo.

Voltando-se, então, para o animalzinho morto, soprou com suavidade no corpinho dele, que, em poucos segundos, voltou a arfar, respirando profundamente.

Hugo arregalou os olhos, surpreso, vendo o pequeno sagui abrir os olhinhos confuso, sem entender o que estava acontecendo. "Quixote!" Hugo sorriu largamente, percebendo que estava mesmo vivo, e pegou o bichinho num abraço, que o sagui aceitou, agarrando o tórax do humano e dando gritinhos assustados na direção do ser 'esquisito' que soprara nele.

Hugo também olhava, pasmo, para Tacape. Espantado de verdade.

Atlas havia *minimizado* os poderes do Curupira ao dizer que Tacape era poderoso. Tacape não era poderoso. Tacape era DE OUTRO MUNDO de tão poderoso! Ressuscitara o bichinho com a serenidade de quem soprava uma vela!

"Peraí..." Hugo murmurou, de repente empolgado. "... Se você consegue soprar vida..."

"Só funciona com bicho. Com homem, não."

Idá sentiu o coração afundar. "Tem certeza, Tacape?!"

O Curupira confirmou, para sua absoluta desesperança. "Bicho age com inocência. Humano não."

Entendendo a indireta, Hugo baixou os olhos para a terra, envergonhado. "... Obrigado... por ter salvado o xerimbabo do meu amigo", e ouviu o Curupira se aproximar calmamente, com a mão estendida.

"Agora dá meu cabelinho."

Hugo fechou os olhos, angustiado.

Não... Não podia perder a varinha daquele jeito. Não iria.

Quase com pena da nobreza do menino selvagem, Hugo usou de toda a sua cara de pau para responder, "Que cabelinho?"

"O cabelinho da madeirinha! Meu cabelinho que você roubou! Eu salvei macaco, agora você devolve cabelinho!" Tacape bateu o pé, como uma criança contrariada, e Hugo olhou tenso para ele. Não queria deixar um curupira nervoso.

Decidindo dizer a verdade, olhou tenso nos olhos dele. "Não fui eu que te roubei, Tacape... Foi o Peteca. Essa varinha é *minh*..."

"O cabelinho é meu! Devolve cabelinho. Fica com madeirinha."

Hugo sentiu o desespero oprimir o peito. "Você não tá entendendo, amigo. Eu não posso te devolver o cabelinho."

"Por que não?!?"

"Porque vai destruir minha varinha! Eu não vou mais poder fazer magia!"

"Besteira", o Curupira declarou teimoso, cruzando os braços. "Tacape não tem precisão de madeirinha pra fazer a magia. Só de cabelo."

"Mas eu não tenho os seus poderes, Tacape! Eu sou humano, entende?!"

"Humano que rouba magia de curupira!" o Gênio completou emburrado. "Devolve cabelinho."

"Mas eu precis…"

"LADRÃO DE CABELINHO!" seus olhos brilharam vermelhos, e Hugo recuou assustado. Definitivamente não queria enfurecer um curupira…

Mas que outra opção ele tinha, além de tentar?!

"Eu não era nem *nascido* quando o Peteca roubou seu cabelinho, Tacape!… Eu nem sabia que o cabelinho era seu!" Mentira. "Eu tô desesperado, Tacape, por favor… Meu professor precisa de mim, e eu preciso da varinha! Se eu tirar o cabelinho da madeirinha, ela não funciona! Eu preciso dela *inteira*! Entende?! Não me tira a única chance que eu tenho de salvar meu amigo, eu te imploro."

"O cabelinho é meu!" Tacape avançou, mas Hugo escondeu a varinha atrás de si, caindo de costas na terra enquanto o Curupira tentava alcançá-la; Hugo, assustado, tentando protegê-la a todo custo, até que gritou, "Me ajuda que eu te devolvo!!!"

A hesitação do Curupira foi imediata, e Idá, surpreso, percebeu que aquilo poderia funcionar! Claro! Tacape funcionava com trocas! Tinha salvado o macaquinho para ganhar, em troca, seu cabelinho! Coletava oferendas que caçadores honestos e respeitadores deixavam no caminho para que ele não os atacasse… Percebendo aquilo, Hugo continuou depressa, "Eu juro que te devolvo, Tacape. Se você me ajudar a encontrar a gruta que eu tô procurando."

Surpreso com a proposta, o Curupira se afastou um pouco, tentando entendê-la, enquanto Hugo aguardava, em tensa expectativa; as costas ainda na terra; a mão escondida para trás. Colocar sua varinha como moeda de troca era angustiante. Mentir daquele jeito para um ser tão poderoso era mais ainda, mas que opção ele tinha?!

Tacape continuava pensando, claramente querendo muito seu cabelinho de volta; os olhos o tempo todo fixos no peito do humano, obsessivos, sabendo que podia simplesmente perfurar o ladrão com as unhas e buscar a madeirinha do outro lado, se quisesse. Mas ele era um Gênio justo, e seres justos não agiam assim.

"… *Então*…" ele tentou entender, "se Tacape ajuda menino, menino devolve cabelinho?!"

O entusiasmo repentino no fim da pergunta fez Hugo fitá-lo admirado. "Isso, Tacape! Se Tacape me ajudar a encontrar a gruta, eu devolvo cabelinho!"

O Curupira sorriu animadíssimo!… Era uma criança, coitado… Uma criança ingênua ouvindo a mãe prometer bolo! Impressionante… Inocente e puro como a natureza que ele tanto protegia…

Hugo olhou com pena para o protetor das matas. Não era de se surpreender que os sacis houvessem levado os curupiras à beira da extinção... O mundo não aceitava mais tanta ingenuidade.

Entusiasmado, Tacape agora quicava nos dedos dos pés, numa alegria quase infantil, como um cachorro comendo comida envenenada. "É trato mesmo?!"

Sério que aquele era o ser mais poderoso do Brasil?

Hugo se levantou, sorrindo seu fingimento, "É trato, sim", e apertou a mão esverdeada e musgosa, que mudou de cor e textura ao tocar na pele marrom humana. Perfeita imitação.

Trato feito, Idá recuperou a varinha do chão sem que Tacape fizesse qualquer movimento para tentar pegá-la. Coitado. Realmente acreditara na promessa do humano. Hugo desviou os olhos, sentindo-se péssimo. Uma coisa era seu antepassado Benvindo ter prometido a varinha para o sacana do saci em troca do roubo do cabelinho, outra muito diferente era enganar o ser mais inocente do planeta.

"Tacape ajuda porque menino amigo. Trata com carinho macaco, floresta. Menino bom. Tacape confia no menino."

Ah, que ótimo. Aquilo ajudava *muito* a diminuir seu remorso. A vontade que Hugo tinha era de lhe dizer: *olha, Tacape, só porque alguém faz algumas coisas boas, não significa que ele seja legal, tá?!*, mas não podia. Tacape desconfiaria.

"Fecha os olho e imagina gruta."

Hugo obedeceu, visualizando a caverna da Sala das Lágrimas nos mínimos detalhes, enquanto sentia Quixote voltar ao seu ombro, e Tacape murmurou "*Uhum...*", vendo a caverna. "Tacape pode mostrar gruta, mas só quando menino já estiver mais perto. Tacape muito ocupado."

"Por causa do homem branco, né? Destruindo tudo."

O Curupira confirmou. "Mas, se menino se perder, pode chamar Tacape."

"Como?"

O jovem selvagem fechou uma das mãos em frente à boca, cobrindo-a com a outra e soprando, entre os polegares, a mesma nota grave cinco vezes, em rápida sucessão, como o canto sombrio de uma coruja.

Hugo o imitou, só na terceira tentativa conseguindo reproduzir o som.

"Se Tacape não estiver ocupado, Tacape aparece", o Curupira garantiu, olhando para ele por um bom tempo. "Menino é curumy bacana. Vai ajudar Tacape. Vai devolver cabelinho."

O remorso doeu fundo daquela vez. Sentia como se estivesse traindo outro Eimi, mas manteve-se firme no plano. Não podia entregar a varinha, por mais honrado que o Curupira fosse.

Engolindo a culpa, fitou o macaquinho, pronto para seguir adiante, e Tacape resolveu ajudar um pouco mais: "Menino tá próximo do lago onde a Lua se banha."

"A lua?"

"Jaci. Protetora dos amantes e da reprodução. Venerada pelas icamiabas."

O lago da Rainha das Estrelas...

"Foram as lágrimas de Jaci que criaram nosso grande rio Amazonas."

Hugo sorriu diante da singeleza do adolescente selvagem.

Nem acreditava que ia conseguir chegar ao lago...

Sinalizando ao humano para que o seguisse, Tacape começou a caminhar, e Hugo foi atrás, ansioso. À medida que avançavam, no entanto, o dia começou a morrer rapidamente em torno deles, o sol dando lugar a uma estranha semiescuridão de fim de tarde, e Hugo olhou pasmo para o Curupira, que continuava caminhando na mais perfeita serenidade, em suas pernas de gafanhoto.

"No lago, sempre é noite", Tacape explicou, e Hugo se surpreendeu ao ver as primeiras estrelas no céu noturno. Como podia?! Em seu ombro, Quixote olhava para o alto igualmente confuso.

"Jaci é a única que pode te apontar caminho certo pra gruta."

"Mas você disse que sabia onde ela tava!"

"Tacape sabe, mas, aqui, só a Lua pode contar. Essa é a lei. Menino tem que ter sido homem respeitador nos últimos meses pra passar por ela."

Hugo olhou-o tenso, e o Curupira compreendeu. "Menino enganou Nuré por medo. Tacape entende. Rainha das Estrelas não sei se vai entender."

"Mas e se..."

Tacape pediu silêncio, desaparecendo ao mesclar-se às cores noturnas. Então, olhando sério para Hugo, na nova escuridão de seu rosto, abriu a cortina de cipós que os separava de uma grande área aberta, e o lago noturno surgiu misterioso diante deles; suas águas refletindo as estrelas do alto.

Nervoso, Hugo tirou a varinha do bolso; o fio de cabelo começando a brilhar vermelho na escuridão, e o Curupira olhou sério para ele. "Magia nenhuma ajuda menino a convencer Rainha das Estrelas. Só respeito."

Hugo sentiu um calafrio, entendendo a mensagem e guardando de volta a varinha. Melhor não provocar mais ainda a Deusa venerada pelas icamiabas.

Voltando a observar a clareira, tenso, à espera da aparição de Jaci, começou a ouvir de repente o som de imensas asas batendo acima das copas das árvores, ameaçadoras, e Hugo se arrepiou inteiro, reconhecendo o ruído.

Os violentos *filhos de Jurupary...*

Tenso, olhou para o Curupira, que, com um sinal, pediu silêncio. "Tacape vai distrair os guardiões do lago."

"*Guardiões?!*" Hugo sussurrou, mas Tacape já havia sumido de vez.

O lago era guardado por *eles*?! Que injustiça era aquela? A Deusa era *delas*!

Não obstante o absurdo, Tacape fez o que prometera, e Hugo ouviu o bater das asas se afastar, olhando aliviado de volta para o lago.

Melhor encarar a Lua do que aqueles homens sanguinários.

O silêncio havia retornado ao lugar.

Também percebendo que o perigo passara, Quixote desceu para a terra, chamando seu humano, ansioso, para verem o lago de perto, e Hugo fitou-o com afeto. "Obrigado, nanico. Por ter salvado minha vida."

Quixote deu um gritinho para ele, e saiu correndo em volta do lago, brincando de dar tapinhas na água estrelada enquanto Hugo dava o primeiro passo naquele santuário noturno.

Mesmo ainda estando a alguns metros do lago, era possível sentir a atmosfera calmante daquelas águas. O lago promovia um clima de profunda serenidade ao redor, e Hugo abraçou-se contra o ligeiro frio, tentando se acostumar à aura excessivamente mágica daquele lugar. Ele próprio havia ficado surpreendentemente calmo de repente, apesar de não fazer ideia de como convenceria Jaci! E, naquele clima quase místico, Hugo continuou a observar tudo ali... o modo como o vento era mais lento..., o movimento das folhas mais suave... Até que percebeu os meninos em volta da clareira: todos de pé, acordados, mas mortos, assistindo-o sérios em meio às árvores, e teve a certeza de que eram as sombras dos primeiros meninos que haviam morrido naquele lugar, milênios atrás. Estrangulados pelas icamiabas.

Hugo se arrepiou inteiro, sem, no entanto, sentir medo. Eram dezenas deles observando-o impassíveis. Ao lado deles, as primeiras mulheres punidas por Jurupary o observavam do mesmo jeito, e Hugo compreendeu: o início daquela insanidade toda havia se dado naquele lugar. Antes de a zona mágica ser criada, proibindo o acesso delas.

Por que os tais filhos de Jurupary ainda podiam entrar ali se a área havia se tornado mágica? Só porque montavam misteriosos animais alados? Muito estranho.

Com uma singular falta de medo, Hugo sentou-se abaixo de uma das árvores e ali ficou, esperando a dona do lago aparecer.

Os fantasmas não o atacariam. Já haviam cansado de guerra.

E os minutos, assim, foram passando. Hugo olhando ora para as estrelas, ora para a terra a seus pés, aproveitando a calma daquele lugar, enquanto Quixote brincava ao redor dos fantasmas, até que a luz pálida da lua iluminou o solo com mais intensidade, e Hugo voltou sua atenção para o lago, levantando-se ansioso ao ver a entidade do lugar aparecer para se banhar.

A Rainha das Estrelas tinha feições indígenas, mas os olhos e os cabelos cor de prata, e reluzia inteira ao entrar nas águas... *Linda... Majestosa...*

Sem entender o maravilhamento boquiaberto de seu humano, Quixote se escondeu depressa no bolso da jaqueta, deixando que Hugo a admirasse sozinho, enquanto ela, com água pela cintura, percorria a delicada mão pelos braços molhados, falando na voz mais transcendental que Hugo já ouvira, sem no entanto olhar para ele: "Enganaste a única inocente entre aquelas que são impedidas de me ver. Por que eu te daria permissão para passar? Ou mesmo para sair daqui?"

Hugo olhou receoso para os zumbis fantasmas. O medo voltando intenso.

Tacape mencionara a possibilidade de ele não conseguir *passar*, não que ela poderia impedi-lo de SAIR!

Sentindo um misto de terror e veneração pela Rainha das Estrelas, Hugo caiu de joelhos na terra, deixando transparecer todo o seu desespero, "Eu admito que enganei a moça, Jaci. E eu me sinto um *canalha* por isso... Mas eu não vi outro caminho! Um professor que eu amo está morrendo! Meu futuro PAI está morrendo!" Um nó na garganta o impediu de prosseguir, as lágrimas descendo.

Tacape recomendara que ele demonstrasse respeito. Não havia respeito maior do que dizer a verdade, e de joelhos. Hugo estava arriscando todas as fichas ali.

"Por favor, Jaci. Não me impeça de continuar a jornada. Me aponte o caminho da cura..." Com aquele pedido, ele se entregou ao choro, desesperado. "... Eu só queria ter um pai... Por que os deuses querem tirar isso de mim?!"

Hugo se curvou na terra, angustiado, e Jaci fitou-o com seus olhos de prata por alguns segundos, virando então para o lado oposto e apontando a direção. "Em três luas, você chega."

Idá a olhou surpreso, fazendo-lhe uma reverência humilde com a cabeça. "Obrigado."

"*Canaimé* se encarrega da punição."

Proferida a sentença, Jaci se desfez em pó de estrela, e Hugo olhou surpreso ao redor, vendo que o lago inteiro havia desaparecido. Assim como a noite.

Não estavam mais nem numa zona mágica! As árvores tinham voltado a seus tamanhos azêmolas, banhadas pelo sol do meio-dia!

Percebendo aquilo, Hugo engoliu em seco, tendo a repentina certeza de que *Canaimé* já estava presente. Podia *senti-lo* ali...

Tenso, tentou se lembrar das quatro punições que a velha icamiaba evocara: *perdição* e *cobra* já haviam acontecido. Faltam agora o *fogo* e a...

Hugo ouviu o lento e grave ronco felino em suas costas.

Paralisando a respiração, olhou lentamente para trás, em pânico.

A onça albina respirava com um ódio enfurecido, enquanto olhava para ele, no limite das árvores. Era uma respiração violenta, de cachorro louco; obsessiva, faminta por arrancar cada pedaço de seu inimigo homem, e, antes que Hugo pudesse pensar no que fazer, ela disparou em sua direção com as três patas que tinha; a falta de uma delas não atrapalhando em nada sua corrida, pelo contrário, enfurecendo-a ainda mais! E Hugo, apavorado, sacou a varinha depressa, gritando "*Jupi!*"

Vários espinhos atingiram a fera das icamiabas, que rosnou de dor, sem, no entanto, parar de correr, e Hugo, arregalando os olhos, tentou recuar, mas era tarde demais. O bicho já havia saltado no ar para derrubá-lo, com as patas abertas e as garras da única mão à mostra, querendo sangue. Apavorado, Hugo se deixou cair de costas no chão antes que ela despencasse sobre ele, soltando um "*Oxé!*" a dois centímetros do peito da fera, que foi jogada ao solo com violência.

Enlouquecida, ela se levantou de imediato, pulando novamente em cima dele com a vontade de um bicho de outro mundo, e Hugo foi derrubado pelo peso dela, sentindo as unhas da fera cravarem em seus ombros, os dentes dela já prestes a abocanhar o rosto do humano, quando ela foi atingida lateralmente por alguma coisa que a empurrou para longe. Hugo olhou atônito para o lado, vendo que outra onça a derrubara pela lateral; as duas, agora, rolando na terra, atacando-se ferozmente; a onça branca e a onça comum se mordendo e rolando em um embate violento no solo. Sendo mais forte, a albina mordia com virulência, arranhando enlouquecida a adversária, mas ter uma pata a menos era, sim, uma desvantagem num embate daqueles, e logo a alaranjada começou a vencer, cravando os dentes com vontade nos músculos da albina, atacando os pontos mais inteligentes, até que a onça maneta rosnou furiosa, desistindo e fugindo para a mata.

Atônito, Hugo viu a onça comum virar-se para ele, rangendo os dentes ensanguentados em *sua* direção agora, irritada da briga, e Hugo se arrastou para trás, levantando-se depressa para se defender e apontando a varinha contra a fera antes que ela pulasse "Hugo, não!"

Dois braços o agarraram por trás com força, impedindo-o de atirar, e então o soltaram em seguida, e Hugo, reconhecendo a voz, virou-se espantado, "Eu não acredito..."

"É assim que você retribui o favor de uma onça, Lambisgóia?!" Gutemberg perguntou brincalhão, e Hugo, depois de um momento de choque, gritou alto, de emoção, sem saber se chorava ou se sorria, abraçando o anjo com toda a força. Ele estava vivo! Mais bronzeado, mais descabelado, mais sujo, mais arranhado, mas VIVO! E Hugo começou a tremer nos braços do anjo, de felicidade, de cansaço, de tudo.

"*Calma, cabeção, tá tudo certo!... Tá tudo certo...*" Guto sorriu com ternura, afagando a cabeça do pixie enquanto se abraçavam, até Hugo se afastar um pouco para vê-lo melhor. Estava maravilhado, absolutamente maravilhado, mas também confuso, principalmente com a calma que o anjo estava demonstrando diante de um animal tão feroz, e Hugo olhou de volta para a onça.

Só que ela não era mais onça.

CAPÍTULO 74

AMIGO DA ONÇA

"Bárbara?!" Hugo olhou boquiaberto para a manauara, que agora limpava a boca do sangue da outra com o pulso, passando a língua nos dentes e cuspindo.

"Bárbara *Luciana*", Gutemberg corrigiu brincalhão. "Senão o pai dela fica bravo com você."

A jovem sentou-se na terra e começou a cuidar dos próprios ferimentos com uma careta de dor, o sangue confundindo-se com as manchas em sua pele.

Vendo que o pixie continuava olhando-a com cara de pasmo, o anjo riu, "Que foi, bundão? Medo de uma oncinha agora?!"

"Eu não sou bundão!!"

Guto achou graça. Estava se divertindo, o filho da mãe, e Hugo acabou rindo também, sabendo o quão ridículo estava parecendo.

Ele e Quixote, que sumira em disparada assim que vira Bárbara ali.

Indo até ela, Hugo ofereceu-se para tratar seus ferimentos, já que Bárbara claramente perdera a varinha.

"*Ya'wara...*" murmurou respeitoso a palavra *onça* em tupi antigo, agachando-se e começando o processo de cura. "Por que esse apelido te incomoda tanto se você vira mesmo onça?"

"PORQUE ELES *NÃO SABEM* QUE EU VIRO ONÇA!" ela berrou irritada, e Hugo recuou com medo, "Ah. Sim. Entendi. Desculpa."

Percebendo o que fizera, Bárbara fechou os olhos, "Me perdoe, Hugo. Eu demoro um pouco pra deixar de ser onça."

"Percebi", ele riu, tenso, voltando a curá-la. "Obrigado por ter me salvado."

"Não foi nada."

"Nada?! Você se atracou com uma onça bizarra!"

Bárbara não prestou atenção. Estava ocupada analisando um corte profundo no braço, e Hugo tirou o dedo dela da ferida à força, curando aquela também.

Guto achou graça dos dois, enquanto descalçava os sapatos. "Você não foi o único que os dentes dela salvaram não, viu? Euzinho aqui tô na lista." Ele a olhou esperto, "Nem a Ceiuci segura uma onça do gênero *manauara-belenensis*".

Bárbara riu.

Era tão incrível ter os dois ali... Eles não faziam ideia. Hugo nunca abraçara ninguém como abraçara o anjo minutos antes. No máximo a mãe e a avó.

Pouco se importando com os ferimentos que restavam, Bárbara olhou à sua volta. "Estranho... Deve ter caçadores por aqui. Onças não costumam atacar humanos sem motivo."

Hugo preferiu ficar calado. Guardaria para si as humilhações que sofrera com as icamiabas. "Você fugiu da Boiuna pra vir atrás de mim, foi?"

"Na verdade, ela foi fugida da Boiuna."

Hugo fitou-os atônito. "Como assim?!"

"Jogaram a Bárbara no rio."

"Oi?!"

"Sete horas depois de zarparem de Manaus."

"Sério?!"

A manauara tirou o segundo tênis, jogando-o na terra irritada. "Ainda bem que onças são exímias nadadoras, porque eu, sozinha, teria me afogado legal."

"Ela não sabe nadar, acredita?!" Guto deu risada entusiasmado. "Em compensação, você tinha que ver a Bá rompendo a coluna cervical de um jacaré com a boca. É assustador", ele olhou zombeteiro para o pixie, que já tinha arregalado os olhos espantado.

Bem espantado.

"Acho que alguém vai engolir uma mosca amazônica."

Idá riu de leve, fechando a boca.

Sentira falta daquele humor carinhoso do anjo.

Bárbara também olhava para Gutemberg com a mesma ternura. Só aos poucos voltou a ficar séria de novo. "Ainda bem que eu consegui me transformar antes de bater na água. Os filhos da mãe nem perceberam. Já tinham ido embora, pra não levantarem suspeitas. Tiveram ainda o cuidado de roubar minha varinha antes de me jogarem lá de cima, pra que eu não sobrevivesse na floresta. E olha que, ali, já era floresta pesada. Nenhuma civilização, nada. Só o rio imenso e largo."

Hugo ouvia com seriedade. "Quem fez isso?"

"Quem tu acha?"

"Os amigos do Moacy?" ele sugeriu incrédulo. "Ele não teria deixado, teria?!"

"Aquelas quatro vespas são capazes de tudo, Hugo. Inclusive de convencerem o Moacy. Fagson principalmente. Fagson é o branco grandalhão de óculos."

"Mas por que eles fariam isso?!"

"Eles sempre me viram como protetora do Poetinha, e eu ouvi demais."

Hugo olhou para o vazio, começando a entender a desaparição do menino.

"Eu flagrei os cinco conspirando; planejando sequestrar o Poetinha: Moacy andando de um lado pro outro, inconformado com a rejeição do Pajé, enquanto os outros sussurravam no ouvido dele, manipulando, dizendo que a escolha do Pajé tinha sido errada, que quem merecia mesmo era ele, que iam se encarregar de sumir com Tadeu pra que o Pajé fosse obrigado a escolher Moacy como sucessor..."

Hugo ouvia, progressivamente preocupado, pensando no momento em que sentira a porrada espiritual na cabeça. *Meu Deus... Tinha sido aquilo...*

"Enfim, eles me pegaram ouvindo o plano e me jogaram da sacada do navio. Tepi e Guaraná me pegaram, na verdade; Fagson jogou um feitiço na minha boca, pra me calar, e acho que o Melk deu o empurrão. Melk é o outro branco: o magro, de olhos azuis e cabelos pretos. Tudo isso enquanto Moacy assistia, nervoso."

"O Tepi e o Guaraná são indígenas, né?" Gordo quis confirmar, e, enquanto Bárbara os descrevia melhor para o anjo, Hugo não conseguia parar de pensar nas circunstâncias do momento do sequestro: Morubixaba viajando..., Poetinha sem Bárbara... desprotegido... um alvo fácil! Claro que iam seguir com o plano! Assim que flagrassem o momento perfeito de distração do pajézinho!

Hugo fitou-a irritado, "E só porque te jogaram no rio, tu desistiu de ajudar o menino?! Por que tu não voltou pra Boiuna nadando?! Deixou o garoto lá, sem proteção! Sem aviso!"

Tadeu podia estar morto agora!

"Égua, e como eu faria pra voltar pra Boiuna?! Te orienta, doido! Eu tenho um ótimo senso de direção, mas a Boiuna se *move*, mano. Onça nenhuma alcança, nadando, um navio daquele, não! Eu até tentei, feito uma lesa. Engoli água pra caramba e não consegui nem sair do lugar direito, contra a correnteza daquele rio gigante! Quando eu finalmente cheguei, esgotada, na margem esquerda da floresta, a escola já estava lá na caixa prego de tão longe. Completamente fora do meu alcance!"

"Droga."

"Pois é! Daí, eu decidi tentar te encontrar pra pedir ajuda."

"Graças a Deus, senão eu tinha virado sobremesa de Ceiuci."

Ignorando o comentário de Gutemberg, Bárbara baixou o olhar, arrasada. "Eu até pensei na loucura de tentar sequestrar um navio azêmola e ir atrás da Boiuna, mas com que varinha? Eu teria sido só uma jovem moça sozinha tentando invadir um navio cheio de homens, ou uma onça a ser caçada. Sorte minha que nenhum navio apareceu, porque eu, a doida, teria tentado. E estaria morta agora."

"Eu também."

"E eu", Hugo completou, lembrando-se do óbvio: se ela tivesse ficado pra proteger Poetinha, ele teria virado almoço de onça albina.

Mas Bárbara ainda parecia estar se remoendo de culpa por não ter tentado. "Agora, a escola já deve estar lá do outro lado da região. O Poetinha tá sozinho nessa. Eu só torço pra que eles tenham desistido do plano."

Hugo baixou o olhar, angustiado. "Eles não desistiram."

"Como tu sabe?!"

"Eu tava em contato mental com o Tadeu, duas horas atrás. Senti uma pancada na cabeça do Poetinha, e ele desapareceu."

Bárbara enterrou a testa nas mãos, aflita, e Gutemberg se apressou em acalmá-la, "Mas isso é recente, Bá, você ouviu?! Foi agora há pouco! Se a gente encontrar a cura logo e voltar rápido, quem sabe ainda dê pra salvar!"

"Égua, *voltar rápido*, tu é leso, é? A gente tá a dois meses de distância!"

Gordo olhou malandro para Hugo, "O Lambisgóia tem um muiraquitã."

"Sério?!"

"... Não, não tenho."

"Tu perdeu o muiraquitã?!" Guto se alarmou. "Era com ele que a gente ia voltar a tempo de salvar o Atlas!"

"Mas tem como recuperar! Acho", Hugo disse depressa. *Meu Deus, ele não queria ter que voltar nelas. As icamiabas iam cortá-lo em pedacinhos...*

Bárbara tomou a dianteira, agarrando-o pela camisa. "Recuperar como?!"

"Peraí, deixa eu pensar. Não me apressa", ele disse, bastante tenso agora. "Ok. A gente pode tentar chegar o mais rápido possível na cura, sem descanso. Daí, voltar, juntos, pra onde eu perdi o colar. Só que, se a gente fizer isso, vai ter que estar preparado pra lutar, porque elas não vão desistir do muiraquitã tão fácil."

"Elas? Elas quem?"

"FOCA EM ACHAR A CURA, OK?! Depois a gente pensa no resto."

Gutemberg ergueu a sobrancelha, "Ok... Não está mais aqui quem fez tão imperdoável pergunta." Ele riu; a curiosidade, agora, triplicada. O anjo era o único que parecia entusiasmado. Talvez por saber o quão inútil era ficar tenso.

"Certo. Gostei da estratégia." Bárbara se levantou, tentando ficar confiante. A pobre havia andado por meses na floresta, achando que o ataque já tinha acontecido. Devia ser quase um alento perceber que Tadeu ainda tinha uma chance, mesmo que mínima. "Então a gente dorme aqui hoje, e sai cedo amanhã", determinou decidida, começando a improvisar um acampamento.

"Beleza", Gutemberg concordou, sem se levantar para ajudar. "Ei, saca só, Lambisgóia. Kanpai versão gordinho!", e puxou para cima a calça esquerda, mostrando-lhe a perna fantasma.

Hugo arregalou os olhos. O ANJO TINHA PERDIDO A PERNA?!

... E mostrava com *aquela* naturalidade??!

Espantado, Idá se lembrou do pé sangrento deixado no sapato!

Como se esquecera?

"Ih, pra que tanto alarme, Biscoito?! Eu perdi a *perna*, não perdi o cérebro não!" Gordo riu, e Hugo olhou incrédulo para a risada. Tudo bem que o anjo achasse inútil ficar nervoso, mas... quem reagia, assim, à perda de um pedaço do corpo?!

Alheio a seus questionamentos, Gutemberg olhava com curiosidade para a própria perna translúcida; o pé fantasma enfiado numa cópia mágica do sapato. "Ainda bem que a varinha do Atlas não tá mais implicando com estranhos. A Bárbara teve que usar a bichinha quando eu desmaiei; pra curar a parte decepada e tal. Fez até a perna espiritual aparecer! Igualzinha às pernas do Tobias ó!"

"Eu nem sei como eu consegui, mano..."

"Foi no chute!"

Guto riu do próprio trocadilho, mas Hugo permanecia chocado demais para rir também. O garoto tinha perdido a perna!... Pra salvá-lo da Ceiuci!

"Sabe aquelas pessoas que botam a prótese e saem andando? Então. Esse aí acordou no dia seguinte, viu que tinha perdido a perna e saiu se divertindo com a nova, sem dificuldade nenhuma pra materializar a dele! Ó aí o leso!"

Gutemberg erguia as sobrancelhas para eles repetidas vezes, zombeteiro, brincando de passar as mãos entrelaçadas através da perna fantasma enquanto ia desmaterializando-a e solidificando-a de novo sem a menor dificuldade, o filho da mãe. Quem dera Tobias tivesse conseguido fazer o mesmo. Impressionante como uma mente positiva fazia a diferença. A do anjo tornava tudo tão simples! Já a de Tobias...

Hugo baixou os olhos angustiado. Àquela altura, o garoto já devia ter perdido as pernas fantasmas dele para sempre; desaparecidas no esquecimento.

Gutemberg parou de brincar, relaxando os braços no joelho que ainda existia. "Aí, foi só eu fazer crescer o pedaço de calça que tinha sido rasgado fora e multiplicar meu sapato que sobreviveu, pra substituir o que virou comida."

"Na verdade, ela só comeu a perna. O pé ficou lá, com o sapato."

"Opa! Partiu recuperar o sapato!"

"Muito engraçadinho", Bárbara rebateu. "Tu não volta lá nem a pau, doido."

Guto riu, concordando. "Conta pro Biscoito como você me salvou."

"Eu tava seguindo vocês tinha alguns dias já, em forma de onça: vigiando, assegurando que vocês não fossem atacados por nenhum animal... Aí surgiram aqueles flecheiros, e eu tive que dar uma volta maior, pra não ser caçada. Acabei cruzando o rio da Ceiuci antes de vocês. Aliás, vocês correm rápido, hein!"

"Verdadeiros antílopes humanos."

Hugo riu. "Mas como tu tinha conseguido encontrar a gente antes?"

"Ah, sim, nem te conto. Depois que me jogaram do navio e eu decidi te procurar, andei sem rumo por muitos dias, transformada em onça, tentando me esconder de mateiros, caçadores e indígenas. Foi palha, mano, até que, uma hora, farejei o seu rastro num acampamento desfeito e comecei a te seguir, sempre como onça."

"Que reconfortante."

Gordo riu, desenhando no caderninho que tirara do bolso.

"Foi caroço seguir os rastros de vocês, viu? Impossível rastrear uma canoa na água! Sorte que vocês paravam pra dormir em terra firme de vez em quando. Ficou muito mais fácil depois que começaram a empurrar a canoa pela floresta."

"Fale por conta própria."

"Aqui", o anjo mostrou um desenho para Hugo, que riu.

Impossível não rir de uma perna com asinhas, subindo para o céu.

Gordo sorriu arteiro, voltando a desenhar. "Enfim, ela arrancou a Ceiuci de cima de mim. Onça ninja, meo."

Bárbara deu risada, jogando um punhado de terra em cima do anjo, que se defendeu do ataque rindo. Os dois vinham caminhando juntos desde aquele dia, então. Via-se, pelo modo como olhavam, com carinho, um para o outro. "Quando o Guto se recuperou, a gente..."

"*Guto*, é?"

Bárbara deu um sorriso encabulado, corrigindo, "Gutemberg. Como eu ia dizendo, depois que ele se recuperou, nós tentamos procurar o teu rastro, mas não encontramos. Daí, ele disse onde vocês achavam que a gruta estava, e a gente veio."

Pelo visto, tinham feito um trajeto mais seguro. Sorte deles.

"O faro da Bá é sem comparação... Ô, Quixote! Eita, bicho medroso... Enfim. A gente só te encontrou hoje porque *ela* detectou a tua trilha, depois de semanas procurando, e passou a seguir seu cheiro."

"Espero que o cheiro seja bom."

"Cheiro de flores do campo", Bárbara disse, e os três riram, Hugo finalmente entrando no clima.

"Anda, levanta daí, vai, e vem me ajudar com a janta."

Hugo obedeceu, mas, ao se levantar, ruiu, num cansaço repentino, e Gutemberg teve de segurá-lo com força, ajudando-o a se sentar novamente e verificando sua temperatura. "Tu tá quente, hein, Lambisgóia?!" zombou, fingindo-se tranquilo, mas claramente preocupado, e Bárbara correu para ajudar também, pousando a mão no pescoço do pixie. Ficou tensa. "Deita ele aqui."

O anjo obedeceu, preocupado, e Hugo foi carregado até um local mais limpo. Estava realmente muito mal... Quase desmaiando de tão mal! Como?! Não fazia sentido! Um mal-estar *daquela* intensidade não chegava do nada daquele jeito, sem dar sinais.

Canaimé faz índio perder caminho... morrer de febre e de fome na floresta...

Trêmulo e exausto, Hugo riu na cara de Canaimé, com ódio dele: desafiando-o. Pelo menos de *fome* ele não ia morrer, agora que tinha Bárbara para caçar por ele, e *Canaimé* devia estar furioso com aquilo. Claro! Certamente não imaginara que um garoto da cidade encontraria *tanto* auxílio: Tadeu, Quixote, Bárbara, Gutemberg... Se não fosse por eles, teria morrido três vezes só naquele dia. E ia sobreviver ao quarto ataque também; com eles ao seu lado. *O jogo virou, seu filho da mãe...*

Bárbara lhe deu água da varinha de Atlas e algumas frutinhas vermelhas, que Hugo engoliu com dificuldade; a cabeça apoiada num montinho de terra.

"Isso aqui vai ajudar." Guto molhou sua testa, e Hugo se permitiu relaxar, sabendo que seria muito bem cuidado pelos dois: a febre já não tão assustadora quanto teria sido sem eles, apesar do enjoo incômodo. Deitado de lado, ficou observando com ternura Gutemberg cozinhar.

Gordo tinha um corte no supercílio, ainda não curado, empapando de sangue a lateral inteira do rosto; suas roupas ligeiramente mais largas no corpo. Longas caminhadas diárias e fugas inevitáveis pela floresta faziam isso.

Não o suficiente para que deixasse de ter o apelido, no entanto.

Mesmo abatido, o anjo ainda parecia bastante disposto; seus olhos não tendo perdido o brilho, e Hugo voltou a olhar para o corte feio no supercílio do paulista. A luz bruxuleante do fogo deixava evidente o sangue que escorrera, manchando o colarinho.

Percebendo o olhar fixo do pixie nele, Guto ficou um tempo sem entender, até que se lembrou, "Ih, é..." e passou as costas da mão suja no sangue. "Aconteceu tanta coisa que eu acabei me esquecendo."

Hugo sorriu, sem que ele visse. Esquecer daquilo era uma baita mudança para quem costumava não deixar nada desarrumar as sobrancelhas.

Não se importar com um supercílio sangrando era demais até para Hugo.

"Deixa eu ver, doido." Bárbara se levantou, indo curar o rosto do anjo com a Atlantis, que agora era deles, e Hugo, percebendo a troca carinhosa de olhares entre os dois, sorriu, fazendo muito gosto do casal. "O que fez esse corte?"

"A gente topou com um mapinguari acordado, alguns dias atrás. Só paramos de correr hoje."

"Eu achei que mapinguaris fossem bonzinhos..."

"E são! Com outros mapinguaris."

Hugo riu, enfraquecido. Terminando de fechar o supercílio, Bárbara tirou a cotia assada do fogo e sentou-se entre eles, despedaçando com as mãos o bichinho para dar uma parte a cada um, "A gente deu foi sorte! Já ouvi falar de gente que saiu *aleijada* de um encontro desses. Isso quando não são engolidas pela cabeça. Eles não são predadores, mas também não gostam de ser incomodados."

"No caso, passar perto deles, né?" Guto brincou, limpando o resto de sangue com a manga da camisa. "Aliás, como é que você ainda tá neste ponto da floresta, Lambisgóia? A gente foi perseguido por um mapinguari, uma bruxa velha com cara de urubu nos fez andar em círculos por semanas, e ainda assim a gente te alcançou?! O que aconteceu?"

Hugo desviou o olhar, desconfortável. "Deixa pra lá. Já passou."

Era constrangedor demais pensar nos abusos.

Percebendo que algo muito errado tinha acontecido com ele, Gutemberg olhou-o por um bom tempo, com o semblante grave, mas decidiu respeitar seu silêncio, voltando a comer sem comentar nada.

Muito gentil da parte dele. Hugo não se esqueceria.

Terminando seu pedaço de cotia, o anjo pegou o pedaço intocado de Hugo e ajudou-o a comer, deixando que o pixie permanecesse deitado enquanto despedaçava a carne e lhe dava na boca. Hugo não estava com fome, mas se forçou a mastigar e engolir, agradecido por estar novamente nas mãos conhecedoras do anjo. Algo que, nem em seus mais loucos sonhos, teria imaginado ser possível depois da Ceiuci.

Não sabendo mais como agradecer ao destino por aquilo, ficou o restante daquela hora acompanhando os dois com os olhos, observando-os trabalhar para deixar o lugar mais habitável; a onça e o anjo brincando um com o outro, enquanto se mantinham ocupados. Estava mesmo rolando um carinho especial entre os dois, e Hugo sorriu, inacreditavelmente feliz por vê-los ali. Por ver o *anjo* ali, principalmente. Fechando os olhos, deixou toda aquela felicidade interna tomar conta de si, emocionado, e murmurou, "*Saravá...*", os olhos marejados de alegria, sentindo de imediato uma cabecinha leitosa e macia roçar contra sua mão.

Macunaíma tinha voltado.

CAPÍTULO 75

UIRAPURU

Hugo acordou bem melhor no dia seguinte. Espreguiçando-se, foi falar com Gutemberg, que já estava sentado mais adiante, recostado num tronco de árvore. "Ei, Bolacha, qual feitiço tu usou pra...", mas se calou, "Deixa pra lá", percebendo que Bárbara dormia apoiada no peito do anjo.

Guto sorriu afetuoso para ele, olhando-a com carinho.

Bizarro pensar que, no fim das contas, Ceiuci acabara ajudando. Por mais que perder a perna fosse ruim, Gordo não teria sobrevivido às icamiabas. Elas buscavam *músculos* como bons sinais genéticos; não simpatia e sagacidade.

Teriam matado o anjo antes mesmo que Hugo acordasse.

"*Ei, Lambisgóia...*" Gutemberg chamou-o em voz baixa, apontando, de leve, para o doce canto de um pássaro vindo das copas das árvores. Era um canto quase sobrenatural de tão bonito. Modulava seus tons metálicos numa sequência complicadíssima de notas, e Guto sorriu, murmurando fascinado: "*Uirapuru... Dizem que, quando ele canta, todas as aves param pra ouvir.*"

Era realmente muito bonito. Os sons parecendo vir de todas as árvores, como que transmitidos de várias caixas de som... "*É um único pássaro mesmo?*"

Gutemberg confirmou, "*Dizem que traz sorte*", e Hugo olhou sério para Bárbara, que ainda dormia, recuperando-se da briga. "Bem que a gente precisa."

"Mais do que a gente tá tendo?!" Guto riu. "Vai dar tudo certo, Lambisgoia."

"Eu queria ter a sua certeza."

"Bobagem. O que seria da gente sem a sua desconfiança?" ele deu uma piscadela para o pixie, que achou graça. "Conhece a lenda do Uirapuru, Biscoito?"

Hugo negou, vendo que Macunaíma olhava para o alto, alucinado; as patinhas dianteiras apoiadas em um dos troncos, tentando descobrir em qual das árvores estava o apetitoso instrumento musical.

Guto sorriu, observando o gato. "Uirapuru era um jovem guerreiro que se apaixonou pela esposa do cacique. Sabendo que não poderia nunca se aproximar dela, pediu a Tupã que o transformasse em pássaro, pra que pudesse cantar, todas as noites, para sua amada." Guto dirigiu o olhar à moça em seu colo, e Hugo alfinetou afetuoso, "Onças comem pássaros também, tu sabe."

Guto riu de leve, mas parecia preocupado. "O que aconteceu, Hugo?"

"Como assim?"

"Você tá diferente."

"Tô?"

O anjo confirmou. "O Hugo que eu conheci não teria demonstrado a felicidade que você demonstrou ao me ver. Teria mantido a alegria escondida aí dentro, fingido não se importar muito com a minha volta. Seu orgulho não teria deixado que você me abraçasse daquele jeito. Alguma coisa aconteceu."

"E... isso é ruim?"

"A mudança não. A mudança é ótima. O fato de ter acontecido em tão pouco tempo é que me preocupa."

Hugo desviou os olhos, pensando nas icamiabas. Pensando em toda a humilhação que sofrera; toda a vaidade que haviam arrancado dele à força, e no alívio que sentira ao ver o anjo, vivo, ali. "Eu só fiquei contente. Só isso."

Gutemberg fixou-o por um tempo ainda, antes de aceitar seu silêncio de novo. Sabia que Hugo estava escondendo algo muito sério, mas respeitaria seu desejo de não contar. O pixie agradecia.

Assim que Bárbara acordou, os três começaram a caminhar em ritmo forte; Macunaíma o tempo inteiro irritado, tentando se defender das investidas serelepes da ariranha axé do anjo, que não parava de importuná-lo, empolgada.

Gutemberg havia conjurado sua ariranha para fazer companhia ao axé enfezadinho do pixie, e Hugo podia dizer que Macuna estava... confuso. Talvez até um pouquinho apaixonado, a julgar por como ficava ofendido toda vez que a ariranha leitosa passava rebolando seu longo corpinho ao lado dele, pulando no ar e flutuando brincalhona ao redor do pobre gato, como se estivesse nadando em água. Aí, sim, ele ficava realmente furioso, tentando derrubá-la a qualquer custo. "Ô gato invejoso."

Enquanto isso, Quixote se deslocava escondido atrás do pixie, olhando receoso para a moça-onça. Sempre tivera medo dela. Desde o primeiro momento, na Boiuna. Ele e todos os animais da escola. Só os humanos não percebiam a onça ali, em meio a eles. Os animais viam tudo, e Quixote ainda não se convencera de que ela era inofensiva.

Não era mesmo.

Hugo ficava observando Bárbara enquanto ela conversava, admirando a força que a jovem tinha. Não era qualquer um que chegava ali SEM NENHUMA VARINHA... Nem mochila, nem mapa, nem nada.

"Minha mãe estava guardando dinheiro pra me botar num colégio particular quando eu recebi a carta da Boiuna dizendo que eu era bruxa."

"Dá pra juntar tanto dinheiro assim catando lixo?"

"*Material reciclado*", ela corrigiu, e Hugo desculpou-se com as mãos.

"Ela dizia que filha dela não ia ficar sem uma boa educação. Então, toda a miséria que conseguia catando, ela guardava. Às vezes, não comia, pra economizar. Dizia que estava fazendo regime. Égua, é muita resenha, minha mãe, mano..."

Hugo sorriu. Bárbara era encantadora mesmo. Até no jeito de falar. E Gordo prestava atenção a cada palavra dela, fascinado, enquanto venciam os arbustos.

Bárbara sorriu com carinho, pensando na mãe. "Enfim, com poucas semanas de aula na Boiuna, eu descobri que eu era um Duplo."

"Um Duplo?"

"Uma humana que vira animal: que tem alma dupla. É assim que os bruxos brasileiros chamam os que viram bicho. Oxi, tu não sabia, não?!"

"Não. Na verdade, não."

... *Alma dupla*. Muito legal.

"Foi o Pajé que viu a onça dentro de mim e me ensinou a me transformar. Disse que aprender a controlar meu duplo animal seria muito importante pra mim no futuro. Que ia me ajudar a sobreviver."

Hugo olhou-a simpático. "E aqui está você."

"Aqui estou eu", ela confirmou sorridente.

"Sua mãe continua catadora, então?"

"Continua. Agora no lixão do Aurá, na Grande Belém. Lá tá palha, mano. Ela dá os pulos dela, mas eu queria que tivesse como eu trabalhar na Boiuna, sabe? Assim eu poderia mandar dinheiro pra ela todo mês. Só que não existe trabalho remunerado na escola, a não ser dos professores, e eu *ainda* não sou uma", ela concluiu, apertando o passo. "Bora embora, mano!"

"Mano do Céu... Eu tô cansado, Bá!"

"Ó, eu choro!"

Exaustos, o paulista e o carioca riram. Ela era a onça, ela mandava.

Estavam indo o mais rápido que a floresta permitia por entre os arbustos e riachos do caminho. Na maior parte do tempo, marchavam silenciosos, concentrados, para não perderem energia; outras horas, a conversa era a única técnica que os distraía do cansaço, mas jamais paravam. Bárbara e Guto geralmente na frente, batendo papo, enquanto Hugo se deixava ficar um pouco atrás, para não atrapalhar o casal. Até porque, no fundo, estava tenso. Brincava com eles, conversava, mas estava tenso, e não queria contaminá-los com sua secreta preocupação:

Canaimé ainda não enviara o fogo.

Não contaria nada a eles, claro. Para que preocupá-los à toa? Para que arriscar ter que explicar o motivo da maldição e as humilhações que sofrera nas mãos delas? Não. Esperava não ter de se expor assim nem quando voltassem em busca do muiraquitã.

Hugo tentou focar nos axés. Divertir-se assistindo a Macunaíma fugir assustado da empolgação da ariranha era melhor do que afundar naquela sensação horrorosa de ter virado objeto delas.

Ainda um pouco abatido por causa da febre, convocou o casal para que descansassem por algumas horas. Era seu dever chamar atenção dos distraídos para a hora avançada, senão continuariam conversando e andando madrugada adentro, sem perceberem.

Por mais que Poetinha precisasse deles, era importante dormir. Não podiam caminhar o dia inteiro e depois esperar ter energia num momento de fuga.

Naquelas horas, Hugo se afastava e ia dormir sozinho, para deixá-los a sós.

Bom para o casal, ruim para ele, que, deitado na penumbra, ao som das piadinhas distantes do anjo, ficava se lembrando de Atlas... Do professor definhando naquela cama, incapaz de se defender.

Eles precisavam encontrar aquela cura. Deus, eles precisavam.

Hugo acordou um pouco melhor na manhã seguinte.

Coçando os olhos, cansado, avistou os dois sentados na terra, mais adiante, conversando em voz baixa atrás de um tronco de árvore. Bárbara com o pescoço apoiado no ombro do anjo, parecendo bastante desanimada.

"*Você não devia se importar com isso, Bá...* Eles é que são idiotas! Problema deles! Sabe o que você devia dizer quando te chamam de *Ya'wara?*"

"O quê?"

"UAARRGH" o anjo rugiu todo charmoso, e Bárbara deu risada, tentando enxugar as lágrimas.

"Acha que eu tô brincando, é?!" Gordo sorriu. "Mas tem que ser com charme, viu? Uaaaargh" ele repetiu, como uma leoa dengosa, e ela caiu na gargalhada, dando um tapa em seu ombro. "Égua, tu é muito leso, mano!"

Guto riu, "Eu tô falando sério! O insulto vai perder toda a graça, e eles ainda vão te achar legal!" Ele fitou-a com carinho e admiração. "Sério agora, Bá, pra que ficar irritada com esse apelido se você é linda? Você sabe que é linda, né? Suas manchas são lindas!"

Bárbara deu um riso sarcástico.

"Viu só? Você mesma se deprecia! Moça, não faz isso, não! Quando a gente voltar, tu vai agir assim ó: vai pegar um espelho e ficar olhando pra ele até se achar bonita. Ok? Vai fazer postura de diva diante do reflexo, e dar uma chicotada com os cabelos." Guto imitou o movimento, com os curtos dele, e Bárbara deu risada.

Hugo também, tentando não fazer barulho.

"Vai fazer? Ótimo." Gutemberg afagou a nuca dela. "Eu tinha certeza de que você não se achava bonita. Sabe por quê?"

"Por quê?"

"Se você realmente acreditasse na sua beleza, não se sentiria mal de ser comparada a um animal tão bonito. Sentiria *orgulho* do apelido, porque saberia que suas manchas são tão lindas quanto as delas! E são! Acredite! Pouco importaria se eles pensassem estar te insultando. Pra você, seria um elogio, entende?! Quando você começar a encarar o seu apelido como um elogio, ou eles vão parar, irritados, e tentar te colocar pra baixo de outra forma, sem sucesso, porque você já vai saber que é bonita, ou vão começar a te admirar pela mulher forte que você é."

Ele sorriu, olhando-a com carinho. "O fato é: o apelido existe. Está aí. Mas é você que decide se ele vai ser um insulto ou um elogio. O poder está com você. Só depende de você. O mundo é o que a nossa mente faz dele. Se você decide que o mundo é bonito, você começa a encontrar beleza em cada detalhe dele. Se você se determina a ver com empolgação e curiosidade cada situação difícil, elas deixam de ser um problema e passam a ser uma *aventura* aos seus olhos. Da mesma forma, se você decidir se admirar, vai perceber que é linda. Simples assim. E aí os outros vão começar a perceber o mesmo em você, porque nada transmite melhor a beleza do que a autoconfiança. Não estou falando de ser arrogante e se sentir superior aos outros. Nariz empinado e arrogância só enfeiam as pessoas. Estou falando de se sentir confiante da sua beleza e da sua capacidade. Quando você ganhar confiança em si mesma, acredite, vão começar a te admirar. Pela sua inteligência, pela sua coragem e, sim, pelas lindas manchas na sua pele. Você é incrível, moça. Bonita pra caramba. Não é com você se sentindo inferior que eles vão te respeitar."

"Égua, mas eu não me sinto inferior! Eu respondo à altura! Eu bato neles, se for preciso!"

"Essa é você se sentindo inferior."

"Sério?!"

"Pensa comigo: que cachorro parece mais frágil e patético? Um poodle, que sai latindo feito louco, ameaçando qualquer cachorro grande que vê pela frente, ou um Beagle, que inicialmente sente medo do cachorro grande, mas depois sai brincando com ele, desarmando o grandalhão com sua brincadeira? Qual deles é mais respeitado pelo cachorro grande no fim? Eu sei que seres humanos não são cachorros, mas..."

"... alguns são."

O anjo riu. "Alguns são. Enfim, no seu caso, não custa brincar um pouco em vez de sair latindo. Pra mim, quando você reage com raiva, a mensagem que passa pra eles é: *'vocês acertaram no apelido; eu realmente me acho feia e vocês conseguiram me humilhar'*."

"Égua, eu nunca tinha pensado nisso."

"Pois é. Já se você começasse a ver com carinho suas manchas e reagisse ao apelido com graça e simpatia, eles ficariam: *'Nossa, quem é essa mulher cheia de autoconfiança? Acho que quero conhecer.'* Iam até perceber como você é bonita, porque você estaria se *sentindo* bonita, e isso aparece para os outros. Sério. Provavelmente continuariam te chamando de *Ya'wara*, mas por admiração e respeito, como o Hugo fez. Um elogio. Cada caso é um caso, claro. No caso do *meu* apelido, ele pelo menos deixou de ser um insulto. A intenção mudou."

"Tu só esqueceu de um detalhe." Ela o olhou com esperteza. "Eu não sou uma poodle."

"UARRGH."

Bárbara deu risada, estapeando o braço do anjo de novo, "Seu leso", e recostou-se de volta nele, refletindo, "Eu tenho que ser uma Beagle, então, é isso?"

"As manchas você já tem."

"Seu filho duma égua!" Bárbara deu um empurrão no anjo, que se desequilibrou para o lado, rindo, enquanto continuava a apanhar. "Eu só tô querendo te treinar, muié!"

Uma folha quebrou sob os pés de Hugo, e os dois se ajeitaram, disfarçando.

Idá sorriu afetuoso, fingindo não ter ouvido a conversa, e seguiu o caminho até o riacho mais atrás para tomar seu banho, enquanto ouvia Guto voltar ao assunto, *"Falando sério agora, Bá. O Beagle é um animal nobre, amigo, brincalhão. Não seria insulto também. Não existe um único animal que não seja um elogio. É só procurar as características de cada um que você destrói o insulto. Até o burro é um bicho extremamente doce e inteligente. Agora, pensa bem, Bá. Olha a sorte que você teve. Se não fossem essas manchas, você não ia ter esse galã plus size te consolando."*

Hugo riu silencioso, continuando a caminhar até o igarapé; a ariranha leitosa seguindo-o apressadamente, desajeitada que era, avançando com o corpinho molenga e o rabão que sempre arrastava no chão. Fofa. Chegando ao riacho, pulou na água, satisfeita, brincando de rolar e jogar água nele, para deleite do pixie, que adorava a bichinha.

Enquanto isso, Macunaíma assistia, com raiva absoluta da axé do anjo.

Hugo deu risada. *Gato ciumento...*

Sentando-se na margem, ficou um tempo observando a ariranha na água, pensando com carinho em Gutemberg. No que ele dissera para Bárbara.

Só agora percebia o quanto o anjo realmente não gostava do apelido que tinha. Mesmo que fosse dito com carinho, sem conotação negativa. Ele fingia não se importar, mas se importava, sim. Ele tinha um nome, e ninguém o chamava pelo nome.

Tirando botas e camisa, Hugo entrou no riacho e tomou um banho rápido. Não podiam enrolar ali. Terminando de se vestir, tirou a ariranha da água e pegou Macunaíma, sentindo-se quase uma babá de axé ao voltar com os dois.

Na clareira, Gutemberg já preparava tudo para o café da manhã; Bárbara tendo saído para caçar o que os três comeriam.

"Ei, Guto", Hugo o chamou, pela primeira vez usando o nome que ele gostava, e o anjo parou surpreso. Não devia estar acostumado com tanto respeito.

"Eu não te disse o quanto eu fiquei feliz por você estar vivo. Digo, eu te abracei e tal, mas não disse."

Gutemberg sorriu, murmurando, "Valeu", de repente tímido, seus olhos num contentamento indescritível. Tentando atenuar a emoção, Guto riu, com os olhos marejados, dando uns pulinhos de alegria para disfarçar, e Hugo deu risada. Adorava aquele garoto.

Com aquilo resolvido, os dois voltaram a preparar a fogueira; Gutemberg com um ânimo renovado, já que tudo estava dando certo pra ele depois da perna.

"Tu sabe que onça come ariranha, né?"

O anjo deu risada, "Acho que onça come tudo!", e Hugo sorriu afetuoso, vendo Guto acender o fogo com a Atlantis.

Em poucos minutos, Bárbara voltou, carregando dois tatus na boca, e os três desfrutaram de um ótimo banquete para começar o dia.

Era outra coisa andar com uma onça ao lado: comida farta, sensação de segurança mil vezes maior... Bárbara era uma onça perfeita: forte, confiante, de pernas robustas, com o padrão perfeito de manchas pretas, bem distribuídas na pelagem amarelo-castanha... além da mancha em formato de Brasil na altura do pescoço, que Bárbara também tinha enquanto humana, mas no rosto. Linda demais.

Por que não se mostrava como onça para os estudantes da Boiuna, Hugo não conseguia entender. Teria acabado com qualquer piada! A onça era o predador mais completo da floresta! O corpo forte, capaz de nadar, rastejar e escalar com perfeição, a mordida excepcionalmente poderosa em comparação à dos outros grandes felinos, possibilitando furar a casca de tartarugas e morder crânios com uma cravada fatal no cérebro... enfim, uma verdadeira máquina de matar! E a ariranha de Guto ali, toda destemida, saltitando brincalhona atrás da predadora.

Em comparação, Macunaíma e Quixote apenas fingiam-se de corajosos. Andavam tensos ao lado da onça, mas, a qualquer mínimo movimento diferente dela, saltavam metros no ar, de susto. Às vezes, bastava movimento nenhum.

Sabendo disso, a ariranha volta e meia esperava o momento certo de distração de Macunaíma para pular em cima do pobre gato, matando-o do coração.

Hugo morria de rir.

A descontração dos três humanos tinha limites, claro. Às vezes, batia aquela angústia básica, por estarem demorando demais, até que Guto soltava algum comentário filho da mãe, e todos riam de novo, saindo da fossa.

Logo, Hugo e Bárbara já estavam no clima do anjo e, com a chegada de chuvas inesperadas em cima deles, enquanto comiam, era um tal de "Guto, passa o sabonete?"... "O chuveiro elétrico tá bom hoje, hein?" "Culpa a Bá, por ter pago a conta d'água", que nem sentiam a chuva passar.

Guto era como um remédio que contagiava todos.

Talvez o remédio de que Capí precisava: um cara alto-astral para botá-lo para cima.

Algumas gotas de Guto. Usar sem parcimônia.

Mesmo quando andava cansado pela mata, já quase sem fôlego, o anjo conseguia manter o caminho interessante, recitando com empolgação coisas como: "VERDADE: o escoteiro tem uma só palavra; sua honra vale mais que a própria vida. LEALDADE: o escoteiro é leal. ALTRUÍSMO: o escoteiro está sempre alerta para ajudar o próximo e praticar diariamente uma boa ação. FRATERNIDADE: o escoteiro é amigo de todos e irmão dos demais escoteiros. PERFEIÇÃO: o escoteiro é cortês. BONDADE: o escoteiro é bom para os animais e as plantas. CONSCIÊNCIA: o escoteiro é obediente e disciplinado. FELICIDADE: o escoteiro é alegre e sorri nas dificuldades. CONSCIÊNCIA: o escoteiro é econômico e respeita o bem alheio. PUREZA: o escoteiro é limpo de corpo e alma."

"Essa parte aí eu já não sei."

"Muito engraçadinho."

Hugo riu, parando para descansar e recostando a cabeça numa árvore.

Uma cobra o afastou, no susto, e foi a vez de Gutemberg dar risada. "Essa aí é inofensiva, bundão."

Hugo olhou-o irritado, "Como você sabe?!"

"Eu gosto de estudar animais peçonhentos."

Hugo ergueu a sobrancelha. Não imaginara aquilo, vindo do mais gentil dos anjos.

Não que Gutemberg fosse qualquer coisa que Hugo já houvesse imaginado.

Os dois foram interrompidos por um macaquinho morto, largado aos pés deles pela onça. Era todo marronzinho, e Hugo, atônito, ficou olhando com pena para o filhotinho dilacerado. Ela nunca trouxera nada tão… fofo.

Quixote estava apavorado.

Limpando a boca do sangue, Bárbara passou as mãos pelos cabelos suados. "Tu não tava com fome? Então."

Guto achou graça da cara de nojo do pixie, jogando na boca uma frutinha que encontrara por ali. Já havia se acostumado às carcaças de animais fofinhos, mas Hugo não, e Bárbara olhou para o pixie quase ofendida. "Égua, doido. Tu não come vaca, porco, essas coisas, sem sentir pena?! Macaco não é diferente, não!"

"Na verdade, eu como <u>sentindo</u> pena. Um pouco. Às vezes. Principalmente quando são servidos com a cabeça junto."

Sentando-se no chão e começando a desossar o pobrezinho sem piedade, Bárbara meneou a cabeça, "Tu devia virar vegetariano então. É chibata. É bacana. Mas não agora. Não aqui." Ela lhe deu uma perna tostada com feitiço. "Toma."

Hugo mastigou a perninha sem vontade nenhuma.

"Ô, Lambisgóia, sabia que mordida de onça é duas vezes mais forte que a de leão?"

Sabia. Já tinha percebido. Bárbara era assustadora. No dia anterior, arrastara uma anta inteira até eles pelos ossos do crânio.

"Já viu, né, Huguinho? Melhor não mexer comigo."

Os três riram, um pouco cansados, Hugo com um sorriso meio fraco; meio desesperançoso.

"Ei", Guto murmurou. "Fica assim, não. A gente vai conseguir."

Hugo assentiu, abraçando as pernas. Agora não era só Atlas que precisavam salvar, né? Era o Poetinha também, e eles não pareciam nem perto de chegarem à gruta após cinco dias de caminhada. *CINCO*. Jaci havia dito três.

Foca apoiou a cabecinha nele, e Hugo, arrasado, fez um afago no corpinho leitoso da ariranha, torcendo pra que a axé do anjo não encontrasse nenhuma razão para desaparecer. Nem ela, nem Macuna, que chegou para tomar posse do cafuné.

Bárbara riu. "Bom, eu vou lá caçar mais alguma coisa", e se levantou. "Esse macaco não deu nem pra tampar o buraco do dente." Voltando a virar onça, entrou novamente na floresta, enquanto Hugo pegava mais uma perninha para petiscar, sem nenhuma vontade. "Bem que algum de nós podia ter trazido um relógio anual portátil. Pelo menos a gente saberia se o dia 5 tá chegando."

"O relógio só teria te deixado mais nervoso, Hugo", Guto retrucou. "O tempo não ia passar mais devagar por você estar olhando. Ele não está nem aí pra nós."

Hugo concordou incomodado. Mesmo assim, não deixava de se culpar por não ter aproveitado a presença do Poetinha para perguntar em que dia estavam. Idiota. Nem pensara naquilo.

Ele passou a mão pela nuca. Estava exausto. O corpo dolorido de tanto esforço. Tinha mesmo que parar de pensar no tempo. Cada vez que pensava, sentia-se pior, e pra quê? A floresta não ia se abrir mostrando o caminho só porque eles estavam com pressa. Poetinha provavelmente já não tinha mais chance. Cinco dias era tempo demais. Só restava focarem no Atlas agora. Atlas ainda estava vivo.

Procurando não pensar mais na urgência de tudo aquilo, Hugo voltou a tentar se distrair. Rir era melhor mesmo; Guto tinha razão. Tanto que o anjo tinha o sorriso mais bobo no rosto, e Hugo olhou-o afetuoso. "Você tá feliz com ela, né?"

Guto sorriu, bastante tímido agora, "A gente tá se curtindo, sim."

"AEEE!" Hugo jogou água de varinha na cara dele, e o anjo deu risada, enxugando as lágrimas que teimaram em aparecer. Olhando de soslaio para o pixie, sorriu esperto, "Você sabe com que outro nome chamam as ariranhas, né?"

"Não, como?"

"Onças d'água." Guto deu uma piscadela para Hugo, que achou perfeito. Combinação primorosa do destino.

Já ia comentar aquilo quando os dois ouviram um tiro forte de espingarda ao longe, e se levantaram aflitos.

Bárbara!

CAPÍTULO 76

PELE DE BICHO

Os dois saíram correndo pela mata fechada, arranhando braços e pernas nos arbustos altos; varinhas já em mãos. O tiro havia sido seguido por um rugido de dor, e eles não tinham mais dúvida de que Bárbara havia sido atingida. Guto corria aflito, com os olhos úmidos. Como podia haver azêmolas tão longe da civilização?!

Os dois pararam ao ver sangue na terra, seus corações afundando.

Arrasados, começaram a seguir, tensos, o rastro vermelho, até que alcançaram a borda de uma clareira e viram a onça caída lá no meio, reconhecendo Bárbara pela mancha de Brasil no pescoço. A fera respirava com dificuldade; sua pelagem empapada de sangue entre a pata dianteira e o tórax, sem energia para se arrastar mais, enquanto o caçador, de pé ao lado dela, mirava decidido a cabeça do bicho.

"NÃO!" Hugo e Gutemberg gritaram ao mesmo tempo, lançando o homem longe com um mesmo feitiço, potencializado por dois.

O caçador girou cinco vezes no ar antes de cair, a espingarda jogada longe, e, assustado, se virou no chão, sem encontrar quem o atingira.

Apavorado agora, puxou um revólver da cintura, apontando-o para todos os lados, sem saber para onde atirar, enquanto Hugo segurava Gutemberg com todas as suas forças atrás de uma das árvores, tapando a boca do anjo e impedindo-o de socorrê-la.

"*Tu acha que ele tá sozinho aqui, maluco?!*" Hugo sussurrou com urgência, mas estava difícil conter o desespero de Guto; as lágrimas dele molhando sua mão enquanto Hugo o segurava para trás com considerável força.

O caçador continuava apontando o revólver aleatoriamente, as mãos trêmulas. Talvez até conseguissem enfrentá-lo, mas só se ele estivesse sozinho.

"*Ih, que foi, doido?! Viu curupira, foi?!*" Outro caçador entrou na clareira dando risada, e Hugo cerrou os olhos, tenso. Eram mais de um.

Espiando-os por entre as folhas, viu o segundo se aproximar da onça ferida e rir, "*Que tiro, hein! Que tiro!*", enquanto Hugo o escutava com ódio.

Bárbara não parecia mais estar respirando, e Gutemberg chorou ainda mais, a boca ainda tapada. "*Calma, Guto... Calma. Ela ainda tá viva... Eu sei que tá.*"

Hugo dizia aquilo, mas não tinha certeza. Nem via como combatê-los armados. Só Capí conseguia ser mais rápido que uma bala – e, agora, nem ele mais.

"*Tu ia atirar nela de novo, doido? Tem titica na cabeça?! Estragar uma pele dessas?! É pele de onça, mano! E olha os padrões nessa aqui! Tem o Brasil no pescoço, mano! A gente pode ficar rico!*"

"*Mas ela ainda tá viva! Tu quer levar a onça viva?!*"

Hugo respirou aliviado, sentindo Gutemberg relaxar também em seus braços, fechando os olhos. Ela ainda estava viva, graças a Deus...

"*Bicho assim a gente sufoca, pra não estragar mais ainda a pele. Segura aqui, que eu faço.*"

Tenso, Hugo ouviu a espingarda sendo transferida de mãos, seguido pelo protesto desesperado da onça, que tentava rugir à medida que o homem a sufocava, e Hugo já ia soltar Guto, para que atacassem, quando um ruído estranho de folhas se agitando tomou conta do ambiente inteiro.

Os caçadores também pararam assustados, vendo os arbustos chacoalharem ao redor deles; assobios começando a soar por todos os lados, sem que eles soubessem para onde apontar suas armas.

De repente, todos tiveram seus ouvidos atacados por um assobio insuportavelmente agudo, e Gutemberg gritou de agonia, tapando as orelhas, vendo Hugo fazer o mesmo com seu único ouvido bom. Olhando a clareira, perceberam que, para os caçadores, estava sendo muito pior: os dois tinham os ouvidos sangrando e olhavam enlouquecidos ao redor, como se ouvissem risadas... Risadas direcionadas somente a eles! E Hugo abriu um sorriso, percebendo quem era.

Aqueles azêmolas estavam ferrados... Ahhh estavam. Ele riu, olhando ao redor, à procura do Curupira. Encontrou-o montado num animal de luz: um enorme veado branco, com olhos de fogo e elegantes galhadas, que os caçadores logo reconheceram, assombrados. "*Anhangá...*" murmuraram em terror absoluto: reação oposta à de Guto, que sorriu largamente, deslumbrado ao ver a criatura que sempre sonhara conhecer. E antes que os caçadores pudessem manifestar qualquer reação, o cervo de luz disparou atrás deles; Tacape agachado no lombo do poderoso Anhangá, açoitando com o chicote os caçadores, que corriam aos tropeços para longe dali, dando tiros desorientados pela floresta sem conseguir mais ver seus perseguidores, até que sumiram na mata, berrando enlouquecidos.

Aqueles dois, se sobrevivessem, jamais recuperariam a sanidade.

Então era assim que o Curupira trabalhava...

Sentindo medo agora, por estar enganando Tacape, Hugo viu Gutemberg correr em direção a Bárbara, ajoelhando-se na terra e segurando a onça com as mãos trêmulas, já chorando de novo, desesperado.

"Calma, Guto, peraí", Hugo se aproximou, tentando ser o racional da dupla.

Igualmente tenso, analisou o ferimento, mas o que ele entendia de anatomia animal? Era muito sangue empapado na pelagem.

Bárbara olhava o nada, enfraquecida demais para percebê-los ali, e Hugo sacou a varinha, sua mão suja de sangue, sem saber o que fazer.

"A bala. Tem que tirar a bala primeiro", Guto disse, e Hugo concordou, apontando tremulamente a varinha para a lateral ensanguentada do tórax: "*Pinda'yba!*"

O projétil, que, de início, encontrara resistência, deslocou-se para fora do buraco, e o anjo estendeu a mão para pegá-la.

Quem dera fosse fácil assim com a doença de Atlas.

Agora era só fechar o ferimento, antes que Bá perdesse sangue demais.

Hugo murmurou, "*Posanonga*", mas o feitiço não funcionou.

"Ah, qualé! *Posanonga!*"... Nada. Talvez só funcionasse em humanos.

Os dois se entreolharam, apreensivos. "*Bárbara*", Hugo sussurrou. "*Bárbara, eles já foram embora. Pode se transformar de volta. Por favor, se transforma de volta...*", mas o animal estava perdendo a consciência. "*Se transforma, caramba! A gente não sabe curar onça!*"

Grunhindo sem energia, Bárbara tentou se mexer na terra, fazendo força com as patas, sem conseguir se mover direito, até que, lentamente, com muito sacrifício, o corpo da manauara começou a reagir; cada parte da transformação lhe causando mais dor à medida que patas viravam mãos e pés, a calda desaparecia, o quadril, a barriga, as pernas e a cabeça ganhavam formato humano, os pelos davam lugar à pele manchada... "Isso!" eles comemoraram, vendo Bárbara completar a transformação, suada e sofrendo, a roupa ensanguentada abaixo do braço esquerdo, e Hugo fechou a ferida o mais depressa que pôde, olhando-a enfraquecida no colo de Guto.

Ainda em choque, Bárbara adormeceu exausta nos braços do anjo, e eles ficaram em silêncio, tentando se recuperar do susto. Guto bem mais calmo agora.

Observando-o com um leve sorriso, Hugo sinalizou para que o amigo olhasse o outro lado da clareira. Lá estava Anhangá, imponente entre as árvores, e Guto, surpreso, agradeceu ao espírito das matas, que aceitou o agradecimento com um inclinar de pescoço, transformando-se num pássaro branco e partindo dali.

Gutemberg sorriu emocionado, e Hugo bagunçou os cabelos do anjo, feliz por ele. Ninguém merecia realizar um sonho mais do que Guto.

Vendo que Bárbara não acordaria tão cedo, Guto se deitou ao lado dela, adormecendo também, e Hugo ficou sentado ali, de vigília, rasgando folhas do chão, distraidamente, sabendo que havia mais alguém os observando, no silêncio da tarde.

"Onde tá a gruta, Tacape?" Hugo perguntou quieto, mas o Curupira negou, lentamente aparecendo ao lado dele à medida que respondia. Ainda não estavam perto o suficiente para que ele fosse junto.

Hugo olhou-o irritado. "Você disse que ia me ajudar."

"Menino só vai encontrar gruta se estiver vivo. Tacape tá ajudando."

Argumento válido.

"Tacape tá sem tempo", justificou mesmo assim. "Os caçador vieram do Acre. Estão três meses na mata, caçando bicho pra pegar pele, e só hoje Tacape teve tempo. Sorte deles zonas azêmolas mais seguras. Senão, não tinham sobrevivido três meses."

Bem que haviam avisado.

"Menino tá perto. Naquela direção." Ele apontou. "Quando segundo dia de andança entristecer, anda até divisão mágica com parte sem magia. Gruta fica a dois gritos dali."

"Dois gritos?"

Sonolento e adormecido, Gutemberg resmungou, "... *um quilômetro...*", e voltou a dormir. Nem se lembraria do Curupira quando acordasse.

Exausto daquilo tudo, Hugo perguntou, "Você tem certeza, Tacap...?"

O Curupira não estava mais lá.

Aceitando o sumiço, Hugo ficou ali, sentado na terra, esperando que os amigos descansassem. Mais dois dias... Cada vez que chegavam perto, a floresta parecia se esticar para que ficassem dois dias atrás de novo! Era um pesadelo!

Quixote veio consolá-lo, deitando-se em seu colo. Provavelmente sabia que ficaria longe de seus amiguinhos axés por um bom tempo agora. Macuna havia se desfeito em leite. A ariranha também. Não era todo dia que quase se perdia uma amiga a tiro. Fazia tempo que Hugo não sentia aquele nervoso de ver uma ferida aberta no tórax de um amigo. Muito tempo, na verdade. Antes de conhecer Saori até...

Crianças não deveriam nunca morrer tão cedo.

Pensando no Poetinha, Hugo cerrou os olhos, deixando suas lágrimas caírem pelo pequeno pajé.

Fazia cinco dias já... O menino estava morto. Certamente estava morto.

Sofrendo ao aceitar aquilo, Hugo tentou, com imenso esforço, tirá-lo da mente.

Agora era Atlas. Tinham que se concentrar no Atlas.

CAPÍTULO 77

FOGO

Gutemberg só acordou quando já estava escuro. Vendo que Hugo não dormira, ajeitou-se com cuidado na terra e murmurou, "Você até que é bem fortinho, hein! Pra um nanico da sua idade. Me segurar não é nada fácil!"

"Foram meus *músculos treinados*."

Guto deu risada, voltando a olhar com ternura para Bárbara. "Acho que a gente vai ter que caminhar no escuro hoje. Recuperar o tempo perdido."

Hugo concordou. "Se ela estiver bem pra andar."

"*Ei, Bá... Acorda, vai, Barbie*", Guto sussurrou delicado, e Bárbara abriu os olhos, reclamando com a voz fraca, "*Oxi, credo, 'Barbie'?... Que insulto é esse, seu leso?!*"

Guto riu. Ela estava bem. "Levanta, vai. Ou quer ficar dormindo a noite toda?!"

Bárbara deu um tapa no braço do anjo, ainda um pouco pálida. Precisaria comer alguma coisa antes de irem, mas estava bem. Depois de ter levado um TIRO.

Sacando a Atlantis, Guto foi caçar para ela, pela primeira vez. Voltou com um macaquinho *vivo* no ombro e alguns ovos de tracajá na mão.

Ela riu, olhando para os ovos. "É sério isso?!"

"Não olha assim pra mim. Eu juro que consigo matar macaco. É que... Veja que ovos deliciosos eu trouxe pra você."

"Te orienta, doido!"

"Vem não, que eu sei que onça come ovo também."

Hugo deu risada; o mico marrom sorrindo de nervoso na direção da onça-humana enquanto Bárbara mastigava os ovos, crus mesmo. "Melhor tirar esse bicho daí antes que eu termine o serviço."

"Bicha má."

"UARRRGHH."

Hugo riu, pegando um ovo para si e começando a esquentá-lo com um feitiço; a varinha escarlate iluminando a escuridão de vermelho. De repente, o ruído de enormes asas batendo se fez ouvir acima das copas das árvores, e Bárbara olhou temerosa para o alto, "Credo, o que é isso?!"

Guto sacou a Atlantis, alerta, e Hugo sentiu um calafrio.

Os filhos de Jurupary...

Com medo que o brilho intenso de sua varinha chamasse atenção, escondeu-a depressa, tenso, sinalizando por silêncio e segurando a respiração; os olhos fixos nas copas. Os inimigos das icamiabas deviam estar só de passagem, em seus bichos alados.

Esperando mais um tempo, sussurrou *"Vem, vamo"*, e guiou os amigos por entre as árvores, no escuro da floresta noturna, não querendo ter seu crânio dividido em dois a machadadas, como as icamiabas haviam tido.

Logo as asas se afastariam, Hugo tinha certeza. Ou pelo menos torcia para isso. Afinal, a birra daqueles homens não era contra eles.

Confiando naquilo, continuou a andar, tenso; evitando olhar para o alto, como se aquilo fosse fazer alguma diferença...

Droga, o ruído não estava diminuindo. Muito pelo contrário.

Meu Deus, eles sabem que a gente está aqui...

Hugo apressou o passo, percebendo que estavam, de fato, sendo seguidos; as copas das árvores chacoalhando pesadamente toda vez que aqueles homens e seus bichos misteriosos pousavam nelas e voltavam a voar, cada vez mais próximos... observando-os através das folhagens. Os três começaram a correr.

Em pânico, Hugo mantinha a mão próxima à varinha guardada, caso atacassem. Será que pensavam que ele era um espião das icamiabas?! *Putz...* Só podia ser aquilo. Eles haviam visto Hugo na aldeia delas, e, se ele estava vivo, só podia ser espião delas!

Não, não. Senão eles já teriam atacado.

Decidindo que não era por aquela razão, Hugo tentou se acalmar, continuando a guiar os amigos, por minutos intermináveis, até que os ruídos cessaram.

Confusos, os três foram parando. Que diabos de perseguição terminava assim?

Olhando para cima, ficaram ouvindo o silêncio por um tempo, até que Bárbara riu de nervoso. "Credo..."

Hugo resolveu rir junto, fingindo também não saber o que eram. Fazendo um carinho em Quixote, que só agora tirara a cabecinha do bolso, curioso, sinalizou para que continuassem a caminhar; ele próprio só aos poucos se acalmando.

Claro. Apenas Hugo sabia dos machados e da brutalidade de seus perseguidores; o casal nem desconfiava. Mesmo assim, somente meia hora mais tarde Guto arrumou coragem para usar a Atlantis, iluminando o caminho à frente. Quixote, agora, nos ombros do anjo.

Em que animal será que os filhos de Jurupary voavam? Águias gigantes? Dragões? "Tem dragão na Amazônia?"

"Eita, seria muito pai d'égua!" Bárbara disse, gostando da ideia.

Estranho aqueles bichos poderem voar numa zona intermediária como aquela. Os azêmolas não ouviam as asas?!... Talvez não. Talvez vissem apenas *indícios* de magia nas áreas intermediárias: o suficiente para que os seres dali virassem lendas, como o Anhangá e o Curupira.

Hugo abriu caminho por uma série de arbustos na escuridão e, metros à frente, viu uma luz passar muito rápido, feito fogo, sumindo no escuro de novo.

Seu coração acelerou. "Tem certeza de que não tem dragão aqui?!"

"Do que tu tá falando, doido?!" Bárbara se aproximou para ver, mas só havia o breu ali.

De repente, outra área distante se iluminou alaranjada da mesma forma, agora ao lado, e Hugo apontou para o espaço escuro, onde o rastro de fogo acabara de desaparecer, "Ali!! Era um dragão, não era?!"

Mas Bárbara estava pálida, olhando em choque para a escuridão. "*Ai, papai...* Quem dera fosse! CORRE!"

Assim que ela gritou, um incêndio explodiu, imenso, diante deles, jogando-os para trás como uma enorme explosão de fúria azul, e os olhos aterrorizados dos três viram surgir, das chamas azuladas, uma gigantesca cobra de fogo, que, furiosa, deu um bote pra cima deles; os três se esquivando, por pouco na terra, cada um para um lado. "CORREEE!" Bárbara gritou de novo, antes de se levantar, mas Hugo já estava correndo, como nunca correra na vida; a cobra em seu encalço, ignorando os outros dois. Claro que ignoraria. Ela estava ali para ele.

Apavorado, Hugo olhou para trás e arregalou os olhos, vendo a imensa serpente disparar por entre as árvores; seu corpo incendiário ziguezagueando atrás dele, raspando nas folhas sem queimá-las, e o medo que sentiu, diante daquele monstro que só queimava humanos, enfraqueceu-lhe as pernas enquanto corria; sua pele ardendo horrores, pela proximidade absurda com o calor daquelas chamas, agora alaranjadas.

Suando, Hugo ziguezagueou ainda mais por entre as árvores; o monstro indo atrás, numa destreza assustadora, iluminando os troncos ao redor com suas chamas alaranjadas enquanto o perseguia em absoluta fúria. Frustrada pela demora em alcançá-lo, a cobra explodiu inteira em chamas azuis de novo, enfurecida; Hugo sentindo a quentura maior em suas costas e continuando a correr, absolutamente trêmulo. Estava exausto, mas não podia parar de jeito nenhum, e olhou para trás de novo. A serpente erguia-se para mais um bote, enlouquecida de fúria, explodindo de novo em chamas azuis acima dele, e Hugo esquivou-se a tempo, dando a volta em uma das árvores para correr na direção oposta, a fim de não se perder do caminho, durante a fuga.

Checando a retaguarda, viu que a cobra já girava atrás dele de novo, como uma fera faminta e alaranjada, dando botes cada vez mais rápidos à medida que Hugo escapava por entre as árvores, já em pânico absoluto. Não ia conseguir fugir. Não estava tendo tempo nem de sacar a varinha! O suor escorria-lhe pelas costas, com o calor insano da serpente; as pernas doendo horrores com o esforço, mas não podia parar. Já nem olhava mais para trás, para saber quando a cobra ia atacar. Não precisava. A onda de calor o atingia em cheio quando ela explodia azul, infernalmente mais quente, para dar o bote, de modo que Hugo podia desviar sem olhar, sempre procurando virar para lados específicos, correndo em círculos o máximo que podia, para não se perder, mas a serpente continuava, doentia, atrás dele! Dando bote atrás de bote! E ele, exausto, já não estava mais conseguindo desviar com tanta eficiência! Apavorado, fechou as mãos em frente à boca, para tentar chamar Tacape, como ele lhe ensinara, mas era impossível fabricar sons correndo daquele jeito, e ele não podia parar de correr.

Hugo sentiu um calafrio. Teria que lidar com ela sozinho.

Ainda correndo, esgotado, virou-se contra a cobra com a varinha na mão, fechando os olhos e soltando um flash imenso de luz, que confundiu o bicho, dando-lhe tempo de se esconder atrás de uma árvore para recuperar o fôlego.

Ali, parou, ofegante, à espera do próximo ataque, suando em bicas com o calor sufocante das chamas tão próximas. Podia ouvir o corpo dela crepitando a menos de um metro de distância do tronco em que estava escondido; o calor infernal atrás de si, cozinhando-o lentamente à medida que a cobra tentava entender onde ele estava.

Hugo cerrou os olhos. Ela não sabia... Graças a Deus, ela não sabia...

Sentindo o suor escorrendo-lhe pelas costas, Hugo tentou segurar a respiração, para que ela não a ouvisse, mas era impossível: seu corpo precisava de ar, mesmo que fosse aquele ar quente, que os pulmões oprimidos puxavam para dentro, desesperados.

O ruído do fogo devia estar impedindo-a de ouvi-lo, graças a Deus, mas aquilo não duraria muito. E de fato não durou. Extremamente esperta, ela se apagou atrás dele, e toda a luz alaranjada que iluminava o ambiente sumiu, sobrando apenas a escuridão da noite... e o brilho vermelho da varinha escarlate.

Hugo tentou escondê-la, mas era tarde demais. A cobra já explodira em chama azul, furiosa. Subindo imensa, deu o bote pela lateral, errando Hugo por meio centímetro apenas, e ele escapuliu pela frente com uma cambalhota, voltando a correr; ela, agora, a medonhos centímetros de sua nuca; queimando-o sem tocá-lo.

Aterrorizado, ele continuou se defendendo das investidas da gigante incendiária da melhor forma que podia, esquivando-se e correndo, esquivando-se e correndo, enquanto gritava, "Tacape! Tacape, me ajuda!", mas nada de o Curupira aparecer, e Hugo apontou a varinha para trás, caindo de costas na terra ao se virar e arregalando os olhos diante da cobra que se elevava. *Mãe de Deus...* "Y-GUAÇU!"

O feitiço empurrou-a para trás com um constante e imenso jato d'água que, apesar de bater nela sem cessar, como uma ducha contínua e forte de bombeiro, não estava apagando seu fogo, e a cobra, furiosa com o jato que a machucava, esquivou-se, dando o bote pela lateral. Hugo rolou para o lado, vendo a imensa cabeça de fogo atingir com força o solo e voltar raivosa para cima, explodindo em azul intenso e mergulhando de novo, e Hugo pulou para fora de alcance, começando a jogar nela tudo que sabia de feitiços elementais – a cobra ficando cada vez mais furiosa à medida que ele, com os olhos ardendo do suor, ia ganhando tempo, tentando empurrá-la para trás, mas Hugo estava esgotado! Não aguentaria muito mais! Aquele bicho era obsessivo! Temperamental! Violento! Incansável!... Hugo não! Hugo cansava! Estava absolutamente exausto (!), atacando a cobra sem nem saber mais quais feitiços estava lançando.

Caindo de costas na terra, rolou para o lado escapando de mais uma cabeçada, e então de mais uma, e mais outra, tentando se arrastar para trás com a ajuda da mão direita apenas, enquanto se esforçava para que a varinha não escapulisse da esquerda, com o suor. Ele não conseguia mais respirar de tanto calor que havia no ar. Atacava o monstro, mas sem conseguir raciocinar; sua boca já seca, completamente desidratado! Com a mão livre, abriu os botões da camisa para tentar respirar melhor, deixando que a mão esquerda fizesse todo o trabalho de defesa, a varinha raciocinando por ele enquanto Hugo puxava o ar, que entrava queimando para dentro dos pulmões. Ele estava derretendo por dentro, meu Deus...

Sentindo a cabeçada seguinte da cobra lamber-lhe a mão, Hugo berrou, largando a varinha; a pele queimada. Apavorado, olhou para cima, vendo-a preparar o próximo bote, e rolou de novo, sem varinha agora, desviando da próxima cabeçada, e da próxima, e da próxima; as investidas brutais daquele animal absurdo cada vez mais impossíveis de evitar, até que, todo desalinhado, a camisa metade desabotoada, a pele *queimada* demais, Hugo percebeu que não ia conseguir desviar do próximo. Não tinha mais energia. E a cobra desceu violenta para seu último mergulho.

Recostado na terra, o peito à mostra, Hugo cobriu o rosto e os olhos com os braços, como se aquilo pudesse protegê-lo de sentir a agonia da fogueira.

E, assim que ele o fez, o calor sumiu.

Assim. De repente.

Como se alguém houvesse desligado o maçarico.

Ouvindo, incrédulo, o silêncio da floresta, e conseguindo novamente respirar o ar fresco da noite, Hugo tirou os braços dos olhos, esperando encontrar apenas as árvores escuras à sua frente. Mas não. A cobra continuava ali. Viva. Olhando para ele.

Só que apagada. Inteiramente translúcida, na verdade. Como uma imensa cobra de vidro gelatinoso. A colossal cabeça, quase do tamanho dele inteiro, parada a centímetros do peito exposto do humano; os olhos fixos na guia de Xangô.

Hugo olhou surpreso para o colar que a avó lhe dera.

Ele brilhava como fogo em seu peito, hipnotizando a imensa serpente..., encantando aquele monstro, que olhava para o brilho daquelas pedras quase como se aguardasse, transfixada, uma ordem do colar. E Hugo ficou olhando, atônito, para o bicho.

Sem o fogo, seu corpo era lindo, translúcido, escuro, de um azul interno incrível e profundo; suas escamas tão transparentes, que era possível ver, lá dentro, centenas de olhos brilhando azuis, mergulhados naquela água que era o interior dela. Os olhos que ela engolira durante todos aqueles milênios... Eram eles que a iluminavam agora, aclarando a floresta ao redor com sua fantasmagórica luz azul.

Assombrado com aquele bicho extraordinário, Hugo se lembrou das palavras de Abaya ao lhe dar a joia da família... '*Xangô manipula o fogo selvagem...*'

Idá se arrepiou inteiro.

Foi então que percebeu a presença do Curupira.

De cócoras em um galho baixo de árvore, Tacape observava-os sério, como o ser místico que era, iluminando seu arredor mais próximo com o verde fosforescente da pele.

"Por que tu não veio logo, caramba?! Eu tava te chamando!" Hugo reclamou, ainda tenso com aquele focinho gigante de cobra a dois centímetros do peito.

Tacape, no entanto, fitava-o sem preocupação alguma no olhar. "Um descendente do deus negro do fogo não precisa de ajuda pra controlar *Mboitatá*."

"Boitatá..." Hugo olhou surpreso para a cobra, que continuava a fitar a guia de Xangô com curiosidade animalesca.

Então aquela era a Boitatá... "E como eu faço pra ela me deixar passar?" perguntou apreensivo. Afinal, ela ainda podia decidir engoli-lo.

Tranquilo onde estava, Tacape respondeu, "É só dar ordem", e Hugo olhou perplexo para a serpente. Engolindo em seco, apontou com confiança para a esquerda, como um adestrador direcionando um cachorro, e o rosto translúcido da cobra deixou de fixar-se no colar para seguir a mão que apontara, o imenso corpo começando a se movimentar na direção indicada, até ir embora pela mata.

Fechando os olhos aliviado, Hugo respirou, ainda um pouco trêmulo. "Foi Canaimé, não foi?"

Tacape confirmou. "Canaimé chamou, mas *Mboitatá* já tava perto. *Mboitatá* guardiã da mata contra os incêndio. Tão imensa que se estica toda pra engolir homens no céu, como um lagarto engole mosquitos."

O Curupira parou para pensar. "... Teve incêndio aqui perto. Por isso ela tava aqui. Veio impedir incêndio de espalhar. Canaimé fez ela achar que tinha sido você."

Entendendo, Hugo tentou se recuperar, sentando-se na terra e enxugando o rosto com a manga ensopada da camisa, esgotado. Teria que reencontrar os amigos.

Descansando a cabeça nas mãos, a testa apoiada nelas, só então se lembrou da varinha que deixara cair, e seu coração deu um salto. Erguendo os olhos depressa, começou a procurá-la pelo chão, sem se levantar, movendo os olhos de arbusto em arbusto, cada vez mais tenso, até a encontrar na mão do Curupira.

Hugo congelou, apreensivo.

A varinha brilhava muito mais intensa nas mãos dele. Brilhava tanto que chegava a doer a vista, e Hugo, com o coração batendo forte, lágrimas angustiadas brotando dos olhos, viu o protetor das matas estender a madeirinha a ele, entregando-a de volta.

Hugo se espantou, incrédulo, pegando-a rapidamente de volta antes que Tacape mudasse de ideia, e o Curupira olhou-o com a curiosidade de quem tentava entender o porquê de sua tensão. "Depois que menino achar gruta, menino me dá", Tacape disse com honradez. "Foi o combinado, não foi?"

Envergonhado diante de tamanha pureza, Hugo desviou o olhar, confirmando com um curto sim de cabeça. Era ruim demais sentir aquela culpa! Ruim demais saber que, alguma hora, teria que mostrar para aquele menino selvagem o quão canalha um ser humano podia ser. Então veria em seus olhos inocentes a mesma surpresa e a mesma decepção que Hugo vira nos olhos de Eimi ao lhe contar sobre a cocaína. Tacape tinha, dentro dele, uma mistura arrasadora da ingenuidade do mineirinho com a nobreza de Capí, e Hugo estava destruído, porque sabia que erraria tudo de novo. Mas que escolha tinha?! Não podia entregar a varinha daquele jeito.

Confiante na palavra do humano, o Curupira se despediu com um aceno de cabeça, sumindo por entre as árvores. Hugo estava sozinho de novo: ele, a varinha e o remorso, no escuro avermelhado que ela proporcionava.

Ainda incrédulo, levantou-se. A cabeça um pouco aérea. Precisava se refazer.

Curando a mão queimada, inspirou profundamente, tentando focar no que devia ser feito: *encontrar Bárbara e Guto. Ok.* Pelo menos estava livre de *Canaimé.*

Guardando a varinha, virou-se para chamar os dois, mas deu de cara com um homem na escuridão.

Um homem com imensas asas de morcego e um machado na mão.

CAPÍTULO 78

JURUPARY

Hugo olhou lentamente para cima; um calafrio subindo-lhe pela espinha à medida que movia os olhos até o rosto do indígena mergulhado em sombras. Uma faixa vertical negra ia do queixo até a testa do homem, aumentando o efeito da fúria em seus olhos, e Hugo o empurrou de repente, correndo para o lado oposto. Outros, no entanto, já chegavam dos céus, como anjos do inferno, para matá-lo; suas imensas asas negras abertas no escuro da noite, os machados prontos para o golpe, e Hugo, espantado, escapou por pouco da rasante do primeiro, girando para desviar de mais dois que pousaram, já cravando os machados nas árvores, e se agachou para se esquivar da lâmina de um quarto, rolando para fora e voltando a correr sem conseguir ver nenhum rosto na escuridão, enquanto mais homens-morcego desciam.

Dava para ouvir Guto berrando de medo em algum outro ponto da floresta, e Hugo tentou ir ao resgate do amigo, mas foi bloqueado por vários deles e desistiu, recuando e escapando pelo lado oposto, por entre as árvores. Girando para atacá-los, conseguiu acertar três com um único feitiço de expulsão e voltou a correr, percebendo, surpreso, que estava se aproximando de uma gigantesca montanha de pedra negra. Uma montanha que poderia protegê-lo...

Sem precisar pensar muito, Hugo enfiou-se pela única fenda naquele paredão, atravessando-a com esforço e entrando num espaço escuro e frio.

Olhando aliviado para a fenda estreita pela qual passara, percebeu que seus perseguidores jamais conseguiriam entrar por ali, e respirou mais calmo, olhando ao redor. Estava numa enorme e obscura caverna... Tão enorme que parecia o interior de um castelo sombrio, e Hugo teve a certeza de haver entrado numa zona mágica. A Amazônia azêmola não tinha montanhas daquele tamanho.

Sentindo-se um pouco mais seguro ali dentro, guardou a varinha, para que o intenso brilho vermelho não chamasse a atenção de possíveis seres cavernosos, e começou a avançar no escuro mesmo. Não era difícil. Lá no alto, espalhados por todo o teto obscuro, dezenas de vaga-lumes forneciam a luz de que ele precisava, dando uma noção da profundidade gigantesca daquele lugar.

Como um enorme estádio apagado, as paredes subiam ao infinito, salpicadas por galerias escuras, que levavam a ainda mais câmaras e reentrâncias, e ele, fascinado com o espetáculo dos vaga-lumes, voltou a caminhar no silêncio, ouvindo o eco dos próprios passos sempre que pisava numa poça d'água. Um outro ruído chamou sua atenção, algo como o chacoalhar das asas de um pombo, lá no alto, e Hugo olhou para cima, curioso, estranhando a multiplicação repentina no número de pontos brilhantes, como se centenas de criaturas houvessem acordado e aberto os olhos ao ouvirem o intruso. Percebendo de repente o que elas de fato eram, Hugo entrou em pânico, sacando a varinha e iluminando o imenso teto.

Chocado, viu uma multidão de homens-morcegos pendurados de cabeça para baixo, seus corpos envoltos nas enormes asas negras.

Todos olhando para ele.

Hugo recuou, aflito. Aquela não era uma caverna qualquer...

Era a *casa* deles!

E eles não haviam gostado nada, nada, daquela invasão.

Dando passos para trás, em pânico, Hugo saiu correndo, mas foi bloqueado por um deles, antes da fenda de saída, e teve de correr para as profundezas da caverna enquanto centenas de outros se desprendiam furiosos do teto; os da floresta pousando em uma entrada que somente agora Hugo via, metros acima, de braços cruzados, sem pressa, sabendo que não havia por onde o adolescente humano escapar.

Desviando do machado do primeiro que pousou perto, Hugo o atingiu com um feitiço, jogando-o longe e entrando por uma das câmaras escuras. Vários outros já pousavam mais atrás, os rostos pintados de preto, e ele se esgueirou assustado por um túnel ainda menor, sem parar de correr. O novo caminho era sufocante e estreito, mas pelo menos eles teriam de fechar as asas e correr também, como meros humanos, e foi o que começaram a fazer lá atrás, enquanto Hugo corria quase fora de si, tentando ignorar a horrível claustrofobia que começava a atacá-lo.

Puxando o ar, aflito, avistou adiante uma luz no fim do túnel e, aliviado, apertou o passo, saindo para uma câmara um pouco maior, mas desesperadoramente sem saída.

Em pânico, Hugo olhou ao redor, procurando algo que pudesse usar contra eles. Havia entrado em uma câmara arredondada, iluminada por uma pequena fogueira ao fundo, que aquecia uma espécie de ninho no chão, e Hugo, surpreso e acuado, vendo que os homens-morcego já chegavam pelo túnel, correu para pegar o bebê deles que dormia, arrancando-o do ninho e apontando a varinha contra sua cabecinha. "PAREM, SENÃO EU MATO!"

Já dentro da câmara, eles obedeceram.

Não era preciso entender português. A ameaça estava mais do que clara, e agora eles olhavam furiosos para o intruso, com medo de que ele machucasse a criança. Acuado, Hugo olhou para o menininho, que chorava assustado em seus braços. *Que espécie de monstro você se tornou, Idá? Apontando uma varinha contra um recém-nascido?!...* E na frente de outras crianças, ainda por cima! Meninos que só agora ele via, assustados em um canto, com medo do invasor. Todos tinham uns 3 ou 4 anos de idade e pequenas asinhas nas costas; alguns já escondidos atrás das asas dos adultos que, enraivecidos, ameaçavam o intruso com o olhar. Os machados segurados para baixo, com a força da fúria deles.

O bebezinho, coitado, nem tinha asas ainda, e Hugo, angustiado, cerrou os dentes, não querendo estar naquela situação. "ESTÃO COM RAIVA POR QUE, HEIN?! VOCÊS QUE ME FORÇARAM A ISSO! LARGUEM OS MACHADOS E SE AFASTEM, OU EU MATO ELE! EU JURO QUE MATO!"

Entendendo o gesto do invasor, alguns, mais temerosos, puseram suas armas no chão. Outros não. E Hugo baixou o tom, o coração batendo forte, "Cadê o chefe de vocês? Eu quero falar com o chefe... Quer saber? Dane-se o chefe. Eu só quero sair daqui. Abram caminho. Lá fora, eu entrego o bebê."

Nenhum saiu. Todos ainda o fuzilavam com os olhos.

Ou não estavam entendendo, ou não obedeceriam, e Hugo sentiu um calafrio. Se não obedecessem, ele estaria morto. Simples assim. E eles deviam saber daquilo. Por isso permaneceram imóveis onde estavam, a fogueira iluminando a tinta preta no rosto deles, tornando seus olhos ainda mais ameaçadores; a curvatura das asas fechadas os fazendo parecer ainda mais altos. "EU NUNCA FIZ NADA CONTRA VOCÊS, CARAMBA!"

"Você mente", uma voz calma disse, e Hugo olhou surpreso para o grupo de homens, à procura de quem falara. Não era comum ouvir um português tão claro naquela floresta. Então um morcego adulto, parecendo ter uns 35 anos de idade, abriu caminho. A julgar pelo respeito com que os outros o receberam, tratava-se do chefe, e Hugo se endireitou. A varinha ainda na criança.

O homem olhou sério para o invasor; seu rosto pintado como o dos outros. "Você mente. É espião delas."

"Das icamiabas?!" Hugo disse. "Nunca!"

"Eu vi você lá no ataque! Chega aqui, quer matar menino: espião delas."

Então... aqueles eram mesmo os filhos de Jurupary... Não montavam bichos alados, como Hugo imaginara. Voavam por conta própria...

Idá estremeceu, pensando na dor que devia ter sentido aquele último invasor encontrado vivo, tendo suas asas arrancadas pela icamiaba antes de ser espancado. Mas aquele não era o melhor momento para compaixão. "Eu peguei o bebê porque vocês me atacaram! Só por isso!"

"Araury te mandou!"

"Eu não tenho nada a ver com aquelas malucas! Eu fugi de lá!"

Desesperado para que acreditassem, Hugo, de repente, entendeu. "Peraí, o bebê é delas?!... É o menino que a grávida abandonou na mata?!"

Eles não responderam, mas estava claro que era. Fazia todo o sentido! E Hugo olhou, espantado, para os outros meninos, escondidos atrás dos adultos.

Meu Deus, eram todos filhos delas.

Todos os Filhos de Jurupary eram filhos delas...

Mas como podia?! Eles tinham asas!

Tentando fazer sentido de tudo aquilo, Hugo viu um dos adultos sussurrar, com raiva nos olhos, algo no ouvido do líder, que traduziu, "*Andyrá* diz que você não é espião. Que você é bruxo. Bruxo não pode ser delas. O que você acha?"

Mantendo a varinha no bebê, Hugo respondeu, "*Andyrá* é muito sensato."

O neném voltou a chorar em seus braços, e Hugo tentou não desviar os olhos dos adultos, sua alma gritando de remorso.

Não aguentando mais aquele fingimento, deixou uma lágrima de aflição cair. "Eu não sou espião, por favor... Eu fugi delas! Vocês têm que acreditar em mim... Eu não quero matar esse bebê... Elas são loucas!"

Vendo seu desespero, o chefe abriu um sorriso acolhedor. "Isso elas são mesmo. *Cari!*" ele chamou, e um jovem de asas fortes e compleição simpática abriu caminho. "Prepara *cachiry* pro menino bruxo. Ele vai ser nosso hóspede."

Hugo olhou surpreso para os dois, enquanto o jovem, da idade dos Pixies, ia embora preparar o tal *cachiry*. "Ah! E acenda as fogueiras!" o chefe acrescentou, voltando a olhar para o invasor, "Humanos não conseguem ver no escuro."

A julgar pelo semblante confuso dos que haviam ficado, apenas *Cari* e o chefe entendiam português, e o líder explicou tudo aos outros, mandando, por fim, que saíssem; ordem a que obedeceram receosos, levando as outras crianças junto.

Sozinho com o invasor, o jovem chefe se aproximou de Hugo, que, desconfiado, ainda segurava a varinha contra o bebê. "Se você conseguiu fugir delas, tem meu respeito. Meu nome é *Úlri*. E o seu?"

"... Hugo."

Cuidadoso, Úlri pediu, "Devolve criança?"

Idá continuava tenso, e o chefe insistiu. "Você não é nosso inimigo, Hugo. Elas são."

Analisando o semblante do homem-morcego e percebendo amizade genuína nele, apesar de tudo, Hugo baixou hesitante a varinha, e Úlri respirou aliviado, perguntando, com os olhos, se podia se aproximar da criança.

Idá deixou, e Úlri tomou com cuidado o recém-nascido nos braços, colocando-o de volta no ninho; o menino rindo dele, esquecido da ameaça.

Hugo sorriu, sabendo quem era aquele bebê. O bebê gêmeo, que Hugo quase perdera a língua para defender, quando nascera.

"Fazer sorrir é magia espantosa de todo bebê", Úlri comentou simpático, e Hugo, tentando esquecer que havia ameaçado aquele, mudou de assunto, "*Cachiry* é comida?"

O indígena deu risada. "Bebida. Mas temos comida também." Ele abraçou o visitante pelos ombros, guiando-o para fora do berçário; Úlri claramente adorando ter um visitante sem asas ali. Devia ser raro.

Saindo do túnel, Hugo pôde ver melhor toda a imensidão da caverna principal, agora acesa por dezenas de fogueiras montadas próximas aos paredões de pedra. Olhando para o janelão lá em cima, ainda escurecido pela noite, sentiu uma cuia ser empurrada para sua mão e a segurou depressa, antes que o conteúdo derramasse.

"*Cachiry*", o jovem Cari explicou simpático, e foi embora, deixando Úlri a sós com o visitante. O chefe indicou a cuia, "Em sinal de amizade", e Hugo, por cortesia, bebeu um pouco, achando meio ruim, mas preferindo não dizer nada, por educação.

"É bebida fermentada", Úlri explicou. "Feita de farinha de mandioca, cozida em beiju e desmanchada na água fria."

Hugo bebeu um pouco mais, mas não muito. Ficava bêbado rápido. Melhor não arriscar. Perdera Janaína para o boto por causa daquilo.

"Vocês... mataram alguém lá fora hoje?"

Úlri estranhou. "Por quê?"

"Nada, não, só curiosidade mesmo."

Melhor que não soubessem de Bárbara. Se o ódio deles por mulheres fosse equivalente ao que as icamiabas tinham por homens, era melhor não mencionar.

Ela e Guto provavelmente haviam escapado.

Vendo que o bruxo não beberia mais, Úlri se levantou animado para mostrar-lhe o lugar, e os dois foram conversando enquanto caminhavam.

Segundo Úlri, o povo deles era denominado Cupendipe, ou *Kupe-Dyeb*, como Úlri escrevera na pedra, e habitavam cavernas, cuja principal era aquela. Quando voavam, conduziam os *machados da lua*, com os quais degolavam pessoas e animais. Não eram vampiros. Não bebiam sangue. Comiam o que caçavam com os machados. Nada era mais importante, para eles, do que aquelas armas semicirculares, que eles afiavam cada vez que se sentavam para descansar.

Todos os adultos tinham as orelhas perfuradas por grandes círculos, além da faixa preta no rosto. Jamais usariam vermelho. Era coisa de mulher. E o chefe dos Cupendipe era chamado de *pa-hi*, escolhido entre os mais valentes da tribo. Úlri era, de fato, o *pa-hi* deles.

Hugo, por sua vez, teve que contar o que estava fazendo ali. Falou da doença do professor, falou da gruta, que Úlri, como especialista em cavernas, disse conhecer!

Prometendo levá-lo lá pela manhã, continuou a mostrar-lhe o lugar, enquanto Hugo, atônito, seguia-o; o coração batendo mais forte. Seria possível?! Depois de tanto tempo procurando, encontraria a gruta fácil assim?! Sem nem precisar da ajuda do Curupira?!

Mantendo um pé atrás, no entanto – pois tudo podia acontecer –, tentou conter a empolgação e focar no que Úlri lhe mostrava. Afinal, era importante que se mantivessem amigos até a manhã seguinte.

Não que fosse difícil gostar do chefe dos Cupendipe. Úlri era bem mais simpático do que muitos ali, que faziam questão de afiarem seus machados com mais afinco toda vez que o invasor passava perto, olhando fixo nos olhos do bruxo.

Nessas horas, era muito bom ter a amizade do chefe.

Notando desenhos e inscrições nas paredes, Hugo procurou demonstrar interesse. Eram desenhos de máscaras e figuras de palito, que Úlri traduziu com orgulho: "Esses três representam as máscaras de Yurupary. Esses aqui são os instrumentos..., esse é o *adaby*, chicote feito pra bater nos iniciados... Essa é a verdadeira máscara de Yurupary, feita com os cabelos das mulheres tenuiaras mortas, esses redondos são os frutos que Ceucy, mãe de Yurupary, comeu e que fez crescer barriga com Yurupary dentro..."

"*Ceiuci*?!"

"*Ceucy*, mãe de Yurupary. *Ceiuci*, velha gulosa. Nome parecido."

Parecido demais pro gosto dele. Hugo sentiu um calafrio.

"Jurupary é o deus de vocês, né?"

"Deus não. Quase deus. Legislador. Filho da virgem, que veio mandado pelo Sol pra reformar os costumes da Terra e encontrar mulher perfeita pra casar com o Sol. Quando Yurupary veio, eram as mulheres que mandavam e os homens obedeciam. Isso era contrário às leis do Sol. Então, Yurupary tirou o poder das mãos das mulheres, que são fofoqueiras e curiosas demais, e o restituiu aos homens."

Hugo ouvia, atônito. Eles realmente acreditavam que as mulheres, algum dia, haviam governado o mundo. E tinham raiva delas por isso...

"Ceucy morreu quando desobedeceu o filho, e virou Rainha das Estrelas, lá no céu, pra lembrar a todas o que acontece quando lei dos homens é desobedecida."

Credo.

"Diz aqui", Úlri apontou para os escritos na rocha, "As mulheres que virem a festa ou os instrumentos de Yurupary devem ser condenadas à morte. Porque os instrumentos são a voz de Yurupary. Por isso, nós escondemos os instrumentos."

Ainda bem, né? Senão seria uma mulher morta por dia…

Úlri falava com tanta naturalidade que dava medo.

Medo de que aquela crença saísse dali e se espalhasse pelo mundo.

Sem perceber qualquer estranhamento por parte do visitante, o chefe se levantou animado para lhe mostrar o resto. Era simpático, o coitado. Mas completamente doido. Como todos eles, aparentemente.

Em uma câmara separada, meninos ouviam ensinamentos, e Hugo perguntou, "Como vocês fazem as asas?", vendo, de longe, um menino menor brincando com as mãos numa poça d'água, distraído da aula. Suas asas pequenas ainda.

"A infecção é transferida a partir da nossa mordida. O bebê já foi inoculado. Em pouco tempo, as asinhas dele também vão começar a aparecer."

"Todos aqui um dia foram bebês abandonados pelas icamiabas?"

Úlri confirmou. "Quase todos. Alguns, nós roubamos das aldeias perto. Outros, nós fazemos, como elas fazem."

Hugo estremeceu, imaginando com que mulheres eles 'faziam'.

"Mas a maioria, sim, a gente encontra desnutrido na floresta."

"E as icamiabas *sabem* que elas estão dando meninos pra vocês?!"

O homem negou. "Se soubessem, comeriam os bebês em vez de abandonar."

Úlri realmente falava um português quase perfeito. Hugo só podia presumir que ele não havia sido um dos bebês. Talvez o tivessem roubado de alguma outra tribo, já um pouco mais velho, em época de escassez de gravidez das rivais. Talvez não ser filho de icamiaba fosse uma das condições para ser escolhido chefe. Ou não.

"Elas abandonam, nós resgatamos. Há séculos é assim."

Aquilo era legal, mas, ao mesmo tempo, um pouco doentio: pensar que elas não sabiam que estavam em guerra contra os próprios filhos, sobrinhos, netos, primos… Enfim. Provavelmente não ligariam se soubessem.

"E o primeiro de vocês, como surgiu?"

"Yurupary criou os morcegos da Terra na primeira fervura que fez do *xicantá*. Dessa primeira fervura, também nasceram as corujas e outras aves noturnas, que saíram de sua panela para povoar o mundo escuro. Os primeiros de nós também nasceram dali. Da primeira fervura. Na segunda fervura, nasceram as araras, os papagaios, os periquitos; criaturas do dia, que se dispersaram na floresta. Então, ele reuniu os homens para transmitir as novas leis. Contra o domínio das mulheres."

Enquanto conversavam, entravam em outra câmara, onde adolescentes, já com olhares mais agressivos do que os dos meninos, ouviam instruções, preparando-se.

"Todos os jovens que alcançam a idade da puberdade têm que conhecer melhor as leis de Yurupary e tomar parte nas festas dos homens. Esses estão no processo", Úlri explicou em voz baixa, para não atrapalhar a aula.

Encolhida no chão, presa à parede por correntes e completamente ignorada por eles, estava uma mulher.

Uma indígena normal. Com medo. Os pulsos presos a ferros. E Hugo estremeceu, angustiado por ela, tendo de engolir a revolta diante de toda aquela monstruosidade. Sabia muito bem o que era estar naquela situação, apesar de ter certeza de que, para ela, era muito pior. Hugo, pelo menos, havia tido a ajuda do desejo que automaticamente sentia pelas icamiabas, só por estarem ali, seduzindo-o. Aquela pobre não parecia de forma alguma sentir desejo por seus captores.

Sentindo um nó na garganta, Hugo tentou esconder seu desespero pela moça, e sua revolta com toda aquela situação. "O que ela fez de errado?"

"Nasceu mulher."

Hugo fechou os olhos, arrasado, tendo adivinhado a resposta. Meu Deus, eles eram idênticos... Eles e as icamiabas... Na loucura daquela guerra imbecil.

Receoso por Bárbara, que poderia ser capturada lá fora a qualquer momento, teve que perguntar, "O que vocês fazem com elas? Matam depois que dão filho, como as icamiabas?"

Um cupendipe musculoso, mancando próximo a eles, respondeu irritado, "As mulher nós rouba pra esposa. Pra forçar lei de Yurupary: que mulher tem que trabalhá pra marido, não participá das decisão."

Ah, então eles não matam, 'só' escravizam. *Que ótimo*, Hugo pensou com sarcasmo. Aquilo tudo era estarrecedor demais...

Tentando engolir o desespero, perguntou, "Vocês já conseguiram icamiabas pra esposa?"

A moça não era uma. Dava para ver pelo medo com que desviava os olhos para o chão toda vez que algum homem passava.

O guerreiro meneou a cabeça; um corte feio, em seu rosto, brilhando com a luz das fogueiras. "Algumas. Nós força elas a ser esposa, a cuidar da casa e dar criança pra nós. Mas icamiaba joga marido no lago antes."

"Mata", Hugo traduziu.

"*Com violência.*"

"*Com violência*", Idá repetiu, no tom grave que aquela lembrança merecia. O pior era saber que, em várias partes do mundo, os homens ainda tomavam esposas à força daquele jeito. Hugo entendia a revolta das icamiabas... Entendia perfeitamente.

"A gente tá numa zona mágica, né? Como ela consegue ver tudo isso?"

"Ela consegue porque a gente trouxe", Úlri respondeu.

"Só por isso?"

"Só por isso."

Era muita covardia. Sendo eles seres mágicos inteligentes, como os bruxos, podiam ultrapassar as barreiras de magia e atacar a aldeia das icamiabas quando bem entendessem, mas elas, sendo azêmolas, não conseguiam sequer *enxergar* aquela montanha sem que eles as levassem até ali forçadas. Por isso eram tantos, e elas, tão poucas. Mesmo assim, as icamiabas resistiam. Mesmo sem poderem voar.

Hugo sentiu a garganta apertar de novo, ainda revoltado com o que estava vendo. Queria poder dizer-lhes o quão errado era aquilo tudo; queria poder chorar por ela... chorar por todos eles, agoniado, mas, se falasse qualquer coisa contra, o que fariam com ele? De que adiantaria?

Ele olhou penalizado para os jovens... Inconformado que ambos os lados daquela guerra houvessem se radicalizado tanto...

"O que ele tá dizendo?" Hugo perguntou, indicando o doutrinador dos jovens: um indígena forte, em seus 50 anos, que praticamente berrava sua pregação, com ódio no rosto ferido; os rasgos em suas imponentes asas contando a história das muitas batalhas que vivera.

Os jovens ouviam hipnotizados. Absolutamente admirados diante do herói deles, que parecia uma fera enlouquecida falando; a amplidão da caverna e as fogueiras em locais esparsos fazendo a sombra do doutrinador agigantar-se no paredão atrás dele, dando um ar ainda mais grandioso à sua ira selvagem.

Ao fundo, adultos acompanhavam a aula com interesse, ou comendo ou limpando as asas; alguns parecendo padrinhos de jovens sob suas tutelas, e Úlri começou a traduzir em seu ouvido o que o doutrinador ia dizendo:

"Yurupary, reiukuau! – *Yurupary, apareça!*, o homem gritou, com o punho estendido; gesto que os jovens repetiram com ferocidade, "YURUPARY, REIUKUAU!"

"... *Amanhã vamos atacar as Cunhan-tecô-ima.*"

"Cunhan-quê?" Hugo questionou a tradução, e Úlri parou para pensar na palavra em português, "As... mulheres sem lei. É como nós chamamos as icamiabas." E continuou a traduzir o que o homem vociferava: "*Cuidado com a Mayua! O espírito do mal, que nasceu das cinzas do velho Uálri: aquele que não soube guardar o segredo de Yurupary! Mayua existe para desvirtuar nossos jovens, que estão chegando na idade do perigo! Na idade de ir atrás de cunhantãs!... de moças*", ele corrigiu, mas Hugo já tinha entendido.

"*Mayua é o ser de onde provém todo o mal. É Mayua que pode estragar criança que está na puberdade. Basta sua visita pra inutilizar menino para todo o sempre...*" Úlri parou de traduzir para explicar: "Por isso, quando os jovens chegam na idade do perigo, passam por resguardo, por jejum, por várias cerimônias, que vão tirar da mente deles o desejo por elas. Não pode haver o desejo, senão as mulheres nos enganam; traiçoeiras que são."

Aquele tal Jurupary tinha sérios problemas.

E os meninos ouvindo admirados, sorvendo todo aquele ódio, enquanto o homem maldizia as mulheres, declarando que Jurupary não encontrara *nenhuma* que fosse ao mesmo tempo paciente, reservada e discreta – virtudes que, segundo eles, jamais seriam encontradas numa mesma mulher!

Hugo conhecia pessoalmente pelo menos três que refutavam a teoria; Gislene era uma delas. Abaya, outra.

"*Nunca se esqueçam do que o grande Yurupary nos disse quando veio reformar os modos do mundo! Ele falou aos seus escolhidos: Eu lhes ensinarei o que há para fazer! Os homens devem ter o coração forte para resistir às seduções das mulheres, que, muitas vezes, procuram enganar com carícias! Yurupary disse: Se as mulheres de nossa terra são impacientes, curiosas e falantes, estas são as piores e mais perigosas! Poucos resistem a elas, pois as palavras delas têm a doçura do mel das abelhas, seus olhos têm a atração da cobra, e todo seu ser tem seduções irresistíveis, que começam por agradar e terminam por vencer! Estas minhas palavras são para que vocês possam resistir a elas, e para que elas não fiquem donas de nosso segredo, que só pode ser conhecido pelos homens! – Assim falou Yurupary! Lembrem-se sempre! Elas são traiçoeiras! Todas elas!*"

Hugo ouvia, negando mentalmente. Era crime, então, uma mulher ser curiosa e falante? A curiosidade era um atributo que só o homem podia ter?!

Até Idá teria ficado 'curioso' se, de repente, todas as mulheres houvessem começado a esconder dele algum segredo. Não era culpa delas. Assim como não era culpa de mulher nenhuma os homens serem fracos e não conseguirem controlar seus desejos. Era culpa dos homens!

Óbvio que as mulheres se revoltariam contra aquilo! E então se tornariam, de fato, perigosas e traiçoeiras, como eles as acusavam de ser. Idá também teria mudado se houvesse sofrido uma opressão daquelas. Gente ridícula...

Tenha compaixão pelo outro, porque o outro também é você.

As palavras de Guto voltaram-lhe à mente, e Hugo, mais calmo, percebeu a *hipocrisia* de sua raiva. Como se *ele* fosse perfeito. Logo ele.

Que senso de superioridade é esse, Idá?! Se você tivesse nascido entre eles, teria ficado tão cego quanto! Aquilo era tudo que eles haviam ouvido a vida inteira! Não conheciam a realidade lá fora. Só sabiam o que as sombras na parede lhes diziam...: que todas as mulheres eram desprezíveis, traiçoeiras e perigosas. Hugo conhecia mulheres normais. Mulheres não afetadas por aquela guerra. *Eles* não. Como dizer-lhes que estavam enganados? Nunca acreditariam.

E Hugo perderia a cabeça.

"*Lembrem-se sempre do velho que, nos primeiros tempos, se deixou seduzir por elas, revelando parte dos nossos segredos! Ele pagou com a vida pela traição! Qualquer um aqui que faça o mesmo, pagará do mesmo jeito! Ouviram bem?!*"

"HU!" todos responderam resolutos.

"*As icamiabas são fora-da-lei e precisam ser mortas como tal! Ou ensinadas a se portarem como esposas!*"

Sentindo um nó na garganta, Hugo ouviu os gritos de uma mulher furiosa vindos da câmara subjacente, e olhou tenso para trás, vendo uma icamiaba, com ódio nos olhos, sendo trazida à força ali para dentro, presa pelo pescoço e pelos pulsos como um animal feroz, fazendo questão de chutar qualquer homem que passasse enquanto era levada para junto da outra, tão mais inofensiva, coitada. E Hugo tentou segurar o pânico que estava sentindo, de que fizessem alguma coisa na frente dele.

Mas os jovens apenas riram, provocando-a com palavras, enquanto ela chutava os que a prendiam na parede, e Hugo segurou a ânsia de vômito, em um mal-estar atroz.

Aquilo era tão errado...

Agora entendia a importância daquela zona <u>inteira</u> ser proibida para bruxos. Não se tratava apenas do perigo de icamiabas capturarem bruxos e terem filhas com poder. Era também o risco de que *bruxas* fossem capturadas por aqueles homens-morcegos e nascessem bebês bruxos ali! Bruxos com asas e com *aquela* mentalidade!

Hugo estava chocado! Deviam ter erguido barreiras mais fortes! Não somente aquelas poucas proibições verbais! Ele, Bárbara e Gutemberg não podiam sequer ter conseguido chegar PERTO! Uma guerra entre icamiabas bruxas e morcegos bruxos destruiria não apenas a Amazônia como também o restante do PLANETA! Destruiriam tudo! Dividiriam o mundo inteiro naquele ódio, acabando com todos os avanços morais da Humanidade!

"Aquela ali vai aprender a ser esposa", um dos homens chutados disse, através da tradução de Úlri, saindo irritado.

Pior que eles só conheciam prisioneiras e icamiabas cheias de ódio. Se conhecessem mulheres numa situação normal, talvez até se recusassem a ver a verdade, dispensando a simpatia delas como mera ilusão de sedutoras.

Enquanto os adolescentes mais velhos riam dela, os mais jovens pareciam encantados com aquela criatura tão atraente, e, percebendo aquilo, o doutrinador franziu o cenho irritado. Então falou a todos: "*Quem achar que está suficientemente firme de mente e forte de coração para enfrentá-las sem se deixarem seduzir digam 'HU!' e juntem-se a mim no ataque de amanhã à noite!*"

"*HU!*" os mais velhos responderam, assim como os adultos ao redor.

"*Os outros, fiquem aqui, preparando-se mais*", concluiu, olhando diretamente para aqueles que haviam se encantado, e os jovens baixaram a cabeça envergonhados. "*Vocês não sabem do que elas são capazes. Mas se preparem. Se preparem muito! Porque, como dizia Yurupary, não há grande vergonha para um jovem ser vencido por uma mulher, mas, quando os cabelos dizem que a juventude já está longe, é uma leviandade digna de castigo. E o castigo é a morte.*"

O doutrinador olhou para Úlri, que engoliu em seco.

Hugo se espantou. O que diabos estava acontecendo ali?

Logo ele?! O chefe?!

Era, obviamente, apenas uma suspeita do doutrinador, mas o receio nos olhos de Úlri havia sido claro. Receio de ter sido desmascarado... Mas como?! Por quem ele se sentia atraído?!

Hugo sentiu um calafrio, lembrando-se de que, no berçário, Úlri mencionara Araury. Especificamente Araury... Será?!

Fazia sentido, não fazia? A única que falava português perfeito, como ele?!

Hugo se arrepiou inteiro. Meu Deus, os dois chefes estavam se encontrando. Aquilo não ia dar certo...

"Mestre Úlri! Mestre Úlri!" o jovem Cari os interrompeu, falando algo ao ouvido do chefe, que se levantou de imediato.

O visitante se ergueu também. "O que houve?"

"Avistaram uma onça rondando lá fora. Vão flechá-la e querem que eu veja."

Hugo estremeceu.

CAPÍTULO 79

ALMA DUPLA

Úlri voou até a abertura no alto, de onde poderia avistar melhor a onça. Ao seu lado, um arqueiro já mirava para baixo, enquanto um segundo apontava, para o chefe, o animal na floresta.

Aflito ali embaixo, Hugo perguntou, "Posso ver?!", e Úlri fez um gesto para que ele subisse. Hugo o fez com cuidado, por um caminho incerto na rocha, até chegar àquela varanda de pedra, onde o chefe o esperava.

"Tá vendo ali?" Úlri apontou para as árvores próximas à base da montanha.

Como conseguiam enxergar qualquer coisa ali de cima? Daquela altura, dava para ver a extensão interminável da imensa floresta, mas as copas das árvores, banhadas pela luz pálida da lua, eram como um mar obscuro na escuridão. Tentando seguir a direção do dedo de Úlri, Hugo demorou até encontrar a onça, entre duas árvores mínimas, que ele mal conseguia ver. Andava, desconfiada, à procura de uma abertura na montanha.

Era Bárbara, sim... Só podia ser...

Úlri autorizou o tiro, e seu coração deu um salto. "Não! Espera!" Hugo segurou o braço do arqueiro, que fitou-o sem entender.

"Ela tem alguma mancha no pescoço?! No formato do Brasil?"

Os dois o olharam como se Hugo estivesse falando swahili, e ele desenhou o formato com o dedo na poeira do chão. "Se tiver, é uma onça amiga minha."

"Amiga sua?!"

"Por favor, não mata ela."

Desconfiado, Úlri ficou um tempo tentando verificar a verdade em seus olhos antes de decidir confiar no visitante, ordenando que o guardião baixasse o arco. "Deixe a onça ir."

Hugo respirou aliviado, enquanto o arqueiro, surpreso, tentava argumentar, mas foi cortado pelo chefe, "A onça delas é branca. Essa não é."

Encarando Hugo de rabo de olho, ainda tão desconfiado quanto o arqueiro, Úlri virou-se para a enorme lua e abriu as asas, em saudação ao astro. Só então chamou o visitante de volta para dentro.

Descer foi mais fácil: Úlri carregando-o pela cintura até que pousassem na base da caverna. Assim que os pés do visitante tocaram o chão, o chefe olhou-o com simpatia de novo, talvez se lembrando do quão jovem o bruxo ainda era. "Tomou Cachiry, mas deve estar com fome. Certo?"

Hugo confirmou depressa. Estava faminto. E Úlri riu, ordenando que o jovem Cari levasse o jantar à sua câmara particular.

A câmara do líder era um pouco menor do que as outras galerias. Em compensação, era também mais fechada, de modo que só quem entrava poderia ouvir o que era discutido ali dentro, e Úlri sentou-se no chão, oferecendo o espaço oposto para que Hugo fizesse o mesmo, enquanto Cari ia servindo cuias com molhos e pastas, e pedaços de animais assados: um porco do mato, peixes em *moquen* com vísceras, *beiju* de farinha de mandioca e molho de pimentão acompanhado de uma bebida feita da fruta do *myrity* em princípio de fermentação... Enfim, uma variedade interessante de sabores.

"Bom?" Úlri inquiriu, observando-o com afeto, enquanto o visitante comia avidamente, e Hugo confirmou, comendo mais. Depois de tudo que havia passado nos últimos meses, qualquer coisa comestível era maravilhosa. O chefe ainda ficou observando-o comer por um longo minuto, seu semblante só aos poucos retomando a gravidade de antes, até que, baixando os olhos para a rocha aos seus pés, Úlri fez, calmo, a pergunta que o estava incomodando, "Era uma mulher, não era? A onça?"

Hugo parou de mastigar, surpreso. Engolindo o que tinha na boca, já ia tentar negar, quando o chefe disse, "Mulheres são traiçoeiras, pequeno bruxo. Você não devia confiar nelas. Muito menos protegê-las como fez."

"Aquela ali salvou a minha vida", Hugo retrucou, com o respeito que ela merecia, e Úlri se surpreendeu, quase confuso, como se uma coisa 'espantosa' daquelas não fosse possível: uma mulher salvando um homem.

"Como você percebeu que era uma mulher?"

Úlri pegou um pedaço de porco para destrinchar, "Onças de verdade se aproximam com mais cautela", e fechou-se em seus próprios pensamentos, claramente incomodadíssimo com o que o visitante dissera. *Uma mulher salvando um homem...* Hugo podia ver a confusão em seu semblante; a absoluta desordem que aquela simples afirmação causava em sua mente. Estava quase *sofrendo* com aquilo! Como se aquela possibilidade estivesse torturando-o por dentro!

Nenhum dos outros morcegos teria reagido daquela maneira, Hugo sabia. Úlri era diferente. Estava mais aberto àquela ideia, apesar de tudo em sua mente, e ao redor dele, dizer-lhe o contrário, e Hugo sabia exatamente por quê:

O que mais o chocara não havia sido a frase. Havia sido a naturalidade com que Hugo falara sobre sua afeição por uma mulher. Aquilo surpreendera Úlri mais do que tudo. E era, certamente, o que ele estava remoendo.

Pegando mais um pouco do peixe, Hugo perguntou, como quem não queria nada, "A chefe, Araury, você gosta dela, não gosta?"

Úlri arregalou os olhos, "NUNCA!", mas seu olhar o traiu, e ele desistiu de fingir, pondo as mãos no cabelo liso, em pânico; as asas encolhidas atrás de si.

"Ela é ardilosa, a filha da mãe", ele murmurou, com uma raiva desesperada; uma raiva de amor... "Fica tentando me seduzir com aquele jeito guerreiro dela, aquela teimosia, só pra me envenenar depois. São todas iguais... Todas as mulheres."

"Ela tentou alguma coisa contra você quando vocês dormiram juntos?"

Úlri olhou-o alarmado, surpreso que ele soubesse. "Você é *pajé*?!"

Hugo riu. Havia adivinhado, então.

Baixando a cabeça, em profunda vergonha, Úlri confessou, "*Foi só uma vez... Só uma vez que eu cedi.*" Parecia realmente agoniado. Como se aquilo fosse um crime imperdoável e seu coração lutasse contra com todas as forças.

Disfarçando para si mesmo, com uma máscara de ódio, o amor que sentia, ele desviou o rosto, "Mas todas as vezes que nós nos esbarramos, ela me ameaça."

"Ameaça e depois vocês fazem brincadeira, né, Chefe?!" Cari sorriu com safadeza, trazendo-lhes mais uma cuia, e Úlri olhou irritado para o aprendiz, que havia acabado de entrar: "Que ousadia é essa com seu superior, Cari?"

O jovem morcego baixou a cabeça arrependido. "Perdão."

Então o jovem sabia... Era o único a quem Úlri havia confessado...

"E que ninguém mais ouça isso, entendeu?!"

"Claro, mestre." Cari saiu, deixando-os sozinhos de novo.

"Perdoe meu aprendiz. Ele é jovem ainda."

Agoniado, o chefe se levantou, ficando de asas para Hugo, a mão apoiada na rocha da parede, destroçado. Estava claro que sofria demais com aquilo.

"Se você gosta tanto dela assim, por que não assumem logo pra todo mundo? Vocês são os chefes!"

"Está maluco?! *É proibido!*" ele retrucou, a voz embargada, e Hugo percebeu, surpreso, que Úlri estava se segurando para não chorar. "Yurupary proibiu! Proibiu qualquer contato com aquelas que desrespeitam as leis! Elas deviam estar todas mortas! Essa é a pena pra quem desafia Yurupary!" Úlri voltou a ficar de costas, a dor escorrendo pelos olhos. Era o peso de séculos de guerra em suas costas... Séculos de uma guerra que ele não via como pôr fim. Talvez *milênios*! E ele liderava aquele conflito contra a sua mais profunda e inconfessável vontade...

Apoiando a testa contra a parede, Úlri murmurou desesperado, "*Toda vez que eu vejo ela e não a mato, estou desrespeitando Yurupary...*"

"Mas se Jurupary não te puniu quando vocês dormiram juntos, por que você acha que ele te puniria agora?! Talvez ele nem acredite mais no que disse, tantos milênios atrás! Talvez nem acredite mais nas próprias leis que criou!... Talvez fossem só leis que ele julgava necessárias naquela época, mas que não servem mais para os dias de hoje!"

Úlri negava, recusando-se a acreditar. "Yurupary devia estar dormindo quando a gente se encontrou no mato. Se tivesse visto, tinha me explodido e transformado minhas cinzas em vaga-lumes, como fez no começo do mundo", ele cerrou os dentes, sem olhar para Hugo, completamente destroçado. "Yurupary foi bem claro: *Os homens devem ter o coração forte para resistir às seduções das mulhe...*"

Sua voz embargou outra vez. Estava claro o quanto sofria. O quanto a amava... Não era unicamente atração física, era mais. Mesmo que Araury não sentisse nada por ele. Mas Hugo tinha certeza de que ela sentia. Sentia, sim. Ela só conseguia disfarçar melhor, e aquilo era o mais revoltante! Os dois eram os *chefes*, caramba! Será mesmo que não podiam se unir e declarar encerradas as hostilidades entre os dois lados?! Será que seus seguidores eram tão fanáticos que matariam os dois como traidores se tentassem acabar com aquela guerra?!

A julgar pelo tremor da mão de Úlri ao passá-la pelos cabelos, sim, ele tinha pavor da reação dos outros. O ódio entre as tribos era profundo demais. Os dois morreriam se fossem descobertos, e da pior forma possível. Então continuavam aquela insanidade, preferindo se enganar.

"Graças a Jaci, aquela enganadora não estava fértil no dia. Às vezes, nossos filhos nascem já com as asas. Imagina, uma icamiaba nascendo com *asas*! Nossa única vantagem sobre elas! Araury bem que gostaria... Mulher traiçoeira... Por isso dormiu comigo", Úlri concluiu, tentando se convencer. Então olhou de soslaio para o visitante, "Se você não é pajé, como sabia que a gente tinha dormido?! Você viu?!"

Hugo deu risada, "Não! É que isso é bem comum entre homens e mulheres. Essa é a graça da coisa toda!"

"Elas são traiçoeiras e sórdidas! Como você pode rir?!"

Hugo olhou-o um pouco mais sério, enquanto Úlri andava de um lado para o outro. Se Idá não dissesse nada ali, não diria nunca mais. "As icamiabas só são violentas porque têm medo de serem dominadas de novo. Eu entendo elas."

O chefe arregalou os olhos, ultrajado, mas Hugo foi em frente, sabendo agora que não estava mais falando com o líder de uma raça machista e autoritária, e sim com um homem apaixonado. "Eu confio em um número maior de mulheres do que de homens: minha mãe, minha amiga Caimana, a Gi, que é a pessoa mais confiável do planeta..."

Úlri olhava-o estupefato. "Impossível."

"Depende muito da pessoa, Úlri. Homens e mulheres são igualmente confiáveis ou não confiáveis. Eu conheço muito homem mau-caráter também..."

O morcego estava negando, não querendo acreditar.

"Úlri, as mulheres lá fora não são como vocês pensam. A maioria é doce, carinhosa... E eu aposto que até as icamiabas, no fundo, gostariam de ser assim também. Elas só colocam uma máscara por cima, pra se protegerem. Uma máscara assustadora, é verdade, mas é só uma armadura delas. Uma couraça. Acredite. De couraça eu entendo", Hugo baixou os olhos, de repente agoniado. "Meu professor me chamava de porco-espinho de vez em quando."

... *Taijin*...

Por que diabos ele estava falando do Atlas no passado, como se o professor já tivesse morrido?... Talvez porque o tempo dele estivesse se esgotando.

"Esse seu amigo... é o que está doente?"

Hugo confirmou.

"Viu?! Ele recebeu sopro de doença da *pajé* das icamiabas, e você defendendo elas!"

"Ele não recebeu sopro de ninguém, Úlri! Para com isso! As pessoas adoecem! É natural da vida. Nem tudo é culpa das mulheres, não!"

Surpreso com a bronca, o morcego se calou, confuso demais para responder, e Hugo sorriu com carinho, lembrando-se de algo, "Esse meu professor até defendeu as mulheres uma vez. Disse que elas eram a solução dos problemas, e não a causa."

"Ele disse isso?! Professor sem juízo..."

Hugo deu risada, percebendo, de repente, o quanto estava cansado. Devia ser umas quatro da madrugada já... e ele sem dormir desde 8 da manhã. Pior que não seria nem maluco de dormir ali, com aqueles morcegos acordados.

Alheio aos pensamentos do visitante, Úlri subitamente saiu da câmara, irritadíssimo com os pensamentos amorosos que ele próprio estava tendo, e Hugo foi atrás, vendo-o voar para a parte mais ampla da câmara principal, onde muitos adultos já estavam. Úlri chamou então os outros, na língua deles, e centenas de homens-morcegos pousaram em volta para ouvi-lo.

Hugo manteve-se afastado, preferindo assistir de longe, sentado com as costas num dos paredões da caverna. Ao seu lado, um ancião de asas cinzentas descansava, fumando seu pito enquanto assistia Úlri começar a vociferar contra elas, secretamente tentando extirpar de si próprio os sentimentos 'impuros' que sentia.

Percebendo que Hugo se esforçava para entender a língua, o ancião abriu um sorriso bondoso, "*Pa-hi* faz chamado", explicou, traduzindo: "*Nós renovar voto! Repetir palavra de Yurupary, para os que estejam um pouco esquecidos!*"

Nas últimas palavras, Úlri olhou para Hugo e Cari; os únicos dois que sabiam.

Voltando aos outros, o punho acima de si, começou a recitar, enquanto o velho ancião traduzia, num português um pouco mais falho. "*Cuidado as mulheres!*"

"CUIDADO AS MULHERES!" os outros repetiram.

"*Homens precisam coração forte! Para resistir sedução das víboras!*"

"HOMENS PRECISAM CORAÇÃO FORTE! PRA RESISTIR SEDUÇÃO DAS VÍBORAS!

"*Que muitas vezes enganam com carícias!*"

"QUE MUITAS VEZES ENGANAM COM CARÍCIAS!"

"*Poucos resistem! Pois olhos delas têm a atração da cobra!*"

"OLHOS DELAS TÊM A ATRAÇÃO DA COBRA!"

"*E só quem estiver firme de mente e forte de coração pode enfrentá-las! ASSIM FALOU YURUPARY!*"

"HU!"

Hugo sentiu pena, vendo tanto ódio ser reforçado na alma torturada de Úlri.

Parecendo entender o que se passava, o velhinho puxou mais fumaça do pito. "Há muito tempo, homens desta tribo escolheram esquecer aquilo que Yurupary disse em seguida."

Hugo fitou-o curioso, "O que ele disse?"

"*Essas minhas palavras não são pra fazer fugir do contato com as mulheres, mas apenas pra que elas não fiquem donas de nosso segredo.*"

Hugo ergueu a sobrancelha, e o ancião explicou, "Muito morcego diz que essa parte é invenção das tribos mistas. Eu, já velho demais pra me importar."

"O senhor era o chefe daqui? Antes do Úlri?"

O ancião deu uma leve risada. "Não. Eu nunca escolhido como chefe, nem que quisesse. Eu sempre contrário a isso tudo aí. Sempre contra as barbaridades que fizeram com esse menino."

Hugo olhou-o surpreso, sabendo que ele estava falando de Úlri.

"Eu só um velho *pajé*. *Pajé* que ninguém ouve. Por isso, meu nome Cueánaca: *Aquele que tem juízo*. Mas esses jovens me chamam de *Hoton Beretxé*. Vovô morcego. E jogam conselho do velho vovô no rio."

Hugo sorriu com ternura para o velhinho, voltando a assistir Úlri, sério novamente, enquanto ele continuava a vociferar ódio lá na frente. Estava claramente tenso, se forçando àquilo, até para provar-se perante os outros.

"Que barbaridades fizeram com ele?"

O ancião olhou para Úlri com pena. Então sorriu simpático para o menino bruxo, agradecendo a gentileza da curiosidade. Não devia estar acostumado a receber a atenção irrestrita de um jovem, ainda mais quando nem os adultos o ouviam mais. Mas, se havia uma coisa que Hugo fazia bem, era respeitar os avós; com suas peles enrugadas e olhares cheios de sabedoria. Como não os ouvir?

"Eu vou contar coisa que nem Úlri se lembra", Cueánaca começou, fumando seu pito e esticando com dificuldade as velhas asas, "Na época, minhas asas ainda negras. Pequeno Úlri com 9 anos quando chegou."

Nove. Hugo havia acertado então. Ele não era filho de icamiabas. Tinha sido capturado de uma das outras tribos, assim como Araury. Por isso sabiam português...

"Eles namoradinhos de infância."

Hugo arregalou os olhos, "Sério?!... E ele não se lembra?!"

O ancião negou. "Os dois morava em missão cristã indígena na floresta. Padre cuidava as criança. Ensinava ler, ensinava falar branco, ensinava sobre Deus dos branco. Eu aprendi branco porque Úlri-menino me ensinou quando chegou aqui. Eu, *pajé*, professor da língua dos Cupendipe. Pras criança que chegava."

"Então, eles dois foram capturados dessa tal tribo deles."

"Não. Nós não invadimo tribo deles. Nós encontramo menino na mata. Padre não deixava eles namora tão cedo: ele com 9, ela com 13. Então, eles foge juntos. Depois de muita semana andando na mata, os dois acaba dividido, entrando no meio da nossa guerra, e cada um capturado por uma das tribos."

"E aí começou a doutrinação."

Cueánaca confirmou. "Forçaram ideia na cabeça dos dois. Ele, pra que odeia as mulher, ela, pra que odeia os homem. Ele, tempo todo ouvindo que as mulher tudo falsa, e que aquela que ele tinha amado, mais falsa de todas, porque não tinha ido atrás dele pra resgatar. Ela, talvez, ouvindo mesma coisa. Os dois, por tanto tempo torturado com essas ideia, que Úlri esquece dela. Pra protegê coração."

Putz. "E a Araury?"

"Araury não esquece. Araury lembra do menino. Mas coração só ódio. Coração dos *dois* só ódio. Até que os dois se encontra de novo, muitas luas depois, como chefes, em batalha sangrenta, e sente velha atração. Ela sem reconhecer menino que conhecia; ele sem lembrar dela. Agora atração verdade, porque, antes, amor de criança. Puro, como é amor de criança, mas que ódio fez que eles esquece. Ódio é magia forte. Ódio é magia que cega."

"Eu não entendo. Se o senhor não acredita mais nessa rivalidade, por que não diz isso pra eles todos? Pelo menos pro Úlri! Ele tá sofrendo!"

O ancião deu uma leve risada. "Hoje, jovem não ouve mais velho. Jovem quer lutar, vencer, não quer ouvir resmungo de quem não luta mais. Finge que respeita, mas respeitar é ouvir, e eles não ouvem."

Hugo olhou-o com afeto, "Eu sempre ouvi minha avó", e o velho pajé sorriu ternamente, "Sim... menino é curumy respeitoso. Só falta menino usar mesmo respeito que trata os velho pra tratar todos os outro."

Idá concordou, guardando o conselho para si. Tratar os velhinhos com respeito era fácil para ele. Respeitar os menos velhos, no entanto, ainda era um problema. Algum dia, quem sabe, conseguiria aquele milagre. Se saísse vivo dali.

"Eles dois se ama", o ancião concluiu, suspirando e olhando com pena para Úlri. "Mas um vai acabar matando o outro."

Lá na frente, Úlri pousava de volta entre os seus, sendo cumprimentado pelo belo discurso. "Por que você não conta pra ele? Que ele e Araury se conheciam?"

"Às vezes, melhor não contrariá sabedoria da mente. Alma dele sofre menos não lembrando. Ele corre menos perigo não lembrando."

Hugo assentiu, não se decidindo se concordava ou não. Úlri definitivamente corria menos perigo não lembrando, mas sofria muito mais, até por não entender de onde vinha tanto sentimento.

"Hoje em dia, lá fora, está melhor para mulher, nas tribo mista que segue Yurupary. Indígena também muda. Comete erro e injustiça, como qualquer outro povo, mas também muda. Já eles..." O velho indicou seus companheiros, desiludido. Claramente já havia tentado. Várias vezes. Só não o tinham matado porque viam o que ele dizia como caduquice. Ninguém o levava a sério.

Olhando para o alto, Hugo viu a lua surgir, linda, pela abertura lá em cima; nuvens de tempestade começando a encobri-la aos poucos. Já a grande entrada principal, no nível do chão e da floresta, era só árvores e escuridão.

Talvez por isso, ele só agora estivesse notando sua existência.

Percebendo ter se distraído, voltou a olhar para o velho, que, do nada, soprou um pó cinza em seu rosto. Hugo fechou os olhos, tossindo e abrindo-os com certo esforço, lacrimejantes. "*O que foi isso?!*"

"Um presente. Para que você entenda nossas línguas enquanto estiver aqui."

Hugo ergueu a sobrancelha, coçando o olho, surpreso com o português perfeito que o velhinho acabara de falar. "E funciona?!"

O pajé abriu um sorriso esperto, "Já funcionou", e Hugo, atônito, percebeu: o velho morcego estava usando a língua deles agora! Por isso passara a falar com tanta perfeição... "Hoje, antes do amanhecer, vai acontecer uma cerimônia importante, em homenagem a Yurupary. Você pode assistir, se quiser."

"Ninguém vai me matar nela não, né?"

"Só se você for mulher."

Hugo riu. Então se lembrou de que aquilo não tinha graça e se arrependeu de ter rido. Incontáveis mulheres já haviam sido mortas por terem visto os instrumentos de Jurupary.

Havia coisas engraçadas no mundo. Aquela não era uma delas.

"Vai descansar, menino. Tome um banho. Relaxe. Esta madrugada tem festa. De manhã cedo, você sai atrás de sua cura. Úlri te leva."

Ansioso ao se lembrar daquilo, Hugo aceitou o conselho, despedindo-se do pajé e saindo com o jovem Cari, que o levou até a câmara de banho.

A câmara era uma galeria menor e mais aconchegante, iluminada por várias fogueirinhas próximas às paredes alaranjadas de pedra. No centro, um pequeno lago, quase uma piscina natural, refletia acolhedor as pequenas chamas ao redor, e o jovem deixou que Hugo ficasse sozinho, assegurando-lhe que ninguém entraria.

Finalmente a sós, Hugo olhou à sua volta, sentindo-se seguro pela primeira vez em meses. Impressionante o que um pouco de conforto fazia. Nada de plantas, nem mosquitos, nem cobras, nem outros humanos olhando... E Hugo aproveitou para se despir e entrar na água, previamente aquecida por um rápido feitiço.

Recostando-se, devagar, ficou um tempo relaxando no calor. Nunca valorizara tanto um banho quente, molhando o rosto com calma, fechando os olhos e sentindo o carinho da água quente em sua pele, inspirando profundamente o vapor... Usara várias vezes o feitiço *Purigu* durante a jornada, mas nada era igual à sensação de água quente limpando o corpo.

Nadando até a borda, recuperou a varinha e, sentando-se na parte mais rasa, com água na altura do peito, foi lentamente curando todos os arranhões e picadas que haviam sobrado na pele.

Magia era mesmo uma coisa maravilhosa. Onde estaria sem ela?

Só de se lembrar das icamiabas quebrando seu joelho já dava aflição.

Devolvendo a varinha à borda, só então fixou os olhos no espelho d'água.

Fazia tempo que não se via. Os rios eram turvos demais e, depois de dois meses sem olhar o próprio reflexo, Hugo se surpreendeu. Estava abatido, claro, mas finalmente parecia ter os 15 anos e meio que tinha. O rosto mais seco, mais adulto... Até alguns sinais de barba começando a despontar! E Hugo ficou se admirando. Seus olhos verdes, na pele negra, nunca tão bonitos quanto agora.

Parecia também ter crescido uns cinco centímetros de altura naqueles dois meses e meio. Estava até com alguns contornos interessantes de músculo!

Gostando do que via, Hugo se esticou para buscar a faca que deixara junto ao montinho de roupas na borda, e, olhando com cuidado para seu reflexo na água, fez a barba, orgulhoso. Quem diria? Barbeando-se, pela primeira vez, em uma caverna na Amazônia. Sentia até um certo arrepio de satisfação. Não por vaidade, mas por perceber, naquele momento, que o título de criança já não lhe cabia mais. E Hugo olhou-se indeciso, sem saber bem o que aquilo o fazia sentir. Entusiasmo? Insegurança? Talvez um pouco dos dois.

Tentando não pensar mais naquilo, ficou olhando ainda um bom tempo para o próprio reflexo; a pele marrom transformada em dourada pela luz do fogo... o peitoral um pouco mais definido... e Hugo riu de si mesmo. Vê se aquilo era hora de ficar se admirando?! Tu nem sabe se vai sair vivo daí, Idá! Vaidoso do caramba. Daqui a pouco estaria ajeitando as sobrancelhas feito Gutemberg.

Afundando o rosto e os cabelos mais uma vez na água quente, saiu da piscina natural e usou as próprias roupas, já limpas com feitiço, para se enxugar depressa, antes que alguém o visse pelado.

"As icamiabas devem ter se animado com você", Cari o interrompeu.

O jovem morcego o estava olhando inteiro da entrada, e Hugo se cobriu depressa, constrangido. Quis reclamar, mas Cari não entenderia o motivo.

"Cerimônia vai começar daqui a pouco", o aprendiz disse, empolgado com a festa, dando uma última olhada nele, admirado, antes de sair.

Até entendia o jovem. Os indígenas normalmente não tinham uma musculatura tão definida. Vinham do gene negro aqueles músculos que, mesmo em alguém magro, se faziam notar.

"*Ei!*" ele ouviu alguém sussurrar e olhou à sua volta, tenso.

"*Ei, Lambisgóia!*"

Hugo se virou depressa, vendo meio-olho do anjo por uma fresta mínima na rocha da parede. Já chovia lá fora, e o anjo estava ensopado; sua voz chegando afogada pelo ruído dos pingos. "*Tu não vai sair daí, não?!*"

Nervoso, Hugo olhou para trás, assegurando-se de que estavam mesmo sozinhos, antes de responder, "*Você tá com a Bárbara aí?*"

"*Claro que tô! E com o Quixote! Por que eu não estaria?!*"

"*Vai embora com ela, rápido. Não é seguro pra mulheres aqui.*"

"*Mas e você?!*"

Hugo olhou de novo para a entrada da câmara. "*Guto, presta atenção. Vai procurando pela gruta. Ela não deve estar longe. Eles prometeram me levar até ela de manhã, antes de irem dormir.*"

"*Eles dormem de dia, é?!*" O anjo espiou melhor pela fresta, curioso. "*Tu tá pelado, Lambisgóia? Que que vocês estão fazendo aí dentro?!*"

"*Eu só tô tomando banho, seu tonto! Vai, chispa daqui!*"

Rindo, Guto obedeceu, e Hugo, irritado, vestiu-se rápido, antes que mais alguém o visse. Enfiando a varinha no cinto da calça, passou as mãos pelos cabelos molhados e saiu da sala de banho. Os preparativos já estavam a pleno vapor para a festividade, adultos trazendo as máscaras e instrumentos proibidos de Jurupary enquanto meninos riam, aprendendo a lutar entre si, na entrada principal da caverna.

Sentados na rocha, os mais velhos começavam a testar os instrumentos.

Eram enormes flautas feitas de cascas de árvore enroladas em espiral, cujo bocal ficava próximo ao topo, de modo que precisavam segurá-las atravessadas, como um fagote. O som era parecido com o do trombone, dependendo do tamanho da flauta, e Hugo se lembrou de Nuré contando o que acontecia quando mulheres cometiam o 'imenso crime' de ver os instrumentos.

Sentindo sua indignação subir à garganta, tentou se controlar. Ele também não era nenhum exemplo de pessoa. Abandonara a coitada à própria sorte, depois de tê-la convencido a ajudá-lo.

Passando reto por uma câmara onde um pequeno grupo de quatro homens-morcegos se reunia, Hugo parou, achando aquilo estranho, e voltou discreto, com o ouvido atento.

Sentados, os quatro conspiravam em voz baixa; o adulto Andyrá insistindo, irritado, na língua deles. Língua que, agora, Hugo podia entender. *"Essa palhaçada tem que acabar. Ainda hoje, a gente transforma o bruxo em um de nós."*

Hugo recuou em pânico; um nó de ansiedade no estômago. Deus do Céu, como não pensara naquele perigo?! Dando mais um passo para trás, logo percebeu o erro ao ouvir pequenas pedras rangerem debaixo de sua bota. O ruído chamou a atenção dos quatro, que, percebendo a presença de sua vítima, voaram até ele, cercando-o antes que Hugo conseguisse correr.

Acuado, ele sacou a varinha, mas foi derrubado pelos outros três; o mais jovem já tentando enfiar os dentes pontiagudos em seu pescoço enquanto Hugo lutava para se desvencilhar; a mão esquerda presa ao chão, com a varinha, pelas deles; o coração disparado no peito. "Que foi, menino bruxo?! Não quer ganhar asas?!"

Voar seria incrível, mas ele nunca mais poderia andar entre os azêmolas...

Em pânico, Hugo chutou dois deles com força, esticando o pescoço um milímetro mais longe dos dentes, até que Úlri surgiu, alarmado, "Ei!", arrancando-os de cima de seu convidado enquanto outros se aproximavam, surpresos. "É proibido transformar meninos crescidos! Esqueceram?!"

Hugo aproveitou para se levantar depressa, o coração acelerado, a mão direita no pescoço, ouvindo assustado os quatro tentando convencer o chefe. "Seria uma grande vantagem contra elas, *pa-hi*! Imagina! Termos um bruxo entre nós!"

Úlri ouvia os argumentos, mas desesperado. Sabia muito bem o que era ser transformado já mais velho. "E a vontade dele não conta?! E as minhas ordens?!"

"Que autoridade você tem, Úlri??" o doutrinador fanático se intrometeu na conversa de repente, surpreendendo a todos. "Eu não obedeço morcego apaixonado."

Úlri se espantou. "Como ousa insinuar uma coisa dessas…"

"Não é insinuação, é a verdade!"

Hugo olhou tenso para os cinco, vendo mais morcegos se aproximarem, muito interessados naquela acusação, e Úlri começou a recuar, com medo.

"Que foi, Úlri? Tá nervoso? Se não tivesse culpa, não tava nervoso…"

Assustado, o chefe já ia rebater as acusações quando um sopro de alarme soou lá fora. Um alarme alto e potente, que não vinha deles. Um alarme que Hugo só ouvira uma vez antes. Soprado por mulheres.

"TURÉ!" os guardiões da entrada berraram assustados, e todos olharam perplexos para a entrada principal com a mesma pergunta: Como era possível?!

Eles estavam numa zona mágica! Uma zona proibida! No entanto, aquele era, definitivamente, o toque delas. O Toque de Guerra das icamiabas.

CAPÍTULO 80

ÚLRI E ARAURY

Úlri, de imediato, retomou a posição de líder, berrando ordens para todos ao redor, "ESCONDAM OS INSTRUMENTOS!! ARQUEIROS AO ALTO! MACHADOS À FRENTE! RÁPIDO! RÁPIDO!", e até aqueles que estavam acusando-o obedeceram.

As trombetas de guerra continuavam a soar, parecendo cada vez mais próximas lá fora, como se as icamiabas estivessem querendo que o pânico chegasse antes delas, e estavam conseguindo; Hugo sentindo o coração sair pela boca enquanto recuava, sem saber para onde.

"APAGUEM AS FOGUEIRAS!" Úlri gritou, andando decidido até seu machado, mas sua última ordem chegou tarde demais. As mulheres já estavam surgindo da chuva, pela entrada principal, soltando suas flechas mortais nos jovens da linha de frente; as flechas atravessando suas cabeças sem piedade.

Assustados, os menininhos mais novos, ordenados por Úlri a fugir, tentavam voar pela abertura superior, mas eram derrubados por cipós lançados contra seus pés, e caíam com força no chão de pedra, quebrando suas asas. Outros, mais velhos, tentavam correr, alarmados, mas eram alvejados na nuca pelos dardos venenosos das zarabatanas de algumas delas, enquanto outras icamiabas já se espalhavam pelo chão da caverna, acertando todos que podiam com flecha atrás de flecha, numa sede absurda por sangue. Os que conseguiam vencer o pavor e se voltavam para enfrentá-las eram derrubados ao chão como porcos, alguns quebrando as asas, outros se contorcendo, sufocados pela dose letal de *curare* das flechas, muitos caindo com lanças atravessadas no peito. Elas não tinham ido ali brincar. O ataque precisava ser rápido, antes que os homens pudessem alçar voo, e naquilo elas eram eficientíssimas, não deixando que nenhum vencesse a gravidade por muito tempo!

"ATAQUEM! ATAQUEM!" Úlri berrava desesperado. Não estavam acostumados a ser invadidos. ELES é que invadiam! Como, diabos, elas tinham conseguido entrar na zona mágica?!

Nervoso, Hugo assistia sem saber o que fazer. Tinha a varinha nas mãos, claro, mas podia mesmo escolher um lado?! Precisava era sair dali! Antes que elas o vissem! Procurando, aflito, por outra saída que não a entrada principal, bloqueada por icamiabas, avistou uma pequena abertura na rocha, do outro lado da ampla caverna. Entre ele e a abertura, dezenas de homens e mulheres se matavam impiedosamente, num mar de sangue. Se corresse, dificilmente conseguiria atravessar o campo minado sem tropeçar nos corpos ou ser atingido pelas flechas e machados que zuniam entre eles, mas que escolha tinha?!

Respirando fundo, começou a correr, avançando e parando, alternadamente, para desviar de lanças, machados, dardos, corpos, freando de novo a meio centímetro de uma flecha lançada contra alguém ao seu lado, até que, ainda longe de sua saída, olhou para a abertura principal, vendo Araury entrar na caverna com mais um grupo, ordenando, "ROUBEM OS INSTRUMENTOS!"

Ao ouvir aquilo, os morcegos se desesperaram de vez; alguns voando para proteger a voz de Yurupary, outros se postando na frente das mulheres, que começaram a abrir caminho sem piedade, matando cada um dos que tentavam impedir seu avanço.

Araury permanecia altiva na entrada, assistindo ao massacre; seu poderoso arco na mão direita, o olhar pintado de vermelho, como sempre, e um colar que Hugo conhecia pendurado em seu peito. Idá arregalou os olhos.

O muiraquitã...

... Ele precisava do muiraquitã.

Enfrentando seu medo, o bruxo mudou de trajetória, passando a correr na direção dela, em meio ao fogo cruzado. Era loucura, ele sabia, mas precisaria do colar se quisesse voltar a tempo de ajudar Atlas. Nem acreditava na própria sorte. O muiraquitã *viera* até ele! Será que, finalmente, o destino estava lhe dando uma chance?! Com o coração disparando a mil, Hugo foi obrigado a tirar os olhos do colar para sobreviver em meio à batalha. Procurando se defender, jogou icamiabas para longe, mas com feitiços fracos, porque aquela situação era complicada demais para que ele tomasse partido. Não seria justo. E ele, com medo de chamar a atenção delas, começou a se esquivar mais do que atacar, procurando apenas não ser atingido naquela loucura conforme avançava.

Percebendo que os instrumentos estavam seriamente ameaçados, muitos dos que haviam conseguido subir, para ajudar os menores a fugir pelo alto, voltaram à batalha, dando rasantes e começando a cortar pescoços femininos com seus machados. Meu Deus, aquilo ia ser um massacre em ambos os lados.

Agora bem mais próximo de Araury, Hugo olhou de novo para o rosto estranhamente iluminado da chefe das icamiabas, e só então se deu conta:

O pequeno sapo de pedra brilhava verde no peito dela.

A desgraçada usara o muiraquitã! Por isso haviam conseguido entrar na zona mágica!... FILHA DA MÃE! Tinha gastado seu único pedido!

Apavorado, Hugo desviou de mais um homem-morcego, os olhos marejados de raiva. Como sairia daquele pesadelo agora?! Como voltaria a tempo para o Rio de Janeiro?!?

Um homem caiu por cima dele, derrubando-o no chão escorregadio de sangue, e Hugo pôs-se de pé de novo, atontado. A sorte dele é que as icamiabas estavam tão concentradas em trucidar homens alados que nem percebiam a presença de um bruxo sem asas, escapando como uma formiga entre gigantes.

... *Formiga.* Quem diria. Primeira vez que via vantagem naquele apelido.

De qualquer forma, precisava sair dali. A sorte não ia ajudá-lo para sempre.

Desistindo do muiraquitã, que não mais funcionaria, voltou a correr para a saída lateral, desviando de flechas, pessoas e respingos de sangue. Os homens estavam perdendo... Os homens, inacreditavelmente, estavam perdendo. Mesmo tendo asas; mesmo estando em casa. E Hugo não podia estar presente quando a carnificina acabasse, deixando-o sozinho com elas.

Cupendipes de várias idades continuavam lutando, mas nem os que voavam estavam conseguindo superar as icamiabas, que, em sua sede de vingança, pulavam alto e derrubavam o primeiro a golpe de machado, baixando para recuperar seus arcos e flechando o segundo, correndo e saltando por cima da vítima para flecharem o terceiro, arrancando a flecha do peito daquele para se armarem de novo e acertarem um quarto, girando, roubando outro machado no chão e lançando-o contra um quinto, pegando com a mão esquerda outra flecha e usando-a como faca para matar um sexto... O ataque das icamiabas era impressionante. Um espetáculo de maestria e sangue. Horrorizado, Hugo desviou de mais um corpo, olhando ao redor.

Não via Nuré entre elas... A coitada não devia ter sido aceita de volta.

Talvez nem estivesse mais viva, por tê-las traído.

Tentando engolir o remorso, ele continuou a correr; os corpos e a carnificina ao redor atrasando-o, espirrando sangue nele, e, quando já estava a poucos metros da saída que buscava, Hugo cometeu o erro de olhar para a entrada principal mais uma vez, pensando no muiraquitã.

E se a pedra ainda tivesse o pedido dele? E se o muiraquitã funcionasse uma vez para cada pessoa que o tivesse em mãos?

Naquele caso, a pedra ainda funcionaria... Hugo ainda teria seu pedido!

... Estava tão perto de Araury agora... A saída lateral tão próxima à entrada...

Na dúvida se deveria arriscar ou não, Hugo procurou, com os olhos, a chefe das icamiabas, mas, ao vê-la, viu também Úlri, todo ensanguentado na entrada, recusando-se a golpear Araury mesmo enquanto perdia para as outras, girando, acuado, tentando voar sem conseguir, sendo puxado para baixo, levando porrada atrás de porrada enquanto Araury olhava, e Hugo se esqueceu do que queria por um tempo, assistindo ao massacre do líder dos morcegos...

Eles dois se AMAVAM, caramba!

Olhando para os lados, Hugo viu a quantidade absurda de homens-morcego abatidos no chão. Úlri não conseguiria. Estava cercado. Atacava-as, sim, mas como um bicho acuado, tentando se defender mesmo com o pescoço e um dos braços já presos por cordas, e, quando tentou alçar voo uma última vez, foi capturado por uma rede, que puxaram para baixo com violência. Úlri tombou de vez no chão, tentando desesperadamente abrir as asas contra o emaranhado de cordas que o prendia, querendo fugir dos chutes e das bordoadas que estava levando.

Hugo podia ver a consternação de Araury. Consternação que ela tentava disfarçar, gritando "BATAM! BATAM NELE!", com *ódio* nos olhos úmidos... E Úlri ali, levando porradas violentas enquanto seu aprendiz Cari berrava desesperado pelo mestre; sendo segurado por outras.

Não... Era loucura Hugo tentar chegar em Araury agora.

Decidido a desistir do muiraquitã, já ia voltar a correr na direção da saída lateral quando hesitou. Teria mesmo coragem de virar as costas para Úlri e Cari num momento daqueles?! Depois de tudo que haviam feito por ele?!

Indeciso, Hugo ainda tentou se forçar a fugir duas vezes, o coração torturado entre a tensão e a culpa, até que, xingando-se muito, tomou a única decisão que sua consciência permitia e voltou correndo na direção dos dois; a varinha em punho, atingindo icamiabas pelo caminho. Talvez desse tempo de salvá-lo... O chefe dos morcegos estava sendo violentamente espancado, mas tinha que dar tempo. Antes que Hugo pudesse chegar, no entanto, a própria Araury, arrependida da ordem que dera, e não aguentando mais vê-lo sofrer, aproximou-se decidida e esfaqueou Úlri no coração.

Hugo parou onde estava. Chocado. Tão perto deles agora que conseguia ver as lágrimas de Araury enquanto ela enfiava ainda mais fundo a faca no peito do amado, disfarçando com violência o que, na verdade, era misericórdia.

A dor nos olhos dela, no entanto, era indisfarçável, e Úlri pegou no braço de Araury para trazê-la mais perto, murmurando em português, língua que só eles entendiam, "... *liberta o jovem, Araury. Liberta Cari... Ele é seu filho.*"

A icamiaba arregalou os olhos, surpresa.

"... *deixe Cari ir...*" Úlri fechou os dele, debilitado, e Araury, apertando discretamente a mão do morcego sem que as outras vissem, olhou consternada para seu jovem filho, que era espancado a poucos metros de distância, chorando enfraquecido pelo destino cruel de seu mentor.

... Úlri havia cuidado dele pessoalmente... Só porque o menino era filho dela. Sem saber o que fazer, Araury olhou confusa ao seu redor, tentando pensar.

Então ordenou em voz alta, tentando demonstrar a raiva que não mais sentia. "Matem os mais velhos!... Os mais jovens vão com a gente!"

No chão, Úlri a olhava, agradecido, apaixonado... não mais tendo que fingir coisa alguma; livre para sentir o que sentia; até que seus olhos, lentamente, perderam a vida. E Araury não aguentou.

Mesmo endurecida como era, mesmo com todo o treinamento de ódio que havia recebido, não conseguiu disfarçar a dor de ter tido que matar o único homem de que gostara.

Vendo que ela já ia pôr as mãos trêmulas na cabeça para chorar por ele, transtornada, esquecendo-se de que estaria praticamente assinando sua sentença de morte se as outras a vissem chorando por um homem, Hugo gritou "ARAURY!", e ela acordou da loucura que ia fazer.

Olhando surpresa para ele, pela primeira vez vendo-o ali, lembrou-se de que aquela guerra ainda não estava ganha; de que os Cupendipe fugidos iam se multiplicar de novo, e elas ainda precisariam de icamiabas bruxas.

Ótimo. Porque ele ainda precisava daquele muiraquitã.

Percebendo que Araury mordera a isca, Hugo correu para a saída lateral, sabendo que ela mesma o perseguiria. Não podia gastar guerreiras com aquilo, nem arriscar que elas a vissem chorando.

Correndo atrás dele, Araury apontou-o com raiva, "VOCÊ É NOSSO!", perseguindo-o com muito mais vontade e vigor do que ele esperava, para alguém que acabara de sofrer um baque emocional, e Hugo estremeceu, apertando o passo; seu coração a mil. O plano era conseguir sair da caverna *antes* de ela alcançá-lo, e não aquilo (!), mas Araury já havia voltado à sua força total; Úlri completamente posto de lado no interior de sua mente, e Hugo disparou por entre os combatentes, conseguindo ganhar uma mínima distância dela antes de pular, com os pés para a frente, pelo buraco de saída.

Deslizando pela pequena abertura, saiu da caverna, levantando-se depressa e voltando a correr, agora pela floresta, em meio àquele tom azul escuro de iniciozinho de manhã, tentando não escorregar na lama que a chuva da noite deixara.

Tinha sido loucura salvar Araury, mas como não fazê-lo, depois de tudo que ele vira?

Percebendo que mais duas icamiabas haviam saído da caverna atrás dele, Hugo tentou despistar as intrusas, apontando a varinha para trás e gritando "*Raruama!*"

As árvores se contorceram na frente delas, virando obstáculos que as duas saltaram com maestria, pendurando-se em galhos e dando voadoras para a frente, até que uma quinta árvore as rebateu como um estilingue, jogando as duas longe e deixando que apenas Araury continuasse a correr, e como corria! Esquivando-se da última árvore com a rapidez de uma onça, ela avançou mais quatro passos como se fossem dez, alcançando Hugo e saltando sobre ele com uma lança na mão.

Hugo caiu de costas na terra, Araury por cima dele e, antes que a chefe das icamiabas pudesse perceber o que estava acontecendo, ele agarrou o muiraquitã, dizendo-lhe "Sinto muito" com sinceridade, e jogando-a longe com um feitiço; o muiraquitã permanecendo em sua mão.

Trêmulo, Hugo beijou o sapinho de pedra, levantando-se e continuando a fugir enquanto amarrava o cordão no pescoço, sentindo seu entusiasmo voltar.

Que a pedra funcionasse, meu Deus... Que a pedra funcionasse... E que Guto e Bárbara já houvessem encontrado a cura.

Vendo que mais duas icamiabas chegavam em seu encalço, Hugo soltou um "*Tatá-pora!*" na primeira, que berrou de dor, sentindo-se queimar por dentro, numa febre eruptiva. Nada que não fosse passar depois. O feitiço também tirou de ação a segunda, que, mais jovem, parou assustada ao ver a companheira berrar com manchas na pele, e Hugo continuou a correr, com medo que outras viessem.

Foi quando tropeçou, estabacando-se no chão, e esbarrou de cara num bichinho peludinho preto. Bicho que Hugo só vira igual na aula de Pragas da madrinha do AR, e que, infelizmente, ele acabara de irritar.

Levantando-se depressa, com medo, a varinha já em punho, Hugo ficou esperando que o bicho vomitasse uma cobra venenosa contra ele, como acontecera na aula, mas, em vez disso, o pequeno e 'simpático' bichinho abriu a boca, furioso, deixando voar não uma cobra, mas um enxame enorme de insetos pretos violentos em cima do humano, que caiu no chão em pânico, tentando se livrar da nuvem negra à medida que era picado por vários ao mesmo tempo, berrando de dor.

Estapeando-se desesperado, só a muito custo Hugo conseguiu se levantar e sair correndo; os insetos ainda à sua volta, centenas deles, atacando-o mesmo enquanto ele corria e girava tentando afastá-los, até que, envolto em tudo aquilo, Hugo viu, surpreso, o Curupira apontando-lhe um buraco numa rocha, e confiou nele, mergulhando pela abertura indicada e caindo vários metros no escuro até atingir água GELADA lá embaixo.

O impacto afugentou os mosquitos, que escaparam pelo buraco lá em cima, e Hugo, vindo à tona e respirando o ar frio, tentou manter a cabeça fora d'água, enquanto olhava ao redor.

Caíra num lago subterrâneo profundo; um imenso poço cavernoso sem saída, cercado de rocha alta por todos os lados, e Hugo tentou se manter na superfície, à procura de um chão onde pudesse pisar, mãos e pés remando na água gelada, tremendo de frio. O peso das roupas encharcadas o puxava para baixo, mas não havia onde apoiar os braços naquele poço escuro e profundo; a luz do único buraco de saída tão distante lá em cima, que chegava fraca onde ele estava.

Sentindo a pele retrair-se com o frio, ardendo demais das mordidas, ele percebeu, com um arrepio na espinha, que estava preso ali. "Filho da mãe..." murmurou temeroso, sentindo a claustrofobia começar a atacá-lo.

Olhando ao redor, com medo, sentindo aquele espaço sufocá-lo cada vez mais, tentou se acalmar, fechando os olhos, aflito, e respirando fundo; o choro de pavor começando a tomar conta mesmo enquanto ele tentava raciocinar. Ansioso e sufocado, decidiu nadar até as paredes rochosas, começando a procurar por qualquer buraco oculto que pudesse servir de saída, chorando de aflição, de desespero, de dor pelas picadas, de pavor por não estar encontrando uma saída..., de tudo, sua memória teimando em voltar para aquele fosso escuro na favela; ele sendo jogado lá embaixo, com a chuva e a água subindo, e Playboy dizendo que sua avó tinha pifado...

Hugo sacudiu a cabeça, voltando a si. Não aguentaria se manter na superfície por muito mais tempo, não exausto como estava; o coração disparado daquele jeito. Terminando de tatear as pedras na escuridão e vendo que não havia mesmo qualquer saída daquele fosso, tentou bloquear seu pânico para poder raciocinar. Fechando os olhos, procurou se concentrar. Foi então que um lampejo de clareza mental o fez lembrar que chovera muito na noite anterior; e Hugo submergiu, à procura de um buraco.

Segurando a respiração, a varinha brilhando vermelha à sua frente, iluminando a profunda escuridão, ele olhou desesperado ao redor e encontrou o que queria. Um túnel. Era obscuro, como um imenso buraco negro, levando a sabe-se lá onde, e, sentindo um calafrio, Hugo voltou à superfície para respirar uma última vez, já chorando de pavor, sabendo que precisaria enfrentar aquilo ou morreria. Morreria afogado e esquecido naquele buraco gelado, no meio do nada.

Ele tinha que ir.

Virando-se na direção do túnel, Hugo tentou respirar fundo, sem muito sucesso; o pânico voltando a tomar conta. Daquela vez não haveria Crispim para ir na frente e lhe dizer quanto tempo duraria a travessia. Se é que ela teria fim.

Inspirando o máximo de ar que pôde, submergiu de novo, o ouvido direito começando a doer à medida que nadava até o túnel.

Forçando pernas e braços contra a água, entrou; a varinha atravessada nos dentes, iluminando de vermelho as paredes rochosas que o sufocavam, parecendo, a cada segundo, querer se fechar cada vez mais contra ele.

Cerrando os olhos, tentou se livrar daquela impressão, suas lágrimas de pânico se misturando à água. Precisava se controlar. Quanto mais nervoso ficasse, mais rápido perderia o fôlego, e ele avançou pela escuridão avermelhada; seu corpo inteiro dolorido, os pulmões doendo, até que, na escuridão à sua frente, ele vislumbrou o fim do túnel ao longe, um pouco mais iluminado que o resto, e arregalou os olhos, ansioso, nadando depressa para se livrar dele e desembocando, ainda submerso, num lago bem maior e mais claro. Olhando então para o alto, Hugo viu a superfície metros acima e subiu aflito até ela, emergindo como um submarino agoniado em busca de ar. Que maravilha era poder respirar!

Pondo o máximo de ar para dentro dos pulmões, ele olhou ao redor. Continuava dentro de uma caverna alagada, mas numa galeria muito mais ampla e iluminada. Ao longe, o que parecia ser uma superfície seca fez Hugo ter esperanças, e ele angariou as poucas forças que ainda lhe restavam para continuar nadando.

Já estava quase desmaiando de fraqueza, mas precisava continuar, o cansaço absoluto se apoderando de seu corpo à medida que ele batalhava contra a água. E assim foi por quase dois minutos, os braços pesando, o corpo amolecendo de exaustão, até que, menos de um metro antes de chegar em terra firme, suas forças o abandonaram, e Hugo fechou os olhos, sentindo, esgotado, duas mãos o erguerem pela roupa e o arrastarem para a superfície.

Sendo largado sem qualquer delicadeza no chão duro de pedra, Hugo tentou focalizar a pessoa que o salvara, mas estava fraco demais, exausto demais; a visão turva atrapalhando-o, até que, finalmente conseguindo ver o solo com alguma nitidez, ele olhou para cima, reconhecendo-a.

"... Nuré, eu-"

A jovem empurrou sua cabeça contra o chão de pedra, e Hugo apagou.

CAPÍTULO 81

SUBMISSÃO

Quando voltou a si, ainda grogue da exaustão, Hugo percebeu que uma pessoa descalça lhe dava algo amargo para beber. Um líquido viscoso, que ele tentou recusar, mas que lhe foi forçado goela abaixo; a pessoa tapando seu nariz e pressionando a cuia em sua boca, machucando-o para que engolisse até a última gota e largando seu rosto molhado de volta no chão.

Tossindo quase sufocado, passando mal, Hugo permaneceu ali, com o nariz próximo ao solo, sentindo o cheiro da rocha e o frio no corpo ainda encharcado, até que o líquido começou a fazer efeito, e ele, entorpecido, sentiu um calor inexplicável começar a subir por seu corpo. Era como se não estivesse mais na caverna… Como se houvessem-no transportado para um lugar menos frio… mais aconchegante…

Talvez houvessem mesmo… Por favor, que houvessem.

Exausto, Hugo sentiu no rosto as carícias de uma mão que conhecia.

A imagem ainda estava turva, mas ele definitivamente reconhecia o perfume, e Hugo, tentando focalizar a vista, viu, aliviado, uma baianinha de que ele muito gostava acariciando-lhe o rosto com ternura enquanto tratava suas feridas.

"Janaína… Jana, você veio…" Hugo se emocionou, enfraquecido, e a jovem baiana, sorrindo ternamente, pôs um dedo carinhoso em seus lábios, para que ele poupasse energia. "Calma, véi… Eu tô aqui… Eu te encontrei…"

Hugo sorriu, percebendo que o pesadelo havia acabado. Tinham ido resgatá--lo! Ou talvez o muiraquitã houvesse disparado sozinho, tirando-o de lá… Sim, era o mais provável, porque ele não estava mais na Amazônia, estava na Sala das Lágrimas! No local em que eles dois haviam se beijado pela segunda vez, e, apesar do cansaço absoluto, Hugo chorou de alívio… Primeiro sozinho, depois copiosamente, nos braços de Janaína, que o consolava com toques suaves.

Nem acreditava que estava de volta à Sala das Lágrimas… E agora era Janaína que parecia inclinada a continuar de onde haviam parado, aproximando delicadamente os lábios dos dele.

Hugo fechou os olhos para sentir o beijo. Tinha gosto de baunilha, do jeitinho que ele lembrava. Nossa…, como sentira falta dela… do beijo dela, do toque…

Com cuidado, para não o machucar, a baiana deitou-se ao seu lado, continuando as carícias e os beijos, e Hugo, ofegante, começou a responder com o mesmo fogo que tinha antes, apesar da dor; o beijo, aos poucos, ficando mais ousado, como sempre havia sido entre eles. Indomáveis os dois.

Janaína deslizou a mão pelas roupas dele, abrindo os botões de baixo, e Hugo estremeceu, não acreditando que ia acontecer. No rosto dela, nada do sorriso malicioso que a baianinha lhe dera antes de recusá-lo pela primeira vez. Claro. O assunto era sério agora..., e Hugo, no embalo dos lábios dela, deslizou as mãos por ela inteira, num prazer indescritível, enquanto ela fazia o que queria com o carioca; o coração dele martelando contra o peito à medida que a beijava, sentindo-a mexer-se em seu quadril. Era bom demais para ser verdade. Suando, Hugo beijou o pescoço da baianinha, sentindo seu aroma inebriante de flores, só que ele estava todo machucado e aquele prazer doía! Doía cada vez mais, enquanto ela continuava; as dores dele voltando à medida que acontecia, e ele cerrou os dentes, agoniado, sentindo-a agarrá-lo com cada vez mais força, e Hugo tentou se desvencilhar, sem conseguir, "*Jana... Jana, você tá me machucando...*" Por que ela estava fazendo aquilo?! Mas o cheirinho dela... o aroma dos cabelos... era inebriante, e ele continuou, mesmo com a dor, afinal era ela, né! Finalmente, Janaína havia aceitado! Tinha ido consolá-lo!

Não... não fazia sentido... Havia alguma coisa errada ali... Estava doendo demais... A agonia física se tornando quase insuportável... Não apenas as feridas doíam, TUDO estava doendo. "*Para, Jana, por favor, tá muito forte...*" ele disse trêmulo, mas não estava conseguindo respirar, o rosto enfiado nos cabelos dela enquanto a baiana continuava; ele sentindo um prazer quase angustiante, querendo parar e, ao mesmo tempo, não querendo...

Não, ele queria, sim... "*Para, Jana... por favor.*" Hugo tentou se desvencilhar de novo, mas ela não deixou; uma das mãos agarrando-o pelos cabelos e forçando seu rosto para o lado, contra o chão de pedra. Tinha alguma coisa muito errada ali. Aquela não podia ser Janaína... Ela jamais se forçaria nele assim; não ele estando fraco como estava. Aquela não era ela...

Em pânico, Hugo tentou livrar seu rosto do braço dela para conseguir vê-la de novo, seu corpo inteiro tenso e doendo à medida que o efeito do que ela lhe dera para beber ia passando, e ela continuando a forçar-se nele, pouco se importando com o que ele estava sentindo, até que, com o coração acelerado, ele conseguiu desvencilhar o rosto da mão dela e viu Nuré, fazendo o que estava fazendo com ódio nos olhos. Um ódio que ele nunca vira nela antes. Apavorado, Hugo tentou fugir de baixo dela, mas a icamiaba não deixou; Hugo sentindo uma agonia física que beirava o insuportável enquanto seu corpo era usado sem que ele pudesse fazer nada, até que aquela agonia infernal dele foi substituída por um alívio físico enorme, e ela o largou ali mesmo, no chão. Terminara com ele.

Hugo se virou de lado na pedra, humilhado e destruído, sentindo-se a mais frágil das crianças, enquanto Nuré, com absoluto desprezo por ele, levantava-se satisfeita; sua antiga doçura e inocência substituídas pelo olhar duro das icamiabas. Então ela agachou-se novamente, sussurrando cruel em seu ouvido esquerdo, *"Como pequeno homem se sente, sendo usado?"*

Antes que Hugo pudesse entender o tumulto de emoções que estava sentindo, ela bateu sua cabeça contra as rochas de novo, e ele apagou.

Acordou atordoado, minutos depois; a mente ainda confusa.

Sonhara com a cortina de cipós e com o lindo tapete de plantinhas medicinais que estava procurando, só para acordar, de novo, naquele pesadelo obscuro.

Tentando se levantar, ainda desorientado, o corpo inteiro dolorido, olhou para si, enquanto se mexia, sentindo uma moleza corporal incomum. Foi então que, percebendo o estado de suas roupas, lembrou-se de tudo que acontecera ali, da violência que sofrera, e sentiu ânsia de vômito, seguida de um profundo desespero, voltando a se encolher no chão de pedra, envergonhado.

Abraçando-se no chão frio, com nojo do próprio corpo, puxou a calça para cima, desconfortável, sentindo-se sujo, frágil, humilhado, enquanto chorava, em seu desespero, lembrando-se de como gritara com a baiana, depois de tudo que ela sofrera. *"Desculpa, Jana... Desculpa..."* murmurou com a voz trêmula, o rosto coberto de lágrimas dolorosas, sentindo-se um *lixo...* por tudo que acontecera naqueles minutos, mas, principalmente, por tudo que dissera a ela, um ano antes: sobre o boto, sobre a gravidez... Ela tinha ido até ele pedir AJUDA!!!

Atordoado, Hugo, a muito custo, tentou *querer* se recuperar. A vontade que tinha mesmo era de ficar ali, encolhido, diminuindo até que sumisse do planeta. Mas tinha que reagir... Atlas precisava dele... Pelo menos UMA pessoa ele ajudaria naquela maldita vida. Nem que fosse a última coisa que fizesse; nem que depois se metesse dentro do próprio quarto e nunca mais saísse de lá, de vergonha, pela imundície que estava sentindo em si.

Levantando-se, ficou ainda de joelhos uns instantes, buscando forças. *Você é mais forte que isso, Idá... Você não é imundo. Imunda foi a Nuré...*

Com as mãos trêmulas, e uma vontade imensa de continuar chorando, ele tentou se recompor, procurando não se afetar pela humilhação de ter que fechar os botões da camisa. Então se levantou, olhando constrangido à sua volta, mesmo não havendo ninguém ali. Só ele, a pequena gruta, o lago interno e a saída da caverna, que dava para a floresta, já esverdeada pelo dia sem nuvens.

Nuré o havia deixado vivo. Pelo menos aquilo. Mesmo que ele, agora, fosse outra pessoa...

Peraí. Hugo pensou, olhando ávido à sua volta.

Ele conhecia aquele lugar...

Sentindo o coração bater mais forte, olhou ansioso para as rochas no chão, reconhecendo o espaço onde Gislene se sentara para preparar a cura do vício em cocaína..., o lugar onde ele e Janaína haviam se beijado pela segunda vez..., o ponto onde sofrera a overdose...

Ele tinha encontrado a gruta!

Abrindo um sorriso enorme enquanto chorava, nunca tendo ido do completo desespero ao indescritível entusiasmo em tão poucos segundos, Hugo correu para a floresta lá fora, reconhecendo as árvores, as viradas, o atalho que Peteca lhe mostrara e que o levaria às plantinhas de que Atlas precisava... Meu Deus! Ele tinha chegado.

Passando as mãos pelos cabelos, alegre e aflito, Hugo procurou raciocinar os próximos passos: atravessaria a cortina de cipós, encontraria o vasto tapete verde de plantinhas de cura, coletaria quantas pudesse carregar, sem se esquecer das raízes, como Rudji lhe instruíra, e dos pequenos frutinhos roxos nos caules... Ok.

Com a cabeça organizada, Idá tomou o caminho da esquerda, começando a seguir pela mesma trilha que havia feito com o saci; as mãos trêmulas de ansiedade enquanto abria caminho, afoito, por entre os arbustos e as árvores. Inacreditável que havia conseguido chegar..., que encontrara uma gruta *mínima* no meio da maior floresta do mundo. Avançando cada vez mais depressa, seu coração batendo forte, Hugo finalmente avistou a bendita cortina de cipós, metros adiante, e parou em frente a ela, sentindo um arrepio extraordinário de alegria.

Era idêntica à da Sala das Lágrimas... Impressionante...

A cortina só não estava tão escura quanto na ilusão; talvez porque o sol estivesse batendo mais forte atrás dela, e Hugo, abrindo um sorriso luminoso diante daquele último e frágil obstáculo que o separava da cura, chorou de alívio, emocionalmente exausto. Tinha sobrevivido a uma *guerra* para chegar ali... uma guerra de dois meses e meio. Estava destruído e quebrado, mas Atlas ia viver.

O muiraquitã ia funcionar e Atlas ia viver.

Sentindo uma sensação maravilhosa de dever cumprido, Hugo atravessou ansioso a cortina de cipós; os olhos se ofuscando, diante do sol forte.

Aos poucos, sua visão foi se acostumando à luz do novo ambiente, mas, em vez de correr para as plantinhas verdes, feliz por tê-las encontrado, Hugo gelou.

Não havia nada ali.

Nada além de uma imensa desolação de lama. Um amplo pasto incendiado, cheio de tocos de árvore enegrecidos. E Hugo sentiu seu mundo desmoronar, vendo aqueles quilômetros de área desmatada e destruída...

"Não..." ele murmurou, o desespero tomando conta. "Não, não, não, não, não... Não faz isso comigo, por favor..." ele chorou exausto, caindo de joelhos na terra queimada e começando a cavar, aflito, à procura de qualquer resto de plantinha que pudesse ter sobrevivido ao fogo... O fogo que a Boitatá não conseguira impedir na noite anterior...

Cavando nervoso a terra enlameada e enegrecida, Hugo começou a puxar raízes podres, cascas queimadas de árvore, restos de cigarro, mas não havia nada, nenhum sinal da cura, nenhum sinal de vida, até que suas mãos ensanguentadas não aguentaram mais, e ele olhou à sua volta, arrasado diante da desolação.

"*Filhos da mãe... FILHOS DA MÃE!*" ele berrou, não acreditando. Não acreditando que todo aquele sofrimento houvesse sido por nada. Não acreditando que os azêmolas haviam destruído *tudo*. Ele tinha chegado tarde... Ele tinha chegado tarde demais...

Na lama negra do chão, dezenas de toras empilhadas dividiam espaço com troncos semiderrubados e marcas de pneus e botas... Uma área do tamanho de vários campos de futebol...

Hugo ficou olhando, quase anestesiado, para toda aquela devastação... Mesma devastação que ele estava sentindo dentro de si, numa mistura de desespero, desesperança, raiva e revolta... Claro que o sol estivera iluminando a cortina de cipós! Não havia mais árvores tapando-o! Tinham derrubado tudo! Queimado TUDO! Deixando no lugar um cemitério de árvores e cinzas!... Nenhuma vida, nenhuma cura, nada!

Voltando a cavar, com as mãos sangrando mesmo, não aceitando aquele absurdo, Hugo se ajoelhou em outro canto de terra, os olhos indo de um ponto a outro, encharcados e aflitos, enquanto arranhava a terra e a lama com as mãos feridas. Atlas não podia morrer... Atlas não podia morrer... *Não... não faz isso comigo, plantinha... Aparece, vai... eu vim até aqui por você, aparece...*

Vendo quem estava ao seu lado, Hugo voltou a olhar para o solo, continuando a revolvê-lo, "Não tá aqui, Peteca! Eles queimaram tudo! Devastaram tudo!" ele continuou dizendo com a voz rouca; as mãos se ferindo nos galhos secos do solo até que, de repente, Hugo parou, percebendo a irregularidade daquela presença. E um riso lento e cruel soou ao seu lado.

O riso lento e cruel de um saci vingado.

CAPÍTULO 82

PÉRFIDO CARRASCO

Vendo Peteca ali, a dois metros dele, de braços cruzados e o sorriso mais canalha no rosto, Hugo sentiu seu ódio apertar na garganta. O saci podia ter redemoinhado com ele até ali desde o início!

"A gente podia ter chegado aqui A TEMPO, seu MONSTRO!"

O saci riu, "Monstro não. Gênio!", enquanto Hugo raciocinava atordoado.

"Dois meses atrás, as plantinhas ainda estariam aqui…"

"Nah, errado de novo. Esta área já foi destruída há anos, colega!"

Hugo olhou confuso para as toras empilhadas, só agora percebendo a podridão nelas. "Mas as plantinhas *estavam* aqui dois meses atrás! A gente viu lá na Sala das Lágrimas! Você mesmo disse que a sala era um portal, não disse?! O portal mostrava as plantas aqui!"

Peteca balançou a cabeça, deliciando-se com a ingenuidade do bruxo. "A tua floresta é floresta do passado, colega! De quando ainda *existia* a cura aqui! *Antes* do homem branco chegar e destruir tudo. E já faz tempo que ele chegou, visse?" Peteca riu. "Ele já chegou, já desmatou, já plantou, já desplantou, já queimou tudo de novo pra plantar outra vez… A Sala te levava pro passado só de sacanagem! Porque sabia que um dia você ia precisar das plantinhas. Se quer culpar alguém, culpa ela, não eu! Eu não tenho nada a ver com isso, não!" Ele riu de novo. "Por que tu acha que ela se chama Sala das Lágrimas, garotão?! Não é por ser a sala mais fofa do planeta."

Capí a chamava de *sala maldita*… Filha da mãe…

"*E você sabia…*" Hugo murmurou, espumando de ódio. "Você sabia e, MESMO ASSIM, me encorajou a vir! Por quê?! Pra brincar comigo?!"

Peteca estava rindo de puro prazer, o desgraçado. Saltitando em sua única perna com imensa satisfação…

"Que ódio absurdo é esse que você tem pelo Atlas, hein?! Já não bastava ter matado o filho dele?! E depois ter feito ele assistir?!"

"Aff, que se dane o Atlas. O Atlas já ia morrer de qualquer jeito! Foi de TU que eu me vinguei, *colega*! Gostou do passeio?!"

Hugo estranhou. "De *mim*?! Mas..."

"O que tu achava, garoto?! Que eu ia continuar caindo de amores por você depois que eu te vi com a *minha* varinha?!"

Atônito, Hugo tentou entender como não pensara naquilo antes.

Claro que o saci o odiava! CLARO!

Ainda de joelhos no chão, Hugo agarrou a própria cabeça, com ódio de si mesmo por ter acreditado naquele demônio... Por não ter ouvido as advertências de todos. Mas como ele ia adivinhar?! Fazia SENTIDO o saci querer manter Atlas vivo para poder continuar infernizando-o! Fazia SENTIDO! "Você me deixou fazer esse caminho todo..."

"Uhum", o saci confirmou, travesso, enquanto via Hugo explodir de ódio.

"O que eu te fiz pra merecer isso, HEIN?! Me diz! Eu te libertei da lâmpada! Eu fui seu amigo o ano anterior inteiro!"

"FALSO amigo, né?"

Hugo se surpreendeu, pego na mentira, e olhou para baixo, derrotado. Não conseguia nem negar. Nunca gostara do saci de verdade... Sempre *fingira*, só para que ele não percebesse sua varinha.

Peteca riu, divertindo-se. "E pensar que eu usei a mesmíssima mentira pra me vingar do seu tataravô! Só que, no caso dele, a *cura* era pra reverter a falta de magia do bobalhão! Ficou o resto da vida procurando o tal diamante bruto, o idiota."

Hugo se espantou. Não achava que Peteca soubesse de seu parentesco com Benvindo. Provavelmente reconhecera a semelhança entre eles assim que vira a varinha escarlate no chão... Isso explicava aquele ódio todo! Para Peteca, Hugo não era apenas o novo dono da varinha. Era também o descendente do canalha que passara a perna nele!

"Não vou negar que eu queria atingir o professor também. E aaaah, como eu atingi", Peteca riu. "Chutei dois cachorros com uma perna só! HA!"

... *Coitado do Atlas*... Um preço alto demais a pagar por ter impedido um saci perigoso de pôr as mãos naquela varinha...

Atlas salvara o mundo naquele dia; Hugo tinha certeza.

"O que tu achava, colega? Que eu estava louquinho pra ajudar o teu professor?! Ele me roubou, me enganou, me prendeu por um ano naquela mísera lâmpada! Eu quero mais é que ele MORRA! Já tenho outra pessoa pra atazanar."

Hugo estava pasmo. Impressionante como ele descartava um ser humano daquele jeito... Só porque agora tinha Hugo para diverti-lo.

"Tu achava que eu era como você, garoto?! Que tem compaixão, que fica todo arrependidinho, cheio de remorso pelos cantos?! Eu não sou como você, não! Eu não me arrependo NUNCA, colega! EU VOU... ATÉ... O FIM." O saci arregalou os olhos negros, maníaco de raiva, e Hugo se levantou, com medo dele, vendo-o murmurar, obsessivo, os olhos fixos nos seus, "... Ele roubou minha varinha, eu roubei o filho fofinho dele. Ele me prendeu por um ano *inteiro* numa maldita lâmpada... Qual você achava que ia ser a penalidade por aquilo? Um carinho?! HA! Você é bonzinho demais comparado comigo, garoto. Tu acha que eu dedurei aquele bandido bobalhão só porque eu queria a minha carapuça de volta?!"

Playboy... Ele é que tinha denunciado Playboy... Rafinha era inocente, então...

"Eu dedurei o bandido pra ferrar com o rebento querido do Atlas!"

"O Capí?! Mas o que o Capí fez contra você?!"

"Garoto certinho irritante. Eu não gostei dele desde o início. Ainda mais depois que ele tentou tirar de mim a varinha de metal que eu peguei do Atlas."

Hugo olhou-o surpreso. Aquilo havia sido uma tentativa de meio segundo!

"O mais hilário foi que, fazendo o garoto ser torturado, eu acabei atingindo o professor de um jeito muito pior do que eu imaginava! HA! O aceleramento da doença foi maravilhoso..."

Hugo estava chocado. O nível de vingatividade do saci era assustador...

... E Atlas tinha avisado. Atlas tinha avisado...

"Mas, na época que você denunciou o Playboy, você ainda gostava de mim! Dedurando ele, você podia ter me ferrado também!"

"Podia nada! Era o seu amigo que cuidava do bandidinho. Ele que ensinava o malandro. Ele que poderia estar lá, no momento do flagrante. E olha só que interessante: acabou que nem foi assim que ele se ferrou! Foi com o bandido contando pra eles sobre o mineirinho cheirador! Que então contou sobre o seu amigo! Hihihi!"

"Você é doente."

"Eu sou um SACI, garoto! O que tu queria?! Que eu fosse bobalhão feito o meu irmão Pererê?! Ele é exceção entre nós!"

"Você tinha *salvado* o Capí no Maranhão!"

"Porque tu pediu! E eu te devia um favor, por ter me libertado. Eu também não queria que ele morresse tão fácil daquele jeito, no deserto. Eu queria que ele sofresse e que o Atlas se sentisse culpado!" ele riu. "Acabou saindo melhor do que a encomenda."

... e agora o professor ia morrer...

"Se tu não mexe comigo, eu só faço travessuras. Mas, aaah, se tu mexe... Se tu mexe, tu se ferra MUITO GRANDE. Contra um saci não se vence, amigo. Os sacis sempre acabam conseguindo o que querem. E tu mexeu comigo."

Pensando em tudo que sofrera para chegar até ali... até aquele NADA ali, Hugo fitou a lama, amargo. "Me diz que, pelo menos, aquela planta era mesmo a cura."

"Era." Peteca sorriu. "Fazer o quê, né? É o *progresso*! A madeira! A agricultura! O motor da civilização!" Ele deu risada. "Ainda existem outras curas pra essa doença do Atlas, claro. Sempre existem. Mas não pro seu professor. Pra ele, não dá mais tempo de procurar. Tu sabe que o relógio dele tá nos últimos tique-taques, né?"

"Seu monstro."

O saci se deleitou com o título. Provavelmente sabia onde estavam as outras curas também... E jamais contaria.

Olhando atordoado para toda aquela devastação, Hugo de repente se lembrou de algo muito importante, e arregalou os olhos. Virando-se para voltar correndo até a gruta, ouviu o saci dizer, "Indo atrás disto aqui?"

Hugo olhou tenso para ele. O coração martelando no peito.

"... Peteca... Me dá isso, Peteca..."

"O que, esta plantinha aqui?!" Ele virou-a entre os dedos, como se não fosse nada importante. Como se não fosse a cura do professor. "Pois é, eu arranquei de uma certa parede lá na gruta enquanto você se divertia com a indiazinha. Aliás, que performance, hein!" Peteca mostrou os dentes pontiagudos num sorriso cruel, e Hugo engoliu o ódio, misturado a um doloroso constrangimento.

Tentando ignorar a vergonha de ter sido assistido, deu um passo à frente, estendendo a mão, nervoso. "Dá essa planta aqui, Peteca..."

"Qual, esta?" ele provocou.

"Por favor, Peteca... Eu te imploro. Peteca, por favor, me..."

Antes que ele chegasse mais perto, Peteca a engoliu.

"SEU FILHO DA MÃE!" Hugo gritou em desespero, e o saci, sério de novo, estendeu a mão aberta em sua direção. "Agora passa a varinha."

CAPÍTULO 83

BRIGA DE GALO

Assim que o saci estendeu a mão, a varinha escarlate fugiu do bolso do humano.

Assustado, Hugo agarrou-a com a mão esquerda; seu temor aumentando à medida que a varinha impulsionava-se para a frente, querendo escapar! Que porcaria era aquela?!

"Tá estranhando, colega?! Benvindo prometeu essa belezura pra mim! Esqueceu?! Ela nunca foi *sua*! PASSA!", e a varinha deu mais um tranco, obrigando Hugo a segurá-la com ambas as mãos, apavorado. Ela preferia o saci! Ela estava preferindo o saci!... Ou estaria apenas confusa, sem saber quem escolher?

Desesperadamente tenso, ele viu Peteca sorrir, pronto para atacá-lo.

"Parado aí!" Hugo apontou-a contra ele com mais firmeza, e a varinha cedeu à sua autoridade, um pouco menos confusa. Ele ainda era seu mestre.

Vendo Peteca avançar mesmo assim, Hugo o atacou com um "Oxé!", do qual o Gênio dos Tornados desviou, saltando em cima do humano e envolvendo-os num redemoinho enquanto tentava arrancar a varinha das mãos dele; Hugo, de olhos fechados, não deixando que ele a pegasse, mesmo enquanto o mundo inteiro girava ao redor, até que conseguiu acertar o saci com um feitiço, e o Gênio foi jogado longe.

Liberto do redemoinho, ainda tonto, Hugo saiu correndo na direção das árvores, fugindo por entre elas o mais depressa que suas pernas permitiam. À medida que ia correndo, no entanto, a resistência da varinha foi desvanecendo, voltando a ser inteiramente sua, e Hugo parou, estranhando que o saci não o houvesse seguido.

Peteca não ia desistir tão fácil assim...

Tenso, Hugo olhou para as árvores ao redor, segurando com ainda mais força sua única arma; a varinha acendendo vermelha, querendo atacar qualquer coisa que se mexesse... É, Idá... tu tá tão ferrado...

Sentindo uma leve brisa atrás de si, Hugo se virou depressa, levando um "BU!" do Peteca, que riu de sua cara e tentou agarrá-lo, mas Hugo girou no próprio corpo, esquivando-se e voltando a correr; o saci vindo agora como um animal feroz atrás dele, avançando rápido demais com os dois braços no solo, além da perna, dando piruetas e usando os troncos das árvores para se impulsionar enquanto avançava, e Idá tentou atingi-lo com tudo que tinha, mas Peteca esquivava-se facilmente com redemoinhos relâmpagos que criava em torno de si para sair da linha de tiro, girando e reaparecendo, no alto das árvores, no chão ao lado, uma vez até na cara de Idá, que precisou frear, para voltar a correr na direção oposta!

O filha da mãe estava brincando com ele! Suas risadas confirmavam aquilo à medida que ele aparecia em suas costas para empurrá-lo para a frente, sumindo outra vez e reaparecendo de novo para dar-lhe uma rasteira, obrigando Hugo a se levantar e voltar a correr cada vez que atingia o chão, até que Idá conseguiu acertá-lo mais uma vez, por pura sorte, jogando o saci contra uma árvore, que quebrou ao meio com a força do impacto.

Aproveitando os segundos, Hugo correu até uma árvore mais distante e se escondeu atrás dela, já com um plano em mente. O saci podia ser esperto, mas, se o ingênuo do Tacape ainda estava vivo, talvez o truque mais famoso do Curupira pudesse funcionar.

Escondido atrás do tronco, Hugo apontou para as pegadas que havia deixado e, com um feitiço de inversão, trocou-as de direção na terra.

Segurou, então, a respiração.

No silêncio da mata, podia quase ouvir o cérebro do Gênio perneta funcionando enquanto Peteca se levantava do tombo e olhava, confuso, para as pegadas no chão, tentando entender para onde o humano havia ido.

Inacreditável...

Inacreditável que justo *aquele* truque ele não ia conseguir desvendar... O truque mais BÁSICO do Curupira!

Tentando não deixar seu entusiasmo fazer ruído, Hugo ouviu o saci tomar sua decisão, escolhendo seguir na direção das pegadas. E assim Peteca o fez, saltitando o caminho todo de volta, até que redemoinhou e foi embora dali, para sabe-se-lá-onde.

Valeu pela inspiração, Tacape! Hugo comemorou mentalmente, ainda tenso. Permanecendo ali mais alguns minutos, por segurança, só então desgrudou do tronco e saiu, começando a tomar o caminho de volta para a gruta. Precisava ter certeza de que não havia mesmo mais nenhuma plantinha lá. Não confiava mais em nenhuma palavra daquele desgraçado.

Sabendo onde a gruta estava, andou o mais rápido que pôde até ela, entrando na semiescuridão e indo direto à parede que importava; a expectativa alta à medida que procurava por qualquer resquício da plantinha no escuro, mas não...

realmente não havia mais nada ali. Filho da mãe... engolira a única chance do Atlas...

Desesperado, Hugo começou a tatear as outras paredes em busca delas, como um homem sedento no deserto, mas não havia mais nada ali... Nenhuma mísera vida naquela caverna desgraçada, e ele se deixou cair de joelhos, exausto e derrotado. Os olhos sem qualquer brilho, pensando, amargurado, em tudo que fizera para chegar até ali.

Uma verdade, no entanto, não parava de martelar em sua mente: não dava para não ter ido. Por mais que se arrependesse de ter confiado no saci, por mais que sentisse vontade de bater com a cabeça contra a parede, por sua burrice, não tinha como não ter ido.

Aquela havia sido a única chance real que alguém oferecera a Atlas.

Hugo podia até ter sido ingênuo ao acreditar nela, mas a outra opção teria sido ficar sentado no Rio de Janeiro, fazendo nada, esperando o professor morrer. Não... Ele não se arrependia da escolha que fizera. Teria se culpado pelo resto da vida se não houvesse tentado. Agora, pelo menos, tinha *certeza* de que não havia nada ali. Muito melhor do que ter vivido o resto da vida na dúvida, com remorso por não ter tentado.

Sentindo um leve calor surgir atrás de si, Hugo viu a parede rochosa se iluminando de vermelho à sua frente e fechou os olhos, esgotado, sabendo exatamente o que o Curupira viera cobrar.

CAPÍTULO 84

DÍVIDA

"Tacape ajudou a achar gruta. Agora, devolve cabelinho."

A inocência na voz do Curupira era uma tortura para Hugo, e, ressentindo-se dela, Idá respirou fundo, tenso, só então olhando para o jovem selvagem.

Agora era a hora.

"Tacape, eu não sei nem como te agradecer por ter me ajudado a fugir daqueles insetos. Sério. Eles iam me matar ali."

O Curupira olhou-o empolgado, estendendo-lhe a mão, como uma criança pidona. "Agora o cabelinho, vai!" Ele sorriu esperançoso; sua pureza só adicionando ao remorso do humano.

Com dor no coração, Hugo transferiu toda a sua pena para o olhar, "Mas esse não era o combinado, Tacape..." Mentira. "O combinado era te dar o cabelinho quando você me ajudasse a encontrar a *cura*! Eu não encontrei a cura!"

"Tacape apontou gruta."

"A *cura*, Tacape. Eu tinha dito *a cura*... Não a gruta."

"Tacape salvou menino e mostrou a gruta!"

Ele não estava entendendo.

"Você ouviu errado, Tacape."

Os olhos de esmeralda do Curupira se arregalaram, chocados, começando a perceber aonde o humano queria chegar... "TACAPE NÃO OUVIU ERRADO! ME DÁ CABELINHO!"

Recuando um passo, Hugo sacou a varinha, tenso, começando a ficar realmente nervoso enquanto olhava, com pena, para o Curupira, negando lentamente. "Não, Tacape... Eu não vou te dar a minha varinha..."

"DÁ CABELINHO AGORA!"

Antes que Hugo pudesse reagir, Tacape saltou em cima dele como um macaco, apoiando os pés invertidos no abdômen do humano enquanto as mãos agarravam a varinha, tentando tirá-la dele. Tenso, Hugo a segurava com todas as forças, ambas as mãos fechadas nela também, sendo queimadas pelo intenso brilho vermelho da varinha, que respondia à proximidade com o Curupira, brilhando como os cabelos dele brilhavam, até que Tacape, furioso e frustrado por não estar conseguindo, dobrou de tamanho em cima do humano, como um demônio vermelho assustador, seus cabelos e seu corpo explodindo em fogo, berrando "AAAAAAAGH!", e Hugo soltou a varinha, aterrorizado, caindo para trás e se arrastando para longe com medo, enquanto o imenso gorila de fogo gritava, enfurecido, no centro da gruta, ameaçando-o; seus olhos brilhando escarlate.

Apavorado, Hugo se encolheu atrás de uma rocha maior, com medo de que o Curupira o matasse ali mesmo, mas Tacape já tinha o que queria e, rugindo uma última vez em direção ao humano, segurou a varinha em ambas as extremidades para quebrá-la ao meio, em busca apenas do cabelinho.

Hugo cerrou os olhos, agoniado, não querendo assistir àquilo, mas já os havia aberto um pouquinho, não aguentando não ver, quando Peteca saltou, pela entrada da caverna, em cima do Curupira, querendo-a intacta para si, e os dois Gênios rolaram pelo chão, começando a brigar ferozmente pela varinha. Amedrontado, Hugo encolheu-se mais ainda atrás da rocha, em meio àquele fogo cruzado, tentando se proteger das chamas e da ventania que começaram a assolá-la por todos os lados à medida que os dois se engalfinhavam lá atrás, o saci agarrando-se ao oponente e formando um turbilhão de vento em volta de ambos, quase um ciclone, que, em contato com as chamas do Curupira, logo explodiu num gigantesco tornado de fogo, próximo ao lago interno, jorrando água e vento e labaredas por toda a caverna. Encolhido, Hugo cobria os ouvidos e a cabeça com os braços para se proteger daquela ventania incendiária que chegava por trás, a pele queimando com a onda absurda de calor que invadia seu espaço, fazendo-o gritar de dor sem que ninguém o ouvisse naquele barulho infernal.

Com medo absoluto de ser morto naquele pesadelo, Idá agarrou o muiraquitã, apavorado. Precisava de ajuda... Precisava de ajuda URGENTE. E levou o muiraquitã aos lábios; a mão, trêmula, fechada com força nele, sem no entanto saber a quem pedir! Nenhum dos Pixies o atenderia... quase nenhum dos Pixies se *importava*, e o único que se importava, Capí, não tinha mais condições de vencê-los.

Não... A quem ele estava querendo enganar? Mesmo que *todos* eles chegassem ali, não teriam condições de enfrentar aqueles dois. *Talvez* a professora Areta conseguisse, mas ele não podia desperdiçar seu único pedido num *talvez*. Também não podia pedir para sair de lá, como um egoísta, deixando Guto e Bárbara para trás. Chorando apavorado, Hugo cerrou os olhos, tentando raciocinar, até que, num lampejo, encontrou o nome certo, e suplicou, com toda a sua força: "Mefisto... Mefisto, por favor, me ajuda! Por favor, me tira daqui..."

A pedra brilhou verde em sua mão e ele, aliviado ao vê-la funcionar, voltou a se encolher em meio ao fogo e ao vento enquanto os dois colossos se digladiavam lá atrás, torcendo para que o Alto Comissário aceitasse seu pedido. Afinal, a pedra não obrigava ninguém a atender ao pedido, e Mefisto Bofronte tinha mais o que fazer do que ficar salvando pirralhos na Amazônia.

Ouvindo uma explosão vinda de dentro do tornado de fogo, Hugo olhou para trás e viu a varinha ser lançada com força para fora dele; o imenso redemoinho se desfazendo à medida que os dois Gênios caíam no chão em busca do objeto que escapulira; Tacape de volta a seu tamanho original, sendo agarrado de novo pelo saci, antes que conseguisse alcançá-la. E os dois voltaram a se engalfinhar.

Surpreso ao ver a varinha ali, abandonada no chão, Hugo saiu correndo e pegou-a antes deles, levantando-se depressa e vendo os dois saltarem furiosos em sua direção. Derrubando o saci com um *Oxé* apressado, tentou fazer o mesmo contra o Curupira, mas Tacape era o dono do cabelo em sua varinha, e o feitiço rebateu com força na direção do humano, que foi jogado sem piedade contra o paredão de pedra da gruta. Caindo de bruços no chão, sem ar, os pulmões doendo da pancada, Hugo tentou se reerguer, mas não conseguiu; o braço esquerdo quebrado debaixo de si.

Agora já era. Não dava para duelar com o braço da varinha inutilizado. Vendo que Tacape já avançava nele de novo, como um bicho enfurecido, Hugo recuou desesperado, contra a parede, mas Bofronte se meteu entre os dois, batendo com força o cajado contra o chão da caverna, que tremeu inteira.

Assustado, o Curupira parou de correr, quase perplexo diante daquele homem, sem entender o que estava acontecendo. Já o saci entendia muito bem. Olhava irritado para o Alto Comissário, sem, no entanto, ousar chegar perto, e Mefisto continuou a encará-los, ameaçando-os com sua frieza, enquanto Hugo assistia, tenso, ali debaixo, sentado contra a parede; o braço direito abraçando o esquerdo quebrado, diante do frio que emanava do Alto Comissário.

Nunca Mefisto parecera tão gelado.

Tacape podia não saber quem aquele homem era, mas sentia seu poder. Tanto que recuara, receoso, de início. Mas, assim que o protetor das matas olhou novamente para a varinha escarlate na mão do menino ladrão, explodiu em cólera, avançando com toda sua fúria vermelha de fogo contra o adulto que o protegia, e Bofronte, com um movimento potente do cajado, jogou seu rival agigantado violentamente contra o chão. Tacape bateu com tudo na rocha, de volta a seu tamanho normal. Assustado, tentou se reerguer, olhando com medo para aquele homem, que ele não conhecia, mas que era poderoso o suficiente para derrubar um curupira.

Nada surpreso, o saci já recuava lentamente para a saída da gruta, olhando com ódio para Mefisto, enquanto o Alto Comissário o encarava de cima; o vapor de sua respiração bem visível na semiescuridão da caverna.

"Tu tem um protetor poderoso, moleque", Peteca ainda disse, de olhos fixos no Alto Comissário, antes de sair, deixando o Curupira sozinho com eles.

Vendo que o saci sequer havia tentado atacar o intruso, Tacape olhou receoso para o bruxo, achando mais seguro recuar também. Levantando-se, foi mancando de fininho até a saída, como um cão expulso a pauladas, até que os dois humanos ficaram, inacreditavelmente, sozinhos na caverna.

Mefisto ainda manteve os olhos fixos na entrada por um tempo. Então disse, "Desculpe pelo frio, garoto. Ele aumenta quando eu fico agressivo."

Percebendo incrédulo que os Gênios, de fato, não voltariam, Hugo deixou sua tensão esvaziar inteira, começando a chorar descontroladamente... De alívio, pelo fim daquele pesadelo; de desespero, por não ter encontrado a cura; de vergonha, pelas humilhações que sofrera; de absoluta exaustão física e mental... de tudo. Era uma avalanche tão grande de emoções conflitantes que não conseguiu se segurar na frente de Bofronte, por mais que quisesse, por mais que tentasse, e Mefisto sentou-se, atencioso, no chão ao seu lado, pousando a mão em suas costas.

Não estavam mais frias.

"O senhor veio..." Hugo murmurou soluçando, e Mefisto acariciou-lhe o rosto.

"Claro que eu vim. Se acalme, criança..." Ele o abraçou, e Hugo aceitou seu abraço reconfortante, voltando a chorar, arrasado, no peito do Alto Comissário, agora pelo Atlas... Somente pelo Atlas. O pai que não havia conseguido salvar. Mefisto apertou-o com mais força. "Não se culpe, rapaz. Você fez o que podia..."

Idá negou, percebendo, arrasado, que podia ter feito muito mais; que podia ter entregado a varinha... e pedido um último favor ao Curupira!... Mas não! Preferira ser ganancioso! Agarrara-se à varinha como se dela dependessem seus poderes! Como se fosse a única varinha do mundo que ele pudesse usar! BURRO! BURRO! Seu apego por ela o havia impedido de perceber o óbvio, e agora seu professor ia morrer! Por *sua* culpa! *"Eu devia ter respeitado o Tacape... Ele teria me levado pra outra cura... Eu tenho certeza que teria! Eu sou um fraco!"*

"Um fraco não teria enfrentado o que você enfrentou por outra pessoa."

Hugo negava inconformado; a angústia apertando-lhe o pescoço. Podia ter feito mais... podia ter feito muito mais...

Sentindo um choro mais forte subir pela garganta, tentou segurá-lo enquanto via Gutemberg e Bárbara entrarem na gruta; e algumas lágrimas de alívio se juntaram às outras. Eles estavam vivos. Pelo menos uma coisa boa naquele dia maldito.

Vendo o estado deplorável do amigo, Guto compreendeu tudo. Arrasado, levou Bárbara para outro canto, para dar ao amigo a privacidade de que ele precisava, e sentou-se com ela diante do lago interno, também cabisbaixo; em luto pelo professor que ainda não morrera. Quixote em seu ombro.

Se eles tivessem chegado meia hora antes... talvez houvessem conseguido pegar a plantinha na parede... Talvez Nuré nem houvesse tocado nele...

Aquele pensamento fez Hugo desabar de novo, arrasado, enquanto Mefisto o observava com respeito.

"Por que eu fui tão burro?!" Ele olhou para Mefisto. "O Tacape é honrado! Ele teria encontrado outra cura!"

... Agora não adiantava mais... Agora, mesmo que se esgoelasse chamando pelo Curupira, Tacape não o ajudaria. "... Ele vai morrer por minha culpa... O Atlas vai morrer por minha culpa! Eu sou um idiota!"

"Idiota não: *Jovem*." Bofronte corrigiu. "Não queira, com 15 anos, ter a sabedoria de um ancião. É preciso tempo para aprender certas coisas."

"Mas o Capí também é jovem e não faz burrada assim!"

Mefisto meneou a cabeça, "Ele teve outra vivência, Hugo. E, mesmo que não tivesse tido, é natural: alguns aprendem com o bom senso; outros, com a dor. Você escolheu a dor, o remorso. Esses dois nem sempre nos levam pelo caminho mais agradável, mas são, também, um caminho para o aprendizado. E seu amigo é... sem comparação. Não tente se equiparar a ele por enquanto, ou você só vai sofrer. Cada um tem seu tempo."

Hugo assentiu, voltando a olhar para Guto, que, sentado diante do lago, abraçava Bárbara em silêncio.

Enxugando as lágrimas, todo machucado, Hugo refletiu sobre as palavras ditas, tentando se acalmar, enquanto Mefisto começava a curar, uma a uma, as picadas sangrentas em sua pele; Hugo sentindo um alívio imediato à medida que iam sumindo.

"Posso ver seu braço?" Bofronte perguntou cuidadoso, e Hugo confirmou, virando o tronco para que ele pudesse tomar seu braço esquerdo nas mãos.

Mefisto sorriu de leve, percebendo que, mesmo com o braço quebrado, Hugo ainda segurava a varinha. "Vai doer um pouco."

Sentindo o osso voltar ao lugar, Hugo cerrou os dentes, mas não gemeu. Já havia chorado demais na frente dele para passar vergonha de novo. Então ficou quieto, observando o Alto Comissário curar o restante das feridas, confuso com tanta gentileza. Era impossível que *aquele* homem houvesse feito as barbaridades que diziam. Não podia ser... Não fazia sentido!

Não aguentando aquela dúvida, Hugo resolveu seguir o conselho de Vó Olímpia e fez a pergunta mais ousada de sua vida.

"O senhor torturou o Capí?"

Bofronte olhou para o menino, sem nenhum julgamento nos olhos. Voltando a curá-lo, respondeu, "Eu não torturo crianças."

Hugo se espantou, sentindo verdade naquela resposta.

Olhando surpreso para Gutemberg, viu que o anjo, tendo ouvido a confirmação do que sempre acreditara, voltara a mexer, pensativo, na água do lago. Odiava o Alto Comissário por tudo que ele fizera na Korkovado, e pelo possível assassinato de Nero Lacerda, mas nunca acreditara na tortura.

Confuso, Hugo insistiu, "Mas o Capí disse!"

"Eu não o culpo."

Impossível... Não podia ser...

Capí não mentiria sobre aquilo. Não acusaria um inocente... Por outro lado, a própria Vó Olímpia dissera que Mefisto não mentia! Então...

Atônito, Hugo olhou para o nada, tentando pensar em todas as possibilidades que livrassem Capí daquela culpa. Talvez o pixie houvesse mesmo tido uma alucinação quanto à presença de Mefisto na tortura... Podia ser, não podia?! Delírios causados por grandes sofrimentos eram perfeitamente compreensíveis! O próprio Capí parecera ter ficado na dúvida e preocupado quando Paranhos sugerira aquilo!

Havia também a alternativa de Capí estar simplesmente mentindo, como Guto sugerira. Os Pixies tinham passado o ano anterior inteiro frustrados por não conseguirem provas contra o Alto Comissário. Acusá-lo da tortura podia ter sido a solução desesperada que Capí encontrara...

A hipótese da alucinação ainda fazia mais sentido.

Percebendo que seu cérebro começava a dar voltas, Hugo apertou as pálpebras com os dedos; a mente cansada de tanto pensar. O dia não tinha sido fácil...

Sentindo o choro vir forte outra vez, virou o rosto, envergonhado, pensando em tudo que sofrera à toa, enquanto Mefisto continuava a curá-lo.

"Ei", Bofronte murmurou com delicadeza, trazendo o rosto do menino de volta. "Não se envergonhe de suas lágrimas, rapaz. Chorar desse jeito nunca foi sinal de fraqueza. É sinal de quem foi forte demais, por tempo demais, e está exausto. Só isso. Nada mais natural que os fortes chorem. É muita pressão para uma pessoa só. Acredite, eu sei."

Era isso... Hugo estava cansado de ser forte...

Sentindo uma vontade enorme de chorar mais, ele segurou o ímpeto na garganta. Precisava mudar o foco; pensar em qualquer outra coisa. Talvez em por que as mãos que agora enxugavam suas lágrimas não estavam mais frias... assim como também não haviam parecido frias quando, escondido de todos, Mefisto consolara o menino ferido no corredor escuro da Korkovado, no ano anterior.

Hugo olhou para o delicado anel envelhecido que ainda enfeitava a mão direita do Alto Comissário. Anel que Mefisto parecia fazer questão de manter no dedo, mesmo estando destruído e enferrujado pelo tempo. "São duas fênix? Eu sempre quis saber."

O formato do anel era lindo – um casal de aves com os pescoços carinhosamente entrelaçados –, e Mefisto olhou para o objeto com uma ternura quase distraída. "São duas fênix, sim." Seu olhar se encheu de dor. "*Irônico.*"

"O que é irônico?"

Bofronte ficou um tempo em silêncio, pensativo. "Deixa pra lá. Já faz tempo."

Respeitando seu pedido, Hugo voltou a analisar o anel. Não era uma *joia*, como se esperaria ver na mão de alguém do status dele. Era de ferro rústico, feito sem muito cuidado. Qualquer barraca de esquina o teria vendido pelo preço de uma barra de chocolate, mas o valor sentimental devia ser imenso, ou ele não o usaria. E era feminino. Definitivamente feminino. Talvez aumentado magicamente, para que coubesse no dedo dele. "Parece bem antigo."

Mefisto confirmou com a cabeça. Era, de fato, muito antigo.

Vendo que Bárbara e Gutemberg conversavam entre si e não ouviriam, Hugo completou, "Tão antigo quanto o dono?"

Bofronte olhou-o surpreso.

Então, baixando o olhar para o anel, decidiu respondê-lo. "De uma época em que só as mulheres usavam aliança."

Hugo se surpreendeu. Mefisto acabara de confirmar o quão mais velho ele era.

De fato, não tinha medo algum de dizer a verdade, quando perguntado. "Era da sua esposa, então."

Bofronte nem confirmou, nem negou. Não queria mais falar do assunto. Parecia doloroso demais. Afinal, estavam conversando sobre alguém que, claramente, não estava mais viva. Talvez havia muito tempo.

Olhando melhor para as duas aves entrelaçadas, Hugo percebeu que, na verdade, era um anel duplo: dois anéis gêmeos, uma fênix em cada, encaixados, formando um casal. "Eu pensei que as fênix não namorassem. Elas não precisam procriar, né? Nascem de si mesmas, queimando e renascendo das cinzas."

Bofronte meneou a cabeça, como se a vida não fosse tão simples assim. "Ninguém aguenta passar uma eternidade sozinho."

Hugo ficou observando o Alto Comissário. Ele devia saber, né? Se vivera mais de um século, sabia. *Braz, Adônis, Mefisto...* Quantos nomes havia tido? Quantas vidas vivera dentro daquela? Quantos anos tinha?

Talvez fosse o homem mais parecido com uma fênix que Hugo conhecia.

Ninguém aguenta passar uma eternidade sozinho...

A imagem de Janaína invadiu involuntariamente seu pensamento.

Não... Ela jamais o aceitaria de volta... Nem ele rastejaria até ela, pedindo que voltassem a namorar. Por mais que a saudade batesse, como agora.

Ele continuava não tendo culpa por ela ter engravidado. Nem tinha nada a ver com o filho da baiana. Melhor mesmo que seguissem seus próprios caminhos. Até porque ele não estava a fim de levar um fora dela.

"Se eu fosse uma fênix, não sei se gostaria de ter uma companheira. Não deve ser nada bom ver o amor da sua vida queimar até a morte."

Bofronte se surpreendeu com o comentário; aquelas palavras claramente o atingindo em cheio, e Hugo olhou, pasmo, para ele, sentindo pena. "Foi assim?", perguntou cuidadoso. "Foi assim que ela morreu?... Queimada?"

Mefisto cerrou os olhos em profunda dor, seu silêncio confirmando o inconfirmável, e Hugo olhou atônito para ele. "Por bruxaria?!"

Bofronte respondeu com um leve riso amargo. "E ela nem bruxa era."

Engolindo em seco, Hugo percebeu o quão cruel estava sendo com ele, insistindo naquele assunto. Mefisto não dizia, por educação, por excesso de condescendência, mas Hugo sabia, e achou melhor cortar ali mesmo. "Desculpa. O senhor veio me ajudar, e eu te enchendo de perguntas que não me dizem respeito."

"Não tem problema."

Hugo baixou o olhar. Tinha problema, sim, claro que tinha.

"Como o senhor me encontrou?"

"Eu ouvi seu pedido de ajuda em minha mente. Aceitei e, assim que o fiz, seu muiraquitã me trouxe." Ele indicou o amuleto, que continuava a brilhar verde em seu peito. O pedido ainda não havia sido realizado por completo.

"Adusa já tinha me avisado que você estava na Boiuna atrás de uma cura. Queria minha autorização pra te investigar."

"Seu filho não gosta mesmo de mim, né?"

Bofronte meneou a cabeça. "Meu filho não gosta de muita gente. Principalmente daqueles que chamam minha atenção."

Vendo que o casal a distância continuava a conversar, falou um pouco mais baixo, "Tudo que ele sabe é que você é problemático e que eu matei um homem por sua causa, me arriscando a ser preso. Ele queria saber se valeu a pena."

"E valeu?"

Bofronte fitou-o com carinho. "Se houvessem me condenado por aquele assassinato, talvez não tivesse valido. Mas você ficou quieto; não me acusou. Ganhou alguns pontos comigo, rapaz." Ele afagou sua cabeça, simpático, e Hugo sorriu encabulado, enxugando as últimas lágrimas da bochecha. "Que idiota eu. Chorando, aqui, feito criança."

Bondoso, Mefisto sorriu, "Ninguém que chora por alguém que ama é idiota", e ergueu os olhos, vendo que Gutemberg e Bárbara se aproximavam.

Diante do chamado silencioso deles para que partissem, Bofronte se levantou, seguido de Hugo. Olhando para o casal, advertiu-os, "Creio que o muiraquitã só permitirá que eu leve quem fez o pedido. Mas eu volto pra buscar vocês."

"Eu dispenso a sua ajuda", Gutemberg respondeu mal-educado, e Bofronte olhou-o com um sorriso astuto, gostando do desafio na voz do anjo. "Deixa o orgulho pra depois, rapaz. Seus amigos não vão te julgar por ter aceitado."

Ainda desconfiado, o anjo tirou o pixie dali e falou-lhe em particular. *Ele é perigoso, Hugo...*

Sem negar a veracidade do alerta, Idá murmurou, "Ele é a nossa única chance de sair daqui." ... *e ele já salvou minha vida uma vez.*

A segunda frase, Hugo manteve para si, e Mefisto trocou olhares com ele, agradecido pelo silêncio. Era o mínimo que Idá podia fazer por quem estava prestes a salvá-lo de novo.

"Cuidado, Hugo. As cobras mais bonitas são as mais venenosas."

"Eu não sei do que você está falando."

"Sabe, sim."

Hugo remoeu aquilo por alguns segundos. Então, voltando para perto do Alto Comissário, disse decidido, "Eu tô pronto. E o Gutemberg também."

"Ei!" Guto protestou, mas Bárbara lançou-lhe tamanho olhar de 'cala a boca e obedece!', que o anjo cerrou os lábios indignado, acabando por baixar a cabeça.

Qualquer coisa para sair daquele lugar.

Hugo sentiu a mão do adulto em seu ombro. "Pronto pra voltar pra casa, rapaz?"

Como era bom ouvir aquilo. Sim, ele estava pronto. Concordando depressa, sentiu suas lágrimas voltarem enquanto Mefisto olhava novamente para os outros dois. "Talvez eu não consiga encontrar este lugar sem a ajuda do muiraquitã."

Hugo olhou-os preocupado, mas Guto pegou na mão do pixie com firmeza. "Vai nessa. A gente fica aqui esperando por ele."

"E se ele não conseguir?!"

"Eu vou conseguir", Mefisto assegurou, e Hugo, não tendo escolha, acabou concordando.

Bofronte pôs a mão, firme, em volta de seu ombro. "Melhor se preparar. A viagem até o Rio de Janeiro é longa."

"Eu achei que não dava pra girar pra fora daqui."

"Eu não pretendo girar."

Bofronte já ia bater a base de seu cajado no chão quando Hugo, com urgência, disse, "Espera!"

Mefisto olhou surpreso para seu passageiro, que pediu, "Não me leva pro Rio. Não tem ninguém que eu possa ajudar lá. Me leva pra Boiuna."

Bárbara sorriu emocionada, e Hugo assentiu para a onça enquanto Mefisto acatava o pedido, batendo o cajado duas vezes no chão e sumindo com ele.

Agora era torcer para que o Poetinha ainda estivesse vivo.

CAPÍTULO 85

LEVIATÃ

Assim que o cajado bateu contra o chão pela segunda vez, os dois sumiram da gruta, aparecendo no convés principal da Boiuna, e Hugo olhou atônito à sua volta. Havia sido num piscar de olhos!

O convés estava lotado de estudantes, no que parecia ser a comemoração de um feriado regional, com bandeirolas dos seis estados do Norte flutuando, e todos voltaram-se espantados para eles ao verem Hugo aparecer do nada no meio do salão, acompanhado de Mefisto Bofronte.

Preocupado demais para se importar com os olhares, Hugo procurou, com urgência, o professor mais próximo, agarrando Mont'Alverne pelos braços, "Você viu o Poetinha?! Vocês encontraram ele?!", mas Mont'Alverne olhou perplexo para o carioca, "Tadeu foi se encontrar com o pajé, não foi?!"

"Não! Não foi!" Hugo disse desesperado, e largou os professores ali, correndo em direção às salas e começando a abri-las uma a uma, com lágrimas nos olhos, à procura do menino; adultos e alunos assistindo atônitos, sem entenderem o que estava acontecendo. *Por favor, que ele esteja vivo... Por favor, que esteja vivo...* "Vocês não vão fazer nada?! Se mexam! O Tadeu foi sequestrado pelo Moacy!"

Surpresos, percebendo que podia ser verdade, professores e alunos, tensos, começaram a procurar também; Mont'Alverne dirigindo a dispersão para os andares de cima e debaixo enquanto Hugo avançava pelos corredores, abrindo todas as portas possíveis.

Não estava procurando o Poetinha; estava procurando Moacy. Moacy ou qualquer um dos quatro que o seguiam. Lembrava-se bem deles: um branco de cabelos curtos pretos e olhos azuis, outro branco mais corpulento de óculos, um indígena matis magrelo, com um osso contorcido atravessado nas narinas e hastes pretas espetadas nas bochechas, e um que andava vestido como bruxo, mas com o rosto pintado de vermelho, provavelmente sataré-mawé, a julgar pelo apelido Guaraná.

Isso. Melk, Fagson, Tepi e Guaraná.

Não vira nenhum deles no salão principal.

Abrindo as primeiras portas do corredor que levava à proa, Hugo adentrou um segundo corredor perpendicular, avistando Tocantins ao longe, recostado na madeira da parede, relaxado, de chapéu sobre os olhos e palito nos dentes. Devia ter ouvido a confusão, mas se recusara a mover-se dali, o filho da mãe.

Mesmo assim, Hugo gritou, "Você viu o Moacy?!", e Dakemon, folgado, apontou desinteressadamente para a porta à sua frente.

Arregalando os olhos, Idá se aproximou depressa, vendo, nela, uma placa com a advertência "Proibido para Estudantes".

Meu Deus... Poetinha estava vivo... Se eles estavam precisando se esconder ainda, Poetinha estava vivo...

A porta abria direto numa escadaria estreita que levava para baixo, e Hugo, dizendo para Dakemon "Avisa os outros!", desceu correndo, tenso; as mãos deslizando pelos corrimões enquanto os pés desciam freneticamente, ajustando seu equilíbrio ao leve movimento do navio. Precisava correr. Moacy podia ter visto sua chegada no convés principal... Podia estar descendo para acabar, de vez, com o menino...

Vendo que a escadaria continuava descendo infinitamente, sem abrir em andar algum, começou a desconfiar, alarmado, de que ela talvez levasse direto até o último: até o andar sombrio, e apertou o passo, sentindo um calafrio. Se fosse verdade, bastaria Moacy jogar o Poetinha naquele oceano obscuro, que o menino nunca mais acharia o caminho de volta.

Finalmente avistando o fim da escadaria, lá embaixo, Hugo freou, sacando a varinha e passando a descer com mais cautela em direção à porta semifechada. Deus do Céu, estava exausto. Seus olhos pesavam, e Hugo coçou-os para mantê-los abertos. Não percebera, até então, o quão cansado estava. Talvez fosse seu corpo tentando pará-lo antes que ele entrasse em mais um duelo, sabendo que não tinha mais condições físicas de vencer. Fazia pelo menos 28 horas que não dormia.

Hugo sacudiu a cabeça para manter o foco.

Tentando não fazer barulho, desceu mais alguns degraus, elevando a varinha à sua frente; o braço reclamando do peso, enquanto Hugo focava o único ouvido bom no silêncio ao redor. Um silêncio permeado apenas pelo leve ruído da madeira do navio, rangendo com o balanço do rio. Nenhum som de passos, nenhuma voz. Até que chegou perto o suficiente para ouvi-los discutindo. Seu coração acelerou.

Estavam mesmo ali, no último andar... Andar da escuridão e do frio... Lar das criaturas enormes e da perdição.

Aflito, Hugo entrou pela porta entreaberta, escondendo a varinha escarlate, para que o brilho dela não os alertasse na semiescuridão.

Podia ver as costas deles. Moacy, agora vestido de bruxo, quase como protesto pelo rebaixamento que sofrera, tinha uma varinha marrom nas mãos. Uma varinha que ele mal conseguia segurar direito, quanto mais usar.

Já havia então sido presenteado com uma pelo Pajé. Símbolo maior de sua rejeição como aprendiz. Hugo entendia seu inconformismo. Uma vida inteira de preparação jogada fora...

A revolta de Moacy, no entanto, claramente já tinha sido substituída pelo nervosismo havia muito tempo. Suava frio, quase pálido, olhando nervoso à sua volta enquanto falava com os outros, e Hugo se escondeu atrás de uma das paredes, tentando se acalmar. Eram cinco contra um. Cinco contra um, e ele nem sabia se Poetinha ainda estava vivo.

Com o coração apertado, começou a prestar atenção ao que diziam, abraçando-se contra a brisa gelada que vinha da escuridão. Ao que parecia, Moacy tinha acabado de chegar.

"*Por que demorou tanto?!*"

"*Não te interessa, Fagson.*"

"Me interessa, sim! *Hoje é feriado, os caiporas estão todos lá em cima! Hora perfeita, Moacy! Mata logo o garoto! Ninguém vai ouvir o grito!*"

"Essa NÃO É A HORA!" Moacy rebateu nervoso, enquanto Hugo agradecia aos Céus por Tadeu ainda estar vivo...

Espiando-os de novo, com a ajuda da fraca luz que os iluminava, finalmente conseguiu avistar o Poetinha no chão, tão pequeno em meio aos pés deles, coitado; os bracinhos amarrados para trás. O menino estava dopado..., passando mal. Os olhos doentes, vermelhos e inchados.

Por isso não conseguira chamar mentalmente por ajuda... Por isso não conseguia chamar o Pajé! Estavam entorpecendo o garoto para que ele não conseguisse...

Com a revolta apertando-lhe a garganta, Hugo voltou a se ocultar; a cabeça apoiada contra a parede, ouvindo sem ver.

"Chega de ficar tentando incapacitar a mente do garoto! Ele não vai deixar de ser melhor do que tu! Mata logo, Moacy!"

"A gente desova o pajézinho no rio e volta lá pra cima! Ninguém nunca vai encontrar o moleque! Tá preocupado com o quê?!"

Hugo sacou a varinha, tenso, percebendo que, mesmo que Moacy não aceitasse, eles iam acabar fazendo. Por pura ambição de serem amigos do próximo Pajé. E Moacy caindo na deles... Que crueldade era aquela, meu Deus?!... Eles estavam falando de uma criança! De jogar uma criança amarrada no rio!

"Não. A gente vai continuar como o combinado", Moacy manteve-se firme, apesar de inseguro. "O cérebro dele vai cansar."

"Joga logo o moleque! Pra que continuar essa embromação?! É só fazer *tchibum* e pronto! Ninguém nunca mais vai saber dele, e tu é escolhido o próximo Pajé!"

"Menino-poeta tão leve, que capaz de nem ouvir *tchibum*."

Os outros riram da piada do matis. Como podiam rir daquilo?!

Tenso com a pressão dos outros, Moacy tentou ignorá-los, "Ainda não é a hora, tá bom?!", e ordenou inseguro, "Vai, segura o Tadeu", enquanto preparava rapidamente o pó que ia soprar nele. As mãos trêmulas.

Moacy estava enrolando os outros quatro. Não queria matar ninguém. Não tinha sido aquele o plano. E Hugo viu-os segurar os bracinhos amarrados de Poetinha de novo, inclinando-o para o lado, a fim de soprar mais rapé nas narinas dele; um outro já inserindo o canudo de osso na narina do menino indefeso, e Hugo, revoltado com aquela atrocidade, saiu de onde estava, apontando a varinha contra o grupo. "PODEM PARAR AGORA MESMO!"

Os cinco olharam surpresos para ele; Tepi e Guaraná se afastando do menino de mãos para cima, enquanto os brancos continuavam segurando Poetinha; o menino ainda grogue, coitado; os olhos vermelhos, sem direção, passando muito mal ainda, por causa da aplicação anterior. Mas o efeito do rapé passava rápido. Por isso vinham tendo que repetir a aplicação o tempo todo; as narinas do menino muito vermelhas, provavelmente ardendo horrores de tanto receber aquele pó; o corpinho completamente subjugado. "LARGUEM O GAROTO!"

Os dois brancos finalmente obedeceram, olhando fixo para o carioca enquanto se levantavam lentamente. Se todos os filhos da mãe sacassem as varinhas, seriam cinco contra um…

Hugo se arrepiou inteiro. Não tinha energia para enfrentar cinco.

Inseguro, Moacy ainda tentou, "O menino passou mal. A gente só tava…"

"Não adianta me enrolar, que eu ouvi tudo!"

"Ouviu o que, moleque?! Ouviu nada!" o branco corpulento o enfrentou, aproximando-se e fazendo Hugo recuar um passo.

"SE AFASTA, FAGSON! EU JÁ DISSE!"

"Ou tu vai fazer o quê?" Melk também tomou coragem, detrás de seus olhos azuis. "Tá querendo ir pro saco longe da tua terra, é, seu enxerido?"

Fagson e um dos indígenas sacaram suas varinhas, mas Hugo foi mais rápido, atacando primeiro o branco, depois o matis, e afastando Moacy com um "*Aram Bakua!*"; um facho de luz solar que cegou temporariamente o ex-aprendiz de pajé, para que ele não tentasse participar da briga. Esquivando-se, então, do feitiço de fogo do sateré-mawé, gritou para trás, pela porta aberta, "O POETINHA TÁ AQUI!!", antes de ser jogado com força contra a quina por uma golfada de vento de Melk.

Caindo no chão, sem ar, os pulmões doendo da pancada nas costas, Hugo girou depressa para o lado, levantando-se sem jeito, enquanto se virava para acertar Melk, mas foi derrubado de novo por uma rasteira d'água lançada por Fagson, e caiu de queixo no chão molhado, tendo que esquivar-se da bola de fogo do sateré-mawé antes que conseguisse atacar um deles mais uma vez. Era o jogo do Pentagrama... E ele estava no centro, contra cinco. Contra *quatro*, na verdade, já que conseguira incapacitar Moacy temporariamente.

Defendendo-se de um jato incendiário, não conseguiu desviar-se do soco de vento que veio pelo lado, caindo no chão novamente e jogando o terceiro bruxo contra a amurada, só para ver o quarto atacá-lo com um redemoinho de terra, que o ergueu com força contra o teto, fazendo-o despencar no chão. Matis desgraçado...

Não adiantava trocar feitiços elementais contra os especialistas em elementos. Precisava incapacitá-los... Só assim conseguiria. "*Amãiti!*" Sua varinha disparou um raio elétrico de baixa intensidade contra o matis, que caiu com braços e pernas paralisados por pequenos choques contínuos, tremendo inteiro no chão, enquanto Hugo desviava de um golpe de vento do jovem de olhos azuis. Percebendo que Moacy começava a enxergar de novo e tentava discretamente escapar pela porta, Hugo murmurou "*Ah, tu não vai fugir mesmo*", acertando-o com um "TUPÃ!", que golpeou o garoto nas costas com um raio forte, jogando-o contra a parede.

Ele não havia começado aquilo tudo?! Ia ficar, para levar a culpa.

De cabelos em pé, Moacy se virou no chão, assustado e atordoado, recuando de costas, e Hugo voltou a se defender dos feitiços violentos que chegavam contra ele, mas seu corpo estava cansado; o fogo de Guaraná fustigando-lhe os olhos enquanto Hugo tentava bloqueá-lo, abrindo a guarda das pernas para o jato d'água de Fagson, que derrubou-o no chão novamente.

Exaurido, Hugo tentou se levantar mais uma vez, o corpo muito mais lento, defendendo-se o quanto podia, quase que por instinto agora; apenas bloqueando o que vinha, por não conseguir mais revidar. Estava exausto... Já havia entrado naquela briga exausto... E eles eram BONS, os filhos da mãe. Claro que eram. Especialistas. Seu corpo inteiro doía de tanto cair no chão.

"MUQUIÇO!" Hugo ainda tentou, arrancando a concentração do matis com um ataque de coceira, mas uma pancada forte na cabeça o fez cair de joelhos, tonto; uma mão de branco agarrando sua boca por trás, para que não gritasse por ajuda.

"E aí, Melk?! A gente joga o carioca lá embaixo antes do pajézinho?!"

Hugo arregalou os olhos, tentando se desvencilhar do mais corpulento deles, em toda a sua exaustão, enquanto Fagson começava a arrastá-lo para perto da amurada, mas um rugido violento, seguido de um safanão nas costas, fez Hugo cair livre no piso. Virando-se, surpreso, viu a onça derrubar o enorme garoto no chão. Fagson berrou apavorado, tentando tirar os dentes de Bárbara de seu braço enquanto Gutemberg fazia o outro branco escorregar com um "*Goitacá!*", virando-se para duelar contra o matis. Animado, Hugo se levantou para enfrentar o sateré-mawé, mas não foi um feitiço de fogo que o indígena soltou contra ele daquela vez.

"TOCANDIRA!", Guaraná gritou, atingindo-o no ombro, e Hugo, surpreso, caiu no chão, berrando de dor: seu braço esquerdo sendo tomado por milhares de formigas invisíveis, que o mordiam dolorosamente, espalhando-se frenéticas por toda a extensão de seu braço, até a mão, tentando forçá-lo a largar a varinha.

Vendo a situação do amigo, Guto derrubou *Guaraná* antes que o indígena pudesse roubar a varinha do pixie; o anjo começando a duelar com três ao mesmo tempo numa rapidez absurda, enquanto Hugo se recuperava no chão; Bárbara ainda atracada a Fagson, que chorava de pavor sem conseguir tirar o braço ensanguentado da mordida dela, chutando-a com toda a força que tinha, sem proveito.

Bárbara aguentava os chutes, já que sua moral a impedia de arrancar fora a garganta de um idiota, mas suas presas permaneciam trancadas, sem dó, no músculo do líder verdadeiro da quadrilha, enquanto Moacy, paradinho em seu canto, assistia estupefato, sem entender de onde viera a onça ou quem era o gordinho duelando, e Hugo, com o braço ainda enfraquecido, aproveitou para apressar-se em direção ao Poetinha, caindo de joelhos próximo a ele para checar se o menino estava bem.

Não, não estava. Olhava para Hugo sem reconhecê-lo, de tão grogue. O pescocinho queimando em febre. "*Calma, Rudá... Calma que a ajuda tá chegando...*"

Hugo olhou aflito para a porta, perguntando-se por que os caiporas não vinham. Impossível que realmente não se importassem com humanos... "ALGUÉM AJUDA A GENTE AQUI!" ele berrou de novo, na esperança de que pelo menos os professores ouvissem. Provável que ainda estivessem procurando nos andares superiores. Bárbara só os encontrara tão rápido porque tinha um faro apurado, Hugo tinha certeza. Ninguém se escondia de uma onça por muito tempo.

Enquanto Guto duelava contra dois agora, Bárbara largou o braço do primeiro para saltar em cima do matis, que a estivera atacando insistentemente, fazendo-a rugir de dor, presa a Fagson. A única vantagem de ser onça ali eram os dentes. De resto, ela estava completamente desprotegida enquanto mordia, sendo atingida pelos feitiços mais dolorosos sempre que um deles conseguia se livrar de Guto.

Já estava, inclusive, bastante ferida por conta disso. Não resistiria muito tempo sem uma varinha. Não naquela briga. E Hugo, pensando rápido, avançou contra o inofensivo Moacy, no chão, arrancando a varinha inútil dele.

"BÁRBARA! PEGA!!" Hugo já ia arremessar a varinha na direção dela quando Gutemberg foi arremessado com força contra a amurada do navio, que se quebrou com seu peso, abrindo-se para o Rio Sombrio.

"AAAAGHH!" o anjo berrou desesperado, e a onça largou o indígena para saltar até o namorado, abocanhando a barra da calça dele antes que Guto caísse por completo lá embaixo; o corpo pendurado para fora do navio, de cabeça para baixo, enquanto ela tentava aguentar seu peso com os dentes.

Assustado, Hugo correu para acudi-los, atacando com um "*Oxé!*" o sateré-mawé que atingira o anjo, e chegando a tempo de também segurar o amigo pela calça, antes que o tecido se rasgasse com os dentes da onça.

"Mano do Céu! Me segura, me segura, me segura…" Guto implorou apavorado, o sangue descendo para a cabeça enquanto ele tentava, sem sucesso, contorcer-se para subir; a mão esquerda agarrada à cintura da calça, com medo que seu corpo deslizasse para fora dela e ele caísse na escuridão do rio sombrio.

Hugo chegara na hora certa; quando Bárbara já não mais conseguia manter as patas firmes na madeira escorregadia, e o pixie agarrou, com ainda mais força, o tecido da perna vazia da calça, única que estavam podendo segurar com firmeza, graças à Ceiuci; Guto berrando desesperado cada vez que sentia a calça deslizar para cima. "Calma, você não vai cair! Me dá a sua mão! Me dá a sua mão, vai!"

Olhando amedrontado as águas negras lá embaixo, Guto impulsionou a coluna para a frente duas vezes, tentando agarrar a mão do pixie, até que na terceira conseguiu, e assim que o fez, a barra da calça se rasgou; a parte inferior de seu corpo caindo perigosamente para fora. Hugo agarrou-o com firmeza, segurando firme o braço do anjo com ambas as mãos e começando a tentar puxá-lo sozinho para dentro do navio, "GRRRRR!" Eram cem quilos de anjo a serem trazidos para dentro.

Sentindo as veias saltarem no pescoço por causa do esforço, Hugo olhou com urgência para trás, mas Bárbara não podia ajudá-lo agora. Estava ameaçando Fagson e Tepi com suas garras formidáveis, para que não chegassem perto, enquanto dois novos reforços, Cauã e Félix, duelavam contra Melk e Guaraná mais ao longe.

"Cauã! Me ajuda!" Hugo gritou para o munduruku, os músculos dos braços doendo, mas Guto conseguiu agarrar-se à borda com a mão esquerda antes que o indígena chegasse para pegá-la.

Com um esforço supremo do pixie e de Cauã, os dois já começavam a trazer o anjo para cima quando Hugo viu surgir das águas logo abaixo uma bocarra enorme, cheia de dentes, subindo para abocanhar o pequeno petisco humano pendurado para fora, e Hugo arregalou os olhos; Guto berrando apavorado ao percebê-lo abaixo de si, enquanto Hugo e Cauá puxavam-no depressa para o convés, trazendo a perna do anjo para dentro antes que o monstro a alcançasse. Caindo para trás no piso, os três se ergueram rapidamente, assustados, vendo aquele colosso imenso em forma de homem subir até muito acima deles com seu peito nu esverdeado, fechando a boca no ar e submergindo novamente, sem ter levado nada consigo.

"O QUE FOI AQUILO?!" Guto perguntou aterrorizado, e Hugo olhou para as águas lá embaixo, com medo do que tinha visto: um gigante aquático, de feições monstruosas..., um homem do tamanho de um prédio, com escamas esverdeadas do abdômen para baixo, que subira até ali com um único bater da calda nas profundezas, antes de submergir de novo, desaparecendo nas águas negras daquele oceano. E Cauá, igualmente assombrado, murmurou com medo, "*Hipupiara...*", antes de ser obrigado a voltar para a batalha, em resposta ao ataque de um deles.

Hugo olhou abismado para o rio, "Hipupiara?", buscando explicações do anjo, que, ainda pálido, olhava para o mesmo lugar, murmurando, "Um monstro marinho, demônio d'água... Era para ele ser só um pouco maior do que a gente, e não isso tudo."

O poder do rio sombrio... Tudo ali dentro era maior.

Credo...

De pé em frente ao buraco da amurada, Hugo sentiu um calafrio só de imaginar o gigante voltando. Guto ao seu lado, provavelmente imaginando o mesmo; a perna já rematerializada.

E pensar que, se não fosse a falta dela, não teriam conseguido agarrá-lo.

"Depois me lembra de agradecer a Ceiuci por isso?"

Os dois se entreolharam.

"Mmm, melhor não", Guto mesmo completou, e Hugo deu risada.

A batalha já estava praticamente ganha ali atrás. Por isso estavam se dando ao luxo de ficar ali um pouco. Esgotados demais para fazerem qualquer coisa. Hugo principalmente. Seu corpo extenuado, pedindo arrego.

Foi então que duas mãos o agarraram por trás; a voz de Fagson sussurrando cheia de fúria em seu ouvido, "*Carioca enxerido...*", e Hugo sentiu, apavorado, seu corpo ser impelido com força para fora do navio, despencando da altura de três andares antes de atingir as águas estranhamente sem temperatura do rio da Morte.

Sentindo a água envolvê-lo, Hugo voltou à superfície em pânico, o coração acelerado, os olhos procurando abaixo de si pelo monstro que viria abocanhá-lo das profundezas. Lá em cima, Gutemberg protestava, já agarrando-se a Fagson, mas Hugo estava apavorado demais para se importar com a briga dos dois; sua atenção fixa nas águas, esperando o momento em que seria engolido por baixo.

Nunca se sentira tanto como uma formiga. Não só pela expectativa do enorme monstro, como também pela Boiuna, que, imensa ao seu lado, estava parecendo um gigantesco navio negro em ruínas; nada restando da madeira polida e marrom-dourada do mundo real. Em todos os andares, alunos mortos olhavam-no; como se o chamassem para juntar-se a eles, e Hugo sentiu um calafrio.

Temendo ficar igual àqueles mortos esquecidos, tentou, a todo custo, nadar de volta em direção ao único andar vivo da Boiuna Fantasma. Podia ver Guto ali em cima, ainda brigando contra o conspirador que o empurrara; jatos coloridos iluminando-os por detrás, vindo dos outros duelos... Mas, quanto mais Hugo nadava naquele oceano denso e sem ondas, mais sentia-se como um micróbio indefeso movendo-se em petróleo! Não avançava quase nada com cada braçada! O coração batendo de expectativa e medo diante daquele navio negro gigantesco, que ele tentava tão desesperadamente alcançar, sem sucesso!

Foi quando Guto se desvencilhou para gritar, "CUIDADO, BISCOITO!"

Hugo olhou apavorado para a água abaixo de si, e viu a bocarra surgindo das profundezas escuras para devorá-lo. Arrepiado de medo, nadou o mais depressa que pôde para o lado, batendo os braços freneticamente para desviar daquela boca, que era maior do que ele inteiro, mas só conseguiu esquivar-se alguns centímetros, antes de ser atingido em cheio pelo focinho do monstro. Jogado com força para trás pela ascensão do Hipupiara, atingiu as costas espinhosas do animal e foi sendo atropelado por várias vértebras protuberantes até chegar à cauda, que arremessou-o para o alto enquanto o monstro mergulhava de volta n'água; Hugo despencando vertiginosamente de volta para o rio sombrio: metros de queda livre, até que o impacto forte com a água o apagou.

Voltou a si poucos momentos depois, em pânico, engolindo água; o pescoço doendo, o abdômen retraído da pancada, o pulmão reclamando por ar, algumas costelas certamente quebradas pelo atropelamento, e, aturdido, tentou manter-se na superfície, olhando ao redor apavorado, à procura do bicho.

Agoniado, sacou a varinha, submergindo com ela e acendendo-a para enxergar abaixo de si. Foi quando viu o Hipupiara surgindo da escuridão profunda novamente, como num sonho bizarro, e arregalou os olhos diante de sua enormidade assustadora; a cauda gigantesca, ondulando lá embaixo, maior que a Boiuna inteira...

Sentindo-se arrepiar dos pés à cabeça, sabendo que não conseguiria desviar a tempo com as costelas quebradas, Hugo apontou a varinha contra o Hipupiara; cada movimento seu doendo fundo na alma. Não conhecia feitiço forte o suficiente para aquele tamanho todo, mas, pensando rápido, ordenou em pensamento: "MIRIM!", e um poderoso raio azul projetou-se da varinha, atingindo o tritão gigante, que urrou de dor, soltando bolhas enormes e sumindo.

Hugo riu debaixo d'água, incrédulo, esperando que as bolhas se desfizessem para ter certeza de que, de fato, diminuíra o bicho. *Inacreditável...*

Sentindo-se quase genial, voltou à superfície, ansioso por retornar à Boiuna. Mas uma mão imensa o agarrou, puxando-o para baixo antes que ele pudesse respirar, e Hugo berrou bolhas, tentando se desvencilhar dos dedos que o apertavam enquanto era levado para as profundezas, o coração martelando em pânico à medida que se distanciava da luz fraca da escola; a escuridão se fechando ao seu redor.

Hugo olhou apavorado para baixo. O imenso Hipupiara o levava de ré para o breu profundo, e ele não conseguia sequer erguer o braço da varinha, trancado pelo aperto daqueles dedos. Acima dele, nada além da mais completa escuridão. A Boiuna já desaparecida de tão distante.

Chorando de medo, percebendo que a superfície estava inalcançável agora, Idá se agarrou à guia de Xangô, rezando, apavorado, por um milagre... *Abaya, por favor... Abaya, chama a Boitatá...* Não sabia mais o que fazer. Mesmo que se livrasse, não teria fôlego para voltar. Os pulmões doendo; os ouvidos quase explodindo com a pressão crescente. Não tinha como sobreviver àquilo...

Já praticamente inconsciente, por falta de oxigenação cerebral, sendo levado cada vez mais para o fundo, como um animal indefeso, Hugo sentiu a guia de Xangô queimar em seu peito, vendo, sem energia para entender, um vulto alaranjado passar por baixo de si e trombar contra o Hipupiara.

O monstro largou-o com o impacto; o Hipupiara e a imensa cobra de fogo se atracando nas profundezas, iluminados inteiramente pelas chamas da Boitatá que, agigantada ali embaixo, se enrolava inteira nele; o tritão urrando monstruosamente com a dor das queimaduras. Mas Hugo já não estava mais prestando atenção. Perdera ar demais...

Com os olhos quase fechados, sentiu o calor da varinha escarlate se apagar em sua mão, e soube que estava morrendo. O coração parando aos poucos.

Podia ouvir o riso doce e a voz suave de sua Abaya, contando-lhe sobre seus antepassados. Falava carinhosamente sobre Benvindo e sobre a varinha, pedindo-lhe que tivesse coragem... Não, ela nunca lhe falara da varinha...

Em seu semidelírio, Hugo viu um brilho azulado se aproximar e sentiu um focinho quase frio começar a empurrar seu corpo gentilmente.

Tudo escureceu.

Acordou com uma pancada forte de mão no peito e sentiu a água voltar dolorosamente pela garganta. Expelindo-a com a ajuda de um adulto, no chão de madeira, puxou depressa o ar frio, desorientado pelo despertar repentino.

"Tudo bem, rapaz?" Mont'Alverne perguntou com cuidado, amparando o aluno para que ele ficasse de lado enquanto tossia.

Hugo assentiu com a cabeça, ainda tentando se localizar, ofegante.

Ok. Estava no convés subterrâneo ainda. Com um professor.

Devia ser um bom sinal.

"HUGO!" Gutemberg correu até ele, virando-o empolgado. "Mano do Céu! Você viu a Boitatá?! Ela tava azul, meo! E gigante!", mas Hugo ainda estava um pouco perdido mentalmente, e Mont'Alverne examinou seus olhos, preocupado.

Enquanto o fazia, Hugo ia se lembrando de pequenos lampejos: a imensa cobra translúcida deslizando-o, com cuidado, por sobre a amurada... ele caindo, ensopado, no chão do convés..., e Hugo levou a mão enfraquecida à guia de Xangô em seu peito. Ela ainda estava ali... Que bom. O mesmo não podia ser dito do muiraquitã, que se perdera nas águas.

Talvez fosse melhor assim.

"... as costelas..." Hugo disse quase sem forças, e o professor, sacando a varinha para curá-lo, abriu a camisa do carioca; Hugo começando a sentir o tranco dos ossos voltando dolorosamente ao lugar, enquanto, do lado oposto do convés, os conspiradores permaneciam acuados por caiporas; Moacy encolhido em outro canto, com o pulso quebrado, assustado com a proporção que as coisas haviam tomado.

"Eu devia ter vindo atrás de você..." o professor lamentava, à medida que ia pondo os ossos dele de volta na posição correta, culpando-se pelo estrago que sua demora havia causado, mas como Mont'Alverne poderia ter imaginado que Hugo encontraria o Poetinha tão depressa?

A onça, com a pelagem empapada de sangue, permanecia inacreditavelmente de pé, apesar de ser a mais machucada de todos, rosnando para os quatro conspiradores, claramente cansada, enquanto mancava em volta deles.

Muito difícil lutar contra pessoas que ela não queria matar, quando uma mera patada sua podia quebrar o pescoço de alguém sem querer.

Respirando com dificuldade, a onça finalmente tombou no chão, e Guto foi ampará-la, preocupado, enquanto outros professores acudiam Poetinha, chamando-o de Rudá e desamarrando o pequeno pajé com cuidado, como a uma criancinha febril. Tinham um enorme respeito pelo menino. Aquilo ficava claro toda vez que usavam seu segundo nome. *Rudá*... o Deus do amor.

Nesse meio-tempo, fortes guardiões indígenas foram confiscar os quatro agressores, que, assustados, começaram a tentar fingir inocência, dizendo que não sabiam de nada, que tinham acabado de chegar ali... e Hugo, com medo de que eles os convencessem, ainda quase morto no chão, apontou para os canalhas, querendo acusá-los...

"A gente sabe, Hugo, se acalma", Mont'Alverne pediu, e com um feitiço pôs a última costela dele no lugar. "Arghh", Hugo gemeu; mais água saindo de sua garganta.

Perto da porta, Alexandre Krenak, padrinho do FOGO, vendo o canudo de osso no piso, as cinzas de rapé ainda saindo de suas extremidades, voltou um olhar amargo para Moacy, que, encolhido no chão, olhou temeroso para o professor, sendo puxado com força por ele, para que ficasse de pé.

"Vergonha de você... Seguindo sugestão maldosa de branco. Se deixando poluir pela ganância deles."

Moacy baixou a cabeça. Vendo que Tepi e Guaraná também já eram trazidos presos pelos adultos, Cauã fitou-os com igual censura, "Vocês são uma vergonha para os Matis e os Sateré-Mawé; povos tão honrados e trabalhadores..."

"Calma, Cauã", seu amigo loiro se aproximou entristecido. "Isso vai ser resolvido. Não censura sem entender."

"Entender o que, Félix?! Eles se aliaram a brancos pra matar uma criança!"

"Claramente saiu da proporção que eles tinham planejado."

"Não interessa!"

Fisicamente destruído ainda, Hugo tentou se levantar, mas precisou sentar-se de novo, absolutamente cansado, o corpo inteiro dolorido, enquanto Bárbara e Tadeu eram tratados no chão; Bárbara já na forma humana, deixando à mostra a crueldade dos feitiços desferidos contra ela: a pele corroída e esfolada em vários pontos, os cortes, os olhos irritados pelo *Sapiranga* que haviam lançado...

Hugo apoiou as mãos nos joelhos, tentando recuperar minimamente as energias. Vendo que Mont'Alverne já se afastava, chamou-o, "Professor."

Leonardo olhou para o carioca, e Hugo abriu um dos bolsos de botão da calça, tirando dali o cordão que havia sido do filho dele. O professor se surpreendeu.

"O seu Diego era muito corajoso."

Mont'Alverne concordou, pegando o cordão para si com um imenso respeito pelo filho morto. Hugo baixou os olhos. "Desculpa eu ter deixado o corpo lá."

"Onde ele sempre quis estar", Mont'Alverne respondeu, olhando com gratidão para o carioca antes de continuar seu caminho.

Receber o cordão do filho havia sido o suficiente.

Pensando em Atlas e no pequeno Damus, Hugo se levantou; o tórax doendo; enquanto Bárbara era retirada em uma maca, seguida de perto por Guto.

Vendo-o passar, o pixie perguntou, "Você volta comigo?"

"Agora não dá, Biscoito. Eu preciso ter certeza de que ela vai ficar bem."

Hugo entendeu, e Guto continuou em direção às escadas, mas hesitou na porta, olhando de volta para o pixie. "Tô feliz que você voltou da água, Lambisgóia. Achei que tinha te perdido."

"Tu não vai se livrar desse favelado tão cedo."

Guto riu e foi embora.

Hugo ainda ficou um tempo ali enquanto os outros subiam, tentando acalmar o coração. Só então subiu também, levando uns bons quinze minutos para chegar lá em cima, cansado como estava.

Saindo pela mesma porta pela qual entrara, viu Tocantins ainda ali, recostado na mesma parede do corredor, de braços cruzados, todo folgado debaixo do chapéu Panamá, e Hugo fechou a cara. "Você podia pelo menos ter chamado os outros, né?"

Dakemon ergueu a sobrancelha. "Eu?! Ôxí, eu me meto nessas coisas, não!", e sorriu safado. "Apontei o caminho pra quem ia chegando e já tá de bom tamanho…"

Hugo desistiu, impaciente, "*Garoto folgado…*", seguindo para o salão principal enquanto Tocantins sorria com o palito entre os dentes, o filho da mãe.

Já devia ter notado a movimentação suspeita havia dias e não movera uma palha para denunciar os cinco.

Chegando, com raiva, à bagunça que se tornara o salão lotado, Hugo foi direto ver como estava o Poetinha, na maca. No caminho, trocou olhares com Mefisto, que se impressionou levemente ao vê-lo chegar naquele estado de encharcamento, achando graça do jovem, enquanto bebia um copo de suco no balcão.

Gentil da parte dele ter esperado Hugo para levá-lo para casa. Não tinha qualquer obrigação. Era o Alto Comissário da República, e não um motorista.

"… Cadê o Cauã? Vocês viram o Cauã?" Félix perguntava em meio aos alunos, e uma das estudantes respondeu, "Foi ver em que cidade tá o Pajé."

"É, deve tá lá enchendo o saco dos brancos de outra região agora", Melk debochou, levando uma sova de leve do guardião que o conduzia, enquanto Hugo voltava sua atenção para o Poetinha, pegando com carinho na mão do menino.

Tadeu abriu os olhos, dando um leve sorriso ao vê-lo. "*Haush…*"

"*Haush.*" Hugo sorriu também.

"*… Você conseguiu, menino do Rio. Foi até lá e voltou.*"

Escondendo a frustração, Hugo apertou com carinho a mãozinha do menino, os olhos cheios de ternura pelo pequeno pajé. "Você vai ficar bem, Rudá?"

"Sempre", Tadeu garantiu. Estava fraco ainda, mas bem melhor do que antes; o efeito do rapé se esgotando. "Eu agradeço tão valoroso amigo."

Hugo baixou os olhos. *Não era nada valoroso. Atlas ia morrer porque ele não tivera a honradez de devolver uma varinha roubada... Que honra havia naquilo?*

"Você salvou minha vida, menino do Rio."

Aceitando aquele *único* argumento como válido, Hugo fez um carinho no rosto do menino. Ia sentir saudades.

Despedindo-se com um olhar, afastou-se, caminhando até Bofronte, que o esperava já de pé, com ambos os punhos apoiados no topo do cajado.

"Pronto?" Mefisto olhou-o com simpatia, e Hugo, incerto, voltou a observar os médicos que ajudavam Poetinha. "Ele é tão pequeno, tão frágil... Será que vai dar conta de tudo que um pajé da Boiuna precisa fazer?"

Bofronte sorriu, "*Basta uma folha de árvore para esconder a lua*", e olhou esperto para Hugo, que gostou da citação, voltando a olhar para o Poetinha.

O menino acabara de recusar, com urgência, uma nova poção de cura, para poder segurar o braço do chefe dos guardiões, que estava arrastando Moacy para ser punido. Em resposta ao seu toque, o guardião parou, e o pajézinho fitou-o com imensa bondade, "Eles precisam de ajuda, Tacunta, não de punição. Perdoe."

"Eles tentaram te matar, Rudá!"

"Eu quero Moacy do meu lado."

"Senhor?!" o guerreiro perguntou incrédulo.

"Todo pajé da Boiuna precisa de um guardião pessoal. Eu quero que ele seja o meu."

Moacy arregalou os olhos. Todos no convés fizeram o mesmo, na verdade, inclusive Hugo, e Poetinha, agora olhando diretamente para o ex-companheiro, continuou, "Quero que ele seja meu guardião vitalício, a mais alta honra daqui. Que possa partilhar comigo todas as coisas. Se ele aceitar, claro."

Moacy, ainda segurado pelos funcionários, olhava pasmo para o Poetinha, e Hugo se aproximou preocupado do pequeno pajé, "Tadeu, você tem certeza?" murmurou. "Eu acabei de te salvar dele! Não seria melhor alguém mais... confiável?!"

Poetinha sorriu. "São os doentes que precisam de cura."

"Mas a inveja dele quase te matou!"

"Se até o Planeta muda de estação, as pessoas também podem mudar." Ele olhou novamente para o ex-companheiro, "E então, o que você diz?!"

Moacy, ainda espantado, olhou para Poetinha por uns bons segundos até conseguir acordar da pasmaceira e dizer um sim estupefato com a cabeça. Um sim tão incrédulo quanto emocionado, como se não estivesse crendo que alguém ainda pudesse acreditar nele para alguma coisa.

"... Mas eu nem sei mexer na varinha direito!"

"Vai saber. Eu vi. Deixa o Tempo fazer as proezas dele."

Moacy baixou a cabeça, não acreditando muito naquilo. Passara tantos anos sendo o menos talentoso dos dois que já não se achava capaz de ser bom em nada..., e Poetinha olhou-o com bondade. "A varinha que você recebeu é de Samaúma, Moacy. Destino não faz nada por acaso. Samaúma é árvore majestosa e rara, que, com suas copas largas, abraça e protege pequenos animais contra ataque dos pássaros." Tadeu sorriu. "Eu sou um animal bem pequeno."

Moacy baixou a cabeça, assentindo arrependido. Iria se esforçar. Iria se esforçar mais do que qualquer outro para provar-se merecedor daquela confiança. Hugo estava estupefato.

"Só tem uma condição", Poetinha adicionou, e Moacy esperou ansioso, querendo *muito* fazer tudo certo. "Que condição, Rudá?"

Rudá...

"Que você chame o maku pra trabalhar com você."

Moacy olhou-o, perplexo. O maku era o jovem inseguro, cuja ajuda Moacy e os outros quatro haviam rejeitado, só por ser maku.

A etnia mais discriminada entre os indígenas...

Numa clara batalha interna contra seu próprio orgulho, Moacy acabou aceitando. Qualquer coisa para se redimir.

"Eu vi futuro e sei que vou precisar dos dois. Ele é tão bom quanto qualquer um aqui", Tadeu reforçou, e Moacy assentiu. "Se você está dizendo, Rudá."

Ajoelhando-se, o ex-aprendiz pegou na mão do menino, aceitando o encargo de cabeça baixa, claramente sentindo-se um lixo ainda. "... Quem sabe eu sirva pra isso, né? Já que pra pajelança eu era uma negação."

Tadeu olhou-o com carinho. "Você tinha *tanto* potencial, Moacy... Quando eu cheguei aqui, pequenininho, você falava com espírito, *via* espírito, sentia natureza fluir... Mas você foi perdendo isso!"

Moacy desabou no choro, deixando que toda sua frustração e raiva transparecessem, "Porque você chegou! Você foi sufocando os meus poderes!... Mas eu entendo agora. Entendo que *você* era o escolhido..."

Poetinha negava, bondoso. "Sua *inveja* foi sufocando seus poderes, Moacy. Não eu. Espírito bom abandona aquele que sente inveja por muito tempo. Espíritos bons não se sentem bem trabalhando com quem deixa vaidade tomar conta.

Você me viu como adversário, em vez de me adotar como irmão de estudo... Mas eu não era seu adversário. Eu era seu *teste*!"

Moacy olhou-o, surpreso. Teste?

"Se você tivesse me aceitado ao seu lado e me ajudado a evoluir, *você* teria sido escolhido, e não eu, porque teria passado no teste mais importante. Teste da *humildade*. Do companheirismo. ... Um teste que você ainda pode passar."

Moacy cerrou os olhos, "Mas não mais pra ser pajé."

"Não mais pra ser pajé." Poetinha fitou-o com carinho. "No momento que você falhou no *seu* teste, você passou a ser o *meu*. E eu te agradeço por ter me testado até limite; por ter me ajudado a descobrir até onde minha compaixão e minha serenidade podiam ir diante de insultos e agressões."

O jovem desviou o olhar, sentindo-se péssimo. "Me desculpe, Rudá..."

Tadeu sorriu, "Desculpar o que, se eu não me senti ofendido?"

Olhando-o com imenso carinho pela primeira vez, Moacy levou o punho esquerdo ao peito, reverenciando o pequeno pajé; os olhos úmidos. "Eu prometo que serei o melhor guardião que um pajé já teve."

Hugo voltou para Bofronte, confuso com Moacy. De onde tinha surgido aquela admiração toda?! Onde estava o grande orgulho dele?!

"Entre os estudantes da Boiuna não existe derrota, só aprendizado", Mefisto explicou, notando sua dúvida, e Hugo ergueu a sobrancelha atônito, fazendo o Alto Comissário abrir um leve sorriso amargo, "Quem dera todos pensassem assim. O mundo seria menos estúpido."

Hugo voltou a olhar para os dois. A vaidade e a competição claramente existiam entre os alunos da Boiuna também; Moacy era prova disso. Mas eles certamente sabiam reconhecer um erro.

"Vamos?" Bofronte perguntou afável, e Hugo confirmou, de repente triste. Feliz pelo menino, claro, mas triste, absolutamente triste, por não ter conseguido o que havia ido lá buscar.

Sabendo o que se passava em seu coração, Mefisto fez um afago na cabeça do jovem, pondo, então, a mão em seu ombro, para que pudessem sair dali.

"Carioca!" o chefe dos seguranças correu até ele. "Rudá está te chamando."

Hugo olhou para Mefisto, receando incomodá-lo ainda mais, mas o Alto Comissário aquiesceu simpático, "Não tenho pressa", e Idá se aproximou de novo do menino, que olhou-o com bondade. "Vou sentir sua falta, menino do Rio."

"Isso é porque você não me conhece", Hugo brincou, mas a lembrança de Atlas estava pesando em seu peito, e Poetinha fitou-o com uma serenidade iluminada, "Você não falhou na sua missão, menino do Rio..."

Hugo baixou a cabeça, segurando o choro na garganta.

"... Sua missão aqui era outra..."

Idá olhou para o lado, angustiado, sentindo todo o seu remorso voltar. Então, com o máximo de cuidado, decidiu interrogar o menino sobre algo que o vinha incomodando havia algum tempo. "Rudá..., eu juro que não queria te perguntar isso, não quero te magoar nem nada do tipo, mas... por que você não me disse que não tinha nada lá? Você não viu na sua pedra?"

Poetinha olhou-o bondoso. "Eu senti que tinha alguma coisa estranha. E te avisei. Mais do que aquilo, não estava dentro da minha capacidade ver."

"Se você tinha sentido, por que não me impediu? Por que me deixou ir?!" ele insistiu angustiado, apesar de não querer incomodar o pobre menino, mas Tadeu não parecia incomodado. Ele havia, afinal, lhe dado a escolha. Havia, sim, tentado de todas as formas convencê-lo a não ir. Hugo tinha ido por teimosia.

Tadeu olhava-o com bondade, negando o que vinha em seu pensamento. "Você foi porque tinha que ir, menino do Rio", disse enfim. "Tinha que aprender as coisas que aprendeu. Conhecer as pessoas que conheceu."

Úlri, Cari, Araury, Nuré, Cueánaca, Tacape... *Gutemberg*.

... Ele não teria conhecido Gutemberg...

Hugo sentiu um arrepio lhe percorrer a espinha. Não conseguia se imaginar não tendo conhecido o anjo... Conhecido quem o anjo realmente era.

"Menino aprendeu muito lá fora: sobre a vida, sobre o mundo, sobre honra, respeito, resistência, tolerância, mas principalmente sobre a própria natureza do menino. Sobre força que você tem. Se não tivesse ido, tinha perdido tudo isso. Jornada foi boa. Não se arrependa dela. Foi presente que saci te deu sem perceber."

Hugo aceitou, ainda amargurado, tentando sinceramente ver o mundo sob aquele ponto de vista. Era difícil agradecer a um inimigo por um aprendizado que viera com tanto sofrimento, mas fazia sentido, não fazia? Ele tinha, de fato, aprendido muito lá. E deixado de lado o julgamento precipitado que fizera de uma pessoa que ele agora levaria como amigo pelo resto da vida. Talvez seu único real amigo.

"Vai confortar seu professor, vai", Tadeu disse. "Sua missão aqui terminou."

Sua missão. Salvar o Poetinha. Trazer Bárbara de volta. Aprender. Refletir.

"Quanto a seu professor, menino do Rio, caminho da vida é um só. Quando hora chega, ninguém pode fugir, nem voar como passarinho. A gente pode tentar remar contra correnteza e até convencer natureza a esperar um pouco mais. Anos até. Décadas. A vida quer que a gente reme, porque ela só se realiza na luta, no esforço. Mas quando natureza, enfim, chama, a gente aceita."

Sentindo o desespero subir pela garganta, Hugo desviou o rosto, pensando, com carinho, no professor. Tentou então tirar a mente daquilo, olhando para

Moacy, que estava sentado a distância, de cabeça baixa. "Como você sabia que ele ia aceitar?"

Poetinha sorriu. "*Moacy* significa *inveja*, mas também *arrependimento*."

Hugo sorriu de leve, entendendo. "Você tem certeza de que vai ficar bem?"

"Pra isso vou ter três guardiões", Tadeu fitou-o com malandragem.

"Três?"

O menino olhou para o caminho por onde haviam levado Bárbara.

"Desde muito tempo ela me protege. Hoje, provou seu valor."

"Mas, Rudá!" um dos guardas o interrompeu chocado, "Uma guardiã *mulher*?!", e Poetinha respondeu-lhe desassombrado, "Uma guardiã *onça*, Kwini. E mulher. Sim. Sempre há uma primeira vez."

Fitando-o incerto, afinal seriam um traidor, um maku e uma mulher protegendo o pajézinho, o guarda marubo resolveu confiar, mas com bastante pé atrás, e foi resolver outros encargos.

"Mal sabe ele."

"O quê?" Hugo perguntou, e Poetinha fitou-o esperto, "... Que todos aqui, um dia, vão receber ordens dela." Tadeu piscou um olho para o carioca, que deu risada, adorando aquilo. Ele ia recomendar Bárbara para ser a próxima diretora da Boiuna.

Quando o Morubixaba se aposentasse, claro.

E todos iam acabar aceitando. "Ela já sabe?!"

"Ainda não é a hora. Mas os espíritos da floresta me sopraram sugestão no dia que eu fui escolhido próximo pajé. Sonhei com onça controlando a cobra Boiuna como vaqueiro controla cavalo. As ações dela confirmariam, ou não, minha intuição." Ele sorriu. "Mais do que confirmaram hoje."

Hugo concordou. Bárbara tinha sido magnífica.

Seria uma diretora e tanto.

Contente com a notícia, Hugo despediu-se do menino, finalmente partindo para o lado de Mefisto.

"Você se dá muito pouco crédito, rapaz", o Alto Comissário observou, com afeto, apoiando o braço em seus ombros e batendo com o cajado no chão da Boiuna.

CAPÍTULO 86

UM DIAMANTE BRUTO

Aparecendo, juntos, em uma praça ensolarada, Hugo teve de se apoiar nos próprios joelhos daquela vez para se recuperar da turbulência da viagem, enquanto o calor maravilhoso do sol secava suas costas; Mefisto amparando-o.

Nunca se sentira tão mal numa jornada daquelas... Devia ser a fraqueza.

"Há quanto tempo você não dorme, rapaz?"

Desde antes de conhecer os homens-morcegos...

Um aroma incrível de bife com fritas chegava até eles, vindo de um restaurante próximo, e Hugo olhou ao redor, sem reconhecer onde estava. Era uma cidade, sim, com prédios, ruas, carros, barzinhos, uma enorme mansão cor-de-rosa jogando sombra em seus pés..., mas não era o Rio de Janeiro. Claro que não. Se fosse, teriam feito o milagre de atravessar quase um continente inteiro em meio segundo.

Não duvidava que o Alto Comissário fosse capaz, mas...

Hugo olhou à sua volta confuso, vendo um ônibus passar por uma das ruas laterais, banhado naquele sol incrível. "Onde a gente está?"

"Na Paris dos Trópicos..." Mefisto apresentou-o à cidade, e riu da cara de incompreensão que Hugo fez, esclarecendo: "Manaus. Esse aí atrás é o Teatro Amazonas." Ele apontou para o palácio cor-de-rosa. Magnífico.

Fazia meses que Hugo não pisava em um chão de concreto. Era até estranho. Duro, reconfortante... Nada do balanço do navio, ou da maciez da terra fofa. Apenas o chão da cidade. Seguro. Confiável. Maravilhoso.

Voltando o rosto para o sol, agradecido pelo calor, percebeu o quão enfraquecidas estavam suas pernas. Devia parecer um morto-vivo para os jovens que passavam, de mochila, próximo a eles. Mas tinha sobrevivido... Tinha sobrevivido à floresta e agora estava ali. Ouvindo música!

Nossa... Há quanto tempo ele não ouvia música? Ela vinha dos alto-falantes da praça, tornando o ambiente ainda mais agradável, e Hugo olhou novamente para as ruas, os carros, os turistas... achando tudo lindo! Dava até vontade de chorar.

Manaus parecia uma cidade como qualquer outra, apesar de estarem à beira da maior floresta do mundo. Grande parte daquelas pessoas passeando pelas ruas e voltando de seus colégios não devia fazer ideia das coisas que aconteciam nela.

O aroma de fritas no ar estava quase enlouquecedor... Mas por que Manaus?

Percebendo seu estranhamento, depois de um longo tempo observando-o com simpatia, Mefisto explicou, "Tenho um assunto a resolver aqui. Eu não estava planejando resolvê-lo até o mês que vem, mas, já que você me trouxe ao Norte..."

Hugo se acabrunhou. "Perdão. Por eu ter te tirado de sua rota."

"Não há o que perdoar, rapaz. Aqui." Ele lhe entregou um anel grosso de ouro. "A Central de Atravessamento de Manaus fica no teatro, mas, como a parte azêmola está fechada para turistas hoje, melhor entrar pela passagem da igreja."

Hugo olhou para a igrejinha ao lado e estranhou. Havia um enorme vazio onde deveria estar a torre da direita; só a esquerda restando, solitária, ali em cima.

"Os azêmolas têm uma explicação muito curiosa para isso. Só não é a explicação verdadeira." Mefisto lhe deu uma piscadela, e Hugo riu. "Enfim, entrando na igreja, vire à esquerda, desça por uma escada que só você vai ver, ao lado da urna de doações, e percorra o túnel até o teatro. Moleza, para quem acabou de atravessar a Floresta Amazônica." Ele trocou um sorriso sutil com o garoto. "Chegando nos corredores azêmolas do teatro, você vai ver um grande espelho, da época do Ciclo da Borracha, com bordas revestidas de ouro. Os azêmolas o chamam de *Espelho da Verdade*. Olhe para ele."

"Só isso?"

"Só isso. Assim que você entrar na Central, mostre o anel ao balconista."

Hugo olhou para o anel dourado que Mefisto lhe entregara. Era grande, talvez um dia coubesse em seu polegar. Virando-o na palma da mão, viu que se tratava daqueles grossos anéis que selavam cartas. Tinha as iniciais A.C. em alto relevo.

A.C. de *Alto Comissário*? Ou seria de *Adônis C.*?!

C de quê?

O desenho, em prata, de uma cabeça de touro em ambas as laterais, confirmava que aquele era o selo pessoal dele, e Hugo olhou surpreso para o Alto Comissário, "O senhor não vai precisar disso?!"

Bofronte sorriu. "Você me devolve da próxima vez que nos encontrarmos."

Eita.

Hugo olhou para as próprias roupas, envergonhado. Parecia um mendigo...

"Criança, eu morei na França na época da Revolução. Acredite, você está limpo."

1789.

Duzentos e poucos anos de idade? Talvez?

Um jovem vendedor ambulante de balas passou por eles em silêncio, enxugando o suor da testa enquanto a outra mão permanecia apoiada na bandeja de doces que levava, provavelmente para vender durante a programação daquela noite, e Mefisto o chamou, "Menino!", tirando uma moeda azêmola do bolso.

O jovem deu meia-volta, surpreso com a boa sorte, e então se surpreendeu, não sabendo se olhava para a roupa toda suja do jovem ou para o sobretudo de inverno do adulto debaixo daquele sol de Manaus. Bofronte achou graça.

Deixando a moeda na bandeja de madeira, escolheu um dos chocolates embalados e entregou-o a Hugo, que aceitou de imediato, com água na boca. "Isso vai te dar energia pra sobreviver à viagem. Com Atravessamentos não se brinca."

Hugo já estava abrindo afobado a embalagem e dando a primeira mordida. Havia quanto tempo não punha um doce na boca? Estava faminto.

"Coma devagar. Seu organismo não está mais acostumado a tanto açúcar."

De boca cheia, Hugo concordou com a cabeça, mordendo só mais um pouco antes de fechar os olhos e sentir o absoluto prazer que era mastigar aquele chocolate fofo e macio, que se desfazia na boca.

Ele escolhera o doce perfeito..., e Hugo foi engolindo aos poucos, com absoluto prazer, como havia sido instruído, apesar de achar que deveria fazê-lo depressa, para não deixar o Alto Comissário esperando.

Mefisto sorriu, observando-o com afeto. "Melhor agora?"

Hugo confirmou, aliviado; a boca ainda cheia, os olhos se fechando, imaginando a última mordida que daria.

Enquanto isso, Mefisto explicava, "Eles não podem te enviar direto para a Korkovado porque o Atravessamento é bloqueado em escolas, mas você pode pedir que te deixem no Parque Lage, se quiser, ou então na Central de Atravessamento do Rio de Janeiro, perto dos trens. De lá você sabe voltar, não sabe?"

Hugo confirmou, engolindo o último pedaço com satisfação. "O senhor não consegue burlar o bloqueio da Korkovado com o cajado, como fez na Boiuna?"

Bofronte fitou-o com um olhar esperto. "Conseguir eu até consigo. Acho. Mas recebi a recomendação judicial de não chegar perto de seu amigo Ítalo enquanto os trâmites do processo não estivessem completamente encerrados. Não chega a ser uma proibição, mas, como eu não tenho por que entrar na Korkovado agora, não vejo razão para desafiá-los. Com o tempo, aprende-se a evitar atritos desnecessários."

Hugo concordou em silêncio. Precisava aprender aquela lição.

Respirando fundo, olhou decidido para a igreja. Estava na hora de voltar.

"Hugo", Mefisto o chamou. "É um local religioso. Sugiro respeito."

Hugo assentiu, e o Alto Comissário olhou-o com afeto, "Se cuida, rapaz."

Já ia bater o cajado duas vezes, para sumir dali, quando Hugo disse, "Espera!"

Bofronte parou antes da segunda batida.

Inseguro, Idá olhou para ele. "Por que o senhor aceitou meu pedido de ajuda? Podia ter simplesmente ignorado o muiraquitã."

Mefisto sorriu, "E deixar uma joia como você morrer no mato? Não."

"*Joia*", Hugo riu sarcástico, desviando o olhar. "Eu não tenho nada de *joia*..."

Mefisto ergueu a sobrancelha. "Não? Quantos dos seus amigos se jogaram na floresta com você?"

Hugo desviou o olhar. A mágoa ressurgindo.

"Quantos teriam ido até o fim, como você e o anjo foram? Você é um diamante, garoto. Um diamante bruto, talvez, mas essa é sua maior beleza." Ele olhou-o com real apreço. "Vai lá, vai. Vai ver seu professor."

Respeitoso, Mefisto bateu o cajado no chão e sumiu.

Hugo ainda ficou ali um tempo, incomodado, pensando nos Pixies... Tentando lutar contra a amargura que ameaçava sufocá-lo de novo.

Como podia se sentir tão à vontade ao lado do Alto Comissário? Tinha algo errado ali. Ou Bofronte era muito dissimulado, ou os Pixies estavam totalmente enganados quanto ao caráter dele, e Hugo geralmente percebia quando uma pessoa era dissimulada. Bofronte não parecia ser! A gentileza dele não era um fingimento. Hugo saberia se fosse, e aquilo o estava incomodando demais! Aquela dúvida!

Forçando-se a não pensar mais naquilo, olhou para a igreja, seu portal de volta para o Rio de Janeiro, e a lembrança de haver falhado com Atlas fez seu coração afundar de novo.

Tentando segurar as lágrimas e fracassando completamente, andou até a igreja; o sol quente oferecendo seu único conforto naquele momento. Precisava dormir. Precisava de um banho quente. Precisava de um colo de mãe. Mas ainda tinha um dever a cumprir. Um dever que lhe doeria demais: chegar à Korkovado, olhar fundo nos olhos do professor e lhe dizer que falhara.

Entrando na semiescuridão da igreja, Hugo enxugou os olhos e procedeu com respeito, deixando que a serenidade do lugar o acalmasse. Poucas pessoas rezavam naquele momento, algumas chorando em silêncio, e ele olhou para o altar ao longe, pedindo força... para enfrentar o que sabia que teria de enfrentar.

Virando à esquerda, encontrou a saleta e as escadas secretas que Mefisto lhe indicara, descendo-as e percorrendo um túnel subterrâneo de pedra, que, à medida que Hugo avançava, ia se transformando em um corredor de madeira; ganhando, gradualmente, a iluminação de um teatro antigo, até que terminou numa parede.

Perplexo com o fim do caminho, Hugo resolveu confiar nas palavras do Alto Comissário e estendeu a mão para além dela. Seus dedos atravessaram.

Idá sorriu astuto, dando um passo à frente e atravessando-a por completo. Assim que o fez, trombou com o encosto de uma cadeira de época, arrumada contra a parede, do outro lado.

Havia entrado na parte azêmola do Teatro Amazonas.

A cadeira de época era parte de uma pequena coleção de bancos antigos, cercada por uma fita amarela para impedir que visitantes estragassem o patrimônio histórico daquele vasto corredor, e Hugo segurou a cadeira depressa, antes que ela fizesse barulho. Ao fundo, uma moça de cabelos pretos encaracolados, guia do teatro, explicava a um fotógrafo a história das cadeiras que estavam prestes a ver, dizendo que eram do projeto original do palácio e mencionando, também, o fato de Manaus ter sido a segunda cidade do Brasil a ter energia elétrica e bondes.

"E os fantasmas do Teatro? Ouvi dizer que há um fantasma pianist..."

"É tudo mentira", ela respondeu rispidamente, e o jornalista riu, surpreso com a reação dela, enquanto Hugo tentava, com todo o cuidado, sair daquele pedaço de cenário histórico sem fazer barulh...

"Ei, você!"

Hugo cerrou os olhos.

"É, tu mesmo, garoto! Tu é doido, é?! Não pode ficar aí perto das cadeiras não! Não viu a placa?! Te arreda, vai! O teatro está fechado!"

"Desculpa, moça, foi sem querer..." Ele saiu depressa, já procurando o espelho que Mefisto mencionara, antes que a guia chegasse. Logo o viu, enorme, a poucos metros de onde estava. "Aquele ali é o Espelho da Verdade?"

"Ô menino! Acho que tu não entendestes. O teatro está fechado pra visitação! Como tu entrastes aqui?!"

"Peraí, moça! Deixa eu só ver o espelho aqui e já vou!" Ele chegou depressa no reflexo, e a moça se exasperou lá atrás, indo na direção dele com passos decididos, para tirá-lo dali.

Vai logo, Espelho... faz alguma coisa, vai!, Hugo pensou, vendo sua aparência deplorável refletida no vidro, enquanto a guia se aproximava cada vez mais depressa, agora provavelmente pensando que ele era um pivete de rua.

Olhar para o espelho. Ok. Hugo já estava olhando. O que mais?!

Vendo que a moça estava chegando demasiadamente perto, voltou a olhar para o espelho, aflito, vendo, pelo reflexo, um bruxo passar apressado atrás dele.

"Ei!" Hugo se virou para vê-lo ao vivo, e percebeu que a guia turística desaparecera do corredor. Em vez dela, bruxos e bruxas caminhavam com suas malas, crianças e famílias..., todos com certa pressa, em direção às várias portas que rodeavam o lugar.

Atônito, ele riu, pensando na pobre guia, que devia ter gelado de pavor ao vê-lo desaparecer. Ia acreditar em fantasmas a partir de agora.

Hugo deu risada, olhando ainda incrédulo para aquilo tudo. Era o mesmo corredor. O mesmo teatro. Apenas as *pessoas* haviam mudado.

Impressionado, seguiu um grupo de bruxos, entrando com eles no imenso salão de apresentações do Teatro Amazonas. Era lindo, todo coberto de detalhes dourados: balcões, camarotes, pilastras laterais, teto, tudo; as paredes, brancas e rosadas, dando um toque diferente ao lugar, bem como as cortinas vermelhas.

Ao contrário da versão azêmola, que devia estar escura e vazia no momento, a versão bruxa estava iluminada e lotada de gente; todos muito bem vestidos, andando pelos luxuosos tapetes vermelhos e conversando entre as centenas de assentos de madeira e palha no estilo de antigamente, o teto mega decorado lá no alto, enquanto, no palco, o balconista atendia aos clientes no balcão de passagens.

Acima de todos, uma enorme pintura da base da Torre Eiffel enfeitava o imenso teto; como se a França estivesse sendo vista de baixo pelos brasileiros.

A Paris dos Trópicos..., como Mefisto dissera.

Hugo sorriu, forçando a vista para analisar melhor a pintura lá no alto. Só então percebeu, pasmo: não era uma pintura. Era, de fato, Paris, lá em cima! Vista de baixo, como se o teto do teatro tivesse uma conexão direta com a Europa!

Hugo se arrepiou inteiro, percebendo as solas dos pequenos pés azêmolas parisienses andando lá em cima, no que agora ele via, não mais como um teto, mas como uma imensa cúpula de vidro(!); uma única criancinha francesa dando tchauzinho para eles, lá de cima, sem que seus pais azêmolas entendessem por que a menininha estava acenando para o chão.

Aquilo, sim, era uma Central de Atravessamento!... Uma *baita* Central de Atravessamento! "Venham, venham!" Um guia levava um grupo de turistas por entre os transeuntes, apontando os andares superiores, "Percebam que, quanto mais alto era o balcão, mais caro era o assento. Nos camarotes, sentavam-se os grandes barões da borracha, mesmo sendo os piores lugares para se assistir ao espetáculo! Ficávamos ali para sermos vistos! Para exibirmos nossa riqueza e nossa soberba. Grandes idiotas nós éramos, né?! Acumulávamos, acumulávamos, nos exibíamos feito pavões orgulhosos, não víamos os atores direito, e pra quê? Para depois morrermos como todo mundo e não levarmos nenhum centavo conosco. HA!" ele riu, voltando a caminhar. "Estou com esta mesma roupa desde que morri!"

No canto esquerdo do palco, um outro bruxo tocava piano, vestido com as roupas de veludo da época. Ele, por ironia, não era fantasma. Enquanto isso, as pessoas que já estavam em posse de seus bilhetes sentavam-se nas cadeiras do teatro e, então, desapareciam para os locais desejados, após lerem a senha adquirida.

Planejando imitar o que os outros faziam, Hugo se direcionou ao balcão. Claramente não tinha um centavo no bolso, e foi recebido de acordo pelo balconista, que o olhou de cima a baixo, desprezando a imundice de suas roupas.

Antes que o homem pudesse pensar em expulsá-lo, Hugo elevou o queixo, altivo, e pôs o anel de Mefisto no balcão, olhando desafiador para o balconista, que arregalou os olhos ao ver o objeto. Mudando inteiramente de atitude, perguntou, com a voz trêmula, "Pa-para onde o senhor deseja ir?"

Senhor. Hugo nunca havia sido chamando de 'senhor' antes.

Pondo o anel do Alto Comissário de volta no bolso, pensou em dizer *Parque Lage*, mas reviu sua decisão. Se entrasse na Korkovado imundo daquele jeito, arriscaria virar motivo de piada pelo resto da vida.

Não..., não era bem aquele o motivo que o estava inclinando a dizer outro lugar. Era um motivo bem mais profundo. Bem mais...

Hugo segurou as lágrimas, trancando a garganta contra a agonia que estava sentindo, e então respondeu, "Pra casa. Eu quero ir pra casa."

CAPÍTULO 87

REENCONTROS

Hugo aterrissou, com um estrondo, no pátio central da Vila Ipanema.

Assim que viu sua casinha ali, começou a chorar, caindo de joelhos na frente dela, num misto de alívio e derrota. Chegara a pensar que jamais a veria de novo e, no entanto, ali estava ela, do jeitinho que ele a deixara; banhada pelo sol daquele início de tarde. O cheirinho de almoço cozinhando lhe dizia que sua mãe estava lá.

O que diria a ela?! *Oi, mãe, cheguei, mas seu namorado vai morrer, tá, porque eu preferi minha varinha*?!... A culpa que estava sentindo era grande demais. Talvez por isso escolhera ir para casa. Não queria olhar nos olhos do professor. Não agora. Quem sabe, no dia seguinte. Quem sabe, nunca mais.

Sentindo-se brutalmente derrotado, Hugo se ergueu e abriu a porta.

Era estranho entrar naquela sala de novo depois de tanto tempo.

Atraída pelo ruído da porta, Dandara saiu correndo da cozinha, já imaginando quem era, e abraçou-o, chorando aliviada. "Tu nunca mais faz isso comigo, moleque! Tá me ouvindo?" Ela apertou o filho com força, e ele enterrou seu choro no abraço dela. "*Eu não consegui, mãe... Eu não consegui...*"

Ela cerrou os olhos, lamentando. Mas aquele momento não era do Atlas, era do filho dela, e Dandara, não querendo largá-lo nunca mais, enquanto chorava pelos dois, cobriu-o de beijos, como se tivesse medo de que o filho desaparecesse de novo antes que ela tivesse tido tempo de beijá-lo o suficiente.

Tempo...

Hugo se lembrou, de repente aflito, do prazo do relógio.

"Peraí, que dia é hoje?", ele se afastou. "O Atlas ainda tá vivo, né?!"

Evitando a pergunta, Dandara começou a acariciar nervosamente o rosto do filho, "Tu tá tão grande, Idá!", e o desespero dele cresceu. "Não muda de assunto, mãe! O Atlas ainda tá vivo?! Me diz! Ele tá vivo, né?!"

Enxugando as lágrimas do próprio rosto, Dandara fez que sim com a cabeça, mas aquele assunto doía demais nela, e Hugo respirou aliviado. "Como ele está, mãe?... Que dia é hoje?"

Dandara desviou o rosto.

"Não foge, mãe! Como ele tá?!"

Ela parou, não conseguindo olhar para o filho. "A doutora disse que, pelo tal relógio lá, ele talvez não passe das quatro da tarde de hoje."

Hugo arregalou os olhos, com pena.

Terça-feira, 5 de outubro. Estavam no último dia... Ele chegara no último dia.

Não, não, não, não...

Percebendo que queria, sim, falar com o professor, que queria MUITO vê-lo antes que morresse, Hugo olhou com afeto para ela, "Desculpa, mãe. Eu queria muito poder almoçar com você hoje. Eu juro que queria...", e se despediu com um olhar carinhoso, pegando algumas moedas azêmolas na mesa e saindo.

"Volta aqui, menino! Tu precisa descansar!!"

Ele não podia descansar. Tinha até as 4 da tarde... Até as 4 para ficar com o professor antes que o relógio alcançasse o horário que Atlas atingira com a varinha.

Escondendo-se atrás da árvore do pátio, tentou girar para o Parque Lage, mas, como imaginara, seu corpo estava exausto demais. Ainda tentou mais uma vez antes de desistir, praguejando, e sair para a rua, entrando no primeiro ônibus que deixou que ele entrasse, porque os cinco primeiros não deixaram.

Aparentemente, estar ferido e ter dinheiro para pagar a passagem não era o suficiente para convencer as pessoas de que ele não era um ladrão; mesmo ele implorando que precisava ir ao Hospital da Lagoa. E, não, aquela não era a primeira vez que acontecia.

Hugo, no entanto, não estava com cabeça para ficar irritado com a pobre ignorância dos azêmolas e, indo para o fundo do ônibus, sob os olhares de muitos, não se sentou, para não arriscar dormir. Atlas não tinha tempo para esperar que ele perdesse a parada. Meia hora depois, estava entrando na Korkovado, com o desânimo e o desalento de quem sabia que acompanharia a morte de um grande amigo.

Exausto, desceu a enorme escadaria interna da torre do Parque Lage e logo chegou ao refeitório bruxo, sendo acudido pelos poucos alunos que ainda almoçavam; Francine e Rafinha olhando preocupados para ele, que não estava tendo mais energia emocional sequer para disfarçar a tristeza. "Cadê o Atlas?"

"Deixem que eu levo o Sr. Escarlate", uma voz interrompeu os dois, e Hugo olhou com respeito para Rudji, que lhe devolveu o mesmo olhar.

Os olhos japoneses cansados, sem os óculos coloridos.

"Mas onde..."

"Na enfermaria. Já está arriscado demais mantê-lo no quarto ao lado."

O alquimista havia chorado naquele dia. Dava para perceber, pelo rosto inchado, e Hugo se segurou para não fazer o mesmo. Não na frente dele.

Acompanhando o professor, agora com um pouco mais de calma, Hugo foi percebendo a dor que havia na escola. O clima tinha mudado. Os adultos mais abatidos, os alunos mais quietos... Todos já inteirados da doença de Atlas.

Nada, no entanto, comparava-se à tristeza no olhar dos professores do primeiro andar, que ensinavam quase sem vontade, nas salas; alguns pouco conseguindo prestar atenção no que eles próprios diziam.

Os alunos talvez não soubessem do prazo, mas os professores sabiam, e a imagem mental daquele relógio anual avançando tirava a concentração de qualquer um. Principalmente de Vô Tibúrcio, que ensinava na antiga sala de Defesa, com a sombra de Golias em suas costas, marcando o tempo que restava.

"Professor!" alguém chamou a atenção do velho aventureiro, para que a mente dele voltasse à aula que estava dando.

Era tão estranho ver aqueles alunos... aquelas salas... Três meses fora, e Hugo se sentia completamente desconectado dali. Como se não fizesse mais parte daquela escola. Havia sido acolhido na Boiuna como jamais fora na Korkovado. Ali, eram só centenas de alunos que não haviam ido procurar a cura com ele.

Torcendo para que aquela sensação fosse embora logo, até porque ninguém naquelas salas tinha culpa de nada, Hugo continuou acompanhando o alquimista até a enfermaria. Surpreendeu-se ao ver Cauã e Félix na porta, esperando respeitosos do lado de fora, junto a outros três jovens indígenas e ao guardião moicano do Pajé.

Todos cumprimentaram Hugo em silêncio, e ele soube, de imediato, quem estava lá dentro. Aproximou-se com cautela, para não atrapalhar, olhando pela porta aberta e vendo o pajé Morubixaba na semiescuridão do quarto, fazendo sua última pajelança enquanto Atlas dormia, claramente esgotado.

O professor respirava com dificuldade, e Hugo olhou-o com pena. Ele ia morrer daquilo, então... De alguma insuficiência respiratória que Kanpai não estava conseguindo curar.

Em sua voz respeitosamente baixa, o pajé cantava um mantra num tom grave em volta dele, sem soltar fumaça, para não agravar a situação, numa última tentativa de persuadir os goihanei a devolverem a alma *Ti* do professor. Estava literalmente tentando convencer a doença a abandonar o corpo do amigo, mas, no fundo, todos sabiam que não ia funcionar. Atlas estava morrendo... O Tempo teria sua vingança.

Caimana assistia num canto, com lágrimas nos olhos, claramente entendendo a letra do cântico, talvez através da leitura da mente do pajé. Enquanto isso, acima do leito do gaúcho, um relógio branco falhava em marcar as horas; seus ponteiros circulando numa velocidade cruel, e Rudji mostrou a Hugo seu próprio relógio de bolso, também acelerado. "Todos estão assim perto dele. Menos o Golias. O Golias continua firme e forte, marcando o tempo que resta pro Atlas."

Lá dentro, o pajé parava, cerrando os olhos em lamento. Não havia mais nada a ser feito. E Hugo, sem esperanças, sentiu a angústia e a tristeza atacá-lo de novo, recebendo um toque gentil no ombro, do velho curandeiro, em respeito a tudo que o aluno havia tentado fazer. "Às vez não é destino viver, menino do Rio."

Morubixaba saiu, e Hugo sentiu as lágrimas voltarem, inconformado. Podia ouvir Rudji atrás de si, conversando com o velho pajé no corredor, convidando-os a ficarem para o jantar, como forma de agradecimento; convite que o diretor da Boiuna educadamente aceitou. Então todos foram embora, deixando Caimana e Hugo sozinhos com o gaúcho. Hugo voltou a observá-lo.

Era a expiração dele que parecia difícil, e não a inspiração. Para conseguir soltar o ar, às vezes tossia, mesmo dormindo; uma tosse fraca, ineficaz, que não liberava os fluidos que deveria estar liberando. "*Insuficiência respiratória*", Caimana explicou, em voz baixa, com extremo carinho pelo professor. "*Causada por fraqueza muscular. A Kanpai tá tentando amenizar, mas é complicado. Mesmo com magia.*"

"*Eu imagino...*" Hugo aceitou; um sentimento avassalador de impotência tomando conta. Inconsolável, aproximou-se com cuidado, uma lágrima caindo à beira da cama enquanto pegava, com extrema ternura, a mão emagrecida do professor. "*Eu tentei... Eu juro que eu tentei...*", murmurou baixinho, não querendo acordá-lo.

Mesmo assim, o professor se mexeu, e foi abrindo os olhos aos poucos. Hugo enxugou as lágrimas depressa, para que ele não as visse, percebendo que não aguentaria lhe contar a verdade. Não naquela situação. De que adiantaria? Só iria estressá-lo à toa, em sua última hora de vida. "*Eu tô aqui, professor...*" disse, vendo que Atlas o procurava na penumbra; um dos olhos não vendo mais nada, e Hugo se aproximou um pouco mais, para que ele conseguisse focalizá-lo.

Então fez o que sabia fazer de melhor: mentiu. Com um sorriso no rosto. "*Eu consegui trazer as ervas, professor! O Rudji já tá preparando tudo...*"

Atlas apertou sua mão de leve; uma emoção surgindo em seus olhos cansados, e Hugo desviou o rosto, com medo de que suas lágrimas dissessem a verdade.

"*Guri valente...*"

Hugo disfarçou o choro, fazendo um carinho brincalhão nos cabelos do professor. "*Você vai ficar bem. Você vai ver.*"

"*Não vou, Taijin...*"

"*Claro que vai, deixa de bobagem! Eu te disse que encontrei a cura!*"

"Ih, ó só quem apareceu!" Viny entrou. "Toca aqui, Adendo!"

Amargo, Hugo se levantou sem olhar para o loiro, retirando-se do quarto. Não queria papo com eles. Com nenhum deles.

Preocupado com a frieza do amigo, Viny não disse nada; talvez sabendo que, no fundo, merecia. Já Índio não deixou tão barato. Segurando Hugo pelo braço no corredor, sussurrou, "*Tá irritadim' por quê, hein?! Cê acha que foi fácil ficar aqui?! Ver o professor definhando sem poder fazer nada?!*"

"Vocês *podiam* ter feito! Podiam ter ido *comigo*."

"*E adiantou muito cê ir, né?*", Índio ironizou, entrando e deixando Hugo com ódio, do lado de fora.

Capí devia estar devastado. Só aquilo explicava ele não estar ali também.

Na enfermaria, a elfa abraçava Viny por trás, os três olhando com carinho para o professor, que os cumprimentou, exausto, "*Buenas, guris... Vieram me ver bater as botas?*"

"Tu não vai morrer, 'fessor! Tá doido?! A gente precisa de tu aqui!"

Atlas negou com a cabeça, tossindo de novo. Estava claro que precisava tossir mais forte, mas não conseguia. Então disse, um pouco engasgado ainda, "*Está tudo ok, gurizada. Pelo menos eu não vou morrer sozinho.*"

"A gente tá aqui com você, professor..."

Hugo não aguentou ver tanta hipocrisia. Foi embora; o desespero apertando-lhe a garganta e descendo pelos olhos. Por quê, hein?! Por que o Cara Lá De Cima não queria que ele tivesse um pai e fosse feliz?!

Não aceitando que o professor ia morrer; não depois de tudo que ele havia feito, Hugo, angustiado, foi tentar uma última solução desesperada.

No caminho, topou com os Anjos e bufou, impaciente, desviando deles antes que começassem a fazer piadinhas sobre como ele estava imundo.

"Ei, Hugo!" Abelardo o segurou pelo braço, e ele virou-se com violência, "QUE FOI?!", só então percebendo, perplexo, que Abel não o chamara de *favelado*. Muito pelo contrário: olhava-o aflito, mas com muito respeito. "Você viu o Gordo lá no Norte? Ele tá bem?!"

Surpreso, Hugo desarmou sua agressividade. "Tá, sim. Ele já volta."

Os Anjos respiraram aliviados; Thábata abraçando-o, com empolgação! E Hugo, pasmo, continuou seu caminho, tendo sido liberado por eles. Nunca imaginara um dia ser abraçado pela anja. Ainda mais imundo como estava.

Começando a subir as escadas, ainda olhando atônito para trás, para os Anjos, que agora conversavam empolgados, Hugo subiu até o quinto andar; sua agonia voltando com força à medida que ia se aproximando da Sala das Lágrimas. Era uma tentativa desesperada? Era. Daria errado? Daria. Mas ele precisava tentar. Era a última ridícula chance que Atlas tinha...

"Idá?! Idá, onde tu tá indo?!" Gislene o chamou lá debaixo, pelo vão central, mas ele a ignorou, entrando na Sala das Lágrimas.

Lá estava sua floresta. Sua maldita floresta. E Hugo, transtornado, marchou por entre as árvores, entrando na gruta e arrancando, primeiro, a plantinha presa à parede, seguindo, então, para o jardim verde, de onde começou a arrancar mais delas, já chorando enquanto o fazia; inconformado por saber que não daria certo.

Com as mãos e os braços cheios daquelas plantinhas maravilhosas, foi em direção à saída com o coração a mil e a esperança lá no alto, atravessando a porta e vendo-as desaparecerem, junto com seu coração, como se nunca houvessem existido.

Sentindo a angústia aumentar na garganta, Hugo voltou lá para dentro inconformado, chorando de raiva e desespero enquanto seguia para o jardim e as arrancava todas de novo, retornando com elas em direção à porta, e vendo-as sumirem mais uma vez. Chorando copiosamente, Hugo entrou de novo, e de novo, e de novo, arrancando-as e vendo-as desaparecerem de suas mãos todas as vezes. Transtornado, Hugo esmurrou a porta roxa, com ódio, voltando para a sexta tentativa, seus braços e mãos já sangrando dos espinhos enquanto as arrancava, carregando-as para fora e vendo-as desaparecer, e mais uma vez virou-se para entrar de novo, ouvindo Gislene chegar depressa na escadaria lá longe, *"Para, Idá! Você vai enlouquecer! Para!"*

Ele não lhe deu ouvidos, voltando a entrar. Havia, no entanto, algo diferente daquela vez. As árvores estavam lá, como de costume, mas um cheiro de queimado permeava tudo... uma fumaça no ar... e Hugo, alarmado, disparou por entre elas, até o jardim que começava a queimar; o incêndio tomando conta. "NÃO!" ele berrou, correndo até os azêmolas que destruíam tudo, "Parem, por favor! Parem, seus filhos da mãe!!" Ele tentou agarrá-los, desesperado, "Essas plantas são uma CURA! Vocês estão matando gente! PAREM!" Mas os mateiros não o estavam ouvindo; eram do passado e, por mais que ele tentasse puxá-los para longe, nada acontecia! Era como puxar estátuas cravadas ao chão. Tentando mais uma vez, Hugo caiu para trás, na terra quente, chorando ao ver mais plantas começarem a queimar. Transtornado, disparou até elas, sentindo o fogo fustigar-lhe a pele à medida que tentava salvar pelo menos algumas daquele inferno, mas todas já queimavam, e Gislene agarrou-o por trás, forçando-o para fora enquanto ele resistia, tentando alcançá-las. "Esse fogo queima, Idá! Para! Você vai *morrer*!"

"SAI DAQUI QUE VOCÊS NÃO ME AJUDARAM!" ele berrou enquanto era arrastado para fora, desalentado e com raiva de todos ali. "NINGUÉM AQUI me ajudou!" Mas ele não tinha mais forças para resistir à amiga, que, chorando também, vendo o estado dele, continuava a puxá-lo para fora do perigo, até que, ultrapassada a porta, caíram os dois de costas no corredor; Gi abraçando-o depressa. "A gente não podia, Idá... A gente não podia ajudar..."

Esgotado, Hugo chorou copiosamente nos braços dela; Gi apertando-o com força, arrasada, deixando-o despejar toda sua dor naquele abraço. Era duro demais... Duro demais ter visto aquela cura queimando...

Gi não tinha culpa, claro. Ele sabia. Mas era tão difícil não sentir nenhuma mágoa naquele momento... tão *inumano*...

Se outras pessoas houvessem ido... Se outras pessoas houvessem estado lá, talvez ele não tivesse entrado naquela caverna sozinho. Talvez houvessem alcançado a última planta antes do saci..., talvez Nuré não tivesse feito o que tinha feito...

Sentindo a dor aumentar em seu peito, Hugo se desfez do abraço da amiga, olhando-a com carinho. Era tanta coisa que ela não sabia... Tanta coisa que havia acontecido lá e que ele nunca ia contar...

Emocionalmente destruído, Hugo tentou se reerguer; Gi levantando-se com ele e enxugando o rosto do amigo enquanto ele olhava, de novo, para a porta roxa.

Precisava entrar uma última vez. Uma última vez, para nunca mais. Só para ver toda a extensão da crueldade a que aquela sala maldita podia chegar.

Já imaginando o que veria, ele entrou, cerrando os dentes de ódio ao confirmar o que pensara. Deixou-se, então, cair de joelhos na terra carbonizada da atualidade.

A porta, daquela vez, se abrira diretamente no ex-jardim queimado..., como a lhe dizer: *veja como eu consigo pisar nos seus sentimentos*.

Capí tinha razão. Sempre tivera razão. Sala destruidora...

Atrás de si, Gi olhava horrorizada para o pasto morto. "Foi *isso* que você encontrou lá?!"

Hugo confirmou, amargo; a floresta chamuscada refletindo toda a ruína que havia dentro dele. Faltavam dez minutos. Dez minutos para a morte do professor. Gislene olhava abismada ao redor, e Hugo voltou a chorar, sentindo uma dor insuportável corroê-lo. A dor de ter perdido um pai antes mesmo de tê-lo tido... Aquilo não era justo... Atlas era tão jovem, caramba!

"*Como tu conseguiu voltar do meio dessa devastação, Idá...?*"

Mefisto o ajudara... Mefisto e as palavras dele, na caverna.

E o conforto do abraço dele.

Mas Hugo não seria doido de dizer aquilo à namorada de Capí.

Não devia haver ninguém que odiasse o Alto Comissário mais do que ela. Até pelo senso de justiça que ela tinha. Capí mesmo não o odiava, mas Gislene? Ah, Gislene sabia guardar rancor muito bem.

... E pensar que Mefisto poderia não ser culpado.

Aquela dúvida só piorava sua agonia.

É claro que ele acreditava no sofrimento do Capí. A dor do pixie era real, e aquilo só tornava ainda mais doloroso pensar que podia estar duvidando do amigo. Ao mesmo tempo, já não tinha mais tanta certeza assim de que o Alto Comissário dissera a verdade. Era possível, mas será?!

Mefisto já devia estar acostumado com aquele tipo de desconfiança. Tinha o quê? Dois séculos de vida?

Aliás, como ele fazia aquilo? Como enganava o tempo daquele jeito?

Hugo de repente sentiu um arrepio, pensando em algo que não pensara antes, MAS QUE DEVIA TER PENSADO! O que quer que Mefisto fazia para se manter vivo... para regenerar as próprias células... devia servir para Atlas também, não?!

Hugo tinha que ter aproveitado os minutos que tivera com o Alto Comissário para perguntar!

"ARRRRGH!" ele começou a chutar um toco de árvore, com ódio da própria burrice, enquanto Gi o olhava compadecida, "Calma, Idá! Você vai se machucar!"

Atlas só tinha dez minutos agora! Não dava mais tempo de perguntar...

"Não tinha nada que você pudesse fazer, Idá!"

Ah tinha... Tinha, sim... Hugo começou a querer chorar de agonia de novo. Por que tudo tinha que ser culpa sua, hein?! Por quê?! Ele ia enlouquecer...

Gi olhava-o penalizada. "Todos estão assim, Idá... Até o Capí, que é bem espírita, tá mal. Tu não imagina como foi no sábado. Eu até tentei dar uma animada no pessoal, fazer uma festinha de aniversário pro Capí, mas ninguém tinha pique pra comemorar. Muito menos ele..."

"Peraí, aniversário do Capí?"

"É, ué. Último sábado agora, Dia dos Reis Bruxos, tu não lembra?!"

Feriado...

Hugo arregalou os olhos. O relógio anual parava em feriados!

Percebendo aquilo, Hugo saiu correndo para a antiga sala do Atlas. Precisava ver se Golias estava um dia atrasado. TINHA que estar! A vida do professor dependia daquilo!

"Ei!" Gi ainda tentou chamá-lo, mas Hugo já estava descendo os degraus espiralados. Chegando ao primeiro andar, disparou até a sala de Defesa, já vazia, e entrou esbaforido, olhando para os ponteiros do gigante de vidro.

Dia 4... Ele estava marcando dia 4. E não dia 5.

Hugo soltou uma risada alta. Atlas ainda tinha um dia!

Dando meia-volta, deu de cara com uma Gislene confusa, a quem ele abraçou com força. "Eu ainda tenho um dia, Gi! É o suficiente!", e saiu correndo da sala. O relógio estava funcionando, o ponteiro andando inexoravelmente em direção ao buraco que a varinha do professor havia feito no vidro, mas eles ainda tinham um dia.

Aguenta aí, professor... Aguenta firme que eu já sei como te salvar.

Parando na porta da enfermaria, confirmou que o professor ainda estava vivo, e saiu depressa em direção às escadas. Como encontraria Mefisto agora?

Já no pátio central, lembrou-se do anel do Alto Comissário no bolso.

Não, Bofronte nunca lhe revelaria seu segredo. Claro que não.

... Mas Hugo conhecia alguém que talvez revelasse.

Alguém que era amiga o suficiente do Alto Comissário para saber daquilo, e safada o bastante para contar para Hugo, só de provocação.

Abrindo um sorriso malandro, ele guardou o anel e mudou de rumo.

CAPÍTULO 88

SEGREDOS À PERNAMBUCANA

A porta de Olímpia se abriu. "COMO ELE FAZ PRA VIVER TANTO?"
"Boa tarde pra tu também, visse?! Tá com a muléstia, é?"
Hugo riu. "Desculpe."
Tentando parecer menos ansioso, até porque a velha cafetina era capaz de não lhe contar só para vê-lo irritado, ele tentou uma pergunta menos direta, enquanto entrava com ela, "Quantos anos ele tem, afinal?"
"Quantos anos *quem* tem?"
"A senhora sabe muito bem de quem eu tô falando."
"Sei. Mas, se ele não te contou, por que tu acha que eu te contaria?"
Hugo olhou-a com um rosto atrevido, "Porque você gosta de mim!", e a velha deu risada, sentando-se com um sorriso de expectativa no rosto.
Como ela adorava uma fofoca... Dava para ver pelo modo como se balançava na cadeira de balanço, fingindo pensar. Estava *doida* para contar a ele.
Mas ainda ia jogar um pouco com seu neto postiço, e Hugo sorriu, esperto, sentando-se no sofá oposto e esperando que ela resolvesse *iluminá-lo* com seu conhecimento. Até que a velha suspirou. "Quantos anos ele tem. Bom... Digamos que eu conheço Mefisto desde que eu tinha uns 20, 22 anos de idade."
Hugo ergueu a sobrancelha.
"Eu não sou tão jovem; tu já deve ter percebido, mas ele era igual ao que é hoje. Talvez um pouco menos cansado; um pouco menos... tolerante do que hoje, mas *fisicamente?* Igualzinho..." Ela abriu um sorriso de atrevimento, lembrando-se de coisas boas.
"Então ele é imortal mesmo."
"Imortal?" Olímpia deu risada. "Quem dera fosse, visse? Não... Ele ainda pode morrer. *Envelhecer* é que não está muito nos planos dele."
Então ele regenerava mesmo as células...
Ansioso, Hugo tentou se acalmar. Não podia ser afoito. Afinal, era apenas o maior segredo de Mefisto Bofronte que ele estava tentando tirar de outra pessoa.

Talvez Olímpia não fosse tão sacana assim. Talvez Hugo precisasse atiçá-la mais. "Adônis. Você chamou ele desse jeito uma vez. Por que Adônis?"

Olímpia adorou a pergunta. "*Adônis*: deus grego, eternamente jovem, ligado à vida, à morte, à ressurreição. Morria no inverno para retornar na primavera. Meu Alto Comissário troca de nome sempre que a vida dele muda. Sempre que ele próprio muda. Braz, Adônis, Santiago, Chevalier, Mefi…"

Hugo se espantou. "*Chevalier? Adrien* Chevalier?!"

Olímpia confirmou com um sorriso malandro, e Idá se arrepiou inteiro.

O bruxo que ajudara Napoleão…

"Tava pensando o que, criança? Que vocês estavam lidando com um bruxo qualquer?!"

Hugo estava pasmo, seu cérebro dando voltas. Tentando raciocinar, procurou se lembrar de tudo que Oz lhes ensinara sobre o temido Chevalier… Todas as mortes que ele causara, todas as *guerras*…

Bem que Peteca o chamara de demônio. *Anhanguera…* Demônio velho.

Hugo começou a sentir medo. Medo da proximidade que tinha com ele.

Como assim, Hugo ali, achando que a longevidade do Alto Comissário era o maior de seus segredos, e ela vinha com aquela bomba?!

"Relaxe o bigode, bichinho!" Olímpia brincou. "Ele não é tão ruim quanto esse nome faz parecer, não! Ao menos não com quem ele gosta. Comigo, por exemplo, ele é um amorzinho." Ela sorriu malandra. "E ele gosta de tu."

Hugo olhou-a, um pouco surpreso com a confirmação. "Gosta mesmo?"

"Ôxe, menino! Tu acha que ele salva a vida de qualquer um assim?! E *duas* vezes, ainda por cima?!"

Hugo pensou na primeira; na Sala das Lágrimas… Contra o chapeleiro--chefe. E começou a se sentir culpado por gostar de um assassino em massa. *"Ele não pode ser o Chevalier… As pessoas saberiam, não saberiam?!"*

Olímpia riu pelo nariz.

O anel… A. C.… Adrien Chevalier… *Não podia ser…*

"É, menino… tu está lidando com uma lenda viva! Que, por sinal, já foi meu homem!" ela se gabou, toda vaidosa. "E *que* homem…"

Hugo riu. Nunca conhecera alguém ao mesmo tempo tão culta e tão vulgar.

Algo, no entanto, o estava incomodando um pouco mais do que aquela revelação. Precisava entrar logo no assunto que o levara até ali, e estava ficando tenso com a demora. Afinal, Atlas só havia ganhado um dia.

Percebendo sua inquietação, Olímpia esticou-se para trás na cadeira, como quem não queria nada, comentando, "Tu tinha que ver ele seduzindo vampiros."

"Vampiros? Pra que ele seduziria vampi-" *Meu Deus...* Hugo percebeu. "É assim que ele dribla a velhice?! Sugando vampiros?!"

Olímpia deu de ombros, "Sei de nada", mas estava claro que sabia! Estava mais do que claro em seu sorriso travesso! Mefisto sugava a imortalidade dos vampiros! O sangue deles regenerava! Óbvio! O próprio Tánathos havia lhe dito aquilo!

Hugo saltou da poltrona.

"Eita, menino endiabrado!"

"Obrigado, Vó Olímpia! Te devo uma!" *Deus do Céu*, Mefisto era o *vampiro dos vampiros...* de quem Tánathos tanto falava... Chocado, Hugo saiu correndo da casa em direção ao Santo do Pau Oco. Quanto sangue seria necessário?! Muito?!... Nenhum deles lhe daria aquilo de graça.

Ah..., mas Hugo pegaria o sangue à força, se fosse preciso.

A vida do professor dependia daquilo.

Para sua sorte, ainda faltava uma hora até o anoitecer. Tempo suficiente para uma visita à Lapa.

Tempo suficiente para fazê-lo enquanto ainda dormiam.

CAPÍTULO 89

SANGUE

O sol já estava tímido quando Hugo chegou à Lapa, mas ainda era dia.
Isso que importava.
O caminho até ali não havia sido curto. Voltara de Salvador pelo Santo do Pau Oco, percorrera os aposentos de Pedrinho II, perdera tempo atravessando a Korkovado inteira até o trailer de Atlas só para descobrir que o túnel até a Lapa havia sido interditado, saíra para o Parque Lage e, só então, milagrosamente, adiantara sua viagem, conseguindo girar até o início do bairro da Glória.
Bom demais para quem estava sem dormir havia quase 40 horas.
Talvez já houvesse ultrapassado a barreira do cansaço. Por isso funcionara.
Apressando-se pela última rua de paralelepípedos do bairro vizinho, Hugo finalmente pisou no asfalto do bairro certo e foi em direção ao sobrado dos vampiros, bem ao lado dos Arcos da Lapa. A casa de dois andares era tão velha e pichada que nenhum turista se arriscava a chegar muito perto.
Bom para eles.
Parando em frente à porta lateral, Hugo sacou a varinha e murmurou "*Malfermu*", destrancando a única porta que não era fechada a tijolo.
Impossível ser tão fácil. Eles eram vampiros, caramba! Vulneráveis à luz do dia! Não podiam deixar que qualquer pivete bruxo entrasse daquele jeito!
... Talvez o velho coveiro que vigiava o lugar estivesse lá em cima, atento ao túnel que dava na Korkovado. Fazia sentido. Bruxos eram mais perigosos que azêmolas.
Ainda bem que Hugo não conseguira usar o túnel, então.
Entrando com cautela na escuridão do primeiro andar, iluminada por apenas duas velas ao fundo, Hugo escondeu a varinha no bolso, para que não brilhasse vermelha, e fechou a porta com cuidado.
Olhou então para aquela sala macabra, cheia de caixões pesados.
Seu coração batia tão forte que achava impossível os vampiros não estarem ouvindo.
Sorte dele que o dia os imobilizava.
Com a respiração trêmula, Hugo se aproximou nervoso do caixão que parecia o mais frágil. *O que tu tá fazendo, seu maluco...* Tocando a tampa polida com

o cuidado de quem tocava uma relíquia, sentiu a suavidade da madeira, tão elegantemente esculpida. Eles escolhiam seus caixões com cuidado. Dava para ver.

A chama das velas refletia na superfície polida, e Hugo, tenso, tentou se convencer de que não precisava ter medo... De que aqueles vampiros eram legais.

Não, não eram legais. Ele só conhecia Lázaro e Tánathos.

O chão de madeira rangeu sob o peso de seus pés, e Hugo hesitou, tenso. Não estava, afinal, entrando ali em missão de paz. No fundo, não sabia nem ao certo o que estava fazendo. Como tiraria o sangue de um vampiro adormecido? Com um feitiço de extração, né?! E se, ao ser atacado, o vampiro acordasse? *Calma, Idá... calma. Você já enfrentou coisa pior...*

Não. Ele não enfrentara a Ceiuci sozinho.

Hugo apertou os dedos contra a madeira, tentando angariar coragem para levantar a tampa. Se o fizesse antes do anoitecer, o vampiro não reagiria. Seria fácil. Ok.

Eita... E se precisasse ser o sangue de um vampiro *inteiro*?

Fazia sentido, não fazia? Uma vida por outra?

Hugo sentiu um calafrio. Estaria preparado para matar? Mesmo que um vampiro? Como viveria com o remorso daquela covardia?

Se bem que, dependendo de quem estivesse ali dentro, pelo menos ele estaria matando um assassino sanguinário, né? Salvando várias pessoas?

Bem que podia ser o caixão de Tánathos. Pesaria menos em sua consciência. Tánathos queria morrer.

Não, tudo ia dar certo, pouco sangue seria o suficiente e ele não precisaria pensar naquilo.

Hugo tomou coragem para abrir o caixão. Não conseguiu.

Ajeitando-se para usar mais força, pôs ambas as mãos na beirada da tampa e tentou novamente. Ela não se moveu um milímetro sequer. Claro. Por isso dormiam em caixões. Deviam ser de chumbo por dentro. Assim, não corriam o risco de um humano abri-los.

Mas Hugo não era um humano qualquer.

Sacando a varinha, que brilhou vermelha na escuridão da sala, concentrou-se, tenso, e murmurou "*Malfermu*".

Nada.

Tentou então um feitiço para quebrar o caixão. Ineficiente. Mudou para tupi. Inútil. Era como se não estivesse fazendo feitiço algum. Começando a ficar irritado, usou as mãos novamente. Para que, né? Procurando algo que servisse de alavanca, foi até o fundo da sala e afanou um dos candelabros enquanto o relógio de pêndulo no canto começava a dar suas batidas metálicas. Voltando ao mesmo caixão, respirou fundo e tentou abri-lo com a nova ferramenta. Tentou até que suas mãos estivessem sangrando e ele começando a chorar de ódio. Então, irritado, jogou o candelabro longe, chutando a porcaria do caixão com toda a sua frustração, uma, duas, cinco vezes, chorando muito. Não ia conseguir... Não ia conseguir salvar o professor. Mas também, o que estivera pensando? Mesmo que a tampa houvesse aberto, não teria conseguido tirar sangue à força de ninguém, quanto mais *matar*... Não era mais aquele menino egoísta que roubava os outros, muito menos um assassino. Nada lhe dava aquele direito... Mas que droga!... Que outra opção ele tinha?! Eram eles ou Atlas! Hugo estava desesperado! Chorando, exausto, ele se pôs debaixo da borda da tampa, encostando o ombro nela, e tentou fazê-la subir com toda a força do corpo, "GHRRRRRR..."

"Quer ajuda?"

Hugo estremeceu. A voz não soara nada amigável.

Largando o caixão, Hugo virou-se depressa para trás, deparando-se com Lázaro, a meio centímetro dele. Já era noite, e Mosquito não parecia nada feliz.

"Desculpa, eu não quis incomodar."

"Não, você só quis matar um vampiro."

A cólera na voz contida do vampiro fez Hugo estremecer. Nunca vira Mosquito daquele jeito. Tenso, Hugo começou a deslizar para o lado, tentando sair aos poucos de perto, enquanto o vampiro acompanhava-o com o olhar de quem ia despedaçá-lo aos poucos. "Calma, Mosquit..."

"É *Lázaro*, pra você!"

"Lázaro, claro, perdão", Hugo gaguejou. "Eu juro que não queria matar ning..."

"Não me tome por burro, Escarlate! Eu posso ler sua mente!" Lázaro bateu na tampa do caixão mais próximo, e Hugo caiu no chão, apavorado, suas mãos tremendo enquanto tentava se levantar, "Mas eu pensei nisso só por um segundo! Depois eu deixei de pensar! Eu juro!!"

"Um segundo foi o suficiente."

Outros já haviam acordado e se aproximavam; alguns de aparência muito mais hostil, os olhos animalescos fixos no invasor, e Hugo se levantou, recuando até a parede da saída, suas costas batendo em um velho armário. "Mas eu sou um bruxo!", ele tentou desesperado. "Vocês não podem morder bruxos, podem?! Vocês fizeram um acordo! Não foi isso que você me contou ano retrasado, Mosqui... Lázaro, no Bar do Magal?! Um acordo com alguém que vocês respeitavam muito?!"

"O acordo era para que não *mordêssemos*. Nada nos impede de despedaçar aqueles que invadem nossa casa."

"Esse pirralho ia matar um de nós, é isso?" uma vampira loira se aproximou, seus olhos vermelhos, e Hugo estremeceu, olhando para Mosquito num pedido silencioso por ajuda. "Eu juro que eu só ia..."

Lázaro bateu com força na tampa do caixão de novo, os olhos furiosos, e Hugo pulou de medo, chorando apavorado, "Eu só precisava do sangue de um de vocês, Lázaro, eu juro!" ele gaguejou, arrastando as costas para a direita, na tentativa de chegar um pouco mais próximo da porta, mas ela estava longe demais. "É a única maneira de salvar o Atlas! Eu..." Ele olhou para Tánathos, lá atrás. "Eu conheci o *vampiro dos vampiros*, Tánathos! Ele me ensinou como faz!"

O vampiro ruivo arregalou os olhos, imediatamente ansioso por se oferecer à morte, mas Lázaro mostrou os dentes animalescos contra o companheiro, com raiva. "Pare de pensar asneiras, Tánathos! Ninguém vai matar vampiro nenhum aqui!"

Hugo se espantou, com medo. Nunca havia visto o predador nele antes: os olhos vermelhos, os seis dentes pontiagudos à mostra..., nada restando do ser simpático que o ajudara nos Arcos, em sua primeira noite. "Eu queria só tentar com um pouco de sangue, Lázaro, por favor!", e Mosquito voltou o olhar assassino para Hugo, que estremeceu, enquanto Tánathos era segurado pelos outros, "Me larguem! Eu quero!"

Ouvindo aquilo, Hugo começou a sentir um ódio do Mosquito lhe subir pela garganta. "Isso não é justo! Ele quer ajudar!"

"Não, garoto! Ele não quer ajudar, e nem quer morrer! Ele só acha que quer porque está sofrendo! ATAQUEM!"

Hugo arregalou os olhos, sacando a varinha e jogando longe o primeiro vampiro que saltou contra ele, tendo de se esquivar do segundo com um giro, antes que o terceiro chegasse. "Lázaro, por favor!" Hugo se desviou de mais um, atacando um quarto, "Se vocês não querem me dar o sangue de vocês, mordam ele! Transformem o Atlas, pelo amor de Deus, façam alguma coisa!" Ele atacou mais um; outro chegando rápido demais e derrubando-o com um soco no peito, que o jogou contra a parede, confuso, não tendo visto aquele chegar.

Desviando do próximo, assustado, Hugo abaixou-se depressa para pegar a varinha que havia caído e apontou-a novamente; agora fazendo-a brilhar *muito* vermelha, para que recuassem com medo dela.

Funcionou para alguns. Para Lázaro, não. Já devia ter percebido que Hugo não estava tentando matá-los. Se tivesse, teria usado feitiços de fogo. Sabendo disso, Mosquito sinalizou que parassem por um tempo. Só por um tempo.

Mesmo assim, Hugo ainda via, apavorado, os outros continuarem a encará-lo como feras famintas. "Por favor, Lázaro, transforma o Atlas..."

"Você não quer seu amigo vivendo assim. Deixe de ser egoísta, garoto."

"Egoísta?! Eu quero que ele *viva*, pô!"

"E *ele*?! Já se perguntou se *ele* quer viver como vampiro?! Se *ele* quer ter essa porcaria de vida?!"

Uma vampira negra avançou contra Hugo, que precisou se desvencilhar dela sem que Lázaro fizesse nada. "Eu achei que você adorasse ser imortal!"

"Eu não tive escolha, Escarlate! Era isso ou coisa pior! A imortalidade não faz de ninguém uma pessoa feliz!"

"Então vamos lá perguntar se ele quer ou não!"

"Ele está morrendo, não está em condições de pensar com clareza numa resposta."

"Isso é ridículo!"

"Ridículo é você! Querendo transformá-lo em vampiro só para ter um pai!"

Hugo se chocou. "Nada a ver!"

"Pensa que eu não sei?! Pensa que eu não vejo as imagens que passam pela sua mente quando você pensa nele?! Eu vejo TUDO! Seus pensamentos são um livro aberto pra mim!"

Hugo cerrou os dentes, revoltado. Aquilo era uma invasão! Uma violação de privacidade! Lázaro não podia ficar lendo os pensamentos dos outros daquele jeito!... Muito menos julgando-o como se soubesse alguma coisa. Não era tão simples assim. Nada do que ele sentia era tão simples assim.

"A única mente que eu não consigo ler é a de Mefisto Bofronte, garoto. Ele bloqueia muito bem. Mas vocês... vocês são muito fáceis. A mente do Viny eu parei de ler porque *respeito* as memórias dele. Não são um lugar bonito de se estar. Mas você... Você é duvidoso demais para que eu me sinta seguro sem lê-la."

Hugo abriu a boca para contestar, mas não soube como. Não naquelas circunstâncias. "Por favor, Lázaro. Vamos lá perguntar pra ele..."

"Tarde demais, Escarlate. Agora você já invadiu. Eu não posso te ajudar."

Lázaro recuou um passo, num aval para que atacassem, e Hugo gelou, vendo vários avançarem ao mesmo tempo. De repente, uma luz branca espetacular invadiu a sala pela porta da frente, iluminando o salão inteiro, e os vampiros se acuaram assustados, cobrindo os olhos contra o feitiço solar à medida que o velho Abramelin entrava, de varinha em punho, obrigando-os a se afastarem da luz.

Hugo voltou-se atônito para o professor de Mistérios da Magia, enquanto Lázaro olhava furioso para o velho das barbas brancas, "Estamos no nosso direito, Abramelin! Você não pode fazer nada contra a gente!"

"De fato, eu não posso." O velho desfez o feitiço. "... Mas *ela* pode."

E uma cabecinha apareceu, sapeca, pela porta.

"Olá, queridinhos!"

CAPÍTULO 90

QUANTA LUZ

Surpreso, Lázaro se curvou diante dela, "Zoroasta!", baixando a cabeça em sinal de respeito. Os outros fizeram o mesmo, recuando para que a velhinha desfilasse, alegre, por entre eles; alguns com os olhos ainda doendo da porrada de luz que haviam levado do velho Abramelin.

Uma vampira ruiva tomou a frente, "Zoroasta, ele invadiu nossa casa. Nós temos o direito de quebrar o acordo."

"Ah, que bobagem, querida! Tão bonita e falando bobagem, tsc, tsc", ela deu dois tapinhas carinhosos no rosto espantado da vampira e foi ajudar Hugo, "Vem, rapazinho, vamos embora", conduzindo-o tranquilamente para a porta. "Sempre fazendo caquinha, né, Huguinho? Tsc, tsc..."

Hugo riu, ainda tenso, deixando-se ser levado.

"Obrigada, queridos, pela hospitalidade. Outro dia eu passo aqui para tomarmos um chá." Ela deu um sorrisinho, fechando a porta com um tchauzinho e saindo para o ar morno da Lapa noturna.

"Outra *noite*, Madame Zoroasta, não outro *dia*", Abramelin a corrigiu. "Você quer tomar chá com vampiros, e não com as *cinzas* deles."

"Ups..." Zô deu um risinho, "mais uma gafezinha para a minha coleção", e continuou andando despreocupada pelas ruas na direção do Arco específico que queria. Ao redor, azêmolas passeavam ao som de MPB sem a mínima noção de que acabara de acontecer um duelo entre vampiros e bruxos tão perto deles.

"Ei, mago Merlim! Tira uma foto com a gente?!"

Abramelin revirou os olhos, irritado, continuando a caminhar enquanto Hugo tentava não rir de sua cara. "Como vocês souberam que eu tava aqui?"

"Madame Olímpia me procurou."

Santa clarividência! Aliviado, Hugo continuou a olhar para o professor que, só agora, ele começava a respeitar, apesar de continuar achando que o velho não tinha 200 anos nem aqui nem na Galileia. Pintava a longa barba de branco para parecer mais ancião... Enfim. "Você salvou minha vida."

"Eles não iam te matar. Não enquanto Lázaro estivesse lá."

"Mas era ele que tava incentivando o ataque!"

"Ele só queria te dar um susto, meu jovem. Lázaro respeita o acordo que fez com ela, décadas atrás." Ele indicou Zoroasta, que brincava de rodopiar logo adiante, quase atropelando uma barraquinha de cachorro-quente no processo. "Que carro liiiiindo!"

"Não é um carro, madame diretora."

"Por que os vampiros respeitam a Zô?"

"Não sei te responder." Abramelin ergueu a sobrancelha, vendo a diretora tirar foto com jovens azêmolas lá na frente. "Minha especialidade não é ela, é o Alto Comissário... *Madame Zoroasta! Não faça isso, madame Zoroasta!*"

"Foi pesquisando sobre o Mefisto que o senhor conheceu a Olímpia?"

Abramelin confirmou, tentando não ficar com dor de cabeça. Parecia um avô protegendo a netinha peralta. Já tinham passado do Arco 11 havia bastante tempo. Deviam estar se dirigindo a outro, então. E Hugo começou a pensar em Atlas de novo, dolorosamente angustiado.

"Tudo bem com você, jovem?"

Hugo mentiu, voltando ao assunto anterior para tentar evitar o choro. "Há quanto tempo sua família estuda o Alto Comissário?"

"Sr. Escarlate, eu não posso..."

"O Mefisto acabou de salvar minha vida pela segunda vez, professor. Acredite, eu não vou fazer nada contra ele."

Hugo se surpreendeu com as próprias palavras, percebendo que, de fato, não conseguiria ir contra aquele homem. Não depois de tudo que Mefisto lhe fizera. "Ele me disse algo sobre 1789. Isso daria a ele uns duzentos e poucos anos de idad..."

"Minha família o pesquisa há quatrocentos anos."

Hugo parou de falar, espantado. Chevalier vivera na época de *Napoleão*, não há quatrocentos anos! Quatrocentos era ano demais! "Quantos anos ele tem?!?!"

"Ah... o maior mistério de todos." O velho coçou a barba. "Nossas estimativas são de que ele tenha por volta de 560 anos de idade."

Hugo olhou-o pasmo. 560?!

"Mas não tenho certeza. Nossas pesquisas nunca conseguiram ir além de 1482, e ele já era adulto na época. O que ele fez antes de se envolver com política azêmola é um mistério para nós."

Hugo baixou os olhos, lembrando que Atlas não ia chegar nem aos 36, e Abramelin, percebendo sua frustração, observou-o com pena. "Você estava atrás do sangue deles, é isso? Para salvar o gaúcho?"

Hugo confirmou.

"Não ia conseguir. Não é sangue que Mefisto suga dos vampiros."

"Não??"

"É energia vital. Eu não sei como ele faz, mas sei que envolve muita sedução. Os vampiros precisam *querer* morrer nas mãos dele. Isso seu professor nunca conseguiria."

"Mas o Tánathos queria morrer!"

"Não é o suficiente. O vampiro precisa estar apaixonado por aquele que vai matá-lo. A ponto de querer entregar sua *alma* a ele. Não é qualquer um que consegue seduzir os mestres da sedução. Não a ponto de caírem na própria armadilha. Mefisto consegue, claro; aquele ali seduz qualquer um, mas Atlas nunca conseguiria. Ainda mais no estado de saúde dele."

De cabeça baixa, Hugo acabou concordando, e o professor fitou-o condoído enquanto Zô voltava sorridente da Terra do Nunca, "Do que os senhores estão falando?"

"Da doença do Atlas, Madame Zoroasta."

"Ah, sim… Vai morrer de remorso, o coitadinho."

"De remorso?" Hugo estranhou, vendo a diretora voltar a rodopiar em volta dos arcos, até que ela se deixou cair de costas através do vigésimo sétimo e sumiu.

Os dois olharam espantados para os azêmolas ao redor, mas nenhum havia visto uma velhinha cor-de-rosa desaparecer. Graças a Merlin.

Esperando até que não houvesse mais ninguém por perto, só então Hugo e Abramelin também se viraram de costas para a parede, dando um passo, juntos, para trás.

Caíram em uma pequena sala circular amadeirada; Abramelin de pé, Hugo estabacado no chão. Levantando-se dolorido, viu Zoroasta em frente a uma parede de madeira, usando o método uni-duni-tê para escolher entre três pequenos orifícios na altura de seus olhos. Pegando, então, sua varinha azul cintilante, Zô enfiou-a no buraco do meio, como uma chave, e a parede fez um clique por dentro, abrindo-se e deixando que os três entrassem direto no escritório dela. Na Korkovado.

Hugo se espantou. Tinham dado uma entrada privativa para Zoroasta. Eram loucos mesmo.

Olhando à sua volta, lembrou-se daquele escritório, cheio de lunetas, objetos astronômicos e planetas girando pelo teto. Na mesa, uma estatuazinha de Sagitário soltava flechas nos visitantes continuamente, de modo que tinham de desviar a cabeça o tempo todo.

"Zô?" Hugo se aproximou da diretora, desviando de mais uma enquanto a velhinha olhava encantada para os planetas, como se fossem novidade. "Zô, a senhora estava falando do remorso do Atlas. Poderia, por favor, continuar?"

"Ah, sim!!!" Ela bateu palminhas, achando divertido. "A gente subestima o poder de nossa mente e de nossas emoções. Elas são a causa de grande parte das nossas doenças e a gente nem fica sabendo. No caso de nosso Atlazinho, coitado, ele se culpava tanto pela morte do filhinho que o corpo dele começou a atacar a si próprio."

Hugo ergueu as sobrancelhas, surpreso que ela soubesse do que se tratava a doença: um ataque do sistema imunológico da pessoa contra ela mesma.

"Está tudo aqui na cachola, ó! O poder de controlar o nosso organismo. De curá-lo e de destruí-lo. Prova disso é que algumas pessoas se curam tomando remédio falso porque o cérebro delas acreditou que estavam tomando o verdadeiro."

"O efeito placebo."

"Isso! Olha o poder da mente aí. Claro que o ser humano ainda não aprendeu a se curar assim. A gente não tem tanto controle da nossa cachola ainda, infelizmente. Nem de nossas emoções. Daí, elas acabam nos *criando* problemas, em vez de ajudar, como aconteceu com o Atlazinho. A mente como *causadora* da doença. Tem até um nome pra isso aí também."

Hugo olhou para Abramelin, que revirou os olhos, achando aquilo tudo uma grande baboseira e respondendo de má vontade, "Somatização."

"Bingo!" Zô olhou para o aluno, "*Somatização*", como se Hugo não tivesse ouvido. "Pensamentos e emoções ruins criando lesões físicas. Ou você acha que nosso Capízinho ficou de cabelos brancos porque foi no salão de beleza?" Ela deu um sorrisinho, começando a rodopiar, "É a magia da mente!"

"Esclerose Múltipla não é a magia da mente, Madame Zoroasta", Abramelin retrucou, recomendando, com um olhar, que o aluno desconsiderasse as loucuras dela.

Mas não estavam parecendo loucuras para Hugo. Os cabelos brancos do pixie eram, de fato, resultado de um extremo sofrimento psicológico. Por que, então, a Esclerose Múltipla do professor, ao menos a do professor, não podia ser também? Ele se destruía *tanto* pensando na morte do filho... Era possível, não era?

Interessado, Hugo seguiu a diretora, que continuava a passear animada pela sala, falando, "Raivinha, preocupação, apego... tudo isso cria doencinhas nas pessoinhas", e ela deixou o escritório tranquilona.

"Não, não, madame Zoroasta." Abramelin guiou-a gentilmente de volta. "Está na hora do seu banho de estrelas, lembra?"

"Ah, sim!" Zô bateu palminhas, voltando com ele para a sala, enquanto Hugo saía para o corredor com pena do Atlas.

Sempre carregando seu planeta nas costas, né, professor...

Talvez o remorso nem houvesse sido o causador da doença, mas, com certeza, havia sido o que a fizera acelerar: As tentativas de volta no tempo... causadas por um remorso avassalador... O remorso de um homem que se culpava pela morte do primeiro filho ainda na barriga da mãe, pela morte do segundo, pela tortura do terceiro, que deixara sem proteção, no ano anterior... A culpa estava devorando o professor *fisicamente*, e só agora Hugo entendia a dimensão da ferida que abrira na alma do gaúcho ao acusá-lo de negligência, após a tortura de Capí. Palavras tinham poder, e as de Hugo haviam sido dilacerantes...

Ele olhou para o relógio. 19:24

Tentar um placebo agora não ia adiantar de nada. Se o remorso dele havia, de fato, causado a doença, como sugerido, não era um placebo nas últimas horas que enganaria seu cérebro a voltar a funcionar. Precisaria ter havido um trabalho de meses e meses para que ele fosse se livrando do peso daquela culpa; um trabalho coletivo, que o houvesse ajudado a se perdoar; para que seu corpo parasse de se autodestruir..., e já era tarde demais para aquilo. O sangue dos vampiros havia sido sua última real esperança...

Ainda assim, Hugo desceu até o primeiro andar; derrotado, mas pensando na possibilidade do placebo. Não custava tentar. O máximo que aconteceria era não funcionar e ele entrar em desespero uma última vez. Grande coisa.

Chegando ao corredor da enfermaria, Hugo parou ao ver um cigano, de roupas azuis e turbante, olhando para a parede da área hospitalar. Olhava-a com tamanha rigidez e severidade que parecia não haver parede branca nenhuma ali, entre ele e Atlas. Como se pudesse ver *através* dela. Em seu ombro esquerdo, um lindo pássaro azul e preto; mesma cor de suas roupas.

Hugo deu um passo à frente, curioso. "O senhor não vai entrar?"

O cigano olhou sério para ele, espantando-o com seus olhos brilhantes.

Uma pedra azul no meio da testa completava a figura bizarra daquele homem que, sem responder, virou-se e foi embora. Sério do início ao fim.

Hugo ficou parado, observando o cigano, enquanto Symone saía da enfermaria. Assim que a professora viu quem se afastava, uma imediata antipatia tomou conta de seus profundos olhos azuis, e aquilo intrigou o aluno. "Quem era?"

"Menécio Vital."

"O tal irmão do Atlas?!"

O desprezo no olhar da professora confirmou que sim.

"E ele nem entrou pra ver o irmão doente?!"

"*Él* no necesita entrar para ver."

Hugo se surpreendeu. O cigano estivera mesmo vendo através da parede!

Sentindo um arrepio, deixou-o para outra hora, no entanto. O professor era mais importante. "Eu digo pro Atlas que o irmão dele esteve aqui?"

"No."

Hugo concordou. Melhor assim. Só lhe traria tristeza desnecessária saber que o irmão havia estado ali e não se dignara a entrar para falar com ele.

Engolindo o rancor que já sentia por aquele homem, entrou com cuidado, fechando a porta atrás de si. Atlas dormia, respirando com dificuldade, e Hugo andou até o balcão de medicamentos, pegando um dos frascos vazios.

Enchendo-o de água, sentiu vontade de chorar e enxugou as próprias lágrimas antes que o professor acordasse, fazendo um feitiço para alterar a cor e a consistência do líquido, e indo até o paciente com o que parecia ser um copo de sangue.

"*Professor*", ele murmurou com carinho, tentando fingir entusiasmo em seu último ato de desespero. "*Professor, aqui, a cura!*"

Hugo forçou um sorriso, enquanto Atlas abria os olhos. "*A gente conseguiu, professor! Olha!*" Ele mostrou-lhe o frasco, tentando soar feliz. "*É uma mistura daquela planta da Amazônia com sangue de vampiro! Vai regenerar a mielina em volta dos seus neurônios. Toma, bebe aqui.*" Hugo sentiu a garganta apertar de pena enquanto o professor deixava que ele lhe desse a poção sem questionar, olhando para o aluno com imenso carinho. Hugo ali, sabendo que aquela seria provavelmente a última vez que se veriam. O placebo não ia funcionar; ele tinha certeza. E Idá não conseguiria mais voltar ali. Não aguentaria.

Com dificuldade, Atlas terminou de engolir. "*Não dá mais tempo, guri...*"

"*Claro que dá, professor!*" Hugo insistiu desesperado. O professor precisava acreditar no placebo! Senão, realmente não daria certo! Olhando para o anexo da enfermaria, Hugo viu Rudji e a irmã na porta, assistindo. Arrasada, Kanpai se aproximou do leito. "Pronto, querido. Agora você vai ficar bom."

Rudji também foi segurar a mão do amigo, "*A gente conseguiu, Atlas...*", mas o gaúcho já estava cansado demais para ter esperanças..., e Hugo cerrou os olhos, saindo, desolado, da enfermaria.

O único ingrediente do placebo era a fé, e o professor havia perdido a dele.

Tendo absoluta certeza, agora, de que não funcionaria, Hugo desceu, arrasado, sentando-se no primeiro degrau da escadaria e olhando para a amplidão do pátio interno. Estava vazio. Todos no refeitório àquela hora. Jantando.

Todos menos Gi, que devia estar com seus alunos de reforço, na sala de alfabetização, tentando se virar com aqueles meninos sem o brilho do Capí.

Tinha sido um ano difícil para o pixie também.

Frustrado, Hugo já ia enterrar o rosto nas mãos, sentindo-se a pessoa mais inútil do planeta, quando ouviu uma engrenagem de madeira atrás de si. Era

Tobias, que vinha sacolejando em sua cadeira de aranha, na direção do refeitório; os olhos azuis entristecidos, as pernas fantasmas já quase desaparecendo de vez, e Hugo, indignado com aquilo, se levantou. Puto de verdade.

"Ah, não", ele se aproximou irritado, surpreendendo o rapaz. "VOCÊ eu vou ajudar. Nem que seja a última coisa que eu faça!"

Indo por trás da cadeira do jovem, "*Ei!*", começou a puxá-la em direção ao corredor dos signos sem que Tobias pudesse fazer qualquer coisa. "Ei! O que você tá fazendo?! Para!" O jovem se contorceu assustado, tentando tirar as mãos do pixie da cadeira, mas Hugo não ia soltar; não enquanto não chegasse aonde queria, continuando a puxá-la pelo corredor, e através do salão de jogos, até chegarem ao jardim dos fundos, quando finalmente parou a cadeira, quase com raiva, em frente à escada invisível.

Não deixaria Tobias perder aquelas pernas fantasmas para sempre. Ainda mais depois que vira Gutemberg superar a perda da dele com tanta facilidade.

"Agora tu vai andar, por bem ou por mal. Vai, levanta!"

CAPÍTULO 91

GRANDEZA

Hugo tinha que salvar alguém naquele ano maldito. "Vai! Tá esperando o quê?! A Gi não pode ensinar tudo sozinha! Lembra do que o Capí disse?"

Tobias olhava assustado para as escadas invisíveis. *Apavorado*, quase, com a ideia de tentar de novo. "Eles não precisam mais de mim! O ano já tá acabando!"

"Tá maluco?! Agora é que eles mais precisam! As provas finais estão chegando, lembra?! Se eles tirarem um ponto a menos, a Dalila não vai ter pena! Ela tá doida pra ver mais repetentes na escola além do filho dela! Só que aqueles meninos, ali em cima, não são o Abelardo, que tem família pra apoiar. Muitos estão sozinhos! Se repetirem, vão se desmotivar! Vão desistir, vão voltar pras ruas! É isso que você quer? Carregar essa culpa?! Eles estão desesperados, Tobias... E o Capí não tem *nenhuma* condição de ajudar."

"Por que você não estuda então?!"

"Porque eu tô exausto!" Hugo confessou; lágrimas desesperadas caindo, para espanto de Tobias. "*Eu tô exausto...*" Seu corpo tremia. "Eu passei os últimos *meses* tentando salvar o Atlas, e pra quê?! Pra ver o professor morrer do mesmo jeito! Como você acha que eu tô me sentindo?! Como você acha que eu posso ter condição de ajudar alguém?!"

Tobias olhava-o, quieto. Surpreso com o desabafo.

"A Gi não vai dar conta sozinha, Tobias. Essas crianças precisam de você. E eu vou te fazer andar, nem que seja na marra!" Hugo agarrou uma das pernas da cadeira, arrastando-a com força até mais perto da escada, enquanto Tobias, apavorado, segurava-se no assento para não cair. Segurava-se MUITO BEM no assento, aliás; controlando a aranha de madeira com surpreendente maestria, tentando fazê-la recuar. Hugo notou, de imediato, a diferença.

Ele havia dominado a cadeira. "Viu?! Você passou o ano inteiro se preparando pra esse momento, Tobias! Ganhando *confiança* em você mesmo! Agora deixa de palhaçada e levanta, vai!"

Tobias estava com medo... Com medo de falhar de novo. Por isso não tentava.

"Mas eu não preciso levantar pra ajudar eles! Eu juro! Eu posso subir essa escada com a cadeira agora! Quer ver?! Eu já subo até pelas paredes da escola! Ó só", e ele guiou a cadeira-aranha para a frente, começando a subir os degraus invisíveis como quem montava um cavalo surpreendentemente bem domado, controlando a cadeira por sobre a escada estreita com uma habilidade que Hugo nunca imaginara ser possível para uma cadeira daquelas; algumas patas subindo até pelo corrimão invisível(!) enquanto outras se apoiavam na parede! Hugo assistia boquiaberto. Tobias tinha conseguido... Tinha domado a cadeira... Os braços do garoto pareciam até mais fortes depois de um ano de persistência e coragem.

"Viu só?!" o garoto disse alegre lá de cima. E Hugo aplaudiu orgulhoso. Muito orgulhoso.

Com uma cadeira daquelas sob controle, Tobias devia estar andando até mais rápido que os outros alunos agora... E Hugo entendeu. Não era mais falta de convicção em si próprio que estava impedindo Tobias de andar.

Era falta de FÉ.

Fé nas pernas fantasmas. Fé de que elas pudessem se solidificar.

Satisfeito, Tobias já ia abrir a porta da sala de alfabetização quando Hugo o impediu com a voz, "Onde você pensa que vai?"

"Ué, eu vou entr..."

"Volta aqui. Desce."

Hugo estava orgulhoso, mas não satisfeito.

Sem entender o que o pixie ainda podia querer com ele, Tobias girou a aranha de madeira e desceu com a mesma agilidade com que subira; chacoalhando na cadeira até parar ao seu lado, na grama escurecida pela noite. "Que foi?"

Hugo se posicionou teimosamente entre a escada invisível e ele, barrando seu caminho. "Agora deixa de palhaçada e levanta."

"Mas eu já consegui subir!"

"Não interessa! Você ainda tem as pernas fantasmas! Vai se condenar a uma vida na cadeira só porque tá com medo de tentar de novo?! Se quiser continuar usando essa cadeira incrível depois, junto com as pernas, ótimo! Agora levanta!"

Chocado, Tobias tinha os olhos azuis perdidos sob os cachos negros.

"Confiança em si mesmo você já tem, agora anda, vai! Tira esse peso das minhas costas, por favor..." Os olhos de Idá se alagaram de remorso, e Tobias entendeu. Percebeu o quanto sua culpa ainda o incomodava.

"Não precisa se culpar, Hugo! Eu já sou feliz! Eu juro que sou!" Tobias rebateu com um sorriso imenso no rosto, "Eu tô mais feliz hoje em dia do que eu jamais fui! É sério! Agora eu sei que minha vida vai ser incrível! *Você* me fez ver isso! Me fez ver que eu podia controlar esta cadeira, e agora eu sei que eu posso tudo! Principalmente se eu me empolgar! Larga desse remorso! Se eu sou uma pessoa mais forte e mais feliz hoje foi por causa das coisas que você me disse no começo do ano! Você já me curou, Hugo! Não me deve mais nada."

Hugo sorriu, realmente orgulhoso do rapaz. "Isso é ótimo, Tobias. Que bom que você tá feliz, mas você ainda tem suas pernas! Não desiste delas! Não foge desse último desafio! Se não der certo, tudo bem! Você já está feliz, ótimo(!), e eu super te admiro por isso! Mas, e se der certo?!"

Os olhos de Tobias se perderam de novo. Parecia estar se lembrando de toda sua trajetória até ali; de tudo que vivera, de tudo que conseguira fazer. E Hugo viu uma nova confiança começando a surgir nos olhos do jovem..., até que Tobias, inseguro, mas decidido, aceitou, começando a tentar se erguer de novo; as mãos nos braços da cadeira. "Isso, Tobias."

Seu corpo inteiro tremia com o esforço. Seu peso já parcialmente levantado no ar. Ainda assim, ele hesitava em dar o impulso para a frente.

"Acredita, Tobias! Vontade tu já tem, eu sei que você consegue! Anda!"

Tomando a coragem que faltava, Tobias se impulsionou de vez para fora da cadeira, e antes que suas pernas fantasmas atravessassem por completo a grama de novo, Hugo foi mais rápido, agarrando o garoto e trancando-o num abraço, para impedi-lo de cair. Os pés do menino já dentro da grama.

"Viu? Eu disse que eu não ia conseguir!" Tobias gritou, a voz abafada pelas roupas do pixie.

Fazendo um esforço imenso para continuar segurando-o, Hugo olhou para baixo. Os pés do garoto estavam, de fato, desaparecidos na grama; só as pernas semi-invisíveis acima da superfície. Mas ele não lhe diria aquilo.

"BOBAGEM! Levanta, vai! Levanta que você já conseguiu! Tira esses pés do chão!" Com um chute, Hugo empurrou a cadeira para longe, enquanto tentava segurar o peso do garoto nos braços exaustos. Suas palavras soando quase com raiva por conta disso. "Vai, Tobias!"

O garoto agarrava-o também; seu rosto ainda contra a barriga do pixie, sem conseguir ver nada, e Hugo olhou para a frente, vendo que Capí o assistia da porta do salão de jogos. Seu orgulho evidente no olhar cansado.

O pixie não ia ajudá-lo. Nem Hugo queria que ele o fizesse. Ambos sabiam que ele precisava fazer aquilo sozinho, e Hugo, com os dois braços agarrados às costas do jovem, voltou a falar com Tobias, "Vai, levanta... Eu não vou te largar."

A morte do professor ia ser sua culpa. A desgraça final de Tobias, não.

Seus braços doíam horrores.

"Bora, você consegue. Levanta o joelho esquerdo."

Segurando-se com força ao corpo de Hugo, Tobias ergueu uma perna para fora da terra. Isso ele sabia fazer. O problema era solidificá-la. "Agora a outra. Vai."

Tobias obedeceu, ficando com ambas dobradas no ar enquanto seus braços tremiam, agarrados em volta do pixie.

"Ó, viu, você já conseguiu; tô vendo suas pernas quase materializadas já." *Mentira.* "Agora fixa os pés no chão. Você consegue. Fixa os pés no chão, vai."

"Não dá!" Tobias gritou, seu rosto pressionado contra o abdômen de Hugo.

"Dá, sim! Fecha os olhos! Se lembra de como elas eram antes!"

Tobias fechou os olhos com força, apertando-os contra a camisa do pixie, que não ia largá-lo nem que a mula-sem-cabeça reaparecesse ali, na frente deles.

Hugo grunhiu com o esforço; o ar faltando. "Nossa... mas tu tá pesado, hein, garoto! Não tem se exercitado, não?! Acha que vai pegar alguma gatinha desse jeito?!"

Tobias deu risada, ainda segurando-se a ele com força. Não estava nada gordo.

"Vai pra academia, garoto!... E esses pés descalços aí? Eca!" Hugo exclamou, distraindo-o, enquanto Tobias ria. "Que pés sujos são esses?! Não tem vergonha, não? O que as meninas vão dizer? Que você é um porco? Só pode!"

Hugo olhou de novo para baixo. "Putz! Há quanto tempo tu não lava os pés, garoto?! Não corta as unhas, não lixa, que nojo! Estão pretos de sujeira! Tu tá sabendo que não pode andar descalço na escola, né?! Esqueceu das regras da Comissão?! Tá querendo ser expulso, seu maluco?! Aparecendo assim no jantar? A Dalila tá doida pra expulsar alguém! Vai lá calçar umas botas depressa, antes que ela te expulse, vai! Para de embromação! Anda!"

Tobias obedeceu, largando dele e se apressando em direção ao dormitório.

Já estava a meio caminho para o salão de jogos quando avistou Capí, assistindo-o, da porta, com um sorriso de orgulho no rosto. Só então percebeu.

Parando onde estava, pasmo, Tobias olhou incrédulo para as pernas fantasmas fixas no chão; quase sólidas. Havia se esquecido de que as perdera! Por alguns instantes, havia se esquecido!

"Eu sabia que você era capaz, Tobias."

O garoto olhou admirado para Capí, e então para Hugo lá atrás, voltando a olhar para as próprias pernas, sem conseguir acreditar. A alegria escorrendo de seus olhos enquanto testava os pés no chão, incrédulo. "Eu consegui mesmo?!"

Capí confirmou, o olhar brilhando de orgulho. "Agora sobe, vai, que meus alunos precisam de você."

Tobias obedeceu de imediato, correndo para as escadas invisíveis e subindo os degraus de dois em dois, até que se lembrou de quem o ajudara, e parou no meio, voltando o olhar para ele, em um mudo agradecimento.

Hugo fitou-o com carinho, dando permissão para que o garoto continuasse a subir, e Tobias aceitou, vencendo o restante dos degraus e entrando lá em cima.

Assim que ele o fez, Hugo olhou para os céus, respirando aliviado e começando a chorar... de alívio, de emoção, de tudo ao mesmo tempo. Quando voltou, Capí já estava ali, e o abraçou com força, não largando do mais jovem dos Pixies por nada naquele mundo, enquanto Hugo deixava-se ser abraçado, chorando por todo o peso que lhe havia sido tirado das costas. Capí apertou-o com ainda mais força. "... É boa a sensação, né?"

Hugo riu, concordando; *era maravilhosa*... E, enxugando os olhos, desfez, aos poucos, o abraço. "Onde você tava?"

Capí sorriu cansado. "Organizando as coisas pro discurso do pajé. Vai ser lá no refeitório. A gente pediu que ele nos brindasse com algumas palavras de sabedoria depois da janta. Quase todos os alunos e professores já estão lá. Alguns continuam na praia, mas já devem estar entrando. Eu tava vindo chamar a Gi."

Hugo olhou-o com simpatia, "E eu aqui, atrapalhando tudo."

Capí riu, "Ainda bem, né?", e olhou para o alto da escadaria. "Acho que eu nem vou ali interromper. Deixa pra lá."

Os cabelos do pixie estavam um pouco mais grisalhos do que da última vez, e Hugo fitou-o com compaixão enquanto Capí falava, "... o pajé vai aproveitar a oportunidade pra discursar sobre o descaso com a floresta. Ele me confidenciou que está bastante preocupado. Quem sabe algum dos professores preste atenção... Que foi?"

Hugo olhava-o com ternura. Tinha uma notícia para lhe dar. Uma notícia que faria Capí sentir a mesma sensação maravilhosa que ele estava sentindo.

"O Rafinha é inocente, Capí. Ele não dedurou o Playboy."

Ítalo fitou-o confuso, "... Como assim?"

"Ele te ouviu, Capí! Ouviu teu conselho! Não foi ele que entregou o Playboy pro Ustra. Foi o *Peteca*! Em troca da carapuça que tinham tirado dele!"

O pixie estava atônito. "Tem certeza?!"

"Absoluta!" Hugo riu. "O próprio saci me confessou lá na Amazônia! O Rafa é inocente."

Capí baixou a cabeça, chorando aliviado, e foi a vez de Hugo bagunçar os cabelos daquele professor orgulhoso, que riu emocionado. "Você não podia ter me dado melhor notícia."

Era bom ver a alegria voltando aos olhos do pixie... A emoção de ter ajudado alguém a dar um passo tão difícil. Passo que ele próprio ainda não estava conseguindo dar com relação a Ustra.

"No fim, foi minha culpa mais uma vez. Eu libertei o saci."

Capí olhou-o com carinho. "Deixa disso, cabeção. Você só libertou alguém que estava preso cruelmente dentro de uma lâmpada mágica há mais de um ano. Nunca se arrependa de um ato de misericórdia seu."

Hugo olhou-o afetuoso; ali estava o velho Ítalo Twice que ele conhecia. E Hugo bagunçou os cabelos do pixie de novo, "Bem-vindo de volta, Capí."

Ítalo riu. "Não era eu que devia estar te falando isso?"

"Véio!" Viny chegou ofegante, interrompendo-o, "Tá rolando uma desinteligência lá na praia."

Preocupado com os convidados indígenas, Capí começou a mancar depressa para lá; Hugo e Viny acompanhando-o enquanto o loiro tentava pô-los a par do que estava acontecendo, "Eu juro que tentei parar a discussão, mas..."

"O que aconteceu?!"

"O *Camelot* aconteceu! O que mais seria? Não contente com a discussão e o Merlin-nos-acuda que já estava acontecendo lá na praia entre os alunos de intercâmbio das outras regiões e os nossos, o engomadinho foi provocar os estudantes da comitiva do Norte também, que estavam descendo pro refeitório, comentando bem alto: '*Mais um indiozinho invadindo! Chega um, já vêm vários!*... Pra que, né?! Um dos índios praticamente pulou em cima dele!"

"Um dos *indígenas*."

"Quê?"

"*Indígena*, não *índio*", Hugo corrigiu, já imaginando qual dos estudantes da Boiuna havia aceitado a provocação.

Chegando à praia, dito e feito, lá estava Cauã Munduruku se engalfinhando com Camelot na areia; os dois completamente esquecidos de suas varinhas, agarrando-se, com ódio, enquanto alunos de ambos os lados incentivavam ou tentavam pará-los, até que, com muita força, Félix, Caimana, Abelardo e Índio conseguiram arrancar os dois um de cima do outro, tentando parar outros que também pretendiam entrar na briga.

Agarrado por Félix, Cauã berrava furioso, "As vozes indígenas não serão silenciadas!", querendo arrancar as orelhas de Camelot, enquanto uma loira do Sul se metia, "Bah, basta dessa trova de gago, vá!"

"Não é conversa de gago! Eu não paro! NÃO PARO!" Cauã estava possesso, seu rosto pintado para a guerra, enquanto Félix e outros alunos indígenas o seguravam para trás com força; Cauã quase rouco de tanta raiva, "Você nos chama de *indiozinhos*, mas nós não somos diminutivos! Nós somos *indígenas*! *Nativos*! *Descendentes dos primeiros povos*! Somos Munduruku, Xavante, Yanomami, Kayapó, Xucuru-Kariri, Huni Kuin, Guajajara, Sateré-Mawé, Matis, Marubo, Kaingang, Guarani, Xokleng...! Para de dizer que a gente é tudo igual! Aprende a diferenciar cada um! Não é difícil! A gente se *pinta* diferente, a gente tem corte de cabelo diferente, pendura objetos diferentes no corpo, tem idiomas diferentes, tem opiniões diferentes! Pare de nos ver como uma coisa só, e a gente para de chamar *vocês* de *branco*! Passa a chamar de *brasileiro*, de *japonês*, *chinês*, *nigeriano*, *espanhol*, *russo*. Respeita nossas diferenças e nós respeitamos as suas!"

"*Diferenças...* HA!" Camelot provocou. "Índio usa cocar, dança em círculo, solta flecha. O que tem mais pra saber?! Perda de tempo estudar uma cultura pobre dessas..."

Cauã arregalou os olhos, furioso. Todos arregalaram. Félix inclusive, enquanto Cauã berrava, "CULTURAS! No plural! Centenas delas! E nada pobres! VAI ESTUDAR, seu ignorante!"

Camelot riu debochado, "Quanto lenga-lenga..."

"NÃO É LENGA-LENGA!" Cauã estava a ponto de explodir. Hugo olhou preocupado para Caimana, enquanto outro jovem indígena, um de bermuda vermelha e sem camisa, tomava a palavra, mais sereno. Parecia yanomami, a julgar pelas altas e alongadas penas vermelhas presas aos braços.

"Respeita nós e nós têm vontade de respeitar vocês. Nós começa prestar atenção em vocês. Nas diferenças de vocês!"

"Ó lá, esse não sabe nem falar direito. Bando de analfabeto."

"EI!!!" Viny e Hugo reclamaram juntos, mas foi Cauã que partiu para cima do anjo, "*Juruá filho da mã...*"

Félix o segurou, impedindo que ele avançasse, enquanto um adolescente da etnia maraguá retrucava ofendido, "Indígena não é analfabeto! Indígena agora escreve! É o branco que não lê! Indígena agora mexe com tecnologia, tem poeta, tem livro de criança, de planta, de poema..."

Alguns ao redor deram risada, sarcásticos, e o maraguá arregalou os olhos, "Respeita nossos escritores!"

"Escritores... Bando de preguiçosos, é isso que vocês todos são!"

"Exatamente!" outro concordou. "Em vez de lutarem contra a Comissão, ficam aí, brigando pra proteger florestinha!"

Hugo estava pasmo. Não eram só os Anjos falando.

"*Florestinha*?!" Cauã se revoltou. "É só a maior floresta do mundo, seu cego! E está sendo destruída! Já desmataram o equivalente a um Uruguai *inteiro* lá dentro, só *nesta década*! Quanto mais deixarmos isso acontecer, mais difícil vai ser proteger o que resta! Como podem achar que isso é de importância secundária?!"

"É totalmente secundária!" Thábata entrou na discussão. "A gente não tem nada a ver com aquele monte de mato lá!"

Félix olhou-a incrédulo, vendo-se obrigado a falar, "Vocês não se importam porque não acreditam que o desmatamento afete a magia! Acham que, se afetar, só vai atingir a magia do Norte. Mas vocês estão enganados! A magia de *vocês* vai acabar também! Vai acabar no mundo todo! O pajé falou!"

Alguns riram. Camelot principalmente. "Ah tá, o velhinho gagá falou."

"Ei!" Hugo protestou, "Mais respeito com o Pajé!", enquanto Cauã Munduruku socava o ar a dois milímetros de Camelot, segurado pelo amigo loiro. E Hugo continuou, "Mais respeito com *todos* eles!"

"Respeito. Sei. Virou defensor de índio agora, é, favelado?"

Antes que Idá pudesse responder, um quarto curumim tomou a dianteira. "Tem que respeitá, sim! O indígena viveu vários mil anos aqui, sem destruir. Veio branco e acabou metade floresta! Depois reclama que não tem água, que tá seco, que não chove. Vocês não enxerga ainda. Só os pajé que enxerga. Vocês estão protegido pelos pajé. Se não tivesse os pajé, beleza do mundo já tava destruída."

"Ui, como são heróis!" Thábata debochou. "Mas quando é pra ajudar contra o Alto Comissário, não fazem nada, né?! Ficam lá, deitados nas redes, só dormindo e dançando. Folgados."

Ainda segurado por Félix, Cauã teve o prazer de dar de ombros, desinteressado. "O Alto Comissário nunca fez nada contra nós. Por que a gente se importaria?"

"Por quê?!" Desta vez foi Abelardo que arregalou os olhos, revoltado. Estivera calado até então. "Eles estão dominando o Brasil! Ele matou meu pai!"

"Sinto muito, mas a gente não quer que eles nos matem também."

O anjo cerrou os dentes, com ódio; seus olhos se enchendo d'água enquanto murmurava: "*Egoístas filhos da mãe...*"

"*Egoístas?!* Nós?!" Cauã riu, quase chorando também, de tamanho absurdo. "Vocês sabem quantos *indígenas* AINDA MORREM todos os DIAS lutando pra que não destruam as culturas deles?! Pra que não roubem a terra das famílias deles?! Quem de vocês protesta contra isso?! Quem de vocês SE IMPORTA?! Vocês que se VIREM!" Cauã deixou as lágrimas caírem ao berrar a última frase, chorando trêmulo enquanto falava. "Há SÉCULOS a gente pede ajuda! Há SÉCULOS a gente pede que vocês ouçam, e vocês ignoram! Deixam que tudo seja destruído, que nossas casas sejam destruídas, nossas comunidades, nossa floresta. Mesmo ASSIM, a gente AVISA pra vocês! *Nosso país vai ficar fraco, vai ficar pobre. Nossa magia vai acabar.* A gente grita, mas vocês não ouvem, e agora querem NOSSA

AJUDA?!" ele terminou, os olhos úmidos de revolta enquanto Abelardo assistia, espantado, percebendo a injustiça que cometera ao dizer aquilo... Surpreendentemente percebendo. E Cauã tentou se acalmar, olhando para além dos Anjos, nos olhos do Poetinha, que só agora Hugo percebia estar ali, assistindo de fora.

Hugo olhou preocupado para o menino. Como tinham deixado Tadeu viajar depois de um sequestro?! Pelo menos o pajézinho parecia bem, assistindo com sua tranquilidade característica.

Em consideração ao pequeno pajé, Cauã tentou falar com mais calma. "A gente quer respeito, só isso. Que os homens da cidade nos ouçam. Ouçam nossas opiniões e protestos. Vocês tratam com tanto respeito os povos dos outros países... Por que não tratam a gente igual? Por que *a gente* vocês tratam feito criança?"

A maioria, em silêncio agora, não tinha uma resposta para dar, além das óbvias: intolerância, ignorância, preguiça, preconceito. Outros, no entanto, haviam rido com ironia ao ouvir Cauã equiparar indígenas a crianças; Camelot e a menina do Sul, principalmente. E o munduruku se inflamou de novo, "Vem cá, por que vocês, em vez de reclamarem de nós, não reclamam desses metidos-a--besta do Sul aí, que também não fazem *nada* contra a Comissão e não têm uma FLORESTA pra cuidar?!"

"Metido a besta é a mãe!" outro sulista se lançou verbalmente contra ele, e a troca de acusações entre as regiões recomeçou; os sulistas acusando os do Norte, os nordestinos apontando o dedo contra os do Sul, a de Brasília se defendendo da acusação de '*corrupta*' feita por todos os outros estados, Virgílio tomando o lado da brasiliense enquanto sulistas acusavam corcundas e caramurus de terem forçado o governo a endurecer, e Hugo ali, já não entendendo mais palavra alguma em meio àquela confusão; o debate se acalorando a ponto de frases como *extinção aos brancos* e *explosão de Brasília* serem ouvidas, e Félix Rondon gritou "Ôw!", inutilmente, lá no meio, para que parassem, insistindo que ninguém ali devia ser inimigo de ninguém; Viny e Caimana bradando contra 'os engomadinhos' do Sul, em vez de ajudarem, e Hugo olhou para trás, com urgência, procurando Capí.

Ele também assistia, atento, sem no entanto entrar na discussão, e olhou para Hugo com gravidade.

Por que não estava fazendo nada? O que o impedia?! Não tinha corrido até ali para interferir?!

Hugo voltou a olhar preocupado para o bate-boca. Estavam ficando violentos; muitos já se empurrando enquanto berravam uns por cima dos outros. Aquilo não ia acabar bem...

Alguns, querendo ver a briga acontecer, já haviam corrido para bloquear a porta do refeitório com feitiços silenciadores, enquanto outros, assustados, pensavam em puxar suas varinhas para impedir o desastre, mas Hugo sabia que, se o fizessem, cada lado interpretaria aquilo como um ataque, e a guerra começaria.

Não é com lança-chamas que se apaga um incêndio...

As palavras de Helena Puranga estavam certíssimas... Precisavam de alguém calmo ali. Alguém que comandasse o respeito de todos para que parassem.

Capí tinha que interferir. Mais ninguém conseguiria. Nem mesmo Poetinha, que, por mais sábio que fosse, claramente não seria ouvido pelos brancos.

Hugo correu para o pixie. "Capí... só você pra apagar esse fogo, vai!"

O pixie, no entanto, parecia ainda ouvir atento o que falavam; como se estivesse medindo cada palavra, cada frase dita por eles, e Hugo ficou ansioso. "Capí! Eles vão se matar ali! Por que você não interferiu ainda?!"

"A gente precisa entender todos os lados antes de interferir. Senão não funciona."

"Entender o que, Capí?! Esses preconceituosos?! Eles não merecem nosso entendimento!"

"Se você não entender o lado deles, e não demonstrar que compreende, eles nunca vão te ouvir."

"Mas não tem o que compreender!!"

"Tem, sim, Hugo. Sempre tem o que entender. Dos dois lados. Por mais errados que estejam, todos têm suas razões. Eles, por exemplo, nunca tiveram o privilégio de viver alguns dias na Boiuna, como você teve."

Hugo se calou. De fato, não haviam tido. "E o que você vai fazer agora?"

"Não sei", o pixie confessou, baixando os olhos preocupado. "Eu não acho que eles vão me ouvir. Não importa o que eu diga."

"Como assim?! Claro que vão! Eles todos te conhecem, Capí! Te viram nos jornais! Que insegurança é essa?!"

Capí olhou-o bondoso. "Eu não tenho moral nenhuma com eles, Hugo... É exatamente esse o problema... Eu sou o 'mentiroso' que acusou Mefisto de tortura, lembra?! O egoísta que escondeu de todos eles a imunidade..."

"Não, não! Você é aquele que teve coragem de enfrentar a Comissão nos *tribunais*, Capí! O único que peitou Mefisto e Ustra às claras!... Mesmo que alguns ali não acreditem na sua tortura, eles todos te respeitam, Capí. Posso apostar! E digo mais: eles só não pararam de discutir ainda, com a tua presença, porque não te viram."

Incerto, Ítalo olhou de novo para a discussão. No fundo, o pixie só não queria levar mais porrada aquele ano. Estava cansado. Hugo via. Mesmo que o respeitassem pela coragem, iam criticá-lo por se meter em tudo, iam acusá-lo de soberba, chamá-lo de *santinho do pau oco*, de fraude... Talvez ele próprio estivesse inseguro quanto a dar lições de moral ali, depois do ano angustiante que passara batalhando contra os próprios defeitos... Defeitos que ele havia aconselhado *tantos* a não terem e que agora ele estava percebendo nele mesmo... Mas Capí tinha que ir. Sabia que tinha. Se não o fizesse, aquilo viraria um massacre.

Vendo que os raivosos dos vários lados já estavam sacando suas varinhas de verdade agora, Capí avançou depressa, metendo-se entre eles no momento exato.

Todos pararam, espantados, percebendo o pixie na frente de suas armas.

Sabiam quem ele era. Reconheciam-no dos jornais... Tanto que alguns, de imediato, deram um passo incerto para trás, respeitosos, como Hugo previra.

Com o olhar cansado, Capí murmurou, igualmente respeitoso, "Abaixem as varinhas, por favor", olhando então fixamente para Camelot, cuja varinha chegava a tocar o peito do pixie. "Nós não precisamos disso."

Instantes de silêncio se seguiram, até que os primeiros começaram a baixá--las, desconcertados diante daquele jovem tão claramente torturado que lhes pedia paz, até que todos refrearam suas armas em respeito aos cabelos grisalhos que viam na frente deles.

Todos, menos Camelot.

CAPÍTULO 92

O CONCILIADOR

Os dois ficaram se olhando; Capí sem se afetar com o ódio do conterrâneo capixaba enquanto Camelot mantinha a varinha contra o peito do pixie, até que Abelardo apareceu ao lado do amigo e abaixou-a lentamente, olhando Camelot nos olhos, com um semblante de comando.

Hugo fitou-o surpreso. Abel estava ordenando que Camelot respeitasse o pixie? Era isso mesmo?! O que estava acontecendo ali?!

Espantado, lembrou-se de Capí falando que ia conversar com o anjo..., pedir-lhe desculpas pelos socos. Será que tinha sido aquilo?! Haviam mesmo conversado?!

Ainda com raiva, Camelot só a contragosto obedeceu ao amigo, e Capí, com a ajuda preciosa de Abel, pôde finalmente dirigir-se aos outros. "Vamos nos sentar?"

A maioria se surpreendeu com a sugestão. Como assim, se sentar?! Depois de tudo que havia acontecido ali?! Sentarem-se juntos na areia como se não fossem inimigos declarados?!

Percebendo a hesitação nos olhares, Capí começou a dar o exemplo. Usando a bengala como apoio, fez um esforço enorme para baixar ao chão, enquanto Caimana corria para ajudar o amigo a sentar-se na areia, e os outros, tomando vergonha na cara, foram sentando-se também, abismados com a dor do pixie.

Em pouco tempo, a maioria já havia se sentado; alguns a contragosto, outros com absoluto respeito, querendo saber o que o pixie tinha a dizer.

Os indígenas, no entanto, já estavam ofendidos demais para obedecerem.

Ainda em pé, olhando os brancos de cima, com rancor e orgulho ferido, Cauã encabeçou a recusa. "A gente já disse o que tinha a dizer. Não vamos ficar aqui ouvindo mais um branco falar. Venham", e chamou os outros curumins, que começaram a se retirar, nobres e altivos, em protesto; Félix assistindo transtornado, sem poder fazer nada, enquanto o munduruku remoía seu ódio em voz alta, "*Os brancos não respeitam. São um perigo. Todos eles.*"

Hugo observava-os com pesar. Entendia a mágoa que eles sentiam, claro. Estavam cansados de ser passados para trás, menosprezados. Eram povos fortes, orgulhosos, donos originais daquela terra, e nunca haviam recebido o devido crédito. Capí entendia também. Era uma pena que houvessem chegado àquele ponto; de desistirem do diálogo. Mas tinham alguma razão, não tinham? Um diálogo necessitava que ambos os lados estivessem ouvindo, e os brancos não estavam!

Sequer *queriam* ouvir!

Uma verdadeira pena. Aqueles povos tinham tanta sabedoria a compartilhar...

Capí, no entanto, não ia deixar que saíssem daquele jeito e, sem se levantar, perguntou-lhes em tom de ironia, "Auá taá uiuká auá?!"

Os indígenas pararam onde estavam, surpresos.

Hugo sorriu. Era o respeito que estavam esperando receber. E Capí complementou em português, "Pra que esse exagero?"

Abelardo olhava espantado para o pixie.

Todos olhavam.

Todos menos Hugo. Hugo sabia. Capí aprendera nheengatu com o pajé.

Dirigindo-se então especialmente a Cauã, o pixie continuou a falar, com a firmeza que um povo guerreiro como o do jovem munduruku respeitaria, "Niti ukuau maá unheẽ. Remaá mamentu reiku!" Ítalo mostrou a escola com as mãos, para que os indígenas vissem onde estavam. Parecia estar dizendo que nem todos os brancos eram horríveis, senão os indígenas nem estariam ali, podendo conversar, e Cauã se adiantou, irritado, socando o próprio peito com altivez, "Ixé apurungitá Ana aiku mairamé indé reuiké. Akuau amunhã uaá."

Capí ergueu de leve as mãos, concedendo o ponto, com humildade. "Ixé niti kirimbaua amaramunhã arama auá irũmu, sumuara...", e pôs a mão aberta no peito, respeitoso, como quem diz: sejam bem-vindos. "Puranga, eré, peiku iké."

Os curumins que ainda não haviam se virado para o pixie o fizeram; ainda relutantes, mas menos hostis, e Capí prosseguiu, enquanto os brancos ouviam sem entender, "Manungara amaá uaá asu ambeú penhẽ ará." Ele indicou Camelot com a mão, "Akuera iaueuera aé."

"Ei!" o anjo se enfureceu. "Tá falando mal de mim pra eles, é?! É muita falta de respeito ficar falando em outra língua na nossa frente!"

"Calma, Arthur. Você tem razão quanto à falta de respeito", Capí concordou, compreensivo, usando o nome verdadeiro do anjo. "Mas era necessário mostrar meu respeito por eles também. Quando te apontei, eu só estava pedindo que eles relevassem o que você disse. Falei que, há muito tempo, você é acostumado assim."

Camelot ficou quieto. Ressabiado, mas aceitando, em termos, o que ele dissera, e, em respeito a todos ali, Capí explicou, "Eu comecei perguntando a eles se alguém tinha matado alguém aqui pra que saíssem daquele jeito intempestivo. Depois, disse que eles eram bem-vindos. Que é bom que estejam aqui..."

Camelot ia rir com ironia, mas Capí elevou a voz de propósito para prosseguir: "... que, se estão aqui, é porque tem branco que respeita. Tem branco ouvindo o discurso do pajé com respeito, lá no refeitório."

"E é assim que agradecem?! Trocando segredos com você em outra língua?!"

"Tenta entendê-los, Camelot", Abelardo interferiu. "Eles se sentem mais à vontade conversando na língua deles. É natural, né?! Eles têm esse direito. Ainda mais aqui, onde estão sendo agredidos."

Abel olhou para Capí, que agradeceu com o olhar, enquanto Camelot vociferava, "Têm direito nada! Falta de respeito do caramba!"

Capí respirou fundo, de cabeça baixa. "Eu entendo sua raiva, Arthur. Talvez eu também estivesse reagindo assim se não soubesse o que eles estavam dizendo." Ele olhou para o anjo, "Mas você fala de respeito. No entanto, os chama de *bando de analfabetos*."

Camelot olhou com raiva para ele.

"Todos nós precisamos de coerência de vez em quando, Arthur. Eu inclusive. Sabendo disso, eu te peço que, quando me vir sendo incoerente, por favor, venha me dizer. Sério. Pra que eu me analise e me autocorrija. O que você tem que entender, Arthur, antes de chamá-los de analfabetos, é que eles estão debatendo em português, uma língua estrangeira pra eles. Você sabe falar alguma língua indígena?"

"Claro que não! Língua inútil..."

"Não pareceu tão inútil agora."

Ui.

Camelot se calou, fumegando de raiva.

O pixie, no entanto, permanecia calmo. Olhava respeitoso para o anjo. "Eu tenho certeza de que eles não iriam rir de sua cara se você estivesse se esforçando pra falar nheengatu. Eles admirariam você por estar tentando; por ter tal respeito pela cultura deles a ponto de tentar. Por que, então, em vez de admirarem os curumins por falarem tão bem uma segunda língua, vocês *riem* deles?"

Ninguém respondeu. A loira do Sul até um pouco envergonhada, enquanto o anjo mantinha-se preso a seu orgulho ferido, insistindo, "Você apontou pra mim! Eu tinha direito de saber o que vocês tinham dito!"

"Tinha", Capí concordou, fechando o assunto e voltando-se para os indígenas, "Perdão por nosso comportamento. O coração deles estava cheio de medo."

Os curumins aceitaram as desculpas, entendendo. O anjo não. "Medo?! Eu não tenho medo de índio!"

"Se não tivesse, não teria se importado com a presença deles aqui. Só quem tem medo agride. Só quem tem medo odeia", Capí retrucou, baixando os olhos, incomodado consigo mesmo por ainda odiar Ustra. Por ainda não conseguir sentir por ele o amor que queria sentir por todos. O amor que Jesus ensinava: cheio de misericórdia e entendimento.

Tentando afastar aqueles pensamentos, o pixie olhou com respeito para Camelot. "Talvez você tenha medo de que coisas que você preza sejam alteradas caso os indígenas comecem a ser ouvidos; medo de que sua vida mude, de que seus entes queridos sejam afetados. Eu te entendo. Eu sinto o mesmo com relação a algumas pessoas. Mas te garanto que, no caso dos indígenas, isso não vai acontecer. A gente só tem a ganhar quando aprende a respeitar outras culturas. Só tem a ganhar quando aprende a dar valor aos receios e às dores dos outros."

Capí virou-se para os indígenas, querendo saber a decisão final deles: se iam ou não ficar para conversar. Alguns pareciam ainda inflamados de mágoa e ódio; outros um pouco menos, e o yanomami, hesitante, perguntou a seus companheiros, "Maá taá iamunhã kuri?"… *Que faremos?*

Todos na areia ficaram olhando para os curumins, esperando a reação deles, até que o aluno maraguá, ainda com raiva, tomou sua decisão, virando-se para sair. Foi seguido por outro, cuja etnia Hugo não conhecia.

Fingindo decepção com um suspiro, Capí começou o processo de se levantar, "Bom, já que vocês se decidiram, eu vou embora também", e Cauã mordeu a isca, aflito.

"Não! Espera!"

Hugo sorriu. *Justo o munduruku*, quem diria?

Cauã tinha uma esperança inédita nos olhos sérios. Uma ansiedade esperançosa que Hugo nunca vira nele antes. Havia encontrado ali alguém que os respeitava de verdade, e não queria perder aquilo. Estava quase implorando para não perder aquilo!

Félix olhou contente para o amigo, e Capí, tentando disfarçar sua imensa satisfação, voltou a sentar-se.

Cauã, no entanto, permaneceu de pé, ainda cauteloso. Cauteloso e altivo. "Onde você aprendeu nheengatu? Quem te ensinou?"

"Pajé Morubixaba", Capí respondeu, e todos do Norte se surpreenderam; o maraguá só então voltando-se para ele, ao ouvir o nome. Sua indignação eclipsada pelo espanto.

O pixie convidou-os a se sentarem. "Maá i katu iambué-kuau."

O que é bom devemos ensinar.

Capí os estava incentivando a transmitirem suas sabedorias para os alunos dos outros estados. Dissera aquilo apenas em nheengatu, para que corcundas, caramurus, cupinchas e candangos não se sentissem ofendidos, mas Hugo entendera. Era um dos lemas da Boiuna.

Os quatro se sentaram. Inclusive o mais relutante.

Capí conseguira o primeiro milagre. Agora precisaria ser perfeito. Sabia disso. Hugo via o leve nervosismo nos olhos do pixie. Diplomacia era um bicho complicado, e ele não poderia errar, ou eles perderiam a calma conquistada.

Ítalo olhou para os brancos. Em seu semblante, o respeito que sentia por todos ali. "Vocês entendem agora por que eles quatro não se importam com o que a Comissão fez aqui?... Entendem agora a *raiva* que eles sentem?... A gente nunca fez nada pra merecer o respeito deles. A gente, como grupo, nunca se importou com o que eles tinham a dizer."

Vendo que todos continuavam a ouvi-lo, continuou:

"Mas, se eu ouvi bem um dos argumentos de vocês na algazarra, vocês têm razão em uma coisa: ninguém aqui é culpado pelo genocídio que nossos antepassados cometeram contra os indígenas. É injusto levarmos a culpa pelos crimes de nossos bisavós. MAS... a gente precisa MERECER essa absolvição. Precisa respeitar. Ajudar. Se esforçar por fazer diferente, agindo pra *reverter* esse ódio, e não fazendo e falando o mesmo que nossos antepassados faziam e falavam."

Abelardo se levantou, interrompendo o pixie, e todos olharam-no na defensiva; os indígenas principalmente. Cauã já começava a se levantar, com raiva, quando Abel o impediu, agachando-se diante dele, "Perdoe minha ignorância. Eu não sabia que vocês ainda estavam perdendo suas casas. Agora eu sei."

Hugo sentiu um arrepio. Nunca ouvira retratação tão perfeita.

Perdoe minha ignorância. Eu não sabia. Agora eu sei.

E o indígena, olhando surpreso para o anjo, encarou-o como a um homem honrado, cumprimentando-o com um inclinar de cabeça, em absoluto respeito.

Capí assistia sorrindo; uma satisfação pura no olhar. Abel estava se retratando de tanta coisa ali... os indígenas não faziam ideia... E Capí fez um carinho nos cabelos de Caimana, que tinha lágrimas nos olhos, vendo o irmão voltar para eles.

Inacreditável. Abel e Capí tinham feito mesmo as pazes. Ou isso, ou haviam, pelo menos, conversado, e mesmo *aquilo* já era incrível.

Gueco, em seu orgulho, querendo mostrar que era tão compreensivo quanto seu irmão adotivo, soltou a pérola, "Pelo menos vocês têm um motivo pra não se importarem com o que a Comissão faz, ao contrário desses alunos inúteis de Brasília", e todos começaram a trocar xingamentos de novo, Índio e a única aluna do Distrito Federal defendendo os brasilienses enquanto acusações voltavam a ser lançadas entre sulistas e nordestinos, tudo saindo mais uma vez do controle, até que Capí gritou "*Vamos parar com essa palhaçada AGORA!*", e todos ficaram quietos, mudos, olhando surpresos para o pixie. Capí estava vermelho de irritação, puto da vida.

"NENHUM de nós é responsável pelo autoritarismo e as desgraças que estão acontecendo! Entendam isso de uma vez por TODAS! Nem os de Salvador, nem os cariocas, nem os curumins... NINGUÉM! Os únicos responsáveis estão lá longe, tranquilos, esperando a gente se matar entre nós! Será que vocês não percebem?! Eles estão nos colocando uns contra os outros!... E foi tão fácil, não foi?! Tão fácil que chega a ser desanimador. Sério. Que país é esse que, diante da primeira dificuldade, se divide desse jeito?! E eles só precisaram fazer o quê? Espalhar alguns boatos!"

Os alunos baixaram os olhos envergonhados. Alguns ainda lutando para manter o orgulho, sem terem, no entanto, mais tanta certeza assim.

"Nós sempre tivemos o costume lindo de nos apresentar como uma ÚNICA escola em eventos internacionais. Tem bruxos na Europa que nem sabem que somos várias! Vocês querem mesmo que isso acabe?! Vamos nos dividir AGORA, que a gente mais precisa estar junto?! A única diferença entre nós é que nascemos em regiões diferentes e, *por isso*, temos culturas diferentes! Só isso!"

Todos ouviam em silêncio. Não tinham nem o que responder àquilo.

"Priscila", Capí olhou mais calmo para a jovem do Sul, "nós nos conhecemos no meu intercâmbio pra Tordesilhas, dois anos atrás. Não sei se você se lembra."

"Lembro sim", a loira respondeu com respeito.

"Talvez você esteja um pouco certa. Talvez o governo de Lazai tenha mesmo endurecido com as outras regiões por causa da rebeldia do Nordeste, mas, se você tivesse nascido lá e sofrido a perseguição que os nordestinos estavam sofrendo, pense se você não teria se rebelado também."

A sulista ia começar a negar, quando Capí insistiu, "Põe a mão na consciência, Pri", e ela desviou os olhos, dizendo um 'provavelmente sim', com cabeça.

"O mesmo eu pergunto pra você, Camelot."

"De jeito nenhum!"

"Se você tivesse nascido na família do indígena que você criticou, você provavelmente teria o mesmo nível de português que ele, os mesmos costumes, e estaria no lado oposto desse debate."

"Nunca!"

"Estaria, sim, não se engane. Você só é esse Camelot capixaba que a gente conhece, com essas opiniões e esse português perfeito, porque nasceu no Espírito Santo, numa determinada família, e teve uma educação diferente da deles, vivendo outra história de vida. Saber falar bem o português não te torna superior, assim como saber falar inglês não torna um norte-americano superior. Ele é o que é porque nasceu onde nasceu e aprendeu o que aprendeu. Simples assim. Ninguém é melhor do que ninguém."

Irritado, o anjo quis rebater, mas não soube como. Então se calou.

"O mesmo eu digo pra vocês", Capí dirigiu a palavra aos indígenas. "Eu sei que é difícil olhar com compaixão para quem te ofende, mas pensem que eles também tiveram uma educação diferente das suas. Eles *aprenderam* com outras pessoas o ódio e o preconceito que demonstram. Aprenderam com os amigos, com a família, com as conversas que ouviram na vida."

Olhando para Camelot, o maraguá procurou entendê-lo, mas, vendo o desprezo no olhar do anjo, levantou-se ofendido, "Não adianta, Cauá! Esses branco não vai aprender nunca! Branco não aprende. Branco só destrói, polui, engana, mata, desrespeita!", e já ia puxar o braço de Cauá para irem embora quando Capí o chamou, "Amigo!"

O indígena olhou sem paciência para o pixie.

"Seu povo foi quase extinto, eu sei. Eu respeito sua decisão."

O jovem agradeceu, sério. Virando-se para sair sozinho mesmo, ouviu a voz de Capí acrescentar, "mas pense bem na pintura que você leva no rosto."

O indígena parou onde estava.

Curiosos, todos olharam para a pintura, e Hugo perguntou, "O que tem ela?"

Os desenhos eram bem simples: em cada maçã do rosto, duas barras horizontais unidas numa espécie de trançado feito em tinta preta.

"É uma pintura da nação Maraguá", Capí respondeu, os olhos fixos no indígena. "Significa: um povo que caminha o mesmo caminho, caminha mais forte se caminhar junto."

O indígena se impressionou que ele soubesse.

"*O povo que caminha junto é mais forte*", Capí resumiu. "Seu povo é o Maraguá, sim, mas você também é bruxo. Seu povo também somos nós. *O povo que caminha junto é mais forte...*", ele continuou olhando para o maraguá, que já olhava para ele, "*O povo que caminha junto é mais forte...*" Capí repetiu, e o indígena se arrepiou inteiro; os olhos fixos no pixie, percebendo o erro que estivera cometendo... Claramente, sempre pensara no significando da pintura como sendo de união entre as pessoas de sua própria etnia; no máximo entre os povos do Norte, nunca entre *todos* os brasileiros. Capí havia oferecido a ele uma outra leitura, e ele estava chocado.

"Qual é seu nome, irmão?"

"Roni Aruak."

"Seja bem-vindo, Roni. Sua presença nos enriquece."

Atônito, o maraguá sentou-se de novo, e Capí, olhando distraído para a areia a seus pés, dirigiu a palavra a todos, "Unir visões tão diferentes de mundo pode parecer difícil, mas não é. Basta uma dose de *interesse* pelo outro. Uma dose de *respeito*. Não é à toa que *respeito*, em latim, significa 'olhar outra vez'. Ao conhecermos melhor o outro, ao começarmos a prestar mais atenção no outro..., no que ele acredita, em como ele vive, no que ele sente, a gente passa a admirá-lo. E é muito mais fácil se unir a quem a gente admira." Capí olhou para o munduruku, "Cauã", cedendo a palavra a ele.

Surpreso, o munduruku se concentrou, ciente da responsabilidade que seria falar naquele momento. O pixie estava confiando a ele o desafio de falar sem despertar a ira de ninguém, e Cauã, tentando ficar calmo, olhou sério para Camelot. Sério, mas sereno. "Você diz que meus irmãos não falam direito. Eu gostaria de esclarecer isso, se eu puder."

Capí concordou, e Cauã olhou para o anjo, "Quantas línguas você fala?"

Camelot se surpreendeu com a pergunta. Ou talvez com a calma na indagação. Então gaguejou, sem realmente responder, "Tá, vocês falam duas, eu já entendi. O que isso tem a ver com qualquer coisa?"

Ok. Estavam conseguindo dialogar.

Difícil... não impossível.

Diante da resposta, Cauã olhou para um dos indígenas que Camelot chamara de analfabeto, pedindo, com um olhar, que o próprio respondesse à pergunta do anjo.

O jovem o fez, em seu português deliciosamente imperfeito:

"Lá no noroeste da Amazônia, onde eu sou, indígena não pode juntar com moça de mesmo idioma. Lá, aprende língua do pai, língua da mãe, língua da moça que tá interessado, português do Brasil, espanhol da fronteira com Colômbia, nheengatu e língua tucana. Sete idioma."

Camelot se espantou. Um pingo de respeito aparecendo em seu olhar.

Ao pedir que todos se sentassem no chão, Capí havia, com aquele simples truque, modificado o clima da discussão; muitos tendo ficado de imediato mais calmos. Até porque ninguém brigava sentado. Só *conversas* eram realizadas entre pessoas sentadas no chão.

O silêncio ao redor era impressionante. Até o mar, escurecido pela noite, havia serenado. Não era incomum a escola refletir o que se passava com os alunos.

"A gente dá mais valor ao que conhece. Por isso conhecer os outros é tão importante. Você percebeu isso hoje. Seu modo de ver nosso companheiro indígena mudou um pouco, não mudou, depois de saber que ele fala sete idiomas?"

Camelot não respondeu. Ficou olhando rancoroso para o chão.

Para Hugo, aquilo era um *sim*.

"E a gente tem tanto a aprender com eles..." Capí prosseguiu, num misto de admiração e tristeza. "Querem um exemplo? O povo Gavião Parakatejê, no Pará.

Uma de suas maiores tradições é a corrida de toras. Várias equipes de revezamento carregam troncos pesados nos ombros até as aldeias, correndo e passando o tronco de ombro em ombro até a linha de chegada. Trata-se de uma competição, mas a comemoração é maior quando as equipes chegam juntas. Olha que coisa bonita. Comemorar por ter chegado *junto*."

Corcundas e cupinchas olhavam para os indígenas enquanto ouviam. Alguns com um novo respeito no semblante. Outros ainda um pouco desconfiados.

Capí, certamente sabendo disso, mantinha os olhos fixos na areia, pensativo. "*Sua presença nos enriquece...*" ele repetiu, absorto em si mesmo. "Existe hoje no mundo uma ausência de interesse pelo *outro*. A gente julga muito, sem buscar entender o outro lado, e isso volta contra nós, porque, julgando o outro, a gente deixa de *aprender* com ele. Ficamos burros por vontade própria e, em vez de sentirmos empatia pelo outro e nos unirmos, fazemos inimigos, e o país não vai pra frente." Capí ficou um tempo refletindo. "*Sua presença nos enriquece...*"

Todos estavam quietos. Repensando as coisas. E Capí olhou-os com a mesma seriedade que eles estavam demonstrando. "Cooperação. Isso a gente devia aprender com os Gaviões Parakatejê. O Brasil não é um campo de batalha, onde exércitos opostos devem se bater. O Brasil é a nossa casa! Todos nós moramos nela! Somos uma família! E a vaidade é esse mal terrível que só impede o nosso diálogo."

Capí olhou-os sério. Cansado. "Se todos no Brasil se conhecessem e se importassem uns com os outros, o Nordeste não estaria sofrendo como está, o Sul não seria tão fechado, os indígenas não estariam, até hoje, morrendo assassinados..., porque a gente se importaria! E a gente se importaria pelo simples fato de que a gente se importa com aqueles que a gente *conhece*!"

O silêncio era forte agora.

"Mas não. Como não nos conhecemos e não dialogamos, criamos imagens falsas e desumanizadas de quem é o outro. E aí, pessoas morrem e ninguém se importa. Vocês entendem a gravidade disso?! Não é 'ninguém faz nada', é 'ninguém se *importa*'! É pior! E não se importam porque não veem aquele que pensa diferente como um ser humano! Vocês percebem a crueldade que é isso?!"

Capí baixou os olhos, "Enfim, eu tô falando demais", e olhou para os indígenas, pra que eles falassem. Agora seriam ouvidos, não ridicularizados.

O maraguá agradeceu, bem mais calmo agora. Tomando a palavra, falou-lhes com equilíbrio, "Se desmatamento na Amazônia continua, Brasil central vira savana e deserto. Isso não foi pajé que disse, foi cientista azêmola. Pro Brasil não virar deserto, tem que ter desmatamento zero desde já, e começar replantio com urgência. Mas azêmolas tão tudo cego. Acham que desmatamento não afeta eles porque floresta tá distante; porque floresta ainda tá grande. Mas desmatamento é inimigo invisível. Quando desequilíbrio vier, aí não tem mais plantação de comida no Centro-Oeste, não tem mais água nos reservatórios, não tem mais energia nas casa dos branco. Só morte. E aí já é tarde."

Os brancos ouviam, e o yanomami tomou a palavra. "Vocês, branco, quer colocar no *papel* sobre a floresta, pra preservá a *memória* da floresta em livro bonito. Nós é diferente. Nós quer mostrá a *própria FLORESTA* pros nossos filho. Preservada. Não guardada na livraria." O yanomami baixou o olhar, magoado. "O perigo ninguém tá olhando. Só os pajés tão olhando. E controlando a roda do mundo. O homem branco tá só olhando o dinheiro, a cidades... Não olha pro céu. Não vê a magia perigando. Nós diz: vamos cuidar nosso país. Vamos cuidar nosso magia. Mas os homem não ouve. Fica achando que dá tempo."

Hugo baixou os olhos, pensando no campo *devastado*. Na cura que não existia mais ali. Quantas outras possíveis curas já haviam sido destruídas daquele jeito?

"Indígena não luta por indígena. Luta por planeta. *Morre* por planeta. E planeta não ouve o indígena. Não liga pra indígena morto."

Saindo do lado de Capí, Caimana se ajoelhou perante o yanomami. "A gente vai ligar. A gente vai ouvir."

O indígena assentiu. Acreditando. Agradecendo. E Hugo olhou contente para o Poetinha, que assistia com a mesma satisfação, sentadinho próximo ao mar, mexendo de leve na areia. Não entrara na discussão. Deixara que eles se resolvessem. Sabia que conseguiriam, e que seria importante ele não interferir.

Pelo visto, tinha acertado.

"Um último comentário sobre os boatos regionais", Capí pediu, e todos que estavam conversando pararam para ouvi-lo.

"Nossos irmãos do Nordeste escolheram lutar pela liberdade de todos nós. Merecem respeito, mesmo daqueles que não acham que estamos sem liberdade", ele olhou para os jovens do Sul, que entenderam. "Nossos irmãos do Norte estão nos pedindo que a gente ouça seus gritos de ajuda. Os do Centro-Oeste não lutam porque estão sufocados, pisando em ovos, tão perto do governo. Ajudariam, se pudessem; se seus pais não estivessem sendo ameaçados. Nossos irmãos do Sul não lutam porque não perceberam a gravidade do que está acontecendo nos outros estados. Normal. Estão distantes do problema, recebendo informações diferentes. Cabe a nós sermos compreensivos", Capí olhou para Viny, numa leve alfinetada, "e ajudarmos os sulistas a perceberem o que está acontecendo. E, não, Cauã, os sulistas não são arrogantes. Alguns são, a maioria, não. A diversidade lá é grande também."

Viny abriu a boca para discordar, mas Capí interrompeu, "Eu fiz intercâmbio lá, Viny. Eles me trataram muitíssimo bem."

Melhor do que alguns do Sudeste o tratavam, Hugo tinha certeza.
Os alunos do Sul agradeceram com um inclinar de cabeça.
"Já nós, aqui do Sudeste, antes de acusarmos os outros, temos que lembrar que, por muito tempo, também escolhemos ficar parados, por medo. Só depois começamos a discordar publicamente, e nem todos o fizeram. Ninguém está errado. O medo também é legítimo. Mas agora vocês todos que estão aqui precisam fazer uma escolha, entre continuarem em silêncio ou se unirem para fazer alguma coisa; nem que seja apenas resistir a essa onda de boatos que plantaram entre nós; resistir transmitindo o que conversamos hoje; resistir olhando com respeito para os moradores das outras regiões e ensinando seus amigos a respeitarem também; resistir nos tornando mais unidos..., porque nossos irmãos no Norte e do Nordeste estão morrendo, e cabe a vocês, agora, ir em defesa deles, que estão sofrendo e não deveriam estar."

Capí olhou para os alunos do Sul, "Eu sei que vocês estão bem. Que a Comissão os trata com gentileza porque vocês agem naturalmente como europeus, sem precisarem de imposição. Fico feliz por vocês. É menos um lugar para defendermos. Mesmo assim, eu lhes peço: tentem olhar para os que estão sofrendo do outro lado. Valorizem a cultura de vocês, claro, ela é linda! Mas valorizem também a cultura dos outros! Defendam o direito *dos outros*, de terem um estilo de vida e um pensamento diferente dos seus sem serem hostilizados por isso. Digam para os que moram nas outras regiões, sempre que puderem: *Sua presença nos enriquece! Seus pontos de vista nos enriquecem. Suas culturas lindas nos enriquecem! E precisam ser valorizadas!* Nos enriquecem como povo! Como país!" Capí olhou-os com ternura. "Não fiquem de braços cruzados vendo regiões e culturas *inteiras* serem menosprezadas e combatidas só porque a cultura de vocês é a mais aceita e vocês estão tranquilos onde estão. *Aproveitem* a boa vontade que o governo tem com vocês para ajudarem aqueles que estão sofrendo! É hora de nos curarmos desse separatismo. É hora de nos vermos como um só país diverso e lindo, cheio de gente diversa e linda, com pensamentos diferentes, sim, e que podem nos enriquecer. É hora de agirmos como brasileiros."

Capí terminou sua fala, e todos permaneceram em silêncio por um tempo; a maioria se levantando, logo em seguida, e, a exemplo de Abelardo, fazendo questão de cumprimentar os visitantes do Norte; Cauã, surpreso, erguendo-se depressa para receber os apertos de mão, enquanto Félix se levantava radiante ao seu lado.

Camelot havia sumido. Provavelmente saíra irritado, sem que ninguém o visse. Já Thábata parecia um pouco perdida, sem saber o que fazer, enquanto

Gueco imitava o irmão só por imitar, cumprimentando-os sem tanta convicção. Era um bundão mesmo. Hugo não sabia como um dia conseguira achá-lo legal.

Contente com o fim favorável da discussão, Viny bagunçou os cabelos grisalhos do amigo. Capí riu, olhando com carinho para o loiro, mas tinha outro interlocutor em mente e, vendo Abel sozinho entre as pessoas que restavam, foi mancando até ele, estendendo-lhe a mão. "Não é todo dia que a gente aperta a mão da Decência."

Abel baixou os olhos, incomodado com aquela frase; talvez por não se achar decente, depois de tudo que havia feito ao pixie. Mas aceitou o aperto de mão, que Capí puxou para um forte abraço.

Caimana estava nas nuvens vendo os dois.

Tanta coisa ruim naquele ano e *aquilo* acontecia. Era quase inacreditável.

"Muito bom seu discurso, professor..." Rafinha os interrompeu, e Capí desfez o abraço, olhando para o ex-aluno com um imenso carinho.

"Que foi, professor?"

"Nada, Rafa." Capí sorriu, bagunçando os cabelos do menino. "Nada."

Era tão bom ver o pixie feliz, depois de tanto tempo... Pena que ia durar tão pouco. Atlas não sobreviveria ao dia seguinte e, por mais espiritualizado que Capí fosse, ele sentiria o baque. O pixie estava claramente tentando não pensar naquilo, mas a morte estava logo ali à porta, e eles não conseguiriam se livrar dela.

Enquanto o restante dos alunos se levantava ou ia embora, Ítalo olhou cansado para o Poetinha, e os dois se cumprimentaram a distância, respeitosos. Tadeu encantado com o pixie. Não era sempre que o pajézinho devia encontrar uma alma daquelas. Não entre meros mortais.

Hugo se aproximou do pequeno pajé, que aceitou o carioca ao seu lado, enquanto observava Capí sendo cumprimentado lá longe. "Um destino dele é ser diretor daqui."

"Sério?! Como assim *um* destino?"

Tadeu sorriu bondoso. "Roda do destino oferece opções, mas quem gira a roda é a gente."

"E você acha que ele não vai escolher ser diretor. É isso? Mas seria o destino perfeito! Ele ia amar! O que você vê o Capí escolhendo?"

Tadeu olhou para Hugo com afeto.

Ele sabia. Sabia e não ia contar. Já era um pajé perfeitinho, o danado.

Poetinha riu de seu pensamento. "Se você conhece seu amigo, vai entender escolha dele. Quando ela vier."

Levantando-se, o menino foi até Cauã, que, sentado sozinho na areia, ainda tentava entender o que havia acontecido. Tentava entender, principalmente, os apertos de mão. E Tadeu sentou-se ao seu lado. "Muito orgulho de você hoje."

Cauã meneou a cabeça, incerto, e Poetinha sorriu bondoso, vislumbrando o mar noturno ao lado deles. "Os brancos não são todos maus, Cauã. Não tem problema ser amigo deles. Eles ensinaram pro indígena muita coisa também. Trouxeram facilidades, conceitos novos. Não só horror e morte. Nos abriram várias opções de estilo de vida. De um jeito meio torto, mas abriram. Agora são eles que precisam da nossa ajuda. Tecnologia deles é boa, mas eles precisam se lembrar de coisas que esqueceram pelo caminho: a importância da calma, da espiritualidade, da comunidade, do respeito à natureza, ao ser humano, aos animais. Precisam lembrar que, pra criar, não precisa destruir." Tadeu tocou a areia e, de seu dedo, saiu um pequeno riacho, que serpenteou por entre os poucos alunos que ainda restavam na praia, e que ficaram encantados com o riozinho.

"O avanço da tecnologia é como avanço das águas de um rio: às vezes sereno, trazendo vida; às vezes avassalador, destruindo tudo pelo caminho. Diferença é que, ao contrário do rio, a tecnologia a gente pode controlar pra que venha sem causar dano inútil. Homem da cidade só agora está começando a perceber isso. E nisso o indígena pode ajudar. Mas só vai conseguir ajudar se não rejeitar o branco. Se começar a trabalhar *junto* com ele. Quando duas pessoas trabalham juntas, resultado sai mais depressa. Unindo conhecimentos. Respeitando e ouvindo. Você tem mágoa no coração, Cauã. A gente entende. Mas, na época do descobrimento, homem branco não conhecia outro meio de conquistar a terra. Não sabia que é melhor conquistar coração do que fazer guerra. Muito indígena era assim também na época. Vivia guerreando. Diferença era só em nível de armas e ingenuidade do indígena. Agora, ainda existe massacre contra o indígena, mas maioria dos brancos é boa. Maioria vai querer ajudar, quando conhecer melhor o indígena. Não se afaste deles."

Cauã aceitou o conselho, arrependido, "O que você disser, Rudá." E Poetinha sorriu, gentil e sábio, para o menino mais velho acima de si.

Então levantou-se, aproximando-se de Capí.

O pixie olhava um pouco preocupado para a porta do pátio interno, por onde Camelot saíra, e Tadeu fitou-o com simpatia. "Desde 1500, existe conflito de não confiar no outro. Não é do dia pra noite que isso vai mudar. Mas mudança precisa acontecer, e pode começar com a gente." Ele estendeu a mão ao pixie, repetindo, com orgulho, "Sua presença me enriquece."

Capí sorriu de leve, agradecendo honrado a repetição da frase, e Tadeu completou, "Foi um prazer te ver falar. Espero vê-lo discursando mais por aí."

O pixie aceitou a possibilidade, mesmo enquanto uma angústia surgia em seus olhos. Não achava que tinha as qualidades necessárias para liderar nada. Nunca se sentira tão inseguro de suas virtudes..., tão *errado*. Hugo via o profundo desespero que aquilo lhe causava: pensar em tudo que fizera de ruim aquele ano... a bebedeira, a briga, o descontrole emocional, o ódio que ainda sentia, sem querer sentir, e, vendo que o pajézinho já se afastava com os outros indígenas, Capí chamou-o desesperado, "Rudá!", reconhecendo nele uma alma superior a quem pedir ajuda.

Estava cansado. Emocionalmente exausto; mesmo com todas as vitórias daquele dia, e, assim que Poetinha voltou, Capí deixou-se cair de joelhos diante do menino pajé; os olhos cheios d'água, angustiado.

Tadeu agachou-se, carinhoso. "Irmão, do que você precisa?"

Poetinha sabia a resposta. Até Hugo sabia. Capí estava se sentindo um lixo... Principalmente pelo ódio que torturava seu coração. E, profundamente decepcionado consigo mesmo, ele implorou, "Por favor, Rudá... Eu me perdi em algum lugar. Me ajuda a me reencontrar?"

O pixie cerrou os olhos angustiado; lágrimas profundas escorrendo em sua face. "Como eu posso liderar essa gente se eu sou uma fraude?! Se eu não consigo nem seguir meus próprios conselhos?! Se eu sou esse poço de sentimentos negativos que eu não sabia que eu era?!"

Poetinha sorriu bondoso. "Você não é uma fraude, meu nobre amigo. Nem se perdeu. Você só levou um susto com o aumento no nível de dificuldade do caminho, só isso." Tadeu se ajoelhou também, olhando-o com caridade. "Depois que a gente sobe parte inicial da montanha, com os conhecimentos que temos, é natural que escalada comece a ficar mais difícil: ângulos ficam mais íngremes, vem escorregão, ventania, avalanche, e é comum montanhista pensar que perdeu as habilidades que tinha; que se esqueceu das lições aprendidas... Mas não é verdade. Tudo ainda está dentro dele. Ele só precisa de um tempo pra se adaptar ao novo nível; pra resgatar o que aprendeu e aplicar ali também." Poetinha sorriu gentil. "Deus foi tão bom que te permitiu treinar seu amor e compreensão, durante vários anos, com rivais menores, até encontrar aqueles que realmente ia ter que enfrentar e compreender. Permita-se esse tempo. Não se desespere. Não se julgue. Você já vai se reencontrar."

Capí assentiu, agradecendo em silêncio, enquanto chorava de alívio.

Não era então uma queda permanente. Só um tropeço... Ok. Aquilo o tranquilizava um pouco.

Tadeu fez um carinho em seu rosto. "Não se sinta um lixo. Você não vê as outras pessoas como lixo quando elas erram. Por que faz isso com você? Seja mais gentil consigo mesmo..." Poetinha olhou-o com bondade, e o pixie baixou a cabeça, aceitando comovido.

Ia tentar.

"Tropeço foi bom. Fez você perceber o quanto ainda te falta progredir. Fez entender raiva dos outros. Isso vai te tornar líder melhor, pode apostar." Poetinha deu uma piscadela. "Você ajuda Cauã a escolher cachimbo novo pro Pajé?"

Capí riu de leve, enxugando o rosto enquanto aceitava, e ele e o munduruku foram caminhando em direção à floresta dos fundos; Cauã puxando papo.

Hugo sorriu, assistindo-os com carinho enquanto Poetinha chegava ao seu lado, também afetuoso. "Força dele é impressionante. Logo, logo, ele melhora." O menino sorriu.

"Você não deveria estar repousando, Tadeu?"

"Eu *estou* repousando."

"Sei. Viajando até aqui. Grande repouso."

Poetinha olhou-o travesso. "E quem disse que eu estou aqui?"

Hugo ergueu a sobrancelha surpreso, e o pajézinho, sorrindo com bondade, despediu-se de seu companheiro carioca, indo assistir ao restante da palestra do pajé a mesma simplicidade com que teria ido se estivesse ali em carne e osso.

Hugo não o seguiu. Voltando ao interior da escola, ficou olhando para o alto, para o vão central apagado, pensando no professor.

Atlas estava vivendo a última noite dele, sozinho ali em cima. Com Rudji.

Merecia mais do que aquilo. Merecia alunos ao seu lado.

Respirando fundo, Hugo subiu. Ia ficar um tempo na antiga sala do professor, tomando coragem para vê-lo de novo. Por mais que doesse, por mais que seu remorso atacasse na presença dele, não deixaria o professor sem nenhum aluno por perto naquela noite. Só precisava de alguns minutos para se preparar emocionalmente. Só isso. Depois, Atlas e ele ainda teriam até quatro da tarde do dia seguinte para conversar; para Hugo lhe contar um pouco do que havia sido sua viagem. Tinham tempo.

Dezenove horas de tempo.

Como era doloroso pensar naquilo...

Fechando-se na penumbra da Sala de Defesa, Hugo sentou-se no chão amadeirado, recostado na parede lateral; o imenso Golias ao fundo, marcando o tempo que restava para o professor, enquanto Hugo tentava angariar coragem.

Não estava em paz com sua consciência. Por mais que houvesse se arriscado como *nunca* por outra pessoa, por mais que não tivesse, nem por um segundo, pensado em desistir, nada tirava de sua cabeça que ele podia ter chegado à Korkovado com uma cura.

... Se não houvesse enganado o Curupira. Se não houvesse sido tão possessivo. Queria tanto ter coragem de confessar aquilo ao professor...

Segurando o choro na garganta, Hugo abraçou as pernas, emocionalmente exausto. Iria contar, sim. Assim que conseguisse coragem o suficiente. Senão passaria o resto da vida com aquele peso nas costas. Sua alma *necessitava* daquele perdão. O perdão que ele *sabia* que o professor ia dar.

Balançando-se nervoso, enquanto ouvia a batida cruel do relógio anual, Hugo se recusou a ficar olhando para o gigante de vidro. Já havia visto a hora. Quase 21:00 do dia "4" de outubro, segundo o relógio. Menos de um dia para a morte...

Hugo estava se torturando ficando ali, e sabia disso. A cada som do ponteiro dos segundos, mais angustiado ele ficava; como se o relógio estivesse punindo-o por seu egoísmo..., punindo-o por sua ambição, sussurrando-lhe, '*olha só como a doença está avançando, olha como você deixou que seu professor morresse..., e agora está aí, perdendo tempo, com medo de não receber o perdão dele...*', até que, de repente, o relógio parou.

Hugo levantou o rosto, atônito.

Um silêncio sepulcral invadira a sala... Um silêncio desolador. E Hugo olhou depressa para o relógio, sabendo, dentro de si, o que aquilo significava.

O professor tinha morrido.

Sentindo a garganta apertar, desesperado de angústia, Hugo se levantou aflito, "Não, não, não... ainda não é a hora!", e correu até o gigante de vidro, começando a bater no relógio anual com toda a força, "Volta a funcionar, seu filho da mãe! VOLTA! Não é a hora ainda!", Hugo implorava, chorando enquanto socava e chutava o desgraçado; o choro esgotando suas forças, "Eu ainda tenho que falar com o professor! Revive! Por favor...", mas o imenso Golias continuava em silêncio na escuridão.

Imóvel.

Com ódio daquele maldito relógio, Hugo pegou a cadeira pesada do professor e, com a força renovada pela fúria, usou-a para espatifar o desgraçado, começando a bater, com a cadeira, contra aquela imensa superfície de vidro e mármore, chorando de raiva enquanto batia e batia, e batia, estilhaçando cada milímetro da enorme superfície; lascas de vidro e pedra se desprendendo do gigante a cada pancada de ódio que Hugo dava...; ódio contra aquele maldito relógio, ódio contra o maldito ano inteiro, ódio contra o Tempo, que havia punido o professor daquela forma...; até que o gigante mecânico desmoronou no chão, se despedaçando por completo, e Hugo largou a cadeira, deixando-se cair, de joelhos, com os braços e as mãos sangrando, no piso cheio de cacos. Sua própria alma despedaçada.

Lutara contra o Tempo e perdera.

Claro que perdera...

Ressuscitar o relógio havia sido seu último ato de desespero.

Último ato inútil, da sequência imensa de atos inúteis que havia sido aquele ano. E, sem energias, destroçado, Hugo se levantou, dirigindo-se à porta.

Sabia que o professor estava morto. Sabia. Mas algo nele ainda se recusava a acreditar. Quem sabe o relógio só houvesse parado, né? Quem sabe eles ainda tivessem aquelas dezenove horas de tempo! Era uma esperança, não era?! Uma esperança possível!

Querendo acreditar, Hugo começou a caminhar em direção à enfermaria, pelo corredor aceso, mas Rudji, saindo dela, abraçou-o com força, não deixando que ele entrasse; as lágrimas em seus olhos japoneses confirmando o inconfirmável; e Idá chorou ali mesmo, nos braços do professor; seu rosto enterrado no peito dele, chorando pesado, em imensa dor, sentindo aquela morte como se chorasse o falecimento de um pai. Nunca lutara tanto contra alguma coisa... nunca lutara *tanto*... e Rudji apertou-o com ainda mais força, deixando que ele despejasse toda sua angústia..., que se desfizesse ali, em seus braços, sob o peso daquela notícia. Com raiva de tudo, Hugo deu murros no peito do japonês enquanto o adulto o segurava, não aguentando a dor daquela tristeza. Não eram murros fortes. Não tinha mais forças para tanto... E Hugo, tentando se livrar daquele horror de sensação, se desfez do abraço do professor, olhando para qualquer outro lado, menos para o alquimista; enxugando as lágrimas antes de apoiar as mãos na amurada do vão central.

Sentindo o professor se aproximar ao seu lado, respirou fundo, procurando ser forte. "Ele sofreu?"

Rudji demorou a responder.

"Que foi?" Hugo estranhou, e o professor baixou os olhos.

"Eu... tinha ficado pra fazer companhia, mas me chamaram às pressas para resolver um problema, e eu..."

Ele tinha morrido sozinho.

Hugo olhou para Rudji com uma enorme mágoa do alquimista, e o professor não se defendeu. Sentia-se péssimo... Culpava-se da mesma forma por ter abandonado o posto justamente na hora. Mas não era culpa dele, claro. Ele não tinha como saber que aquele seria o momento. Atlas morrera naquele dia porque *acreditara* que ia morrer naquele dia. Havia programado em sua mente que morreria dia 5... No *REAL* dia 5. Não seria um atraso de feriado que teria alterado aquilo, depois de *meses* olhando para o maldito relógio. Havia sido ingenuidade deles acreditar naquilo.

Rudji desviou o olhar, esperando a bronca legítima do aluno, mas a bronca não veio. Não teria sido justo com o japonês.

Deixando cair uma última lágrima, Hugo deu meia-volta e ficou vagando por um tempo pelo primeiro andar. Incrédulo. Chocado. Sentindo como se houvessem arrancado um pai dele.

Via a comoção das pessoas, à medida que iam chegando após saberem da notícia, e, a cada uma que chegava, seu ódio por elas ia crescendo. TANTAS pessoas naquele colégio. TANTAS! E ele morrera sozinho.

Alguns passavam por Hugo com pena, dando tapinhas em seu ombro e dizendo-lhe "Sentimos muito" ou "Estamos aqui para o que você precisar", no que Hugo respondia, num murmúrio quase inaudível, de rancor profundo, "Ah, agora vocês estão?", "Que bom", mas dizia aquilo com um nó tão grande de raiva na garganta que eles nem ouviam, voltando a caminhar para onde estivessem indo.

Estamos aqui para você...

Assim como haviam estado para o Atlas?!

Hugo dispensava aquela ajuda.

Caminhando quieto, de luto, dando mais uma volta no primeiro andar, Hugo viu a enfermaria se aproximar pela quinta vez. Estava ainda mais apinhada de gente triste agora. Alguns já trazendo flores. Quanta eficiência. E Sy ali, soluçando num canto, como se ela e ele nunca houvessem se separado.

Dandara certamente já havia recebido a notícia também, na Vila Ipanema; Rudji tinha ficado de avisá-la. Mesmo assim, talvez ela não aparecesse. Sua mãe não gostava de chorar na frente dos outros. Hugo chorava mais do que ela.

Enquanto isso, vários alunos derramavam lágrimas sentidas no corredor da enfermaria, sem terem qualquer direito de fazê-lo. Só um ali merecia desabafar sua dor em forma de lágrimas. Só um ali chorava sem ser hipócrita, e Hugo foi sentar-se ao seu lado no chão.

Gutemberg claramente acabara de voltar do Norte. Banho tomado, cabelo lavado e penteado... Havia se preparado para ver o professor. E, arrasado, chorava MUITO. De soluçar. Quixote em seu ombro, sem entender o que estava acontecendo.

"Ei..." Hugo tentou acalmá-lo com delicadeza. Nunca vira Gutemberg tão abalado... "Ei, não fica assim!", e Hugo o abraçou preocupado, sentindo o anjo soluçar com força. *"Eu n-ão cheguei a t-empo, Hugo! Eu não f-alei com ele... Eu n-ão devia ter enrolado t-anto na Boiuna!..."*

Hugo olhava penalizado para o amigo. "Você fez o que era certo, Guto... Ficou cuidando da sua onça!"

"*Mas eu qu-eria ter me despedido do professor!*" ele enfatizou inconsolável. "*Eu queria ter me despe-dido...*", e Hugo abraçou-o com ainda mais força, "Eu sei, Bolacha... Eu sei..."

Como Idá entendia...

Hugo ainda tivera alguns momentos com Atlas depois da Amazônia. Guto não. Podia imaginar o quanto aquilo era duro para o anjo.

"... Eu não acreditei na previsão, Lambisgóia... Achei que a gente teria mais tempo!"

... *Tempo.*

"Peraí!" Hugo desfez o abraço depressa, tentando raciocinar, e o anjo estranhou.

"Que foi?"

Hugo se levantou, começando a descer a escadaria central enquanto o anjo corria logo atrás, confuso; Quixote ao lado deles. "Que foi, Lambisgóia?! Aonde você tá indo?!"

"A gente ainda tem uma chance!"

"Chance de quê?!"

"De se despedir do professor!"

"Oi?!?"

CAPÍTULO 93

O ENCANTADO

Mais um conjunto de roupas foi jogado ao chão, enquanto Hugo vasculhava o armário de seu dormitório à procura do que sabia estar escondido ali.

Guto e Quixote assistiam, confusos. "O que tu tá procurando, Biscoito?! Para de bagunçar as coisas do seu amigo, moço!", e Hugo derrubou mais uma caneca mineira no chão, "Relaxa, Bolacha, ele não vai se importar... AQUIII!", Hugo comemorou, triunfante, vendo a corrente de bronze no fundo do armário de Índio e se esticando inteiro para buscá-la, por cima das pilhas de livros cuidadosamente etiquetados do pixie.

Se Hugo houvesse escondido em seu próprio armário, Atlas a teria procurado ali sem nenhum receio, mas no armário de Virgílio OuroPreto? Ninguém tinha coragem de bagunçar o armário de Virgílio OuroPreto.

Derrubando mais algumas roupas no chão, Hugo puxou a corrente, trazendo com ela a Bússola Temporal, e Guto fitou-a surpreso, "Tá maluco, Hugo?! O professor adoeceu por causa desse treco aí! E nem conseguiu voltar no tempo!"

Sentando-se em meio ao monte de entulho mineiro no piso, Hugo abriu a frente de vidro do relógio para descobrir como a Bússola funcionava. Já eram 22:00 horas. "O professor não adoeceu, ele só acelerou a doença que já tinha. E não conseguiu voltar no tempo porque a Bússola não permite que voltem ao passado aqueles que querem *mudar* alguma coisa. Nós não queremos."

Dito isso, atrasou em duas horas o ponteiro, com o dedo indicador, fechando a tampa de vidro. Segurando então a bússola contra o peito, fechou os olhos e, com a outra mão, pegou na do anjo, para que voltassem juntos; o coração na expectativa. Afinal, não sabia se era assim que uma bússola temporal funcionava. Torcia para que fosse. Tinha que ser assim.

Meio minuto se passou, no entanto, sem que sentissem praticamente nada, e ele abriu os olhos de novo.

Gutemberg estava igualmente confuso. "A gente voltou?!", e Hugo olhou ao redor, sem saber a resposta, até que os dois perceberam ao mesmo tempo:

O quarto estava arrumado de novo.

Hugo e Guto se entreolharam surpresos, e saíram correndo pelo corredor; agora sem o pobre Quixote, que ficara no presente, junto com a bagunça.

"*INDEPENDÊNCIA OU MOR!!!... Ué, quando os senhores entraram?!*"

"A gente entrou daqui a duas horas, Seu Imperador!" Guto respondeu empolgado, fechando a porta atrás dos dois e deixando um Dom Pedro confuso no dormitório. Os relógios da escola marcavam 20:05 horas. O Hugo do passado estava, portanto, terminando de ajudar Tobias no jardim dos fundos.

Dava para ouvir o bate-boca começando na praia lá fora, e os dois abriram um largo sorriso diante de mais aquela confirmação, correndo para o primeiro andar antes que Viny entrasse para avisar Capí a respeito da briga. Não podiam ser vistos, ou atrapalhariam todo o transcorrer do debate.

Subindo os últimos degraus, aliviados por não terem sido vistos, Hugo e Guto se trancaram no quarto que havia sido criado para o professor ao lado da enfermaria.

Ficariam ali pela próxima meia hora, sentados no chão, escondidos, esperando o único momento em que Atlas havia ficado sozinho: o instante em que Rudji sairia para atender ao chamado. Esperavam ansiosos; como quem espera o sinal para o início de uma corrida; Gutemberg volta e meia chorando, emocionado, porque ia conseguir falar com o professor.

"Se acalma, bundão!"

Guto riu em meio às lágrimas. Estavam tensos. Empolgados. Nunca haviam imaginado que acompanhar a morte de alguém fosse tão importante para eles.

Enquanto o momento não chegava, iam conversando, para espantar a ansiedade. Guto principalmente. "*... Legal saber que o tempo não é circular.*" "Como assim, Bolacha?" "*Se fosse circular, Dom Pedro teria estranhado quando a gente entrou no dormitório também, já tendo visto a gente sair no passado.*" "Ih, bebeu." Guto riu baixinho, "*Xiu, Lambisgóia. Deixa minha teoria em paz.*"

Mais um tempo e... "Mano do Céu..., dá pra voltar *anos* nesse troço, mano! Imagina um historiador com uma bússola dessas! Ver os Samurai! Ver os dinossauros! Seria muito daora, mano!" "*Ela não ia deixar que o historiador voltasse mais de uma década.*" "Por que não?!" "*Porque, quanto mais décadas ele voltasse, maior seria o risco de qualquer simples esbarrão dele em alguém do passado mudar tudo.*" "O efeito borboleta." "*O efeito borboleta.*" "... Peraí, não era eu que tinha que estar te explicando isso, Lambisgóia?!"

Hugo sorriu com carinho. Nem sono tinha mais. Tudo que queria era ver Atlas vivo; pegar sua mão, dizer que estava tudo bem. Inacreditável que iam conseguir. Que o Tempo havia lhes permitido aquilo.

Guto devia estar pensando a mesma coisa, porque desandou a chorar de novo. "É uma manteiga derretida mesmo." *"Deixa eu ser feliz do meu jeito, Biscoito!"*

Hugo riu, olhando para o relógio. 20h40. "Viu? Agora vai ter que esperar essa cara de choro sumir antes de poder aparecer pro Atlas", e espiou pela fresta da porta. O conselheiro Vladimir havia acabado de bater à enfermaria, chamando pelo mestre alquimista, e lá vinha Rudji, saindo irritado pela porta; furioso por ter que deixar o amigo sozinho.

"Bora, vem", Hugo chamou o anjo, e os dois saíram pelo corredor assim que o japonês desceu. Já iam abrir a enfermaria quando Guto tomou vergonha na cara e recuou, *"Vai na frente, vai. O professor não pode me ver assim, com o rosto todo inchado."*

Hugo riu de leve, "Bem feito, bebê chorão", e ainda ouviu um *"Olha quem fala"* do anjo antes de entrar na enfermaria, deixando a porta ligeiramente aberta para que Guto pudesse acompanhar do lado de fora, escondido, esperando o inchaço do rosto diminuir.

Virou-se então para o leito do professor; com seriedade agora.

Aquele momento era deles três. Ninguém mais tiraria.

Haviam *merecido* aquilo.

... Era tão estranho... vê-lo ali, ainda vivo... Respirando com dificuldade, mas vivo... E Atlas, ouvindo que alguém entrara, abriu os olhos, enxergando Hugo com certa dificuldade. Parecia um pouco mais alerta do que da última vez.

"Pensei que não fosse mais te ver, guri..." Atlas disse com fraqueza. Sabia que estava para morrer a qualquer minuto. Era visível em seus olhos. "Acho que o teu sangue de vampiro não funcionou muito bem."

"Ih, era falsificado então."

Atlas riu, surpreso. Não estivera esperando uma resposta irreverente. E Hugo, segurando as lágrimas, sentou-se ao seu lado na beira da cama, decidindo que o que precisavam agora era de uma boa dose de Gutemberg. Choro e lamento Atlas já ouvira o ano inteiro.

"Tava pensando que tu ia morrer assim, sem falar comigo, é?! Pode não!" Hugo brincou. "Depois de tudo que eu passei?! Depois de eu ter enfrentado as ICAMIABAS por você?!"

"As icamiabas?!" O professor arregalou os olhos.

"É! Tá pensando o quê? Elas queriam meu corpo nu!"

Atlas deu risada, enquanto, lá fora, Guto se acabava de rir também, sem poder fazer barulho.

"Mas eu resisti, viu?! Bravamente! O Capí teria ficado orgulhoso!"

"Aah, se teria!"

"Tu ri, é?" Atlas estava ficando vermelho. "Pensa que foi fácil?! Elas lá, querendo arrancar minhas calças, e eu morto de medo de levar uma flechada na fuça depois do ato?! O que os moleque do Dona Marta iam pensar, me vendo fugir de mulher daquele jeito? Eu não arrisquei só minha vida por você, não! Eu fiz PIOR! Eu arrisquei minha reputação de macho-alfa!"

Atlas riu de novo. Estava rindo de doer até, porque a risada vinha acompanhada de uma tosse e uma careta risonha de dor, que não o impedia de continuar gargalhando.

"Tu sabe que o Gutemberg foi pra lá também, né? Sorte que ele não tava comigo quando elas vieram. Ele teria morrido do coração com aquelas lá!"

"Eu não tenho dúvidas, guri…", o professor sorriu, tentando descansar do riso.

"Sabia que ele arranjou até uma namorada lá na selva?!"

Atlas se surpreendeu; de verdade agora.

"Pois é! Eu achando que o Gordo fosse um fracote emperiquitadinho, mas não! Pegou até uma gatinha! Peraí, não. Felino errado." Ele olhou discreto para a porta, vendo Guto rir pelo nariz; a mão na boca.

"É que ela vira onça, sabe."

"Bah! Sério?!"

"Pra tu ver, né? Eu jamais namoraria uma onça. Ficaria com medo de acordar com certa parte importante minha faltando."

Atlas riu de novo; seus olhos brilhando, encantado com o Hugo que via à sua frente. Contente de estar ali, naquele momento, com seu aluno.

"O Guto gostou tanto de namorar com onça que deve estar lá na floresta até agora, aproveitando a vida felina."

Tentando enxugar as lágrimas dos risos anteriores, mas não conseguindo acertar o lugar certo no rosto, com a mão endurecida, Atlas já ia trocar um choro bom por um de desespero quando Hugo foi mais rápido, "*KANPAI! Traz o óleo! O professor tá enferrujado! Precisa lubrificar!*", e Atlas deu risada de novo; vermelho de tanto rir, coitado. Ainda sorrindo, tentou falar algo sério, "Mas o Guto está bem, guri? Tu disseste que ele ainda está na selva?!"

"Ih, 'fessor, liga, não! Tá com a onça, tá com Deus! Por via das dúvidas, eu já mandei o velhinho Morubixaba ir atrás dele."

"*Velhinho* Morubixaba… HA! Mais respeito, guri…"

"Logo, logo, Guto tá de volta, babando ovo dos outros Anjos."

Atlas ficou admirando seu aluno, sem dizer nada; os olhos úmidos de alegria.

"Ih, ó ele aí, não disse?!" Hugo fingiu, vendo Guto entrar. "O Morubixaba da Terceira Idade foi rápido, hein?! Pô, nem deixou eu ter a glória toda só pra mim!"

"Imagina se ele ia deixar!"

Hugo olhou malandro para o anjo, que apertou seu ombro com gratidão enquanto passava, falando, "Esse pixie aí não vale nada, sabia?"

Atlas riu, olhando carinhoso para Hugo, "Estou cansado de saber. Mas quem disse que eu aprendo?"

"Eu não confio em ninguém com menos de 60 quilos."

Hugo voltou-se para o anjo, "Vem cá, o que acontece se a Bárbara se transformar em onça enquanto vocês estiverem trocando saliva?"

"Ah, vá te catar, vai!" Guto tacou um travesseiro nele, que se defendeu, enquanto o professor assistia aos dois com profundo carinho; lágrimas de riso nos olhos. "Bah, eu jurei que não ia chorar, tchê…" reclamou, tentando enxugar o rosto.

"Que é isso, 'fessor! Virou criancinha, foi?" Hugo provocou, e Atlas riu de novo, enquanto Guto tomava a palavra: "O Biscoito tá dizendo isso agora, mas você tinha que ver esse Lambisgóia chorando feito mangueira furada lá na selva. Era O TEMPO TODO! Parecia as Cataratas do Iguaçu!", e levou uma travesseirada na cabeça como resposta, dando a risada mais gostosa de se ouvir.

Atlas olhava com ternura para os dois pupilos, apesar de ofegante. Eles tinham acabado com o fôlego do professor, coitado, mas era por uma boa causa, e Atlas conseguiu, com muito esforço muscular, apertar a mão do pixie, que segurou o choro na garganta, tentando continuar sorrindo enquanto olhava para ele.

"Eu te adoro, guri. Eu adoro vocês dois."

"Pois eu acho você um péssimo professor."

Atlas riu do pixie, apertando a mão do danado, que continuou, "Onde já se viu um professor de Defesa não ensinar os alunos a se defenderem de pernilongo?!"

O gaúcho deu risada, enfraquecido.

"Não! Sério! Não é pra rir, não! Os mosquitos quase me comeram vivo lá!", mas o professor já não estava mais conseguindo rir tanto. Apenas sorria agora, um pouco mais fraco, e Hugo percebeu que estava chegando a hora.

Guto apertou a mão do professor com carinho; Hugo deixando cair as lágrimas que estivera segurando, enquanto o gaúcho o fitava com muita afeição, "Não vai afiar os teus espinhos de novo quando eu for embora, ok, Taijin? Tu ficas tão melhor sem eles…"

Hugo aceitou o conselho, tentando engolir o choro, sem sucesso, e Atlas sorriu de leve, cansado demais. Apertando a mão do gaúcho, como se aquilo pudesse mantê-lo vivo por mais alguns instantes, olhou-o com imensa ternura. "Eu teria amado me tornar seu filho, professor."

Atlas se surpreendeu, e Hugo sorriu bondoso, "Mas eu aceito que o Damus ganhou. Tudo bem… Vai lá encontrar com ele, vai."

O professor olhou-o com carinho; uma certa pena surgindo em seus olhos, por perceber que não viveria aquilo com seu enteado, e Hugo completou, "... e vê se larga do meu pé", só para fazer graça.

Atlas deu um último riso fraco, no estilo 'nessa você me pegou', e a vida fugiu de seus olhos.

Com um nó na garganta, o pixie se controlou, fechando lentamente as pálpebras do professor. Daquele sono, Atlas não despertaria mais.

Deixando que as lágrimas voltassem a cair, sentiu as mãos de Gutemberg em seus ombros. A tristeza era imensa...; o remorso, maior ainda. Mas pelo menos haviam dado ao professor os melhores últimos momentos.

Hugo olhou com carinho para aquele gaúcho que, por tanto tempo, havia sido a *alegria* da escola, e Gutemberg abraçou o pixie pelos ombros, reconfortando-o enquanto a angústia voltava a atacá-lo. "*Eu queria ter tido mais tempo... pra encontrar outra cura... pra corrigir meus erros...*"

"O tempo não obedece às ordens de ninguém, Hugo."

"Pois *devia!*" Idá murmurou com raiva, apertando a Bússola na mão enquanto chorava, e Guto pôs mais força em seu abraço. "Não se culpe, Lambisgóia... Vem. A gente precisa sair daqui. Antes que o Rudji chegue."

Hugo concordou. Como era bom ter aquele irmão mais velho para lhe dizer o que fazer. Tocou a mão do professor uma última vez.

"Ele tá chegando, Biscoito, vem rápido."

Hugo aceitou, deixando-se ser levado até a sala anexa da enfermaria, e os dois ficaram espionando dali mesmo, vendo Rudji descobrir o amigo morto.

Com o olhar se enchendo de pena, o japonês se aproximou do leito, começando a chorar sobre o corpo, inconformado. Afinal, ele também passara meses tentando curá-lo..., ele também sofrera, fazendo de tudo pelo amigo, e Hugo, com pena do alquimista, sentiu alívio por ter, pela primeira vez na vida, segurado a boca; não culpando o professor por ter deixado Atlas sozinho.

Acusara-o com o olhar, mas desistira de agredi-lo com palavras.

Um remorso a menos.

Hugo deu um toque no anjo, sinalizando a hora: o Hugo do passado devia estar terminando de quebrar o relógio naquele instante. Logo começaria a algazarra de alunos e professores ali na enfermaria, e eles dois não podiam ser vistos.

Fazendo um sinal para que Guto o seguisse depressa, esgueiraram-se para fora pela porta do anexo, correndo ao redor do primeiro andar e se enfiando no teatro abandonado, do outro lado. Permaneceriam ali, nas poltronas empoeiradas, até que a hora passasse.

Sentando-se nelas, ficaram em silêncio, ouvindo o burburinho de tristeza crescer aos poucos lá fora, à medida que os outros iam sabendo da morte; Hugo imaginando onde estaria o segundo Idá naquele momento. Provavelmente começando a perambular pelo primeiro andar, arrasado. Em alguns minutos, avistaria Guto sentado no corredor, chorando em meio à multidão, e os dois desceriam para o dormitório, à procura da Bússola.

"*A gente podia ter chamado o Rudji pra voltar com a gente*", Guto refletiu, e Hugo cerrou os olhos, lamentando não ter pensado naquele detalhe. "Depois a gente conta pra ele o quanto o professor riu nos últimos minutos."

Guto concordou, mergulhando novamente em seus pensamentos.

O sono voltara. Seus olhos, no entanto, estavam tão cansados que Hugo não conseguia fechá-los, por mais que quisesse.

"*Você foi brilhante, sabia?*"

"Oi?"

"Conversando com o Atlas, Lambisgóia. Você foi brilhante."

Hugo olhou malandro para o anjo. "Dois meses de curso intensivo na Escola Gutemberg de Como Sofrer Bem."

Guto sorriu, achando graça. "Você sabe que a gente vai repetir de ano, né?"

"Fale por você. Eu pretendo passar com louvor!"

O anjo riu. "Tá certo. Depois me ensina como você estuda, tá? Porque é bem capaz mesmo de você tirar 10 em tudo."

"Curso Escarlate de Como Sambar na Cara da Sociedade."

Guto deu risada, e Hugo riu junto com ele. Pelo menos uma coisa positiva havia acontecido naquele ano: Gutemberg Correia Feijó.

Nunca se esqueceria daquilo: de como um gorducho emperiquitado havia chegado boiando, no meio do nada, e trazido alegria para aqueles meses.

Ouvindo um tumulto começar lá fora, Hugo estranhou, olhando para o relógio. Já passara do minuto que haviam voltado. Deveria estar tudo normal, e não aquele alvoroço todo de gente correndo e chamando outros aos gritos. "Será que a gente fez alguma coisa errada?!"

O anjo também não sabia, e os dois se aproximaram preocupados da porta, abandonando o teatro e olhando confusos para os vários alunos que corriam em direção à enfermaria, "O que houve?! O que aconteceu?!"

"O Atlas tá vivo!" um deles respondeu empolgadíssimo, sem se deter para falar com eles, e os dois se entreolharam surpresos; o coração de Idá dando um chilique enquanto Guto abria um sorriso imenso também, e pasmos, os dois tentaram abrir caminho por entre a multidão que se acotovelava perto da porta da enfermaria. Professores bloqueavam a entrada, para que aquelas dezenas de alunos não tumultuassem ainda mais o que já estava bagunçado lá dentro, até que Areta, avistando Hugo e Guto ali no meio, abriu caminho para que só eles dois entrassem, puxando-os para dentro, onde o tumulto era só de adultos.

Tendo que pular para enxergar alguma coisa, em meio à altura dos que estavam ali, Hugo viu Kanpai examinando os olhos do professor, e Atlas, vivíssimo, gritou "Ei, guris!", ainda abatido, mas bem menos, "De volta tão cedo?!"

Hugo não sabia o que fazer de tanta alegria. O professor, além de vivo, estava BEM melhor! Os olhos funcionando, as mãos abrindo..., como era possível?!?

Igualmente surpreso, Gutemberg olhou para Hugo sem saber se sorria, se chorava, se pulava feito louco, talvez as três ao mesmo tempo, e Kanpai, percebendo a presença deles, levou-os ao anexo da enfermaria, absolutamente pasma e radiante.

Antes que ela falasse, os dois murmuraram espantados, "A gente VIU ele morto!"

"Eu também vi!" Ela sorria, totalmente perplexa. "Eu verifiquei o pulso dele! Ele estava morto!" Kanpai segurou-os pelos braços, "O que vocês fizeram?!"

"A gente?!"

"Eu tenho certeza de que foram vocês. Ele disse que viu vocês! Como pode?! Rudji me garantiu que ele tinha morrido sozinho!"

Hugo e Guto se entreolharam espertos; Hugo tirando do bolso a Bússola Temporal, que a japonesa, surpresa, puxou da mão do aluno para beijar infinitas vezes; os dois rindo da doutora.

Rudji também ria, observando a irmã da porta; e Hugo sorriu, vendo aqueles três amigos juntos de novo. Era bom demais. "Olha, eu não sei o que a gente fez, eu juro que eu não sei..."

"Vocês fizeram TUDO! Seus lindos!" Ela os beijou nas bochechas, para o espanto dos dois. "Eu também não sei o que vocês fizeram, só sei que eu já estava começando a pensar nos procedimentos para o enterro (!) quando aquele relógio ali na parede parou de girar e começou a voltar muito depressa!"

Eles olharam para o relógio acima do leito. Os ponteiros estavam, de fato, girando para trás numa velocidade insana... Dando várias voltas por segundo! E Hugo deixou-se sentar na cadeira atrás de si, atônito e maravilhado; rindo de alegria, na verdade, enquanto Kanpai dizia, "Assim que o relógio começou a voltar, Atlas abriu os olhos, respirando fundo! Como que ressuscitando de um afogamento!"

Guto estava rindo também, e os dois se entreolharam emocionados, enquanto ouviam Atlas conversar e rir na outra sala. Não sabiam por que, mas o Tempo havia dado ao professor aquela segunda chance, e eles seriam eternamente gratos por isso.

Vendo que o gaúcho o chamava, Hugo se levantou depressa, abrindo caminho por entre os professores, que agora conversavam entre si, e Atlas pegou na mão do aluno, olhando-o com imenso carinho. Quando tu me disseste que me querias como pai, eu quis ficar.

Hugo se emocionou, sorrindo sem tentar esconder as lágrimas, e apertou a mão do gaúcho entre as suas. Entendia agora o que havia acontecido. Por meio segundo, Atlas parara de olhar para o passado. Por meio segundo, ele olhara para Hugo e desejara se agarrar àquele novo *futuro*. Um futuro que ele *gostaria* de ter tido.

Só então se arrependera de ter tentado voltar no tempo. Só então, naquele último *segundo* de vida, desejara não o ter feito; percebendo que devia ter dado chance ao presente em vez de ficar se agarrando a um passado que não voltaria.

E o Tempo entendera que a lição havia sido aprendida.

Hugo riu emocionado, sem conseguir esconder as lágrimas seguintes. Não havia sido inútil então tudo que vivera aquele ano... A Amazônia havia sido necessária... Os três meses de inferno, os dois meses de Guto, os sacrifícios que fizera, tudo havia contribuído para que ele pudesse ter chegado ali como chegara: resiliente, crescido, digno; com a necessária mistura de desespero, amorosidade e humor que faria Atlas abrir os olhos e perceber o tremendo filho que estava perdendo, na busca incessante por aquele que já havia perdido.

... Nada do que Hugo passara naqueles últimos meses havia sido em vão...

"Guri valente..." O professor olhou-o com orgulho, e já ia continuar a conversa quando os Pixies irromperam felizes na enfermaria, tendo acabado de descobrir que ele estava vivo, e tomaram conta do espaço e da atenção do professor; Hugo olhando-os com antipatia, enquanto davam risada e faziam piadinhas como, "Buenas, professor! Resolveu não morrer, foi?!"

"Achou o mundo espiritual chato e resolveu voltar?!" Caimana brincou também, depois de Viny, enquanto Capí e Índio sorriam alegres; Atlas rindo e mostrando-lhes como sua mão voltara a abrir e fechar normalmente.

Enquanto isso, lá no fundo, Kanpai, com os olhos brilhando, analisava os resultados dos novos exames, comentando entusiasmada, "As lesões no cérebro dele estão voltando aos níveis antigos, Rudji! Todas regredindo!" Era muito diferente vê-la sorrir. Parecia outra pessoa. E Kanpai voltou a examinar seu paciente, por entre os Pixies, enquanto seu irmão tentava tirar toda aquela gente da enfermaria, deixando apenas os alunos que realmente importavam.

Kanpai não sabia mais se ria ou se rodopiava de entusiasmo. *"Eu nunca vi nada parecido, Rudji! Ele está se recuperando até das sequelas! Como se elas nunca tivessem acontecido!"*

Claro que estava... O tempo estava voltando para ele. A punição tinha sido revogada, e agora estava dando de volta ao professor tudo que havia tirado dele ao longo do ano...

Aquilo foi ficando cada vez mais evidente com o passar dos dias. Os neurônios se regenerando com mais rapidez a cada semana, as dificuldades diminuindo, a cegueira passando, o desequilíbrio indo embora...

Hugo tinha certeza de que a regressão pararia em algum momento. Regrediria apenas as décadas que o Tempo havia forçosamente acelerado; até que Atlas voltasse ao estado de saúde que tinha quando tentara burlar a lei temporal para salvar o filho: época em que a doença já existia nele, mas era praticamente imperceptível para os outros.

Atlas provavelmente ainda morreria dela, num futuro distante, se não morresse antes de qualquer outra coisa, mas estava nas nuvens de tão feliz, vendo suas mãos recuperarem os movimentos, voltando a andar, voltando a enxergar direito, voltando a fazer planos, empolgado com a VIDA que acabara de ganhar de presente; tão empolgado que volta e meia fazia todos rirem com os insultos gauchescos que soltava contra um Ustra imaginário a cada atividade que voltava a conseguir fazer.

Ele sabia que continuava sendo portador de Esclerose Múltipla. Sabia que, aos poucos, os surtos retornariam, mas estava radiante! Empolgadíssimo! Porque agora ia poder voltar a enfrentar os obstáculos da doença aos poucos! No ritmo NORMAL de um portador de EM, e não mais naquele tempo acelerado louco! Em suma, ia poder voltar a viver como uma pessoa *comum*! Tendo, claro, vez por outra, uma ou duas dificuldades a mais do que as pessoas não portadoras, mas ainda assim uma vida quase comum! Por várias e várias décadas! E estava maravilhado. Voltar ao quase início era uma benção extraordinária! Era a chance de poder encarar aquilo tudo com muito mais calma, com muito mais leveza e alegria do que viera encarando, mesmo antes da aceleração. Afinal, depois de ter passado por aquele pesadelo, qualquer coisa menos ruim era maravilhosa, e ele não estava cabendo em si de tão feliz.

Viveria cada instante com a alegria que nunca tivera antes; cada maravilhoso momento de saúde e cada dia ruim de surto. Hugo via isso no novo olhar aventureiro do professor... No sorriso esperto que ele abria para Idá, após cada comentário, positivo ou negativo, que ouviam das pessoas ao redor. Sorriso de quem ansiava pela vida empolgante que sabia que teria pela frente a partir de agora, livre do remorso destrutivo que o prendera por tanto tempo; livre das correntes com que ele próprio se amarrara ao filho morto. Por mais que quisesse rever Damus, agora estava pronto para viver sem ele.

Aquilo ficava evidente toda vez que ele sorria, empolgado, ao vê-los nas sessões de fisioterapia que continuava a fazer; agora em casa, com a assistência de Dandara, para exercitar os músculos que haviam ficado parados por tanto tempo. Atlas exercitava-se com a garra e a empolgação de quem treinava para escalar o Monte Everest, e Dandara embarcando na dele.

Os dois eram uma graça juntos. Só risos, e beijos, e piadinhas durante os exercícios. Hugo estava tão contente pela mãe... Ela nem sabia o quanto.

Algum dia, aquelas sequelas voltariam a se instalar no cérebro do professor, assim como os surtos mais intensos, mas ele estaria preparado para eles, desta vez. Não se deixaria afetar. Tentaria combater os efeitos com entusiasmo, calma e aceitação, à medida que fossem chegando. Quem sabe, até lá, um azêmola ou um bruxo descobrisse a cura?

Rudji continuaria insistindo em suas pesquisas com o mirtilo rosa, teimoso que era com relação às suas intuições; até porque a folha do mirtilo não era muito diferente da plantinha que Hugo havia ido buscar. Quem sabe houvesse alguma coisa ali. Era mais um campo de tentativa, pelo menos, entre tantos já abertos por azêmolas ao redor do mundo.

Quanto aos poderes do gaúcho, quem sabe algum dia voltassem.

Talvez não. Talvez aquela fosse a única punição permanente do Tempo, pela rebeldia do professor. Ninguém, no entanto, estava se importando com aquilo no momento. A vida era mais importante, e Atlas só tinha *alegria* nele agora. A alegria de ter recebido aquela segunda chance... de viver o máximo que pudesse, da forma mais feliz que pudesse, ao lado daqueles que amava. Ao lado de Dandara, de Guto, dos Pixies e de seu quem-sabe-futuro-filho-enteado, que tanto fizera para salvá-lo aquele ano.

Algo, no entanto, havia mudado ali, e ninguém estava percebendo.

Algo havia mudado em Hugo.

Ele estava feliz pelo professor, claro, ajudando-o a recuperar seus movimentos, naquelas férias de fim de ano, mas ainda se lembrava do que sentira ao sair da enfermaria naquele dia, deixando os Pixies comemorando lá dentro com o professor: o gosto amargo na boca que sentira ao ver aqueles sorrisos..., achando-os todos uns hipócritas... Seu ódio só crescendo à medida que saía dali e via os rostos felizes nos corredores.

Viny logo saíra também para comemorar lá fora, pulando sem camisa em meio aos outros, como se aquilo tivesse sido uma partida de futebol, enquanto os Anjos corriam para abraçar Gutemberg, aliviados por ele ter voltado.

Hugo olhava contente para o anjo, sinceramente feliz que Guto tinha amigos de verdade para abraçá-lo; amigos que se *alegravam* por ele estar vivo e bem.

Enquanto Guto ria e conversava com Abelardo e Thábata, os olhos dele encontraram os de Hugo ali atrás, e os dois sorriram, em cumplicidade e carinho. Ninguém ali fazia a menor ideia do que eles haviam passado. Talvez nunca entendessem, por mais que eles contassem.

Eles tinham voltado de uma *guerra*... Uma guerra a que nenhum dos outros havia ido. E Guto retomou a conversa com os amigos, contando-lhes empolgado sobre a namorada; notícia que eles receberam com surpresa e alegria.

Pena que Bárbara não poderia pedir transferência para a Korkovado. Tinha uma missão no Norte agora: proteger o Poetinha. Isso não impediria Gutemberg de ir até ela a cada chance que tivesse, Hugo tinha certeza.

"Aê, Adendo!" Viny veio bagunçar seus cabelos em comemoração, mas Hugo não deixou. "Ih, ó lá! O Gordo sobreviveu!"

"É GUTO", Hugo corrigiu ríspido, olhando para o loiro sem qualquer afeto. "*Gutemberg*, pra você."

Viny ergueu a sobrancelha, surpreso com o rancor. Provavelmente pensara que, com Atlas vivo, a mágoa do '*adendo*' teria passado, mas via agora que não. Algo tinha se rompido ali... Algo que seria extremamente difícil de consertar.

Percebendo aquilo, o pixie olhou preocupado para ele, mas respeitosamente se afastou, deixando Idá sozinho com seu rancor, e Hugo saiu dali, não suportando a comemoração de todos; com nojo daquilo tudo. Agora comemoravam, né? Mas, na hora de ajudar, quem tinha ajudado?!

Bando de covardes...

Rudji alcançou-o no corredor, tocando seu ombro, para que virasse. "Hugo", ele o interpelou. "Eu falei com os outros professores. As provas finais estão quase chegando. Se você quiser mais tempo pra estudar, a gente pode..."

"Eu não preciso da caridade de ninguém."

"Foi um ano difícil, Hugo", ele insistiu. "Acredite, eu sei. Se você precisar, eu peço até pro Conselho te dispensar das provas. Pelo menos aceite que eu tente; como símbolo de minha gratidão... Como um prêmio por serviços prestados à escola."

Hugo sacudiu o ombro para se livrar da mão do professor. "O prêmio eu já recebi. O Atlas tá vivo. Eu não preciso de nada deles."

Nem o Conselho nem os outros professores haviam feito nada para ajudá-los, e agora iam sair de 'caridosos' fazendo aquilo?! De jeito nenhum! Além do que, Hugo não aceitaria ser subestimado daquela forma. Tinha condições de estudar; nem que ficasse sem dormir por mais duas semanas. "Pergunta pro Guto se ele quer. Eu vou fazer todas as provas. Junto com todo mundo."

Rudji olhou-o com respeito, aceitando e indo embora.

Já pensando em como organizaria os estudos, Hugo marchou em direção à escadaria. Usaria cada minuto daquelas duas semanas para estudar, começando agora. Provaria a eles que era o melhor aluno dali. No fundo, sabia que, se por algum motivo não conseguisse as notas necessárias, os professores acabariam dando pontos extras para os dois. Mas eles não precisariam. Passariam com louvor. Hugo mostraria àqueles imbecis que era melhor do que todos eles.

Havia sido duro com Rudji e sabia disso. Depois se desculparia; não agora. Estava irritado demais para voltar agora. Poderia acabar sendo rude com ele de novo, e o japonês não merecia sua irritação. Rudji havia sido o único, além de Kanpai, a tentar de verdade ajudá-lo. Capí não tivera culpa, Gi também não. De resto? De resto eram todos culpados. Principalmente os Pixies.

Culpados por não terem ajudado a chegar à plantinha antes de o saci a engolir.

Atlas poderia estar CURADO se não fosse por eles. Poderiam ter encontrado OUTRA cura se tivessem ido. Poderiam tê-lo protegido de Nuré se tivessem ido.

Hugo enxugou lágrimas de ódio, em sua mágoa. Gutemberg não parecia sentir o mesmo rancor pelos Anjos, mas também não passara os últimos dois anos ouvindo de seus amigos que ele deveria pedir ajuda quando precisasse; que estariam sempre ali por ele etc. etc. Hugo ouvira aquilo bastante: que não devia tentar fazer as coisas sozinho, que agora tinha amigos que o ajudariam. Tá certo. Grande ajuda.

Hugo resolveu subir, ao invés de descer.

Ao longo das escadas, passou por pessoas comentando o milagre que havia sido ninguém ter morrido naquele ano. Nem Atlas, nem Quixote, nem ninguém. Mas eles estavam errados. *Hugo* tinha morrido. O Hugo que eles conheciam tinha morrido. O Hugo bajulador dos Pixies. O Hugo que achava Viny o máximo.

Amargurado, ele foi subindo, pensando naquilo; o ódio consumindo-o..., sua revolta presa na garganta, enquanto marchava em direção àquela maldita sala, para ver, pela última vez, sua floresta queimada, e dizer a ela que vencera. Que ela não conseguira quebrá-lo. Que Peteca acabara *ajudando* a salvar seu rival.

Não era bem ódio o que Hugo estava sentindo dos Pixies. Era rancor. Era mágoa. Uma mágoa profunda... Por ter tido que passar por tudo aquilo sozinho. Por não ter recebido a ajuda prometida de nenhum deles. NENHUM!

Irritado, Hugo abriu as portas da Sala das Lágrimas e, surpreso, viu que a floresta não estava mais lá.

No lugar dela, havia um novo cenário.

Um cenário que só ele conhecia.

Com a alma ainda cheia de rancor, Hugo entrou sem medo, caminhando pelo luxuoso corredor com a confiança de quem já fizera aquele caminho centenas de vezes; passando pelos enfeites tribais, pelos móveis, pelas estátuas de marfim e os espelhos com bordas de palha que tanto vira em seus sonhos.

Adentrando, então, o vasto salão africano, marchou direto para a área principal, sentando-se no imponente trono de Benvindo, como se a ele pertencesse. E ali ficou: soturno e altivo, no trono do Rei de Oyó; trono que era SEU por direito; pensando na traição dos Pixies.

Como Tadeu previra, Hugo havia crescido na jornada. Não sentia mais nada do menino que havia sido um dia. Nem o ímpeto de tentar o caminho mais fácil (mesmo que incorreto), nem a mania de julgar os outros segundo sua própria régua. Mas também morrera nele a vontade de agradar a quem não merecia.

Ainda sentia, sim, ternura; pela mãe, pelo professor que ela amava, por Capí, que não tivera culpa nenhuma naquilo, pelo doce menino indígena, tão jovem e tão sábio, que lhe ensinara tanto em tão pouco tempo..., e pelo anjo, que havia tornado aquele pesadelo um pouco mais leve. Sentia também admiração, pela lealdade inquebrável da menina-onça; consideração, pelos irmãos japoneses; respeito e gratidão, por aquele que o ajudara quando nenhum outro poderia tê-lo feito, indo até LÁ para trazê-lo de volta; e uma mágoa profunda... tão profunda que ameaçava engoli-lo inteiro, por aqueles que, um dia, havia considerado como amigos.

Talvez estivesse errado quanto àquilo. Talvez aquele rancor todo passasse com o tempo.

Talvez.

EXTRAS

Localização de algumas etnias indígenas do Brasil

Estas são apenas 50 das mais de 250 etnias indígenas do Brasil.

Consulte a tabela com todas elas, suas famílias linguísticas, estados em que habitam e número populacional no site do Instituto Socioambiental (ISA). Aproveite também para ler no site, em detalhes, a respeito de cada etnia indígena brasileira, sua história, suas lutas e suas culturas.

Não deixem de visitar: pib.socioambiental.org
Para apoiar o Instituto, entre em: filiacao.socioambiental.org

Diário do Escoteiro Bruxo

1. O escoteiro é honrado e digno de confiança.
2. O escoteiro é leal.
3. O escoteiro está sempre alerta para ajudar o próximo e pratica diariamente um boa ação.
4. O escoteiro é amigo de todos e irmão dos demais escoteiros.
5. O escoteiro é cortês.
6. O escoteiro é bom para os animais e as plantas.
7. O escoteiro é obediente e disciplinado.
8. O escoteiro é alegre e sorri nas dificuldades.
9. O escoteiro é econômico e respeita o bem alheio.
10. O escoteiro é limpo de corpo e alma.

As Virtudes Pioneiras

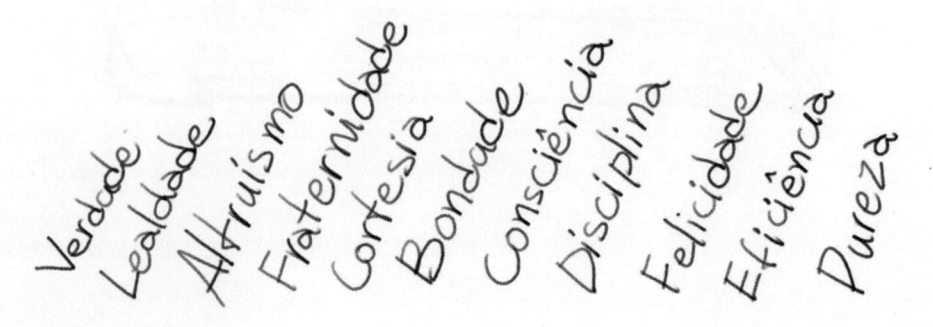

Verdade, Lealdade, Altruísmo, Fraternidade, Cortesia, Bondade, Consciência, Disciplina, Felicidade, Eficiência, Pureza

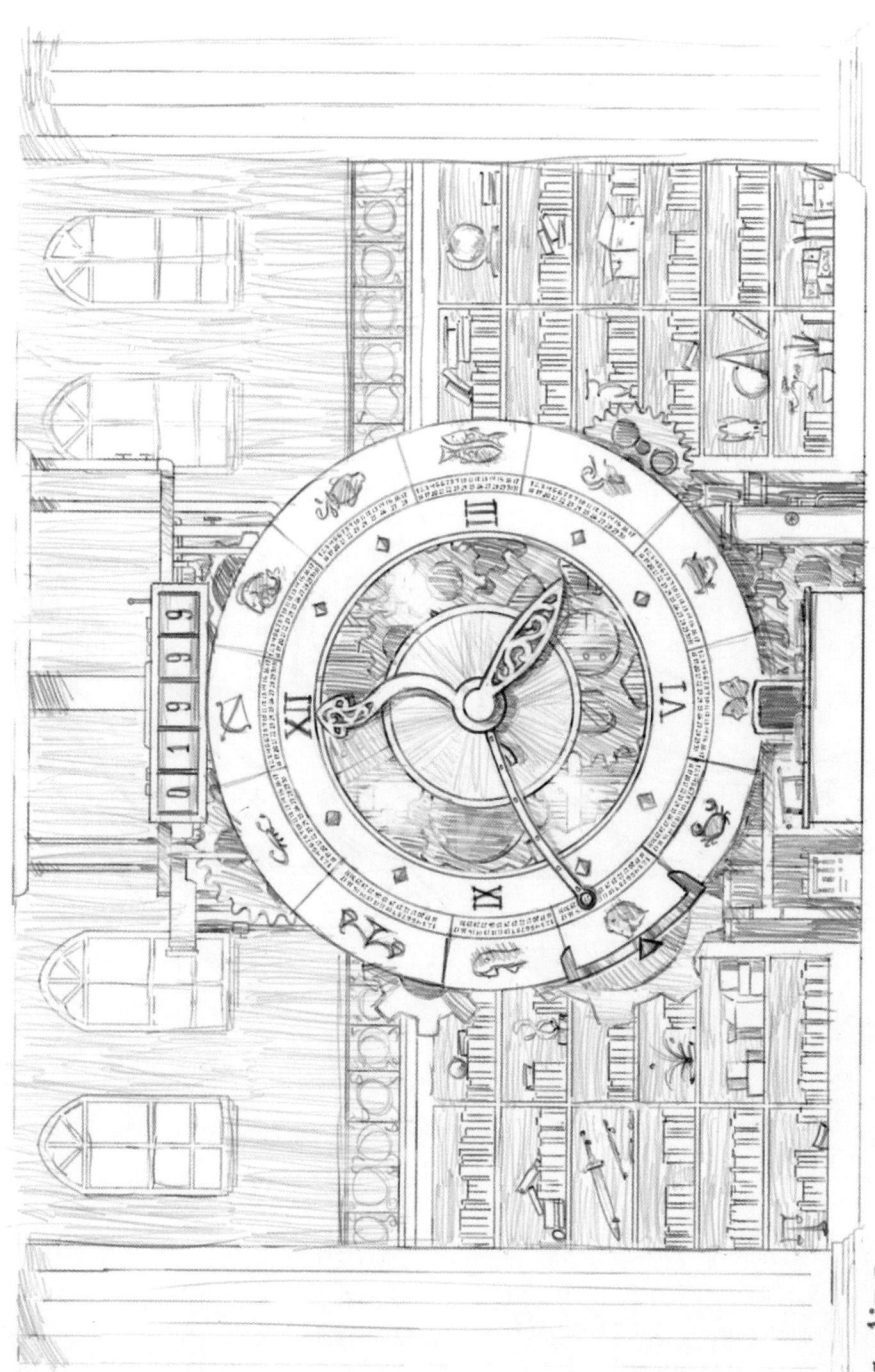

Golias

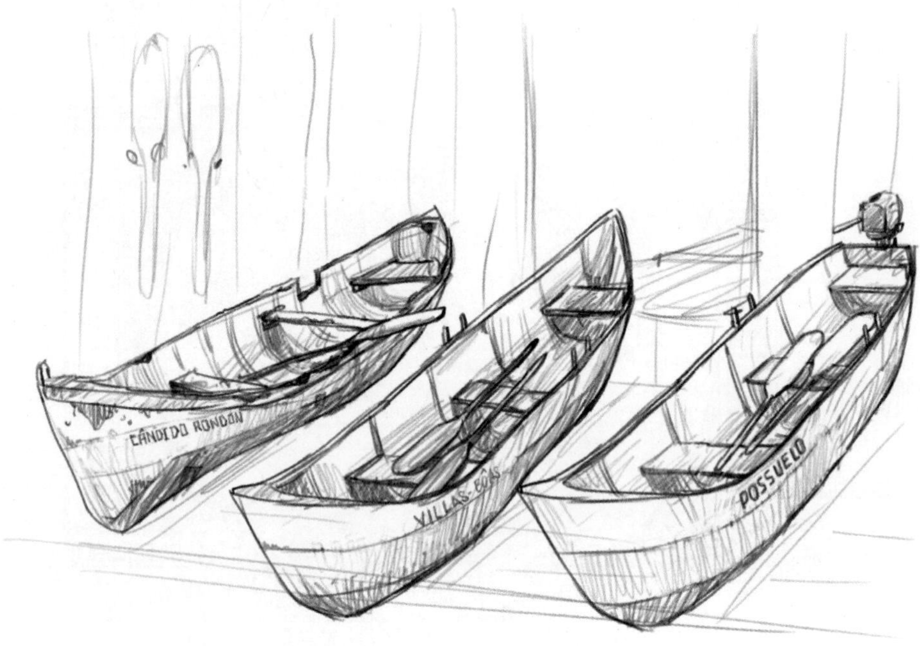
CÂNDIDO RONDON
VILLAS-BÔAS
POSSUELO

À espreita.

Escarlate

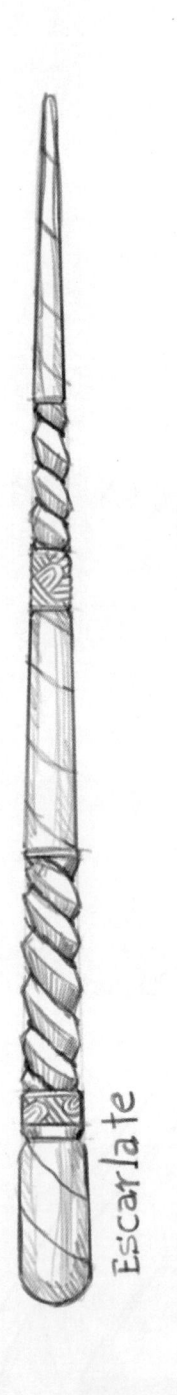

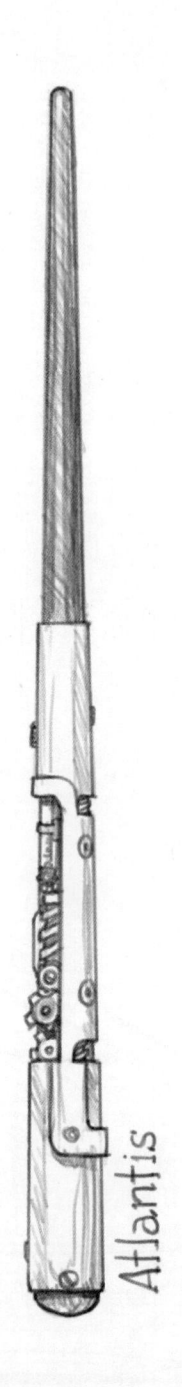

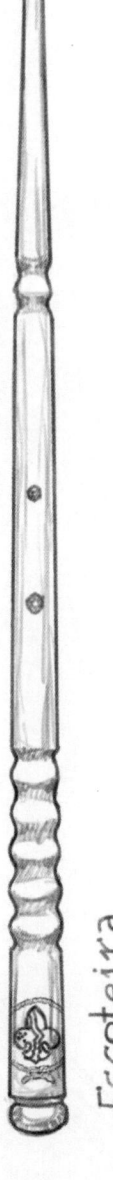

Atlantis

Escoteira

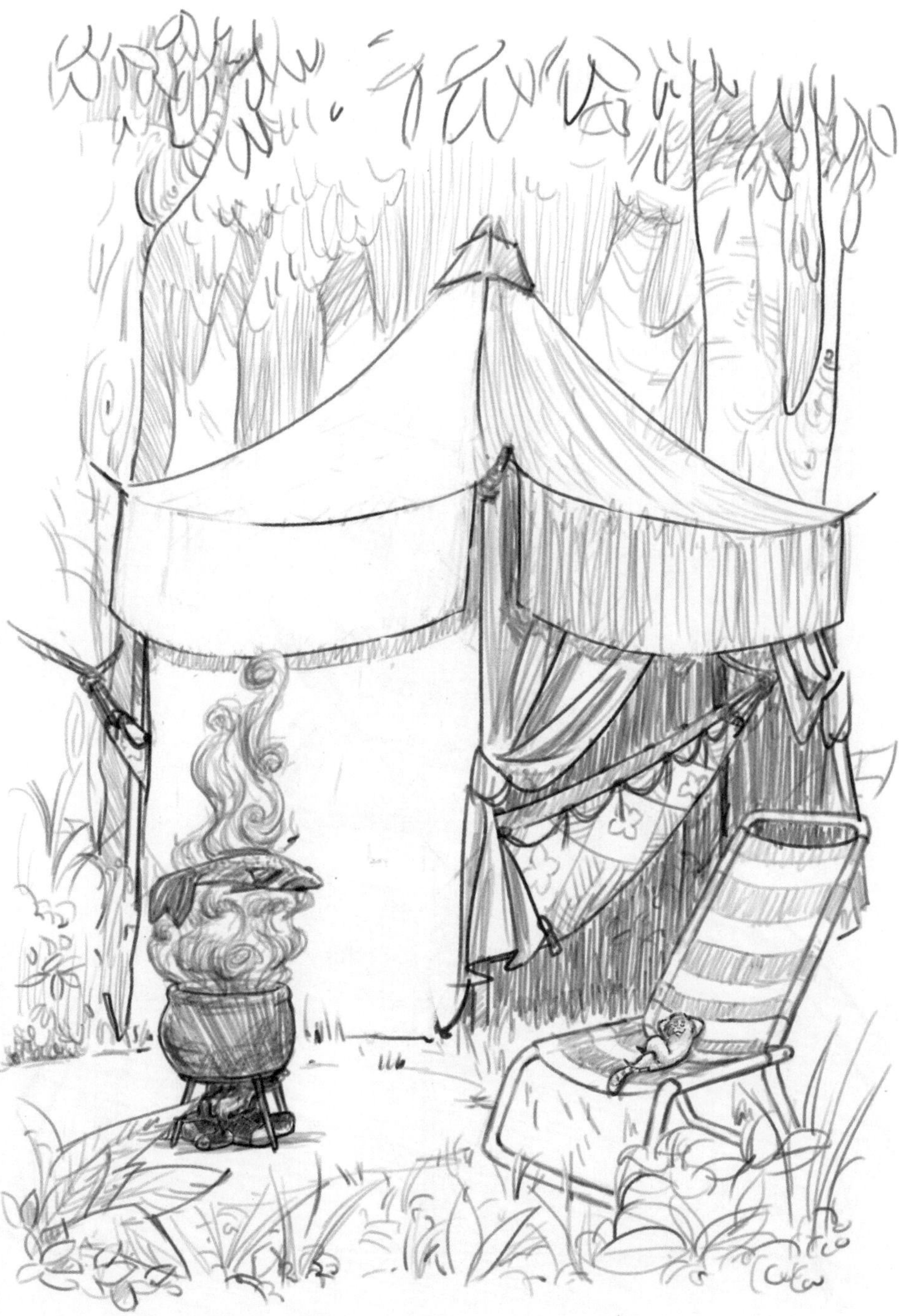

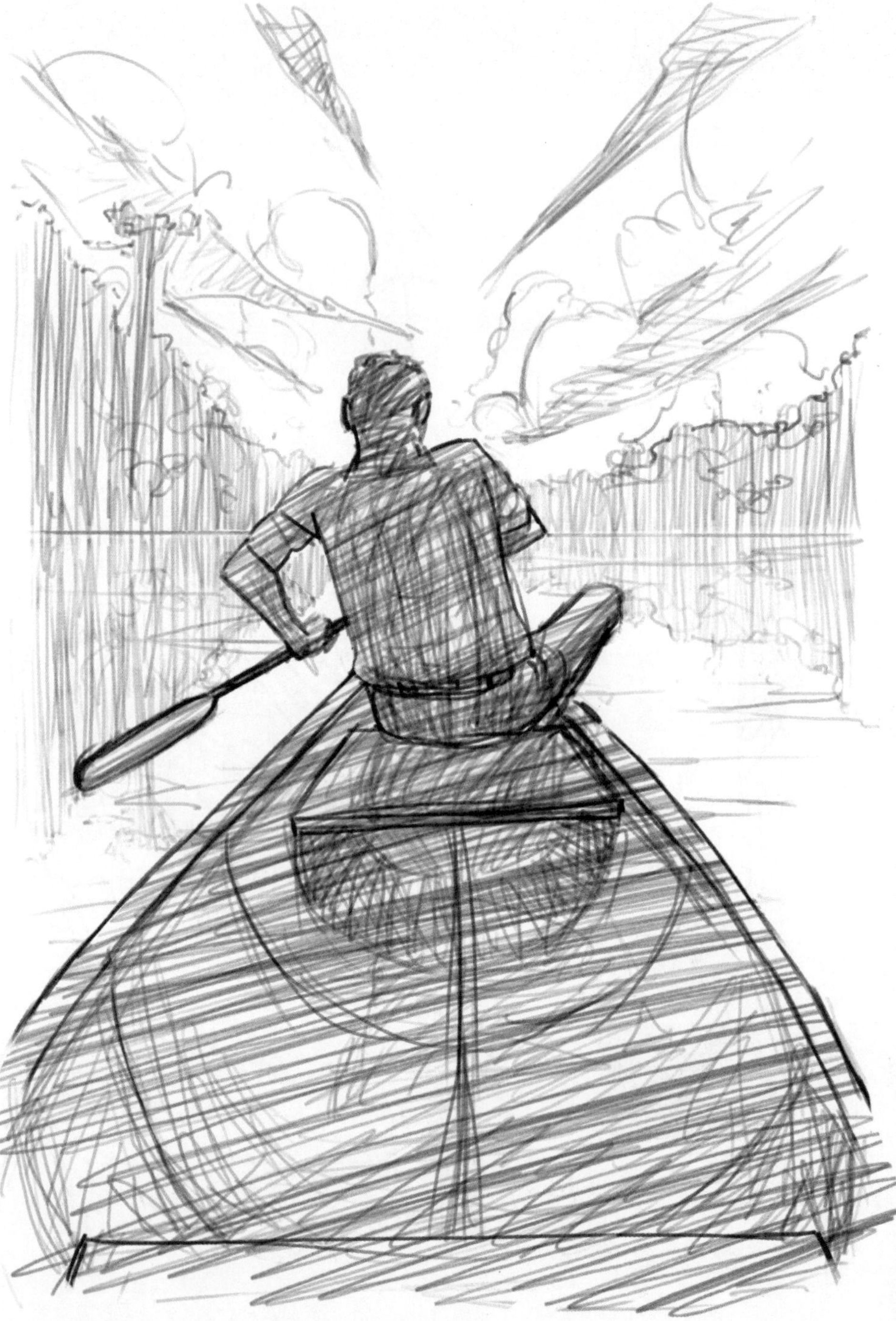

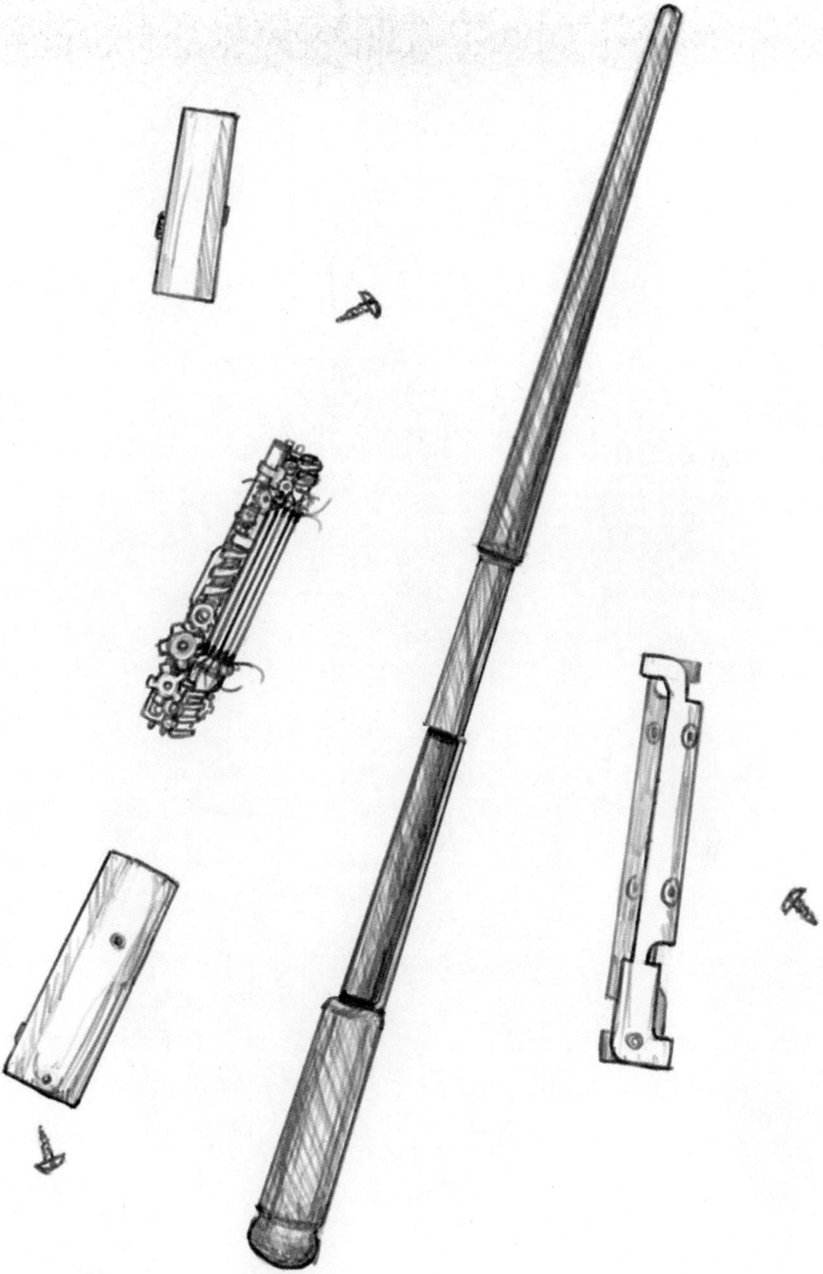

ACHEI QUE
ELA SÓ GOSTASSE
DE PERNAS JAPONESAS

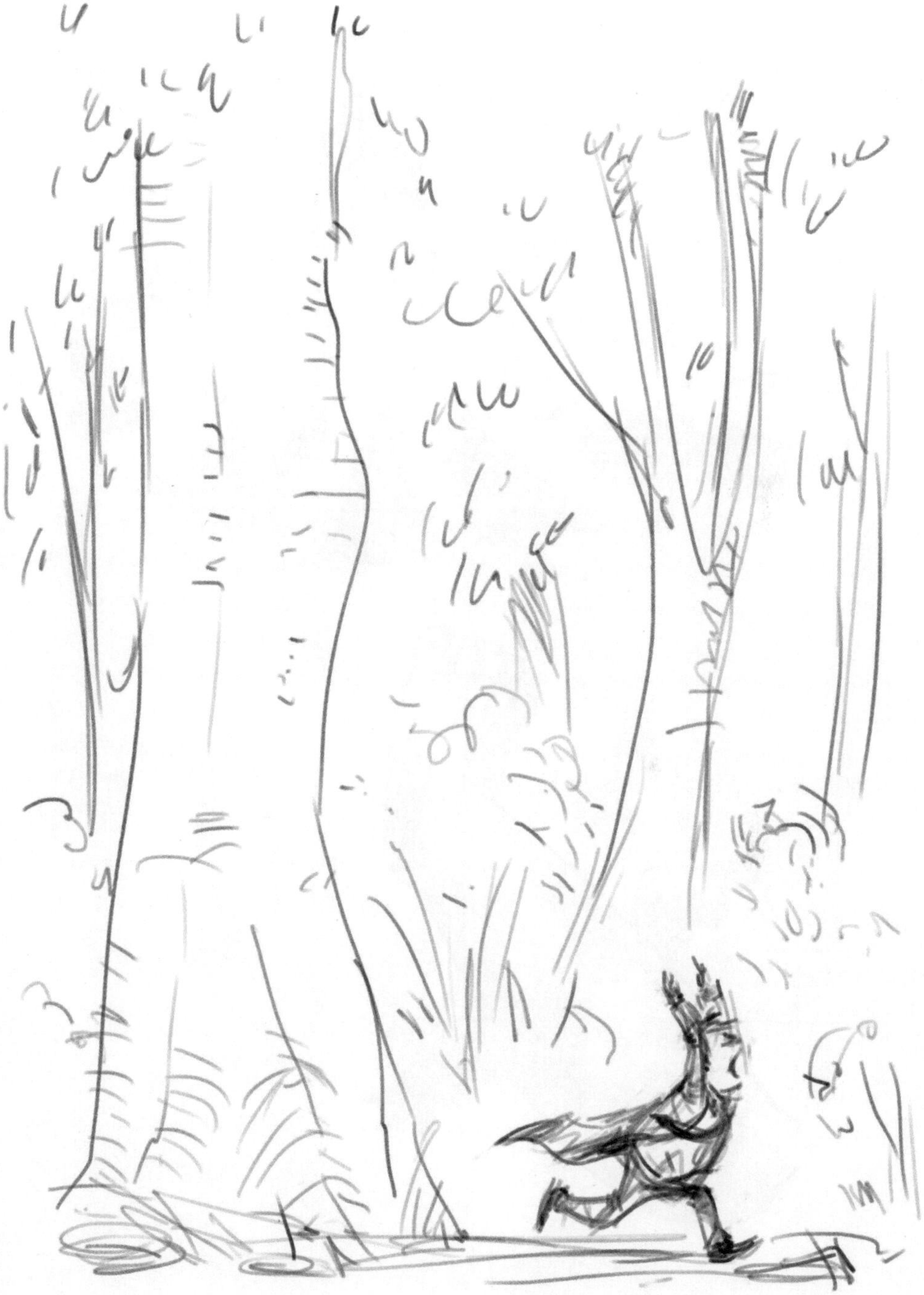

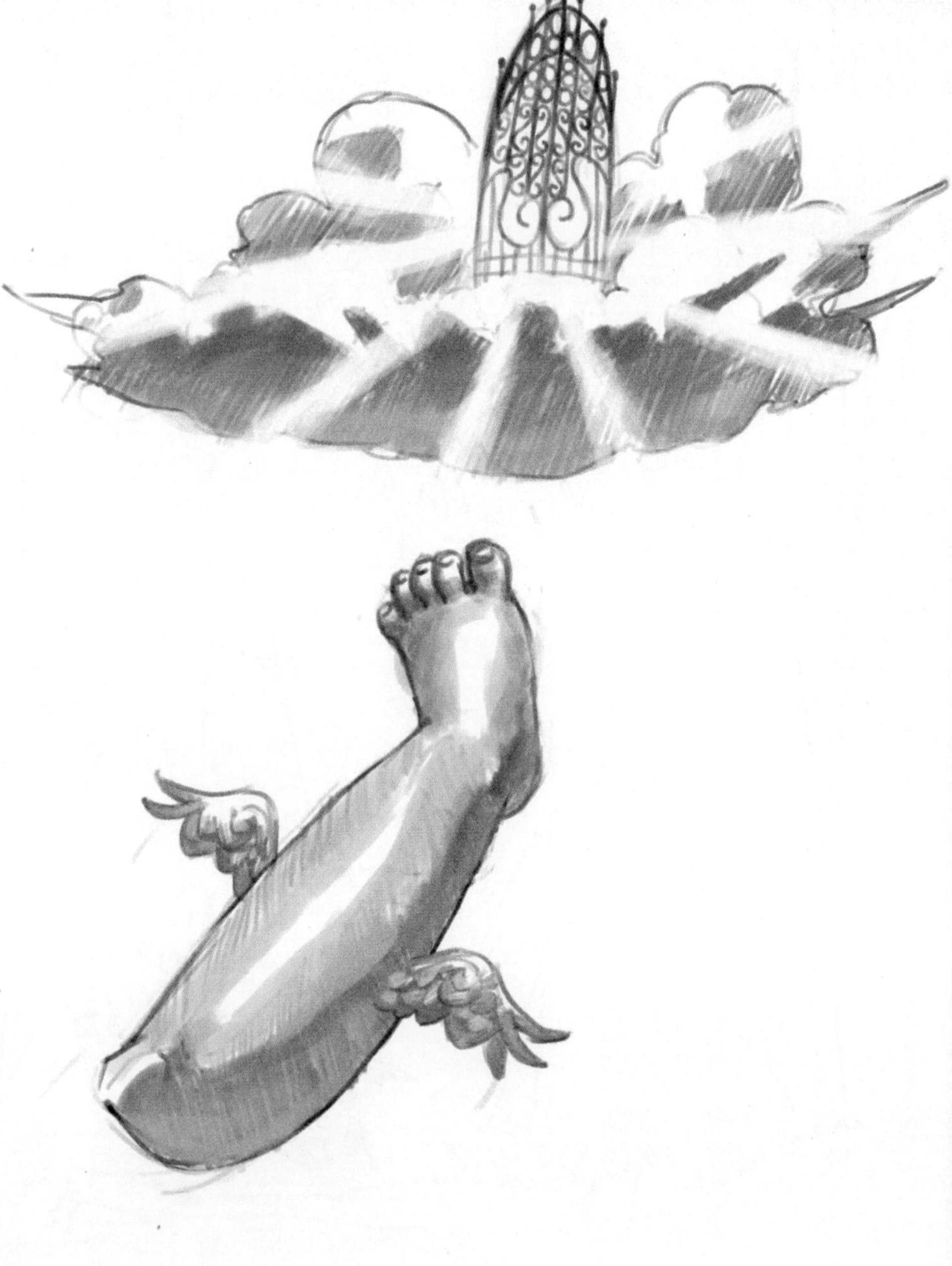

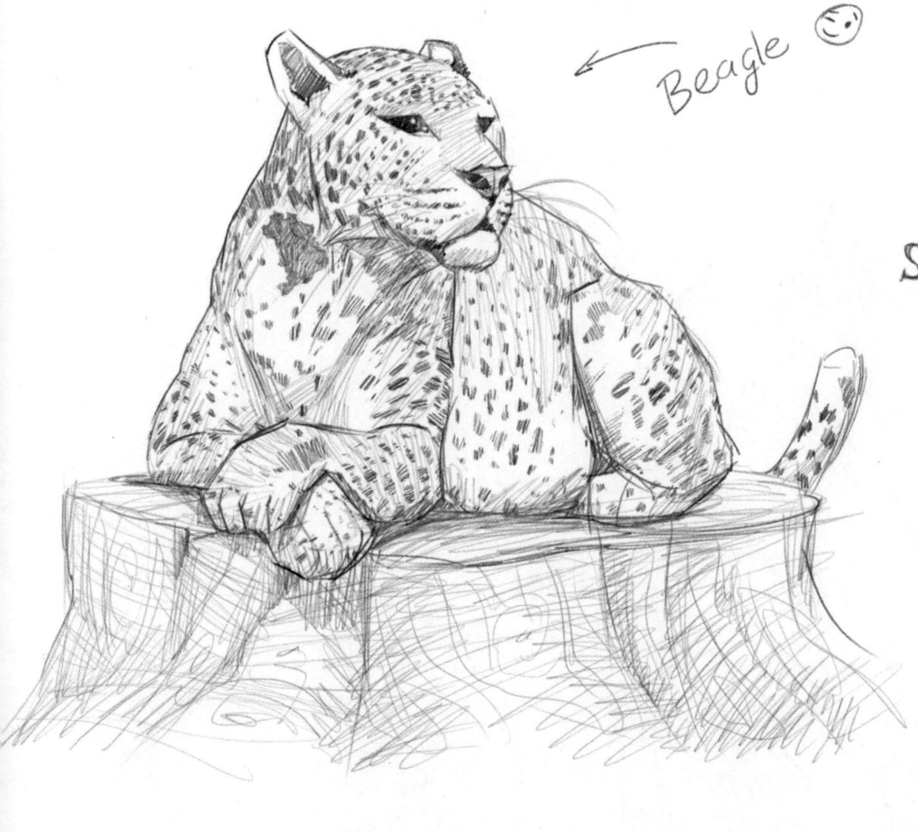
Beagle
SEU LESO!

A Velha Matinta

Velhinha legal.
Pode confiar.

Só que não.
— Hugo

Só que não.
— Guto

Pausa pra foto!...

O que você faz com o tempo que você tem?
Reclama da vida ou aproveita cada segundo dela?
Dá broncas ou abraços? Faz amigos ou inimigos?
Discute até ter razão ou dialoga para crescer junto?
O que você faz com o tempo que você tem?
Um livro, um sorriso, uma brincadeira para alegrar um amigo?
Ou fileiras intermináveis de segundos desperdiçados?
Perdidos xingando o outro, se aborrecendo, fazendo nada de útil?
O que você faz com o tempo que você tem?
Usa-o destruindo ou construindo? Derrubando ou erguendo?
Rebaixando ou ajudando a subir? Gritando com seus
pais ou aprendendo a amá-los e compreendê-los?
Perdemos tempo brigando com as pessoas, e depois o tempo
as tira de nós, e como ficamos? Com a sensação de que não
tivemos tempo o bastante.
O que você faz com o tempo que você tem?
O tempo é um recurso limitado, e nós o desperdiçamos com
tanta bobagem.
Eu prefiro cantar e dançar e dar gargalhada... e usar
meus segundos para crescer, e viver, e ajudar os outros a
sorrirem também.
O que você faz com o tempo que você tem?
O tempo é tão precioso. Não o perca com picuinhas e
com irritação. Ganhe-o. Aproveite-o o máximo que puder,
provoque sorrisos, concentre-se nos
estudos, distribua carinho,
distribua amor.
O que você faz com o tempo
que você tem?

Gutemberg Correia Feijó

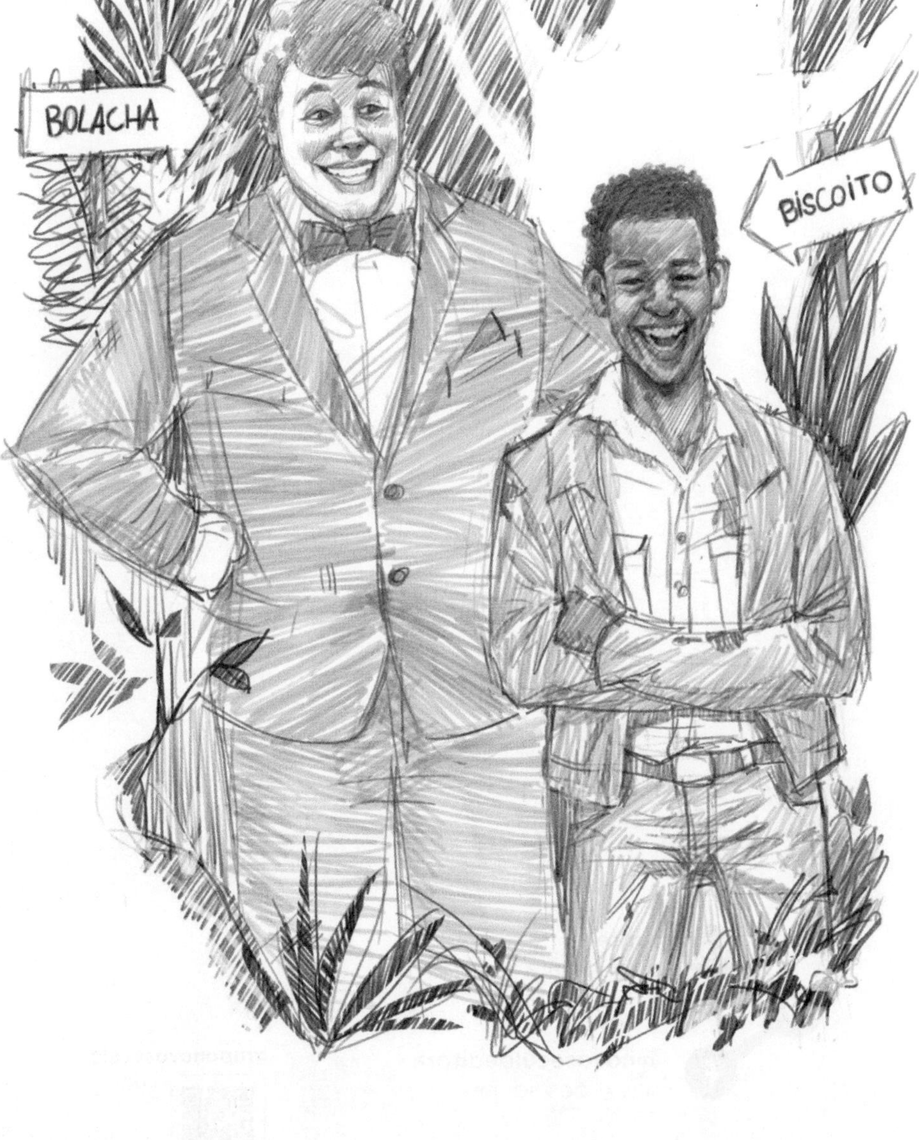
BOLACHA
BISCOITO

fonte
adobe garamond pro

@novoseculoeditora
nas redes sociais

gruponovoseculo.com.br